W0205819

HEYNE BÜCHER

Tip des Monats

In derselben Reihe
erschienen außerdem als Heyne-Taschenbücher:

Alistair MacLean · Band 23/1
Willi Heinrich · Band 23/4
Desmond Bagley · Band 23/5
Victoria Holt · Band 23/6
Michael Burk · Band 23/7
Marie Louise Fischer · Band 23/8
Will Berthold · Band 23/9
Mickey Spillane · Band 23/10
Robert Ludlum · Band 23/11
Susan Howatch · Band 23/12
Hans Hellmut Kirst · Band 23/13
Colin Forbes · Band 23/14
Barbara Cartland · Band 23/15
Louis L'Amour · Band 23/16
Victoria Holt · Band 23/18
Jack Higgins · Band 23/19
Desmond Bagley · Band 23/21
Caroline Courtney · Band 23/22
Robert Ludlum · Band 23/23
Gwen Bristow · Band 23/24
Heinz G. Konsalik · Band 23/25
Leon Uris · Band 23/26
Susan Howatch · Band 23/27
Colin Forbes · Band 23/28
Craig Thomas · Band 23/30
Marie Louise Fischer · Band 23/33
Johanna Lindsey · Band 23/34
Alistair MacLean · Band 23/35
Philippa Carr · Band 23/36
Joseph Wambaugh · Band 23/37
Mary Stewart · Band 23/38
John D. MacDonald · Band 23/39
Caroline Courtney · Band 23/40
Robert Ludlum · Band 23/41
Utta Danella · Band 23/42
Johanna Lindsey · Band 23/43
Stefan Murr · Band 23/44
Marie Louise Fischer · Band 23/45
John Gardner · Band 23/46
Alistair MacLean · Band 23/47
Gwen Bristow · Band 23/48
Jackie Collins · Band 23/49
John Saul · Band 23/50
Alexandra Cordes · Band 23/51
David Morrell · Band 23/52
Philippa Carr · Band 23/53
Eric van Lustbader · Band 23/54
Barbara Cartland · Band 23/55
Mary Westmacott · Band 23/56
Schimanski · Band 23/57
Pearl S. Buck · Band 23/58
Alistair MacLean · Band 23/59
Caroline Courtney · Band 23/61
Len Deighton · Band 23/62
Marie Louise Fischer · Band 23/63
Daphne du Maurier · Band 23/64
Alexandra Cordes · Band 23/65
Evelyn Sanders · Band 23/66
Philippa Carr · Band 23/67
R. Ludlow · Band 23/68
Barbara Cartland · Band 23/69
Jackie Collins · Band 23/70
Peter Straub · Band 23/71
Marc Olden · Band 23/72
Mary Westmacott · Band 23/73
Alistair MacLean · Band 23/74

3 Romane in einem Band

Xaviera Hollander

Lucinda

Lucinda im Reich der Sinne

Lucinda außer Rand und Band

WILHELM HEYNE VERLAG
MÜNCHEN

HEYNE TIP DES MONATS
Nr. 23/75

Aus dem Englischen übersetzt von Stefan Holl
(Dieser Titel erschien bereits in der
Allgemeinen Reihe mit der Band-Nr. 01/6293).

Aus dem Englischen übersetzt von Erik Bohn
(Dieser Titel erschien bereits in der
Allgemeinen Reihe mit der Band-Nr. 01/6392.)

Aus dem Englischen übersetzt von Antoinette Gittinger
(Dieser Titel erschien bereits in der
Allgemeinen Reihe mit der Band-Nr. 01/6489.)

Printed in Germany 1992
Umschlaggestaltung: Atelier Ingrid Schütz, München
Umschlagillustration: Dia-Express/Kerscher, Grainau
Autorenfoto: John Drummond
Satz: IBV Satz- u. Datentechnik GmbH, Berlin
Druck und Bindung: Presse-Druck und Verlags-GmbH Augsburg

ISBN 3-453-05478-4

Inhalt

Lucinda

TEIL 1

1

Lucinda war aufgeregt: obwohl sie bald sechzehn wurde, war es das erste Mal, daß sie ohne ihre Familie Ferien machen durfte. Es war ein Abenteuer, und sie fühlte sich sehr erwachsen.

Glücklich lächelte sie Jennifer Maxwell an. Die beiden Mädchen warteten auf Jennifers Vater, der sie von der Schule abholen wollte. Jennifer war ein Jahr älter als Lucinda und schon eine sehr selbstsichere junge Dame.

Beide Mädchen waren hübsch, aber völlig verschieden. Jennifer war groß für ihr Alter und jungenhaft schmal. Sie hatte glänzendes schwarzes Haar, dunkle Augen und feine Züge. Lucindas Haar war flaumig, goldblond, ihre Figur runder und weiblicher. Ihre grünen Augen strahlten vor Freude, und sie drückte Jennifer fest die Hand.

Seit ihrem ersten Semester in der Hurstmonbury School hatte Lucinda mit einer Mischung aus Bewunderung und Zuneigung zu Jennifer aufgeschaut. Jennifer schien viel reifer, fertiger, fand sich viel besser in der Welt der Erwachsenen zurecht. Lucinda kam sich ihr gegenüber noch wie ein richtiges Kind vor. Sie blickte zu der älteren auf und wandte sich mit all ihren Problemen an sie. Jennifer wußte immer Rat, ob es um Arithmetik oder um den augenblicklichen Freund ging, Lucinda kopierte geradezu sklavisch Jennifers Art sich zu kleiden, ihren Gang, ihre Sprechweise. Sie ahmte ihren Stil nach, wurde ihrem Idol immer ähnlicher und konnte so ihrer Verehrung am besten Ausdruck geben.

Jennifer duldete es gelassen und gutmütig. Vor noch nicht allzulanger Zeit hatte auch sie zu einem älteren Mädchen aufgeblickt wie zu einer Göttin, daher wußte sie recht genau Bescheid über die leidenschaftliche Zuneigung, die Lucinda für sie empfand. Sie war immer nett und lieb, aber, fand Lucinda, genauso fern und unerreichbar wie die Sterne am Himmel. Als Jennifer sie eingeladen hatte, während der Sommerferien ein paar Wochen mit ihr und ihrem Vater zu verbringen, war Lucinda daher natürlich überwältigt gewesen und hatte ihre Eltern gebeten, es zu erlauben.

»Ich denke, das geht in Ordnung«, hatte ihr Vater zurückhaltend eingewilligt. »Du wirst allmählich erwachsen und kannst nicht immer am Schürzenzipfel deiner Mutter hängen. Jennifer scheint mir ein nettes, vernünftiges Mädchen zu sein, und ich bin überzeugt, du bist dort gut aufgehoben. Fahr nur – und amüsier dich gut.«

Beide Mädchen trugen die grauen Flanellröcke und Jacken der Schuluniform, als sie jetzt in der Eingangshalle standen und warteten. Sie hatten nur winzige Toilettesachen dabei.

»In Daddys Wagen ist es furchtbar eng, also nimm nichts mit, was du nicht unbedingt brauchst«, hatte Jennifer die Freundin ermahnt. »Zu Hause kannst du dir dann von mir ausleihen, was du noch brauchst. Außerdem müssen wir uns nicht so toll anziehen, wir gehen weder zu schicken Partys noch sonstwohin. Es ist ja nur ein kleines Haus auf dem Land. Ich hoffe, du wirst dich nicht allzusehr langweilen, Lucinda.«

»Nur keine Sorge. Ich bin sicher, daß es mir gefallen wird. Wir werden viel Spaß miteinander haben.« Lucinda war zwar außer sich vor Freude darüber, daß sie mit Jennifer zusammen sein würde, aber die bevorstehende Begegnung mit Jennifers Vater machte sie nervös. Merton Maxwell war eine Legende. Lucinda hatte ihn schon in vielen Filmen gesehen, denn Merton war einer der gefeiertsten Schauspieler seiner Zeit. Ein großer Shakespeare-Darsteller in der Tradition von John Gielgut, Laurence Olivier oder Alex Guinness, hatte er sich wie diese eine zweite Karriere beim Film und beim Fernsehen aufgebaut. Jennifer hatte Lucinda erzählt, ihr Vater habe eine Wohnung in der Stadt, nutze aber jede freie Minute aus, um sich in seinem kleinen Haus in den Cotswolds zu entspannen.

»Wir werden nur zu dritt sein – kein Hauspersonal, keine anderen Gäste.« Jennifer legte der Freundin den Arm um die Schultern. »Aber es gibt dort wunderschöne Spazierwege, und reiten können wir auch, solange das Wetter hält. Oh, hier ist Daddy ja schon!«

Sie nahmen ihre Köfferchen auf und liefen hinaus auf die gekieste Zufahrt, wo eben mit quietschenden Reifen ein blutroter Ferrari hielt. Merton sprang heraus, nahm seine karierte Mütze ab und verneigte sich tief und theatralisch.

»Meine Damen«, sagte er mit klangvoller, weithin hallender Stimme, »ich stehe Ihnen zu Diensten.«

»Ach, Daddy, komm von der Bühne runter«, sagte Jennifer lachend.

Die übermütige Pantomime des großen Schauspielers hatte Lucinda von ihrer Schüchternheit befreit, und sie musterte den Mann, der vor ihr stand, mit lebhaftem Interesse. Ihr erster Eindruck war, daß er kleiner war, als sie sich ihn vorgestellt hatte. Er war sogar ziemlich klein und untersetzt, aber seine Bewegungen waren so genau berechnet, so bewußt, daß er anmutig und geschmeidig wirkte wie ein Panther. Er hatte ein unregelmäßiges, sonnengebräuntes Gesicht mit aristokratischen Zügen und prahlte geradezu mit seinen fünfundvierzig Jahren. Lucinda fiel sofort auf, daß er dieselben kecken, rastlos schweifenden Augen und dieselbe empfindsame Nase hatte wie seine Tochter. Wenn er lächelte, wirkte Merton besonders eindrucksvoll. Er war eine Persönlichkeit, aber durchaus nicht unzugänglich. Das machte seinen Charme aus.

»Du bist also Lucinda«, sagte er. »Jenny hat mir schon viel von dir erzählt.«

Er wandte sich ihr zu, und seine Augen sahen völlig mühelos durch sie hindurch. Es war, als sei sie, an Körper und Seele nackt, seinen durchdringenden Blicken preisgegeben. Sie fühlte, daß sie rot wurde, und wußte im ersten Moment nicht, was sie sagen sollte.

»Also hinein mit euch!« rief Merton. »Es ist nicht allzuviel Platz für euch und euer Gepäck, aber wir fahren ja nicht weit.«

Sie stiegen ein, rutschten ein bißchen auf dem Sitz herum und hatten sich bald in dem niedrigen Sportwagen eingerichtet. Merton gab Gas, sie brausten die Zufahrt hinunter, und Hurstmonbury blieb hinter ihnen zurück.

Etwa zwanzig Minuten später bog Merton von der Autobahn ab, sie fuhren schmale, von Hecken gesäumte Landstraßen entlang, vorbei an verschlafenen Dörfern mit malerischen strohgedeckten Fachwerkhäusern und stillen Kirchen mit hohen Türmen. Leben herrschte aber nur in den gemütlichen Pubs, die an der Straße lagen. Gegen Ende der Fahrt entdeckte Lucinda ein großes Haus in einem Park. Seine Türmchen, Giebel und blanken Fenster schienen über Wälder und Wiesen hinweg, weit und breit der einzige Blickfang zu sein.

»Glaub ja nicht, daß unser Haus auch nur annähernd so aussieht«, sagte Merton, der in dieselbe Richtung schaute wie Lucinda. »Es hat auch keine Ähnlichkeit mit dem imposanten Landsitz deiner Eltern. Wir leben einfach.«

Sie überquerten eine uralte Brücke, die über einen rasch strömenden Bach führte, und bogen in eine schmale Zufahrt ein. Hohe Eichen warfen mit Sonne durchwirkte Schatten auf den gewundenen Fahrweg. Und dann kamen sie zu Mertons kleinem, bescheidenen Häuschen.

Nach allem, was die Maxwells ihr gesagt hatten, hatte Lucinda fast eine Hütte erwartet. Jetzt sah sie ein hübsches Haus aus honigfarbenem Cotswoldstein, mit langen, altmodischen Schiebefenstern und einer leuchtend grün gestrichenen Haustür vor sich. Es hätte das Heim eines Pfarrers oder eines wohlhabenden Landarztes sein können. Auf keinen Fall war es ›nur ein Häuschen‹.

Jennifer zeigte Lucinda sofort ihr Zimmer. Im Haus roch es so angenehm und frisch, als werde es ständig bewohnt. Lucinda packte ihre Sachen aus und räumte sie in die Kommode ein. Sie schlug die Patchwork-Überdecke auf dem Bett zurück und schnupperte an der duftenden, leuchtendweißen Bettwäsche. In einer Porzellanvase, die auf dem Nachttisch stand, blühten ein paar Lavendelzweige, deren feines Aroma Lucinda willkommen zu heißen schien. Das kleine Zimmer gefiel ihr, und als sie wenig später die Treppe hinunterlief, fühlte sie sich schon wie zu Hause.

Die nächsten Tage vergingen sehr angenehm. Merton überließ die beiden Mädchen die meiste Zeit sich selbst, so daß sie tun und lassen konnten, was sie wollten. Am Vormittag verbrachte er regelmäßig ein paar Stunden in seinem Arbeitszimmer. Er studierte eine Rolle für ein neues Stück, das im Herbst uraufgeführt werden sollte. Lucinda und Jennifer räumten das Haus auf und unternahmen lange Spaziergänge ins Dorf oder durch den Wald, stets begleitet von Sheridan, Mertons lebhaftem Irish Setter, der die Mädchen aufgeregt umsprang und vergeblich jeder Katze nachjagte. An den Nachmittagen spielten sie Tennis – zum ›Häuschen‹ gehörte ein wunderbar gepflegter Rasenplatz –, oder sie saßen einfach herum und schwatzten. Merton unterhielt sie mit Skandalgeschichten von Hollywoodgrößen oder den exzentrischsten Mitgliedern des britischen Hochadels, die ein Faible für die Bühne hatten. Lucinda vermutete, daß er seine Geschichten stark ausschmückte, wenn es nicht überhaupt reine Produkte seiner Fantasie waren, doch das schmälerte in keiner Weise ihr Vergnügen daran. Manchmal fuhren sie zum Abendessen in ein altes Herrenhaus, das in ein erstklassiges Restaurant umgewandelt worden war. Meist aber blieben sie zu Hause und aßen etwas Einfaches, das die Mädchen zubereitet hatten. Hin und wieder übernahm auch Merton die Küche und sorgte für kulinarische Genüsse, da er gutes Essen liebte und ein ausgezeichneter und fantasievoller Koch war.

Zwar hatte Lucinda die Einladung angenommen, um mit Jennifer zusammenzusein, jetzt stellte sie jedoch fest, daß Mertons Gesellschaft ihr genausoviel bedeutete, wie die ihrer Freundin.

Sie empfand ein unklares Schuldgefühl, mußte jedoch zugeben, daß man Merton einfach gern haben mußte, weil er so rücksichtsvoll und amüsant war.

Ihre Gefühle gingen jedoch noch tiefer. Er spielte sich nie auf, dennoch war sie sich immer der Tatsache bewußt, daß er ein großer Schauspieler war. Seit Jahren hatte sie ihn aus der Ferne bewundert. Sie hatte ihn auf der Bühne und auf der Leinwand gesehen, und sie hatte von ihm geträumt. Er war der Prinz, der sie eines Tages vor dem bösen Drachen erretten, der Ritter, der im Kampf um ihre Hand ihre Farben tragen, der Scheich, der unter dem Tropenmond nachts in ihr Zelt schleichen würde. Mit einem Wort – sie schwärmte für Merton.

Seit sie mit ihm im selben Haus lebte, fühlte sie ihm gegenüber eine seltsame Wärme und Zärtlichkeit. Er behandelte seine Tochter großherzig und liebevoll und brachte Lucinda jetzt dieselbe Zuneigung entgegen. Er übte eine ungeheure Anziehungskraft auf sie aus, die sie jedoch nicht ganz verstand. Konnte das Liebe sein? Sie wagte es kaum zu denken.

Eine Woche war vergangen. Es war einer jener Tage, an dem strahlender Sonnenschein sich mit wolkigem, windigem Wetter abwechselte. Die beiden Mädchen waren am Nachmittag miteinander ausgeritten. Mertons ›Häuschen‹ hatte einen eigenen Pferdestall.

»Du reitest ausgezeichnet!« rief Jennifer Lucinda zu, als sie einen schmalen Weg entlangtrabten, den auf beiden Seiten majestätische Kastanienbäume säumten. »Ich nehme an, du bist praktisch im Sattel zur Welt gekommen.«

Lucinda lachte. »Ich kann mich jedenfalls nicht erinnern, daß es auch eine Zeit gegeben haben muß, in der ich nicht reiten konnte. Was für eine wunderschöne Aussicht! Halten wir doch ein paar Minuten an.«

Sie waren auf eine Lichtung gekommen, die auf der gegenüberliegenden Seite sanft abfiel und einen herrlichen Ausblick auf Wälder, Wiesen und strohgedeckte Häuser bot, die sich eng um den Kirchturm scharten. An einem Baum banden sie die Pferde fest und streckten sich im hohen, saftigen Gras aus.

»Sag mal«, meinte Lucinda, »hat das Reiten auch eine so merkwürdige Wirkung auf dich, Jennifer?«

»Was für eine Wirkung meinst du?«

»Na ja, ich weiß nicht recht, wie ich's sagen soll, aber es erregt mich immer, wenn sich meine Schenkel am Sattel reiben. Wenn man die Beine so spreizt und durch die Reithose das rauhe Fell des Pferdes fühlt..., das macht mich irgendwie – nun ja, sexy.«

Lucinda sah Jennifer scheu an und errötete.

»Da steckt doch mehr dahinter«, neckte Jennifer die jüngere. »Gibt es in deiner dunklen Vergangenheit ein anrüchiges Geheimnis? Hat dich ein wilder Hengst vergewaltigt, oder verspürst du Lust nach einem feinen Pferd?«

Sie kicherten beide.

»Nichts dergleichen! Doch da war etwas – aber eigentlich war es nichts, überhaupt nichts.«

»Hör auf, ein Geheimnis daraus zu machen. Was ist passiert?«

»Es ist schon eine Ewigkeit her«, sagte Lucinda. »Ich hatte damals noch mein erstes Pony. Daddy ritt Parforcejagden, aber ich war natürlich viel zu jung dazu. Die Jagdgesellschaft versammelte sich vor einem alten Landgasthaus, und ich begleitete Daddy, um sie alle aufbrechen zu sehen. Du weißt ja, wie das ist – die schicken scharlachroten Jacken, die Jagdhunde, die wie verrückt jaulen und hecheln, die Leute, die noch rasch einen Drink nehmen – den sogenannten Satteltrunk. Und ich war so stolz auf mein Pony, obwohl es gegen die großen Jagdpferde so winzig aussah. Unter den Jagdgästen war ein Mann, ein gewisser Oberst Fortescue, der fantastisch aussah. Jung war er allerdings nicht mehr. Er muß damals mindestens Ende der Vierzig gewesen sein, und mir kam er so alt vor wie Methusalem. Aber er hatte irgend etwas an sich. Er war groß und hatte einen tollen, buschigen Schnurrbart, riesige Hände und eine laute Stimme. Das klingt nicht besonders aufregend, ich weiß, aber mir kam er wie der männlichste Mann vor, den ich je gesehen hatte. Er war auch immer sehr nett zu mir, redete nicht so von oben herab mit mir wie viele andere Erwachsene.«

»Was ist also passiert?«

»Nichts, Jennifer. Absolut nichts, das habe ich dir doch schon gesagt.«

»Es muß etwas gewesen sein, sonst würdest du nicht soviel davon hermachen.«

»Na ja, schließlich brachen sie alle auf, und ich schaute ihnen nach, bis sie außer Sicht waren. Ich beschloß, ein Stück allein zu reiten. Und wie es so geht, ritt ich viel weiter, als ich ursprünglich beabsichtigt hatte. Es war ein so schöner Tag, und ich merkte gar nicht, wie weit ich von zu Hause weg war. Dann hielt ich an, weil – nun ja, weil ich mal Pipi machen mußte.«

»Da ist doch nichts dabei«, meinte Jennifer.

»Nein, natürlich nicht. Und es war ja auch niemand in der Nähe, dachte ich. Ich trug Jeans und hatte sie mir eben bis zu den Knöcheln heruntergezogen, als ich ein Pferd herantraben hörte. Ich schaffte es nicht mehr, meine Jeans richtig hochzuziehen, da stand auch schon Oberst Fortescue vor mir.«

»Direkt vor dir?«

»Direkt vor mir, und ich war zwischen Taille und Knien praktisch nackt.«

»Und was hat der hinreißende Oberst getan? Sag bloß nicht, daß ein ritterlicher englischer Soldat die Notlage einer Jungfrau unfair ausnutzte.«

»Mach dich nicht über mich lustig, Jennifer. Ich war so verlegen, daß ich nicht wußte, was ich sagen sollte. Zugleich aber freute ich mich ganz tief drinnen in mir, daß er mich so sah. Ich glaube, ich wollte schon damals, daß dieser gutaussehende Mann in mir eine Frau sah und kein Kind.«

»Hat er dich in die Arme gerissen und an die Brust gepreßt – wie man's immer im Kino sieht?«

»Jennifer! Sei nicht albern. Er tat so, als habe er nichts Ungewöhnliches gesehen, und doch verriet mir irgend etwas Unerklärliches in seinen Augen, daß er sich für mich interessierte.«

»Du meine Güte, mach's nicht so spannend! Was ist passiert?«

»Nichts, das sag' ich dir doch schon die ganze Zeit. Er fragte mich, ob ich mich verirrt hätte und half mir beim Aufsteigen.«

»Beim Aufsteigen?«

»Auf mein Pony, du dumme Gans. Dann sind wir nach Hause geritten. Das war alles.«

»Wenn das alles ist, frage ich mich, wieso du dich so deutlich daran erinnerst?«

»Weil er mich so eigenartig festhielt, als er mir in den Sattel half. Seine Hände wanderten. Du weißt doch, was ich meine.«

»Nein. Seine Hände konnten nicht sehr weit wandern, wenn er dir nur hinaufhalf.«

Lucinda schluckte und fuhr dann leise fort: »Nein, nein, so war es nicht. Ich brauchte absichtlich schrecklich lange dazu, meine Jeans hochzuziehen. Das kam von diesem merkwürdigen Gefühl her, daß ich gesehen werden wollte. Er war wie der Blitz aus dem Sattel, und ich fühlte seine Hände, die mich betasteten. Es war unglaublich. Seine Berührung war ganz leicht und zart. Es war aufregend. Zum ersten Mal im Leben spürte ich, daß ich eine Frau war. Dann bückte er sich und gab mir einen Kuß.«

»Was? Einen richtigen Kuß? Wohin denn?«

»Aber nein. Du willst dauernd eine große, leidenschaftliche Sache daraus machen. Das war sie nicht. Er küßte mich ganz leicht auf die Lippen. Ich sah ihm in die Augen. Sie waren grau und kühl, und doch schienen große Leidenschaften und tiefe Trauer darin verborgen. Klingt das albern?«

»Nein, nein, erzähl weiter.«

»Er lächelte mich an. Es war, als wisse er, was ich gewollt hatte und was in meinem Kopf vorging. Dann sagte er mit bebender, sehr leiser Stimme. ›Du bist zu einer sehr hübschen jungen Dame herangewachsen, Lucinda.‹«

»Was hast du gesagt?« fragte Jennifer.

»Nichts«, erwiderte Lucinda. »Ich brachte kein einziges Wort heraus. Mein Mund war strohtrocken, und ich hatte einen Kloß im Hals. Ich wurde nur rot. Er legte mir die Hände auf die Schultern und ließ sie dann sanft auf meine Brüste heruntergleiten. Es waren die Hände eines Mannes, der gelebt hatte. Feste, männliche, kräftige und tüchtige Hände. Aber sie waren nicht grob, und meine Haut begann zu prickeln, wenn er mich berührte. Meine Brustwarzen wurden hart und richteten sich auf. Das hatte ich bisher noch nie erlebt. Ich war so erregt. Ich wollte etwas von ihm und wußte nicht, was es war. Er legte mir die Hände auf den Leib, und in diesem Augenblick begriff ich, daß ich eine Frau war, obwohl ich auch wußte, daß ich noch nicht erwachsen war. Es war ein komisches Gefühl, ich war ganz durcheinander.

Dann zog er mich an sich. Ich weiß noch heute genau, wie er roch. Sehr männlich auf jeden Fall, wie alter Tweed und Pfeifentabak. Stark, aber nicht herb. Ich wünschte mir, daß er mich in die Arme nehmen, mit mir schmusen würde.

Statt dessen ließ er seine Hände an mir heruntergleiten. Ich war ganz steif und starr und konnte kaum atmen. Dann berührte er mich, streichelte mich ganz sanft. Ich spreizte die Beine für ihn. Ich war wie hypnotisiert. Ich konnte mich nicht rühren. Ich war heiß und feucht – du weißt doch, was ich meine? Ich wollte ihn, fürchtete mich zugleich aber entsetzlich.«

»Und – hat er dich genommen?« Jennifer hatte nur die unzähligen erotischen Romane im Kopf, die sie schon gelesen hatte.

Beide kicherten nervös.

»Nein, das sag' ich dir doch die ganze Zeit. Es war wirklich nichts. Er nahm die Hände weg, zog meine Jeans herauf und half mir, sobald ich den Reißverschluß zugemacht hatte, in den Sattel. Wir ritten in verschiedene Richtungen davon, ohne noch ein Wort miteinander zu wechseln.«

»Aber du hast dich wohl gefühlt?«

»Großartig. Es war, als fühle ich noch immer den Druck seiner Hand, und der Rhythmus des Pferdes ging mir durch und durch. Ich kann es nicht beschreiben. Es war, als werde ich massiert und ein Teil von mir werde empfindungslos – aber angenehm empfindungslos, weißt du, nicht so taub wie nach einer Spritze vom Zahnarzt. Meine Haut prickelte und brannte. Plötzlich merkte ich, daß ich klatschnaß war, und mir wurde heiß und kalt und wieder heiß. Ich habe oft von diesem Ritt geträumt und davon, wie es wäre, von einem Mann wie Oberst Fortescue genommen zu werden – von einem erfahrenen Mann, nicht von irgendeinem kleinen Jungen, der kaum aus den kurzen Hosen herausgewachsen ist.«

»Du hast einen Vaterkomplex«, teilte Jennifer der Freundin mit.

»Machst du Witze? Du kennst doch meinen Vater.«

»Es muß nicht dein leiblicher Vater sein, einfach nur ein älterer

Mann. Vielleicht jemand, den du dir als Vater wünschst, aber als Liebhaber begehrst. Ich habe alles darüber gelesen.«

Während sie zurückritten, dachte Lucinda über Jennifers Worte nach. Sie stellte sich vor, wie Oberst Fortescues kräftige und doch so sanften Hände sie berührten, als sei sie ein kostbares Juwel, aber das Gesicht, das unerwartet vor ihr auftauchte, war das von Merton Maxwell, einem anderen nicht mehr jungen Mann und idealen Vater. Davon aber sagte sie zu Jennifer kein Wort. Es war ein zu persönliches Gefühl, um ausgesprochen zu werden.

Als sie wieder nach Hause kamen, fanden sie Merton bei bester Laune. Er hatte hart gearbeitet und kochte jetzt, um sich zu entspannen, ein wunderbares Essen. Herrliche Düfte wehten aus der Küche, und das ganze Haus widerhallte von Mertons fröhlichem Gesang.

»Beeilt euch, Mädchen, wenn ihr vor dem Abendessen noch duschen wollt!« rief er. »Zeit, Gezeiten und gutes Essen warten nicht.«

»Komm, duschen wir zusammen«, sagte Jennifer zu Lucinda.

»Okay. Ich hole nur mein Handtuch. Wir könnten eine Firma mit dem Namen ›Zwei unter einer Dusche‹ gründen.« Lucinda lachte.

Die Mädchen schlüpften aus ihren Sachen. Ihre Körper waren feucht von Schweiß und vom Reiten in der Sonne erhitzt. Jennifer trat unter das strömende kalte Wasser und schauderte leicht – erschrocken und entzückt zugleich. Lucinda kam zu ihr unter die Dusche und betrachtete bewundernd den schmalen, geschmeidigen Körper der Freundin.

Winzige Wassertropfen schimmerten wie Edelsteine auf Jennifers Armen und Beinen. Das lange Haar schmiegte sich an ihren Kopf und um ihre Schultern, als sie sich mit geschlossenen Augen den weißen Seifenschaum zwischen die Schenkel und unter die Achseln rieb. Lucinda fühlte Verlangen nach Jennifers Schönheit wie eine heiße Welle in sich aufsteigen. Ohne sich darüber klar zu sein, warum sie das wollte, hätte sie am liebsten die winzigen Wassertropfen von den festen jungen Brüsten des geliebten Mädchens abgeleckt, deren winzige rosa Knospen künftige Schönheit verrieten.

»Komm, du Langweilerin!« rief Jennifer Lucinda zu. »Was stehst du herum und starrst mich an?«

Lucinda schüttelte den Kopf und sagte mit einer Spur von Neid:

»Ich wünschte, ich hätte einen Körper wie du. So beweglich und kräftig, aber schlank und sehr, sehr sexy.«

Jennifer nahm sie bei der Hand und zog sie unter das strömende Wasser.

»Sei nicht albern, Lucinda, mein Schatz. Dein Körper ist haargenau so hübsch wie der meine. Tatsächlich finde ich ihn sogar viel hübscher. Ich bin zu mager, aber du – nein, du bist nicht pummelig, du bist genau richtig.«

Sie umarmte Lucinda und gab ihr einen seifigen Kuß auf die Wange. Obwohl das Wasser kalt war, glühte Lucinda und glaubte, innerlich zu verbrennen. Sie preßte sich an Jennifer, und es erregte sie, die straffe, makellose Hut und die Wärme ihres Körpers zu fühlen.

»Seid ihr denn noch nicht fertig, Kinder?« rief Merton.

»Wir kommen!« antwortete seine Tochter.

Jennifer drehte das Warmwasser auf, und sie spülten sich die Seife von den Körpern. Dann trockneten sie sich rasch ab.

»Findest du mich wirklich hübsch?« fragte Lucinda.

Als Antwort küßte Jennifer sie noch einmal.

»Du bist nicht nur hübsch, Lucinda. Glaub mir, du bist schon eine begehrenswerte junge Frau. Wir sind jetzt nicht in der Schule, also hör auf wie ein Schulmädchen zu denken. Jetzt beeil dich und zieh dich an, sonst fallen wir beide beim Hausherrn in Ungnade.«

Lucinda lief in ihr Zimmer und schlüpfte schnell in ein einfaches Kleid. Kritisch musterte sie sich im Spiegel. Das Kleid schmiegte sich eng an ihren Körper, modellierte ihre Kurven heraus und ließ sie ein ganz klein wenig üppig erscheinen. Vielleicht war sogar etwas Wahres an dem, was Jennifer gesagt hatte. Lucinda fand sich selbst recht anziehend. Als sie hinunterlief, war sie sich ihres Körpers auf eine ganz neue Weise bewußt geworden. Ihre Augen funkelten, und ihr Gang war federnd und viel lebhafter als sonst.

Sie betrat die Küche und wußte plötzlich, daß etwas ganz Ungewöhnliches geschehen würde. Es war ein sehr merkwürdiges Gefühl, ein Eindruck, den sie nicht erklären konnte. Ein erwartungsvolles Prickeln überlief sie, als stehe sie vor einem großen Abenteuer. Es war keine schlimme Vorahnung, es war einfach so, als bewege sich etwas Unsichtbares durch das Haus und warte auf den richtigen Augenblick, um sich bemerkbar zu machen, und als rücke dieser Augenblick rasch näher.

»Bist du's, Jenny?« rief Merton.

»Nein, Jennifer ist noch oben und zieht sich um.«

»Nun, sie kommt bestimmt bald herunter. Hol dir etwas zu trinken, und sei so lieb und bring mir einen Whisky mit, Lucinda. Ich kann mich jetzt nicht vom Herd wegrühren. Wenn ich ihm nur den Rücken kehre, geht alles in Flammen auf.«

Lucinda ging zum Barschrank. Sie wußte nicht genau, wieviel Whisky sie einschenken sollte, also beschloß sie, großzügig zu sein. Sie trank gewöhnlich Cola mit Orangensaft, doch heute abend kam sie sich sehr erwachsen vor und mixte sich einen Gin Tonic, wie sie es auf Partys und im Fernsehen beobachtet hatte. Merton – in Hemdsärmeln – rührte energisch in einer Kasserolle, während es in anderen Töpfen vielversprechend brodelte.

»Kann ich etwas helfen?«

»Nein, Schätzchen, aber es ist lieb von dir, daß du fragst. Wir großen Küchenchefs sind Individualisten. Reich mir nur den belebenden Trank. Du meine Güte, was für eine Portion Whisky! Ich wollte nur etwas trinken, nicht darin baden. Oder willst du mich vielleicht betrunken machen?«

Merton nahm den Whisky und fügte Wasser und Eiswürfel hinzu.

»Was hast du in deinem Glas?« fragte er. »Du bist noch ein bißchen zu jung, um dich dem Alkohol zu ergeben, nicht wahr?«

»Ach, mir war heute einfach danach zumute«, verteidigte sich Lucinda.

»Gut, gut.« Merton lachte. Dann änderte sich sein Gesichtsausdruck. »Ich muß aufhören, dich wie ein Kind zu behandeln, Lucinda. Du bist eine Frau. Eine richtige Frau.«

Ihre Blicke begegneten sich. Zum ersten Mal sah ein Mann Lucinda an, als sei sie eine begehrenswerte, reife junge Frau.

Jennifer kam in die Küche, und die Spannung zwischen ihnen zerriß.

»Daddy, ich fühle mich gräßlich«, sagte sie. »Ich glaube, ich habe mich heute nachmittag erkältet.«

»Willst du dich ins Bett legen, Jenny? Ich bringe dir dein Abendessen auf einem Tablett hinauf.«

»Nein, das wäre weder dir noch Lucinda gegenüber fair. Ich liege ja nicht im Sterben. Ich glaube, ich mach's wie Lucinda und genehmige mir einen ordentlichen Schluck.«

»Also hinein mit dir! Das Essen ist in ein paar Minuten fertig. Deck inzwischen den Tisch, mein Schatz, ja?«

Als die Mädchen eben mit dem Tischdecken fertig waren, brachte Merton den ersten Gang herein. Es waren wunderschön angerichtete Muscheln St. Jacques, und dazu gab es einen leichten, gut temperierten Chablis.

»Das schmeckt ja köstlich«, sagte Jennifer. »Feiern wir irgend etwas?«

Ihr Vater nickte. »Ich habe mir den Text dieses neuen Stückes angesehen. Man kommt, während man liest, immer zu einem Punkt, an dem alles einfach und klar wird. Wenn das Stück etwas taugt. Heute habe ich festgestellt, daß ich auf eine Goldmine gestoßen bin. Das macht mich glücklich, und einen besseren Vorwand, um meine bezaubernden Frauen zu bewirten, brauche ich wahrhaftig nicht.«

Das Abendessen war ein voller Erfolg. Mertons Sauce Béarnaise paßte hervorragend zu den Tournedos, und er öffnete eine erstklassige Flasche Château Pape-Clément. Nach Käse und Obst fühlte Lucinda sich entspannt, und der Wein war ihr ein bißchen zu Kopf gestiegen. Eine warme Zufriedenheit breitete sich in ihr aus. Jennifer entschuldigte sich. Der Kopf tat ihr weh, und sie hatte leichtes Fieber.

»Geh ins Bett, Püppchen«, sagte Merton. »Mit dem Abräumen werde ich schon allein fertig.«

»Ich helfe Ihnen, Merton«, sagte Lucinda, die froh war, daß sie sich nützlich machen konnte; daß Merton sie dankbar anlächelte, verursachte ihr Herzklopfen.

Die Speisereste waren bald weggeräumt, die Spülmaschine beladen, die Weinkaraffen weggestellt.

»Ich genehmige mir jetzt einen Cognac«, sagte Merton und nahm einen der großen, ballonartigen Cognacschwenker aus dem Glasschrank. »Trinkst du einen mit?«

»Nein, danke, ich glaube, ich habe genug gehabt.«

»Dann setz dich und leiste mir ein bißchen Gesellschaft.«

»Ich sollte lieber hinaufgehen und nach Jennifer sehen.« Schon während sie es sagte, wußte Lucinda jedoch, daß sie sich viel zu wohl fühlte und nicht die geringste Lust hatte, aufzustehen. Und als habe er ihre Gedanken gelesen, schüttelte Merton den Kopf und erwiderte:

»Sie hat bestimmt ein paar Aspirin genommen und schläft schon. Laß sie in Ruhe, und stör sie nicht.«

Er setzte sich neben sie auf die Couch und klopfte ihr leicht auf den Arm. Er trank einen Schluck Cognac und fragte dann: »Möchtest du gern Musik hören?«

Lucinda nickte. »Ja, etwas Verträumtes.«

Merton überlegte einen Moment, nahm dann eine Kassette und schob sie in den Stereo-Recorder. Leise Geigenmusik erfüllte den Raum. Sie schien Lucinda einzuhüllen und zu liebkosen. Es war, als werde sie von warmem Wasser überrieselt. Merton legte ihr den Arm um die Schultern.

»Glücklich?« fragte er.

Lucinda nickte lächelnd. Unsagbar zärtlich zog er sie an sich und küßte sie auf die Lippen. Es kam völlig unerwartet und schien zugleich auf merkwürdige Weise unvermeidlich. Lucinda wußte plötzlich, daß sie, ohne es selbst zu wissen, darauf gewartet hatte, seine Lippen auf den ihren zu fühlen.

»Weißt du, daß du ein sehr hübsches Mädchen bist, Lucinda?« Sie wußte nicht, was sie sagen oder tun sollte. Merton streichelte ihr Haar, und ihre Haut begann zu prickeln, wenn er sie berührte.

»Merton, das ist nicht recht, denk doch an Jennifer!« Ihr schwacher Protest klang nicht einmal für sie selbst überzeugend. Seine Hand lag auf ihrer Schulter und glitt langsam zu ihrer Brust herunter. Sie versuchte nicht, ihn wegzustoßen. Ihren Worten zum Trotz sehnte sich ihr Körper nach ihm.

»Das hat mit Jenny nichts zu tun. Es geht nur mich und dich etwas an, Lucinda. Du warst ein Kind, jetzt bist du eine Frau. Du mußt nur den Mut zur Liebe haben, meine bezaubernde Lucinda.«

Während er sprach, hatte Merton den Träger ihres Kleides von der Schulter gestreift und umfing jetzt ihre milchweiße Brust. Seine Hand war sanft und doch fest. Das Blut pulsierte ihr in den Adern, und sie litt plötzlich unter Atemnot und mußte nach Luft schnappen. Blindlings hob sie das Gesicht zu ihm auf, suchte wieder seinen Mund und schob ihm ihre kleine, bewegliche Zunge zwischen die Lippen. Merton hielt sie ganz fest an sich gepreßt. Ihre Umarmung schien eine Ewigkeit zu dauern. Lucinda fühlte sich ganz schwach vor Verlangen, als Merton seinen Mund von dem ihren löste, das Gesicht zwischen ihren Brüsten vergrub und ihre Brustwarzen küßte, die immer härter wurden.

Lucinda stand auf, ihr weißes Kleid flatterte zu Boden. Nackt bis auf die zarten, durchsichtigen Nylonhöschen, durch die der feine goldene Haarflaum schimmerte, stand sie vor ihm. Er sah sie an und konnte den Blick nicht von ihrer Schönheit wenden.

Ihre Hingabe war vollkommen, und er liebkoste sie wie ein kostbares Juwel. Ohne sie auch nur eine Sekunde lang aus den Augen zu lassen, öffnete er langsam seinen Gürtel und zog die Hose aus. Als er nackt war, dämpfte er das Licht. Dann legte er Lucinda liebevoll auf das große, samtene Sofa und ließ sich auf ihren ungeduldig wartenden, brennenden Körper sinken.

Es war für Lucinda etwas ganz neues, den Körper eines erwachsenen Mannes zu fühlen. Sie wußte natürlich, was sie zu erwarten hatte, doch wie es sein würde, ahnte sie nicht. Der Geschmack seiner Lippen, der Duft seines Körpers unterschieden sich auf wunderbare Weise von allem, was sie bisher gekannt hatte. Fest drängte er sich gegen ihr weiches Fleisch. Das dichte, krause schwarze Haar auf seiner Brust, das sich an ihrer glatten Haut rieb, jagte ihr Schauer der Erregung über den Leib. Ihre Hände erforschten schüchtern und staunend dieses ihr unbekannte Wesen Mann. Sie ahnte, daß er sehr stark war. Die gespannten Muskeln seiner Arme, Beine und seines gedrungenen Körpers verrieten eine große innere Kraft. Merton hatte nicht die dicken, knotigen Muskeln, die Lucinda so oft in Zeitschriften und Inseraten angepriesen gesehen hatte, doch seine Kraft war viel überzeugender. Er war sanft mit ihr, doch es war die Sanftheit des wahrhaft starken Mannes. Er behandelte ihren Körper wie der Töpfer, der aus Ton ein feines Gefäß formt – liebevoll, zart und doch mit großer Festigkeit.

Lucinda sehnte sich nach dem Augenblick und fürchtete ihn zugleich. Doch vorher nahmen Mertons Hände und sein Mund Besitz von ihr, und alles entwickelte sich wie im Traum. Sie fühlte keinen Schmerz, nur sehnsüchtige Ekstase. Ihre Körper waren eins, als seien sie füreinander geschaffen worden. Sie schienen sich schon unendlich lange zu kennen und Lucinda empfand nie geahnte Befriedigung. Sie lernte, wie man liebte, und wußte, daß sie sich nie mit geringerem zufriedengeben würde als mit rückhaltloser, leidenschaftlicher Hingabe. Gewiß würde es so mit keinem anderen sein, nur Merton vermochte ihr so köstliche Freuden zu bereiten.

Merkwürdig, dachte sie, daß man einen so tiefen inneren Frieden, ein solches Gefühl vollkommener Erfüllung empfinden konnte, nachdem einem eben noch das Blut durch die Adern gerast war, der Körper zu brennen schien. Die Zeit hörte auf zu existieren. Merton und sie waren die einzigen Menschen auf der Welt, und das Wunder dieses Augenblicks würde nie, nie enden.

Lange noch lagen sie einander in den Armen. Dann stand Merton auf und hob Lucinda hoch.

»Es ist schon sehr spät, mein Herz. Wir müssen ins Bett.«

Er trug sie die Treppe hinauf in ihr Zimmer. Sie hatte die Arme um seinen Hals gelegt und atmete gierig seinen herben Körpergeruch ein. Ihr Körper glühte, bis die kühlen Bettlaken ihm etwas von seiner Hitze nahmen.

»Gute Nacht, mein Geliebter«, flüsterte sie.

»Schlaf gut, meine bezaubernde Lucinda«, antwortete Merton, streifte mit den Lippen leicht die ihren und ging auf Zehenspitzen hinaus.

Am nächsten Morgen war Jennifers Erkältung verschwunden, und sie war wieder so munter und lebhaft wie sonst. Merton hingegen schien merkwürdig reserviert, als fürchte er, Lucinda könnte im klaren Licht des Tages das Abenteuer dieser denkwürdigen Nacht bedauern. Sie hätte ihm so gern gesagt, daß dem nicht so sei, hatte jedoch Angst, in Jennifers Gegenwart zu sprechen.

Die beiden Mädchen gingen in dem geschützten Rosengarten hinter dem Haus spazieren, als Jennifer die Freundin plötzlich sehr ernst ansah und fragte:

»Bist du die Geliebte meines Vaters?«

Lucinda erschrak so, daß sie nicht antworten konnte. Sie wurde feuerrot, und ihre Wangen brannten. Jennifer lachte.

»Schon gut. Du brauchst mir nichts zu erklären oder dich gar zu entschuldigen. Ich erkenne die Anzeichen allmählich. Er wird dann ganz still, als schäme er sich für das, was er getan hat. Und deine Augen strahlen, und du scheinst auf Wolken zu wandeln. Wenn er ins Zimmer kommt, wirst du ganz heiß und rot.«

Lucinda zwang sich zu einem Lachen.

»Aber, aber, Jennifer!« sagte sie. »Du hast zu viele romantische Liebesromane gelesen.«

»Es macht mir wirklich nichts aus, Lucinda. Daddy wirkt nun einmal sehr anziehend auf Frauen, und er braucht ihre Liebe. Vielleicht weil er ein großer Künstler ist. Ich glaube, ohne die Bewunderung schöner Frauen würde er verkümmern. Sie ist das Elixier, das ihn am Leben hält. Deshalb hat Mami ihn verlassen. Sie hat es nicht ertragen. Ich bin da ganz anders. Ich weiß, was es ihm bedeutet. Und er hat dich gern, Lucinda. Ich weiß es, ich habe ihn beobachtet. Sei lieb zu ihm. Wenn du ihm weh tust, werde ich dir nie verzeihen, das schwöre ich dir.«

Mit einem Aufschluchzen warf Lucinda sich in Jennifers Arme. Sie umarmten sich, und dann schob Jennifer die Jüngere sanft von sich.

»Warum gehst du nicht zu ihm hinein?«

Lucinda lief ins Haus. Merton saß in seinem Arbeitszimmer. Sie platzte einfach hinein und stürzte in seine Arme. Er zog sie an sich und küßte sie.

»Hat Jenny mit dir gesprochen?«

Lucinda nickte.

»Du lieber Himmel, wie gut das Mädchen mich kennt. Sie liest in meiner Seele wie in einem offenen Buch. Wenn du mich liebst, sollst du auch sie lieben, das wünsche ich mir von dir. Wir sind einander so nahe, daß wir alles teilen, was wir haben. Ich bete dich an, und ich habe viele Frauen vor dir geliebt, aber Jennifer ist der wichtigste Mensch in meinem Leben. Du kannst das wahrscheinlich nicht verstehen, aber es heißt schon immer: wir beide gegen den Rest der Welt.«

»Nein, Merton, sag das nicht! Ich möchte ein Teil deines Lebens sein – möchte zu deinem und zu Jennifers Leben gehören. Schließ mich nicht aus!«

»Liebe, bezaubernde Lucinda, wir würden dich nie ausschließen.«

Sie gingen in den Garten. Jennifer sah sie Arm in Arm auf sich zukommen – ihren Vater und ihre beste Freundin. Sie war unsagbar glücklich.

Die restlichen Ferien vergingen nur allzuschnell. Die drei Menschen lebten so harmonisch miteinander, daß nie ein böses Wort zwischen ihnen fiel. Nie wieder sollte Lucinda eine so vollkommene Seligkeit erleben. Nie wieder liebt man so rückhaltlos wie das erste Mal, keine andere Liebe ist so vollkommen wie die erste ... Da sie sich nicht verstecken mußten, zog Lucinda in Mertons Zimmer, und sie liebten sich sanft und zärtlich, jedoch mit einem inneren Feuer, das sie verzehrte.

»Ich weiß nicht, wie ich mich je wieder in das Leben zu Hause hineinfinden soll«, klagte Lucinda, als der Zeitpunkt der Abreise immer näherrückte.

»Es wird schon so schlimm nicht werden, meine bezaubernde Lucinda.« Merton nahm ihre Trennung hin, als gehe eine Spielzeit zu Ende oder als werde ein Stück abgesetzt – etwas, worauf man ohne Wehmut zurückblickte.

»Du bist herzlos, Merton. Ich bedeute dir eben nichts.«

»Du weißt, daß das nicht wahr ist, Lucinda. Und ich weiß, daß wir uns wiedersehen werden und unsere Liebe jede Trennung überdauern wird. Du mußt nach Hause zu deinen Eltern, es hat keinen Sinn, ein großes Melodrama daraus zu machen. Ich weiß aber auch noch etwas anderes: Seit du hierhergekommen bist, hast du eine Empfindungsfähigkeit entwickelt, die du nie wieder verlieren wirst. Was immer du jetzt auch denken magst, ich werde nicht der einzige Mann in deinem Leben sein. Du bist so emotional, und in dir schlummert eine solche Leidenschaft, daß die Liebe für dich etwas ebenso Lebensnotwendiges ist wie das Atmen. Nie wird dir ein Mensch genügen, du hast zuviel Liebe in dir aufgespeichert. Merk dir meine Worte, denn ich kenne dich besser, als du dich selbst.«

Viel später erinnerte sich Lucinda oft an Mertons Worte. Sie mußte zugeben, daß er recht gehabt hatte.

2

Am späten Nachmittag brachte Merton Lucinda in das vornehme Haus auf dem Belgrave Square. Ihr Vater war nicht zu Hause, doch ihr Bruder Miles begrüßte Merton mit einer steifen Förmlichkeit, die für einen noch nicht ganz Zwanzigjährigen ungewöhnlich war.

»Es war wirklich sehr großmütig von Ihnen, meine kleine Schwester so lange zu ertragen, Mr. Maxwell. Hoffentlich hat sie sich anständig benommen und war nicht allzu lästig.«

»Im Gegenteil«, antwortete Merton, »es hat meiner Tochter und mir viel Freude gemacht, sie bei uns zu haben. Sie ist uns jederzeit willkommen.«

Jetzt hat er es Miles aber gegeben, dachte Lucinda glücklich. Das geschieht meinem Brüderchen ganz recht, warum spielt er auch immer den Snob? Merton hatte am nächsten Tag einen Termin beim

Fernsehen und wollte daher die Nacht in seiner Wohnung in Hampstead verbringen. Jennifer war im ›Häuschen‹ geblieben. Sie hatte Lucinda zum Abschied so zärtlich geküßt, als sei es ein Abschied für immer. Dabei würden sich die beiden Mädchen in drei Wochen in Hurstmonbury wiedersehen. Miles war am selben Tag von einem Urlaub in Italien zurückgekommen, und die Geschwister wollten am nächsten Morgen gemeinsam nach Devon auf den Landsitz der Familie fahren.

Merton blieb nur ein paar Minuten und verabschiedete sich dann. Lucinda gegenüber verhielt er sich zwar sehr freundlich, aber streng korrekt. In seinen kühnsten Träumen wäre Miles nicht darauf gekommen, daß seine Schwester Mertons Geliebte war.

Das ist wahrscheinlich der große Vorteil, wenn man eine Affäre mit einem Schauspieler hat, dachte Lucinda mit einem innerlichen Lachen. Sie freute sich nicht gerade darauf, von ihrem Bruder auf Herz und Nieren nach ihrem Ferienaufenthalt ausgefragt zu werden, doch sie hätte sich keine Sorge zu machen brauchen. Miles hatte selbst unendlich viel zu erzählen. Er hatte sich auch verliebt, aber nicht in eine Frau. Er hatte sein Herz an Florenz verloren und schilderte seiner Schwester die Uffizien und die Pitti-Galerie in den leuchtendsten Farben. Das dauerte bis zum Abendessen, und hinterher berichtete er ihr von der herrlichen Stadt Siena. Lucinda hörte nur mit halbem Ohr zu. Sie erlebte im Geist noch einmal Mertons letzte Umarmung, der Druck seiner Hand lastete noch immer schwer auf ihren Brüsten, ihre Haut war noch immer feucht von der Lust, ihn zu spüren. Sie entschuldigte sich bald nach dem Essen und gab vor, die Fahrt habe sie ermüdet und sie wolle sich vor der noch längeren Reise morgen gründlich ausschlafen.

Die Bahnfahrt nach Devon war langweilig und ereignislos. Lucinda vertrieb sich die Zeit mit dem Lesen eines anspruchslosen Liebesromans, was ihren ernsthaften Bruder sehr verdroß.

»Also wirklich, Lucinda, wozu liest du eigentlich diesen Schund?« fragte er spöttisch. »Liebesgeschichten! Was weiß ein kleines Mädchen in deinem Alter schon über Liebe?«

Sie antwortete nicht, doch ihre Augen funkelten übermütig.

Auf dem Bahnhof erwartete der Chauffeur ihres Vaters die Geschwister mit dem Wagen und brachte sie rasch nach Hause. Dieses Zuhause war ein prächtiges Herrenhaus, dem großen Landhaus sehr ähnlich, das sie auf der Fahrt zu Mertons ›Häuschen‹ gesehen hatte.

Miles und Lucinda waren die einzigen Kinder von Gerald Farrer, dem fünfzehnten Viscount von Hamblewood.

Der Landsitz in Devon befand sich seit dem 17. Jahrhundert im Besitz der Familie. Damals hatte Matthew Farrer mutig und treu für seinen König gegen die Anhänger des Parlamentarismus gekämpft und war in der Restauration von dem dankbaren Karl II. geadelt worden. Der ›fröhliche Monarch‹ hatte die Bastardsöhne seiner Mätressen zu Herzögen erhoben, die Soldaten und Staatsmänner, die für seine Sache gefochen hatten, aber nur zu Viscounts gemacht. Das Geschlecht der Hamblewoods blühte und gedieh jedoch, und der vierte Viscount hatte das große Haus erbaut, in dem Lucinda zu Hause war. Die jüngeren Farrers aber hatten sich weder dem Handel noch der Industrie verschrieben, und das Familienvermögen war allmählich dahingeschmolzen. Lucindas Vater, ein großer, allmählich kahl werdender und ziemlich schüchterner, ziemlich durchschnittlicher Mann, hatte die Situation durch eine sehr kluge Heirat gerettet. Seine Frau Melanie war die Erbin einer Familie aus Connecticut, die dem Mammon mit derselben Hingabe diente wie einst der erste Viscount von Hemblewood seinem König. Melanies Urgroßvater, den keine peinlichen Prinzipien oder Skrupel hemmten, hatte im amerikanischen Bürgerkrieg beide Parteien mit Waffen beliefert und ein Vermögen verdient. Auf diese Weise hatte er eine Dynastie von Bankleuten gegründet, die noch heute zu den führenden Bankiers in Amerika gehörte. Melanies Heirat mit Gerald verbrämte die Emporkömmlinge und Yankees mit der Vornehmheit englischer Aristokratie, während Gerald das Geld bekam, das er brauchte, um der Familie den Landsitz in Devon zu erhalten, der seinen Namen trug. Das Stadtpalais auf dem Belgrave Square hatte Melanie von ihrer Familie zur Hochzeit geschenkt bekommen.

Miles und Lucinda hatten vom Tag ihrer Geburt an ihren Reichtum und ihren privilegierten Platz in der Gesellschaft als selbstverständlich hingenommen. Beide waren in teure Internatsschulen geschickt worden, und in Hurstmonbury war Lucinda ausschließlich mit Kindern anderer reicher und vornehmer Familien zusammengekommen. Lucinda war kein Snob. Sie hatte einfach keine Ahnung, wie arme oder arbeitende Menschen lebten. Die Maxwells konnte man wirklich nicht als Proletarier bezeichnen, aber Lucinda hatte vor ihnen niemanden gekannt, der dem, was der englische Adel unter ›gewöhnlichen Leuten‹ verstand, so nahe gekommen wäre wie sie.

Es gab in Hamblewood und im Londoner Haus natürlich Personal, aber viel strenger als ihr aristokratischer englischer Mann sah Melanie, das Mädchen aus den demokratischen Vereinigten Staaten, auf Klassenunterschiede und hätte Hausmädchen und Dienern nie den vertraulichen Umgang mit ihren Kindern gestattet.

Lucinda war sehr behütet aufgewachsen, und erst jetzt, nachdem sie bei Jennifer und Merton einen Hauch von Freiheit gespürt hatte, wurde ihr bewußt, wie eng und begrenzt ihr Leben gewesen war. Doch obwohl Merton ihre erste Liebe war und sie mit ihm zum ersten Mal die Freuden der Liebe genossen hatte, gab es in ihrem Leben eine Episode, die ihr einen leichten Vorgeschmack auf die Gefühlsstürme und Leidenschaften gegeben hatte, die auf sie warteten.

Vor etwa zwei Jahren war George Obergärtner von Hamblewood gewesen. Lucinda hatte damals durch einen Zufall ein eingeschmuggeltes Exemplar von *Lady Chatterley und ihr Liebhaber* in die Hände bekommen und das Buch mit ehrfürchtigem Staunen gelesen. War es möglich, daß Männer und Frauen sich so benahmen, so großes Vergnügen an der Sexualität fanden? Und war es möglich, daß eine gut erzogene, ehrbare adelige Dame wie Lucindas Mutter sich in wilder Leidenschaft einem Bediensteten hingab? Lucinda betrachtete die männliche Dienerschaft auf Hamblewood mit neu erwachtem Interesse. Und ihre Augen fielen auf George. Er war ein gutgebauter Mann Mitte der Dreißig. Ein Jammer, daß er kein Wildhüter war, aber gewiß war ein Obergärtner ein annehmbarer Ersatz? Die Viscountess Hamblewood zeigte jedoch nicht das geringste Interesse für George. Im Gegenteil, er schien für sie überhaupt nicht vorhanden.

Lucinda dachte über die scheinbare Gleichgültigkeit ihrer Mutter nach und kam, da sie Melanie mit der Heldin von D. H. Lawrence identifizierte, zu dem Schluß, daß die Liebenden ihre Affäre offensichtlich geheimhielten. Lucinda wurde von Neugier verzehrt und verfolgte George auf Schritt und Tritt. In ihrer Freizeit durchwanderte sie den Park von Hamblewood und war immer da zu finden, wo George arbeitete. Melanie sah sie nie. Aber sie lernte Tim kennen.

Tim war blond, hatte Sommersprossen, eine Stupsnase, war fünfzehn und ein Sohn von George. In den Schulferien kam er nach Hamblewood, um seinem Vater zu helfen, und Lucinda hatte ihn schon ein paarmal im Park getroffen, bevor sie das erstemal mit ihm sprach.

Es war ein heißer, schwüler Tag. Lucinda trug eine dünne weiße Bluse und knappe Shorts. Ihre Haut schimmerte in der Sonne wie Seide. Genau das richtige Wetter, um die verborgen schwelende Lust von Lady Chatterley-Melanie nach ihrem Wildhüter-Gärtner zum Siedepunkt zu treiben. Lucinda überquerte die weitläufigen Rasenflächen und drang in den von Sträuchern umsäumten Blumengarten vor. Nach einer Weile entdeckte sie George. Er war dabei, Dahlien, die in einem gut gepflegten Beet wuchsen, an dünne Pfähle zu binden. Von Lucindas Mutter war weit und breit nichts zu sehen, doch da war dieser nett aussehende Junge wieder, anscheinend ein neuer Gehilfe von George. Er lächelte Lucinda zu.

»Wer bist du?« fragte sie.

»Ich heiße Tim. Das ist mein Dad.« Er zeigte auf George.

Die beiden Halbwüchsigen schlenderten zusammen weiter. George achtete nicht auf sie. Am Ende des Gartens lag ein großer, schöner Zierteich. Er war Lucindas Lieblingsplatz. Sie lag oft, von den hohen Riedgräsern verborgen, am Uferrand und träumte vor sich hin. Jetzt zog sie Tim in ihr Versteck, und sie hockte sich ans Wasser. Sie beobachteten drei Enden, die in strenger Formation an ihren vorüberschwammen. Eine schwer mit Blütenstaub beladene Biene summte ihnen vor den Nasen herum. Die Welt war unendlich friedlich.

»Hast du meine Mutter gesehen?« fragte Lucinda.

Tim schüttelte den Kopf.

»Ich glaube, sie ist in deinen Vater verliebt«, behauptete Lucinda kühn. »Denkst du, daß George sie auch liebt?«

Tims Augen wurden groß vor Staunen.

»Nein, natürlich nicht. Mein Dad liebt meine Mutter. Außerdem ist deine Mutter gar nicht hübsch. Jedenfalls nicht so hübsch wie du.«

»Findest du mich hübsch?« Lucinda fand die unerwartete Wendung, die ihr Gespräch genommen hatte, überaus interessant.

Der Junge wurde rot und wandte den Kopf ab.

»Los, sag doch!« drängte ihn Lucinda.

Tim schluckte und sagte mit gepreßter Stimme: »Ja, ich finde dich sehr hübsch.« Er schlug die Augen auf und wagte es, sie anzusehen. »Ich möchte dich küssen.«

Lucinda dachte über den Vorschlag nach. Er gefiel ihr, und bisher hatte noch kein männlicher Bewunderer ihr einen ähnlichen Tribut gezollt. Vielleicht kam es noch soweit, daß nicht Melanie, sondern sie selbst eine zweite Lady Chatterley wurde.

»Na schön, dann küß mich also«, sagte sie.

Der Junge näherte sich ihr schüchtern. Er umarmte sie linkisch und war schrecklich verlegen, als er den Mund auf den ihren legte. Sie fühlte den Druck seiner Lippen, die sich sofort wieder von den ihren lösen wollten.

»Aber doch nicht so, du Dummkopf!« Lucinda hatte genug Filme gesehen, um zu wissen, daß ein Kuß viel mehr war als das.

Sie zog ihn an sich und legte ihm die Arme um den Hals. Sie schob Tim die Zunge in den Mund und fühlte plötzlich, daß er reagierte. Er packte sie und preßte sie an sich, daß ihr der Atem stockte.

»Jetzt reicht's«, keuchte sie.

Aber Tim ließ sie nicht los. Er umarmte sie noch fester, und seine Lippen suchten wie im Fieber die ihren. Sie fühlte die Hitze seines Körpers durch sein T-Shirt, und der salzige Geruch seines Schweißes stieg ihr in die Nase.

»Laß dich dort anfassen!« bettelte er.

Fasziniert beobachtete Lucinda, wie seine Hände unter den Shorts an ihren Oberschenkeln hinaufglitten. Seine Haut war glatt und fest, und Lucindas Erregung wuchs, als er sie vorsichtig streichelte. Er behandelte sie so zart, als sei sie zerbrechlich und als fürchte er, sie zu beschädigen oder kaputtzumachen.

»Magst du das?« fragte sie leise.

Tim nickte.

Es war angenehm, aber er wußte nicht genau, was er tun sollte. Sie nahm seine Finger und führte sie an die richtige Stelle.

»Das ist gut. Streichle mich nur so weiter.«

Sie zog ihre Hand weg, öffnete Tims Hose und zog seine Unterhose herunter. Sie sah zum ersten Mal ein männliches Glied. Sie hatte natürlich Bücher darüber gelesen und Bilder gesehen, aber trotzdem war es jetzt etwas anderes. Lucinda stellte fest, daß sie Tims Penis nicht schön fand, trotzdem faszinierte er sie. Er bettelte sie an, ihn zu berühren. Sie nahm ihn in die Hand und fühlte das Blut in den Adern pulsieren. Er war glatt wie Seide, und sie begann ihn leicht zu reiben.

»Fester! Bitte fester!«

Sie gehorchte. Tim stöhnte. Seine Muskeln spannten sich, und er packte wie im Krampf ihre Hand. Seine Augen blickten glasig, und er keuchte, als bekomme er nicht genug Luft. Was Tim mit ihr machte, war schön, aber sie war überrascht über die Wirkung, die ihre schwachen Finger auf den Jungen ausübten.

»Bitte hör nicht auf! Bitte schneller! O ja, ja, bitte...

Seine Stimme war nur noch ein Wimmern. Er hatte die Augen fest geschlossen, und auf seiner Stirn standen kleine Schweißperlen. Er wand und krümmte sich immer heftiger und packte Lucinda ganz fest. Es tat weh, aber es machte ihr nichts aus. Zu sehr war sie auf die dem Höhepunkt zustrebende Erregung des Jungen konzentriert, bis er plötzlich leise aufschrie und Lucinda es warm in ihrer Hand pulsieren fühlte. Sie riß die Hand weg.

»Schau mal, du hast mich ganz naß gemacht.«

Tim konnte ein paar Sekunden lang gar nichts sagen. Nachdem er zu Atem gekommen war und sich ein wenig erholt hatte, war er völlig zerknirscht und schien sich für das, was er getan hatte, entsetzlich zu schämen.

»Mach dir nichts draus«, sagte Lucinda. »Es ist nicht schlimm. Leih mir nur dein Taschentuch.«

Sie wusch sich die Hand im Weiher und trocknete sie mit Tims Taschentuch ab. Er hatte sich inzwischen die Hosen wieder angezogen. Lucinda brachte ihre Kleidung in Ordnung.

»Ich muß gehen, bevor Mami mich vermißt«, sagte sie.

»Darf ich dich wiedersehen? Oder bist du zu böse auf mich?«

Tim war wieder so scheu wie vorher, aber Lucinda tätschelte ihm tröstend den Arm.

»Warum sollten wir uns nicht mehr sehen?« fragte sie. »Aber wir müssen vorsichtig sein. Unsere Eltern wären kaum begeistert, wenn sie Bescheid wüßten.«

Sie schlenderten zurück. George warf seinem Sohn einen fragenden Blick zu, sagte jedoch nichts.

Während der nächsten Wochen trafen Lucinda und Tim sich ein

paarmal. Immer an derselben Stelle. Während sie miteinander schmusten, sich küßten und auf kindlich unreife Weise liebten, wurden sie nie gestört, nie sahen sie jemanden.

Trotzdem mußte man sie beobachtet haben. Eines Morgens war Tim nicht da, und George konnte Lucinda auch nirgends finden. Unglücklich wanderte sie im Park umher und fragte schließlich Miles, was aus dem Gärtner geworden sei. Der arbeite jetzt woanders, sagte ihr Bruder. Lucinda sah George und Tim nie wieder.

3

»Lucie, ich möchte mit dir reden.«

»Bitte, Miles. Aber hör endlich auf, mich Lucie zu nennen! Du weißt, wie sehr ich diesen Namen verabscheue.«

Sie waren eben mit dem Frühstück fertig geworden, die Eltern waren verschwunden wie jeden Tag, und die beiden ›Kinder‹ waren allein im Speisezimmer.

»Komm in die Bibliothek.«

Seufzend folgte Lucinda ihrem Bruder. Unwillkürlich verglich sie den ruhigen, untersetzten Miles mit Merton, der so gewandt, so witzig, ein so guter Gesellschafter und ein so wunderbarer Liebhaber war.

Miles nahm in einem tiefen Lehnsessel Platz und ließ sich dazu herab, Lucinda mit der Überheblichkeit des ›großen Bruders‹ anzulächeln. Er winkte ihr, sie solle sich ebenfalls setzen.

»Wenn du mir noch einen Vortrag über die Kunstschätze Italiens halten willst, dann passe ich«, sagte sie. »Ich kann es nicht mehr hören.«

»Ich möchte über dich sprechen.«

Lucindas erste Reaktion war Panik. Er mußte über Merton Bescheid wissen. Aber wie hatte er es erfahren? Von wem? Niemand hatte ein Wort gesagt, und als sie sich im Bett vergnügt hatten, war Miles Hunderte von Meilen entfernt gewesen. Fast sprungbereit wartete sie auf die Vorwürfe ihres Bruders.

»Ich habe heute morgen deinetwegen mit Vater gesprochen«, begann er. »Als du noch im Bett lagst,Lucinda.«

»Meinetwegen?«

»Ja, deinetwegen.«

Das sieht ihm wieder mal ähnlich, dachte Lucinda. Läuft hinter meinem Rücken zu Daddy, bevor ich eine Chance hatte, etwas dazu zu sagen. – Aber was hätte sie sagen, welche Erklärung hätte sie dem fünfzehnten Viscount von Hamblewood geben können.

Verdammt noch mal, sie sollten ihr Merton nicht wegnehmen! Sie würde es nicht dulden. Ihr Kopf fieberte. Sie hatte die Liebe ihres Lebens gefunden, und Mutter, Vater oder Bruder sollten sie nicht trennen können. Sie war bereit, gegen ihre ganze Familie zu kämpfen, niemand sollte sie zwingen, den Mann aufzugeben, der ihr das Tor zum Leben und zur Liebe aufgestoßen hatte.

Sie funkelte ihren Bruder so wütend an wie ein Tigerweibchen, das bereit ist, für seine Gefährten zu kämpfen.

»Du bist kein Kind mehr, und es wird allmählich Zeit, daß du dir Gedanken über deine Zukunft machst«, sagte Miles.

Schweigend und verständnislos sah Lucinda ihn an. War es möglich, daß er altmodisch genug war, darauf zu bestehen, daß sie nach ihrem ersten echten sexuellen Erlebnis heiratete? Das ging für die heutige Zeit denn doch ein bißchen zu weit, selbst bei einem so prüden, steifen Menschen wie Miles.

»Die Zeiten haben sich geändert, und wir können nicht in der Vergangenheit leben.«

Gütiger Himmel, er hätte wirklich Pfarrer werden sollen, dachte Lucinda. Er konnte nicht einmal nach der Uhrzeit fragen, ohne gleichzeitig eine Predigt loszulassen. Aber worauf wollte er jetzt hinaus?

»Schau mich an, zum Beispiel.«

Lucinda schauderte bei der nicht sehr erfreulichen Aussicht.

»Eines Tages werde ich der sechzehnte Viscount sein.« Miles benahm sich so hochtrabend, daß Lucinda ihm liebend gern eins auf die Nase gegeben hätte. »Aber wird uns dann noch gehören, was wir jetzt besitzen?«

Miles machte eine umfassende Geste, die dem Reichtum und der Pracht galt, die sie umgab. »Merk dir eins, liebe Schwester, die Zeiten der reichen Müßiggänger sind vorbei. Nur weil unser Vater reich ist, sollten wir uns keine falschen Vorstellungen von der Zukunft machen. Weder du noch ich haben eine Entschuldigung dafür, daß wir nicht imstande sein sollten, unseren Lebensunterhalt zu verdienen.«

»Mutter ist eben vermögend«, konterte Lucinda.

»Keine Haarspaltereien, bitte!« Miles war gekränkt.

Lucinda begriff nicht, was all das mit ihrer Affäre mit Merton zu tun hatte, aber sie konnte einfach nicht widerstehen, sie mußte Miles necken.

»Ich wollte dich nur darauf hinweisen, daß du der Familientradition folgen und eine reiche Erbin heiraten könntest«, erklärte sie vergnügt. »Ich meine, wenn dir nicht danach zumute wäre, dir deinen Lebensunterhalt selbst zu verdienen.«

»Das ist keine Art und Weise, über unsere Eltern zu sprechen«, erwiderte Miles wütend. »Du weißt, daß zwischen ihnen nie ein böses Wort gefallen ist und daß sie ein makelloses Leben geführt haben. Du solltest mehr Respekt vor ihnen haben und versuchen, dich so zu benehmen, als seist du stolz darauf, eine Farrer zu sein.«

Na großartig! frohlockte Lucinda. Jetzt hab' ich ihn erwischt und mit ein bißchen Glück vom Thema Merton abgebracht. Aber wovon redet Miles eigentlich? Vielleicht wollte er doch auf etwas anderes hinaus.

»Ich habe nicht die Absicht, Geld zu heiraten!« fauchte er. »Ich spreche darüber, daß wir imstande sein müssen, uns unseren Lebensunterhalt zu verdienen und entsprechende Qualifikationen brauchen. Deshalb studiere ich Jura. Ich werde in Oxford mein Examen machen und mir dann einen Job bei einer großen Anwaltsfirma in der City oder bei einem multinationalen Konzern suchen. Dort liegt die Zukunft. Nur weil einer unserer Vorfahren sich vor dreihundert Jahren ausgezeichnet hat, ist die Welt mir nichts schuldig. Und ganz genau dasselbe gilt für dich, meine liebe, wirrköpfige Schwester, das möchte ich dir begreiflich machen. Eines Tages wirst du Hamblewood verlassen und dir einen eigenen Platz in der Welt suchen müssen. Und wie wird es dann um deine Fähigkeiten bestellt sein?«

»Ist das alles, worüber du mit mir reden wolltest?« Zum größten Ärger ihres Bruders lachte Lucinda erleichtert.

»Du bist wirklich unmöglich«, sagte er entrüstet. »Kannst du nicht wenigstens ein paar Minuten ernst sein?«

Wie typisch von Vater und Mutter, es Miles zu überlassen, mit mir über meine Zukunft zu sprechen, dachte Lucinda. Ihre Mutter war vermutlich schon unterwegs, um irgendwo einen Basar zu eröffnen oder huldvoll einen Bischof zu empfangen, während ihr Vater die nächste Moorschneehuhnjagd in Schottland oder eine Expedition zu einem Forellenwasser plante. Aber Miles war nüchtern, Miles war ernst. Er trug die Verantwortung für sich und seine jüngere Schwester. Mit seinen zwanzig Jahren wirkte er wie ein Mann mittleren Alters.

Er redete noch immer eintönig auf Lucinda ein und erklärte ihr, daß sie, wenn sie eines schönen Tages nicht Hungers sterben wollte, schon jetzt überlegen müsse, was sie noch lernen und welchen Beruf sie eines Tages ergreifen wolle.

Die Schwierigkeit war, daß Lucinda keine Ahnung hatte, was sie tun sollte, wenn sie erst einmal die Schule hinter sich hatte. Sie konnte von einer Bühnenlaufbahn träumen, in der sie die Julia und Merton den Romeo spielte, aber sie mußte zugeben, daß sie kein schauspielerisches Talent hätte.

»Du bist keine Intellektuelle«, fällte Miles sein Urteil mit arroganter Selbstsicherheit. »Aber du wirst, wenn du einmal deinen Babyspeck losgeworden bist, wahrscheinlich recht gut aussehen. Du könntest dir einen Job als Modell suchen – oder eine andere Laufbahn einschlagen, die keine zu großen Ansprüche an dich stellt.«

»Was bildest du dir eigentlich ein, Miles, du aufgeblasener Kerl!« brauste Lucinda auf. »Ich bin genau wie du imstande, mir meinen Lebensunterhalt in einem blödsinnigen Büro zu verdienen. Ich werde eine Stellung finden – eine bessere als du. Vielleicht werde ich auch Schriftstellerin. Ich habe schon lange daran gedacht, eines Tages Bücher zu schreiben.«

»Ich bin entzückt zu erfahren, daß du dir schon Gedanken gemacht hast. Obwohl ich mir dich beim besten Willen nicht als zweite Jane Austen vorstellen kann.«

»Ich könnte ja eine zweite Xaviera Hollander werden«, meinte Lucinda.

»Wer?«

»Ach, vergiß es. Du würdest ihre Bücher nicht verstehen, Miles.«

»Also, denk mal über alles nach, was ich dir gesagt habe.« Miles hatte das Gefühl, seine Pflicht getan zu haben und zog sich würdevoll zurück.

Obwohl Lucinda ihren Bruder von Herzen verabscheute, mußte sie ihm in einem recht geben. Es war wirklich Zeit, daß sie anfing, ernsthaft über ihre Zukunft nachzudenken. Aber was auch geschah, sie würde tun, was sie wollte, und nicht, was Miles oder sonst jemand ihr befahl.

4

Lucinda schaute Michael Johnson in die Augen und kam zu dem Schluß, daß er ihr gefiel. Er begann unter ihrem Blick unruhig auf seinem Sessel hin und her zu rutschen und nervös mit den über seinen Schreibtisch verstreuten Papieren zu hantieren.

»Lassen Sie mich mal sehen, wann ich das nächste Mal für Sie Zeit habe, Miß Farrer«, sagte er.

Ich hätte ganz und gar nichts dagegen, wenn du eine ganze Menge Zeit für mich hättest, dachte Lucinda. Er konnte höchstens drei oder vier Jahre älter sein als sie, und er hatte wunderbare, sanfte Augen. Wie er wohl nackt aussah? Hoffentlich hatte er Haare auf der Brust. Sie liebte Männer mit stark behaarten Körpern.

»Tagsüber habe ich wirklich nicht viel Zeit«, unterbrach Michael Johnson ihre Gedanken. »Hätten Sie etwas dagegen, nächsten Dienstag in meine Wohnung zu kommen? Sagen wir – um neun?«

»Nein, das ginge sogar sehr gut.«

Er ist wirklich schrecklich schüchtern, dachte sie. Er wird rot, und er hat Angst, mir in die Augen zu schauen. Es machte Lucinda Spaß, ihren Tutor in Verlegenheit zu bringen. Sie hätte wetten können, daß er noch nie mit einer Frau im Bett gewesen war.

»Dann sehen wir uns nächsten Dienstag, Miß Farrer.«

»Ich heiße Lucinda, Mr. Johnson.«

»Ach ja, natürlich – Lucinda.«

Man hörte ihm an, daß er aus dem Norden Englands kam, und Lucinda fand es sehr anziehend, wie er zum Beispiel das R rollte. Sie schenkte dem verwirrten jungen Mann ein strahlendes Lächeln, nahm ihr Heft, zog den schwarzen Studententalar enger um die Schultern und verließ Michael Johnsons Arbeitszimmer.

Seit jenem Gespräch mit Miles in der Bibliothek von Hamblewood waren zwei Jahre vergangen, und Lucinda wußte noch immer nicht, was für einen Beruf sie ergreifen wollte. Der Gedanke, eines Tages Bücher zu schreiben, hatte sie jedoch noch nicht verlassen, und sie war daher einverstanden gewesen, als man ihr in der Schule vorschlug, englische Literatur zu studieren.

»Sie sind ein gescheites Mädchen«, hatte die Schulleiterin gesagt. »Warum versuchen Sie nicht, einen Studienplatz in Oxford zu bekommen?«

»Mein Bruder ist in Oxford«, erwiderte Lucinda.

»Das ist doch nett. Da hätten Sie gleich Gesellschaft.«

»Besten Dank«, meinte Lucinda. »Aber ich glaube, Cambridge wäre mir doch lieber.«

Daher kam es, daß die ehrenwerte Lucinda Farrer die Räume ihres Tutors Michael Johnson verließ, um in ihr am Great Court des Trinity College gelegenes Zimmer zurückzukehren. Außer ihr studierte noch eine Handvoll ehemaliger Mitschülerinnen aus Hurstmonbury in Cambridge, aber mit keiner war Lucinda enger befreundet. Jennifer hatte die Schule schon ein Jahr vorher verlassen und war nach Kalifornien gegangen, wo Merton mehrere Filme drehte. Lucinda hatte ihn noch ein paarmal gesehen, bevor er abreiste, aber nie hatten sie Gelegenheit gehabt, ihre idyllischen Ferien zu wiederholen. Lucinda hatte ihm geschrieben, aber Merton war schreibfaul, und sie hatte seit vielen Monaten nichts mehr von ihm gehört. Sie hatte andere Freunde gehabt, doch mit keinem hatte sie es länger als ein paar Wochen ausgehalten.

Wie Miles vorhergesagt hatte, war aus Lucinda eine sehr attraktive junge Frau geworden. Man drehte sich nach ihr um, wenn sie vorüberging, und sie wußte, wie sie auf Männer wirkte. Sie war auch eitel und neugierig genug, ein paar Unglückliche unbarmherzig ihrem Charme auszusetzen. Wie Michael Johnson.

Lucinda gewöhnte sich sehr schnell in Cambridge ein. Sie hatte das Glück gehabt, im College Zimmer zu bekommen, so daß sie es zu Vorlesungen, Kursen und Seminaren nicht weit hatte. Auch die besten Restaurants, Cafés und Läden waren ganz in der Nähe, außerhalb der Collegemauern zwar, aber nur ein paar Minuten entfernt. Lucinda wurde von begeisterten Studenten förmlich belagert, die sie drängten, bei jeder nur erdenklichen Vereinigung mitzumachen – bei politischen, religiösen, sozialen, sportlichen und ganz einfach durch und durch exzentrischen Clubs, Gruppen, Verbänden, Verbindungen und so weiter. Jahrhunderte lang war das Trinity wie alle anderen alten Colleges ausschließlich Studenten vorbehalten gewesen, und auch noch jetzt waren Mädchen stark in der Minderzahl. Im College und in der gesamten Universität. Kein Wunder, daß ein hübsches Mädchen sehr begehrt war. Lucinda vermied allzu enge Kontakte, solange sie sich noch nicht richtig zurechtfand und noch keinen genauen Studienplan vorliegen hatte. Zu beidem sollte ihr Michael Johnson verhelfen.

Nach ihrer Ankunft im Trinity war Lucinda zu zwei Unterredungen gebeten worden. Ihr erster Gesprächspartner war ein älteres und hochgeachtetes Collegemitglied, ein sauertöpfischer Herr, der ihr mitteilte, er sei ihr Tutor in moralischen Angelegenheiten.

»Ich kümmere mich um Ihre Arbeit«, hatte Dr. Parkinson ihr mitgeteilt. »Darüber hinaus müssen unsere jüngsten Studenten jemanden haben, der für sie verantwortlich ist, und mir ist die Aufgabe zugefallen, Sie unter meine Fittiche zu nehmen und auf Sie aufzupassen. Wenn Sie private Probleme haben – persönliche oder familiäre –, bin ich derjenige, an den Sie sich wenden können. Verstanden? Wenn Sie ein paar freie Tage haben wollen, um zur Hochzeit Ihrer Großmutter fahren zu können, oder wenn Ihr Lieblingspapagei sich das Bein gebrochen hat, bei mir finden Sie immer Verständnis und Unterstützung. Doch im Ernst, viele junge Männer und Frauen geraten in schwere Gefühlskonflikte oder finden das Studium zu anstrengend. Ihnen steht meine Tür immer offen.«

Lucinda dankte Dr. Parkinson mit gebührendem Eifer und hoffte, ihn nicht oft wiedersehen zu müssen. Trotz seiner ungezwungenen Art und seiner launigen Worte hatte sie den Eindruck, daß der Tutor, der über ihre Moral wachen sollte, sich als sehr engstirniger, strenger Mann entpuppen würde, der von moderner Freizügigkeit überhaupt nichts hielt. Wenn sie Glück hatte, kam sie in jedem Semester mit einer Einladung zum Tee und einer höflichen Unterhaltung über ihre Familie davon.

Die zweite Unterredung hatte sie mit einem anderen älteren Professor. Mr. Snell war der Autor mehrerer Bücher über Literaturkritik und ein Wissenschaftler, dessen Werk Lucinda bereits kannte. Er hatte mehrere sehr erfolgreiche Fernsehserien geschrieben und war eine nationale Berühmtheit. Er erklärte Lucinda, er sei ihr Studienleiter und riet ihr, welche Fächer und Vorlesungen sie belegen solle. Er wies ihr auch die anderen Tutoren für die einzelnen Fächer zu.

»Elizabethanisches Drama belegen Sie am besten bei Miß Cavendish«, sagte er. »Rufen Sie sie an, und verabreden Sie einen Termin mit ihr. Sie ist draußen in Girton, das am besten mit dem Fahrrad zu erreichen ist. Für den englischen Roman ist Mr. Johnson der richtige Mann. Er ist hier im College. Sie finden seine Räume im zweiten Hof – Neville's Court heißt er – auf der anderen Seite der Halle. Ich habe vorhin mit ihm gesprochen und einen Termin für Sie vereinbart. Suchen Sie ihn nächsten Dienstag abend, ungefähr Viertel nach acht, auf. Das ist zwar ein bißchen spät, aber er ist zu Beginn eines jeden Semesters immer sehr gefragt. Übrigens hält der junge Johnson auch ein Seminar über Romanautorinnen, besonders gut Bescheid weiß er über George Eliot und Mrs. Gaskell. Sie könnten Schlimmeres tun, als das Seminar zu besuchen und sich anzuhören, was Johnson zu sagen hat.«

So hatte Lucinda Michael Johnson kennengelernt.

Am Tag vor ihrer ersten Stunde bei ihm, ging sie zu der Eröffnungsvorlesung seines Seminars. Der Vorlesungssaal war überfüllt: mehrere hundert junge Mädchen und Frauen folgten offensichtlich dem Rat ihrer Studienleiter und machten einen Versuch mit Michael Johnson. Lucinda saß inmitten einer Gruppe von Mädchen, die lebhaft miteinander schwatzten, bevor der Dozent erschien. Zwei von dem knappen Dutzend waren eingeschworene Feministinnen, die hitzig erklärten, sie wollten schon dafür sorgen, daß keiner unglücklichen Romanautorin von einem anmaßenden Intellektuellen ›Chauvi‹ Gewalt angetan werde.

Das Erscheinen von Michael Johnson rief bei einigen Studentinnen anerkennendes Murmeln und sogar Beifallskundgebungen hervor. Er war ziemlich groß, ging aber leicht gebeugt, als wolle er so unauffällig wie möglich wirken. Aus seiner ganzen Haltung sprachen Zurückhaltung und Scheu. Seine braunen Augen musterten nervös die versammelte Menge. Er rieb sich nachdenklich das Kinn und spielte dann mit einer horngefaßten Brille, die er jedoch während der Vorlesung kein einziges Mal aufsetzte. Er war ungefähr Dreißig, wirkte aber verletzlich wie ein Kind, was die mütterlichen unter seinen Hörerinnen ansprach.

»Also das ist ein Kerl, der mir gefallen könnte«, stellte Lucindas Nachbarin, eine stämmige Amazone aus Los Angeles, fest.

Eine stattliche Inderin, die einen reich bestickten Seidensari trug, nickte.

Der Dozent stand schweigend vor ihnen und ordnete seine Notizen und Bücher immer wieder neu.

»Ob er wohl bumst?« fragte das wenig engelhafte Kind aus Los Angeles.

»Ich hätte ganz und gar nichts dagegen, mich einmal selbst zu überzeugen«, sagte eine hübsche englische Studentin, die an Lucindas anderer Seite saß.

»Schätzchen, bei einem Mann wie ihm mußt du die Initiative ergreifen, von Anfang an«, sagte die Amerikanerin, als verfüge sie über einen reichen Schatz an Erfahrung, auf den sie zurückgreifen konnte. »Du kämst nicht mal bis zur ersten Stufe. Nein, ich habe beschlossen, den armen Tropf in die Hände zu nehmen. Mag er zehnmal der Dozent sein, um seine Ausbildung kümmere ich mich. Bevor das halbe Semester rum ist, habe ich ihn im Bett, paßt bloß auf!«

Sie blickte sich mit einem triumphierenden Lächeln um, als habe sie ihr Ziel schon erreicht.

Lucinda hatte das Gefühl, inmitten einer weiblichen Jury gelandet zu sein, die über ein männliches Opfer zu urteilen hatte. Zorn wallte in ihr auf, als sie die Bemerkung dieser Bande potentieller Männerfresserinnen hörte. Ganz besonders ärgerte sie die Überheblichkeit der Amerikanerin. Für wen hielt sie sich eigentlich, zum Teufel? Und was hatte sie so Besonderes an sich, daß sie glaubte, kein Mann könne ihren üppigen Reizen widerstehen?

Lucinda empfand Mitleid mit dem jungen Dozenten, der inzwischen ruhig und bescheiden zu sprechen begonnen hatte. Er schien nett und liebenswert und verdiente etwas Besseres als diese unverschämte kalifornische Großwildjägerin, die ihn mit einem wissenden Lächeln beobachtete und sich die Lippen leckte. Das indische Mädchen hatte kein Wort gesagt, doch der Ausdruck in den großen feuchten Tieraugen sprach deutlicher als Worte. Michael Johnson war verloren: fiel er nicht der einen zum Opfer, wurde er die Beute der anderen. Aber einen Mann wie ihn sollte man wirklich keinem dieser Frauenzimmer überlassen. Mit ihr selbst, zum Beispiel, wäre er schon viel besser dran.

Warum eigentlich nicht? Es wäre doch amüsant, wenn sie sich die Trophäe selbst holte. Und es würde Michael vor dem berühmtberüchtigten Schicksal bewahren, das ›schlimmer war als der Tod‹.

Ein paar Mädchen hörten Michael sogar zu und machten sich Notizen. Trotz seines zurückhaltenden Wesens sprach er fließend und wußte die Hörer durch seine offensichtliche Aufrichtigkeit und sein fundiertes Wissen zu fesseln. Er packte sein Thema ohne überflüssige Verbrämung und ohne überflüssiges Wortgeklingel an. Als er am Ende war, wurde anerkennend applaudiert, dann packten die jungen Leute ihre Siebensachen zusammen und verließen den Saal.

»Darf ich Sie noch etwas fragen, bevor Sie gehen, Mr. Johnson?« Die Amerikanerin galoppierte die Stufen des wie ein Amphitheater gebauten Vorlesungssaales hinunter auf den jungen Dozenten zu, der hinter dem Pult gefangen war und nicht rechtzeitig fliehen konnte.

Lucinda biß sich auf die Lippen und war entschlossener denn je, sich einzumischen und – falls überhaupt etwas ging – wenn schon nicht seine Seele, so doch wenigstens Michaels Körper zu retten.

Am nächsten Tag aß Lucinda mit vielen anderen Studenten im jahrhundertealten Speisesaal des Colleges. Das Essen war mittelmäßig, aber die Umgebung prachtvoll. Hinterher bereitete sie sich in ihrem Zimmer auf die erste Begegnung mit ihrem Tutor vor. Sie nahm ihren Notizblock und warf den Talar über. Als sie schon gehen wollte, fiel ihr noch etwas ein, und sie besprühte sich von Kopf bis Fuß mit ihrem Lieblingsparfüm, einem exotischen, erregenden Duft.

In zuversichtlicher Stimmung verließ sie ihr Zimmer, überquerte rasch den weitläufigen Great Court, ging durch den langen Korridor der Hall und trat am anderen Ende hinaus in die heitere Stille von Neville's Court. In der entgegengesetzten Ecke, dort, wo Wren's Bibliothek Trinity von den friedlichen Wassern des winzigen Flüßchens Cam trennt, gelangte Lucinda zu der Treppe, die zu Michael Johnsons Räumen führte. Die Außentür aus schwerer Eiche stand offen, um anzuzeigen, daß er zu Hause war und gestört werden durfte. Lucinda klopfte an die Innentür und trat ein.

Michael Johnson trug den schäbigsten Rollkragenpullover, den Lucinda je gesehen hatte. Vervollständigt wurde seine Kleidung durch eine fleckige kanariengelbe Cordhose und Filzpantoffeln. Er war damit beschäftigt, sich eine großköpfige Pfeife aus Kirschenholz zu stopfen, vermutlich mit dem Ziel, noch mehr Löcher in den zerlumpten Pullover zu brennen.

»Machen Sie sich's bequem«, sagte er. »Setzen Sie sich, und ziehen Sie diesen lächerlichen Talar aus.« Er zeigte auf einen Sessel, und Lucinda, die das Gefühl hatte zu feierlich angezogen zu sein, warf dankbar den Talar über die Lehne, bevor sie selbst Platz nahm.

Eine Stunde lang sprach Michael mit ihr über ihre Arbeit und gab ihr eine lange Liste mit Buchtiteln, die sie lesen sollte. Er war ein ernsthafter Wissenschaftler, aber nicht akademisch trocken. Am Ende des Unterrichts wollte Lucinda sofort aufbrechen, nachdem er sie gebeten hatte, als Hausaufgabe für die nächste Stunde einen Aufsatz zu schreiben.

Zwischen durch:

Lucinda will sich also wieder einmal in ein neues, aufregendes Abenteuer stürzen. Wie es wohl diesmal ausgehen wird?
Bevor wir den Gang der Dinge weiterverfolgen, können wir uns zuvor eine Stärkung für den kleinen Hunger zwischendurch gönnen – denn der Mensch lebt ja nicht von Luft und Liebe allein. Und wir brauchen die Lektüre nur für fünf Minuten zu unterbrechen – denn so schnell ist sie fertig, die ...

»Glauben Sie, daß Sie bis nächste Woche diesen Berg Arbeit schaffen, Miß Farrer?« fragte er.

Sie war entschlossen, die Förmlichkeit zu durchbrechen, mit der er sich panzerte wie mit einer Rüstung.

»Ich heiße Lucinda, schon vergessen?«

»Nein, natürlich nicht. Entschuldigen Sie, Lucinda.«

Ein breites Lächeln erhellte seine Züge. Er sieht nicht schlecht aus, im Gegenteil, er muß nur aufhören, den ernsten jungen Professor zu spielen, dachte sie. Impulsiv wandte sie sich ihm zu und fragte:

»Woher kommen Sie, Mr. Johnson? Sie scheinen ganz anders zu sein als die übrigen Professoren, die man ausstopfen und in ein Museum stellen sollte.«

»Sie beweisen älteren Menschen aber ganz und gar nicht den ihnen gebührenden Respekt«, sagte er lachend. »Ich komme aus Bradford – bin ein Junge aus der Arbeiterklasse einer soliden Industriestadt. Und da Sie Lucinda für mich sind – mein Name ist Michael.«

»Michael«, wiederholte sie. »Ich war noch nie in Bradford. Sie müssen mir etwas darüber erzählen.«

»Ein andermal«, erwiderte er und begleitete sie zur Tür. »Halten Sie mich nicht für unhöflich, aber ich habe bis morgen früh noch eine Menge zu erledigen.«

Lucinda war mit dem Abend nicht unzufrieden. Diese Dinge brauchen Zeit, sagte sie sich, und ich habe Fortschritte gemacht. Sehen wir mal, wie ich nächste Woche weiterkomme.

Es ergab sich jedoch, daß sie gar nicht so lange warten mußte.

Sie mußte sich ein paar der empfohlenen Lehrbücher besorgen und verbrachte Donnerstag nachmittag einige Zeit in der hervorragend sortierten Buchhandlung gegenüber dem Trinity. Einen hohen Bücherstapel auf den Armen, über den sie nur mühsam hinwegblicken konnte, kam sie aus dem Laden und stieß prompt mit einem Passanten zusammen. Natürlich kam ihr Bücherstapel ins Rutschen, und die gelehrten Folianten landeten auf dem Gehsteig. Der Mann, mit dem sie zusammengestoßen war, packte sie am Ellenbogen, damit sie nicht stolperte. Lucinda fluchte wie ein Droschkenkutscher und sah, als sie aufblickte, ihren Tutor vor sich.

»Lucinda! Warten Sie, ich helfe Ihnen.«

Michael kniete nieder, hob die Bücher auf und entschuldigte sich überschwenglich. Zusammen überquerten sie die schmale Straße, wichen geschickt Autos und Fahrrädern aus und passierten das imposante Tor des Trinity. Lucinda wollte den Weg einschlagen, der zu ihren Räumen führte, doch als sie sich verabschieden wollte, sagte Michael zögernd: »Warum laden Sie die Bücher nicht bei sich ab und kommen dann zum Tee zu mir?«

Lucinda warf ihm einen spöttischen Blick zu.

»Aber Sie haben doch bestimmt keine Zeit? Schließlich haben Sie meine Stunden auf den Abend gelegt, weil Sie tagsüber so beschäftigt sind.«

»Sogar den jüngsten Dozenten ist es gestattet, eine Teepause einzulegen«, antwortete er halb humorvoll und halb verteidigend. »Ich will den Tee bei mir trinken und würde mich sehr über Ihre Gesellschaft freuen.«

Lucinda mußte über seine Förmlichkeit lächeln.

»Ich kann Ihrer Einladung nicht widerstehen«, sagte sie.

In seinem Zimmer hantierte er geschäftig herum, stellte den Teekessel auf den Gasherd und holte Kekse und Kuchen aus dem Schrank. Den Kuchen schnitt er auf und legte ihn auf eine Platte.

»Der Nachmittagstee ist in Cambridge ein uraltes Ritual«, erklärte er. »Wie mögen Sie den Ihren?«

»Mit Zitrone und einem Löffel Zucker, bitte. Ich nehme an, das Leben hier ist ganz anders als in Bradford?«

Michael lachte. »Und ob. Dort würde man erwarten, daß Sie Ihren Tee mit Milch trinken. Zitrone! Also wirklich, ihr merkwürdigen Ausländer aus dem Süden!«

»Ausländer!«

»Jeder, der südlich von Manchester geboren ist, ist ein Ausländer. Wußten Sie das nicht?«

Michael schwatzte ununterbrochen, aber Lucinda fühlte seine innere Nervosität.

Sie stand auf und ging sehr zielbewußt auf ihn zu. Sie sah ihn an, und er blieb wie hypnotisiert stehen. Ohne ein Wort zu sagen, preßte Lucinda die Lippen auf die seinen und küßte ihn.

»Nur keine Angst, Michael«, sagte sie vergnügt. »Das ist nur eine unserer ausländischen Sitten.«

Michael fühlte, daß sie ihn verspottete und gleichzeitig herausforderte. Eine Frau wie sie war ihm noch nie begegnet. Sie war so jung und so selbstsicher – und so wunderschön.

Eine Welle des Triumphs schlug über Lucinda zusammen. Dieser Mann wird mir gehören! Der Satz schien sich in ihr Gehirn einzubrennen. Sie spürte seine wachsende Erregung mit ihren weichen, zarten Fingern.

»Dagegen werden wir etwas tun müssen«, flüsterte sie, während sie ihn streichelte. Michael taumelte ins Schlafzimmer und führte sie zum Bett. Er hatte Angst, daß sie ihn plump und ungeschickt finden würde, aber Lucinda schien genau zu wissen, wie sie auf seine Leidenschaft reagieren mußte. Er blieb stehen, um die Tür abzuschließen, und stellte dann fest, daß sie wie der Blitz ihre Jeans und die Bluse ausgezogen hatte. In einem winzigen durchsichtigen Schlüpfer und BH stand sie vor ihm. Noch nie hatte er eine so herausfordernd reizvolle Frau gesehen. Hastig zog er sich selbst aus und wollte Lucinda auf das Bett legen. Sie jedoch entzog sich geschmeidig seinem Zugriff und stieß ihn auf die Matratze. Bevor er noch wußte, wie ihm geschah, kniete sie vor ihm.

Die Ekstase war fast unerträglich. Er wand und drehte sich von einer Seite auf die andere, krümmte sich in Seligkeit und Qual. Ihre Lippen und ihre Zunge hatten völlig von ihm Besitz ergriffen. Mit jeder Fiber seines Seins verlangte es ihn nach ihr, doch sie unterwarf sich ihm, versklavte ihn. Michael Johnson lernte, was es hieß, verführt zu werden.

Er wollte sich zurückhalten. Er wollte sie nehmen, sich in ihr vergraben, so tief in sie eindringen, daß er sich in ihrer feuchten, weichen Süße verlieren konnte. Doch es war, als seien seine Beine zu Brei geworden, als sei er nicht fähig, sich ihren Lippen zu entziehen, die ihn so völlig beherrschten. Seine Muskeln spannten sich, die Adern in seinem Glied schwollen an. Lucinda fühlte, daß er dem Höhepunkt ganz nahe war, und umklammerte seine Oberschenkel noch fester. Er stöhnte und schluchzte, vergrub die Finger in ihrem Haar, zuckte wie im Krampf. Sie raubte ihm den letzten Funken Selbstbeherrschung, und er kam mit einem Schrei.

Gelassen stand sie dann auf und ging ins Bad. Er hatte sich noch immer nicht erholt, als sie zurückkam und sich schnell anzog.

»Das nächstemal wirst du dasselbe mit mir tun«, sagte sie. »Auf Wiedersehen am Dienstag, geliebter Tutor.«

Sie ging zur Tür, drehte sich dort noch einmal um und lächelte den völlig Erschöpften an.

»Danke für den Tee.«

Lucinda war seit ungefähr fünfzehn Minuten wieder in ihrem Zimmer, als einer der Collegepförtner bei ihr klopfte.

»Entschuldigen Sie, Miß Farrer«, sagte er, »ein Telefongespräch für Sie. Bei mir in der Pförtnerloge.«

Sie lief mit ihm zum Tor, betrat die Pförtnerloge und meldete sich.

»Lucinda! Ich bin's – Jennifer. Wie geht es dir?«

»Jennifer!« rief Lucinda freudig überrascht. »Du meine Güte, ich dachte, daß es dich in die kalifornische Wildnis verschlagen hat. Von wo rufst du an?«

»Zu Hause in Hampstead. Ich bin heute erst zurückgekommen.«

»Ist Merton auch da?« Lucindas Stimme zitterte leicht.

»Nein. Der arme Schatz steckt mitten in den Dreharbeiten zu einem neuen Film und konnte nicht weg. Er läßt dich sehr, sehr herzlich grüßen. Aber wann kann ich dich sehen? Ich sehne mich so sehr danach, mich gründlich mit dir auszuquatschen und zu hören, was du alles angestellt hast.«

»Das Semester hat eben erst angefangen. Ich kann noch wochenlang nicht von hier weg.«

»Das dauert mir viel zu lange. Warum fahre ich eigentlich nicht zu dir?«

»Das wäre wunderbar. Ich besorge dir ein Zimmer. Kannst du schon an diesem Wochenende kommen?«

»Erwarte mich morgen abend.«

Lucinda arbeitete den ganzen Freitag wie verrückt und bereitete den Aufsatz für die nächste Stunde bei Michael vor. Je mehr sie schaffte, bevor Jennifer kam, um so mehr Zeit hatten sie dann füreinander. Am Abend wartete sie auf dem Bahnhof auf den Zug aus London.

Jennifer stürmte durch die Sperre und warf sich Lucinda in die Arme.

»Du siehst wunderbar aus, Lucinda!« rief sie. »So lebendig und strahlend. Du mußt verliebt sein.«

Sie lachten beide.

»Laß dich mal ansehen«, erwiderte Lucinda. »Du hast diese herrliche goldene Sonnenbräune, die man nur in Kalifornien bekommt. Sag mal, bist du überall so appetitlich braun?«

»Wart's nur ab.«

Sie saßen in einem Restaurant und gingen dann ins College zu

Lucinda. Dort tranken sie Kaffee und hörten eine alte Ella-Fitzgerald-Platte. Die Musik versetzte sie in eine wehmütig-nostalgische Stimmung. Jennifer streichelte Lucindas Haar. Ihre Stimme klang belegt vor innerer Bewegung.

»Du ahnst nicht, wie sehr du mir gefehlt hast, Lucinda.«

»Es ist schon so lange her, Jennifer. Ich habe oft an unsere Zeit in Hurstmonbury gedacht.«

»Wirst du mir je verzeihen?«

Lucinda sah das große dunkelhaarige Mädchen, das ihre Hand umklammerte, erstaunt an.

»Dir verzeihen? Was hätte ich dir zu verzeihen, Jennifer?«

»Du warst so liebevoll damals, bist mir überallhin nachgelaufen. Du hast so verzweifelt nach Liebe gerufen, und ich war zu blind, um zu merken, was du durchmachtest, und reagierte überhaupt nicht.«

»Das darfst du nicht sagen«, widersprach Lucinda. »Du warst sehr lieb und ich ein albernes Ding. Ich war mondsüchtig. Du mußt mich entsetzlich lästig gefunden haben.«

Jennifer küßte sie zärtlich.

»Lucinda, mein Liebling, wir wollen mal sehen, ob ich's jetzt besser kann.«

Mit unendlicher Zartheit begannen Jennifers samtweiche Finger Lucinda zu streicheln. Daß Jennifer sie lieben wollte, überraschte sie, schien aber dennoch ganz natürlich als Erfüllung der großen Liebe, die sie seit Jahren füreinander empfanden und nie ausgelebt hatten. Als sie ein schwärmerisches Schulmädchen gewesen war, hatte Lucinda oft davon geträumt, den Körper des geliebten Mädchen zu berühren, doch jetzt war es Jennifer, die die Initiative ergriff.

»Hat dich noch nie eine Frau geliebt?«

Lucinda war zu erregt, um sprechen zu können. Sie fühlte, daß ihre Jeans zu Boden glitten, dann zogen Jennifers eifrige Hände ihr den Schlüpfer aus und streichelten sie. Sie stöhnte unterdrückt, als Jennifers Mund sie sanft berührte, ihre Zunge über ihren Leib glitt und in die Höhlung ihres Nabels eindrang.

Dann küßten die weichen Lippen ihrer Liebsten die goldenen Locken zwischen ihren Schenkeln, und ihr Entzücken wurde fast unerträglich, als die heiße, lüsterne Zunge sie dort berührte, wo sich alles Gefühl zusammenzudrücken schien, das in ihr war.

Sie glühte, und es war so süß und sanft, daß sie sich wünschte, es möge nie enden. Sie packte Jennifers Kopf und drückte ihr Gesicht fester und immer fester an sich.

Langsam sank sie zu Boden. Die Zeit hörte auf zu existieren. Es gab nur einen einzigen Augenblick der Ewigkeit. Jennifer lag neben ihr, und jedesmal wenn sie rasch ihre Zunge zucken ließ, fing jeder Nerv in Lucinda an zu prickeln, bis sich das Prickeln in einem ungeheuren Orgasmus löste, der ihren Willen schmelzen ließ und ihren Körper bis ins Innerste erschütterte.

»Pst! Sei still!« flüsterte Jennifer.

»Warum? Was ist los?«

»Du hast geschrien. Gleich werden deine Nachbarn hier erscheinen.«

»Ich wußte gar nicht, daß ich überhaupt einen Laut von mir gegeben habe«, erwiderte Lucinda keuchend.

»Aber du hast, mein Süßes. Bleib einen Augenblick ganz still liegen.«

Nach ein paar Minuten fragte Lucinda: »Bist du auch...?«

»Ja, aber du warst viel zu weit weg, um es zu bemerken.«

Lange lagen sie einander in den Armen, redeten nur sehr wenig, waren glücklich, daß sie nach so vielen Jahren zueinandergefunden hatten. Es war, als sei ihr Leben bisher nur eine Vorbereitung auf dieses Sichfinden gewesen.

Ungestört erlebten sie einen Abend vollkommenen Glücks. Lucinda konnte sich nicht erinnern, je eine so wunderbare Nacht verbracht zu haben. Nicht nur, daß kein einziges böses Wort fiel, sie einte eine so tiefgreifende Harmonie, als seien sie zu einer Frau geworden, die zwei Körper besaß.

Das konnte nicht dauern. Augenblicke, die so vollkommen sind, können sich nie in alle Ewigkeit fortsetzen. Es kommt die Zeit, in der man die Kälte der Welt draußen nicht mehr leugnen kann. Man muß sich ihr stellen, der Elfenbeinturm stürzt ein, der Traum geht zu Ende.

In den frühen Morgenstunden teilte Lucinda Jennifer mit, daß sie jetzt das Zimmer aufsuchen müsse, daß Lucinda für sie im College hatte reservieren lassen. Jennifers Miene verdüsterte sich.

»Kann ich denn nicht hierbleiben?«

»Leider nein, meine Liebe. Ganz früh am Morgen kommen die

Hausangestellten ins College, und wenn sie jemanden in meinem Zimmer erwischten, käme ich in furchtbare Schwierigkeiten.«

»Machst du Witze?« fragte Jennifer ungläubig.

»Nein, es ist mein Ernst. Hier geht es noch sehr streng und altmodisch zu. Es ist wirklich merkwürdig. In gewisser Beziehung werden wir Studenten wie reife Erwachsene behandelt, und dann wieder bevormundet man uns wie Kinder.«

Widerstrebend verließ Jennifer ihre Liebste und schlief in dem kleinen Gastzimmer im Nebenhaus. Am Morgen wurde sie von einer sauertöpfischen alten Jungfer geweckt, die ihr mürrisch eine Tasse Tee reichte.

Während der nächsten beiden Tage sahen die Mädchen sich die Stadt an und besuchten ein paar von Lucindas Freunden. Noch zweimal liebten sie sich, und immer war es so unbeschreiblich schön wie beim erstenmal.

»Wann wirst du in London zurückerwartet?« fragte Lucinda.

»Ich brauche nicht vor Mittwoch dort zu sein«, erwiderte Jennifer. »Glaubst du, daß ich solange bleiben kann? Oder gibt es Schwierigkeiten?«

»Nein, das geht schon in Ordnung. Aber ich werde dich von Zeit zu Zeit allein lassen müssen. Leider bin ich nicht zu meinem Vergnügen hier und muß arbeiten.«

Also blieb Jennifer nicht nur über das Wochenende, sondern zwei Tage länger.

Dienstag abend erklärte ihr Lucinda, daß sie zu Michael zum Unterricht gehen müsse.

»Was?« fragte Jennifer erstaunt. »So spät noch?«

»Er hat alle anderen Stunden belegt«, antwortete Lucinda.

Jennifer überlegte eine Weile und fragte dann mit genau berechneter Kühle: »Was für ein Mann ist dieser Michael Johnson?«

»Das hab' ich dir doch schon erklärt. Ein junger Dozent – sehr gescheit.«

»Sieht er gut aus?«

»Nun ja, wenn du schon fragst, er ist ein recht ansehnlicher Typ.«

Jennifer sah Lucinda scharf an.

»Hast du mit ihm geschlafen?«

Lucinda antwortete nicht. Sie wollte die Freundin nicht belügen, wollte Jennifer aber auch nicht gestehen, wie die Dinge zwischen ihr und ihrem Tutor lagen. Es ging sie nichts an.

»Hör zu, Jennifer, ich muß gehen, und ich weiß nicht, wie lange es dauert. Warum sagen wir uns nicht gute Nacht und sehen uns morgen früh wieder?«

Jennifer nickte, und sie trennten sich.

Michael wartete auf Lucinda. Sie ging auf ihn zu und küßte ihn, aber er zeigte auf den Lehnsessel.

»Zuerst möchte ich deinen Aufsatz hören. Du bist zum Unterricht gekommen, für den du bezahlst, wenn ich dich daran erinnern darf. Also arbeiten wir.«

Er sagte es leichthin, war aber sehr ernst dabei. Gehorsam schlug Lucinda ihr Heft auf und begann ihm den Aufsatz vorzulesen, den sie geschrieben hatte. Über eine Stunde kommentierte und kritisierte er dann ihre Arbeit. Als er damit fertig war, entspannte er sich sichtlich.

»Möchtest du ein Glas Sherry?«

Lucinda schüttelte den Kopf, stand auf und griff nach ihrem Talar.

»Bitte geh nicht«, sagte Michael beschwörend.

»Ich dachte, dich interessiert nur das, was ich in mein Heft eingetragen habe«, erwiderte sie kühl.

»Verstehst du denn nicht, Lucinda?« flehte er unglücklich. »Es ist doch nicht so, daß ich dich nicht will. Ich habe seit dem vergangenen Donnerstag an nichts anderes gedacht. Ich habe die Minuten gezählt, bis du endlich wieder durch diese Tür kamst. Aber ich muß dich unterrichten, du hast einen Anspruch darauf. Es wäre unehrlich von mir, wenn ich dich nicht dasselbe lehrte wie alle anderen. Wie ich dir schon sagte, werde ich bezahlt, und wie jeder Arbeiter bin ich stolz auf das, was ich tue.«

Lucinda lächelte. Sie konnte ihm nicht böse sein – oder wenigstens nicht lange. Sie legte die Bücher weg, ging zu ihm und küßte ihn auf die Wange.

»Warum gehen wir nicht ins Schlafzimmer?«

Lucinda zauste ihm das Haar, während Michael hastig aus den Kleidern schlüpfte und sich dann ihr zuwandte, um sie auszuziehen.

»Nein, Liebling, du bist so ungeschickt. Ich tu's lieber selbst.«

Sie schlüpften unter die Laken und liebten sich mit großem Vergnügen. Michael war ein guter, wenn auch ziemlich konventioneller Liebhaber, aber Lucinda ging mit Eifer daran, ihm beizubringen, was ihm fehlte. Er war ein gelehriger Schüler, und es amüsierte sie, daß, nachdem er eine Stunde lang ihr Lehrer gewesen war, jetzt die Rollen getauscht wurden.

Michael küßte sie hungrig und hielt sie mit einem so leidenschaftlichen Ernst an sich gepreßt, als fürchte er, sie könne sich in seinen Armen in Luft auflösen und verschwinden. Offenbar hatte er den Wunsch, jede nur erdenkliche Form des Liebesaktes auszuprobieren, wußte aber nicht, wo beginnen. Sie drückte seinen Kopf zwischen ihre Brüste. Er küßte sie gierig, doch Lucinda schüttelte den Kopf.

»Du mußt meine Brustwarzen lecken und daran saugen.«

Er sah unsicher zu ihr auf, tat dann aber wie geheißen.

»Nein, nein, nein, nicht so grob. Zart, liebevoll. Komm, ich will es dir zeigen.«

Lucinda rollte ihn auf den Rücken und legte sich dann auf ihn. Sie nahm nacheinander seine kleinen Brustwarzen zwischen die Lippen und leckte sie lüstern.

»So macht man das«, sagte sie. »Magst du es?«

Michael nickte. »Aber ich möchte es lieber bei dir tun«, sagte er heiser.

Lucinda hob ihren Körper leicht an und schob Michael dann eine ihrer weißen Brüste in den Mund. Wie im Fieber umschlossen seine heißen Lippen die rosige Brustwarze, und als er fühlte, wie sie steif wurde und sich aufrichtete, übertrug die Erregung sich auf ihn.

»Und jetzt küß mich dort...«

Auch das schien für Michael etwas Neues zu sein. Sie umklammerte seinen Kopf, als wollte sie ihn zerquetschen, bis sie endlich in einem wilden, unkontrollierbaren Orgasmus Erlösung fand.

Michael wollte sie noch länger liebkosen, doch sie stieß ihn weg. Er sah sie zweifelnd, fast ein wenig verärgert an. Lucinda lächelte ihm zu.

»Keine Sorge, Liebster. Ich bin nur im Augenblick zu empfindlich für jede Berührung. Jetzt bist du an der Reihe.«

»Tut mir leid. Mir war nicht klar...«

Lucinda nahm ihn in sich auf und Michael fühlte unendliche Erleichterung. Doch seine Erregung war schon so groß, daß er nur noch zu einigen wenigen Stößen imstande war, bevor er einen wilden Höhepunkt erlebte.

»Gibt es denn in Bradford keinen oralen Sex?« neckte ihn Lucinda, als sie endlich Seite an Seite lagen und langsam wieder zu Atem kamen.

»Ich habe schließlich nicht mit jeder Frau im Norden geschlafen«, protestierte er. »Woher soll ich's also wissen. Für mich war es jedenfalls mit dir das erste Mal.«

Lucinda mußte lachen. Er war in mancherlei Beziehung wie ein kleiner Junge. Seufzend griff sie nach ihren Kleidern.

»Bitte geh nicht, Lucinda«, sagte er. »Du kannst die ganze Nacht hierbleiben. Es würde mich so glücklich machen, dich zu sehen, wenn ich morgens die Augen aufschlage.«

»Du weißt genau, daß ich nicht bleiben kann, Michael. Wenn man mich morgen hier fände, wäre die Hölle los.«

»Keine Sorge, mein Süßes. Ich habe Bescheid gesagt, daß man mich morgen früh nicht wecken soll. Vor halb neun kommt kein Mensch hierher, es bleibt dir also Zeit genug, hinauszuschlüpfen.«

Lucinda lachte leise. »Du hast also schon vorgesorgt. Wahrscheinlich hast du der guten Dame, die dir den Morgentee bringt, vorgeflunkert, du hättest soviel zu arbeiten, daß du nicht gestört werden möchtest.«

»Etwas ähnliches, ja. Du bleibst doch, nicht wahr?«

Lucinda hatte ein schlechtes Gewissen, wenn sie an Jennifer dachte, doch dann fiel ihr ein, daß sie ihr gesagt hatte, sie solle nicht auf sie warten. Es war so gemütlich im Bett, und an Michael konnte man sich so schön ankuscheln. Bestimmt würden sie auch noch einiges zusammen erleben, bevor die Nacht zu Ende war.

»Aber ich habe ja gar kein Nachthemd mit«, sagte sie und schlug übertrieben züchtig die Augen nieder.

»Ich glaube kaum, daß sich das als ein zu großes Hindernis erweisen wird«, antwortete Michael lachend.

Er weckte sie Viertel vor acht, und sie zog sich rasch an.

»Es war sehr hübsch bei dir«, sagte sie beiläufig. »Aber könnten wir nicht einmal zusammen ausgehen? Nächstes Wochenende vielleicht.«

Michaels Antwort klang bei weitem nicht so beiläufig. Er schüttelte den Kopf, und ein gequälter Ausdruck huschte über sein Gesicht. Nach einem kurzen Zögern sagte er sehr leise:

»Es tut mir schrecklich leid, aber ich muß ehrlich zu dir sein, Lucinda. Ich bin nämlich verheiratet.«

Lucinda war tief betroffen. Sie erinnerte sich an Michaels anfänglich so ungeschicktes Fummeln und sah ihn ungläubig an. Sie hatte ihn für einen absoluten Anfänger gehalten.

»Ich kann's nicht glauben«, sagte sie. »Wo ist deine Frau?«

»In Bradford. Sie besucht ihre Eltern.« Er lächelte bitter. »Sie kommt heute nachmittag zurück. Aber ich liebe dich, Lucinda. Versteh das nicht falsch.«

»Wie lange bist du schon verheiratet?« fragte sie hastig.

»Etwas über ein Jahr.«

»Und du liebst deine Frau auch?«

»Ich habe es geglaubt. Jetzt weiß ich es nicht mehr.«

»Wie stellst du dir jetzt alles weitere vor, Michael? Sollen wir uns nicht mehr sehen?«

Er schüttelte den Kopf.

»Das wäre keine Lösung. Vergiß nicht, ich bin dein Tutor, und wenn wir das jetzt ändern wollten, würde das eine hochnotpeinliche Befragung nach sich ziehen. Nein, Lucinda, wir müssen weiter zusammen arbeiten, und das bedeutet, daß wir miteinander allein sein werden. Wohin das führt, weißt du ja.«

»Und ist deine Frau tolerant?«

»Alles andere als das«, erklärte Michael mit großem Nachdruck. »Sie kommt aus einer stockkonservativen Familie. Ihr Vater hat einen kleinen Lebensmittelladen, und die ganze Familie marschiert sonntags geschlossen in die Kirche. Annie ist sehr süß, und sie ist hübsch, aber wenn sie dächte, daß ich eine Geliebte habe, bekäme sie einen hysterischen Anfall.«

»Wirst du sie verlassen?« Lucinda verbot sich jede Gefühlsregung. Sie bemühte sich verzweifelt, objektiv zu sein.

»Ich weiß nicht. Das ist alles so plötzlich passiert. Auf keinen Fall schon jetzt, ich muß erst selbst wieder zu mir kommen und mir über alles klarwerden.«

»Wohnt deine Frau auch hier?«

»Nein, natürlich nicht. Wir haben eine Wohnung in der Stadt, aber ich brauche die Räume im College für den Einzelunterricht.«

»Sehr praktisch«, stellte Lucinda trocken fest. »Nun schön, Michael, wenn du nicht bereit bist, deine Annie zu verlassen und wenn wir weiterhin miteinander arbeiten müssen, werden wir eben sehr vorsichtig sein.« Sie nickte ihrem tief bekümmerten Liebhaber zu und ging.

Es war kurz vor acht, als Lucinda sich in ihr Zimmer zurückschlich. Sie brachte ihr Bett durcheinander, zerknüllte Bettuch und Kissen, damit die Aufwartefrau nicht merkte, daß sie die Nacht nicht zwischen ihren keuschen Laken verbracht hatte. Die Gute war zwar überrascht, Lucinda schon wach und angezogen zu finden, aber Lucinda erklärte ihr, sie sei schon sehr früh aufgestanden, da sie vor der ersten Vorlesung noch eine Menge zu lesen gehabt habe. Der Toast war heiß, und der Kaffee dampfte, als Jennifer an die Tür klopfte. Lucinda ließ sie ein und wollte sie küssen, doch Jennifer wandte das Gesicht ab. Sie war sehr blaß, ihre Augen schienen eingesunken, und sie preßte die Lippen grimmig zusammen. Von der fröhlichen Jennifer der vergangenen Tage war nichts geblieben.

»Was ist los mit dir?« fragte Lucinda. »Du siehst aus, als hättest du die ganze Nacht kein Auge zugetan.«

»Warum hast du das getan, Lucinda?« fragte Jennifer leise.

»Was getan?« Lucinda fühlte Zorn in sich aufsteigen.

»Mit mir konntest du die Nacht nicht verbringen. Hast mich weggeschickt, und ich mußte allein schlafen. Aber mit deinem sogenannten Tutor ging's auf einmal. Da hattest du keine Angst, von den Hausangestellten ertappt zu werden, wie?«

»Wie meinst du das? Woher weißt du überhaupt...«

»Ich konnte nicht schlafen, also bin ich in der Nacht noch einmal hergekommen, um zu sehen, ob ich etwas Warmes zu trinken bekommen könnte. Warum, Lucinda? Bist du in diesen Mann verliebt?«

»O du meine Güte!« brauste Lucinda auf. »Zuerst er und jetzt du. Woher, zum Teufel, soll ich wissen, ob ich ihn liebe? Und ist das überhaupt wichtig?«

»Für mich ist es wichtig.« In Jennifers Stimme war eine Traurigkeit, wie Lucinda sie noch nie gehört hatte. »Genügt dir meine Liebe nicht? Wozu brauchst du einen Mann? Ich dachte, du seist glücklich mit mir.«

»Das war ich auch. Es war wunderbar. Aber ich brauche trotzdem einen Mann. Kannst du das nicht verstehen, Jennifer? Ich bin eine Frau, die für Männer geschaffen ist. Dein Vater wußte das sehr gut. Ich möchte mit dir zusammensein und möchte dich lieben, aber in letzter Konsequenz brauche ich einen Mann. So bin ich nun mal.«

»Und dieser Michael ist der Mann deiner Träume, nicht wahr? Er kann dir geben, was ich dir nicht geben kann?«

Tränen der Bitterkeit und des Grolls funkelten in Jennifers Augen.

»Ja, verdammt noch mal!« schrie Lucinda. »Er ist wunderbar, fantastisch, sensationell. Und er ist verheiratet.«

Schweigend starrten sie einander wütend an.

»Und wo bleibst du dabei?« fragte Jennifer endlich.

»Wie meinst du das? Wo ich dabei bleibe? Ich habe eben eine heimliche Affäre, als schämte ich mich dafür, seine Geliebte zu sein.«

»Und du wirst dich weiterhin mit ihm treffen?« fragte Jennifer mit boshaft und drohend klingender Stimme.

»Ja, ja, ja!« schrie Lucinda. Sie ballte die Fäuste, und Trotz leuchtete ihr aus den Augen.

Jennifer wandte sich ab.

»Ich fahre nach Hause. Gib dir keine Mühe, dich mit mir in Verbindung zu setzen.« Sie ging und knallte die Tür hinter sich zu. Lucinda glaubte, vor Wut ersticken zu müssen. Jennifers Bosheit hatte sie nur in ihrem Beschluß bestärkt, das heimliche Verhältnis mit Michael fortzusetzen.

Knapp drei Wochen später fiel der Schlag. Es begann ganz harmlos. Eine getippte Postkarte in ihrem Fach des Gemeinschaftsraumes für die ersten Semester. ›Bitte suchen Sie mich heute nachmittag auf. H. G. B. Parkinson, PhD.‹

Tee und Kuchen und höfliche Erkundigungen nach dem Befinden meiner lieben Mama, dachte Lucinda, als sie sich auf den Weg zum Hüter ihrer Moral machte.

»Setzen Sie sich, Miß Farrer.« Dr. Parkinson war kurz angebunden und sachlich. Es war ein Befehl, keine Einladung. Lucinda fühlte ein leichtes Unbehagen, als sie dem verknöcherten Professor gegenüber Platz nahm.

»Man hat mir mitgeteilt, daß Sie mit Mr. Johnson ein Verhältnis haben«, sagte er schroff und sehr direkt.

Lucinda war zu verblüfft, um sofort antworten zu können. Dr. Parkinsons Augen musterten sie kalt und feindselig.

»Bevor Sie sich dazu äußern«, fuhr er fort, »möchte ich Ihnen sagen, daß es keinen Sinn hätte zu leugnen. Ich habe Aussagen von Zeugen. Man hat Sie beobachtet, Miß Farrer. Habe ich mich klar ausgedrückt?«

Lucinda nickte.

»Beobachtet? Ja, wie denn?«

»Das geht Sie nichts an. Auf jeden Fall wurden gewisse Schritte unternommen, nachdem Mrs. Johnson einen anonymen Brief bekommen hatte, der Sie und Mr. Johnson des Ehebruchs bezichtigte. Sie haben doch gewußt, daß Mr. Johnson verheiratet ist, oder?«

Wieder nickte Lucinda.

»Die Angelegenheit wird morgen früh von mir und meinen Kollegen bei einer eigens einberufenen Konferenz besprochen. Und falls Sie nur die geringsten Zweifel haben sollten, dann lassen Sie mich Ihnen versichern, daß wir im Hinblick auf eine Beziehung, die das College in Verruf bringen könnte, sehr strenge Ansichten haben. Ich kann mir zwar nicht vorstellen, daß Sie etwas vorzubringen haben, das uns bewegen könnte, Ihr unerhörtes Benehmen in einem milderen Licht zu sehen, aber bitte, Sie haben jetzt die Gelegenheit dazu. Nun, Miß Farrer?«

»Ich habe nichts dazu zu sagen«, antwortete Lucinda mit gebrochener Stimme. »Was jetzt?«

»Gehen Sie bitte in Ihr Zimmer zurück. Versuchen Sie nicht, sich mit Mr. Johnson in Verbindung zu setzen. Er wurde gebeten, das College nicht mehr zu betreten, und ich bin überzeugt, daß sogar Sie Verstand genug haben, sich nicht bei ihm zu Hause zu melden.«

Lucinda stand auf und ging zur Tür. Ihre Hand lag schon auf der Klinke, als Dr. Parkinson sie aufforderte, noch einen Moment zu warten.

»Ich möchte Ihnen, bevor Sie gehen, noch etwas sagen, nicht als Tutor, der über Ihre Moral zu wachen hat, sondern als Mann und als Angehöriger dieses Colleges. Mir ist verdammt egal, was mit Ihnen passiert. Für mich sind Sie bestenfalls eine verzogene Göre mit mehr Geld als Verstand. Ich nehme an, Sie werden ein paar Tränen vergießen und dann im Bett eines anderen Mannes Trost finden. Aber ist Ihnen klar, was Sie Mr. Johnson angetan haben. Er war ein junger Mann, der eine brillante akademische Laufbahn vor sich hatte. Allein durch harte Arbeit ist er dahin gekommen, wo er jetzt steht, nicht weil Daddy ihm einen Platz in einer exklusiven Schule kaufen konnte. Der Skandal wird ihn ruinieren, und er ist jetzt, Mitte Zwanzig, schon am Ende. Und das nur, weil er mit einem kleinen Flittchen, mit Ihnen, in die Buntkarierten gekrochen ist. Wundert es Sie noch, daß ich so angewidert bin?«

»Und wenn ich Ihnen sage, daß es ausschließlich meine Schuld war – was übrigens der Wahrheit entspricht? Könnten Sie auch dann gegen Mr. Johnson keine Nachsicht üben?«

Lucindas Bitte blieb ohne Wirkung.

»Ich fürchte, daß uns angesichts der Haltung von Mrs. Johnson diese Möglichkeit verschlossen bleibt. Guten Tag, Miß Farrer. Morgen vormittag sprechen wir uns wieder.«

Lucinda stolperte hinaus und lief in ihr Zimmer zurück. Nur mit Mühe gelang es ihr, die Tränen ohnmächtigen Zorns zu unterdrükken. Welches Recht hatten diese alten Männer, über sie und Michael zu Gericht zu sitzen? Sie hatten sich geliebt. Durfte man sie deshalb so behandeln, als ob sie Verbrecher wären? Es drängte sie, Dr. Parkinsons Anweisung zu mißachten und Michael anzurufen. Einzig der Gedanke, seine Frau könnte sich am Telefon melden, hielt sie davon ab. Seine Frau war überhaupt an allem schuld. Warum machte sie ein solches Theater wegen der Sache? Vielleicht war sie so unsicher, daß sie es nicht ertrug, wenn ihr Mann eine andere Frau auch nur ansah. Was war sie denn nur für ein Mensch, diese Mrs. Johnson? Sie mußte sich doch die Konsequenzen überlegt haben, und sie hatte bestimmt gewußt, was es für Michaels Zukunft zu bedeuten hatte, wenn sie ihn bei der College-Leitung anzeigte.

Lucinda war außer sich vor Empörung und verletztem Stolz, doch sie geriet fast in Panik, als sie daran dachte, wie wohl ihre Eltern auf die Schande einer Disziplinarstrafe reagieren würden, egal wie sie lauten mochte. Allein in ihrem Zimmer verlor sie völlig die Selbstbeherrschung, und die Tränen strömten ihr über das Gesicht. Hysterisch schluchzend warf sie sich auf das Bett und überließ sich dem Gefühlsaufruhr, der in ihr tobte.

Allmählich wurde sie ruhiger, aber eine dumpfe Benommenheit wie nach einem heftigen Schock blieb zurück. Ihre Situation war hoffnungslos. Irgendwie mußte sie diese ewig lange Nacht überstehen, bevor sie endlich erfuhr, welche Strafen die harten, gefühllosen Wächter der Collegemoral über Michael und sie verhängt hatten.

Noch nie hatte sie eine so furchtbare Nacht erlebt. Sie versuchte zu lesen, aber die Worte ergaben keinen Sinn. Weder Radio noch Fernsehen konnten sie ablenken. Sie fühlte sich schrecklich allein. Auf der ganzen Welt gab es keinen einzigen Menschen, dem sie sich anvertrauen konnte. In ihrem Zimmer fühlte sie sich wie eine Gefangene und glaubte, ersticken zu müssen, also lief sie stundenlang durch die Straßen der Stadt.

In ihrem Kopf herrschte völlige Leere – bis auf die eine quälende Frage, was man morgen über Michael und sie beschließen würde. Ihr wurde bewußt, daß sie etwas essen mußte. Sie ging in ein Restaurant und bestellte etwas. Doch als das Essen gebracht wurde, hatte sie keinen Appetit und rührte es nicht an. Untröstlich zog sie weiter in ein Pub und bestellte sich etwas zu trinken. Sie hatte gehofft, in Gesellschaft der jungen, munter schwatzenden Leute ein wenig Erleichterung zu finden, aber sie brachte es nicht fertig, ihre Fröhlichkeit zu teilen, kam sich wie eine Ausgestoßene vor und fühlte sich einsamer und verletzlicher als vorher. Sie verließ das Pub und kehrte in die Stille ihrer düsteren Collegeräume zurück.

Sie fand keine Ruhe, doch nachdem sie ein Valium genommen hatte, fiel sie in einen unruhigen Schlaf, seelische Erschöpfung betäubte ihren Jammer. Doch der Schlaf brachte ihr keine Erleichterung. Angst und Sorge ließen sie nicht los. Kein Beruhigungsmittel wäre stark genug gewesen, sie zu zerstreuen. Und dann hatte sie einen Alptraum, der so lebhaft war, daß sie sich auch nach dem Aufwachen nicht von ihm befreien konnte:

Michael und sie standen vor den versammelten Professoren, die fantastische mittelalterliche Roben trugen, als seien sie Richter der Inquisition. Michael und sie hingegen waren nackt. Sie wollte sich bedecken, wollte sich irgendwie vor den höhnischen Blicken ihrer Peiniger schützen, doch sie konnte die Hände nicht bewegen. Sie sprachen mit ihr, aber sie hörte ihre Worte nicht. Sie wußte jedoch genau, was sie sagten, und immer, wenn sie lautlos verdammend die Lippen öffneten, durchfuhr Lucinda ein schrecklicher Schmerz. Sie blickte zu Michael hinüber und sah, daß sein Körper in Flammen stand und sich in unaussprechlichen Qualen wand und krümmte. Er schrie. Er bewegte die Lippen, doch sie hörte keinen Laut. Sein Körper wurde braun und verkohlte vor ihren Augen, aber immer noch schrie es lautlos aus ihm heraus. Sie wandte sich wieder ihren unbarmherzigen Richtern zu. Sie sahen sie unverwandt an, starr, ohne auch nur ein einziges Mal zu blinzeln. Sie fühlte, wie sie unter diesen Blicken zu schrumpfen begann und ihre Schuld für alle sichtbar zu Tage trat. Sie wußte, daß sie leiden mußte. Man zwang sie, die Beine zu spreizen, und das brennende Feuer drang in sie ein, versengte ihren Schoß, brannte alles weg, was unrein war. Sie erwachte von ihren eigenen Schreien.

Am Morgen wartete sie darauf, von Dr. Parkinson gerufen zu werden. Ihr war übel vor Angst. Sie sah ihre Kommilitonen zu den Vorlesungen oder in die Bibliotheken eilen, und ihr war, als rolle ein Film vor ihr ab. Diese jungen Leute gehörten ebensowenig zu ihrem Leben wie die Schatten auf einer Kinoleinwand. Die Zeit hatte alle Bedeutung verloren.

Es klopfte.

»Miß Farrer«, einer der Pförtner steckte den Kopf durch den Türspalt. »Die besten Empfehlungen von Dr. Parkinson. Er möchte Sie gleich sprechen.«

Lucinda stand wie in Trance auf und legte sich den Talar um die Schultern. Sie folgte dem untersetzten Mann in der Uniform des College-Angestellten in den Hof.

»Nein, Miß, wir gehen dort hinüber, bitte.«

Er führte sie nicht zu den Räumen von Dr. Parkinson, sondern in die entgegengesetzte Ecke des Great Court, und Lucinda begriff erschrocken, daß sie in das Haus des Dekans gebracht wurde. Die letzte ihr noch verbliebene Hoffnung, daß die Angelegenheit in aller Stille begraben werden könnte, war damit dahin. Eine Unterredung mit dem Dekan von Trinity bedeutete nicht nur einen einfachen Verweis oder Tadel.

Endlich stand sie dem Dekan und Dr. Parkinson gegenüber. Diesmal bat man sie nicht, Platz zu nehmen.

»Wir wollen keine Zeit vergeuden, Miß Farrer.« Die Stimme des Dekans drang wie kalter Stahl in sie ein. »Sie wissen, warum wir Sie gerufen haben. Vielleicht möchten Sie das hier sehen.«

Er reichte ihr einen Bogen Papier mit dem Wappen des Colleges. Es war ein Brief von Michael, in dem er seinen Rücktritt anzeigte und seine Dozentur niederlegte.

Lucinda reichte das Blatt wortlos zurück.

»Unter den gegebenen Umständen haben wir keine andere

Wahl, als Mr. Johnsons Rücktrittsgesuch anzunehmen«, sagte der Dekan.

Lucinda räusperte sich und fand ihre Stimme wieder. »Ich habe Dr. Parkinson schon gestern erklärt, daß alles nur meine Schuld war«, sagte sie. »Müssen Sie gegen Mr. Johnson so streng vorgehen?«

»Sie sollten wissen, daß Mrs. Johnson die Scheidungsklage eingereicht hat. Mr. Johnson hat daher keine andere Wahl, als seinen Abschied einzureichen, den anzunehmen wir uns verpflichtet fühlen.«

Lucinda senkte die Augen und wartete auf das Unvermeidliche.

»Ich bin überzeugt, daß Sie nicht glücklich wären, wenn Sie Ihr Studium hier fortsetzen müßten. Seien Sie so freundlich, heute nachmittag den Quästor aufzusuchen, der Ihnen Ihre Rechnung überreichen wird. Wir halten es für angemessen, daß Sie das College bis zum Abend verlassen haben. Besten Dank, Miß Farrer, das ist alles.«

Lucinda fand sich in ihrem Zimmer wieder. Sie erinnerte sich nicht, über den Hof gegangen zu sein. Sie holte ihren Koffer und begann ganz mechanisch zu packen.

Erst als sie im Zug nach London saß, begann ihr Gehirn wieder normal zu arbeiten. Zorn und Verzweiflung hatten sie so überwältigt, daß sie noch keine Sekunde lang darüber nachgedacht hatte, wer dieses Unheil auf Michael und sie herabbeschworen haben konnte. Jetzt wollte sie dieses Rätsel lösen. Sie würde herausfinden, wer ihnen das angetan hatte, und dann würde sie sich bitter rächen. Sie knirschte mit den Zähnen vor Wut. Sie hätte denjenigen, der diese Gemeinheit begangen hatte, glatt umbringen können.

Was hatte Dr. Parkinson gesagt? Jemand hatte Michaels Frau einen anonymen Brief geschrieben, und der hatte dann diese ganze widerliche Sache ausgelöst. Man hatte ihnen nachspioniert, sie bespitzelt und am Ende entlarvt. Aber sie hatten sich doch nur in Michaels Räumen getroffen, und Lucinda war überzeugt, daß der anonyme Schmierfink sie nicht zusammen im Bett gesehen haben konnte. Nachdem der Fakultätsvorstand von der Sache erfahren hatte, war es natürlich nicht schwierig gewesen, Michaels Räume aus einem Fenster des gegenüberliegenden Hauses zu beobachten, aber es schien ihr unwahrscheinlich, daß der Bewohner des in

Frage kommenden Zimmers den Brief geschrieben hatte. Was für ein Motiv hätte er haben sollen? Nein, der Brief konnte nur von jemandem kommen, dem Michael oder sie anvertraut hatte, daß sie zusammen schliefen, und der auf einen von ihnen eifersüchtig gewesen war.

Und plötzlich wußte sie es. Auf der Liverpool Street Station angekommen, gab sie den Koffer in der Gepäckaufbewahrung ab und rief ein Taxi. Sie stieg ein und gab dem Fahrer die Adresse von Mertons Wohnung in Hampstead an.

Gegen vier Uhr kam sie dort an. Jennifer war allein zu Hause. Als sie Lucinda die Tür öffnete, malte sich auf ihrem Gesicht Erstaunen – aber auch noch etwas anderes. Konnte es Angst sein?

»Was machst du denn hier, Lucinda?« fragte sie.

Lucindas Augen waren hart wie Stein. Mit grimmig zusammengepreßten Lippen schob sie sich an Jennifer vorbei in die Wohnung. Dann wirbelte sie herum und sah Jennifer an.

»Du warst es, nicht wahr?« sagte sie. »Du hast es getan?«

»Was getan? Wovon redest du?«

»Versuch nicht, vor mir die Unschuld zu spielen. Du hast Michaels Frau diesen Brief geschrieben.«

Jennifer stand ganz still da und sagte nichts.

»Warum, Jennifer, warum nur? Warst du so wahnsinnig eifersüchtig? Mich hat man relegiert, und Michael wurde gezwungen, seinen Rücktritt einzureichen. Er ist ruiniert.«

Plötzlich schien Jennifer sich aufzubäumen.

»Ja, verdammt nochmal«, schleuderte sie Lucinda entgegen, »natürlich war der Brief von mir! Die Adresse hat mir einer eurer College-Pförtner gegeben. Ich schwindelte ihm vor, ich wollte der Frau deines lieben Freundes Blumen schicken. Man hat dich also hinausgeworfen? Das ist gut. Ich freue mich darüber. Ich freue mich, hörst du? Was glaubst du, wie mir zumute war, als du mich weggeschickt hast, weil du mit diesem Mann schlafen wolltest? Meine Liebe war dir ja nicht gut genug.«

Plötzlich schien der ganze in Lucinda aufgestaute Zorn zu explodieren, und mit einem Wutschrei sprang sie das Mädchen an, das sie so geliebt hatte.

»Du mieses Stück«, schrie sie, »ich reiß dich in Stücke!«

Bevor Jennifer etwas zu ihrer Verteidigung tun konnte, hatte Lucinda sie bei den Haaren gepackt und ihr den Kopf nach hinten gerissen. Jennifer kreischte vor Schmerz und fiel über ein kleines Tischchen. Im nächsten Augenblick wälzten die beiden Mädchen sich auf dem Boden, bissen, kratzten, schlugen sich. Lucinda ließ Jennifers Haar jedoch nicht los und zerrte solange daran, bis sie ihr große Büschel ausgerissen hatte. Jennifer wollte Lucinda die Finger in die Augen bohren, traf sie jedoch nicht. Dafür grub sie ihr die Nägel in die Wangen und riß ihr die Haut auf. Ihre Nase begann zu bluten.

»Ich bring' dich um!« schrie Lucinda. »Ich bring' dich um!« Im nächsten Augenblick rammte Jennifer ihr das Knie in die Leiste, und ihr blieb vor Schmerz die Luft weg.

Ein ohrenbetäubender Krach folgte, als die kämpfenden, schwitzenden, fluchenden jungen Mädchen einen Schrank umwarfen. Sie achteten nicht auf das Bersten des Holzes und das Splittern des Glases.

»Was in aller Welt geht hier vor?«

Von beiden unbemerkt, war Merton hereingekommen und betrachtete erstaunt die Szene. Keines der beiden Mädchen antwortete, aber Lucinda rappelte sich unsicher auf. Sie hatte keinen Streit mit Merton, aber es gelang ihr nicht, sich soweit zusammenzureißen, daß sie mit ihm sprechen konnte. Wie ein verletztes Tier den Kopf schüttelnd, brachte sie, so gut es ging, ihre zerrissenen Kleider in Ordnung und verließ wortlos die Wohnung.

TEIL 2

5

Der ehrenwerte Miles Farrer, künftiger sechzehnter Viscount Hamblewood, sah gereizt auf seine Uhr. Diese verdammten Züge hatten doch immer Verspätung. Er hatte viel zu tun und konnte die Zeit wirklich nicht erübrigen, aber jemand mußte Lucinda vom Bahnhof abholen und ihr mit ihrem Kofferberg helfen.

Ich nehme nicht an, daß sie sich verändert hat, dachte Miles. Sie war ein oberflächliches, selbstsüchtiges, sexbesessenes Ding gewesen, als sie den jungen Tutor um seine Karriere gebracht hatte und selbst mit Schimpf und Schande aus Cambridge hinausgeworfen worden war. Die Familie hatte sich ihrer zu sehr geschämt, um sich in England mit ihr zu zeigen, und hatte sie für zwei Jahre in eine elegante Schweizer Schule geschickt, in der junge Mädchen den sogenannten ›letzten Schliff‹ bekamen. Wahrscheinlich hatte sie gelernt, wie man Hüte trug, die wie Wagenräder aussahen, und daß man lange weiße Handschuhe auf eine besonders anmutige Art anziehen mußte. Bestimmt konnte sie sich auf vornehmen Gartenpartys bewegen und würde ein gefundenes Fressen für die Klatschspalten jener Zeitschriften sein, die über das Tun und Lassen der Schickeria berichteten. Doch jetzt würde er ja bald selbst sehen, was aus ihr geworden war. Mit zwanzig Minuten Verspätung fuhr der Zug endlich ein und brachte Lucinda in das Haus ihrer Ahnen zurück.

Im ersten Augenblick erkannte er sie nicht. Die Cambridge-Studentin war noch ein halbes Kind gewesen, hatte Jeans und Sweat-Shirts getragen und sich das Haar lässig zu einem Pferdeschwanz gebunden. Jetzt sah er eine gepflegte junge Frau in einem schicken marineblauen Kleid mit passender Handtasche und passenden Schuhen vor sich. Sie war sorgfältig frisiert, ihr Make-up war dezent. Diese Beweise zurückhaltender Bescheidenheit und guten Geschmacks waren für Miles eine höchst angenehme Überraschung. Vielleicht hatte die Schweiz ihr doch ganz gut getan.

Lucinda entdeckte Miles, als sie das Bahnhofsgebäude verließ. Neben ihr schob ein Gepäckträger einen Karren, auf dem sich ihre Koffer türmten. Miles kam ihr genauso blaß und langweilig vor wie vor ihrer Abreise aus England.

»Aber Miles, ich glaube gar, du bekommst schon eine Glatze!« begrüßte sie ihn.

Er legte eine Hand auf die Stirn und sah Lucinda finster an.

»Unsinn! Mein Haar ist so gesund wie eh und je. Was ist denn das für eine Begrüßung? Willkommen zu Hause, Schwester.«

»Sei nicht beleidigt, mein Lieber. Glatzen sind angeblich ein Zeichen besonderer Manneskraft.«

Miles' Gesichtsausdruck sagte ihr deutlich, daß er Lucindas Feststellung nicht für ein Kompliment hielt. Das Gepäck wurde im Wagen verstaut, und sie fuhren, ohne noch ein Wort zu wechseln, nach Hamblewood.

Der Vater umarmte Lucinda zerstreut, die Mutter flüchtig. Es war, als sei sie nie weg gewesen, und als litten sie immer noch unter der Schande des demütigenden Hinauswurfs aus Cambridge.

Ein paar Tage lang saß Lucinda mürrisch im Haus herum und suchte vergeblich etwas, das sie interessierte. Und dann veränderte eine zufällige Begegnung ihr ganzes Leben.

Ihre Mutter mußte nach London zu einer Komiteesitzung und bot Lucinda an, sie mitzunehmen. Während die Viscountess sich ihrer Aufgabe widmete, nutzte Lucinda die Gelegenheit, einkaufen zu gehen. Sie verabredeten, sich im Haus auf dem Belgrave Square wieder zu treffen, wo sie auch übernachten wollten. Als die Läden am Abend schlossen, war Lucinda zwar müde, hatte jedoch noch keine Lust, nach Hause zu gehen. Sie hatte seit dem Lunch nichts mehr gegessen und hatte Appetit auf einen kleinen Imbiß. Auf der Kensington High Street, wohin sie durch Zufall geraten war, entdeckte sie ein kleines Café und ging hinein.

Es war ein lautes, überfülltes Lokal mit Selbstbedienung, und Lucinda wurde in einer langen Schlange herumgeschubst, die an Tabletts mit unappetitlichen, vertrockneten Sandwichs und anderen wenig einladend aussehenden Speisen vorüberzog. Sie wählte unter dem widerwärtigen Angebot ein paar nicht ganz so widerwärtig scheinende Sachen aus, bezahlte die Rechnung und hielt nach einem Platz Ausschau. Sie entdeckte den letzten noch freien Tisch, stellte dankbar ihr Tablett ab und ließ sich auf einen gräßlich unbequemen Plastikstuhl sinken. Gleich darauf kämpfte sich eine junge Frau zum selben Tisch durch. Auf ihrem Tablett hatte sie einen Teller mit schlaffem Salat, eine Wurstsemmel zweifelhafter Herkunft und eine Tasse mit der heißen Brühe, die man hier als Kaffee verkaufte.

»Haben Sie etwas dagegen, wenn ich mich zu Ihnen setze?« fragte die junge Frau. »Es ist sonst kein Platz frei.«

Lucinda wies auf den Stuhl ihr gegenüber. Das Mädchen setzte das Tablett ab und fiel auf den Stuhl.

»Du lieber Himmel, tun mir die Füße weh!«

Sie war ungefähr so alt wie Lucinda und hatte langes aschblondes Haar. Ihre Augen waren hellbraun mit ein paar merkwürdigen goldenen Pünktchen darin, die zu den feinen Sommersprossen in ihrem Gesicht paßten. Sie hatte ein gutherziges Lächeln, und ihr Gesichtsausdruck war so offen und ehrlich, als sei sie bereit, jedem, der zuhörte, ihren ganzen Lebenslauf zu erzählen. Sie knöpfte ihre Jacke auf. Darunter kamen gut geformte, feste Brüste und eine straffe, fast athletische Figur zum Vorschein. Lucinda fand sie sofort sympathisch und freute sich auf eine kurze Unterhaltung mit dieser nett aussehenden Fremden, die ganz und gar nicht schüchtern war.

»Sind Sie weit gelaufen?« fragte Lucinda.

»Ich bin praktisch den ganzen Tag umhergerannt, um ein Zimmer zu finden. Haben Sie eine Ahnung, wie schwer es für ein alleinstehendes Mädchen ist, in London ein Zimmer oder ein Atelier zu finden?«

Lucinda schüttelte den Kopf.

»Und wenn man eine verdammte Ausländerin ist, hilft das auch nicht gerade«, fuhr das Mädchen fort. »Sagen Sie mir bitte, warum es für euch Engländer keine ganz normalen, sondern nur verdammte Ausländer gibt? Ich komme aus Australien, das haben Sie wahrscheinlich schon an meinem Akzent gemerkt. Ich heiße Sarah Brown.«

»Ich bin Lucinda Farrer.«

»Lucinda? Das ist ein komischer Name. Sind Sie Engländerin?«

»Ja, aber keine Sorge. Ich bin selbst erst vor kurzem nach England zurückgekehrt, bin also an verdammte Ausländer gewöhnt.«

Sarah lachte. »Ich muß Ihnen ja wie ein schrecklicher Jammerlappen vorkommen. Aber ich bin erst vor ein paar Tagen hier gelandet, und man hat es mir wirklich nicht leicht gemacht, mich einzugewöhnen. Eine meiner Freundinnen aus Sydney hat mir die Adresse eines Mannes gegeben, der in irgendeiner Firma ein großes Tier ist. Ich rief ihn an, und er bestellte mich zu sich. Im Handumdrehen hatte ich einen Job. Montag fange ich an. Nun, das ist eine Sorge weniger, aber ich brauche unbedingt ein Zimmer. Natürlich wollte ich eins finden, bevor ich anfange zu arbeiten und solange ich noch Zeit hatte, herumzulaufen. Und heute nachmittag muß ich nun endlich eine Wohnung finden – nichts Großartiges, nur zwei Zimmer in Chelsea.«

»Also meiner Ansicht nach haben Sie schon viel geschafft. Und alles in nur zwei Tagen.«

»Nein, nein, eigentlich hat es eine Woche gedauert. Wohnungen werden ja genug angeboten, eine zu finden, ist kein Problem. Aber sie zu bezahlen, ist eins. Alles ist so teuer. Wenn ich die Miete für eine Woche und die U-Bahnkarte bezahlt habe, bleibt mir von meinem Gehalt nur so viel übrig, daß ich einmal am Tag etwas essen kann.«

»Und Sie konnten wirklich nichts Billigeres auftreiben?«

»Soll das ein Witz sein? Nein, ich war schon ganz verzweifelt. Ich habe bisher in einem kleinen Hotel gewohnt und muß dort unbedingt ausziehen, bevor mein ganzes Geld alle ist. Deshalb habe ich die Wohnung genommen, aber ich bin auf der Suche nach einem Mädchen, das bei mir einzieht, so daß wir uns die Kosten teilen können.«

Sie schwatzten noch eine Weile weiter, und Sarah schilderte Lucinda die Wohnung haarklein. Außer den beiden Zimmern gab es noch eine Küche, und alle Räume waren recht ansprechend möbliert. Sogar ein Telefon war da, und die ganze Pracht lag in einer ruhigen Seitenstraße der King's Road, in der Nähe des Sloan Square.

»Das klingt ideal«, sagte Lucinda und stand auf, um zu gehen. »Eigentlich müßten Sie ganz mühelos jemanden finden.«

»Ja, es ist wirklich hübsch«, erwiderte Sarah. »Schade, daß ich hier keine Freundin habe. Wenn Sie zufällig ein Mädchen kennen, das eine Wohnung sucht, schicken Sie es zu mir. Hier, ich schreibe Ihnen schnell Adresse und Telefonnummer auf.«

Sarah notierte beides auf einen Zettel, den sie aus der Handtasche nahm, und reichte ihn Lucinda.

»Danke«, sagte Lucinda und steckte den Zettel weg. »Im Moment wüßte ich niemanden, aber falls mir ein passendes Mädchen über den Weg läuft, sage ich ihm, daß es sich mit Ihnen in Verbindung setzen soll. Inzwischen alles Gute für Ihren neuen Job. Ich hoffe für Sie, daß alles klappt.«

»Vielen Dank, Luc – wie war doch noch Ihr Name?«

»Lucinda, Ciao.«

Im Hamblewood vergaß Lucinda Sarah Brown völlig. Sie hatte andere Dinge im Kopf. Das wichtigste war Franz.

Sie hatte nie geglaubt, daß er ihr schreiben würde, und da war nun seine Postkarte und wartete auf sie. Man kann auf einer Postkarte keine langen Ergüsse unterbringen, aber es war Franz gelungen, Lucinda zweierlei mitzuteilen. Das erste war, daß er Lucinda und die schöne Zeit vermisse, die sie miteinander erlebt hatten. Zum zweiten schrieb er, daß er ein paar Tage Urlaub nehmen und nach England kommen wolle, um mit Lucinda zusammenzusein.

Miles hatte die Karte natürlich gelesen und mißbilligte sie.

»Was für eine Kreatur hast du denn da wieder aufgegabelt?« erkundigte er sich. »Wir dachten, du seist in der Schweiz gut und sicher aufgehoben, aber wir hätten wissen müssen, daß du dich wieder in Schwierigkeiten bringst. Wer ist dieser Franz? Ein uralter Gigolo, der es auf dein Geld abgesehen hat?«

Lucinda stampfte zornig mit dem Fuß auf.

»Wie kannst du dich unterstehen, meine Post zu lesen!«

»Ich glaube, du solltest uns wirklich etwas über diesen Franz erzählen, Liebes«, sagte die Mutter ruhig.

»Er ist ungefähr zwanzig, und er ist Schweizer«, antwortete Lucinda und schluckte ihre Wut herunter. »Miles hat eine schmutzige Fantasie. Franz ist ein ganz gewöhnlicher junger Mann.«

»Aber du bist kein ganz gewöhnliches Mädchen«, erklärte die Mutter. »Was weißt du sonst noch über ihn?«

Lucinda wußte sehr viel, doch sie hielt es für unklug, der Familie ihre intimsten Erinnerungen anzuvertrauen.

Sie hatte Franz an einem Samstagnachmittag in einer Eisdiele in Genf kennengelernt. Obwohl man in Lucindas Schule streng auf Disziplin sah, verfügten die jungen Damen an den Wochenenden über ein paar Stunden Freizeit. Meist fuhren sie dann nach Genf, um sich mit Freunden zu treffen, ins Kino zu gehen oder in einem hübschen Restaurant zu essen. Sie brauchten ganz einfach das Gefühl, ein paar Stunden den strengen Vorschriften der Schule entrinnen zu können.

Lucinda saß mit einer ihrer Freundinnen, einer ernst blickenden Schwedin, zusammen. Das Mädchen war ziemlich unscheinbar und ein bißchen langweilig, aber eine angenehme Gesellschafterin. Franz bediente die beiden Mädchen besonders freundlich. Lucinda musterte ihn gründlich. Er war der bei weitem am besten aussehende Kellner im Lokal.

Da nicht viel zu tun war, blieb er bei ihrem Tisch stehen, froh, ein bißchen mit den Mädchen schwatzen zu können und sich die Langeweile zu vertreiben.

»Wieso sind am Samstag nur sowenig Gäste hier?« fragte Lucinda.

»Weil das Wetter so schön ist. Die Leute fahren alle in die Berge oder an den See. Und genau dort wäre ich auch, wenn ich heute frei hätte. – Wie verdienen Sie sich eigentlich Ihr Geld?«

Bevor die Freundin erklären konnte, daß sie noch in die Schule gingen, antwortete Lucinda rasch: »Wir arbeiten bei einer Bank als Sekretärinnen.«

»Du meine Güte, das muß ja noch langweiliger sein als der Kellnerberuf«, bedauerte sie Franz. »Sagt mal, tanzt ihr eigentlich gern?«

»Nein«, sagte die Schwedin.

»Ja«, sagte Lucinda.

»Würden Sie mit mir tanzen gehen, nachdem ich heute abend hier Schluß gemacht habe? Wir könnten ins ›Gallipoli‹, das ist die neue Disko beim ›Richemond‹. Kennen Sie sie schon? Sie ist ganz im türkischen Stil eingerichtet und zur Zeit bei allen jungen Leuten dieser gottverlassenen Stadt in.«

»Nein«, sagte die Schwedin.

»Wann sind Sie hier fertig?« fragte Lucinda.

»Um halb elf.«

»Wir treffen uns dann hier. Aber lange kann ich nicht bleiben. Unsere Zimmer sind ein bißchen außerhalb, und unsere Wirtin ist der reinste Drache. Wenn ich erst gegen Morgen oder so nach Hause käme, würde sie mich glatt auf der Stelle hinauswerfen.«

»Dann bleiben wir eben nur ein oder zwei Stunden.«

Franz beeilte sich, zwei Gäste zu bedienen, die hereingekommen waren, während er mit Lucinda sprach. Kaum war er außer Hörweite, wandte das schwedische Mädchen sich schockiert und verwirrt an Lucinda.

»Sag mal, warum schwindelst du eigentlich das Blaue vom Himmel und behauptest, wir seien Sekretärinnen? Und wie kannst du dich mit ihm verabreden? Du weißt doch, daß wir bald im Internat sein müssen.«

»Wenn ich ihm gesagt hätte, daß wir noch in die Schule gehen, hätte ihn das abgeschreckt. Besonders wenn er erfahren hätte, in welche Schule. Er bekäme eine Heidenangst vor uns. Und ich komme schon wohlbehalten zurück, nur keine Sorge. Wenn du zurückkommst, kannst du auch für mich unterschreiben, ohne daß es jemand merkt. Wenn morgen früh unsere Namen aufgerufen werden, bin ich bestimmt wieder da, das verspreche ich dir.«

»Aber wie willst du hineinkommen?«

»Sei doch nicht albern. Ich kann über die Mauer klettern, oder? Ich habe es schon hundertmal getan. Zerbrich dir nicht den Kopf, versprich mir nur, daß du für mich unterschreibst.«

Alles klappte wie geplant. Bevor Lucinda Franz verließ, um sich an ihre Kletterpartie zu machen, hatte sie sich für nächste Woche mit ihm verabredet.

Am nächsten Samstag hatte Franz frei, und sie trafen sich gleich nach dem Lunch. Er führte Lucinda zum See hinunter und zeigte ihr eine winzige Segeljolle, die auf den Wellen tanzte.

»Das ist mein Boot. Wollen wir segeln gehen?«

»Wird man als Kellner denn so gut bezahlt, daß man sich ein eigenes Boot leisten kann?«

»Es ist doch ganz klein, und ich habe zwei Jahre lang jeden Rappen gespart«, antwortete Franz. »Meine Kollegen fuhren jeden Sommer nach Spanien oder nach Griechenland. Ich bin zu Hause geblieben und habe mir für das Geld lieber das Boot gekauft.«

Lucinda lächelte, weil er auf das winzige weiße Bootchen so stolz war, in dem höchstens zwei Leute Platz hatten.

»Ich habe eine Idee«, sagte Lucinda. »Wir kaufen Brot, Käse, Obst und eine Flasche Wein und machen ein Picknick.«

»Großartig!« Franz war begeistert. »Ich weiß einen wunderschönen Platz auf dem See. Er ist ganz in der Nähe, aber außer mir scheint ihn niemand zu kennen. Er liegt ein bißchen versteckt, und die Leute sehen ihn nicht, besonders dann nicht, wenn sie mit ihren Motorbooten vorüberrasen.«

In verhältnismäßig kurzer Zeit hatten sie ihren Proviant beisammen und legten ab. Nachdem sie ungefähr eine Stunde gesegelt waren, steuerte Franz das Boot in eine winzige Bucht. Die Einfahrt wurde durch die niedrig überhängenden Äste der Bäume abgeschirmt, die das Seeufer säumten, und sie mußten das Segel reffen, um in das dahinterliegende kleine natürliche Becken einfahren zu können.

Obwohl sie hier vor der direkten Sonnenbestrahlung geschützt waren, war es sehr warm. Sie aßen, tranken etwas Wein. Franz zog sich das Hemd aus und lehnte sich zufrieden zurück.

Lucinda betrachtete ihn aufmerksam. Er war ungefähr neunzehn Jahre alt und hatte das frische Aussehen eines Menschen, der sich viel im Freien aufhält. Das kurze, natürlich gelockte blonde Haar trug er zurückgekämmt. Er mußte sich wirklich viel im Freien aufhalten, denn seine Brust war schon tief gebräunt. Als er sich streckte, sah man das Spiel seiner Muskeln unter der straffen Haut.

»Wie kommt ein so nettes englisches Mädchen als Sekretärin in eine Genfer Bank?« fragte er.

»Oh, ich bin nur für kurze Zeit hier. Ich habe den Job bekommen, weil die Bank Angestellte brauchte, die fließend Englisch sprechen. Ich habe hier Urlaub per Anhalter gemacht und dabei einen Mann kennengelernt, der mir davon erzählte. Da dachte ich mir: Versuchen kann ich's ja, rief in der Bank an und fragte nach einem Aushilfsjob. Sie bestellten mich zu einem Vorstellungsgespräch und – nun, hier bin ich.«

Franz betrachtete sehnsüchtig das Wasser.

»Es ist so heiß. Ich gehe schwimmen. Kommst du mit, Lucinda?«

»Ich habe keinen Badeanzug dabei.«

»Das macht hier nichts aus. Ich habe dir doch gesagt, daß außer mir keine Menschenseele hierherkommt. Vergiß die braven Genfer und laß dich gehen.«

Franz stand auf und zog, ohne Lucinda eine Sekunde aus den Augen zu lassen, Hose und Unterhose aus. Nackt stand er vor ihr, als wolle er sie herausfordern, seinen kräftigen Körper anzusehen und seine Männlichkeit zu bewundern. Die Art, wie er vor ihr paradierte und sich zur Schau stellte, erregte Lucinda. Sie zog sich ohne Scheu aus, denn sie war sich der Schönheit ihres Körpers bewußt.

Er berührte ihren Arm und sagte mit einem durchtriebenen Lächeln: »Aber zuerst gehen wir schwimmen.«

Das Wasser war kühl, und sie tobten übermütig und mit viel Kraftaufwand darin herum, doch nach zehn Minuten setzte Lucinda sich fröstelnd ans Ufer. Franz kam zu ihr, nahm ein Handtuch und rieb sie trocken, bis ihr Körper glühte. Dann küßte er sie, ohne ein Wort zu sagen. Zuerst auf die Lippen, dann ihre Brüste, und am Ende vergrub er das Gesicht zwischen ihren Schenkeln.

Sie blickte auf sein Haar hinunter, das in der Sonne wie Gold glänzte. Er stand auf und nahm sie in die Arme. Das Handtuch rutschte ihr von den Schultern und flatterte zu Boden. Sie fühlte die Wärme seiner Haut, als er sie an seinen starken, jungen Körper preßte. Lucinda blickte zu ihm auf, küßte seinen Hals und knabberte dann an seinem Kinn. Er war wirklich ein hübscher Junge mit einem sonnigen Lächeln. Winzig kleine, feine Bartstoppeln ließen ihre Zunge prickeln. Obwohl er im See geschwommen war, war seine Haut salzig von Schweiß. Es war ein angenehmer Geschmack auf ihren Lippen, wie sein Körpergeruch durchdringend, aber nicht unangenehm stark.

Das üppige grüne Gras, das ruhige blaue Wasser des Sees und die strahlende Sonne am wolkenlosen Himmel schienen sie zu einer heiteren Liebesstunde einzuladen.

Dann war alles ganz einfach und natürlich. Es war weder die wahnsinnige Leidenschaft, mit der sie Merton geliebt, noch der koboldhafte Übermut, der sie getrieben hatte, Michael zu verführen. Sie liebte Franz nicht, aber der Sex mit ihm war unbeschwert und gut. Er roch frisch und sauber, und seine vom Wasser abgekühlte und dann von der Sonne wieder erwärmte Haut schien unter Lucindas Berührung lebendig zu werden. Er fühlte sich gut an, als er in ihr war, und sie bewegten sich in einem gemeinsamen Rhythmus, als seien sie schon seit Jahren ein Liebespaar. Er hielt sie ganz fest, und ihre Lippen suchten einander voller Gier. Franz bewegte sich schneller, seine Muskeln spannten sich, er atmete schwer und abgerissen. Lucinda fühlte, daß er sich dem Höhepunkt näherte, und das erregte sie noch mehr. Ihr ganzer Körper schien unkontrolliert zu beben. Sie explodierte. Ihre Finger gruben sich tief in seine Haut, und sie biß ihn in die Zunge, die sich immer tiefer in ihren Mund drängte. Mit dem letzten wütenden Stoß schien er ganz in sie einzudringen, und sie packte ihn wie mit Eisenklammern, als sein Körper sich wild zu schütteln begann und ihr eigener Orgasmus sie in einem Augenblick völliger Erfüllung vereinte. Unendliche Erleichterung überkam sie. Franz wurde ganz schlaff und blieb in ihr, rang nach Atem und schluchzte leise. Sie streichelte seinen Kopf, und allmählich entspannte er sich.

Es war zu kalt, um noch einmal zu schwimmen. Lucinda war sich, als sie zurücksegelten, seines Geruchs auf ihrem Körper bewußt und erlebte so eine Art Nachklang zu dieser Liebesstunde.

Sie fuhren noch ein paarmal zu ihrem abgeschiedenen Plätzchen, bevor Lucinda nach England abreiste. Franz hatte sie erzählt, sie müsse aus familiären Gründen nach Hause fahren, und er hatte sich ihre Adresse geben lassen und ihr hoch und heilig versprochen zu schreiben. Selbstverständlich war Lucinda überzeugt, daß sie in seinem Liebesleben nur eine vorübergehende Episode gewesen war und daß er sie schon zwei Tage nach ihrer Trennung vergessen haben würde. Eine leidenschaftliche Nachricht auf einer ihren Eltern und Miles zugänglichen offenen Postkarte hatte sie ganz gewiß nicht erwartet.

Nein, es war bestimmt nicht ratsam, ihnen alles zu erzählen, was sie über Franz wußte. Aber welches Recht hatten sie, ihn von vornherein abzulehnen? Sie kannten ihn doch gar nicht. Lucinda war außer sich vor Zorn.

»Du ziehst doch wohl nicht ernsthaft in Betracht, diesen Franz – wer immer er sein mag – hierher einzuladen?«

Miles Stimme klang so, als fürchte er, Lucindas leidenschaftlicher Postkartenschreiber könnte den gesamten Hamblewood-Clan mit Lepra anstecken.

Bis zu diesem Moment hatte Lucinda den Vorschlag ihres Schweizer Freundes, in England ein paar gemeinsame Tage zu verbringen, nicht ernsthaft in Erwägung gezogen. Jetzt wurde sie energisch. »Als ich in seinem Land war, war Franz mir ein sehr guter Freund. Es wäre eine Schande, wenn ich ihn nicht für ein paar Tage einladen dürfte.«

»Darf man auch erfahren, wie weit diese ›gute Freundschaft‹ ging?« fragte Miles.

Bevor Lucinda antworten konnte, mischte ihre Mutter sich ein: »Womit verdient dieser junge Mann seinen Lebensunterhalt, Liebes?«

Viscount Hamblewood räusperte sich und stellte dann eine seiner seltenen, dafür aber um so bemerkenswerteren Behauptungen auf.

»Er macht entweder Schokolade oder Kuckucksuhren. Das tun alle Schweizer – außer den Bankiers. Er ist nicht zufällig Bankier, Lucinda, nein?«

Hoffnung leuchtete in den feuchten Augen des Peers auf – erlosch jedoch sofort wieder.

»Er ist Kellner!« zischte Lucinda.

Damit bestätigten sie die schlimmsten Befürchtungen ihrer Familie. Es war Miles, der das betroffene Schweigen brach und für die Ehre der Hamblewoods eintrat.

»Schreib bitte deinem Freund, daß wir ihn leider nicht empfangen können. Es wäre ganz und gar nicht schicklich.«

Lucinda wandte sich an ihre Eltern.

»Teilt ihr Miles' Ansicht? Seid ihr wirklich solche Snobs, daß ihr den armen Franz nicht im Haus haben wollt?«

»Tut mir leid, Lucinda, aber das geht nicht«, sagte ihr Vater.

»Es wäre doch schrecklich unangenehm«, schmeichelte ihre Mutter. »Du darfst nicht vergessen, Liebes, wie viele gesellschaftliche Verpflichtungen in nächster Zeit auf dich zukommen. Ich meine, du würdest doch einen Kellner nicht nach Goodwood oder Ascot mitnehmen wollen? Und denk einmal an die Gartenpartys im Buckingham Palast. Wirklich, Lucinda, du mußt dir allmählich darüber klar werden, was für eine besondere gesellschaftliche Stellung du hast.«

»Ich pfeife auf euch!« schrie Lucinda. »Ich pfeife auf eure Gartenpartys und eure Gesellschaft! Ihr seid ja nichts als hohle Attrappen!« Ihre Augen blitzten, aber sie mußte Tränen ohnmächtiger Wut hinunterschlucken.

Ihre Familie war nach diesem Ausbruch wie erstarrt. Dann sagte ihre Mutter hart und beherrscht bis in die Fingerspitzen:

»Geh auf dein Zimmer, Lucinda, und laß dich erst wieder blikken, wenn du dein Temperament wieder unter Kontrolle hast.«

Sie standen da und sahen sich an, reglos wie Wachsmodelle. Lucinda stürmte aus dem Zimmer. Als sie am Telefon vorüberkam, das am Fuß der Treppe auf einem kleinen Tisch stand, kam ihr eine Idee. Sie lief in ihr Zimmer und kramte in ihrer Handtasche, bis sie den Zettel fand, den sie suchte. Dann lief sie zum Telefon zurück und wählte die Nummer, die auf dem Zettel stand.

Es klingelte nur drei- oder viermal, und dann meldete sich eine Mädchenstimme.

»Hallo, ist dort Sarah Brown?« fragte Lucinda mit zitternder Stimme.

»Ja, und wer spricht bitte?«

»Lucinda. Wir haben uns vor ein paar Tagen kennengelernt, und Sie fragten mich, ob ich jemanden wüßte, der eventuell zu Ihnen ziehen würde.«

»O ja, jetzt erinnere ich mich!« Sarahs Tonfall wurde wärmer. »Wie gehts denn so?«

»Lassen wir im Moment mein Wohlergehen aus dem Spiel. Sagen Sie, haben Sie schon jemanden gefunden, oder suchen Sie noch?«

»Nein, gefunden habe ich noch niemanden. Aber ich habe eine Karte ins Schaufenster des Tabakladens um die Ecke gehängt. Das ist hier anscheinend so üblich. Ich hab's allerdings erst heute morgen getan, muß also noch abwarten, ob es etwas nützt.«

»Wie wär's denn mit mir?«

»Wie meinen Sie das, Lucinda?«

»Könnten Sie sich vorstellen, mit mir zusammen zu wohnen?«

»Aber klar, wieso nicht? Ich fände es großartig. Ich dachte nur, Sie säßen fest und sicher bei Ihrer Familie auf dem Land.«

»Meine Pläne haben sich geändert. Wann kann ich kommen?«

»Wann Sie wollen. Ich hole gleich die Karte aus dem Schaufenster.«

»Dann sehen wir uns heute nachmittag.«

Lucinda legte auf und rannte hinauf in ihr Zimmer. Sie brauchte nicht mehr als zehn Minuten, um ein paar Kleider und ihre Toilettensachen in einen Koffer zu werfen.

Sie telefonierte um ein Taxi und verließ das Haus, ohne ein Wort zu Miles oder zu ihren Eltern.

Lucinda sollte noch sehr viel über Leben, Liebe und Tod erfahren, ehe sie die weitläufige Halle von Hamblewood wieder betrat.

6

Lucinda gewöhnte sich in der Wohnung schnell und ohne Schwierigkeiten ein. Mit Sarah ließ es sich problemlos leben, wenn sie auch ziemlich unordentlich war.

Sie hatte es immer schrecklich eilig, zur Arbeit zu kommen, nachdem sie einen Teller Cornflakes heruntergeschlungen und sich mit der Schnelligkeit einer Verwandlungskünstlerin in ihre Kleider geworfen hatte. Lucinda führte ein beschaulicheres Leben, räumte die Wohnung auf und erledigte die Einkäufe.

Als sie von zu Hause fortgelaufen war, hatte sie noch etwas Geld von ihrem Monatswechsel, doch wenn das verbraucht war, wollte sie sich auf keinen Fall vor ihren Eltern demütigen und sie um Geld bitten. Zum ersten Mal suchte sie einen Job.

Sie schrieb auf ein paar Inserate und wurde auch zwei- oder dreimal aufgefordert, zu einem Vorstellungsgespräch zu kommen, aber eine Stellung erhielt sie nicht. Dann sagte Sarah eines Abends zu ihr:

»Lucinda, du warst doch an einer Schweizer Schule, nicht wahr?«

»Ja, in der Nähe von Genf.«

»Dann sprichst du wohl recht gut Französisch?«

Lucinda nickte.

»Jetzt hör mal zu, mein Schatz, ich will dir was sagen«, fuhr Sarah fort. »Wie du weißt, bin ich zwar erst seit ein paar Wochen in meiner Stellung, aber ich komme mit den Leuten dort gut aus, und mein Chef Alastair Grant ist ein sehr angenehmer Mann.«

»Und was hat das mit meinen Französischkenntnissen zu tun?«

»Alastair hat irgendwelche Geschäfte in Frankreich. Ich weiß nicht viel darüber, nur daß er öfter nach Paris fährt und einen französischen Partner hat. Manchmal muß er französische Geschäftsbriefe schreiben. Seine Sekretärin geht aber für zwei Wochen auf Urlaub, und ich weiß, daß er eine Aushilfe sucht. Soll ich ein gutes Wort für dich einlegen?«

»Das wäre großartig. Aber ich kann nicht tippen. Ich gehöre zur Zwei-Finger-Brigade.«

Sarah lachte. »Das macht nichts. Du kannst die Briefe entwerfen und mir mit der Rechtschreibung helfen. Getippt habe ich sie dann im Handumdrehen. Na, wie wär's?«

»Wenn du glaubst, daß du das für mich deichseln kannst«, begann Lucinda, aber Sarah unterbrach sie.

»Ach, ich habe ja ganz vergessen, daß du wahrscheinlich zu Hause bleiben und dich um deinen Freund kümmern möchtest.«

»Um was für einen Freund?«

»Diesen Kellner, von dem du mir erzählt hast. Er wollte dich doch besuchen kommen.«

»Oh, Franz! Aber er ist nicht mein Freund. Jedenfalls nicht mein fester Freund, wenn du verstehst, wie ich das meine. Und was seinen Besuch in England anbelangt, haben wir noch nichts abgemacht. Nein, nein, mach du nur, und sieh zu, daß du mir bei deinem Verein einen Job verschaffen kannst.«

Die Wahrheit war, daß Lucinda, nachdem sie Hamblewood auf so dramatische Weise verlassen hatte, an den jungen Mann keinen einzigen Gedanken mehr verschwendete. Zwar war er der Grund dafür, daß sie mit ihrer Familie gebrochen hatte, doch sie hatte kein allzugroßes Verlangen, ihn wiederzusehen, und war nicht bereit, ihr Leben von ihm durcheinanderbringen zu lassen, um ihm Tag und Nacht als Begleiterin zur Verfügung zu stehen. Was sie zu solcher Entschlossenheit beflügelt hatte, war der gemeinsame Widerstand ihrer Familie gewesen, ohne diesen Anreiz verflüchtigte sich auch ihre Begeisterung für ihren ehemaligen Liebhaber.

Und so lernte Lucinda Alastair Grant kennen.

Sie hatte geglaubt, sie werde in einem jener riesigen Bürogebäude mit ein paar hundert anderen Leuten arbeiten, die alle Angestellte eines Mammutunternehmens waren. Sie wurde jedoch angenehm überrascht. Alastair leitete seine Geschäfte von einer kleinen Bürofflucht in einem vornehmen viktorianischen Gebäude aus. Es gab nur ungefähr ein halbes Dutzend Angestellte, und obwohl in einem der Räume, ganz diskret in einer Ecke, ein Fernschreiber stand, man hin und wieder auf einen Aktenschrank stieß oder Schreibmaschinen klappern hörte, fand man hier nichts von der hektischen Aktivität, die Lucinda immer mit Geschäften in Verbindung gebracht hatte.

Aber Alastair hatte wirklich eine reguläre Firma, und Lucinda hatte laufend Briefe zu übersetzen, bei denen es meist um Grundstücke oder Immobilien in Frankreich ging. Briefe an Anwälte, Immobilienmakler, Banken und Alastairs Partner Yves Richepin.

Alastair hatte schon bei ihrer ersten Begegnung einen ungeheuren Eindruck auf Lucinda gemacht. Sarah hatte sie in sein Büro begleitet, und da hatte er hinter einem eleganten Schreibtisch aus Stahl und Rosenholz gesessen – ihr erster Arbeitgeber.

Er war ein großer, hagerer Mann Mitte der Dreißig, hatte glattes schwarzes Haar, das er in der Mitte gescheitelt trug, und scharfe, funkelnde Raubvogelaugen. Die schmale Adlernase und die dünnen Lippen verstärkten noch diesen Eindruck. Aber Alastair war nicht unattraktiv. Ebenso wie man bei Merton sofort gespürt hatte, daß er ein großer Schauspieler war, vermittelte er einem das Gefühl von Macht. Er war ein Mann, der rasch und entschlossen handeln konnte.

Lucinda behandelte er aber sehr höflich und freundlich. Er sprach Französisch mit ihr, aber mit den schwerfälligen Wendungen eines Mannes, der sich einer fremden Sprache bedient. Als sie im perfekten Umgangsfranzösisch antwortete, wie sie es in den letzten Jahren gesprochen hatte, lächelte er zufrieden und sagte, die Stellung gehöre ihr.

Die Arbeit war nicht allzu anstrengend, und Lucinda gefiel die Abwechslung, die ihr das Büro bot. Die Tage vergingen schnell, und es tat ihr sehr leid, als sie schon vierzehn Tage später am Freitag ihre Sachen zum letztenmal wegräumte. Alastairs Sekretärin kam am Montag wieder zurück.

Mit Sarah ging sie zu ihm, um sich zu verabschieden, und er bedankte sich höflich, aber sehr förmlich für die gute Arbeit, die sie geleistet hatte. Als die Mädchen wieder gehen wollten, blickte er auf und sagte:

»Ich möchte unsere Beziehung auf nette Art beenden, Lucinda. Wenn Sie und Sarah heute abend nichts Besseres vorhaben, würde ich Sie beide gern zum Essen einladen.«

Sie nahmen die Einladung an, und Alastair sagte, er werde sie gegen acht Uhr in ihrer Wohnung abholen. Sarah war ganz aus dem Häuschen.

»Er hat mich noch nie privat eingeladen, Lucinda«, sagte sie aufgeregt, »und ich würde ihn so gern besser kennenlernen. Du meine Güte, wenn mir bei ihm endlich ein Durchbruch gelänge, hätte ich das nur dir zu verdanken, Lucinda.«

»Warten wir ab, was sich daraus entwickelt«, riet Lucinda ihr weise.

Tatsächlich entwickelte sich alles sehr gut, aber nicht so, wie Sarah es sich wünschte. Alastair führte sie in ein schickes kleines Restaurant, das in einem weitläufigen Gebäude in Islington untergebracht war und von ein paar Berühmtheiten aus dem Showgeschäft und ihren unvermeidlichen Anhängseln frequentiert wurde. Essen und Wein waren ausgezeichnet und Alastair ein amüsanter Gastgeber. Obwohl sie sich während des Essens ununterbrochen unterhielten, wußte Lucinda am Ende über ihn nicht mehr als am Anfang, denn er hatte ein unheimliches Talent, die Mädchen dazu zu bringen, von sich zu erzählen, und es schien ihm Spaß zu machen, etwas über ihre Abenteuer und ihre Familien zu erfahren. Als sie mit dem Kaffee fertig waren, entschuldigte sich Sarah, um sich, wie sie es ausdrückte, die Nase zu pudern. Alastair beugte sich zu Lucinda hinüber und sagte leise:

»Ich fände es abscheulich, wenn ich denken müßte, daß wir uns heute zum letztenmal sehen, Lucinda. Wären Sie bereit, wieder mit mir auszugehen, wenn ich mich in den nächsten Tagen bei Ihnen meldete? Aber dann hieße es auch nur Sie und ich – ohne Sarah.«

Lucinda fühlte sich überrumpelt. Sie hatte keine Sekunde daran gedacht, daß Alastair den Wunsch haben könnte, sie wiederzusehen. Sie erkannte jedoch, daß ihr die Aussicht gefiel.

»Das wäre sehr nett, glaube ich. Aber was machen wir mit Sarah?«

»Was sollen wir mit ihr machen? Ich komme im Büro gut mit ihr aus, aber das verpflichtet mich doch nicht, sie jedesmal einzuladen, wenn ich Sie sehen möchte, oder?«

»Nein, natürlich nicht. Aber ich denke, sie wird schrecklich enttäuscht sein.«

»Enttäuscht? Sie meinen vielleicht eifersüchtig. Ich möchte sie nicht unglücklich machen, warum behalten wir also unser kleines Geheimnis nicht für uns? Ich kann Sie ja anrufen, wenn sie im Büro ist, und ich gebe Ihnen meine Privatnummer.«

Als Sarah an den Tisch zurückkam, unterhielten sie sich über das neueste Musical, das in einem Theater im West End ein Riesenerfolg war.

Vier Tage später ging Lucinda mit Alastair aus. Sarah hatte sie erzählt, ein Vetter sei unerwartet nach London gekommen. Diesmal gab Alastair sich keine Mühe, seine Absichten zu verbergen.

»Essen Sie Ihre Crêpes Suzette auf, wir fahren in meine Wohnung«, verkündete er ohne Umschweife.

»Sarah erwartet mich.«

»Dann rufen Sie sie an und sagen Sie ihr, daß sie schlafengehen soll.«

Du lieber Himmel, der ist sich seiner Sache aber sicher, dachte Lucinda, ging aber gehorsam zum Telefon und rief Sarah an.

»Ach, so ein Vetter ist das!« sagte Sarah lachend. »Amüsier dich gut. Auf Wiedersehen – bis morgen. Und ich erwarte von dir einen haargenauen Bericht, verstanden?«

Alastairs Wohnung war klein, aber sensationell. Im zwanzigsten Stockwerk eines modernen Wohnblocks gelegen, bot sie einen herrlichen Ausblick auf den Hyde Park und über den ganzen Südteil von London hinweg bis zu den im Dunst verschwimmenden, kaum sichtbaren Vorhügeln der Downs. Als Lucinda jedoch aus dem großen Panoramafenster sah, lag unter ihr nur ein unendliches Meer funkelnder Lichter.

Das Wohnzimmer war modern eingerichtet, und das auffallendste Möbelstück war eine große, glänzende Cocktail-Bar. Das Schlafzimmer wies wesentlich mehr Raffinesse auf. Eine ganze Wand wurde von dem riesigen Fenster mit der atemberaubenden Aussicht eingenommen. Die anderen waren leuchtend scharlachrot tapeziert, und leuchtend scharlachrot war auch die seidene Bettdecke. Um die dramatische Wirkung noch zu steigern, bestand die Zimmerdecke aus in verschiedenen Ebenen und Winkeln angeordneten Spiegeln, die alle auf das Bett gerichtet waren. Und was für ein Bett das war. Riesig und rund mit Bettwäsche aus schwarzem Satin. Lucinda warf Alastair einen fragenden Blick zu.

»Es ist recht praktisch, wenn ich mehrere Gäste habe«, erklärte er. Er umspannte Lucindas Handgelenke und zog sie an sich. Sein Kuß war weniger leidenschaftlich als herrisch, als wolle er ihr mit den Lippen seinen Willen aufzwingen.

»Ich liebe schöne, unterwürfige Frauen«, sagte er, und seine Stimme klang hart und kalt.

Lucinda schauerte zusammen und erwiderte: »Unterwürfig war ich noch nie.«

»Du wirst es sein.«

Er zog sie mit einer Zielstrebigkeit aus, die keinen Widerspruch zuließ. Schlüpfer und BH durfte sie anbehalten. Dann legte er sie mit derselben ruhigen Entschlossenheit auf das Bett.

Sie blickte wie hypnotisiert zu ihm auf und hatte keine Ahnung, was sie erwartete. Er ließ die Hände über ihren Körper wandern, ohne auf das, was sie wollte oder empfand, die geringste Rücksicht zu nehmen. Sie wollte sich ihm entziehen, tat es aber aus irgendeinem Grund nicht, obwohl sie Angst hatte.

»Was wirst du mit mir tun?« flüsterte sie heiser.

»Ich werde tun, was mir Spaß macht und was mir gerade einfällt«, erwiderte er höhnisch. »Ich habe dir doch gesagt, daß ich dich mir unterwerfen werde.«

Lucinda war nicht imstande, den Blick von ihm zu wenden.

»Doch was wichtiger ist, meine hübsche kleine Lucinda«, fuhr er fort. »Noch bevor ich mit dir fertig bin, wirst du dir nichts mehr wünschen, als dich immer wieder zu unterwerfen. Du wirst darum betteln, meine Sklavin sein zu dürfen.«

Seine Worte erregten sie. Sie wollte Alastair hassen, wollte verabscheuen, was er mit ihr tat, aber noch während er sprach, fühlte sie eine wilde Freude in sich aufwallen. Sie sehnte sich danach, ihn in die Hände nehmen zu können, doch irgendwie war es unglaublich erregend, Zärtlichkeiten zu empfangen, ohne selbst zu reagieren. Noch nie hatte sie sich so der Gnade oder Ungnade eines anderen Menschen ausgeliefert.

Mit voller Absicht zog er ihr den Daumennagel über die nackte Brust. Es wirkte irgendwie bedrohlich, aber der Druck war nicht hart genug, um zu schmerzen. Sie fühlte, wie sich ihr Körper spannte. Die Qual wäre nicht so groß gewesen, wenn er ihr wirklich weh getan hätte, doch alles, was er tat, drohte ihr nur Schmerz an, nie ließ er ihr die Erleichterung des Schmerzes zuteil werden. Sie wartete, fürchtete sich, und ihre Erregung steigerte sich von Sekunde zu Sekunde.

»Bitte, bitte, nimm mich! Jetzt!«

Doch er fuhr fort, sie zu streicheln, zu knutschen, ihr Fleisch zu reiben, bis sie fast wahnsinnig wurde. Als sie ihn schließlich nur noch hilflos wimmernd um Gnade anflehen konnte, riß er ihr plötzlich die letzten Stoffreste herunter, die sie noch am Leibe hatte, zog sich selbst rasch aus und drang in sie ein. Es war eine solche Erleichterung, daß sie beinahe sofort kam, und mitten in ihrem eigenen Orgasmus fühlte sie, wie sich sein heißes Sperma in sie ergoß.

Sie entspannte sich einen Augenblick, und dann liebten sie sich in dieser Nacht noch ein paarmal, doch war er nicht mehr grausam zu ihr. Es war, als habe er ihr seinen Standpunkt klarmachen wollen, sei jetzt zufrieden und brauche sie sich ein zweitesmal nicht zu unterwerfen.

In den nächsten sechs Wochen trafen Lucinda und Alastair sich ungefähr zehnmal. Er war ein leidenschaftlicher, aber immer dominierender Liebhaber. Lucinda war überzeugt, daß sie ihn nicht liebte, und doch hing sie immer mehr an ihm. Der besondere, wenn auch unorthodoxe Sex, den sie durch ihn kennenlernte, machte ihr viel mehr Vergnügen als alles, was sie mit ihren früheren Liebhabern erlebt hatte. Eines Abends saßen sie in Alastairs Wohnzimmer beisammen, und sie erklärte ihm, daß sie gezwungen gewesen war, Sarahs wegen einen Freund zu erfinden.

»Schließlich kann ich mich ja in den letzten zwei, drei Monaten nicht ständig mit meinem Vetter getroffen haben, nicht wahr? Die einzige Schwierigkeit ist, daß sie diesen Freund unbedingt kennenlernen möchte. Ich weiß nicht, wie lange ich die Täuschung noch aufrechterhalten kann.«

»Möglicherweise gar nicht mehr lange«, sagte Alastair nachdenklich.

»Wie meinst du das? Willst du mich loswerden?«

Er lächelte. »Aber durchaus nicht. Ganz im Gegenteil. Vorausgesetzt, du bist einverstanden.«

Im ersten Augenblick dachte Lucinda, Alastair wolle ihr einen Antrag machen, doch dann sagte sie sich, daß das absurd war, sie kannte ihn schließlich.

»Meine Geschäfte führen mich immer häufiger nach Paris«, sagte er. »Wie würde es dir gefallen, dort zu leben, Lucinda?«

»Sei nicht albern, Alastair, ich kann kaum meine Miete in London bezahlen. Solange ich keinen anständigen Job finde, muß ich bleiben, wo ich bin.«

»Jetzt bist du aber albern, Lucinda. Selbstverständlich würde ich dir eine Wohnung einrichten und dir monatlich eine gewisse Summe zur Verfügung stellen. Und alle zwei, drei Wochen käme ich zu dir und bliebe ein paar Tage. Was meinst du dazu?«

Lucinda überlegte und antwortete dann mit einem wissenden Lächeln.

»Ich sage dir, was ich meine, Alastair. Ich meine, daß du bei der ganzen Geschichte einen Hintergedanken hast, daß du etwas von mir willst. Etwas, das du mir noch nicht gesagt hast.«

Es folgte eine Pause. Alastair nahm eine Zigarette aus dem Etui und zündete sie sehr bedächtig an. Bevor er antwortete, warf er Lucinda einen abschätzenden Blick zu.

»Na schön, ich sage dir, was ich mir gedacht habe. Ich möchte dich natürlich als Geliebte behalten, und wir werden uns auch weiterhin treffen. Daß ich dir die Wohnung und einen Monatswechsel angeboten habe, war an keine Bedingung geknüpft. Aber darüber hinaus möchte ich, daß du mir hilfst. Wenn du in Paris lebtest, könntest du Yves ein bißchen im Auge behalten.«

»Yves Richepin, deinen Partner?«

»Ja, genau den. Mit deinem perfekten Französisch könntest du eine Menge in Erfahrung bringen.«

»Warum soll ich ihn denn bespitzeln?«

»Weil ich ihm nicht traue und zu wissen glaube, was er vorhat. Wie du weißt, sind wir Geschäftspartner. Ich kümmere mich in London um die Firma, und Yves kümmert sich um alles, was in Paris anfällt. Ich denke, daß er mich betrügt, daß er Geschäfte macht, über die er mich nicht informiert, und den Gewinn in die eigene Tasche steckt. Wirst du mir helfen, Lucinda?«

»Das muß ich mir überlegen«, erwiderte sie, doch sie wußten beide, daß sie nach einer geziemenden Denkpause seinen Vorschlag annehmen würde. Die Aussicht, in Paris eine eigene Wohnung zu bekommen, war zu verlockend, ein solches Angebot konnte man einfach nicht ablehnen. Außerdem konnte es vielleicht recht amüsant sein, den geheimnisvollen Monsieur Richepin kennenzulernen.

TEIL 3

7

Hamblewood, den 16. April

Meine liebe Lucinda,
Deine Eltern und ich waren überrascht, als wir erfuhren, daß Du jetzt in Paris lebst. Es war sehr rücksichtslos von Dir, uns nicht früher zu schreiben und uns monatelang über deinen Verbleib im Ungewissen zu lassen.

Wir waren über die Umstände, unter denen Du Hamblewood verlassen hast, zutiefst bestürzt, doch blieb uns wenigstens der Trost, daß Du Dir, solange Du in London warst, Deinen Lebensunterhalt auf anständige und ehrliche Weise verdientest.

Seit Du in Paris bist, können wir uns dieser Hoffnung leider nicht mehr hingeben und müssen das Schlimmste annehmen. Du hast uns nicht mitgeteilt, wie Du Deinen aufwendigen Lebensstil finanzierst, aber ich bin überzeugt, daß Deine Ausgaben nicht vom Gehalt eines Schweizer Kellners bestritten werden.

Ich bin jetzt Strafverteidiger und auch an den höheren Gerichten zugelassen. So wie sich Deine Karriere bis heute entwickelt hat, halte ich es durchaus für möglich, daß Du irgendwann einmal die Dienste eines Anwalts in Anspruch nehmen mußt.

Mehr in Kummer und Sorge als in Zorn, immer Dein

Miles.

Gereizt legte Lucinda den Brief ihres Bruders beiseite und sah sich um. Es stimmte, ihr Apartment in der Avenue Mozart war wesentlich eleganter als ihre Bude in Chelsea. Das Haus stammte aus dem vorigen Jahrhundert und hatte hübsche schmiedeeiserne Balkons vor den hohen Fenstern. Die Möbel waren neu, ziemlich konventionell und sehr teuer. Lucinda hatte sich große Mühe gegeben, genau die Dinge aufzutreiben, die in die Wohnung paßten, und Alastair war sehr großzügig gewesen. Sie war jetzt seit einem halben Jahr in Paris und fühlte sich schon ganz zu Hause.

Im Augenblick wartete sie auf Yves Richepin, der sie zum Lunch eingeladen hatte. Alastair hatte ihr vorgeschlagen, mit seinem Partner in Verbindung zu bleiben, und sie hatte Yves seit ihrer ersten Begegnung schon häufig gesehen.

Alastair hatte sie ihm als flüchtige Bekannte vorgestellt und weder mit Worten noch mit Blick oder Geste verraten, daß sie seine Geliebte war und daß er ihre Wohnung bezahlte. Er war der Meinung, daß es für Lucinda leichter sein würde, Yves Vertrauen zu gewinnen, wenn er über die wahre Natur ihrer Beziehung nichts wußte.

Wie Alastair gehofft hatte, rief Yves Lucinda schon ein paar Tage später an und lud sie ins Theater ein. Lucinda hatte sofort zugestimmt, und seither hatten sie sich immer häufiger getroffen, und ihre Freundschaft war immer enger geworden.

Es klingelte. Lucinda ging zur Tür und ließ Yves herein. Er war ein untersetzter, stämmiger Mann mit festem, krausem Haar und dunkler Hautfarbe. Er war so dunkel, daß man bei ihm auch noch einen Bartschatten sah, wenn er sich eben rasiert hatte. Den größten Eindruck hatten Lucinda jedoch seine Hände gemacht – haarte, schwielige Hände mit kurzen, dicken Fingern und drahtigem Haar auf den Handrücken, die Hände eines Mechanikers oder eines Schiffsingenieurs. Aber Yves war kein Ingenieur und war auch nie einer gewesen. Lucinda hatte nur eine höchst unklare Vorstellung davon, womit er sein Geld verdiente. Er sei Geschäftsmann, erzählte er ihr, es gelang ihm jedoch immer, abzulenken und ein neues Thema anzuschneiden, wenn Lucinda ihm scheinbar harmlose Fragen stellte. Sie wußte, daß er Korse war und früher – die Bemerkung war ihm, wie Lucinda vermutete, völlig unbedacht entschlüpft – als Croupier in einem Spielkasino gearbeitet hatte.

Yves ging rasch ins Wohnzimmer und musterte Lucinda anerkennend, während er sie auf beide Wangen küßte.

»Du siehst heute hinreißend aus, Lucinda«, sagte er. »Können wir gehen?«

»Ich brauche höchstens noch eine Minute.«

Lucinda schlüpfte in einen leichten Mantel, und dann fuhren sie mit dem altmodischen und altersschwachen Lift in die Halle hinunter. Yves hatte seinen Wagen in der Nähe geparkt, aber ungefähr zweihundert Schritte von der Wohnung entfernt ein Bistro entdeckt, deshalb gingen sie durch den Frühlingssonnenschein zu Fuß.

Wie immer unterhielten sie sich während des Essens über ganz triviale Dinge – über Filme, die gerade liefen, wo man den besten Käse bekam und was Yves von englischen Mädchen hielt. Nach dem Essen schien er es überhaupt nicht eilig zu haben und setzte sich bequem zurecht.

»Mußt du denn nicht ins Büro zurück?« fragte Lucinda.

»Heute ist es sehr ruhig, ich kann mir Zeit lassen.«

»Du mußt ein gutes Geschäft haben, wenn du es so einfach sich selbst überlassen kannst.« Lucinda sagte es ganz beiläufig, aber Yves konnte nicht entgangen sein, welche Frage hinter ihren Worten lauerte.

»So geht es nun mal. Manchmal haben wir einen Mordsbetrieb, und ein andermal ist es wieder so ruhig, daß praktisch nichts zu tun ist.«

Lucinda wartete. Sie hatte das Gefühl, daß Yves nahe daran war, sich ihr anzuvertrauen, aber er begann über die Rennen in Longchamps zu sprechen und fragte Lucinda, ob sie Lust habe, mit ihm hinzufahren.

Zu Fuß gingen sie zu Yves' Wagen zurück.

»Ich möchte einkaufen gehen«, sagte Lucinda. »Fährst du zufällig in die Nähe der Avenue Montaigne?«

»Steig ein. Ich kann dich dort absetzen, ohne einen allzu großen Umweg machen zu müssen.« Während der Wagen in dem dichten Verkehr nur langsam vorwärts kam, schwieg Yves die meiste Zeit. Plötzlich wandte er sich jedoch Lucinda zu und fragte: »Wie gut kennst du Alastair Grant?«

Er blickte wieder starr geradeaus, sein Gesicht war völlig ausdruckslos, seine Stimme klang tonlos, jedoch irgendwie entschlossen.

»Nicht annähernd so gut wie dich.« Lucinda lachte. »Ich bin ihm in London ein einziges Mal begegnet, eine meiner Freundinnen arbeitet bei ihm. Warum fragst du?«

»Ich habe keinen besonderen Grund. War nur neugierig.«

Er schien tief in Gedanken. Lucinda bat ihn, sie am Anfang der Avenue Montaigne, an der Place d'Alma aussteigen zu lassen. Als sie den Wagen verlassen wollte, legte Yves die Hand leicht um ihr Handgelenk und sagte:

»Wir haben uns jetzt ein paarmal getroffen, Lucinda, aber ich möchte dich öfter sehen. Viel öfter.«

»Das wäre schön«, sagte sie sehr leise.

In seinen Augen sah sie, was für ein Kampf sich in seinem Innern abspielte. Konnte er ihr vertrauen?

»Heute abend. Ich möchte dich in meine Wohnung mitnehmen.«

»Warum nicht? Ruf mich am Spätnachmittag an.«

Lucinda stieg aus und winkte, als Yves sich wieder in den Verkehr einfädelte. Ich glaube, der Fisch wird anbeißen, dachte sie und machte sich dann auf den Weg in ihre Lieblingsboutique.

Yves holte sie um acht Uhr ab. Lucinda hatte sich auf das Treffen vorbereitet, indem sie sich ein neues Dior-Kostüm geleistet hatte. Hoffentlich macht sich die Investition bezahlt, dachte sie. Sie merkte, daß ihr Begleiter inzwischen noch einmal nach Hause gefahren war und sich in einen eleganten Anzug geworfen hatte. Er hatte sich auch sehr bemüht, seinem sprießenden Bart mit Rasierapparat und Talkumpuder zu Leibe zu rücken. Sie aßen auf dem Montmartre und schauten kurz in einen Nachtclub, dann drängte Yves nach Hause.

Er hatte eine sehr geräumige Wohnung, die in einer absolut undiskutablen Gegend lag – ganz in der Nähe des Gare du Nord. Die Nachbarschaft bestand aus schäbigen Läden und den Büros kleiner Firmen, und tagsüber herrschte hier ein unbeschreiblicher Verkehr. Nachts hingegen war es traumhaft ruhig, und hinter dem wenig vertrauenerweckenden Hauseingang öffnete sich ein bezaubernder, ganz abgeschlossener Garten, auf den die Fenster von Yves' Wohnung hinausblickten.

In der Wohnung selbst sah Lucinda sich interessiert um, weil sie hoffte, einen Blick in seinen Charakter zu bekommen. Sie wurde jedoch enttäuscht. Die modernen Möbel, die hohen Grünpflanzen, die Lithografien von Paris, der einfache Spannteppich und die Handvoll populärer Romane in den Bücherregalen waren entweder Beweise für einen unklassifizierbaren Geschmack oder der bewußte Versuch, sich zu tarnen, um nichts von seiner Persönlichkeit preiszugeben. Es war das Apartment des Durchschnittsfranzosen, das den wirklichen Monsieur Yves Richepin sorgfältig verbarg.

Yves brachte Drinks aus dem Barschrank und legte eine Platte mit romantischen Liedern auf, die vor einigen Jahren sehr populär gewesen war.

Er verführte Lucinda gewissermaßen streng nach Vorschrift. Zuerst setzte er sich neben sie auf das Sofa. Dann legte er – in korrekter Folge – den Arm um sie, drückte leicht ihre Schultern und zog sie an sich. Nächste Station war ein zarter Kuß, und dann schob sich seine Hand nach und nach tiefer, und schließlich streichelte er ihre Brust. Nach einem, wie er zu glauben schien, korrekten Zeitraum, den er offensichtlich als Vorspiel betrachtete, das sie erregen sollte, führte er sie ins Schlafzimmer.

Lucinda beschloß, daß das nicht einfach eine routinemäßige Bumserei werden sollte. Sie wollte seine gelassene Haltung durchbrechen und ihn überrumpeln, damit er in der ersten Überraschung etwas über sein wahres Ich verriet. Was konnte er schließlich Wichtiges zu verbergen haben?

In dem Augenblick, in dem Yves nackt vor ihr stand, hörte sie auf, das willfährige, aber zurückhaltende junge Mädchen zu spielen und ergriff die Initiative.

»Vorsicht!« rief Yves, denn was sie im wahrsten Sinn des Wortes ›ergriffen‹ hatte, war sein Penis. Sie zog daran, drehte, massierte ihn und zwang dann dieses nicht sehr dominierende männliche Wesen neben dem Bett auf die Knie. Sie hatte das Kleid ausgezogen, den Schlüpfer abgestreift, stand jetzt aufrecht, mit in die Taille gestützten Händen und gespreizten Beinen vor ihm, preßte sich an ihn und befahl: »Jetzt küß mich, aber richtig!«

Das schien etwas völlig Neues für Yves zu sein. Sie packte ihn bei den Schultern und preßte sich fester an ihn. Er keuchte, rang nach Luft, doch sie gönnte ihm keine Atempause.

»Schneller! Fester! Mach schon, verdammt!«

Mit den Schenkeln umklammerte sie Yves Kopf, und dann ertappte sie sich selbst dabei, daß sie ihn hart und immer härter auf den Rücken schlug, während sie ihn zu immer größeren Leistungen anspornte. Sie fühlte, daß sie dem Höhepunkt nahe war, und im Augenblick der Erlösung preßte sie sich noch fester an sein Gesicht. Yves fühlte sie zucken, und das schien ihn leidenschaftlich zu erregen. Mit einem leisen Stöhnen entspannte sich Lucinda und fiel langsam zurück auf das Bett. Yves sank zu Boden. Der sich steigernde Rhythmus von Lucindas Orgasmus hatte ihn gepackt. Lucinda blickte auf den hingestreckten Mann hinunter und lächelte über sein offensichtliches Unbehagen.

»Du kannst wohl nicht mehr?« fragte sie.

Yves stöhnte und hievte sich auf das Bett. Lucinda mußte jedoch zugeben, daß er sich bemerkenswert schnell wieder erholte. Es dauerte nur ein paar Minuten, und dann erlaubte sie ihm, in sie einzudringen, und sie liebten sich, Seite an Seite liegend. Sie wußte, daß sie sich durchgesetzt hatte. Sie würde Yves erlauben, mit ihr zu tun, was sie wollte und wenn sie dazu bereit war. Er neigte zur Gewalttätigkeit, und sie hatte gewußt, daß sie ihn bei ihrem ersten Zusammensein zähmen mußte, weil sonst er ihr seinen Willen aufzwingen und sie ihre Freiheit verlieren würde. Doch nachdem sie ihn gezwungen hatte zu tun, was sie wollte, beherrschte sie ihn und würde sich ihn mit der Zeit immer mehr unterwerfen.

Von da an sahen Lucinda und Yves sich häufig. Sie lunchten nicht nur zusammen, sie verbrachten auch viele Abende gemeinsam – in Nachtclubs, im Kino, im Kabarett und bei anderen Shows und in seiner Wohnung. Sie hatte den ehedem so selbstsicheren Franzosen aus seiner Selbstzufriedenheit aufgeschreckt. Er wußte nicht genau, wie er Lucinda nehmen sollte, sie merkte seine Unsicherheit und nutzte sie aus. Manchmal war sie nachgiebig, lieb und zugänglich, und Yves reagierte darauf, indem er den großen Macho-Mann spielte. An solchen Tagen schien er sogar körperlich zu wachsen. Dann wieder gab sie sich eigenwillig und launisch. Nichts, was er tat, fand ihre Zustimmung, doch wenn er, schon fast verzweifelt, bis aufs äußerste gereizt und nahe daran war, mit ihr zu brechen, wurde sie plötzlich charmant und liebevoll und bezauberte ihn, so daß er nicht von ihr loskam. Mit einem Wort, Yves zappelte an Lucindas Angel.

In dieser Zeit fragte sie ihn bewußt kein einziges Mal danach, wie er seinen Lebensunterhalt verdiente. Doch als er sich eines Tages nach dem Lunch erbot, sie in die Stadt zu bringen, lehnte sie ab, da sie an diesem Nachmittag nichts Besonderes zu tun hatte.

»Warum begleitest du mich dann nicht ins Büro?« fragte Yves. »Ich habe höchstens eine halbe Stunde zu tun, dann bin ich frei. Wir könnten in die Galerie in der Avenue Matignon gehen und uns die Ausstellung anschauen, die du so gern sehen möchtest.«

»Das wäre wunderbar. Aber bin ich dir im Büro auch bestimmt nicht im Weg?«

»Nein, natürlich nicht. Du kannst dich mit einer Zeitschrift gemütlich in die Ecke setzen, während ich ein oder zwei Dinge erledige.«

Das Büro war ganz anders, als Lucinda es sich vorgestellt hatte. Es lag in der Nähe der Place de Stalingrad bei den Docks mit Ausblick auf den Kanal. In der Nachbarschaft gab es eine Menge nordafrikanischer Speiselokale, die billigen Couscous anboten, und schäbige Bars wechselten mit kleinen Läden ab, in deren Schaufenstern höchst unappetitliche Waren ausgestellt waren. Die Straße war schmutzig, der Wind trieb alte Zeitungen vor sich her, und die Straßenköter inspizierten die Mülltonnen, die vor jedem Haus standen. Am Tresen einer winzigen, schmierigen Bar tranken ein paar Marokkaner oder Algerier Tee und Rotwein. Zwei Spielautomaten klapperten und klingelten, und aus einem Lautsprecher plärrte im Mittleren Osten beheimatete Popmusik.

Neben der Bar war eine Tür, durch die Yves Lucinda voranging. Eine nackte Glühbirne erhellte eine staubige Treppe, auf der kein Teppich lag.

»Hier arbeitest du?« fragte Lucinda ungläubig.

»Du darfst nie nach Äußerlichkeiten urteilen.« Yves lächelte sie spöttisch an.

Sie stiegen die Treppe hinauf. Von jedem Treppenabsatz ging ein Korridor mit mehreren Türen ab. Im dritten Stock bog Yves in den Korridor ein und blieb vor einer Tür stehen, auf der ein kleines Metallschild verkündete, daß hier die ›Enterprises Richegrant‹ untergebracht waren. Lucinda, die ja wußte, daß Yves der Partner von Alastair Grant war, fiel es nicht schwer, sich diesen Firmennamen zu erklären.

Lucinda mußte zugeben, daß das Büro sich erfreulich von dem unterschied, was sie bis jetzt in diesem Haus zu sehen bekommen hatte. Sie betraten einen kleinen Raum, der ganz von einem Schreibtisch aus grauem Stahlrohr und einer Reihe passender Aktenschränke eingenommen wurde. Hinter dem Schreibtisch saß ein junges, traurig wirkendes pickeliges Mädchen, das Yves mit einem Seufzer begrüßte. Vor ihr standen drei Telefone, doch sie schwiegen, und das Mädchen war damit beschäftigt, ein

Kreuzworträtsel zu lösen. Aber Yves hatte ja gesagt, daß sie im Moment nicht viel zu tun hatten.

»Hat jemand angerufen?« fragte er.

Das Mädchen zuckte mit den Schultern und faltete widerstrebend die Zeitung mit dem Kreuzworträtsel zusammen.

»Nur die Kleine aus Cannes. Sie braucht Geld – wie gewöhnlich.«

»In Ordnung. Sie brauchen mir jetzt keine Einzelheiten zu erklären.«

Yves lächelte Lucinda zu, und das Mädchen fiel in sein düsteres Schweigen zurück. Sie gingen weiter und kamen in einen wesentlich eindrucksvolleren Raum, ganz offensichtlich Yves' Büro. Er nahm Lucinda den Mantel ab und zeigte auf ein Sofa, vor dem ein Kaffeetischchen stand.

»Entschuldige mich ein paar Minuten, Chérie«, sagte er. »Ich muß nebenan ein paar Dinge besprechen. Mach es dir bequem. Babette soll dir eine Tasse Kaffee bringen.«

Lucinda vertiefte sich in eine Illustrierte, die auf dem Tisch lag. Yves ging ins Vorzimmer und sprach mit dem pickeligen Mädchen, das demnach Babette war. Lucinda spitzte die Ohren, um von dem Gespräch etwas mitzubekommen, fing aber nur hin und wieder ein Wort oder einen halben Satz auf.

Sie sah sich um, doch nichts in diesem Büro verriet etwas über die Art der Geschäfte, die hier getätigt wurden. Es gab weder Fachbücher noch Branchenverzeichnisse, und das einzige, das einigermaßen nach ›Geschäft‹ aussah, waren mehrere Telefonbücher. Auf dem Schreibtisch lag nicht einmal ein Zettelchen. Der Kalender kam von Michelin, die Möbel aus den Galeries Lafayette, eine wunderschöne Glasschüssel, das einzige Stück von Geschmack und einigem Wert, stammte von Lalique. Das Büro wirkte genauso anonym wie Yves' Wohnung.

Die Tür ging auf, und Yves kam mit einer Kaffeetasse herein, die er Lucinda reichte. Durch die offene Tür sprach er immer noch mit Babette.

»... wir schicken ein paar tausend Francs nach Cannes und geben ihr Anweisung, die Hotelrechnung zu bezahlen und zu verschwinden. Raoul soll das alberne Ding abholen. Sie wissen, daß wir in Algier bald jemand brauchen. Schicken wir sie doch dorthin. Dort brauchen sie keinen Funken Verstand, und sie müßte eigentlich gut hineinpassen. Aber ich brauche Ersatz für Cannes. Sie wissen, wen wir hinschicken können. Am besten gleich zwei.«

Er sah Lucinda verlegen an, schrieb ein paar Namen auf einen Zettel und reichte ihn Babette, die ihm in sein Büro gefolgt war.

»Hier«, sagte er schroff. »Und sorgen Sie dafür, daß die Sache schnell über die Bühne geht.«

Babette seufzte abermals und kehrte an ihren Schreibtisch zurück. Lucinda hörte sie telefonieren.

»Alles in Ordnung?« fragte sie.

»Klar, keine größeren Schwierigkeiten jedenfalls«, antwortete er lachend. »Es geht um einen ganz einfachen Versandauftrag für verschiffte Waren.«

»Und was verschiffst du?«

»Fleisch, lebendes Frischfleisch«, antwortete er mit trockenem Humor, doch Lucinda war sich nicht sicher, ob ihr diese besondere Art von Humor gefiel.

Babette kam wieder herein. Sie hielt einen Brief in der Hand.

»Ich brauche Ihre Unterschrift«, jammerte sie. »Und was die beiden Namen anbelangt, die Sie mir aufgeschrieben haben, mit der hier klappt es nicht.« Sie zeigte auf den Zettel, den Yves ihr gegeben hatte. »Ich habe mich deshalb mit unserem letzten Import aus Dänemark in Verbindung gesetzt.«

»Gut.« Yves verfiel jetzt auch in einen geheimnisvollen Verschwörerton. »Und welchen Grund hat unsere erste Wahl genannt?«

»Einen medizinischen.«

»Damit reden sie sich immer heraus. Marcel soll die Sache nachprüfen. Sie sagen mir morgen, was er für einen Eindruck hatte.«

Die melancholische Babette verschwand wieder und ging an ihre Arbeit. Sie kam noch zwei- oder dreimal mit ähnlichen Anliegen herein, und dann verkündete Yves, er sei für heute fertig, und sie könnten gehen.

Lucinda erwähnte mit keinem Wort, was sie im Büro mitbekommen hatte. Sie wußte auch noch nicht genau, um was für eine Art von Geschäft es sich handelte, aber sie glaubte eine Ahnung zu haben und war überzeugt, daß sie zutraf.

Ungefähr drei Wochen später lud Yves Lucinda ein, mit ihm ein Wochenende in Burgund zu verbringen. Dort fand eines der regelmäßig wiederkehrenden Diners der ›Chevaliers des Tastevins‹ statt, einer Vereinigung, deren Hauptzweck darin zu bestehen schien, sich soviel an gutem Essen und ebensoviel an köstlichem Burgunderwein einzuverleiben, wie der menschliche Körper vertrug. Das Hauptquartier der Chevaliers, das Cos de Vougeot, war eines der malerischsten mittelalterlichen Gebäude in ganz Frankreich. Außerdem waren dort die köstlichsten und berühmtesten Jahrgänge des Burgunderweins zu Hause.

Um das majestätische, aus Stein erbaute Herrenhaus mit seiner uralten Weinkelter und den Fässern, die seit Jahrhunderten auf ihrem angestammten Platz standen, war die liebliche Hügellandschaft von unzähligen Reihen grüner Rebstöcke bedeckt, die in dünnem, sandigem Erdreich wurzelten. Die Chevaliers trugen feierliche Roben, die zusammen mit der Szenerie der Festlichkeit eine besondere Würde verliehen. Lucinda und die hundert anderen Gäste trugen elegante Abendkleidung.

Es wurde den ganzen Abend gegessen und getrunken, und außerdem wurden Reden gehalten. Vor dem aus sieben Gängen bestehenden Diner wurde auf der Terrasse Champagner gereicht, zu jedem Gang gab es mehrere Gläser verschiedener Weine aus der Gegend, und den Abschluß bildete Marc de Bourgogne, ein besonders hochprozentiger Brandy aus gepreßten Traubenschalen. Als sie auf den vom Mondlicht beglänzten Hof hinaustraten, bliesen Musiker in Kostümen des 15. Jahrhunderts auf traditionellen Jagdhörnern einen Abschiedsgruß.

Yves war nicht betrunken, aber er wirkte entspannter als Lucinda ihn je erlebt hatte. Sehr vorsichtig steuerte er den Wagen über die engen Straßen nach Macon, wo er in einem ruhigen, komfortablen Hotel ein Zimmer bestellt hatte.

Es war nach eins, als sie die Hotelhalle betraten. Als Yves um den Schlüssel bat, wurde ihm eine schriftliche Botschaft ausgehändigt.

»Eine telefonische Nachricht für Sie«, sagte der verschlafene Nachtportier.

Yves las und runzelte verärgert die Stirn.

»Schwierigkeiten?« fragte Lucinda.

»Die Nachricht kommt von Babette. Ich muß London anrufen.«

»Was? Um diese Zeit? Kann es nicht bis morgen warten?«

Yves schüttelte den Kopf.

»Es könnte wichtig sein. Hier steht, daß ich sofort anrufen soll, wenn ich zurückkomme. Egal wann.«

In ihrem Zimmer begann Lucinda sich abzuschminken, während Yves eine Nummer wählte. Das Telefonat war kurz, aber stürmisch.

»Um Himmels willen, es ist alles geregelt, Alastair«, beschwor Yves seinen Gesprächspartner. »Nein, verdammt noch mal, ich habe das dumme Ding nach Algier geschickt. Diese Idiotin, wäre noch weiter östlich für uns völlig nutzlos gewesen. Nein, nein, nein, nein! Diese Entscheidungen mußt du schon mir überlassen. Ich weiß, daß sie in Beirut oder Kairo keine fünf Minuten überstanden hätte. Nein, Alastair, nicht einmal in Istanbul. Glaub mir, du hast keinen Grund zur Beunruhigung, alles ist unter Kontrolle, also geh wieder schlafen. Ich rufe dich Montag wieder an – oder früher, wenn irgend etwas passieren sollte. Aber ich versichere dir, daß während das Wochenendes bestimmt nichts schiefgeht. Du kannst ganz beruhigt sein.«

Yves legte auf und schnitt eine Grimasse.

»Warum kann dieser verdammte Kerl uns nicht in Ruhe lassen? Ich führe dieses Geschäft schließlich lange genug. Warum steckt er seine Nase immer wieder in Dinge, die ihn nichts angehen? Das dulde ich nicht.«

»Was ist in Algier passiert?« fragte Lucinda.

»Nichts, überhaupt nichts. Wir haben einem Mädchen dort ein Engagement vermittelt.«

Lucinda holte tief Atem und wandte sich Yves zu.

»Du machst immer ein schreckliches Geheimnis um das, was du tust«, sagte sie. »Aber ich bin nicht so dumm, weißt du, mein lieber Yves. Du treibst Handel mit weißen Sklavinnen, nicht wahr?«

Yves starrte sie an. Sein Zorn legte sich, und seine Stimme wurde ruhiger, klang fast so, als wolle er sich entschuldigen.

»Nein, Lucinda, Chérie, das ist es nicht.«

»Nun, wie willst du es sonst nennen? Du verschiffst doch Mädchen nach Übersee, wie? Erzähl mir bitte nicht, daß du Kindermädchen für Missionarsfamilien nach Beirut oder Algier schickst.«

Yves schwieg einen Augenblick. Dann sagte er sehr ruhig:

»Ich will ehrlich zu dir sein, weil ich fühle, daß ich dir vertrauen kann. Mein Gesprächspartner eben war Alastair Grant. Unsere Firma in Paris ist eine Agentur. Wir vermitteln Callgirls. Wir haben ein paar hundert Mädchen auf unserer Liste, die für uns arbeiten, hauptsächlich in Paris. Ein paar sind in der Provinz, ein paar an der Riviera und einige in anderen Großstädten wie Marseille oder Lyon. So, jetzt weißt du es.«

»Das ist alles recht schön und gut, mein Lieber, aber was, zum Kuckuck, hat es mit Algier oder Istanbul zu tun?«

»Nun ja, hin und wieder bekommen wir auch Exportaufträge.«

»Und das ist kein Sklavenhandel mit weißen Mädchen?«

»Aber ganz und gar nicht. Die Mädchen wissen ganz genau, was sie erwartet, und sie schließen nur kurzfristige Verträge ab.«

»Und wenn sie zurückkommen?«

»Einige bleiben bei uns.«

»Einige, aber nicht alle.«

»Wir müssen realistisch sein, Lucinda. Bei jedem Geschäft gibt es Risiken und Opfer. Aber genug davon für heute. Der Teufel soll Alastair holen, weil er uns diesen schönen Abend verdorben hat.«

»Was tut Alastair eigentlich, da das Geschäft doch in Paris ist und von dir geführt wird?« rief Lucinda aus dem Bad.

»Er hat das meiste Kapital eingebracht, und er soll in London nach Talenten suchen.«

Als sie später im Bett lagen, schwiegen sie. Alastairs Anruf hatte sie aus der Stimmung gerissen. Yves wußte es und löschte das Licht. Die Minuten verstrichen, aber er ahnte, daß Lucinda noch wach war.

»Macht es dir etwas aus, Lucinda?« fragte er leise.

»Was soll mir etwas ausmachen?«

»Die Art meines Geschäfts. Ändert das etwas zwischen uns?«

»Warum sollte es?«

»Ach, ich weiß nicht. Die Engländer denken nicht so freizügig wie wir, sie sind engstirniger.«

»Vielleicht bin ich keine typische Engländerin. Mach dir jedenfalls keine Sorgen, Yves. Ich bin nicht entrüstet. Tatsächlich würde ich dasselbe tun, wenn ich die Möglichkeit hätte und gutes Geld damit machen könnte.«

»Oh, es macht sich bezahlt, das kann ich dir versichern. Es bringt wahrscheinlich mehr ein, als du dir vorstellen kannst. Sogar mehr, als Alastair glaubt.«

Lucinda horchte auf.

»Das verstehe ich nicht, Yves«, sagte sie. »Wenn Alastair dein

Partner ist, muß er doch genau wissen, was das Geschäft einbringt.«

Es folgte eine lange Pause. Dann antwortete Yves mit einem leisen Lachen: »Nun ja, ich führe die Bücher, Lucinda. Und nur ich weiß, wieviel wir von jedem Mädchen bekommen.«

»Aber an Alastair gibst du andere Zahlen weiter?« fragte sie.

»Er bekommt mehr, als er verdient, und er ist zufrieden. Warum also sollte ich ihn verwöhnen, Chérie?«

Lucinda lächelte triumphierend. Alastair hatte also recht gehabt. Yves bestahl die Firma, und bei dieser Art von Geschäft konnte Alastair kaum ein paar Buchprüfer zu ihm schicken.

»Yves, mein Liebling«, sagte sie, »ich bin sehr müde. Ich glaube, ich habe genug Wein getrunken, um ein Schlachtschiff darin schwimmen zu lassen. Tut mir leid, daß Alastair dich in schlechte Laune versetzt hat. Vergessen wir ihn, schlafen wir. Vielleicht ist es morgen früh besser.«

Es war besser. Sie liebten sich in jenem angenehmen, halbwachen Dämmerzustand, in dem jeder Nerv ganz entspannt und die Lider noch schwer vom Schlaf sind. Yves nahm Lucinda ganz ruhig und bedächtig. Sie fand es ungeheuer wohltuend, und erst als sie sich dem Orgasmus näherten, vertrieb ihre wachsende Erregung die letzten Reste des Schlafs. Lucinda atmete schneller, als sie spürte, wie Yves Körper sich spannte, bis er sie wie im Krampf umklammerte. Dann kam der goldene Nachglanz, als sie Seite an Seite ruhig dalagen und das warme, strahlende Licht der Sonne tranken, das durch das offene Fenster fiel. Alastair war vergessen.

Den Sonntag verbrachten sie damit, durch die liebliche Landschaft und die blühenden kleinen Weinstädte der Côte d'Or zu fahren. Es war ein idyllischer Tag und Yves, der völlig locker und entspannt war, erzählte Lucinda von seiner Familie und seiner Kindheit auf Korsika.

Sie hatten auf dem Land gelebt und zu den Ärmsten der Armen gehört. Der ältere Monsieur Richepin war Flickschuster in einem weit entfernten Dorf, sein Bruder Fischer gewesen. Nach dem Zweiten Weltkrieg waren sie beide Schmuggler geworden. In Frankreich fehlte praktisch alles, und sie hatten einen aufnahmebereiten Markt für amerikanische Zigaretten, Nylons und schottischen Whisky gefunden, die sie in amerikanischen Armeestützpunkten bekamen. Als Yves in die Schule gehen sollte, war er bereits Mitglied einer Bande, die ihre Finger in jedem nur erdenklichen Schiebergeschäft hatte. Da man auf dem Festland mehr Geld verdienen konnte, ließ Yves sich in Marseille nieder und half beim Verkauf der Schmuggelware. Das Leben an der Wasserfront war gewalttätig. Die Korsen neigten dazu, ihre Messer zu benutzen, um sich widerspenstiger Geschäftspartner zu entledigen, und einige wurden auch für politische Morde angeheuert. Manchmal sogar von jugendlichen Terroristen, deren Fanatismus ihre Erfahrungen bei weitem übertraf. Yves stellte fest, daß Glücksspiel und Prostitution wesentlich mehr einbrachte als der altmodische Schmuggel. Er war nie Mitglied eines der großen Rauschgiftringe gewesen. Er arbeitete damals als Croupier an einem manipulierten Roulette, und dort lernte er Alastair Grant kennen. Sie kamen ins Gespräch, und Alastair fragte ihn, ob er ihm eine Frau besorgen könne. Nichts leichter als das, hatte Yves gemeint, und mit seinen Verbindungen und seinen Erfahrungen in der Unterwelt geprahlt. Alastair erzählte ihm, daß er ein paar Geschäfte auf die Beine gestellt habe. Er kannte sich aus und konnte einfach alles organisieren. Wie Yves hatte er eine dunkle Vergangenheit und operierte meist in jenem Niemandsland zwischen Legalität und Illegalität. Im Lauf seiner ereignisreichen Karriere hatte er an allen möglichen Orten einflußreiche und reiche Leute kennengelernt. Sie gäben, hatte Alastair schließlich gesagt, ein ausgezeichnetes Team ab und sollten gemeinsam irgendein Geschäft aufziehen. Yves war einverstanden gewesen, und eine Zeitlang war alles gutgegangen, und sie hatten sich ein gut florierendes Geschäft aufgebaut. Alastair hatte ein paar Mädchen gebracht, und Yves hatte ihnen im Handumdrehen Anstellungen verschafft. In letzter Zeit aber lief die Sache längst nicht mehr so gut, und Yves war alles andere als zufrieden.

»Aber schafft Alastair denn keine neuen Mädchen heran?« fragte Lucinda.

Sie saßen in einer historischen Kutscherkneipe in Avallon. Es war ein sehr romantisches und geschichtsträchtiges Lokal. Napoleon hatte nach seiner Flucht von Elba auf der Fahrt nach Paris hier angehalten, und das Haus hatte sich seit den Tagen vor Waterloo kaum verändert.

»Er hat mir ein paar geschickt, aber im letzten halben Jahr war kaum ein einziges halbwegs hübsches Mädchen dabei«, sagte Yves. »Ich mache die ganze Arbeit, finde die Mädchen, besorge die

Kunden und sorge dafür, daß wir nicht in Schwierigkeiten kommen, indem ich hin und wieder einen Polizisten oder einen Anwalt besteche, einen Bürgermeister besänftige, einem Geschäftsmann oder einem Reporter, die uns nützlich sein könnten, ein Mädchen vermittle. Alastair, der faule Bastard, sitzt in London auf seinem Hintern und investiert unsere Profite durch eine Schweizer Bank. Ich vermute, daß er dort seinen Schnitt macht und mich hintergeht.«

»Also revanchierst du dich, weil dir das Hemd näher ist als der Rock«, stellte Lucinda fest.

Yves grinste wie ein übermütiger Schuljunge.

Sie aßen im Restaurant, und als der schlimmste Rückflutverkehr vorbei war, eine endlose Autoschlange, Stoßstange an Stoßstange, brachen sie auf.

Im Wagen war Yves wieder schweigsam und schien zerstreut.

»Was überlegst du?« fragte Lucinda.

Er musterte sie nachdenklich.

»Weißt du, Lucinda, du bist sehr hübsch, und du bist auch sehr intelligent. Das ist ungewöhnlich. Mehr noch, du hast keine Vorurteile. Ich wette, daß du imstande wärst, gutes Material für mein Geschäft aufzutreiben. Ich meine damit, daß ich glaube, du wärst eine ideale Partnerin für mich. Was meinst du dazu?«

»Ich meine, daß du mir bereits gestanden hast, daß du deine Partner bestiehlst.«

»Sei nicht albern, Lucinda, bei dir wäre das doch etwas anderes. Wir würden zusammenarbeiten, und ich weiß, daß ich dir vertrauen kann. Du wärst mein Talentsucher, und ich garantiere dir, daß du ein Vermögen verdienen wirst.«

»Ich möchte keine Schwierigkeiten mit eurer Polizei bekommen, besten Dank, Yves. Und ich sage dir noch etwas. Ich war jetzt schon ein paarmal in deiner Wohnung. Warum wohnst du nicht luxuriöser und in einem eleganteren Viertel, wenn man in deiner Branche so viel Geld machen kann?«

»Was? Damit ich irgendwie auffalle, unliebsame Aufmerksamkeit auf mich ziehe? Wenn ich in die Avenue Foche übersiedelte, hätte ich alle Flics von Paris auf dem Hals. Ganz zu schweigen von den Zuhältern und Informanten – und Alastair. Nein. Steig du nur bei mir ein, dann fahren wir eines Tages hinaus aufs Land, und ich zeige dir den Besitz, den ich dort habe. Natürlich nicht unter meinem Namen. Du wirst angenehm überrascht sein.«

Lucinda sah ihn an. Noch nie hatten seine Augen so lebhaft gefunkelt. Strahlend sah er sie an. »Nun, wie ist es damit?«

»Es klingt interessant«, gab sie zu. »Aber ich möchte es mir noch ein, zwei Tage überlegen. Es ist schließlich ein schwerwiegender Entschluß.«

»Na schön. Aber laß mich nicht zu lange warten. Ich möchte bald losschlagen können.«

8

Verschlafen tauchte Lucinda am nächsten Morgen ihr Croissant in den Kaffee. Die Zeitung lag aufgeschlagen vor ihr, und ihr Blick wanderte von einer langweiligen Geschichte zur nächsten noch langweiligeren.

Doch obwohl ihr Körper völlig entspannt war, arbeitete ihr Gehirn mit Hochdruck. Alastair hatte sie beauftragt, festzustellen, ob Yves ihn betrog. Es war ihr gelungen. Monatelang hatte sie es genossen, ihre eigene Wohnung zu haben und sich innerhalb gewisser Grenzen kaufen zu können, was ihr Herz begehrte, denn solange Alastair auf Ergebnisse wartete, hatte er ihre Rechnungen bezahlt. Würde er es auch noch tun, wenn sie ihm sagte, was sie von Yves erfahren hatte? Sie konnte sich gewiß noch detaillierte Informationen verschaffen, wenn sie vorgab, bei Yves einsteigen zu wollen. Sie war noch immer Alastairs Geliebte, und er kam häufig nach Paris, um ein paar Tage mit ihr zu verbringen, aber sie machte sich über ihre Beziehung keine Illusionen. Ihr machte der Sex mit ihm Spaß, und er schien sie zu schätzen, aber sie war nicht in ihn, er nicht in sie verliebt. Sobald sie ihre Mission erfüllt hatte, würde der kühle, berechnende Alastair ihr möglicherweise mitteilen, daß er ihrer Dienste nicht mehr bedürfe, und sich ein Mädchen suchen, das ihn billiger kam. In seiner Branche gab es wohl kaum einen Mangel an passenden Kandidatinnen. Es schien Lucinda nicht sehr sinnvoll, ihm allzu rasch die Information zu geben, die er haben wollte. Andererseits schien es ihr auch unklug, sich auf einen Handel mit Yves einzulassen. Früher oder später mußte Alastair dahinterkommen, daß sie ihn betrog, und sie hatte den Eindruck, daß er gefährlich werden konnte, wenn man ihn hereinlegte. Yves Angebot abzulehnen hieße aber auf eine Einkommensquelle verzichten, die es ihr ermöglichen konnte, sich aus der finanziellen Abhängigkeit von Alastair zu befreien. Je länger sie also die beiden Entscheidungen hinauszögern konnte, um so besser für sie.

Noch immer unentschlossen, entdeckte sie in der Zeitung plötzlich eine Nachricht, die sie brennend interessierte. Es war ein Foto von Merton, auf dem er noch besser, noch vornehmer aussah als früher. In der Bildunterschrift hieß es, er sei zur Premiere seines nächsten Films nach Paris gekommen. Nachdem er noch ein bißchen Klatsch losgeworden war, erwähnte der Reporter, daß Merton im ›Hotel Meurice‹ abgestiegen sei.

Aus einem Impuls heraus griff Lucinda nach dem Telefon und rief das ›Meurice‹ an. Was für ein Spaß, Merton wiederzusehen! Ob Kalifornien ihn wohl verändert hatte? Sie bezweifelte es. Er war britisch bis ans Herz hinan, ein solcher Mann ließ sich von der Plastik- und Flitterwelt Hollywoods nicht beeinflussen. Zu ihrer größten Überraschung stellte die Zentrale sofort in Mertons Zimmer durch.

»Lucinda!« Seine Stimme war so klangvoll und melodisch wie ehe und je. »Wie wunderbar, von dir zu hören! Bleibst du länger in Paris? Können wir uns sehen?«

Sie erklärte ihm, daß sie in der Stadt lebe und wollte seine Einladung schon annehmen, als ihr etwas einfiel.

»Ist Jennifer auch hier?« fragte sie.

Merton antwortete nicht sofort.

»Nein, wir beide werden ganz allein sein«, sagte er endlich nach einer langen Pause. »Du hast mir gefehlt, meine bezaubernde Lucinda. Ich habe die amerikanischen Frauen so satt. Selbstverständlich bist du zu meiner Premiere eingeladen, aber du mußt mich schon heute nachmittag besuchen. Offiziell ruhe ich mich vor dem Rummel am Abend aus. Ich habe Zimmer 552, komm direkt zu mir herauf. Kannst du gegen vier Uhr hier sein? Dann bleiben uns ein paar ungestörte Stunden.«

Lucinda war in fröhlicher Stimmung, als sie das Hotel betrat und mit dem Lift in die fünfte Etage fuhr. Sie klopfte an die massive Tür. Merton öffnete sofort, nahm sie in die Arme und küßte sie leidenschaftlich. Sie folgte ihm ins Zimmer und sah sich plötzlich Jennifer gegenüber.

Lucinda wich zurück, doch noch ehe sie etwas sagen konnte, nahm Merton sie bei der Hand und führte sie zu seiner Tochter.

»Ich habe dich belogen, als ich dir sagte, Jennifer sei nicht hier, weil ich wußte, daß du dann nicht kommen würdest. Aber ich kann einfach nicht tatenlos zusehen, daß die beiden Frauen, die ich liebe, miteinander verfeindet sind.«

»Bitte, Lucinda!« Jennifers Augen sahen sie flehend an. »Ich weiß, daß das, was ich dir in Cambridge angetan habe, schrecklich war. Ich habe dir und diesem bedauernswerten Tutor so viel Kummer bereitet. Der Himmel weiß, daß ich diese dumme Rache und meine Bosheit bereue. Jeden Tag habe ich mir seither Vorwürfe gemacht. Aber ich war eben eifersüchtig, Lucinda. Ich wollte dich, ich brauchte dich, und da war dieser verdammte junge Mann, der mir deine Zeit und deine Zuneigung stahl. Ich mußte ihn loswerden. Das allein war für mich wichtig. Ich habe es getan, weil ich dich für mich haben wollte, aber ich habe dich dadurch nur verloren. Und jetzt haßt du mich. Haßt du mich, Lucinda, oder kannst du mir verzeihen? Können wir wieder zu der liebevollen Freundschaft von früher zurückfinden?«

»Bitte, Lucinda, um meinetwillen«, sagte Merton aufrichtig bewegt und ohne theatralische Übertreibung.

Lucinda sah zuerst ihn und dann Jennifer an. Ihr Gefühl für Michael war seit langem tot und nur noch sentimentale Erinnerung. Daß sie ihr Studium nicht hatte abschließen können, störte sie nicht. Seit jenem Tag der Schande und der Bitterkeit hatte das Leben es gut mit ihr gemeint, und ihre Bitterkeit war allmählich zu Gleichgültigkeit verblaßt. Sie erinnerte sich, wie süß ihre Liebe zu Jennifer gewesen war, wie sehr sie sie schon in der Schule bewundert hatte, und ein tiefes Gefühl schwoll in ihr. Mit einem Aufschluchzen warf sie sich Jennifer in die Arme, und die beiden Mädchen umarmten sich wie Liebende, die lange getrennt gewesen waren.

Dann lachten, weinten und streichelten sich alle drei, doch schließlich nahm Merton Lucindas Arm und führte sie zum Schlafzimmer.

»Laß uns feiern«, schlug er vor.

»Was? Und die arme Jennifer sollen wir allein lassen?«

»Keine Sorge«, entgegnete Jennifer fröhlich, »ich komme mit.« Und damit nahm sie Lucindas anderen Arm.

Es war ein unvergeßliches Erlebnis. Vater und Tochter legten sie auf das Bett, und sie fühlte ihre Hände überall auf ihrem Körper. Ihre Kleider schienen von ihr abzufallen, und sie bebte, als sie Mertons festes Fleisch und Jennifers weiche Haut spürte.

Viel später duschten sie, zogen sich an und brachen zur Premiere auf. Merton wurde von Journalisten, von Frauen, Kritikern, Schriftstellern und anderen Schauspielern umringt – von der ganzen Meute eben, die zu einem Premierenabend gehörte. Angehörige der Pariser Schickeria und der eleganten künstlerischen Kreise beanspruchten die Aufmerksamkeit des großen Schauspielers, und die beiden Mädchen gerieten ins Hintertreffen.

Nach der Premiere gab es noch einen Empfang, doch Lucinda beschloß, nur kurz zu bleiben, bevor sie nach Hause ging.

»Wie lange bleibt Merton in Frankreich?« fragte sie Jennifer.

»Der arme Schatz hat so viel zu tun. Morgen abend muß er schon wieder zurückfliegen.«

»Kommt am Nachmittag auf einen Drink zu mir. Meine Wohnung ist in der Avenue Mozart und leicht zu finden.«

Sie schrieb Jennifer die Adresse und ein paar Stichworte auf, damit sie nicht zu lange suchen mußten, küßte die Freundin zum Abschied und winkte Merton zu. Er war zwischen einer vollbusigen Kritikerin und einem sehr ernsten Kulturattaché von der britischen Botschaft eingeklemmt und rollte hilflos die Augen nach oben.

Am nächsten Morgen weckte sie das Telefon. Es war Yves.

»Lucinda, was war denn los mit dir?« fragte er aufgeregt. »Gestern habe ich den ganzen Tag versucht, dich zu erreichen, aber du warst nie da.«

»Zwei alte Freunde aus England sind plötzlich in Paris aufgetaucht, und ich habe den Tag mit ihnen verbracht.«

»Doch nicht Alastair?« fragte er mißtrauisch.

»Nein, natürlich nicht, mach dich nicht lächerlich. Sie kommen übrigens heute nachmittag gegen fünf auf einen Drink zu mir. Komm doch auch vorbei, dann lernst du sie kennen? Da du mir offensichtlich nicht traust, kannst du dich selbst überzeugen, daß ich die Wahrheit sage.«

»Lucinda, Chérie, das ist nicht fair. Du weißt, daß ich dir vertraue. Ich bin nur ein ziemlich nervöser Mensch.«

»Das habe ich gemerkt«, antwortete Lucinda scharf. »Wenn ich dich heute nachmittag nicht sehe, dann ruf mich am Abend an, ja?«

Merton und Jennifer kamen kurz vor fünf. Obwohl sie nur zwei Tage in Frankreich gewesen waren, hatten sie ausreichend Gepäck für eine Polarexpedition dabei. Das meiste gehörte Merton. Sie stapelten ihre Koffer in Lucindas Diele auf und blockierten fast die Tür. Dann machten sie es sich bequem.

»Wir können nur ein paar Minuten bleiben, Liebling«, sagte Merton. »Aber natürlich konnten wir nicht abreisen, ohne dich noch einmal gesehen zu haben.«

Lucinda küßte Vater und Tochter, die beide ihre Liebhaber waren.

»Habt ihr noch Zeit für eine Tasse Kaffee?« fragte sie.

»Nur für einen Schluck Scotch, um mit dir anzustoßen«, antwortete Merton.

Jennifer lächelte. »Ich trinke einen Wodka-Martini.«

Während sie noch miteinander schwatzten, erschien Yves.

»Na also«, sagte Lucinda lachend, »überzeug dich selbst. Alte Freunde aus England, wie ich es dir gesagt habe. Weit und breit keine Spur von Alastair Grant.«

Sie stellte ihn ihren Gästen vor, und bald war er in ein Gespräch mit Jennifer vertieft, während Merton Lucinda mit Geschichten über seine Heldentaten in Hollywood unterhielt.

Die Zeit verging rasch, und Merton mußte zu seinem Flugzeug. Yves sprang auf.

»Ich habe meinen Wagen draußen. Lassen Sie sich von mir zum Flughafen bringen. Um diese Tageszeit ist kaum ein Taxi zu bekommen.«

»Sie sind sehr freundlich«, antwortete Merton. »Ich muß nach London zurück und darf diese Maschine nicht versäumen. Jennifer kann frei über ihre Zeit verfügen, sie kommt und geht, wie es ihr gefällt, aber wir armen alten Droschkengäule, die auf der Bühne umherstolzieren, müssen uns immer nach den Wünschen unseres Publikums richten.«

»Hör auf, dich in Szene zu setzen«, sagte Jennifer. »Wenn du noch lange so weiterjammerst, wird kein Mensch Mitleid mit dir haben.«

Sie küßten Lucinda zum Abschied und gingen dann zu Yves Wagen.

»Schreibt mir mal!« rief Lucinda ihnen nach. »Ich möchte euch nicht wieder verlieren!«

Sie kehrte zu dem noch immer ungelösten Problem zurück, wie sie es schaffen sollte, Yves und Alastair hinzuhalten. Yves bereitete ihr die größeren Sorgen, da er auf eine endgültige Antwort wartete, und wie Lucinda inzwischen wußte, war er nicht der geduldigste unter den Männern.

Doch dieses Problem löste sich praktisch selbst. Als Yves sie anrief, wollte sie ihn schon fragen, ob sie sich die Sache noch ein paar Tage länger überlegen könne, doch er kam ihr zuvor und sagte: »Ich verreise für ungefähr zwei Wochen. Ich rufe dich an, aber ich werde viel zu tun haben und weiß nicht, wie oft ich die Zeit erübrigen kann.«

»Hat es etwas mit deinem Geschäft zu tun?«

»Ja, ich gehe gewissermaßen auf Talentsuche. Es gibt da ein paar Mädchen, die ich mir ansehen möchte, und bei einigen sieht es so vielversprechend aus, daß ich nicht warten möchte, weil sie mir sonst die Konkurrenz wegschnappt. Bei dir geht doch alles klar, während ich weg bin?«

»Aber selbstverständlich. Viel Glück, Yves. Laß mich wissen, wie du vorankommst, ja?«

Er ließ, während er weg war, nur selten von sich hören. Wenn er anrief, war er immer in Eile oder mit Leuten zusammen, so daß wichtige Dinge nicht zur Sprache kamen. Alastair rief jedoch zweimal an und wollte wissen, was sie für Fortschritte mache. Lucinda ließ ihn wie geplant im unklaren und versprach ihm genauere Informationen, wenn er das nächstemal nach Paris käme.

Als sie eines Nachmittags von einem Besuch bei Freunden zurückkam, hörte sie ihr Telefon klingeln. Sie beeilte sich und konnte noch abheben, bevor der Anrufer auflegte. Es war Yves, und er schien bester Laune zu sein.

»Ich habe schon ein paarmal versucht, dich zu erreichen, Lucinda«, sagte er. »Hör zu, Chérie, ich bin wieder in Paris und habe eine wunderbare Überraschung für dich.«

»Herrlich! Was ist es?«

»Wenn ich dir das sagte, wäre es doch keine Überraschung mehr. Aber du mußt heute abend zu mir kommen und dir ansehen, was ich dir mitgebracht habe.«

Als sie dann zu ihm kam, war er geradezu überschwenglich, umarmte sie, drückte sie an sich und küßte sie, als sei er jahrelang weggewesen.

»Komm rein, und schau dir meinen neuen Schatz an. Ich sag' dir, ich habe ein Mädchen gefunden, das uns ein Vermögen einbringen wird. Wenn du die Neue siehst, wirst du dir nicht mehr überlegen, ob du bei mir einsteigen willst. Bitten wirst du mich darum. Übrigens ist sie wahnsinnig in mich verliebt. Sie wird alles tun, was ich ihr sage. Alles. Sie ist richtig wild. Komm, Lucinda, laß dir meinen neuen Star vorstellen.«

In der Diele stand mit glänzenden Augen – Jennifer.

9

Lucinda war mehr als überrascht, und Yves und Jennifer lachten über ihre Verwirrung.

»Was ist denn da passiert, zum Kuckuck?« fragte sie.

»Es hat an dem Tag angefangen, an dem Yves Daddy und mich zum Flugplatz fuhr«, antwortete Jennifer. »Ich hatte es ja nicht eilig, nach England zurückzukommen, aber mein berühmter Vater hatte irgendeinen langweiligen Termin beim Fernsehen. Auf der Fahrt zum Flugplatz sagte Daddy plötzlich, es sei doch eigentlich ein Jammer, daß ich nach einem so kurzen Aufenthalt schon wieder nach Hause solle, und mein lieber, ritterlicher Yves erbot sich sofort, sich um mich zu kümmern, wenn ich noch Lust hätte zu bleiben. Er sagte, er habe eine Geschäftsreise vor und meinte, ich könnte ihn ja begleiten. Er wollte durch ganz Südfrankreich von der Côte d' Azur bis Toulouse. Eine herrliche Gegend! Nun ja, anfangs war ich nicht unbedingt begeistert von dem Vorschlag. Nicht, daß ich ihn nicht begleiten wollte. Ich fand ihn von Anfang an geradezu atemberaubend, aber ich hatte Angst, ich würde ihm im Weg sein. Schließlich hatte er gesagt, es sei eine Geschäftsreise, und ich hatte natürlich keine Ahnung, um was für Geschäfte es sich handelte.«

»Ich wette, du hast nicht lange gebraucht, um das festzustellen«, warf Lucinda ein.

Jennifer lachte leise. »Es war eine Überraschung, aber auch ein Riesenspaß.«

»Sie war mir eine große Hilfe«, erklärte Yves. »Ich hatte nämlich in die Pariser Ausgabe der *New York Herald Tribune* ein Inserat einrücken lassen. Du weißt ja, der übliche Text: ›Interessante und einmalige Gelegenheit für kontaktfreudiges Mädchen, das Sinn für Abenteuer hat. Auslandsreisen können in Aussicht gestellt werden. Bewerbungen an Postfach Nummer...‹ Und so weiter. Ich bekam viele Zuschriften, und vereinbarte mit den vielversprechendsten Mädchen Treffen in verschiedenen Provinzstädten. Das verwischt meine Spuren etwas, falls es irgendwann einmal Schwierigkeiten geben sollte. Es darf nicht den geringsten Hinweis auf Paris oder die Firma geben. Mit Jennifer in der Rolle meiner Sekretärin war die Sache viel einfacher, und es waren ein paar Mädchen darunter, die nicht nur willig, sondern sogar überreif waren, was wir bei – nun, sagen wir – zwanglosen Tests mühelos feststellten.«

»Erinnerst du dich an den Sonntagnachmittag in Mîmes?« fragte Jennifer mit einem übermütigen Lachen.

»Mit Lisette und – wie hieß die andere doch gleich?« fragte Yves.

»Melisande.«

»Stimmt. Melisande. Das war vielleicht ein ausdauerndes Paar, richtig sportlich, nicht wahr?«

»Warum glauben Mädchen, die diesen Beruf ergreifen, sie müßten sich so exotische Namen zulegen?« fragte Lucinda.

»Meine Liebe, du tust unseren jungen Freundinnen sehr unrecht«, protestierte Yves. »Es sind keine Callgirls – wenigstens jetzt noch nicht. Sie sind Schülerinnen einer sehr strengen Klosterschule.«

»Was haben sie dann mit zwei so überzeugten Sündern wie euch gemacht?«

»Yves und ich hatten die ganze Küste abgegrast und fleißig Mädchen interviewt«, antwortete Jennifer. »Nachdem wir an so schikken Orten wie Cannes und Nizza gewesen waren, machten wir uns zwei muntere Tage in Marseille.«

»Das kann ich mir vorstellen«, meinte Lucinda trocken.

»Nun ja, wir waren am Freitag fertig geworden und beschlossen, uns ein paar Tage auszuruhen. Wir machten eine Bummelfahrt durch die Provence, es war wunderschön und sehr erholsam. Auf jeden Fall kamen wir Sonntag vormittag nach Nîmes. Du kennst die Stadt ja. Es gibt dort mehr römische Ruinen als moderne Häuser, und der Park, in dem die Bürger der Stadt lustwandeln, ist ein vorchristlicher Friedhof.«

»Schön, aber nicht gerade fröhlich«, meinte Yves.

»Es herrschte eine Gluthitze wie in einem Ofen«, fuhr Jennifer fort. »Wir wollten uns die Füße vertreten, bevor wir weiterfuhren, und dann entdeckten wir eine schmiedeeiserne Bank.«

»Und auf dieser Bank saßen Lisette und Melisande«, sagte Yves.

»Ich mußte sie einfach ansprechen«, wandte Jennifer sich an Lucinda. »Wir beide trugen unsere leichtesten Sachen, ganz knappe Shorts und lose Hemden, und da saßen diese beiden Mädchen – vielleicht sollte ich diese jungen Damen sagen – und waren wie für eine königliche Gartenparty angezogen.«

»Sie hatten sogar weiße Handschuhe an«, sagte Yves lachend.

»Makellos gebügelte Leinenkostüme mit halblangen Röcken und gestärkten Blusen. Ich meine, wenn sie zwei alte Witwen gewesen wären, die nach getrocknetem Lavendel dufteten, wäre das begreiflich gewesen, aber diese Mädchen waren ganz offensichtlich noch nicht zwanzig. Sie sahen so merkwürdig aus, daß ich anfing zu lachen. Die Mädchen starrten mich erstaunt an. Sie konnten sich nicht vorstellen, was ich in dieser Stadt der Toten so komisch fand. Also fragte ich sie, ob ihnen in diesen Sachen nicht zu heiß sei. Lisette erklärte mir daraufhin, daß sie eine sehr strenge Schule besuchten und am Sonntag die Uniform tragen mußten. Bei jedem Wetter. Wir kamen ins Gespräch, und sie waren, nachdem das Eis gebrochen war, wirklich reizend. Nach einer Weile sagte Yves, daß wir eigentlich zum Schwimmen an den Fluß wollten, und er fragte sie, ob sie Lust hätten, uns zu begleiten.«

›Das wäre herrlich‹, antwortete Melisande, ›aber leider geht es nicht. Wir haben keine Badeanzüge mit.‹

›Dann schwimmen wir eben ohne‹, antwortete Jennifer.

Die beiden Mädchen starrten sie an, als habe sie Suaheli mit ihnen gesprochen. Dann fragte Lisette ungläubig:

›Sie wollen ohne Badeanzüge schwimmen? Hier in Nîmes? Das ist nicht erlaubt. Das wäre ein Skandal. Sie müssen wissen, daß am Wochenende viele Familien zum Pont du Gard kommen und unter dem Aquädukt picknicken.‹

›Und wenn wir ein Stück flußaufwärts fahren?‹ schlug Yves vor.

Sie sahen ihn an und nickten zweifelnd.

›Ja, ich kenne einen ganz abgeschiedenen Platz‹, meinte Lisette. ›Aber es ist ziemlich weit bis dorthin.‹

›Wir haben einen Wagen. Kommt mit. Ihr könnt uns den Weg zeigen. Und würdet ihr nicht auch gern schwimmen? Wir leihen euch gern unsere Handtücher.‹

Lisette sah Melisande, und Melisande sah Lisette an. Dann meinte Lisette mit einem nervösen Kichern: ›Warum eigentlich nicht? Fahren wir mit, Melisande, vielleicht wird es lustig.‹

Yves musterte die beiden und kam zu dem Schluß, daß es sogar sehr lustig werden konnte. Lisette trug das weizenblonde Haar zu einer Krone geflochten wie ein sprödes Jüngferlein, aber in ihren verträumten blauen Augen blitzte es hin und wieder wollüstig auf. Ihre Freundin hatte eine zarte goldene Haut, als habe sie immer im Freien und in einem Land der ewigen Sonne gelebt. Sie hatte sich das kastanienfarbene Haar züchtig aufgesteckt, wie sich das für eine anständige junge Dame aus einer Klosterschule ziemte. Aber Yves sah nur die kecken Brüste und die wohlgeformten Schenkel, die sich unter den Röcken abzeichneten. Sie waren junge Frauen in der ersten Blüte. Ja, es würde bestimmt sehr lustig werden.

Zu viert gingen sie langsam zum Wagen zurück. Auf dem Weg dorthin erfuhren Jennifer und Yves, wie die beiden hießen, woher sie kamen, was ihre Väter für einen Beruf hatten, und sie erzählten alles über die Schule, in der sie während der Woche buchstäblich gefangengehalten und von ihren geistlichen Erzieherinnen gezwungen wurden, ein klösterliches Leben zu führen. Die Aussicht, sich zwei Fremden anzuschließen und dann mit ihnen nackt zu baden, erfüllte sie mit Erwartung, und sie fanden das ganze Unternehmen unerhört kühn und aufregend.

Die beiden Mädchen wollten in den Fond des Wagens einsteigen, als Yves Lisette am Arm nahm und sie bat, sich auf den Beifahrersitz zu setzen und ihm den Weg zu zeigen. Lisette drehte sich nervös zu Melisande um, aber Jennifer sagte:

›Mach dir nur keine Sorgen, ich kümmere mich schon um Melisande, und du machst es dir mit Yves gemütlich.‹ Sie schubste Melisande freundschaftlich auf die Hinterbank und fragte dann: ›Warum zieht ihr nicht eure Jacken aus? Ihr müßt ja langsam erstikken.‹

›O nein, nicht schon jetzt, das trau' ich mich nicht‹, flüsterte Melisande.

Sie fuhren eine lange, schmale Straße entlang, und als sie sich einem würdevollen grauen Steingebäude näherte, spähte Lisette ängstlich durch die Windschutzscheibe.

›Runter!‹ rief sie.

Sofort rutschten die beiden Mädchen zur größten Überraschung der beiden anderen von den Sitzen und kauerten sich auf den Boden.

›Was ist los, zum Teufel?‹ rief Yves und trat heftig auf die Bremse.

›Fahren Sie weiter! Halten Sie bitte nicht an!‹

Lisette schmiegte sich an sein rechtes Bein und erklärte: ›Wir fahren eben an unserer Schule vorbei. Wenn uns jemand in einem fremden Wagen sähe, bekämen wir schreckliche Schwierigkeiten. Wir sollten jetzt nämlich in der Kirche sein.‹

Melisandes Kopf ruhte an Jennifers bloßem Schenkel, und sie genoß das Gefühl, die Wärme der jungen glatten Wange und den leisen Atem auf ihrer Haut zu spüren. Wie beiläufig legte sie die Hand auf das ordentlich frisierte Haar des Mädchens und zauste es liebevoll. Ganz unauffällig preßte Melisande sich fester an Jennifer, ihre feuchten Lippen öffneten sich, und sie drückte Jennifer einen winzigen, flüchtigen Kuß auf den Schenkel.

›In Ordnung, du kannst jetzt wieder hochkommen‹, rief Lisette, während sie selbst auf den Sitz zurückkrabbelte. ›Wir sind schon ein ganzes Stück vorbei.‹

Doch Melisande blieb, wo sie war, und schmiegte sich noch enger an Jennifer.

›Wir fühlen uns so sehr wohl‹, sagte Jennifer.

Yves warf einen raschen Blick nach hinten, sah, was dort vorging, und legte Lisette den Arm um die Schultern. Sie schien sich nicht klar zu sein, wie sie auf diese Wendung der Dinge reagieren sollte, versuchte jedoch nicht, seine Hand wegzuschieben.

›Warte einen Moment!‹

Mit akrobatischer Geschmeidigkeit entledigte Jennifer sich ihrer Shorts. Melisande zog ihr ungeduldig den dünnen Schlüpfer aus und küßte sie mit der Lüsternheit, deren nur jemand fähig ist, der seine Gefühle jahrelang unterdrücken mußte und plötzlich eine nie erträumte Freiheit erlebt. Melisandes Initiative faszinierte Lisette, die wie gebannt zusah. Nach ein paar Minuten überwand auch sie ihre Angst und ihre Scheu. Zögernd, als fürchte sie, zurückgestoßen zu werden, ließ sie ihre Finger über Yves rasch erigierenden Penis spielen.

›Vorsicht!‹ warnte Yves. ›Vergiß nicht, daß ich fahre.‹

Doch Yves Vergnügen dauerte nicht lange. Lisette kletterte auf ihren Platz zurück und dirigierte ihn von der Straße auf einen schmaleren Feldweg, der sich am Flußufer entlangschlängelte.

Nach ein paar hundert Metern war auch der Feldweg zu Ende, und von da an holperten sie nur noch über eine Art Wagenspur, die dann in einem kleinen Birkenwäldchen ganz verschwand. Die Bäume umstanden eine winzige Lichtung und schirmten sie gegen neugierige Blicke ab. Am Flußufer wuchs hohes Gras.

›Hier können wir schwimmen, ohne befürchten zu müssen, daß uns jemand stört‹, sagte Lisette zu Yves, als er den Wagen unter dem Laubwerk der Bäume parkte, die willkommenen Schatten boten.

›Ich finde es großartig, daß du dieses Plätzchen kennst‹, erwiderte Yves.

›Melisande und ich haben es entdeckt, als wir mit den Fahrrädern unterwegs waren. Wir waren schon oft hier und haben nie eine Menschenseele zu Gesicht bekommen.‹

Sie stiegen aus dem Wagen und gingen zum Fluß hinunter, der sich träge zwischen grauen verwitterten Felsbrocken seinen Weg bahnte. Jennifer stellte amüsiert fest, daß die beiden Mädchen sich in kürzester Zeit ganz erstaunlich verändert hatten. Die makellosen, sauberen Schuluniformen waren zerknittert, und unter den Armen sah man Schweißflecke.

Melisande zog die Jacke aus und warf sie auf den Boden. Das Gras umschmeichelte warm ihre Haut, als sie sich auszogen.

Yves zupfte Lisette am Arm, doch sie stieß ihn spielerisch weg.

›O nein‹, sagte sie lachend, ›jeder muß mal bei jedem an der Reihe sein. Ich gehe jetzt mit Jennifer, und du nimmst dir Melisande – wenn sie dich haben will.‹

Yves wandte sich an Melisande, doch sie rannte zum Ufer hinunter.

›Nein, Yves, du mußt noch warten! Du hast uns versprochen, daß wir schwimmen dürfen. Also schwimmen wir.‹

›Nein, Melisande, zuerst müssen wir beenden, was wir im Wagen angefangen haben. Dann können wir schwimmen, solange wir wollen.‹

Die beiden Mädchen lachten ihn aus. Er hatte die Shorts ausgezogen und machte nur allzudeutlich, wie erregt er war.

›Nein, bitte zuerst etwas anderes‹, bettelte er.

Melisandes Antwort bestand darin, daß sie in den Fluß sprang. Mit stummen Flehen sah er Lisette an, doch sie lachte nur und lief hinter der Freundin her in das kühle Wasser. Traurig schüttelte

Yves den Kopf. War das noch dasselbe Mädchen, das sich noch vor wenigen Minuten seiner so eifrig bemächtigt hatte, während er fuhr und nicht voll genießen konnte, was es mit ihm tat?

›Es hat keinen Sinn, Yves!‹ rief Jennifer ihm zu. ›Du mußt eben warten.‹ Sie sprang in den Fluß. ›Komm doch auch rein, Yves! Es ist herrlich, und ein bißchen Bewegung tut dir gut. Sie lenkt dich von anderen Dingen ab.‹

Grollend ließ er sich dazu verführen, ihr ins Wasser zu folgen. Er tauchte den Kopf unter und schwamm dann kraftvoll los, seinen Peinigerinnen hinterher.

›Kommt bloß her, ihr verflixten Meerjungfrauen!‹ rief er. ›Wenn ich euch erwische, sollt ihr etwas erleben, das ihr nicht so leicht vergeßt!‹

Alle vier waren ausgezeichnete Schwimmer, und Melisande hatte fast das jenseitige Ufer erreicht, als Yves sie einholte und packte. Sie schlug um sich, schrie und lachte und tat so, als wehre sie sich verzweifelt gegen ihren Angreifer.

›Das ist ja widerlich! Lassen Sie das arme Mädchen in Ruhe, Sie obszöner, verworfener, sexbesessener Irrer! Wenn Sie nicht aufhören, die Kleine zu belästigen, hole ich die Polizei!‹

Yves und Melisande unterbrachen ihr Scheingefecht und blickten erstaunt zum anderen Ufer hinüber. Dort stand ein magerer Mann Ende der Zwanzig und drohte ihnen wütend mit der Faust. Unter der kurzen Hose seiner Pfadfinderführeruniform stachen spitz und pickelig seine Knie hervor, und hinter ihm stand etwa ein halbes Dutzend kleiner Jungen und beobachteten das Schauspiel im Wasser mit großen fragenden Augen. Der entrüstete Pfadfinderführer merkte plötzlich, daß die Schwimmer alle nackt waren und scheuchte seinen Trupp möglicherweise noch unschuldiger Jungen in den Wald zurück.

›Ihr sollt Schmetterlinge fangen und wilde Blumen suchen!‹ schrie er sie an. ›Verschwindet ins Gebüsch, hier unten am Fluß findet ihr bestimmt nichts. Ich kümmere mich um diese Leute. Fort mit euch, aber sofort!‹

Murmelnd und kichernd zogen die Jungen sich zurück, riskierten aber immer wieder einen Blick über die Schulter auf die drei nackten Frauen.

Als der Pfadfinderführer sich wieder dem Faun und den drei Nixen zuwandte, rief Melisande ihm zu:

›Es ist alles in Ordnung, wirklich, Sir! Der Herr ist mein Onkel. Er will mir nichts tun, es ist nur ein Spiel!‹

›Ihr Onkel? Ein schöner Onkel ist mir das! Warum tragen Sie keine Badeanzüge wie anständige Menschen? Ein solches Treiben! Wollen Sie meine kleinen Jungen verderben?‹

›Das könnte Spaß machen‹, sagte Jennifer leise zu Yves.

›Wir sind FKK-Anhänger‹, erwiderte Melisande, ›wir leben alle in einem Lager für Freikörperkultur. Wir glauben daran, daß der Körper sich frei entfalten sollte, besonders wenn er die Sonne genießen kann.‹

›Es ist mir gleichgültig, was Sie in Ihrem Lager tun‹, antwortete der Pfadfinderführer. ›Hier jedenfalls sind Sie ein Ärgernis für alle, die zufällig vorbeikommen.‹

›Wir dachten, es sei niemand hier‹, mischte sich Lisette ein. ›Wir haben natürlich Kleider am anderen Ufer.‹

›So etwas sollte wirklich nicht erlaubt sein‹, beschwerte sich der Verteidiger von Anstand und Sitte. ›Bleiben Sie bitte im Wasser, bis ich mit meiner Gruppe weitergezogen bin.‹

Und mit einem empörten Kopfschütteln sammelte er seine Jungen ein, die heimlich ans Ufer zurückgeschlichen waren und verstohlen den Anblick der verbotenen Früchte genossen.

Als die vier zu dem Ufer zurückgeschwommen waren, an dem ihre Sachen lagen, waren die Pfadfinder verschwunden und sie wieder allein.

Jennifer hatte sich königlich amüsiert. ›Du bist wirklich eine sehr geschickte kleine Lügnerin‹, sagte sie anerkennend zu Melisande. ›Und diese Fantasie! Ich kann dich dazu nur beglückwünschen.‹

›Nun, ich nicht‹, knurrte Yves. ›Ich bin jetzt überhaupt nicht mehr in Stimmung. Und das ist eure Schuld. Ich habe euch gesagt, wir sollten erst hinterher schwimmen gehen.‹

»Na ja, und dann haben wir uns mit noch einigen Spielchen die Zeit vertrieben«, schloß Jennifer ihren Bericht. »Nur fürchte ich, daß die beiden Mädchen unseretwegen zu spät in ihr Kloster zurückkamen. Und du siehst, Lucinda, wie gut Yves mich auf das vorbereitet hat, was er ›die persönlicheren Seiten seines Geschäftes‹ nennt.«

»Das war rasche Arbeit, Yves, meinen Glückwunsch«, erwiderte Lucinda. »Aber Jennifer, was hatte Merton dazu zu sagen, daß du mit einem Mann abhauen wolltest, den du erst eine Stunde kanntest und von dem du überhaupt nichts wußtest? Hat er sich denn keine Sorgen um dich gemacht?«

»Du meine Güte, nein, Lucinda. Er war wegen seines Fernsehauftritts viel zu nervös, um sich darum zu kümmern. Ich denke sogar, daß er recht froh war, mich los zu sein. Vergiß nicht, daß ich alt genug bin, um auf mich selbst aufzupassen, und Daddy hat bei mir nie den beschützenden Vater gespielt. Ich schrieb ihm, daß es mir großartig gehe, und das machte ihn restlos glücklich.«

»Dann bist jetzt also du der Star von Yves ganz besonderem Geschäft. Macht dir das nichts aus?«

»Nein. Warum denn? Yves behandelt mich gut, und ich finde alles himmlisch, was wir zusammen unternehmen. Mädchen für ihn an Land zu ziehen, ist so etwas wie eine Herausforderung für mich, und auch wenn ich ihm damit eine Freude machen kann, wenn ich mit jemand anderem schlafe, regt mich das auf. Ich wette, ihr beide habt zusammen eine ganz tolle Zeit erlebt.«

»Und das macht dich nicht eifersüchtig?«

»Nein. Komisch, nicht wahr, wenn du bedenkst, wie ich mich wegen dieses albernen kleinen Michael aufgeführt habe. Yves hat etwas an sich, das mich ihm gegenüber wehrlos macht, und mit ihm oder für ihn kann ich einfach alles tun. Je verrückter, um so besser.«

Yves wollte, daß sie die Nacht zu dritt verbrachten, aber Lucinda war nicht in der richtigen Stimmung und verließ sie nach dem Essen unter einem Vorwand. Daß Jennifer plötzlich auf der Szene erschienen war, war so etwas wie ein Schock für sie gewesen, und sie wußte nicht, ob sie über diese Entwicklung froh sein sollte oder nicht. Es konnte sich als zusätzliche Komplikation in einer Situation erweisen, die ohnehin schon langsam aus der Kontrolle geriet.

Mit einem Seufzer der Erleichterung schloß sie ihre Wohnungstür auf, schien im nächsten Moment jedoch zu erstarren. Es war jemand da. Doch wer es auch war, er gab sich keine Mühe, seine Anwesenheit zu verbergen. Die Leselampe im Wohnzimmer brannte, und das Radio spielte. Lucinda trat ein, und da saß, lässig wie immer, Alastair in ihrem bequemsten Sessel.

»Willkommen daheim«, schnurrte er. »Ich bin schon seit einiger Zeit hier. Warst du mit Yves aus?«

»Nein, ich war mit einer Freundin zusammen. Tut mir leid, daß du gewartet hast. Du hättest mir Bescheid geben sollen, daß du kommst, dann wäre ich hier gewesen, um dich zu begrüßen.«

Warum hatte sie gelogen? Lucinda wußte es nicht genau, aber sie spürte, daß sie noch nicht bereit war, Yves zu denunzieren. Ihr Entschluß, ob sie Yves überhaupt an Alastair verraten würde, stand noch nicht fest. Es war auch besser, wenn Alastair nicht erfuhr, wie intim sie inzwischen mit Yves war. Auf jeden Fall jetzt noch nicht.

Alastair sah sie lange und durchdringend an, erwähnte seinen korsischen Partner aber nicht mehr.

»Es ist schon ein bißchen spät. Wohin gehen wir essen?«

»Tut mir leid, Liebling, aber ich habe schon gegessen. Ich richte dir aber gern etwas hier bei mir.«

Sie brachte ihm kaltes Fleisch, Käse und eine Flasche Wein. Während er aß, fragte er Lucinda, was sie die ganze Zeit getan habe, und sie gab ihm unverbindliche Antworten. Als sie ins Bett gingen, sagte Alastair, er sei sehr müde, und schlief ein, ohne sie auch nur anzufassen. Das bereitete Lucinda keinen Kummer. Er war im Bett schon immer unberechenbar gewesen. In manchen Nächten war er leidenschaftlich und fast unersättlich, und dann wieder schien ihn Sex völlig kalt zu lassen.

Lucinda fragte sich, was sie machen sollte, wenn Yves anrief. Zum Glück kam er nie unangemeldet, daher brauchte sie auch nicht zu befürchten, daß er hereinplatzte und sie mit Alastair überraschte.

Sie saßen beim Frühstück, als das Telefon klingelte. Lucinda wappnete sich, doch es war Jennifer. Sie schwatzten ein paar Minuten und verabredeten sich für den Nachmittag.

»War das das Mädchen, mit dem du gestern zusammen warst?« fragte Alastair.

»Ja, sie ist eine alte Schulfreundin aus England.«

Alastair nickte. Er schien zufrieden, und Lucinda freute sich, daß ihre Geschichte auf diese Weise bestätigt worden war.

Alastair wollte Yves im Büro aufsuchen, doch zuerst nahm er sich ein Hotelzimmer, weil er nicht wollte, daß Yves etwas von seiner Beziehung zu Lucinda erfuhr. Sie verbrachte den nächsten Tag mit Jennifer, die ihr alles über ihre Abenteuer mit Yves erzählte. Lucinda staunte, wie schnell und rückhaltlos Jennifer in Yves Bann geraten war. Wie er ihr gesagt hatte, war die Freundin bereit, alles für ihn zu tun, und sie hatte bereits eine eindrucksvolle Reihe von ›Sexperimenten‹ hinter sich, wie sie es in einem ironisch-wissenschaftlichen Jargon nannte.

An diesem Abend nahmen die Dinge eine für Lucinda unvorhergesehene Wendung. Jennifer wohnte bei Yves, und Lucinda hatte sie nach dem Kino in seine Wohnung begleitet. Sie wußte, daß Yves noch im Büro war, vermutlich sogar mit Alastair, und hatte daher keine Bedenken, noch mit der Freundin zusammenzubleiben. Und dann klingelte das Telefon.

Jennifer nahm den Hörer ab. Es war Yves, der sie bat, sich mit ihm zum Abendessen zu treffen. Sie wiederholte den Namen des Restaurants und die Zeit, zu der sie sich treffen wollten. Als sie schon auflegen wollte, fügte sie jedoch noch hinzu:

»Ach, übrigens, Liebling, Lucinda ist auch hier. Willst du mit ihr sprechen?«

Innerlich fluchend nahm Lucinda den Hörer. Yves drängte sie, sich Jennifer und ihm anzuschließen. Wenn, was sehr wahrscheinlich war, Alastair noch bei ihm saß, dann war der Schaden geschehen. Dann wußte er jetzt, daß Yves mit ihrer Freundin mehr als nur befreundet war. Und so etwas konnte einen wesentlich vertrauensseligeren Mann als Alastair mißtrauisch machen.

Ihre schlimmsten Befürchtungen wurden wahr, als sie mit Jennifer das Restaurant betrat, denn natürlich saß Alastair bei Yves. Er tat sehr geschickt, als habe er sie nicht mehr gesehen, seit er sie Yves vorgestellt hatte. Yves führte Jennifer Alastair mit großem Stolz vor, und Jennifer, die von Lucindas Dilemma keine Ahnung hatte, machte kein Hehl daraus, wie vertraut sie mit Lucinda war. Alastair war während des Essens sehr schweigsam, Yves hingegen schwatzte ununterbrochen, und Jennifer sah ihn anbetend an. Lucinda spürte die unterschwellige Spannung zwischen Alastair und ihr selbst, und sie fröstelte unwillkürlich. Es war ein schwieriger Abend.

Nach dem Essen brachte Yves Jennifer nach Hause, setzte Alastair bei seinem Hotel und Lucinda vor ihrer Wohnung ab. Sie ging schnurstracks ans Telefon, rief das Hotel an und wurde mit Alastair verbunden.

»Willst du noch herüberkommen?« fragte sie.

»Nein, ich habe heute abend keine Lust mehr, wegzugehen. Ich fliege morgen sehr früh nach London zurück.«

»Ich dachte, daß du vorher noch mit mir sprechen wolltest«, sagte sie halbherzig.

»Ich glaube nicht, daß es da viel zu besprechen gibt. Schließlich hattest du gestern die ganze Nacht Zeit, mir deine Geschichte zu erzählen. Jennifer war natürlich die Freundin, mit der du zusammen warst, als ich nach Paris kam und du Yves nicht gesehen hattest.«

»Das stimmt, aber ich habe dir die Wahrheit gesagt. Ich kenne Jennifer seit Jahren.«

»Und hast sie vermutlich mit Yves bekannt gemacht. Ich muß schon sagen, ihr seid ein hübsches, miteinander verschworenes Trio. Bist du ganz sicher, daß du nicht mehr über Yves weißt, als du mir gesagt hast? Ich möchte nur ungern denken müssen, daß du dein Spielchen mit mir treibst, Lucinda.«

Sie brauchte Zeit, um sich über alles klar zu werden. Wenn es ihr nur gelänge, Alastairs Zweifel zu zerstreuen, hätte sie ein paar Tage oder Wochen Zeit, etwas zu arrangieren.

»Du bist hysterisch, Alastair«, sagte sie. »Hör zu, diese Jennifer war mit ihrem Vater in Paris, und Yves hat sie ganz zufällig kennengelernt, als er bei mir vorbeikam. Woher sollte ich wissen, daß die dumme Gans sich Hals über Kopf in Yves verlieben würde? Das hat nichts mit mir zu tun. Für mich ist es dadurch nur schwieriger geworden, nahe genug an Yves heranzukommen, um ihn über seine Geschäfte auszuhorchen.«

Das entsprach zwar nicht der Wahrheit, aber es klang gut, und sie hoffte, daß es ihn überzeugte.

»Schön, Lucinda, wenn das so ist!« Alastairs Stimme verriet nichts von seinen Gedanken. »Ich hoffe nur, daß du mir demnächst Konkreteres berichten kannst. Du weißt, wo du mich erreichst. Ich möchte von dir hören. Und bald, warte nicht mehr zu lange, hörst du, Lucinda?«

10

Diese Krise hatte sie also geschickt überwunden. Alastair war seit mehr als einer Woche wieder in England. Das Geld, das er ihr jeden Monat schickte, war pünktlich auf ihrem Konto eingegangen, und Lucinda war erleichtert. Yves setzte sie nicht direkt unter Druck, er war es zufrieden, abzuwarten, bis sie von selbst zu ihm kam. Seine

Haltung ihr gegenüber hatte sich geändert, seit er Jennifer erobert hatte, die ihm völlig verfallen war. Yves scheinbare Gleichgültigkeit sollte bei ihr den Eindruck hinterlassen, daß sie als Talentsucherin entbehrlich war: zwar könnte man sie immer noch recht gut brauchen, aber Jennifer und er würden sehr gut ohne sie fertig, bis sie endlich zur Vernunft käme. Die Tage vergingen, und niemand zwang Lucinda, sich zu entscheiden, ob sie mit Yves gemeinsame Sache machen oder ihn an Alastair verraten sollte. Mit diesem Zustand war sie sehr zufrieden.

Als Jennifer eines Vormittags zu ihr kam, glaubte Lucinda zuerst, Yves habe sie entweder zum Spionieren geschickt oder um es mit sanfter Überredung zu versuchen. Jennifer behauptete jedoch, Yves sei gar nicht in Paris.

»Er mußte nach Cannes fahren, dort gibt es Schwierigkeiten mit einem Mädchen«, erklärte sie. »Er hat gemeint, daß er einen oder zwei Tage ausbleiben werde. Jetzt ist nur noch dieses gräßlich wehleidige Ding, die Babette, im Büro, und ich weiß nicht so recht, was ich mit mir anfangen soll. Außerdem wollte ich dich auf jeden Fall einmal besuchen. Du hast ja keine Ahnung, wie glücklich ich bin.«

Jennifer sah wirklich strahlend aus, und Lucinda fühlte einen leichten Stich der Eifersucht.

»Mit Yves?

»Mit Yves.«

»Dann mache ich dir jetzt wohl am besten eine Tasse Kaffee, er wirkt sehr beruhigend auf die Nerven.«

»Sei nicht so boshaft, Lucinda! Bitte, Liebling! Ich bin so glücklich, und ich möchte, daß auch du glücklich bist. Und Yves. Wir drei gehören zusammen. Du bist ein Teil von uns, vergiß das nie.«

Lucinda schüttelte den Kopf.

»Das stimmt nicht. Du gehörst zu Yves. Ich nicht.«

»Du wirst aber zu ihm gehören. Warte nur ab. Er wird dich zähmen, und du wirst es herrlich finden. Ich bete diesen Mann an. Für mich ist es der Himmel, wenn ich nur bei ihm sein kann.«

»Wirklich, Jennifer? Mir scheint, es ist noch gar nicht so lange her, daß du behauptest hast, wahnsinnig in mich verliebt zu sein.«

»Aber ich liebe dich, Lucinda. Ich liebe euch beide. Komm, mein Liebling, dann will ich dir zeigen, wie sehr ich dich liebe.« Jennifer nahm Lucinda bei der Hand und führte sie ins Schlafzimmer.

Eine Viertelstunde später, als sie, völlig ineinander versunken, die ganze übrige Welt vergessen hatten, nackt und in Schweiß gebadet beieinanderlagen, mit zerrauften Haaren und von Bissen und Küssen geschwollenen Lippen – da erschien die Polizei.

Als es zum erstenmal klopfte, ignorierten sie die Störung. Was sie eben taten, war ihnen wichtiger als jeder Besuch. Doch der unsichtbare Störenfried klopfte hartnäckig weiter, und als Lucinda endlich aus dem Bett sprang, flog die Wohnungstür auf. Das schwache Schloß war für die Pariser Polizei kein unüberwindliches Hindernis.

Lucinda sah sich plötzlich zwei uniformierten Beamten und einem Inspektor gegenüber, der – wie sie sich später erinnern sollte – ganz wie die Kommissare im Film einen alten Regenmantel und einen weichen Filzhut trug.

Darüber hinaus hatte Lucinda nur eine sehr verschwommene Erinnerung an das, was sich zutrug. Es kam alles so plötzlich, so unerwartet, war ein solcher Schock, und es geschah so schnell. Die Männer musterten die beiden nackten Frauen mit unverhohlener Verachtung und offenem Abscheu. Sie weigerten sich, ihre Fragen zu beantworten, warteten kaum lange genug, daß sie in ihre Sachen schlüpfen konnten, und führten sie dann ab. Sie hielten sich nicht damit auf, den Lift heraufzuholen, sondern liefen die Treppen hinunter und hinaus zu dem vor der Tür geparkten Polizeiwagen. Lucinda krümmte sich innerlich unter den neugierigen Blikken der Concierge und der Passanten, die natürlich sofort stehenblieben und gafften. Ihre Augen schienen sie anzuklagen und zu verspotten. Sie hatte keine Zeit gehabt, ihre Kleidung in Ordnung zu bringen oder Make-up aufzulegen, und sie fühlte sich so nackt und verletzlich wie in dem Augenblick, in dem die Polizei sie praktisch mit Jennifer im Bett überrascht hatte.

Im Wagen fragte sie, ob sie verhaftet sei, und wenn das zuträfe, aus welchem Grund. Man sagte ihr nur, daß man ihr diese Fragen auf der Polizeistation beantworten werde. Jennifer sagte kaum etwas. Sie schluchzte leise vor sich hin, ihr Gesicht war totenblaß und ihre Augen starr vor Schreck.

Auf der Polizeistation trennte man sie. Lucinda wurde in ein Wartezimmer geschoben – und dort ließ man sie warten. Das Mobiliar bestand aus einem einfachen Holztisch und zwei harten Stühlen. Auf dem Tisch stand ein schwarzes Telefon, und daneben lagen ein paar Bogen unbeschriebenen Papiers. Die Wände waren kahl und sahen aus, als hätten sie seit Jahrzehnten keine frische Farbe mehr gesehen. Lucinda saß auf einem der beiden Sessel vor dem Schreibtisch und wartete. In ihrem Kopf herrschte ein unbeschreibliches Durcheinander, und sie zitterte vor Angst.

Eine Ewigkeit verging.

Dann ging die Tür auf, und der Inspektor kam in Begleitung eines Assistenten herein, der einen Notizblock und einen Kassettenrecorder in der Hand trug.

»Sie sind Mademoiselle Lucinda Farrer?«

Lucinda nickte.

»Bitte antworten Sie laut und deutlich, damit wir Ihre Aussage auf Band aufnehmen können.«

»Ja.« Ihre Stimme klang unnatürlich heiser.

»Und Sie wohnen in der Avenue Mozart 36, im sechzehnten Arrondissement.«

Plötzlich wurde Lucindas Angst von ihrem Zorn überrannt.

»Ich verlange jetzt zu erfahren, warum man mich hierhergebracht hat.«

»Beantworten Sie bitte meine Fragen, Mademoiselle.«

»Warum, zum Teufel, sollte ich Ihre Fragen beantworten? Zuerst sagen Sie mir, warum ich verhaftet wurde.«

»Es gehört nicht zu meinen Aufgaben, mit Ihnen über die Gründe zu sprechen, die zu Ihrer Festnahme führten. Ich möchte nur, daß Sie mir Ihre Identität bestätigen. Dann kommen Sie vor einen Untersuchungsrichter, der befugt ist, über die anderen Dinge zu sprechen.«

»Wo ich herkomme, muß man jedem, den man auf ein Polizeirevier verschleppt, die Gründe für seine Verhaftung nennen, und der Beschuldigte hat das Recht, sich mit seinem Anwalt in Verbindung zu setzen.«

»Mademoiselle Farrer, ich versichere Ihnen, daß Sie streng nach den französischen Rechtsgrundsätzen behandelt werden. Würden Sie mir jetzt bitte bestätigen, daß die bereits genannte Adresse Ihr ständiger Wohnsitz ist?«

»Nicht, solange man mir nicht sagt, warum ich hier bin.«

»Nun, das ist auch nicht so wichtig. Wir wissen, wo wir Sie gefunden haben, und es gibt bestimmt Zeugen, die bestätigen können, daß Sie dort wohnen. Wir werden jedoch zu Protokoll nehmen, daß Sie sich bei einer Routinevernehmung weigerten, die Polizei zu unterstützen.«

Die beiden Beamten standen auf und verließen das Zimmer. Wieder war Lucinda mutterseelenallein in dem kahlen, stillen Raum.

Noch eine Ewigkeit verging, bevor die Tür wieder geöffnet wurde und ein Mann mittleren Alters eintrat. Auch er wurde von einem Protokollführer begleitet. Er stellte sich als *juge d' instructions* vor, was gleichbedeutend war mit Untersuchungsrichter.

»Meine Aufgabe ist es, über die Vorwürfe zu befinden, die gegen Sie erhoben wurden«, sagte er. »Nachdem ich Sie vernommen habe, werde ich feststellen, ob gegen Sie Anklage erhoben werden soll oder nicht. Ich bin lediglich für die Vorbereitung des Falles zuständig. Ich entscheide nicht über Ihre Unschuld oder Schuld. Ist das klar?«

»Würden Sie mir bitte sagen, was man mir vorwirft?«

Er musterte sie kalt, und sein Tonfall war eher gleichgültig als feindselig.

»Gewiß, Miß Farrer. Man wirft Ihnen ungesetzliche Handlungen vor, vor allem, daß Sie Ihren Lebensunterhalt durch unmoralische Aktivitäten bestreiten. Verstehen Sie?«

Verblüfft schüttelte Lucinda den Kopf.

»Tun Sie doch nicht so, Miß Farrer! Sie sind kein Kind mehr. Muß ich wirklich deutlicher werden? Es wird behauptet, daß Sie einen Callgirlring leiten und Prostituierte für sich arbeiten lassen. Es wird auch angegeben, daß Sie ein sittenwidriges Verhältnis mit Miß Maxwell eingegangen sind, doch da Sie beide volljährig sind und mit Ihren Handlungen kein öffentliches Ärgernis erregten, das heißt, kein Vergehen im rechtlichen Sinn begingen, interessiert mich dieser Punkt nicht.«

»Was ist mit Miß Maxwell? Sie wurde mit mir hierhergebracht. Bringt man dieselben Anklagepunkte gegen sie vor?«

»Zu diesem Zeitpunkt sind es noch keine Anklagen, Miß Farrer, nur Beschuldigungen. Doch da Sie sich anscheinend Sorgen machen, kann ich Ihnen sagen, daß man gegen Miß Maxwell weniger schwerwiegende Vorwürfe erhoben hat. Von ihr heißt es, sie lebe von Prostitution, ohne registriert zu sein.«

Der Richter stellte sehr präzise Fragen, und es wurde Lucinda klar, daß ziemlich viele stichhaltige Beweise gegen sie vorliegen mußten. Mit einem Wort, jemand hatte ein Komplott gegen sie geschmiedet und sie verleumdet.

Nach einiger Zeit suchte sie ein Angehöriger der britischen Botschaft auf. Sie beteuerte ihm ihre Unschuld, doch er blieb unbeeindruckt. Denn was konnte man schon von einem jungen Mädchen erwarten, das in Paris in einer kostspieligen Wohnung lebte, nicht arbeitete und von seiner Familie kein Geld bekam? In ihrer Verzweiflung erwähnte Lucinda den Namen ihres Bruders und erklärte, daß er ein prominentes Mitglied der Rechtsanwaltschaft eines größeren Gerichtsbezirks sei. Das beeindruckte den uninteressiert wirkenden Botschaftsbeamten ein bißchen.

Sie verbrachte die Nacht in einer Zelle und wurde am nächsten Vormittag noch einmal von dem Richter vernommen. Ihr Akt war schon dick angeschwollen, und die Papiere in den Händen ihres Inquisitors kamen ihr wie eine versteckte Waffe vor, die auf sie gerichtet war. Immer wieder fragte man sie nach Frauen, die sie nicht kannte, nach Orten, an denen sie nie gewesen war, Zahlungen, die sie nie bekommen hatte. Sie verneinte alle Fragen, wußte aber nicht, ob man ihr glaubte oder nicht.

Nach einer zweiten Nacht im Gefängnis war Lucinda völlig demoralisiert und verzweifelt. Sie hatte schlecht geschlafen, und der Kopf tat ihr weh. Das Gefängnis war für die ehrenwerte Lucinda Farrer nicht der geeignete Aufenthaltsort. Es bekam ihr nicht.

Wieder wurde sie in das gräßliche Wartezimmer gebracht und erwartete resigniert ein neues Verhör. Doch als sie den Raum betrat, wartete der Richter schon mit zwei anderen Männern auf sie.

»Miß Farrer«, sagte er, »sind Sie sich bewußt, wie ernst und schwerwiegend die Beschuldigungen sind, die gegen Sie erhoben wurden?«

Lucinda las Verachtung und Abscheu in den Augen des Untersuchungsrichters. Sie nickte schwach. Sie war zu niedergeschlagen, um sich aufzulehnen oder sich noch länger zu verteidigen.

»Es wurden zu Ihren Gunsten gewisse Erklärungen abgegeben«, fuhr er fort, »und aufgrund dieser Erklärungen haben wir beschlossen, keine Anklage gegen Sie zu erheben.«

Lucinda war überzeugt, daß sie ihn mißverstanden haben mußte. Sie starrte die Männer ungläubig an.

»Verstehen Sie nicht? Wir lassen Sie laufen.«

»Ich bin frei? Ich kann gehen? Ich brauche nicht mehr hierzubleiben?«

»Es war nicht meine Entscheidung, das sage ich Ihnen ganz offen«, erwiderte der Richter streng. »Sie haben ein paar einflußreiche Freunde, junge Dame. Aber Sie werden nur unter zwei Bedingungen aus der Haft entlassen.«

Lucinda wartete.

»Erstens müssen Sie Frankreich sofort verlassen und dürfen mindestens sechs Monate nicht mehr hierher zurückkehren. In dieser Zeit sollen gewisse Aspekte dieses Falles geklärt werden. Sollten Sie später wieder einmal nach Frankreich kommen, erwarten wir von Ihnen, daß Sie ein makelloses Benehmen an den Tag legen. Sind Sie einverstanden?«

»Ja, selbstverständlich.«

»Die andere Bedingung ist, daß Sie sich dem Schutz und der Obhut des Gentleman anvertrauen, der nebenan auf Sie wartet.«

Das kann nur Alastair sein, dachte Lucinda. Die ganze Geschichte sieht ihm verdammt ähnlich, und jetzt ist er gekommen, um mich für sich zu beanspruchen.

Man führte sie durch ein Vorzimmer in einen Raum, wo sie wie ein überflüssiges Paket einem Mann übergeben wurde, der ungeduldig auf den Zehenspitzen wippend am Fenster stand. Es war nicht Alastair. Es war ihr Bruder Miles, der sie in ihre Wohnung brachte und bei ihr blieb, während sie packte. Er ließ sie keine Sekunde allein, bis sie in der Maschine nach London saßen. Sie verließ Paris, ohne sich noch einmal mit Yves in Verbindung setzen zu können oder zu erfahren, was aus Jennifer geworden war. Zum zweitenmal kehrte sie mit Schimpf und Schande nach Hamblewood zurück.

»Ich habe sehr viel Einfluß geltend machen und auch einiges an Bestechungsgeldern auf den Tisch des Hauses blättern müssen, um dich da herauszuholen«, teilte Miles ihr mit. »Natürlich wußte ich, daß du dich in Schwierigkeiten bringen würdest, Lucie. Es war nur eine Frage der Zeit, daher war ich darauf vorbereitet, als ich die Nachricht bekam. Doch ich warne dich, meine kleine Schwester, das war das letztemal, daß ich dir als Ritter ohne Furcht und Tadel zu Hilfe geeilt bin. Wenn du das nächstemal durch eigene Schuld in der Tinte sitzt – oder durch deine Unmoral, dann stehst du allein.

Du bist der Schandfleck der Familie. Deine Eltern schämen sich für dich, und ich auch.«

Bruder Miles hatte ihr unmißverständlich seinen Standpunkt klargelegt.

Lucinda war überzeugt, daß Alastair für ihre Verhaftung verantwortlich war. Er hatte wohl vermutet, daß sie, Jennifer und Yves ein Komplott gegen ihn schmiedeten. Sie wußte nicht, was aus Jennifer geworden war. Doch in Alastairs Augen war Jennifer nicht wichtig, und ihr Problem mit der französischen Polizei würde sich kaum als zu schwerwiegend herausstellen. Lucinda fragte sich jedoch, was Alastair mit Yves vorhaben mußte, der seiner Ansicht nach bestimmt der Rädelsführer gewesen war, Lucinda korrumpiert und Jennifer ausgenutzt hatte.

Drei Wochen später erfuhr sie, was aus Yves geworden war. Sie las in der Zeitung, daß die Leiche eines gewissen Yves Richepin in der Nähe des Jachthafens von Monte Carlo an den Strand gespült worden war.

TEIL 4

11

Die Tage nach Lucindas Heimkehr auf den Stammsitz ihrer Familie waren für sie alles andere als glücklich. Miles wurde es nicht müde, sie immer wieder daran zu erinnern, daß sie ihre Befreiung seinem in Juristenkreisen wachsenden Ruf und dem Ansehen der Familie zu verdanken hatte – und ihrem Reichtum. Ihre Mutter blieb unnahbar. Es schickte sich nicht für eine Dame von Adel, über die schmutzigen Seiten des Pariser Lebens zu sprechen. Gegen ihre Tochter legte sie eine Haltung resignierter Duldsamkeit an den Tag, die nicht frei von Widerwillen war. Ihr Vater war viel zusehr mit der Verwaltung des großen Besitzes beschäftigt und widmete sich darüber hinaus dem genauen Studium der Sport- und Wirtschaftsseiten mehrerer Zeitungen, so daß ihm wirklich keine Zeit blieb, sich mit etwas so Unwichtigem wie mit dem Leben seiner auf Abwege geratenen Tochter abzugeben. Also wurde Lucinda von den übrigen Mitgliedern ihrer Familie abwechselnd verdammt, gemaßregelt und ignoriert.

Sie war ratlos. Nachdem sie in Frankreich von der Freiheit gekostet hatte, fand sie ihre früheren Freunde und Bekannten langweilig und provinziell. Ihre Versuche, sich mit den Maxwells in Verbindung zu setzen, blieben vergeblich. Das Hotel, in dem Jennifer abgestiegen war, als sie mit ihrem Vater nach Paris kam, hatte keine Nachsendeadresse. In Yves Wohnung meldete sich niemand. Merton war anscheinend völlig von der Erdoberfläche verschwunden. Von seinem Agenten erfuhr Lucinda, daß er sich überanstrengt hatte und dringend Ruhe brauchte. Er hatte sich an einen geheimzuhaltenden Ort zurückgezogen und strenge Anweisung gegeben, daß er weder durch Post, Telefonanrufe, Besuche oder Rechnungen gestört werden durfte. Obwohl Lucinda ihre ganze Überredungskunst ins Feld führte, weigerte sich der Agent standhaft, ihr zu sagen, wie sie sich mit ihm in Verbindung setzen konnte.

»Wenn ich mit Ihnen eine Ausnahme machte, würde er keine ruhige und friedliche Minute mehr haben«, erklärte er. »Nichts und niemand soll Merton während der nächsten sechs Wochen stören. Ich habe ihm als einzige Konzession versprechen müssen, daß ich ihm eine Stunde vorher Bescheid sage, wenn das Ende der Welt hereinbrechen sollte. Nichts, aber auch gar nichts sonst soll zu ihm durchdringen.«

Alastair machte nie den Versuch, sie zu erreichen, und Lucinda kam zu dem Schluß, daß sein Rachedurst wohl gestillt war – falls er tatsächlich ihre Verhaftung veranlaßt haben sollte. Doch als sie die Nachricht von Yves Tod las, kehrten ihre Angst und ihre Zweifel zurück. Als sie für einen Tag nach London fuhr, nahm sie die Gelegenheit wahr, Sarah Brown zu besuchen. Sie hatte sie anrufen wollen, doch sie hatte die Nummer verloren, und da die Wohnung und das Telefon nicht unter ihrem Namen angemeldet waren, konnte sie die Nummer auch nicht aus dem Telefonbuch heraussuchen. Doch es war Samstag, und Lucinda wußte, daß Sarahs Wochenende schon am Freitag begann. Es bestand also eine hohe Wahrscheinlichkeit, daß sie sie zu Hause antraf.

»Ach, du bist es!« sagte Sarah, als sie Lucinda erkannte. »Und was, zum Teufel, willst du von mir?« Es war keine sehr herzliche Begrüßung, und Lucinda war auf so viel Feindseligkeit gewiß nicht gefaßt. Erstaunt sah sie das große blonde Mädchen an.

»Ich wollte ein paar Minuten mit dir reden. Ich habe eine Menge Probleme und dachte – hoffte, du könntest mir etwas von Alastair erzählen. Darf ich reinkommen?«

»Wenn du darauf bestehst.«

Sarah trat beiseite und ließ Lucinda in die Wohnung, die vor noch nicht allzulanger Zeit auch die ihre gewesen war. Jetzt kam sie sich wie eine unerwünschte Fremde vor. Sarah blieb stehen und wartete darauf, daß Lucinda anfing zu sprechen. Sie forderte sie nicht auf, sich zu setzen.

»Was ist los?« fragte Lucinda. »Warum bist du so feindselig gegen mich?«

Sarah lachte trocken.

»Arme, kleine Lucinda! Du glaubst, daß du in dem Augenblick, in dem was schiefgeht, hierher zurückgekrochen kommen kannst, als hättest du nie etwas Unrechtes getan. Du bist verdammt unverschämt, das muß man dir lassen. Ich war diejenige, die dir den Aushilfsjob verschafft hat, und wie hast du es mir gelohnt? Du hast hinter meinem Rücken intrigiert, hast dich heimlich mit ihm getroffen und mir den Superjob in Paris weggeschnappt. Ist dir denn nie der Gedanke gekommen, daß ich es war, die darauf Anspruch hatte? Und ich hätte ihn auch bekommen, wenn du nicht mit deinem Sex gewinkt hättest.«

»Aber du siehst das ganz falsch!« rief Lucinda. »Alastair war hinter mir her, nicht umgekehrt. Er hat nie erwähnt, daß er ursprünglich dich nach Paris schicken wollte. Du hast mir den Job verschafft, weil ich perfekt Französisch spreche, weißt du das nicht mehr? Als seine Sekretärin verreist war...«

»Du brauchst mich nicht eigens daran zu erinnern. Ich werde nie vergessen, daß du den Job durch mich bekommen hast und wie gemein und hinterhältig du warst.«

»Du kannst doch nicht Französisch, wie hättest du dich denn dort durchschlagen wollen, zum Teufel?« Lucinda schluckte ihren Zorn hinunter. »Hör zu, Sarah, es tut mir leid, ich wollte dir den Job wirklich nicht stehlen. Aber du kannst dir nicht vorstellen, was für Schwierigkeiten ich hatte. Man hat mich sogar ins Gefängnis geworfen.«

»Das weiß ich.« Sarah grinste. »Alastair hat es mir erzählt.«

»Dann weißt du also, was er mir angetan hat?«

»Er? Wieso glaubst du, daß es seine Schuld war? So wie du dich in Paris aufgeführt hast, mußtest du ja in Schwierigkeiten geraten. Du hast nur bekommen, was du verdient hast. Alastair hat dich nicht ins Gefängnis gebracht, er war derjenige, der geholfen hat, dich herauszuholen. Nicht, daß dir ein paar Jahre hinter Gittern nicht gutgetan hätten!«

»Alastair hat mich herausgeholt?« schrie Lucinda. »Du meine Güte, bist du blöd! Mein Bruder hat das gemanagt. Und wenn Alastair nicht der Kerl war, der mich einsperren ließ, wer war es dann, der der Polizei einen Haufen Lügen über mich erzählt hat?«

»Dein Freund Yves natürlich.«

»Yves ist tot. Ich habe in der Zeitung gelesen, daß seine Leiche am Strand gefunden wurde. Willst du mir vielleicht weismachen, daß Alastair auch damit nichts zu tun hatte? Es war reiner Zufall, daß Yves ermordet wurde, nachdem ich verhaftet worden war, und Alastair weint sich vor Kummer um uns irgendwo das Herz aus dem Leib, ja?«

»Das glaubst du also. Wirklich, Lucinda, du hast eine lebhafte

Fantasie. Nein, es war Yves, der dich von seinen Kumpels, den Cops, einbuchten ließ. Ihr beide hattet miteinander ein hübsches kleines Geschäft aufgezogen, aber du gierige Schlampe hast ihn aufs Kreuz gelegt. Also hat er es dir heimgezahlt. Alastair hat es erfahren und heimlich ein paar Fäden gezogen, um dich herauszuholen, während dein kostbarer Bruder eine große Schau abspulte und rein gar nichts erreichte. Daß Yves ein Gangster war und einer korsischen Bande angehörte, mußt du gewußt haben. Eine rivalisierende Bande hat ihn abgemurkst. Das passiert ständig in den Kreisen, in denen du dich so wohl gefühlt hast. Warum schwirrst du nicht aufs Land ab und züchtest Rosen oder mästest Schweine – oder was dein nobler Papi und deine noble Mami sonst tun, um sich die Zeit zu vertreiben.«

Lucinda starrte Sarah an. Ihre Erklärung klang logisch, doch wenn Lucinda sich an Alastairs Andeutungen und Drohungen erinnerte, dann sah die Sache wieder anders aus.

»Ich würde Alastair gern sehen, falls das stimmt, was du sagst. Sarah, ich habe mit Yves keine Geschäfte gemacht. Wenn Alastair das glaubt, dann irrt er sich. Und es gibt da ein paar Dinge, die ich wegen des Pariser Büros mit ihm besprechen müßte.«

Wieder lachte Sarah bitter und ohne eine Spur von Fröhlichkeit.

»Sicher möchtest du ihn gern sehen. Aber ich glaube nicht, daß er dich sehen möchte. Und wegen des Pariser Büros brauchst du dir nicht den Kopf zu zerbrechen. Deine Nachfolgerin wird alle anstehenden Probleme lösen.«

»Meine Nachfolgerin?«

»Das ist ganz und gar meine unschuldige Lucinda. Ja, deine Nachfolgerin. Die bin übrigens ich, das nur zu deiner Information. Ich reise morgen ab, um deinen Platz in Paris einzunehmen – wenn ich auch nicht perfekt Französisch spreche. Aber ich arbeite auch nicht hinter dem Rücken meines Chefs oder meiner Freunde gegen sie, also eigne ich mich vielleicht doch besser als du für diese Aufgabe. Und falls du nichts mehr zu sagen hast, sei bitte so freundlich und verschwinde. Und mach die Tür gut hinter dir zu.«

Da ein weiteres Gespräch sinnlos war, weil Sarah von ihrer Überzeugung nicht abzubringen war, tat Lucinda genau das.

Wenn Alastair an den Ereignissen in Frankreich tatsächlich keine Schuld hatte, hätte Lucinda gern mit ihm selbst darüber gesprochen, aber Sarah würde sie nicht mit ihm zusammenbringen, und wenn sie ihn in seinem Londoner Büro aufsuchte, konnte es Schwierigkeiten geben, das ahnte Lucinda. Unverrichteter Dinge fuhr sie wieder nach Hause.

Als ein paar Wochen später ein bronzebrauner, ausgeruhter und verjüngter Merton nach London zurückkehrte, stürzte Lucinda förmlich zu ihm, um ihm zu erzählen, was geschehen war. Sie hoffte, daß er etwas von Jennifer gehört hatte, wurde jedoch enttäuscht. Mertons Isolation war vollkommen gewesen, und auch in London hatte er keinen Brief seiner Tochter vorgefunden.

»Aber das ist ein gutes Zeichen, Lucinda«, versicherte er ihr. »Du weißt, daß Jenny ein sehr unabhängiges Mädchen ist. Ich höre oft monatelang nichts von ihr, und dann taucht sie plötzlich auf, ohne mich vorher zu verständigen. Doch wenn sie Schwierigkeiten hätte, hätte sie mir geschrieben, und es hätte mich hier in London ein Hilfeschrei erwartet. Keine Sorge, ich bin überzeugt, daß es ihr gutgeht. Sie hat schon früher aus den schlimmsten Klemmen herausgefunden. Mach dir nur keine Sorgen, Lucinda. Hab Geduld. Jennifer wird in deinem Leben wieder auftauchen, wenn du es am wenigsten erwartest.«

Lucinda sollte erfahren, daß Mertons Prophezeiung sich auf eine geradezu unheimliche Weise erfüllen würde.

12

Die Tage vergingen, neue Freunde, neue Liebhaber, neue Interessen nahmen Lucindas Zeit in Anspruch. Aber der unbefriedigende Abschluß ihrer Beziehung zu Alastair, die damit zusammenhängenden noch offenen Antworten und ihre Zweifel im Hinblick auf Yves' Tod konnte sie doch nie völlig verdrängen. Wochenlang lebte sie absolut friedlich dahin und erfuhr nichts darüber, wie die Dinge sich in Frankreich weiterentwickelt hatten oder noch weiterentwikkelten. Die ereignislose Zeit wurde recht dramatisch durch den Telefonanruf eines Unbekannten unterbrochen.

»Miß Farrer? Ich heiße Fothergill, Arnold Fothergill, und ich bin Anwalt. Ich würde mich gern mit Ihnen treffen, um eine ziemlich wichtige Angelegenheit mit Ihnen zu besprechen. Kommen Sie diese Woche zufällig nach London?«

»O ja. Ich wollte Mittwoch mit dem Frühzug fahren. Was ist das für eine wichtige Angelegenheit, die Sie mit mir besprechen wollen?«

»Das möchte ich am Telefon lieber nicht erwähnen, Miß Farrer. Im Augenblick muß es Ihnen genügen, wenn ich Ihnen sage, daß die Sache wichtig und es unbedingt erforderlich ist, daß ich mit Ihnen spreche.«

»Nun gut. Dann Mittwoch nachmittag. Wo ist Ihre Kanzlei, Mr. Fothergill?«

»Es wäre viel besser, wenn wir uns nicht in meiner Kanzlei sähen. Ab ein Uhr werde ich im Savoy Hotel in Suite 1411 auf Sie warten. Fragen Sie nicht lange beim Empfang nach mir, kommen Sie direkt hinauf.«

»Moment mal«, protestierte Lucinda. »Halten Sie mich eigentlich für eine Idiotin? Ein unbekannter Mann ruft an, behauptet, Anwalt zu sein, will nicht sagen, um was es geht, weigert sich, sich mit mir in seiner Kanzlei zu treffen und erwartet, daß ich zu ihm in ein Hotelzimmer komme. Allein, wie ich vermute, Mr. Fothergill?«

»Selbstverständlich allein, Miß Farrer.« Der Mann schien über ihren Sarkasmus nicht im mindesten verstimmt. »Ja, kommen Sie bitte ohne Begleitung. Ich gebe allerdings zu, daß mein Ansinnen ungewöhnlich ist und Ihr Mißtrauen wecken muß. Ich versichere Ihnen jedoch, daß die Sache ganz reell ist. Ihr Bruder ist doch ebenfalls Anwalt, soviel ich weiß. Sie können ihn ruhig fragen, und er wird Ihnen bestätigen, daß es eine Firma Fothergill, Hardy, McGill und Tweed gibt und der Seniorpartner tatsächlich ein gewisser Arnold Fothergill ist. Bitte glauben Sie mir, daß ich Arthur Fothergill bin und Sie am Mittwoch unbedingt sehen muß.«

Bevor sie noch etwas einwenden konnte, hatte er aufgelegt.

»Miles, weißt du etwas über einen Mr. Arnold Fothergill, der behauptet, Anwalt zu sein?«

Er sah sie finster an.

»Auf was für einen Unsinn willst du jetzt schon wieder hinaus?«

»Kannst du nicht ein einziges Mal eine einfache Frage einfach beantworten, Miles? Kennst du zufällig einen Anwalt namens Fothergill?«

»Es gibt in London ein paar tausend Anwälte, und der Himmel

weiß wie viele außerhalb. Zufällig ist mir ein Arnold Fothergill über den Weg gelaufen, aber ich weiß nicht, ob es derselbe ist, den du meinst. Es könnte ein anderer sein, der denselben Namen trägt.«

»Ich glaube nicht, daß es viele Anwälte dieses Namens geben kann. Manchmal treibst du deine juristische Vorsicht doch wirklich zu weit.«

»Ein Jammer, daß du nicht wenigstens einen Bruchteil dieser Vorsicht bei deinem Verhalten an den Tag gelegt hast, Lucinda.«

Lucinda seufzte und hätte ihrem salbungsvollen Bruder am liebsten eins auf die Nase gegeben. Mit maßvoller Zurückhaltung fragte sie so freundlich und beherrscht wie möglich: »Bitte, Miles, was weißt du über den Arnold Fothergill, den du kennst.«

»Ich kenne ihn nicht persönlich, aber ich kenne seinen Ruf. Es scheint, daß er ein fähiger Anwalt ist, sich aber auf dubiose Fälle spezialisiert. Die Mitglieder der Anwaltskammer haben keine allzuhohe Meinung von ihm.«

»Soll das heißen, daß er ein Gauner ist?«

»Lucinda, mußt du immer so direkt sein? Einem Anwalt so etwas vorzuwerfen, ist eine schwerwiegende Sache. Du kannst dadurch in größte Schwierigkeiten geraten.«

»Miles, es gibt hier nur uns beide. Ich halte keine Pressekonferenz ab. Sag mir jetzt ganz offen und streng professionell, aber ohne die geringste Verantwortung für dich, ist Arthur Fothergill ein unehrlicher Anwalt?«

»Muß ich das beantworten?«

»Um Himmels willen, Miles!«

»Nun gut. Obwohl ich keinen Beweis dafür habe, würde ich dir mit allem Nachdruck davon abraten, dich mit Mr. Arnold Fothergill auf irgend etwas einzulassen.«

Daß Miles sie vor Fothergill gewarnt hatte, war für Lucinda erst recht ein Ansporn, ihre geheimnisvolle Verabredung einzuhalten. Also begab sie sich am Mittwoch ins Savoy und klopfte an die Tür von Zimmer 1411.

»Kommen Sie herein, Miß Farrer, und nehmen Sie Platz.«

Arnold Fothergill war ein allmählich kahl werdender fünfzigjähriger Cherub. Doch die Augen über seinen rosigen Pausbacken waren scharf und berechnend. Er hatte das Jackett ausgezogen, und Lucinda staunte über seine feuerroten Hosenträger, die zusammen mit dem leuchtendblau und weiß gestreiften Hemd wie die Nationalflagge eines unbekannten Landes aussahen. Seine Stimme war tief und klang so schmeichlerisch wie die eines Gebrauchtwarenhändlers. Lucinda nahm sich sofort vor, auf der Hut zu sein. Ihrer Meinung nach war Arnold Fothergill ein ganz gerissener Kunde.

Sie lehnte dankend ab, als er ihr ›Tee oder etwas Stärkeres‹ anbot.

»Kommen wir gleich zum Geschäft«, sagte er dann.

»Bitte, Mr. Fothergill, deshalb bin ich ja hier.«

»Also, Miß Farrer, ich vertrete Mr. Alastair Grant, in ganz inoffizieller Eigenschaft, wenn Sie mich recht verstehen. Was wir besprechen werden, ist eine höchst vertrauliche Angelegenheit – eine sehr delikate Sache. Ich werde Sie ins Vertrauen ziehen und erwarte von Ihnen, daß Sie mir gegenüber ebenso offen und entgegenkommend sind.«

»Um was geht es, Mr. Fothergill?«

»Nun, Miß Farrer, Sie und Mr. Grant hatten ein Verhältnis, das stimmt doch, nicht wahr?«

Lucinda starrte ihn an.

»Ich begreife wirklich nicht, was Sie das angeht, Mr. Fothergill.«

»Kommen Sie, Miß Farrer, ich würde es nicht zur Sprache bringen, wenn es nicht wichtig wäre. Natürlich hatten Sie ein Verhältnis. Schließlich lebten Sie in Paris in einer Wohnung, die von Mr. Grant bezahlt wurde. Das ist eine Tatsache, die Sie nicht leugnen, nicht wahr?«

»Nein«, antwortete Lucinda nach reiflicher Überlegung. »Da Sie so viel über mein Privatleben zu wissen scheinen, hätte es wohl keinen Sinn zu leugnen. Ich nehme an, Sie wissen auch, daß ich gezwungen wurde, Paris zu verlassen, nachdem Ihr Klient falsche Beschuldigungen gegen mich erhoben hatte.«

»Nun, Miß Farrer, das ist eine sehr voreilige Vermutung und ein großer Fehler.« Fothergills Stimme klang ernst, doch in seinen Augen war ein merkwürdiges Funkeln. »Ich weiß natürlich, daß Sie verhaftet worden sind. Das war sehr peinlich für Sie, meine Liebe, und ich versichere Ihnen, daß Mr. Grant mit Ihnen fühlte. Nicht Mr. Grant war es, der Ihren kleinen Zusammenstoß mit der Polizei inszenierte. Im Gegenteil. Dank seiner Kontakte kamen Sie wieder frei. Überlegen Sie einmal, Miß Farrer: Sie hatten Mr. Grant doch einiges zu verdanken – die Wohnung in der Avenue Mozart, einen großzügigen Monatswechsel, und schließlich hat er weder Mühe noch Kosten gescheut, um Sie aus dem Gefängnis zu holen, als Ihnen unter Umständen eine sehr ernste Anklage bevorstand. Wie man die Dinge auch drehen und wenden mag, Sie haben Mr. Grant gegenüber eine moralische Verpflichtung.«

»Worauf wollen Sie hinaus, Mr. Fothergill?«

»Ohne Umschweife gesagt: Mr. Grant hat einiges für Sie getan und möchte jetzt, daß Sie sich gewissermaßen revanchieren.«

»Was will er?«

»Sagen Sie, Miß Farrer«, Fothergill schien plötzlich abzuschweifen, »führen Sie Tagebuch?«

»Ja.«

»Haben Sie es zufällig bei sich?«

»Ja.«

»Ausgezeichnet. Holen Sie es bitte heraus.« Arnold Fothergill setzte eine randlose Brille auf und warf einen Blick auf ein Papier, das er aus seinem Aktenkoffer nahm. »Es war«, sagte er, »der zwölfte Mai, als Sie gezwungen wurden, Frankreich unter den bereits erwähnten unglücklichen Umständen zu verlassen. Das stimmt doch, nicht wahr?«

Lucinda zog ihr Tagebuch zu Rate und nickte.

»Nun, Miß Farrer, haben Sie zufällig eine Eintragung darüber, wie Sie den Abend des fünfundzwanzigsten Mai verbracht haben?«

Sie blätterte weiter und nickte.

»Ja«, erwiderte sie. »Ich war in London, sah mir eine Show an und übernachtete in unserem Haus auf dem Belgrave Square.«

Fothergill lächelte beifällig.

»Entschuldigen Sie die Frage, aber verbrachten Sie die Nacht allein in diesem Haus?«

»Ja. Das Haus war abgeschlossen, da wir zur Zeit auf dem Land leben, und das Personal ein paar Tage frei bekommen hatte. Nach dem Theater war es für mich zu spät, noch nach Hamblewood zu fahren, und da wir schließlich das Haus hier haben, wäre es dumm gewesen, in ein Hotel zu gehen.«

»Nun, Miß Farrer, das war sehr klug von Ihnen.« Fothergills Ton war glatt und verbindlich. »Aber da wäre es doch durchaus möglich, Ihre – nicht ganz korrekte Eintragung zu berichtigen und hinzuzufügen, daß Mr. Grant die Nacht mit Ihnen am Belgrave Square verbrachte. Möglicherweise hatten Sie es vergessen oder wollten es ursprünglich nicht eintragen, da schließlich die Möglichkeit bestand, daß das Tagebuch jemandem in die Hände fiel, der Ihnen Schwierigkeiten machen würde, wenn er so etwas las.«

Lucinda starrte den hochtrabenden kleinen Anwalt an, aber er erwiderte ihren Blick, ohne mit der Wimper zu zucken.

»Nein, Mr. Fothergill, das kommt absolut nicht in Frage. Sie wissen doch, daß ich Alastair verdächtigte, für meine Schwierigkeiten in Frankreich verantwortlich zu sein. Und dann hätte ich doch wohl kaum mit ihm geschlafen, oder?«

»Aber es war doch nur natürlich, daß Sie unter dem Gedanken litten, Mr. Grant, der schließlich Ihr Liebhaber gewesen war, könnte Ihnen so übel mitgespielt haben. Sie waren so empört darüber, daß Sie ihn anriefen, um die Sache mit ihm zu klären. Mr. Grant sagte Ihnen, er sei nicht schuld an Ihrer Verhaftung. Deshalb baten Sie ihn, zu Ihnen zu kommen und Ihnen zu erklären, was wirklich passiert war. Er kam, und Sie erfuhren durch ihn, daß Sie ein Opfer der Bosheit von Yves Richepin geworden waren. Sie versöhnten sich. Ich zweifle nicht daran, daß sogar Tränen flossen. Sie fühlten große Zärtlichkeit füreinander und gingen in einer Gefühlsaufwallung miteinander ins Bett.«

»Unsinn, ich wollte ihn ganz bestimmt nicht wiedersehen.«

»Aber das ist nicht wahr, Miß Farrer! Ein paar Tage später waren Sie bei Sarah Brown und wollten sie überreden, Sie mit Alastair Grant zusammenzubringen. Sie wollten ihn also sehen. Es würde uns sehr helfen, wenn Sie sich daran erinnern könnten, daß Sie am Fünfundzwanzigsten die Nacht mit Mr. Grant verbrachten.«

»Sie bitten mich, für Mr. Grant zu lügen, Mr. Fothergill. Warum?«

»Um nicht lange drumherumzureden – Mr. Grant braucht ein Alibi.«

»Ich soll vor Gericht aussagen, daß Alastair die ganze Nacht vom fünfundzwanzigsten zum sechsundzwanzigsten Mai bei mir verbracht hat?«

»Genau darum geht es uns.«

»Aber, Mr. Fothergill, das wäre doch Meineid.«

»Lassen wir doch bitte Fachausdrücke aus dem Spiel, Miß Farrer.«

Es folgte ein langes Schweigen. Arnold Fothergill zündete sich eine Zigarette an und wartete auf Lucindas Antwort.

»Ich will Ihnen jetzt sagen, was ich glaube.« In Lucindas Stimme war jetzt eine Härte, die sie selbst überraschte. »Ich denke, Sie haben mir einen Haufen Lügen erzählt. Was ist denn am Fünfundzwanzigsten nachts passiert, das Alastair solche Sorgen bereitet? Wurde in dieser Nacht vielleicht ganz zufällig Yves Richepin ermordet?«

»Zu dieser Überzeugung ist die französische Polizei in ihrer unendlichen Weisheit gekommen.« Lucindas Angriff ließ den Anwalt völlig kalt.

»Ich glaube, daß Alastair Grant auf irgendeine Weise für dieses Verbrechen verantwortlich war. Ich glaube auch, daß Alastair mich von den Flics hochnehmen ließ, und es war mein Bruder, nicht der verdammte Alastair, der alle Register zog, um mich herauszuholen. Was haben Sie dazu zu sagen, Mr. Fothergill?«

»Ich gratuliere Ihnen, Miß Farrer. Sie sind eine sehr intelligente und scharfsinnige junge Dame.« Fothergill lächelte ihr zu, wie ein wohlwollender Lehrer, der eine vielversprechende Schülerin ermutigt. »Ich habe Alastair von vornherein gesagt, daß Sie bestimmt nicht so leicht zu übertölpeln sein und auf ein solches Geschwätz hereinfallen würden. Also machen wir Nägel mit Köpfen. Wir wollen, daß Sie in Frankreich für Alastair vor Gericht aussagen.«

»Dann ist Alastair in Frankreich?«

»Nein, Miß Farrer, er ist noch in England. Aber Frankreich hat um Auslieferung ersucht. Denn sehen Sie, weil die Leiche des von keinem betrauerten Monsieur Yves Richepin in Monte Carlo gefunden wurde, gilt Frankreich als das Land, in dem das Verbrechen verübt wurde, und deshalb kommt der Fall vor ein französisches Gericht. Ich muß Ihnen sagen, daß die Beweise gegen Alastair so überzeugend sind, daß er bestimmt ausgeliefert wird. Es wäre besser, wenn wir es erreichen könnten, daß der Auslieferungsantrag abgelehnt wird, doch das schaffen wir nicht. Für Alastairs Verteidigung gibt es nur eine Möglichkeit: wenn der Fall in Frankreich vor Gericht kommt, muß er ein Alibi beibringen können.«

»Tut mir leid, Mr. Fothergill, doch selbst wenn ich bereit wäre zu helfen, gibt es für mich keine Möglichkeit, nach Frankreich einzureisen. Das wurde mir unmißverständlich erklärt, als man mich hinauswarf.«

»Da sind Sie aber im Irrtum, Miß Farrer. Als Hauptentlastungszeugin dürften Sie zurückkehren, da muß man Sie ins Land lassen. Es wäre natürlich noch besser, wenn man Ihnen die Einreise verweigerte. Wenn wir beweisen könnten, daß die Polizei eine wichtige Zeugin daran hinderte, vor Gericht zu erscheinen, müßte die Anklage gegen Alastair niedergeschlagen werden. Er würde sofort auf freien Fuß gesetzt. Nein, Miß Fothergill, so dumm sind die bestimmt nicht. Man wird Sie einreisen lassen.«

»Und dann?«

»Und dann werden Sie dem Gericht erzählen, daß Sie und Alastair die Nacht vom fünfundzwanzigsten zum sechsundzwanzigsten Mai zusammen in Ihrem Londoner Heim verbracht haben. Man wird Ihnen glauben. Die Franzosen wissen, daß er Ihr Liebhaber war und in Ihrer Pariser Wohnung übernachtet hat.«

»Da Sie inzwischen zugegeben haben, daß nicht Alastair es war, der mich aus dem Gefängnis herausgeholt hat, ich aber auch weiß, daß er die falschen Anschuldigungen gegen mich erhob, müssen Sie mir schon sagen, warum ich das für ihn tun sollte, Mr. Fothergill?«

»Weil, meine liebe Miß Farrer, einen Tag nach Ihrer überzeugenden Aussage auf einem unter Ihrem Namen eröffneten Konto bei einer Genfer Bank fünfzigtausend Pfund für Sie bereitliegen werden.«

»Nein.«

»Aber, Miß Farrer, seien Sie doch vernünftig! Ich kann nicht glauben, daß Sie so große moralische Skrupel haben.«

»Nein, Mr. Fothergill, ich habe nur den abscheulichen Verdacht, daß er am Tag nach meiner falschen Aussage in seinem Glücksrausch über seine Freilassung vergessen könnte, die fünfzigtausend Pfund für mich einzuzahlen. Und ich könnte dieses Geld wohl kaum einklagen, wie?«

»Sie haben mein Wort, daß Sie das Geld bekommen, Miß Farrer. Sie müssen uns einfach vertrauen.«

»Ihnen vertrauen? Ich kenne Sie nicht. Alastair vertrauen? Das kann ich noch weniger: ihn kenne ich. Nein, Sir, das genügt mir nicht.«

Zum erstenmal wirkte Arnold Fothergill unsicher, schien er nicht mehr zu wissen, was er sagen sollte. Jetzt steckte sich Lucinda eine Zigarette an und machte ein paar tiefe Züge, bevor sie fortfuhr.

»Tja, mein lieber Mr. Fothergill, mir ist klar, daß unser Mr. Grant für Sie zum Problem werden könnte. Er kann nämlich sehr gewalttätig werden, wenn nicht alles nach seinem Willen geht. Deshalb will ich aus Rücksicht auf Sie – nicht seinetwegen, der Bastard kann mir gestohlen bleiben – vor Gericht erscheinen und Ihre Story zum besten geben.«

Lucinda entging nicht der Ausdruck der Erleichterung im Gesicht des Anwalts. Sie war sehr zufrieden mit sich, weil sie die Situation so richtig eingeschätzt hatte. Er begann sich bei ihr zu bedanken, weil sie es sich anders überlegt hatte, doch sie unterbrach ihn:

»Nein, nein, Mr. Fothergill, ich habe es mir nicht anders überlegt. Ich werde zwar tun, was Sie wollen, aber nur zu meinen Bedingungen.«

»Und die wären?«

»Eine Summe von hunderttausend Pfund wird auf ein Schweizer Bankkonto eingezahlt – in Genf, wenn Sie wollen – und zwar mindestens drei Tage, bevor ich meine Aussage mache. Außerdem wird das Konto nicht unter meinem Namen, sondern von mir selbst eröffnet, und das Geld wird ohne jeden Vorbehalt deponiert. Verstanden?«

»Aber Miß Farrer, wie können wir sicher sein, daß Sie Ihre Verpflichtungen einhalten, wenn Sie das Geld schon im vorhinein bekommen?«

»Sie müssen mir einfach vertrauen«, erwiderte Lucinda mit einem gewinnenden Lächeln.

Ein Ausdruck tiefsten Jammers breitete sich auf Arnold Fothergills Gesicht aus.

»Das ist ein verdammt großes Risiko, und wir setzen verdammt viel Geld aufs Spiel.«

»Wie Sie wollen, Sie können es auch lassen.«

»Kurz gesagt, Sie haben uns gewissermaßen im Griff.« Er seufzte. »Tja, wir haben keine andere Wahl.«

»Sie akzeptieren?«

»Ich akzeptiere. Ich werde mich demnächst mit Ihnen in Verbindung setzen, um Ihre Aussage in allen Einzelheiten mit Ihnen durchzugehen. Schließlich wird man Sie ins Kreuzverhör nehmen, und das muß gut geprobt werden. Ich wünsche Ihnen einen guten Tag, Miß Farrer.«

Lucinda stand auf und ging zur Tür. Als sie die Hand auf die Klinke legte, fügte Fothergill hinzu:

»Sie sind ein gerissenes Stück, Miß Farrer.«

»Vielen Dank, Mr. Fothergill. Da Sie es sagen, nehme ich es als Kompliment.«

Wie erkläre ich das nur Miles? mußte sie auf der Rückfahrt nach Hamblewood plötzlich denken, und die Vorstellung kam ihr so komisch vor, daß sie hell auflachte.

13

Geduldig wartete Lucinda darauf, von Fothergill gerufen zu werden. Es gelang ihr, ihrem Bruder zu verschweigen, was sich bei ihrer Besprechung in London abgespielt hatte. Sie sagte ihm nur, der Anwalt habe ein paar Dinge klären wollen, die mit ihrer Pariser Wohnung zusammenhingen. Miles glaubte ihr wahrscheinlich nicht, gab sich mit ihrer Geschichte jedoch zufrieden, und Lucinda war ihm für sein Taktgefühl dankbar. Ihre Beziehung zu Miles war inzwischen etwas weniger gespannt und ein bißchen herzlicher. Lucinda redete sich ein, ihr selbstgerechter Bruder werde möglicherweise ein bißchen menschlicher. Als Arnold Fothergill sie nach einiger Zeit ersuchte, noch einmal nach London zu kommen, um ihre Aussage mit ihr durchzugehen, warf Miles ihr einen forschenden Blick zu, beschränkte sich jedoch darauf, ihr zu sagen, sie möge bitte vorsichtig sein.

Sie trafen sich wieder im Savoy, und abermals war Lucinda von Fothergills Gründlichkeit und seinem Blick für Einzelheiten beeindruckt. Er reichte ihr ein Blatt Papier, auf dem die Kleidungsstücke aufgeführt waren, die Alastair bei seinem angeblichen Besuch am Belgrave Square getragen haben sollte, der Name des Restaurants, in dem sie zu Abend gegessen hatten (es war eines jener großen, völlig unpersönlichen Lokale, in denen niemand sich erinnerte, wer an einem bestimmten Abend dort gegessen hatte) und einen genauen Zeitplan über den Verlauf des Abends.

»Ich möchte, daß Sie das auswendig lernen und dann zerreißen«, sagte Fothergill zu Lucinda. »Jetzt nehmen wir uns Punkt für Punkt Ihre Geschichte vor. Denken Sie daran, daß der Staatsanwalt Sie vernehmen wird. Er wird sich in der kleinsten Ungereimtheit festbeißen, also müssen wir dafür sorgen, daß es keine gibt. Okay?«

»Was gibt es eigentliches Neues in unserer Sache?« fragte Lucinda.

»Nun, wie Sie wahrscheinlich in der Zeitung gelesen haben, mußte Alastair vor einem englischen Gericht erscheinen. Es hat die gegen ihn vorliegenden Beweise ausreichend gefunden. Er wird einem französischen Gericht überstellt, vor dem er sich verantworten muß. Er wird also ausgeliefert, ganz wie wir vermutet haben.«

»Wird er lange auf seinen Prozeß warten müssen?«

»Nein. Die Anklage muß praktisch stehen, wenn einem Auslieferungsbegehren stattgegeben werden soll, daher kann der Prozeß auch sofort beginnen. Wir wollen auch keine Verzögerung, also sollten Sie sich beeilen und Ihren Text gründlich lernen.«

Den ganzen Nachmittag paukte Fothergill mit Lucinda, und als sie ging, war er noch immer nicht ganz zufrieden.

»Ach, übrigens«, rief er ihr dann noch nach, »wir haben den französischen Behörden mitgeteilt, daß Sie als Entlastungszeugin vor Gericht erscheinen werden, und man hat uns informiert, daß Sie jederzeit nach Frankreich zurückkehren können, Miß Farrer. Es bestehen gegen Ihre Einreise keinerlei Einwände oder Bedenken mehr.«

Miles gegenüber erwähnte Lucinda nur, daß sie im Zusammenhang mit dem Prozeß gegen Alastair wahrscheinlich nach Frankreich reisen müsse. Sie hielt es für keine gute Idee, ihm zu sagen, daß sie als Hauptentlastungszeugin auftreten wollte. Miles vermutete natürlich, daß sie der Anklage helfen wolle, den Mann zu überführen, dem sie ihre Schwierigkeiten mit der Polizei zu verdanken gehabt hatte. Natürlich würden er und alle anderen Bescheid wissen, nachdem sie ihre Aussage gemacht hatte, aber dann war es zu spät, dann konnte sie niemand mehr daran hindern, und Lucinda hatte nicht die Absicht nach England zurückzukehren, um hier Rede und Antwort zu stehen. Sie überlegte jedoch, wie sie ihre hunderttausend Pfund ausgeben wollte. Vielleicht würde sie sich eine kleine Villa am Mittelmeer kaufen. Vielleicht wäre es auch nicht schlecht, nach Kalifornien zu verschwinden. Oder wie wäre es mit Bali oder den Seychellen? Sie wollte sich endgültig entschließen, wenn es soweit war, doch inzwischen machte es ihr großen Spaß, in Gedanken Geld auszugeben, das sie noch gar nicht hatte.

Als sie schon drauf und dran war, nach Frankreich abzureisen, rief Merton an.

»Ich habe von Jenny gehört«, sagte er. »Das interessiert dich doch bestimmt.«

»Geht es ihr gut?«
»Ja. Die Polizei hat sie nicht allzulange festgehalten, und sie sagt, sie sei immer gut behandelt worden.«
»Wo ist sie jetzt?«
»Noch immer in Paris.«
»Tatsächlich?« Lucinda war überrascht. Sie hatte gedacht, daß man Jennifer nach der Haftentlassung genauso aus Frankreich ausweisen würde wie sie. »Ich fahre übrigens in ein paar Tagen auch wieder nach Frankreich«, sagte sie.
»Ja, das dachte ich mir«, erwiderte Merton. »Bitte, Lucinda, geh sofort nach deiner Ankunft zu Jennifer. Ich gebe dir ihre Adresse. Hast du etwas zum Schreiben bei der Hand?«
Lucinda kramte in ihrer Handtasche und fand einen Kugelschreiber.
»Rue Blomet 17. Das ist im fünfzehnten Arrondissement in der Nähe von Grenelle. Sie hat eine Atelierwohnung im dritten Stock, auf dem rechten Treppenaufgang. Es gibt dort kein Telefon, und ich weiß nicht, ob sie lange genug bleiben will, um sich eins legen zu lassen, aber geh zu ihr. Sie erwartet dich.«
»Wie kann sie mich erwarten? Sie hat keine Ahnung, daß ich nach Paris komme.«
»Sie hat es gehört. Sie weiß viel mehr als du denkst. Versprich mir, Lucinda, daß du zuallererst zu ihr gehst, bevor du in Paris etwas anderes unternimmst.«
Lucinda konnte sich nicht erinnern, Merton je so ernst und eindringlich sprechen gehört zu haben.
»Natürlich geh' ich zu ihr. Was ist denn los, Merton?«
»Was soll los sein? Nichts. Überhaupt nichts.«
Zum erstenmal, dachte Lucinda, ist der große Merton Maxwell in seiner Rolle nicht sehr überzeugend.

An einem schönen, sonnigen Nachmittag sah Lucinda sich in dem ruhigen, bescheidenen Haus in der Rue Blomet um. Sie war in einem Hotel abgestiegen, das der methodische Arnold Fothergill für sie ausgesucht hatte, ein anspruchsloses Haus, weitab vom Touristenrummel. Sie wollte ein paar Einkäufe erledigen, doch sie hatte Merton versprochen, zuallererst Jennifer aufzusuchen, und er hatte es so dringend gemacht, daß sie beschloß, Wort zu halten, und wenn die Boutiquen noch so verlockend waren.

Jennifer öffnete ihr und küßte sie lange und liebevoll. Lucinda fiel auf, daß sie blaß und ihr Gesicht sehr schmal war, als habe sie viel durchgemacht, doch der Ausdruck des Leides machte sie Lucindas Ansicht nach noch schöner.

»Du scheinst nicht sehr überrascht, mich zu sehen«, sagte Lucinda lachend.

»Ich bin auch nicht überrascht. Ich wußte, daß du kommen würdest.«

»Merton hat darauf bestanden, daß ich dich besuche, bevor ich hier irgend etwas anderes unternehme.«

»Das war richtig so. Ich habe sehr ernst mit dir zu reden. Aber zuerst laß dich ansehen, liebste Lucinda.«

»O Jennifer«, sagte Lucinda, »du ahnst ja nicht, wie sehr du mir gefehlt hast.«

»Ich weiß, Lucinda, mein Liebling.«

Jennifer nahm sie in die Arme und preßte sie an sich. Sie zitterten beide.

»Es ist so lange her, Jennifer.«

»Viel zu lange, meine Süße.«

Jennifer streichelte ihr das Haar. Ihre Finger waren weich und einfühlsam. Lucindas Haut prickelte. Ihre Lippen trafen sich, und der Kuß war Ausdruck einer Leidenschaft, die ein Leben lang dauern sollte. Alle anderen Lieben waren nur ein blasser Abglanz dessen, was sie für Jennifer empfand.

»Wir wollen doch nicht hier stehenbleiben«, sagte Jennifer rauh, ging zum Sofa und verwandelte es mit ein paar Handgriffen in ein Bett. Dann ergriff sie die Initiative und zog Lucinda langsam aus. »Und jetzt tust du dasselbe mit mir«, sagte sie schließlich.

Lucinda gehorchte und küßte die schönen weißen Brüste ihrer Partnerin. Jennifer lag auf dem Rücken und zog sie auf sich herunter. Nichts hatte sich geändert.

Erschöpft und nach Luft ringend lagen sie später nebeneinander. Ihre Körper waren wie betäubt von ihrer Lust, doch das Feuer in ihnen war nicht gelöscht. Sie ertrugen es nicht, sich voneinander zu lösen. Lucinda wußte, daß sie seit der Zeit ihrer Schulmädchenfantasien auf diese eine Vereinigung mit Jennifers Körper gewartet hatte. All ihre anderen Liebhaber, sogar ihre früheren Liebesakte mit Jennifer waren nicht mehr als eine Vorbereitung gewesen, die zu diesem triumphalen Gipfel ihrer Sexualität und ihrer körperlichen Leidenschaft geführt hatte. Jennifer erfüllte alle ihre Sinne, ihre heisere Stimme flüsterte ihr Zärtlichkeiten ins Ohr, und der Anblick ihres schönen Körpers löschte alles aus, was es um sie herum an Alltäglichkeit gab. Sie genoß den köstlichen Duft, der Jennifer war, und das Gefühl, den Körper ihrer Geliebten zu spüren, ihre Hände, ihre Lippen machten sie trunken. Lucinda war von Jennifer völlig besessen, und Jennifer erwiderte rückhaltlos ihre unersättliche Lust. Sie wollte nicht enden. Jedesmal wenn sie erschöpft innehielten, drängte es sie, von neuem zu beginnen. Und immer war Jennifer die Führende. Sie dominierte, und Lucinda war es zufrieden, ihr zu gehorchen. Jennifer hatte sie völlig in ihrer Gewalt, und sie wußte es.

»Lucinda, liebst du mich wirklich?«

»Wie kannst du so etwas fragen, Jennifer? Du weißt, daß ich dich anbete.«

»Dann, mein Liebling, kämpf doch nicht gegen mich.«

»Wie meinst du das? Du weißt doch, daß ich dich nie verletzen könnte.«

Sie lagen Seite an Seite. Jennifer richtete sich auf und blickte auf Lucinda hinunter. Ihre Miene war ernst, aber sehr zärtlich.

»Du weißt, daß ich Yves sehr geliebt habe. Frag mich nicht warum, es war eben so. Er hat nicht besonders gut ausgesehen, und er war ein selbstsüchtiger Liebhaber. Ich kannte alle seine schlechten Seiten, aber irgendwie machten sie mir nichts aus. Kann man Liebe je erklären? Und jetzt ist er tot, ermordet.«

Jennifers Stimme klang bitter, ihre Augen blickten trüb, sie konnte die Tränen kaum unterdrücken. Lucinda wartete, daß sie weitersprach.

»Ich war seine Frau, und ich werde dem Schwein, das ihn getötet hat, nie verzeihen. Nie. Weißt du, was es heißt, nach Rache zu dürsten, Lucinda?«

»Ich verstehe, wie du empfindest«, antwortete Lucinda bedächtig. »Aber du weißt doch, daß ich mit der gräßlichen Geschichte nichts zu tun hatte.«

»Kämpf nicht gegen mich, Lucinda«, wiederholte Jennifer. »Ich werde Yves Tod rächen. Alastair Grant ist böse, widerlich, und er glaubt, daß er davonkommen kann. Aber das wird ihm nicht gelingen, Lucinda, er wird für das, was er getan hat, bezahlen, Lucinda. Das schwöre ich!«

»Du glaubst doch nicht, daß Alastair Yves mit eigener Hand getötet hat?«

»Spiel keine Spielchen mit mir, Lucinda. Du weißt genauso wie ich, daß Alastair der Schuldige ist. Du darfst ihn nicht decken – nicht, wenn du mich so sehr liebst wie du behauptest.«

Ein Gefühl völliger Hilflosigkeit brach über Lucinda herein. Jennifer war unwiderstehlich. Doch wie sollte sie sich aus dem schrecklichen Dilemma herauswinden, in dem sie steckte?

»Ich liebe dich, Lucinda, und ich möchte nicht, daß dir etwas passiert.« Jennifer drückte ihr die Hand. »Ich sollte dir das eigentlich nicht sagen, aber zum Teufel mit juristischen Bedenken. Du darfst beim Prozeß gegen Alastair nicht aussagen. Die Polizei hat lückenlose und überwältigende Beweise gegen ihn in der Hand.

Hör zu, Lucinda, ich war mit Yves zusammen, bevor er ermordet wurde. Den ganzen Abend. Wir waren zusammen aus und gingen dann in Yves' Haus zurück.«

»Du meinst, in seine Wohnung in Paris?«

»Nein, mein Liebes, in sein Haus. Er hatte ein Haus in der Nähe von Cannes. Du wußtest doch, daß er einen Besitz auf dem Land hatte, nicht wahr?«

»Er hatte es einmal erwähnt, aber ich wußte nicht, wo das war.«

»Nun ja, als wir nach Hause kamen, hörte Yves seinen Anrufbeantworter ab. Alastair hatte eine Nachricht hinterlassen, es war eindeutig seine Stimme auf dem Band. Er bat Yves, sich mit ihm in einem Nachtclub in Cannes zu treffen. Yves fuhr hin und ist nie wieder zurückgekommen.«

»Aber Jennifer, das verstehe ich nicht. Uns beide, dich und mich hatte die Polizei festgenommen, hatte Yves denn keinen Verdacht gegen Alastair?«

»Er hat gedacht, alles sei von einer rivalisierenden Bande inszeniert worden, die versuchte, sich in sein Geschäft zu drängen. Alastair behauptete, er habe ein paar Informationen, die er mit Yves besprechen wollte, dieser hinterhältige Bastard.«

»Und du willst behaupten, Alastair sei dumm genug gewesen, einen solchen Beweis wie das Band des Anrufbeantworters zurückzulassen?« fragte Lucinda.

»O nein, Lucinda, mein Liebling, dein kostbarer Alastair dachte, er habe seine Spuren verwischt, aber er hatte sich entscheidend verrechnet. Er wußte nämlich nicht, daß ich bei Yves war. Er dachte, Yves sei allein in Südfrankreich. Als Yves von dem Treffen nicht zurückkam, hatte ich das Gefühl, das Band mit Alastairs Stimme könnte wichtig sein. Also nahm ich es aus dem Anrufbeantworter heraus und legte ein anderes ein.«

»Und dann«, fuhr Lucinda atemlos fort, »ist jemand eingebrochen und hat das Band gestohlen?«

Jennifer schüttelte den Kopf.

»Nein, mein Schatz, das wäre zu auffällig gewesen und hätte Verdacht erregt. Es ist jemand eingedrungen, er hat aber keine Spuren hinterlassen. Zwei Tage später brach durch ›Zufall‹ ein Feuer im Haus aus. Es hat keinen großen Schaden angerichtet, aber es ist in der Diele ausgebrochen, in der das Telefon stand. Das Telefon und der Anrufbeantworter wurden zerstört. Wir sollten denken, es sei ein Unglücksfall gewesen, aber ich war damals nicht mehr da, und das Band hatte ich mitgenommen. Jetzt hat es die Polizei, und sie haben die Stimme auf dem Band mit Stimmproben von Alastair verglichen. Es war seine Stimme. Er war am fünfundzwanzigsten Mai in Frankreich und hat Yves in den Tod gelockt. Jetzt begreifst du wohl, Lucinda, warum du ihm vor Gericht kein Alibi geben darfst?«

»Also war Alastair tatsächlich für den Mord verantwortlich«, sagte Lucinda bekümmert.

»Das wußtest du doch.«

»Ich hoffte, es gäbe eine andere Erklärung, und er brauche nur ein Alibi, weil er unter Verdacht stand und keins hatte.« Lucinda war aufrichtig und unglücklich.

»Sei doch ehrlich, Lucinda, du mußt es gewußt haben. Warum bist du eigentlich bereit, ihn zu schützen?«

»Ich habe Angst, Jennifer.«

Jennifer schüttelte den Kopf.

»Nein, mein Süßes, du hast einen Handel abgeschlossen. Alastair bezahlt dich.«

»Er hat mir fünfzigtausend Pfund geboten«, gestand Lucinda.

»Ja, aber du erwartest hunderttausend. Und obwohl du es noch nicht weißt, liegen sie schon auf der Unions-Bank in Genf für dich bereit.«

Lucinda starrte Jennifer ungläubig an.

»Woher weißt du das alles?« flüsterte sie. »Aber ich habe wirklich Angst. Was wird Alastair mit mir machen, wenn ich mich nicht an unsere Abmachung halte? Du hast mich überzeugt, daß er ein Mörder ist.«

»Aber begreifst du denn nicht, daß du alles ganz falsch siehst? Was wird denn deiner Ansicht nach mit dir passieren, sobald du dafür gesorgt hast, daß er freigesprochen wird und nachdem du ihn praktisch um eine solche Summe erpreßt hast? Wie lange, glaubst du, würdest du dich nach seiner Freilassung noch ungetrübt deiner Gesundheit erfreuen können, bevor du einem bedauerlichen Unfall zum Opfer fielst? Über eines mußt du dir klar sein, Lucinda, in dem Augenblick, in dem du aussagst, unterschreibst du dein eigenes Todesurteil.«

»Sag mir doch, woher du das alles weißt, Jennifer!« wiederholte Lucinda.

Jennifer gab ihr einen Kuß.

»Alastair hat eine Bande, die für ihn arbeitet, aber einer seiner Kumpel ist von der Polizei eingeschleust. Man kennt dort seine Pläne haargenau, und sobald du aussagst, wirst du wegen Meineids verhaftet – und wegen Mittäterschaft, denn als Mittäterin giltst du dann.«

»Deshalb wolltest du mich also sofort nach meiner Ankunft sehen, bevor ich noch mit jemand anders sprechen konnte?«

»Es war nur zu deinem Besten, Lucinda. Begreifst du das nicht?«

Lucinda nickte.

»Jetzt sag mir nur noch, wieso dich die Polizei so weit ins Vertrauen gezogen hat?«

»Lucinda, mein Liebes, ich glaube, es ist an der Zeit, daß ich dir Inspektor Leclair vorstelle, der die Untersuchung des Falles leitet. Ich habe ihn nach meiner Verhaftung kennengelernt, und wir wurden gute Freunde. Obwohl ich mit Yves zusammen war, der mit dem Gesetz meist auf Kriegsfuß stand, fand ich bei Leclair viel Mitgefühl. Er scheint mich attraktiv zu finden, und er ist nicht unbedingt verschwiegen. Er will Alastair vor Gericht und verurteilt sehen, komme, was da wolle. Und er kann dich beschützen, wenn du vernünftig bist, Lucinda. Was meinst du dazu?«

»Ich denke, ich würde deinen mitfühlenden Polizisten gern kennenlernen«, antwortete Lucinda.

»Ich bin sehr froh«, sagte Jennifer und küßte Lucinda. »Leclair wird alles arrangieren, du wirst schon sehen. Und ich denke, du wirst ihn mögen. Daß du ihm gefallen wirst, weiß ich schon jetzt.«

TEIL 5

14

Der Herbst war lang und schön gewesen, und es hingen noch immer ein paar rotbraune und goldene Blätter an den Bäumen, aber die Luft war schon winterlich kalt. Lucinda betrat die Wohnung in der Avenue Mozart und genoß die angenehme Wärme, die ihr entgegenschlug.

»Willst du eine Tasse Tee?« rief Jennifer aus der Küche. »Ich habe ihn eben frisch aufgebrüht.«

»Ja, bitte. Ich stelle nur schnell den Champagner in den Kühlschrank, damit er später die richtige Temperatur hat.«

»Ich hoffe, du hast einen guten gekauft.«

»Den besten.« Lucinda kam in die Küche und zeigte stolz eine Magnum Dom Perignon. »Wir haben etwas zu feiern, also wollen wir's auch richtig tun.«

Während sie ihre Tassen ins Wohnzimmer trugen, kam aus dem Schlafzimmer ein lauter Krach, dem lautes Gelächter folgte.

»Also wirklich, Lucinda, du mußt dein Bett endlich reparieren lassen. Eines Tages wird dieses verdammte Kopfbrett noch jemanden umbringen.«

»Dem augenblicklichen Insassen scheint es keinen Schaden zugefügt zu haben«, antwortete Lucinda lächelnd. »Übt unsere Sarah wieder mal ein wenig Gastfreundschaft?«

»Sie hat ein freundliches, großzügiges Wesen«, meinte Jennifer.

Wieder drangen lebhafte Geräusche aus dem Schlafzimmer, gedämpfte Stimmen und hin und wieder ein Kichern. Lucinda und Jennifer tranken Tee und schwatzten. Sie hatten schon seit langem gelernt, die Nebengeräusche zu ignorieren, wenn Sarah Brown im Schlafzimmer Gastfreundschaft übte.

»Ist unser Schutzengel bei ihr?« fragte Lucinda.

»Genau. Er kommt ganz regelmäßig.«

»Ich bin froh, daß er so auf Sarah steht. Er ist die beste Versicherung, die es für uns gibt.«

Sarah öffnete die Schlafzimmertür und kam ins Wohnzimmer. Paris hatte sie verändert. Sie trug eine schickere Frisur und lässigere Kleidung. Als wolle sie diese Lässigkeit noch betonen, fingerte sie noch am Reißverschluß ihres Rockes herum, als sie sich zu den beiden Mädchen setzte. Ihr auf dem Fuß folgte ein ungefähr vierzigjähriger Mann mit frischer Haut, eisengrauem Haar und einen schwarzen Schnurrbart. Er lächelte seinen Gastgeberinnen fröhlich zu.

»Setzen Sie sich doch, mein lieber, lieber Inspektor«, schmeichelte Lucinda. »Wir warten auf meinen Bruder Miles. Sie haben ihn beim Prozeß kennengelernt, wissen Sie noch? Können Sie ein oder zwei Stündchen bleiben?«

»Nein, ich habe in einer Stunde Dienst«, antwortete Inspektor Leclair. »Ich habe noch etwa zwanzig Minuten Zeit, dann muß ich gehen.«

»Bis dahin müßte der Champagner kalt sein. Sie müssen ein Glas mit uns trinken.«

Sie wurden durch die Klingel unterbrochen, Jennifer sprang auf und ließ Miles ein.

»Ich freu' mich so, daß du in Paris bist und die Zeit erübrigen konntest, bei uns vorbeizukommen«, sagte Lucinda, als sie ihn küßte.

»Nun, du hast ein solches Aufhebens wegen eurer Fête gemacht, daß ich neugierig wurde. Um was geht es denn, Lucinda?«

»Warte, bis ich mit dem Schampus komme«, antwortete sie, lief in die Küche und kam mit einem Tablett zurück, auf dem die Magnum und fünf Gläser standen.

Sie schenkte ein und reichte jedem ein Glas.

»Ich werde jetzt einen Trinkspruch ausbringen.« Lucinda hob ihr Glas. »Heute abend trinken wir auf Alastair Grant, dem wir auf immer Lebewohl sagen.«

»Auf Alastair Grant?« rief Miles. »Ich hätte nicht gedacht, daß ihr den besonders ins Herz geschlossen habt. Wovon redest du eigentlich?«

»Sie sind eben erst aus England herübergekommen, sind also über die täglichen Skandalnachrichten hier drüben nicht informiert«, sagte Jennifer lächelnd. »Wie Lucinda gesagt hat, handelt es sich um ein letztes Lebewohl. Sie haben ihm heute den Kopf abgeschnitten.«

»Den Kopf abgeschnitten?« wiederholte Miles verständnislos.

»Er wurde heute unter der Guillotine enthauptet, Monsieur«, klärte Inspektor Leclair ihn ein wenig förmlicher auf.

»Ich dachte, daß man die Guillotine abschaffen will«, meinte Miles.

»Ja, es sind Bestrebungen im Gange, ein entsprechendes Gesetz der Nationalversammlung vorzulegen«, erwiderte Leclair. »Ich vermute, daß man den Entwurf annehmen wird. Stellen Sie sich doch vor, daß Ihr Mr. Grant möglicherweise das nicht gerade beneidenswerte Schicksal erleidet, der letzte zu sein, der in Frankreich hingerichtet wird.«

»Armer alter Alastair!« Sarahs Stimme klang nicht übertrieben mitleidig. »Aber vielleicht bringt ihn das ins Guinessbuch der Rekorde.«

»Wie typisch für ihn«, sagte Lucinda. »Im Tode wie im Leben ist es Alastair immer gelungen, auf makabre Weise dramatisch zu sein.«

»Ich finde es ausgesprochen geschmacklos, die Hinrichtung eines Menschen zu feiern, Lucinda«, sagte Miles, trank den Champagner aber trotzdem mit Genuß. »Sind Sie deshalb hier, Inspektor? Ich muß gestehen, daß ich schon befürchtete, Lucinda sei wieder in Schwierigkeiten.«

»Aber durchaus nicht. Wir waren nur der Meinung, daß ihre Schwester und Miß Maxwell ein bißchen Polizeischutz brauchen könnten, weil ihnen von Mr. Grants Freunden vielleicht Gefahr drohte. Schließlich haben Miß Maxwell und sie wesentlich zu seiner Verurteilung beigetragen, und es war sehr mutig von Ihrer Schwester, offen zu gestehen, daß Grant versuchte, sich durch sie ein falsches Alibi zu beschaffen. Deshalb komme ich von Zeit zu Zeit hier vorbei und überzeuge mich, daß alles in Ordnung ist.«

»Ich verstehe. Ich dachte mir schon, daß Sie einen sehr guten Grund für Ihre Anwesenheit haben müssen.«

»Ach«, wandte Lucinda sich an ihren ernsthaften Bruder, nachdem sie Leclair übermütig zugezwinkert hatte, »einen sehr guten Grund gibt es immer.«

»Sag mal, Lucinda«, bohrte der gewissenhafte Miles weiter, »wie kommt es, daß du noch immer in dieser Wohnung lebst? Ich dachte, sie gehört Alastair Grant – oder besser – habe ihm gehört.«

»Nein, Miles. Sie gehört der Firma ›Enterprises Richegrant‹.

Diese Firma gehört zu gleichen Teilen Alastair Grant und Yves Richepin. Sie sind beide tot, also haben wir die Wohnung.«

»So einfach geht das aber nicht, Lucinda«, protestierte Miles, der in rechtlichen Fragen stets kompetente Anwalt, der immer bereit war, seine kleine Schwester zu belehren.

»Ach, das geht schon in Ordnung, Miles«, entgegnete sie gelassen. »Die Firma gehört jetzt Jennifer und mir.«

»Richegrant gehört euch?« wiederholte Miles überrascht.

»Ja, aber wir haben natürlich den Namen geändert. Wir haben im gewissen Sinn die ehemaligen Inhaber nachgeahmt, aber unsere Namen genommen. ›Enterprises Lucifer‹. Wie findest du das?«

»Sehr passend«, murmelte ihr Bruder benommen. »aber wie habt ihr es geschafft, die Firma von einem Leichenpaar zu übernehmen?«

»Es gibt Anwälte, die sich auf derlei schwierige Dinge verstehen. Sie spüren zum Beispiel vor längerer Zeit ausgefertigte und unterzeichnete Dokumente auf. Jean-François hat den richtigen Mann für diese Aufgabe gefunden. Ich weiß gar nicht, was wir ohne Jean-François angefangen hätten. Er hat uns so sehr geholfen, er ist ein richtiger Engel.«

»Jean-François?«

»Das bin ich, Monsieur«, sagte Inspektor Leclair. Dann wandte er sich an Lucinda und sagte: »Ich bitte um ein wenig mehr Diskretion, Madame.«

Lucinda lachte. »Keine Sorge, Ihr Ruf als Säule von Recht und Gesetz wird nicht ins Wanken kommen. Miles ist die Verschwiegenheit selbst.«

Leclair lächelte nervös, und Miles trank den Rest seines Champagners aus.

»Ich sollte mich jetzt wohl lieber auf den Weg machen«, sagte Leclair, »ich darf nicht zu spät zum Dienst kommen. Es war mir ein Vergnügen, Monsieur Farrer. Ich bin überzeugt, Sie werden es nicht für erforderlich halten, irgendwo zu erwähnen, daß Sie mich hier getroffen haben und daß ich mit diesen reizenden jungen Damen in Verbindung stehe.«

Er küßte Lucinda und Jennifer leicht auf die Wange. Von Sarah nahm er wesentlich ausdauernderen Abschied.

»Also«, sagte Miles nachdenklich, nachdem der Inspektor gegangen war, »ihr habt nicht nur die Wohnung hier, sondern euch gehört auch der ganze Laden. Nur Jennifer und dir? Sehr gut.«

»Nun, wir sind die offiziellen Inhaberinnen, aber es gibt noch zwei stille Teilhaber, denen ein Stück vom Kuchen gehört.«

Miles zog die Brauen hoch.

»Wir mußten Sarah natürlich etwas abgeben«, fuhr seine Schwester fort. »Wir haben es nämlich nur ihrer Geistesgegenwart zu verdanken, daß wir überhaupt eine Firma besitzen.«

»Ich habe hier im Büro gearbeitet, als Alastair verhaftet wurde«, erklärte Sarah. »Als ich nach Paris kam, war ich überzeugt, Yves und Ihre Schwester hätten Alastair aufs Kreuz gelegt, und er sei nur ein unschuldiges Opfer. Als Jean-François den Fall übernahm, zeigte er mir, wie unrecht ich hatte. Als ich daher erfuhr, die Polizei wolle das gesamte Büromaterial beschlagnahmen, nahm ich die Akten mit den Namen unserer Kunden und die Adressen und Telefonnummern unserer Angestellten nach Hause. Weil mir das aber nicht sicher genug erschien, übergab ich sie Lucinda.«

»Sie glauben nicht, daß sie bei der Polizei in Sicherheit gewesen wären?« fragte Miles sarkastisch.

»Zu sicher, fürchte ich.«

»Ich verstehe. Und ich vermute, es war Jean-François, der Sie warnte und Ihnen sagte, die Polizei werde das Büro durchsuchen und alle Papiere beschlagnahmen.«

»Selbstverständlich war er es.« Jennifer lächelte Miles zu. »Er ist wirklich ein reizender, lieber Polizist und war uns in so mancher Beziehung eine große Hilfe. Er hat Sarah sehr gern. Irgendwie hat sich alles wunderbar gefügt.«

»Laßt mich raten«, meinte Miles, »der vierte Besitzer eurer Enterprises Lucifer ist bestimmt euer hilfreicher Polizist, nicht wahr?«

»Du bist wirklich schlau, Miles. Aber selbstverständlich erscheint sein Name in keinem Vertrag oder so.«

»Selbstverständlich nicht«, sagte Miles trocken.

Das Telefon klingelte. Lucinda nahm den Anruf im Schlafzimmer entgegen, kam aber bald zurück.

»Das war Babette«, wandte sie sich an Jennifer und Sarah. »Sie hat aus Cannes angerufen. Dort gibt es keine Schwierigkeiten. Die Geschäfte gehen gut, sagt sie, und Montag will sie uns ein bißchen Geld schicken.«

»Wie dieses Mädchen sich verändert hat, seit es nicht mehr im

Büro sitzt«, stellte Jennifer fest. »Früher war sie einfach zum Kotzen.«

»Sie mußte nur mal raus, der Außendienst tut ihr gut«, antwortete Lucinda.

»Ich weiß, daß es mich nichts angeht«, sagte Miles, »aber ist Babette das Mädchen, das beim Prozeß ausgesagt hat?«

Sie nickten.

»Nun, ich verstehe vielleicht nicht viel davon und kann es nicht so gut beurteilen, aber meiner Meinung nach war sie für die – Dienstleistung, mit der sich eure Firma befaßt, zu unscheinbar. Sie war, wenn ich mich recht erinnere, überhaupt nicht hübsch, und sie hatte Pickel. Ich muß sagen, daß es mir keinen Spaß machen würde, sie anzusehen – und schon gar nicht beim Liebesakt im Bett.«

»Das hast du sehr taktvoll gesagt, Miles.« Lucinda lächelte anerkennend. »Aber Babette hat sich – wie sagtest du doch? – auf Dienstleistungen spezialisiert, die sehr geschätzt werden und bei denen der jeweilige Klient ihr Gesicht nicht zu sehen bekommt.«

Miles sah sie fragend an, und Lucinda fuhr sich unmißverständlich mit der Zunge über die Lippen. Er errötete und wechselte das Thema.

»Nach eurem Lebensstil zu schließen, scheint das Geschäft recht gut zu gehen. Eine gute Branche, wie?«

»Wir können nicht klagen. Aber wir hatten ja außerdem noch das Glück, ein recht ordentliches Arbeitskapital in die Hand zu bekommen, bevor wir richtig losschlugen.«

Lucinda sagte das ganz gleichmütig, doch ihr Bruder ließ sich nicht täuschen.

»Waren das zufällig hunderttausend Pfund, die dir vom Schicksal beschert wurden?«

»Wer hat dir denn davon erzählt?«

»Schau nicht so erschrocken drein, Lucinda. Du hast mich doch einmal nach einem gewissen Mr. Fothergill gefragt, und ich dachte mir, dein Interesse an diesem leicht zwielichtigen Charakter müsse doch einen Grund haben. Ich war daher nicht sehr überrascht, als er eines Tages bei mir auftauchte und mich fragte, ob ich ihn mit dir zusammenbringen könnte. Er erklärte mir, er habe im Lauf einer finanziellen Transaktion irrtümlich eine erhebliche Summe auf dein Konto überwiesen – irrtümlich, das war's, was er sagte. Er war überzeugt, daß du ihm das Geld sofort zurückzahlen würdest, sobald du den Irrtum erkanntest. Er wollte nicht weiter ins Detail gehen, doch ich bestand darauf, mehr über die Sache zu erfahren, bevor ich mit dir sprach. Nur sehr widerstrebend nannte er die Zahl einhunderttausend und gestand, daß das Geld Alastair Grant gehörte.«

»Was hast du ihm gesagt, Miles? Du hast doch nicht etwa versprochen, ihm das Geld zurückzugeben?«

»Reg dich nicht auf, Lucinda«, antwortete Miles beschwichtigend. »Ich empfinde keine besonders große Zuneigung für Mr. Arnold Fothergill und für Mr. Alastair Grant ebensowenig. Daher erklärte ich dieser juristischen Leuchte, ich sei überzeugt, daß jeder Penny, den du auf irgendeinem Konto hast, dir rechtmäßig gehört. Vermutlich hättest du Mr. Grant einen Dienst geleistet, von dem unser werter Mr. Fothergill nichts wisse, und ich sei nicht der Meinung, daß ich mich einmischen sollte. Ich riet ihm, zu Gericht zu gehen und das Geld einzuklagen, falls er der Meinung sei, es stehe dir nicht zu.«

»Kann er irgendwie gegen uns vorgehen?« fragte Sarah.

»Nicht rechtlich«, antwortete Miles. »Die britischen Gerichte würden in einer Angelegenheit, die sich im Ausland abgespielt hat und ohnehin illegal ist, nicht tätig werden. Die Schweizer Bank würde sich nicht einmischen. Die einzige Gefahr war, daß er sich ein paar Schlägertypen holt und sie auf euch ansetzt, aber euer verständnisvoller französischer Polizist kümmert sich offensichtlich um diese Seite der Medaille. Und nachdem Alastair Grant endgültig von dieser Welt verschwunden ist, wird Mr. Fothergill vermutlich das Interesse verlieren. Ohne Grant fällt die ganze Sache ohnehin zusammen, und er hat nichts davon, wenn er gegen dich vorgeht. Außerdem habe ich ihn nicht darüber im Zweifel gelassen, daß er mit mir rechnen müsse, wenn er etwas in England versuche, und ich könne ihm eine ganze Menge Ärger machen.«

»Guter alter Miles«, sagte Lucinda lachend, »du hast als wahrer Bruder gesprochen. Meine Güte, du hast dich wirklich herausgemacht und gebessert! Trink noch ein Glas Champagner mit mir.«

Nachdem er noch ein paar Gläser intus hatte, war Miles leicht beschwipst. Liebevoll lächelte er Lucinda und die beiden anderen Mädchen an.

»Ich muß gestehen«, teilte er ihnen mit, »daß ich früher vielleicht ein ganz kleines bißchen zu streng war. Aber Lucinda hat nur Unfug gestiftet, und ich fühlte mich für sie verantwortlich, da es unseren Eltern verdammt egal war, was sie trieb. Aber vielleicht war ich ein bißchen zu ernst und zu konventionell. Schließlich scheint ihr Mädchen keinem Menschen zu schaden.«

In seinen Augen standen Tränen der Liebe und der Güte.

»Du warst schon eine Schau, als du mich aus dem Knast herausholtest, und während und nach dem Prozeß«, sagte Lucinda. »Und ich bin so froh, daß du dem verdammten alten Fothergill die Meinung gesagt hast. Ich denke, wir sollten dir unsere Dankbarkeit irgendwie in greifbarer Form beweisen. Findet ihr das nicht auch?« Fragend sah Lucinda ihre Partnerinnen an.

»Das ist schon okay«, protestierte Miles. »Ich will keine Bezahlung, das Ganze hat mir wirklich Spaß gemacht.«

»Von Geld war auch nicht die Rede.« Seine Schwester klopfte ihm liebevoll auf die Hand. »Nein, wir, die Inhaberinnen der Enterprises Lucifer, würden dir gern ein Produkt unseres Hauses zur Verfügung stellen, als Ausdruck unserer Wertschätzung und Dankbarkeit. Wie finden die Mitglieder meines Aufsichtsrats meinen Vorschlag?«

»Ich unterstütze ihn«, erklärte Jennifer.

»Ich ebenfalls«, meinte Sarah.

»Soll das heißen, ihr bietet mir eines eurer Mädchen an?« fragte Miles ungläubig.

»Genau das«, antwortete Lucinda. »Um die Dinge zu vereinfachen, wären wir dir sehr zu Dank verpflichtet, wenn du unter den hier Anwesenden deine Wahl treffen wolltest. Ich meine, es wäre wirklich reine Verschwendung, zum Beispiel Babette aus Cannes herzuholen.«

»Was? Ich soll eine von euch dreien nehmen?«

»Genau, Miles. Du begreifst eine Situation aber wirklich schnell. Nun, was meinst du dazu? Ich versichere, daß wir alle drei hochqualifizierte Expertinnen sind! Was dir hier geboten wird, sind die Spitzenprodukte des Marktes, die Crème de la Crème.«

»Nun, ich will sagen«, murmelte Miles, dem es unter den herausfordernden Blicken der attraktiven jungen Frauen höchst unbehaglich zumute wurde, »dich kann ich natürlich nicht anfassen, Lucinda. Das wäre Inzest.«

»Wie du willst, mein Lieber.«

Miles schüttelte den Kopf.

»Und Miß Brown hat eben eine Liebesstunde mit Jean-François hinter sich. Sie muß müde sein.«

Doch in seinen Augen schwelte unterdrücktes Begehren, als wünsche er sich, daß sie ihm widerspräche.

»Ich denke, wir wissen jetzt, wen dein Bruder haben möchte«, sagte Jennifer leise zu Lucinda.

»Gefalle ich dir?« fragte Sarah bescheiden, streckte ihren Körper jedoch herausfordernd. Miles konnte nicht den Blick von ihr wenden.

»O ja, auf Sie könnte ich wirklich stehen.«

»Nun, Miles, dann brauchst du die anderen beiden nicht zu behelligen.«

»Du weißt, daß ich so etwas noch nie erlebt habe«, gestand Miles schüchtern seiner Schwester.

»Vielleicht wird das in Zukunft anders werden«, ermutigte ihn Jennifer.

»Zum Teufel, tu endlich was!« fuhr Lucinda ihn an. »Man könnte glauben, du seist noch Jungfrau.«

Miles zögerte und wurde feuerrot.

»Komm«, sagte Sarah und nahm ihn bei der Hand. »Und hab keine Angst, daß Jean-François mich überanstrengt haben könnte. Er hat mich nur in Stimmung gebracht. Sag mal, fährst du nicht auch lieber einen Wagen, dessen Motor schon warmgelaufen ist, als einen, der noch ganz kalt ist?«

»Macht es Ih... dir wirklich nichts aus?« fragte Miles, während er sich willig ins Schlafzimmer führen ließ. »Ich fürchte, ich habe keine großen Erfahrungen.«

»Also ich glaube wirklich und wahrhaftig, das ist sein erstes Mal«, sagte Lucinda staunend zu Jennifer.

»Reg dich nicht darüber auf.« Jennifer lachte. »Für jeden gibt es ein erstes Mal. Nun ja, fast für jeden. Ich nehme an, du erinnerst dich noch an das deine, aber du hättest dich um die Erziehung deines Bruders kümmern sollen. Aber bei Sarah ist er in guten Händen.«

Die Schlafzimmertür wurde geschlossen, und die beiden Mädchen spitzten die Ohren.

Sie hörten gedämpfte Stimmen, die seine zerknirscht, die ihre ermutigend.

»Entspann dich, Lucinda, er findet sein Ziel, und wenn Sarah ihn mit Landkarte und Kompaß ausstaffieren müßte.«

Die Stimmen schwiegen, und das Bett fing an zu knarren und zu quietschen. Sehr zur Freude von Lucinda.

»Braver Junge«, flüsterte sie.

Jennifer legte die Arme um sie und preßte die Lippen auf ihren Mund.

Wieder flüsterte sie: »Ich lieb' dich so, Lucinda. Wer braucht schon Männer?«

»In unserer Branche sind sie recht nützlich«, gab Lucinda ihr zu bedenken. »Und obwohl ich dich sehr liebe, meine liebste Jennifer, muß ich ab und zu auch einen Mann haben. Dir geht es bestimmt nicht anders, aber du bist noch nicht über Yves hinweg. Wart's nur ab.«

Ihr Schweigen wurde durch einen ohrenbetäubenden Krach unterbrochen.

»Ach, du meine Güte, das Kopfbrett! Jetzt ist Miles der Sex wahrscheinlich bis an sein Lebensende vergangen.«

15

Miles überlebte das zusammengekrachte Bett, und die Enterprises Lucifer florierten und bedienten ihre Kunden stets auf das beste. Die drei Frauen und ihr verständnisvoller Polizist waren ein harmonisches Team. Sie genossen ihr gemeinsames Leben und ihre gemeinsame Arbeit, doch an Lucinda nagte hin und wieder eine innere Unruhe.

Sie sagte nichts zu den anderen, doch sie wußte, daß die Zeit kommen würde, in der sie weiterziehen und etwas Neues anfangen mußte.

Eines Morgens saßen sie beim Frühstück, und Jennifer las die Zeitung. »Wißt ihr was?« rief sie plötzlich. »Die neue Regierung von Mitterand hat ihr Versprechen gehalten. Die Todesstrafe wurde abgeschafft. Stellt euch vor, wenn Alastair nur ein paar Monate gewartet hätte, wäre er noch am Leben. So hat er es jedoch tatsächlich fertiggebracht, der letzte Mann zu sein, der in Frankreich hingerichtet wurde. Den Ruhm kann ihm keiner nehmen.«

»Ich glaube nicht, daß das für ihn ein großer Trost gewesen wäre, auch wenn er es gewußt hätte«, meinte Sarah.

Aber es war Lucinda, die das letzte Urteil über den Mann sprach, den sie gehaßt und mit dem sie doch geschlafen hatte, der sie verraten hatte und von ihr verraten worden war.

»Wie typisch für Alastair«, sagte sie. »Er hatte es immer eilig. Auch im Bett.«

Lucinda
im Reich der Sinne

Vorwort

»Was macht ein nettes Mädchen wie du in einem solchen Laden?« Wie oft hat man hübschen jungen Mädchen diese Frage schon gestellt, wenn sie das geworden waren, was unsere Großväter ›gefallene Mädchen‹ zu nennen pflegten! Auch Sie werden sich sicher wundern, wie die Honourable Lucinda Farrer, Tochter des Viscount Hamblewood und seiner millionschweren amerikanischen Frau, dazu kam, in Paris eine Callgirl-Agentur zu leiten. Ob es ihrem Daddy recht war, daß sie mit ihrer Partnerin und früheren Schulfreundin Jennifer Maxwell zusammenlebte, obwohl sie nicht nur die Geliebte Jennifers, sondern auch die des berühmten Vaters, des Schauspielers Merton Maxwell, war?

In dem Buch LUCINDA habe ich schon berichtet, wie es zu all dem kam. Man kann es als den ersten Band der Lebensgeschichte Lucindas ansehen, in dem es um ihren Lebensweg von der Schulzeit bis zu ihrer Verstrickung in einen berüchtigten Mord geht, wobei auch die Schilderung ihrer sexuellen Abenteuer nicht ausgelassen wurde. Wenn man ihr bewegtes Schicksal und ihren unersättlichen sexuellen Appetit bedenkt, muß man sich fragen, wie viele weitere Bände erforderlich sein werden, um die Erlebnisse dieser reizenden jungen Dame ihren Bewunderern und denen, die ihrer Karriere nacheifern wollen, wirklich nahezubringen.

›Timeo Danaos et Dona Ferentes.‹
(Ich fürchte die Danaer, auch wenn sie Geschenke bringen.)
Vergil (›Äneis‹, 2. Gesang)

TEIL 1

»Um Himmels willen hüte deine Zunge,
und laß mich lieben.«
JOHN DONNE

Kapitel 1

Sarah betrachtete liebevoll, wie geschmeidig Miles aus seinem Wagen sprang und über die Straße lief. In seinen Bewegungen lag eine gewisse Knabenhaftigkeit, die ihr aus irgendeinem Grund durch und durch ging. Es kribbelte sie am ganzen Körper, als ob sie schon jetzt im voraus seine Lippen auf den ihren spüren könne und in seinen Armen liegen würde. Sie konnte es kaum erwarten, mit ihren Fingern durch seine Haare zu fahren, die Wärme seines Körpers zu spüren und wieder den leichten Duft einuzuatmen, der in ihrer Erinnerung immer hängenblieb. Trotzdem brachte sie es fertig, ihn, als er durch die Tür stürmte, ungezwungen zu fragen:

»Hattest du eine angenehme Reise?«

Statt einer Antwort riß Miles sie in seine Arme und hielt sie fest. Sein Mund suchte ihre Lippen, und sie fühlte, wie sie in seiner leidenschaftlichen Umarmung dahinschmolz. In ihr flammte Verlangen auf, als seine Hände ihren seidenweichen Körper erforschten und ihr wieder das herrliche Gefühl gaben, als sei es das erstemal, daß sie das wunderbare Erwachen der Lüsternheit miterlebte.

»Es ist schon eine Ewigkeit her«, murmelte sie.

»Eine ganze Woche«, antwortete ihr Geliebter. »Habe ich dir gefehlt?«

»Du weißt doch verdammt genau, daß du jede Sekunde an jedem Tag gefehlt hast. Du wolltest nur, daß ich es dir auch bekenne.«

»Blödsinn!« Er machte sich über sie lustig. »Ich nehme an, du hast sicher ein Dutzend Männer gehabt, während ich weg war.«

»Also nein, Liebling«, beschwichtigte Sarah ihn, »du mußt nicht so schamlos übertreiben. Nicht mehr als elf, das schwöre ich dir.«

»Lüsterne Wilde«, warf Miles ihr liebevoll an den Kopf.

»Britischer Bastard«, gab Sarah zurück.

Sarah Brown war wirklich in Australien geboren und von dort nach London gekommen, wo sie Lucinda, Miles' Schwester, getroffen hatte, die jetzt ihre Geschäftspartnerin war. Miles, oder wie man ihn korrekterweise anzusprechen hatte, der Honourable Miles Farrer, Sohn und Erbe des Viscount Hamblewood, war Richter. Wenn er seine traditionelle Robe trug, wirkte er wie ein überaus ernster und nüchterner Jurist in reifen Jahren. Jedoch an den Wochenenden, an denen sich Miles freimachen und Sarah in ihrem Apartment in Paris besuchen konnte, schienen die Jahre von ihm abzufallen. Dann war er so quirlig wie ein junger Dachs und glich eher einem verliebten Fünfundzwanzigjährigen. Bis er Sarah begegnet war, hatte Miles ein recht behütetes Leben geführt. Aber die attraktive Aschblonde mit den strahlenden blauen Augen und der vielversprechenden Figur hatte ihm eine Schocktherapie verpaßt, der sich der Patient mit lobenswertem Eifer unterzog.

Miles ließ sich auf einem kleinen Sofa nieder, während ihm Sarah, die sich wie immer rührend um die Bedürfnisse des Mannes kümmerte, der eine so lange und anstrengende Fahrt auf sich genommen hatte, um bei ihr zu sein, einen mehrstöckigen Scotch einschenkte.

»Hier, trink das, mein Liebes«, sagte sie und setzte sich neben ihn. »Das wird dich wiederbeleben und dir Energie verleihen.«

»Brauche ich denn solch ungeheure Energiereserven?« fragte er unschuldig.

Sarah gab ihm mit einem wissenden Lächeln seinen Drink, und Miles zog sie an sich. Es war einer dieser goldenen Frühlingsabende, an denen die ganze Welt friedlich zu sein schien. Die Stimmung der beiden stimmte damit vollkommen überein.

Sarah wühlte mit ihren Fingern in seinem braunen, welligen Haar. Miles sah auf eine unaufdringliche Art sehr gut aus: adrett, angenehm und etwas schlaksig. Diese Zusammenstellung gefiel Sarah besonders gut, und deshalb hatte sie seine Rückkehr auch schon sehnlichst erwartet. In ihrer Stimme lag eine Spur von Ungeduld, als sie fragte:

»Müssen wir heute abend zu Lucinda gehen?«

»Ich hab' ihr versprochen, daß wir später vorbeischauen.«

»Können wir diesen Abend nicht allein verbringen?« fragte Sarah gereizt. »Ich habe dich eine Ewigkeit nicht gesehen, und im gleichen Augenblick, wo du ankommst, müssen wir uns schon ins gesellschaftliche Leben stürzen.«

»Ich muß mit Lucinda etwas sehr Wichtiges besprechen – und mit ihrer Freundin Jennifer und dir natürlich auch, je früher, desto besser.« Einen kurzen Augenblick hatte Miles ein ernstes Gesicht gemacht; aber schon entspannte er sich wieder. »Schau nicht so unglücklich drein, Sarah, Liebling. Wir müssen doch erst in ein paar Stunden gehen. Bis dahin könntest du mir doch zeigen, wie sehr ich dir gefehlt habe.«

Miles wollte sie in seine Arme nehmen, aber sie sprang auf und sagte spöttisch:

»O nein, Mylord! Das dürfen Sie nicht! Ihr Aristokraten seid doch alle gleich. Sie glauben, daß Sie jedes arme, unschuldige Mädchen, das unglücklicherweise in Ihre Klauen geraten ist, schamlos ausnützen können.«

»Du bist meinen Klauen eben entronnen«, beklagte sich ihr Geliebter. »Und du bist keineswegs arm – nicht seit du mit Lucinda zusammen bist. Und was deine Unschuld betrifft, da kann ich nur lachen. Schließlich hast du mir alles, was es gibt, beigebracht.«

»Da irrst du dich gewaltig, Miles. Man lernt nie aus; deshalb habe ich beschlossen, daß du reif für die nächste Lektion bist. Beeile dich und trinke aus! Ich lasse dir inzwischen das Badewasser ein.«

»Wäschst du mir auch den Rücken?« fragte Miles, als er Sarah ins Bad folgte.

»Du wirst dich wundern, was ich mit dir alles anstelle.«

»Alles leere Versprechungen!«

Ein paar Minuten später schwelgte Miles in dem dampfenden heißen Wasser und wischte sich den Schaum des parfümierten Badesalzes von der Wange. Er klatschte wie ein türkischer Pascha in die Hände und rief:

»Wo bleibt denn meine Badesklavin?«

»Ich bin schon auf dem Weg, mein Herr und Meister«, gab Sarah aus dem Schlafzimmer zurück. »Ich ziehe bloß noch meine Dienstkleidung an. Nie würde ich es wagen, vor Euch nicht angemessen gekleidet zu erscheinen.«

Ehe Miles die Möglichkeit hatte zu antworten, rannte Sarah in das Badezimmer, nackt.

»Diese Kleidung steht Ihnen aber besonders gut«, meinte Miles und schaute voll Bewunderung auf ihre festen, nach oben gerichteten Brüste; die Brustwarzen waren aufgestellt, als reckten sie sich seiner Umarmung schon entgegen. Er ließ seine Blicke über ihre schmale Taille und die üppigen Rundungen ihrer Schenkel und ihres Gesäßes gleiten.

»Beug dich nach vorn«, befahl ihm Sarah, als sie hinter ihm in die Wanne kletterte und mit solchem Eifer begann, seinen Rücken einzuseifen, daß ihm die Luft wegblieb.

»Halt!« protestierte Miles. »Ich möchte liebkost werden, nicht aber bei lebendigem Leib die Haut abgezogen bekommen.«

»Bist du nicht bereit, für die Frau, die du liebst, die Folter mit Wasser und Seife zu erdulden?« umgurrte ihn Sarah verführerisch.

Miles erschauerte, als Sarah mit ihren Fingerspitzen ganz sanft die Wirbelsäule hinabfuhr und alle seine Nerven in Erregung versetzte.

»Du weißt doch ganz genau, daß ich keine schmutzigen Männer in meinem Bett dulde«, neckte sie ihn.

»Komm hier herum, wo ich dich packen kann«, bettelte Miles; aber Sarah ließ ihn warten, bis sein Rücken von dem dichten Seifenschaum ganz bedeckt war.

»Mhm, das tut gut«, schnurrte Miles. »In deinen Händen muß ein Zauber sein.«

»Nur in meinen Händen?« wollte Sarah wissen.

Ganz langsam und planvoll begann sie, ihren Körper an seinem Rücken zu reiben. Sie begleitete diese schlängelnden Massagebewegungen mit den zartesten Liebkosungen, wobei ihre Hände kaum Miles' Haut berührten. Diese Behandlung fand Miles besonders aufreizend und erregend. Mit jeder Faser seines Körpers verlangte er nach Sarah, wünschte er es sich, ihre Schönheit wieder einmal zu besitzen.

»Oh, meine Süße, komm zu mir, ich will dich.«

Seine Erektion war fast unerträglich und drängte ihn zu der Erleichterung, die ihm nur ihre Liebe bringen konnte. Aber immer noch weigerte Sarah sich, ihre Position zu verändern.

»Entspann dich, Liebling«, flüsterte sie. »Wir brauchen doch nichts zu überstürzen.«

Mit festem Griff strich sie über die angespannten Schultermuskeln. Die rhythmischen Kreisbewegungen ihrer Handflächen brachten seinem Körper ein heißes, wohliges Gefühl. Endlich fand sie, daß Miles lange genug gewartet hatte und kletterte über ihn hinweg. Dann stand sie vor ihm in der Badewanne, stolz auf ihre Schönheit.

Dankbar vergrub Miles sein Gesicht in der Wärme und Weichheit ihres Bauches. Er bedeckte sie mit Küssen, während Sarah ihm über das Haar strich, sich dann auch hinunterbeugte und seinen Kopf küßte.

»Steh auf, Liebling«, murmelte sie.

Miles erhob sich, und Sarah kniete sich vor ihn hin. Sie ließ ihre Fingerspitzen spielen, und Miles stöhnte vor Vergnügen über das wunderbare Lustgefühl, das ihre Hände ihm vermittelten. Es strömte durch jeden Nerv und jede Faser, bis es auch in den letzten Zentimeter seines Körpers vorgedrungen war.

Sarahs Berührung war so hauchzart wie das Vorbeistreichen eines Schmetterlingsflügels; aber noch weicher war ihr Mund, der ihre Finger ablöste. Liebevoll leckte und kitzelte sie ihn, und langsam begann Miles, sich auf seinen Füßen vor- und zurückzuwiegen. Als seine Erregung immer stärker wurde, wurden auch seine Stöße immer schneller, und Sarah saugte stärker.

»So ist es herrlich, Süße, hör nicht auf, bitte, hör nicht auf«, flehte Miles sie an. Ganz zart streichelte Miles Sarahs Schultern, die sich glatt wie Satin anfühlten. Er hatte das Gefühl, als würde er sich in der warmen, feuchten Süße ihres Mundes auflösen. Sarah spürte, daß er sich dem Höhepunkt näherte und bewegte nun ihre Lippen und ihre Zunge schneller und gezielter. Sie hielt ihn, besaß ihn, und er wurde immer tiefer in sie hineingezogen. Er kam unwiderstehlich und erbarmungslos. Dann ließ er sich mit einem Aufstöhnen zurück in das warme Wasser gleiten.

Miles' Körper erschlaffte, und er rang nach Luft. Sarah beugte sich zu ihm und drückte ihm einen letzten Kuß auf die Stirn. Dann kletterte sie aus der Wanne, nahm ein Handtuch und trocknete sich ab.

»Komm jetzt ins Bett, Liebling«, forderte sie ihn auf. »Denk dran, daß ich dich ebenso will, wie du mich gewollt hast. Beeil dich, laß mich nicht warten.«

»Gib mir ein paar Minuten«, schnaufte Miles.

Statt einer Antwort beugte sie sich zu ihm herunter und küßte ihn. Und wieder kostete er die Verführung ihrer einschmeichelnden Zunge voll aus.

»Vergiß die paar Minuten«, sagte Miles und folgte ihr, nur in ein Handtuch gewickelt, ins Schlafzimmer.

Am anderen Ende der Stadt, in ihrem Apartment in der Mozart Avenue, reckte sich gerade Lucinda, Miles' Schwester, wohlig in ihrem riesigen, prächtigen, antiken Himmelbett. Ihre Gefährtin Jennifer Maxwell rumorte in der Küche und machte ein bißchen Ordnung.

»Beeil dich!« rief sie. »Miles und Sarah werden bald vorbeikommen.«

»Sei nicht albern! Bis die kommen, kann noch eine Ewigkeit vergehen«, antwortete Jennifer Maxwell, als sie in das Schlafzimmer kam. »Sarah wird zuerst einmal die volle und ungeteilte Aufmerksamkeit deines ernsthaften Herrn Bruders beanspruchen. Miles taucht bestimmt erst in ein paar Stunden auf.«

Lucinda war in Jennifer furchtbar verliebt gewesen, als sie zusammen im Internat waren. Sie waren nach Paris gezogen, weil sie dort so leben konnten, wie es ihnen Spaß machte, ohne unter der Mißbilligung von Freunden oder der Familie leiden zu müssen. Beide waren sexuell freizügig und hatten sowohl gute wie auch schlechte Erfahrungen mit Männern gemacht. Die Enttäuschungen hatten ihre Verbindung nur um so enger werden lassen. Es war die natürlichste Sache der Welt, daß sie am Ende einer arbeitsreichen und anstrengenden Woche ihre Spannung in gegenseitiger Umarmung abbauten. Jennifer zog die Vorhänge des Bettes zur Seite und kletterte neben ihre Gefährtin. Beide Mädchen waren außergewöhnlich hübsch, wenn auch ganz unterschiedlich. Jennifer war groß und schlank, mit kleinen Brüsten und einem knackigen Hinterteil. Sogar ihr Gang wirkte knabenhaft; dennoch war ihre Weiblichkeit ebenso ausgeprägt wie die Lucindas, die im Gegensatz zu ihr fülliger war und deren Körper nur aus üppigen rosa und weißen Kurven bestand. Jennifer war überaus lebendig. Ihre feinen Gesichtszüge waren niemals reglos, sondern gaben jeden Wechsel ihrer Stimmung sofort wieder. Lucinda war stets empfänglich für die wache Intelligenz, die ihr aus Jennifers dunklen Augen entgegenstrahlte. Ihr rabenschwarzes Haar und ihr dunkler Teint bildeten einen schönen Gegensatz zu Lucindas goldblonden, feinen Haaren und ihren geheimnisvollen, grünen Augen. Was beide Mädchen gemeinsam hatten, war ihre angeborene Sinnlichkeit, die Erkenntnis der Schönheit ihrer eigenen Körper und die Bereitschaft, diese Schönheit zu akzeptieren und sich ganz dem Vergnügen aneinander hinzugeben. Trotzdem war aber ihre Bindung viel mehr als eine rein körperliche. Aus der Schulmädchenschwärmerei war eine echte, tiefe Liebe geworden. Dabei hatte aber die Übereinstimmung ihrer Auffassungen und Charaktere, wie bei allen guten Verbindungen, die Heftigkeit ihrer körperlichen Leidenschaft keineswegs geschwächt.

Sie hielten sicn eng umschlungen und gaben sich ganz dem Vergnügen hin, die Wunder des Körpers der anderen zu erforschen. Wie immer war es so aufregend wie beim erstenmal. Jennifer streichelte Lucindas Haar wie eine Mutter, die alle Sorgen und Schwierigkeiten ihres Kindes damit aus der Welt schaffen wollte. Lucinda dankte ihr, indem sie Jennifers Brust in den Mund nahm und zart ihre Brustwarzen küßte. Sie lagen lange da, ohne sich zu bewegen, genossen das Zusammensein und schöpften das Vergnügen an der Gegenwart der anderen voll aus.

Unausbleiblich schlich sich mit der Zeit die Erregung in ihr Liebesspiel. Sie begannen sich zu bewegen, erst mit aufreizender Langsamkeit, aber dann, als die Leidenschaft zunahm, gaben sie sich ihrem Verlangen nach engem Körperkontakt hin. Ihre Lippen verbanden sich zu einem honigsüßen Kuß. Ihre Zungen stießen aufeinander und hinein in die tiefen, suchenden Münder.

»Kein Mann konnte mich je so verwöhnen und lieben wie du, Jennifer«, sagte Lucinda und stieß einen leisen Seufzer der Genugtuung aus.

»Vielleicht hat sich auch kein Mann so gut wie ich gekannt«, antwortete Jennifer.

Die beiden Mädchen streichelten und liebkosten einander mit einer Liebe, die aus der Bewunderung für den Körper der anderen vorgegangen war. Lucinda sog den Duft Jennifers ein; sie liebten einander mit allen Sinnen und jedem Teil ihrer Körper.

»Das war himmlisch«, sagte Jennifer lächelnd eine halbe Stunde später.

Lucinda nahm sie in die Arme und gab ihr einen Kuß.

»Nun komm schon«, sagte sie. »Wir müssen uns für Miles und Sarah fertig machen. Stell dir vor, wie schockiert die beiden wären, wenn sie uns zusammen im Bett erwischt hätten.«

Jennifer lachte und folgte Lucinda ins Badezimmer.

Im gleichen Augenblick, als Jennifer und Lucinda das Bett verließen, in dem sie sich gerade so innig geliebt hatten, und duschen gingen, machten es sich Sarah und Miles nach ihrer Liebe in der Badewanne jetzt im Schlafzimmer gemütlich. Bei beiden Paaren spielte jedoch der Ortswechsel keine Rolle, was ihre Aktivitäten betraf. Vielleicht ist das der Grund, warum die Liebe die Welt in Schwung hält.

»Würde der erfahrene Herr Anwalt bitte zum Richtertisch treten?« rief Sarah vom Bett her.

»Aber sogleich, Mylord«, lachte Miles und eilte zu ihr. »Ich bitte vielmals um Entschuldigung, daß ich meine Robe und meine Perücke nicht trage.«

»Welche Schande!« tadelte Sarah ihn. »Das ist keineswegs das Benehmen, das man von einem erfolgreichen Rechtsverdreher erwartet.«

Sie gab ihrem Mißfallen durch einen langen Kuß Ausdruck.

Miles genoß dieses fröhliche Geplänkel. Er hatte sich sehr an Sarah gewöhnt und war sich auch bewußt, daß ihre frische und humorvolle Art allmählich seine frühere Schwerfälligkeit und seine Wichtigtuerei abgebaut hatten, so daß er sich jetzt viel unbeschwerter mit anderen unterhalten konnte. Bei Sarah konnte er so sein, wie er eigentlich war. Er stand nicht unter dem Druck, etwas beweisen oder Eindruck schinden zu müssen. Zum erstenmal in seinem Leben hatte Miles jemanden gefunden, bei dem er sich vollkommen wohl fühlte.

Ein weiterer wichtiger Erfolg in Miles' Erziehung durch Sarah war, daß er genau gelernt hatte, welche Dinge sie sexuell schätzte. Dieses Wissen hatte ihn zu einem viel selbstsichereren und besseren Liebhaber werden lassen.

Glücklich schlüpfte er ins Bett und nahm sie in seine Arme.

»Woher hast du nur diese wunderschönen Hände her, Liebling, so stark und doch so sensibel?« fragte Sarah.

»Sie wurden eigens dazu entworfen, dich zu streicheln«, antwortete Miles, während er seine Finger über ihren Körper gleiten ließ. Er kannte jede Kurve, jede Hautfalte dieses verlockenden Weibes, wurde aber nie müde, seine Vollkommenheit zu bewundern. Die stumme Bewunderung seiner Hände weckte immer Sarahs Sinnlichkeit.

»Ja, Liebling, genau da.« Sarah schloß genüßlich die Augen wie eine zufriedene Katze, während Miles ihre Brüste nahm und leicht massierte.

»Ich will dich spüren, groß und stark«, forderte sie ihn leise auf.

Miles verschloß ihren Mund mit Küssen. Sie war so weich wie Samt und bot der gesamten Länge seines fordernden Penis Raum. Er küßte ihre Augen, Ohren, Wangen, Kehle und fühlte ihre wachsende Geilheit in der Wildheit und Unbeherrschtheit ihrer Umarmungen.

Es war gut; zu gut, als daß es anhalten konnte. Sarah kam mit einem schrillen Lustschrei, und das Gefühl ihrer Verzückung während des Orgasmus brachte Miles fast gleichzeitig zum Höhepunkt. Es war, als ob alle Farben des Regenbogens in einer einzigen, überwältigenden Explosion in ihren Köpfen und zuckenden Körpern zerstoben.

Sie hielten sich eine Ewigkeit lang umschlungen, nicht fähig sich zu bewegen, ehe die glühende Hitze ihrer Leidenschaft nachließ und sie sich dem Glücksgefühl hingeben konnten, das aus dem Nachlassen jeder Spannung nach einem vollkommenen Liebesakt entsteht.

Sarah bewegte sich als erste. Ohne ein Wort zu sagen, glitt sie aus dem Bett, ging hinüber ins Wohnzimmer und kam kurz darauf mit zwei vollen Gläsern zurück. Miles nahm seinen Drink und probierte ihn anerkennend. Er stützte den Kopf auf einen Arm und betrachtete Sarah, wie sie sich mit dem Drink in der Hand auf dem Bett zusammenkuschelte.

»Du bist fantastisch«, sagte Miles zu ihr. »Du weißt ganz genau, wann und was guttut, stimmt's, Liebling?«

»Wie meinst du das? Willst du mir damit andeuten, daß die Art, mit der wir uns lieben, deine Zustimmung findet?«

»Das auch, natürlich. Nein, was ich wirklich meinte, waren die kleinen Sachen. Ich brauchte dir nicht zu sagen, daß ich gern einen Drink hättte. Du wußtest es schon. Ich brauchte dir auch nicht zu sagen, worauf ich Lust hatte. Auch das wußtest du, ohne daß ich ein Wort sagen mußte.«

Sarah lachte. »Du bist gut, inzwischen muß ich nun wirklich wissen, wie du tickst, oder, Liebling?«

»Ich glaube schon. Aber was ich damit ausdrücken will, ist, daß ich mich bei dir so wohl fühle. Alles ist leicht und ohne Krampf; nie gibt es Streit.«

»Liebling, jetzt wirst du sentimental. Ab und zu geraten wir uns doch in die Haare, oder etwa nicht?«

»Ja, natürlich streiten wir manchmal; aber das gehört zum häuslichen Glück, stimmt's?«

»Das weiß ich nicht, Miles. Ich bin mein ganzes Leben ein Einzelgänger gewesen.«

»Meinst du nicht auch, daß es an der Zeit wäre, diesen Zustand zu ändern?« Miles' Ton war sehr ernst geworden, und Sarah schaute ihn erstaunt an.

»Was sagst du da? Daß wir einen gemeinsamen Hausstand gründen sollten?«

»Ja, so könnte man es ausdrücken.«

»Aber, Liebling, ich will dich nicht festbinden. Es geht uns jetzt doch auch prächtig; jedenfalls, ich finde es prächtig. Du mußt an deine Karriere und deine Familie denken. Ich weiß, daß du dich ›angleichen‹ mußt – das ist doch der Ausdruck, den die Oberschicht der englischen Gesellschaft dafür verwenden würde?«

Miles nickte und kippte seinen Drink hinunter.

»Sarah, was ich verzweifelt versuche zu sagen, ist, daß ich dich liebe. Versteh mich doch! So schön es ist, mit dir ins Bett zu gehen, es ist ebenso schön, wenn wir es nicht tun. Wir passen einfach zueinander, geistig und körperlich. Wenn ich bei dir bin, fühle ich mich zu Hause. Es ist einfach herrlich zusammenzusein. Fühlst du das nicht auch?«

Als Antwort rutschte Sarah zu ihm hinüber und küßte ihn.

»Also, Sarah, Liebes, willst du mich heiraten?«

Sarah konnte ihren Ohren nicht trauen. Sie starrte ihn mit offenem Mund an.

»Aber Miles, denke an deinen Vater und deine Mutter. Eines Tages wirst du Viscount sein.«

»Und du Viscountess.«

»Liebster Miles! Ist dir schon aufgefallen, daß heutzutage manche Leute zusammenleben, ohne verheiratet zu sein?« Sarahs Stimme wurde etwas schrill. Sie spürte eine ungewohnte Nervosität in sich.

»Natürlich weiß ich das! Du hältst mich sicher für blöd und eingebildet; aber du hast ins Schwarze getroffen. Ich werde Viscount sein, und es wird von mir erwartet, daß ich heirate. Und die einzige Frau, die ich heiraten werde, ist die, die ich auch liebe. Das bist du.«

»Ach, Liebling! Aber wird deine Familie auch eine kleine Wilde aus dem australischen Busch akzeptieren?«

»Ich mache mir keine Sorgen, ob sie dich akzeptieren werden. Du würdest Schönheit, Anmut, Intelligenz und neues Leben in das alte Haus und zu den alten Leuten bringen. Nein, für mich ist viel wichtiger, ob du sie akzeptierst.«

Sarah gab Miles einen Kuß und sagte leise:

»Wenn du ganz sicher bist, daß du mich willst, kann ich überall leben und alles auf der Welt tun, solange du mit mir zufrieden bist.«

»Das ist großartig! Jetzt haben wir Lucinda wirklich etwas zu berichten, nicht wahr?«

Sarah schwieg eine Weile, dann sagte sie:

»Aber es wird schrecklich ungewohnt sein, auf deinem Stammsitz zu wohnen und ›Mylady‹ genannt zu werden.«

»Daran wirst du dich gewöhnen. An mich hast du dich schließlich auch gewöhnt. Das war viel schwieriger.«

Das Wasser schoß kaskadenartig über Lucinda und Jennifer, die sich kräftig einseiften. Der Strahl des heißen Wassers lief über ihre Körper wie die Hände eines rasenden Liebhabers, und ihre Haut glühte, als das Blut durch ihre Glieder jagte. Sie standen sich mit den Gesichtern gegenüber, ihre Bäuche berührten sich, die Arme um die Schultern der anderen gelegt und nahmen die Süße ihrer Schönheit und die Zärtlichkeit ihrer Liebe in sich auf, während die Wassertropfen auf ihren Brüsten und Armen wie Perlen auf Alabaster glitzerten, Keine sprach; sie kannten einander viel zu gut, als daß sie Worte gebraucht hätten, um ihre Gefühle auszudrücken. Ihre Augen aber sprachen, und der Druck ihrer Hände auf dem Körper der anderen sagten alles, was in der tiefen, inneren Sprache der Liebe gesagt werden muß.

Danach wickelten sie sich in flauschige, warme Handtücher, gingen ins Schlafzimmer und trockneten sich ab.

»Ich möchte zu gern wissen, was Miles gerade macht«, sagte Lucinda verschmitzt.

»Sei nicht albern!« lachte Jennifer. »Du weißt doch haargenau, daß Sarah und er das gleiche machen, was wir gerade getan haben. Dein Bruder widmet deiner Kollegin ziemlich viel Aufmerksamkeit.«

»Ach, ich weiß nicht. So oft sehen sie sich ja auch nicht.«

Diese Bemerkung verstärkte Jennifers offensichtliche Belustigung.

»Manchmal kannst du wirklich naiv sein, Lucinda. Es stimmt zwar, daß Miles uns nicht allzu oft besucht; aber ist dir nicht aufgefallen, daß Sarah sich recht häufig ein paar Tage freigenommen hat oder an den Wochenenden ganz verschwunden ist?«

»Sie hatte immer triftige Gründe.«

»Du meinst, Entschuldigungen. Ein Wiedersehen mit einer Tante aus Sidney! Wie viele Tanten aus Sidney muß ein Mädchen auftreten lassen, ehe es dir zu dämmern beginnt, daß sie vielleicht eine winzige Notlüge benutzt? Oder besser eine ganze Reihe von Notlügen?«

»Ich gebe zu, du könntest recht haben«, meinte Lucinda nachdenklich. »Vielleicht hat Sarah einen Geliebten und will das vor uns geheimhalten!«

»Natürlich hat sie einen! Und welchen anderen Liebhaber würde sie so für sich behalten als deinen Bruder?«

»Ich muß unbedingt mit ihr reden.«

»Lucinda! Lucinda! Welche Vorwürfe willst du vorbringen, weil sie eine Liebschaft hat? Oder glaubst du, daß sie schlecht für deinen Bruder ist?«

»Nein. Natürlich nicht! Sie hat ungeheuer viel aus ihm gemacht. Miles wurde schon als verknöcherter Typ geboren, und sie hat ihn verjüngt. Das finde ich großartig. Was mir Sorgen macht, ist das Geschäft, was wir führen. Sarah beteiligt sich daran längst nicht so wie sie müßte.«

»Aber hör mal, Lucinda! Es läuft doch wirklich nicht schlecht, und diese Babette ist schrecklich tüchtig.«

»Ja, aber das ist nicht gut. Ich weiß, daß Babette alle Mädchen, die wir in unserer Kartei führen, im Auge behält und dafür sorgt, daß unsere geilen Kunden ihre Rechnungen bezahlen und wir zu dem kommen, was uns zusteht. Aber je mehr Arbeit Babette übernimmt, desto mehr werden wir von ihr abhängig; und das gefällt mir ganz und gar nicht.«

»Da hast du recht«, stimmte ihr Jennifer zu. »Sarah ist hübsch und leichtsinnig, Babette dagegen häßlich und geschäftstüchtig. Aber sie kann uns offensichtlich nicht ausstehen. Naja, schließlich war sie schon im Geschäft, ehe wir es übernommen haben, und ich habe das Gefühl, daß sie es uns übelnimmt, daß wir die Chefs sind.«

Die Mädchen zogen sich fertig an und gingen ins Wohnzimmer. Keine von beiden konnte Babette besonders leiden, aber sie mußten zugeben, daß sie alle Kniffe kannte, die dazu gehören, eine Callgirl-Agentur zu führen. Ohne sie würde es schwierig werden. Babette war auch immer hilfsbereit gewesen, wenn sie auch dazu neigte zu quengeln und alles schwarz zu sehen. Man konnte mit ihr nie den Spaß wie mit Sarah haben.

»Ich möchte gern wissen, warum Miles heute abend vorbeikommt. Man sollte meinen, daß er seine erste Nacht in Paris mit Sarah allein verbringen wollte«, sagte Jennifer und steckte sich eine Zigarette an.

»Keine Ahnung. Aber er führt sicherlich etwas im Schilde. Er bestand gestern am Telefon äußerst hartnäckig darauf, uns alle zusammen zu sprechen«, antwortete Lucinda.

»Naja, wir werden es bald wissen.« Jennifer war zum Fenster hinübergegangen und schaute auf die Straße. »Da ist er schon. Er parkt gerade vor der Tür.«

»Ist Sarah bei ihm?«

»Aber sicher. Sie hüpft wie ein Lamm herum. Ich sag' dir, Lucinda, sie sehen aus wie zwei Teenager vor ihrer ersten Verabredung.«

Lucinda drückte auf den Knopf, um die Tür des Apartmenthauses zu öffnen. Gleich darauf kamen Miles und Sarah herein. Man küßte und begrüßte sich.

Als sie alle Platz genommen hatten und Jennifer jedem einen Drink gegeben hatte, wandte sich Lucinda an ihren Bruder.

»Was ist denn nun der Grund für die ganze Aufregung, Miles? Warum war es so wichtig, daß wir unverzüglich dieses Treffen veranstalten mußten? Bist du ein Opfer deiner neuentdeckten sexuellen Befreiung geworden und brauchst die Adresse eines guten Arztes von mir?«

»Sei nicht so albern und vulgär.« Einen Augenblick lang war Miles wieder in seine alte autoritäre Rolle geschlüpft. Er beruhigte sich aber sogleich, als er sah, daß die boshafte Bemerkung seiner Schwester von den Mädchen mit harmlos fröhlichem Gelächter quittiert wurde.

»Was ist denn der Grund?« fragte Jennifer.

»Wenn ich mir erlauben darf, mit einer abgedroschenen Phrase zu beginnen«, fing Miles in seiner besten juristschen Ausdrucksweise an. »Was wollt ihr zuerst hören, die guten oder die schlechten Nachrichten?«

»Laß uns mit den guten anfangen«, antwortete Lucinda. »Vielleicht sind die schlechten weg, wenn wir mit den guten fertig sind.«

»Eine interessante, aber irregeleitete Auffassung«, bemerkte ihr Bruder trocken. »Trotzdem ist es ein guter Anfang. Also gut! Sarah und ich wollen heiraten.«

Die beiden Mädchen waren wie vor den Kopf geschlagen. Dann sprang Jennifer auf und gab Sarah einen Kuß.

»Meinen Glückwunsch, Liebling!« rief sie.

Lucinda sagte ernsthaft zu ihrem Bruder:

»Also wirklich, Miles, ein Gentleman ist nicht mehr verpflichtet, einer jungen Dame, mit der er intime Beziehungen hat, gleich einen Heiratsantrag zu machen. Das ist mit Königin Victoria aus der Mode gekommen.«

»Also, wer ist jetzt steif?« fragte Miles sie. »Verstehst du nicht, Lucinda, daß es nicht um einen schnellen Sprung in die Federn geht, sondern daß wir uns lieben und immer zusammen sein wollen? Deshalb wollen wir auch zusammen leben. Du weißt ebensogut wie ich, daß das bei uns zu Hause Heirat bedeutet. Außerdem haben weder Sarah noch ich etwas gegen diese Einrichtung.«

»Meinen Segen habt ihr«, sagte Lucinda und schaute Sarah an, »aber du hast ja keine Ahnung, auf was du dich einläßt. Miles kann ein trockener, alter Knabe sein, obwohl du ihn auf wunderbare Weise munter gemacht hast. Warte, bis du den Rest der Familie triffst. Ihre wildesten Ausschweifungen sind ein Sonntagnachmittag in der Mumienabteilung des Britischen Museums.«

»Das ist mir völlig egal, solange ich mit Miles zusammen bin«, antwortete Sarah. Sie schaute zu ihm auf und lächelte ihn strahlend vor Glück an.

»Armes Luder, dich hat es bös erwischt«, neckte Lucinda. Dann streckte sie ihre Hände Sarah und ihrem Bruder entgegen. »Ganz ehrlich, ich freue mich für euch beide.«

Alle vier umarmten sich; dann sagte Jennifer:

»So, ich nehme an, daß die schlechte Nachricht darin besteht, daß Lucinda und ich unsere Partnerin verlieren werden und das Geschäft ohne sie führen müssen.«

»Leider nein«, antwortete Miles. »Es ist viel ernster als das. Was ich so gehört habe, habt ihr bald kein Geschäft mehr, das ihr führen müßtet.«

»Was redest du denn da?« warf Lucinda ein. »Der Laden läuft prima. Es wird zwar ohne Sarah schwieriger werden; aber Babette ist grauenvoll tüchtig. Ich bin ganz sicher, daß wir klarkommen.«

»Es ist nicht eine Frage, wie ihr ohne Sarah fertig werdet. Ich habe mich neulich mit Leclair unterhalten. Er konnte mit mir Verbindung aufnehmen, weil ich vor kurzem in Frankreich wegen einer juristischen Angelegenheit war. Als Polizist wollte er lieber mit einem Anwalt sprechen als mit Damen, die in eurer Branche tätig sind.«

Die drei Mädchen hörten gespannt zu. Es war schon ein paar Jahre her, seit Lucinda und Jennifer die Gesellschaft erworben hatten, die den Callgirl-Ring aufgezogen hatte. Sie hatten ihr Unternehmen damals in ›Enterprises Lucifer‹ umbenannt, einer Zusammenziehung ihrer Vornamen. Danach war Sarah Teilhaberin geworden; sie hatten noch einen vierten Teilhaber, dessen Name aber nirgendwo erschien. Das war Inspektor Leclair, der eine Verbindung zwischen Jennifer und den Leuten hinter den Kulissen hergestellt hatte. Schutz war ein wichtiger Punkt für das Geschick der ›Enterprises Lucifer‹. Alles, was von ihm kam, mußte man daher sehr ernst nehmen.

»Es sieht so aus, als käme auf Frankreich eine neue Welle von Moralität zu. Die Stillen, Sittsamen und Frommen sind auf dem Kriegspfad«, fuhr Miles fort.

»Das klingt für die armen Mädchen auf der Straße gar nicht gut«, bemerkte Jennifer, »aber unsere Mädchen arbeiten ja in Apartments oder Hotelzimmern; sie dürften davon kaum betroffen werden.«

Miles schüttelte den Kopf. »Diesmal ist es anders. Jetzt kommt die Politik mit herein. Sie suchen einen Skandal, in den reiche Gschäftsleute, ausländische Diplomaten, Würdenträger verwickelt werden – ihr wißt schon, worum es sich dreht.«

»Genau unser Kundenkreis«, bemerkte Sarah niedergeschlagen.

»Alles gut und schön«, warf Lucinda ein. »Aber wir haben schließlich diese Art von Panik schon früher mitgemacht. Es geht alles vorüber. Wir müssen aufpassen und den Mädchen Bescheid geben. Für so etwas ist Leclair unbezahlbar. Er riecht Schwierigkeiten meilenweit und gibt uns dann einen Tip. Wenn doch etwas schiefgehen sollte, kann er im Notfall die Akten verlieren oder auf eine andere Art die Anklage zu Fall bringen. Dafür bekommt er seinen keineswegs kleinen Anteil am Gewinn.«

»Das weiß ich alles«, antwortete ihr Bruder ungeduldig. »Aber Leclair selbst hat mich gewarnt, daß es diesmal wirklich ernst ist.

Außerdem sei bereits eine Untersuchung gegen Lucifer eingeleitet, wie er sagte, und daß er nicht genug Einfluß habe, sie abzublasen oder euch zu schützen.«

Miles' Ausführungen wurden schweigend aufgenommen. Der Schreck war den Mädchen in die Glieder gefahren. Von der ausgelassenen Fröhlichkeit, die bei der Ankündigung der Verlobung von Miles und Sarah geherrscht hatte, war keine Spur geblieben. Schließlich erhob Jennifer ihre Stimme:

»Was kann man jetzt machen? Hast du irgendeine Idee, Miles? Du hast doch schon Zeit gehabt nachzudenken, seit du mit unserem zahmen Gesetzeshützer gesprochen hast?«

»Es gibt nur eine Möglichkeit«, behauptete Miles. »Verkauft Lucifer!«

»Die Agentur verkaufen!« rief Lucinda erstaunt. »Wie sollen wir das machen? Wir leben davon. Und wenn das, was du uns erzählt hast, stimmt, wer würde sie kaufen wollen?«

»Verkauft sie!« Miles genoß offensichtlich die Rolle des entschiedenen Geschäftsmannes, der als einziger durchblickte, besonders da sie ihm Gelegenheit bot, sich vor Sarah großzutun. »Aber vielleicht ist es euch lieber, eine saftige Geldstrafe hinzublättern und die Gastfreundschaft eines französischen Gefängnisses in Anspruch zu nehmen. Allerdings entspricht der Komfort nicht so ganz dem, was wir seit Conrad Hilton im allgemeinen erwarten.«

»Das kenn' ich.« Lucinda erinnerte sich an die Zeit, die sie in einer Zelle verbracht hatte, als sie von der Polizei verhört worden war. Sie war ein Opfer ihres früheren Liebhabers, der den Callgirlring gegründet hatte, geworden. Er hatte sie reingelegt. Das war damals aber nur eine Polizeiwache gewesen und hatte auch nur ein paar Tage gedauert.

»Was nun die Möglichkeit betrifft, sich der Agentur zu entledigen... Ich habe über die Umstände lange und sorgfältig nachgedacht...« Miles hätte ein Richter am Obersten Gerichtshof sein können, der einen äußerst verwickelten Fall einer ziemlich verwirrten und leicht geistig behinderten Jury schilderte. »Obwohl es Gerüchte gegeben hat, daß die Sittenpolizei die Zügel fest anziehen wird, besteht noch kein Anlaß zu allgemeiner Beunruhigung. Erschwerend ist natürlich die Tatsache, die euch auch anders besonders anfällig macht, daß ihr Ausländer seid. Es ist immer sehr viel schöner, Ausländern die Schuld an einem Skandal in die Schuhe zu schieben – das ist überall so, nur sind die Franzosen besonders chauvinistisch. Ein gerissener französischer Unternehmer würde wahrscheinlich mit Sachen durchkommen, für die ihr bei lebendigem Leib gebraten würdet.«

»Ich weiß nicht so recht«, sagte Lucinda. »Was meinst du, Jennifer?«

»Offensichtlich haben wir keine andere Wahl, wenn das stimmt, was Miles uns erzählt.«

»Es kommt von Leclair. Du kannst eine Warnung von ihm nicht in den Wind schlagen«, meinte Sarah.

»Das ist wahr. Du hast dir für deinen Rücktritt aus dem Geschäftsleben einen verdammt günstigen Zeitpunkt ausgesucht«, fuhr Lucinda sie an. »Also, Jennifer, hast du irgendeinen Vorschlag, wer als Käufer von Lucifer in Frage kommen könnte?«

»Das liegt doch auf der Hand«, warf Miles ein. »Es gibt nur eine Person, die Französin ist und das Geschäft vollkommen beherrscht und uns liebend gern aus dem Wege hätte. Babette.«

»Babette!« brüllte Lucinda. »Mit dem sauertöpfischen Gesicht kann sie eine Erektion schneller zu Fall bringen als eine eiskalte Dusche! Außerdem ist sie keineswegs betucht. Ich glaube kaum, daß sie uns auszahlen kann.«

»Die Tatsache, daß sie keine Venus ist, spielt keine Rolle«, meinte Jennifer. »Die Kunden müssen sie ja nicht sehen. Solange die Mädchen das haben, was sie brauchen, sind sie glücklich. Miles hat recht, sie versteht etwas vom Geschäft. Gerade ehe Sarah und Miles gekommen sind, haben wir darüber geredet, wie tüchtig sie ist, nicht wahr?«

»Ja, aber kannst du dir vorstellen, wie sie das bezahlen kann?«

»Vielleicht irrst du dich, Lucinda. Mit Sicherheit hat diese sparsame, kleine Babette einen Sparstrumpf unter ihrer Matratze oder ein Tresorfach auf der Bank. Außerdem wäre es für sie nie ein Problem, soviel Geld aufzutreiben, wie sie für den Kaufpreis benötigt; schließlich weiß sie eine ganze Menge über viele Leute. Ein weiterer Grund dafür, daß man sie sicher zum Kauf überreden kann, ist ihre Eifersucht auf euch verdammte Ausländer.«

»Schon gut, Miles«, entgegnete seine Schwester scharf. »Da du ja offensichtlich auf alle Fragen eine Antwort hast, könntest du uns den Gefallen tun, und an unserer Stelle mit ihr verhandeln.«

Miles hätte sich vielleicht geweigert, aber Sarah stimmte sofort begeistert zu.

»Lucinda hat recht! Eine fabelhafte Idee! Ich weiß, daß ich eigentlich mit der Sache nichts mehr zu tun habe, nachdem ich weggehe; aber Babette würde dir, Miles, vertrauen, mehr als einer von uns. Mit deiner glatten Rechtsanwaltsart kannst du sie jederzeit einwickeln.«

»Du hast schon mit der Sache zu tun«, widersprach Miles, »da dir ja ein Teil des Unternehmens gehört. Und was das Becircen von Babette betrifft, na, ich weiß nicht so recht.«

Miles zeigte deutlich wenig Lust, die sture Babette zu überzeugen; aber seine Zweifel und seine Abneigung wurden von den anderen schnell weggeblasen.

»Prima! Das ist also entschieden«, sagte Jennifer. »Miles wickelt den Kauf von Lucifer an Babette ab.«

»Nein, es ist noch nicht beschlossene Sache«, widersprach ihr Miles.

»Dann stimmen wir ab«, schlug Jennifer den anderen Mädchen vor. »Alle, die dafür sind, daß Miles die Sache durchführt, sollen die Hand heben. Na also! Einstimmig beschlossen.«

»Aber ich habe noch nicht zugestimmt«, beharrte Miles. »Ich bin wirklich nicht sicher, ob ich der richtige Mann für diese Aufgabe bin.«

»Willst du deine Braut jetzt schon enttäuschen?« fragte Lucinda spöttisch. »Da siehst du, Sarah, was passiert, wenn du dich auf einen Mann verläßt.«

Sarahs Augen flehten Miles an, bis er schließlich leicht mürrisch seinen Auftrag annahm.

Kapitel 2

Für die meisten Pariser ist das Wochenende eine angenehme Unterbrechung der Arbeit. Weit weg von Fabrik oder Büro können sie sich erholen und amüsieren. Allerdings müssen andere Pariser um so härter arbeiten, um ihnen diese Abwechslungen bieten zu können. Geschäfte und Boutiquen, Bars und Restaurants, Kinos und Discotheken sind voll von den guten Bürgern der Stadt der Lichter und den Touristen, die wild entschlossen sind, die Kerze an beiden

Enden anzuzünden. Es sind die arbeitsreichsten Tage für die, die im Dienstleistungsgewerbe, wie es so schön heißt, tätig sind. Und die Tätigkeit, womit Babette de Bourbon ihren Unterhalt verdiente, zählte zweifellos zu den Dienstleistungen.

Da samstags attraktive junge Damen als Begleiterinnen für einsame männliche Wesen immer sehr gesucht sind, wußte Miles, daß er Babette sicher erreichen würde. Eigentlich hieß sie Mademoiselle Cornichon; aber da sie es verständlicherweise für ziemlich prosaisch hielt, Fräulein Gürkchen genannt zu werden, und da das gerade in ihrem Beruf wirklich geschäftsschädigend sein würde, hatte sie den Namen des französischen Königshauses angehängt. Damit hatte sie sich, ihrer Meinung nach, die Berechtigung erworben, für die Dienste ihrer Mädchen auch einen höheren Preis zu verlangen.

Babette übernahm Sonderbehandlungen für einen ausgewählten Kundenkreis, verbrachte aber die meiste Zeit damit, ihre Armee von Nymphen und Sirenen einzusetzen. Sie hatte sich eine sanfte Telefonstimme zugelegt, wie es einer echten Bourbonin zustand. Ihre normale Stimme wurde durch einen deutlichen Pariser Akzent ziemlich beeinträchtigt. Sie klang näselnd und ordinär, so scharf, wie man es von einem echten Cornichon erwartete. Sie war ihre Akne seit der Puberät nie losgeworden, behauptete aber, daß manche Männer auf pickelige Mädchen stehen würden. Dennoch muß man zugeben, daß solche Männer ganz bestimmt in der Minderzahl sind. Ihre Figur war nicht schlecht, aber auch nicht besonders gut, einfach uninteressant. Babette war keine Schönheit; aber als Miles sie anrief und ein Treffen für den Abend ausmachte, stürzte sie sich in große Umstände, um das Beste aus sich zu machen.

Nach den Bemühungen ihres Friseurs sah ihr Haar etwas weniger als sonst wie ein Haufen Rattenschwänze aus. Auch die teuersten kosmetischen Präparate konnten ihre scheußliche Haut nicht ganz verdecken, verbesserten sie aber oberflächlich. Babette hatte sich entschlossen, für diese Gelegenheit ein schickes, kurzes Kleid anzuziehen, das ziemlich hoch geschlitzt war. Dadurch konnte sie gerade soviel Bein zeigen, um ihn zu erregen, ohne daß es zu offensichtlich wirkte. Unglücklicherweise war das Kleid aber grün und betonte noch Babettes natürliche, gallige Gesichtsfarbe. Auf alle Fälle kam sie sich totschick vor, als sie auf die Ankunft ihres Gastes wartete.

Da Miles darauf bestanden hatte, sie schon früh am Abend zu besuchen, trafen sie sich in ihrem Büro, wo sie Anrufe entgegenehmen und in ihrer Kartei nachsehen konnte, welche Mädchen von Lucifer während dieser Nacht zur Verfügung standen. Es war zwar nicht der ideale Ort für ein zärtliches Tête-à-tête, aber wenn sie Miles so umgarnen konnte, daß ihre Unterhaltung lange genug dauerte, könnten sie sich dann immer noch in ihr Apartment oder an einen exotischeren Schauplatz begeben.

Babette hatte Miles nicht dazu bringen können, ihr schon vorher den Grund seines Besuches zu nennen. Er hatte sich darauf beschränkt, ihr lediglich mitzuteilen, daß er mit ihr etwas besprechen wollte und daß das Gespräch sehr wohl zu ihrem Vorteil sein könnte. Babette fand das recht vielversprechend, war aber auch befremdet. Miles war doch in letzter Zeit ziemlich häufig mit diesem Miststück Sarah herumgezogen. Vielleicht hatte er sie satt und wollte mal mit einer richtigen Frau zusammensein? Babette strich selbstgefällig über ihr hautenges Kleid. Sie konnte ihm mit Sicherheit ein oder zwei Sachen bieten. Als Miles kam, war Babette gerade beim Telefonieren. Sie winkte ihm zu, sich hinzusetzen, während sie ihr Gespräch mit einem amerikanischen Touristen fortsetzte, der sich eine detaillierte und intime Kenntnis wenigstens einer Seite von Paris verschaffen wollte, ohne einen Schritt aus der zentralbeheizten Luxussuite des Hotels Scribe zu tun. Babettes flammende Beschreibung einer jungen Dame, die sie ausschicken würde, um den brennenden Wissensdurst ihres Anrufers zu stillen, hätte jeden Nobelpreis für Literatur verdient. Miles nickte zustimmend, als Babette in Einzelheiten ging.

»Aber natürlich, Monsieur, ich weiß genau, was Sie sich vorstellen. Ich bin sicher, daß Sie Marie-Pierre bezaubernd finden werden. Sie ist neunzehn, blond und blauäugig. Ja, Sie haben recht, sie ist jung; aber ich versichere Ihnen, Monsieur, Sie werden nicht enttäuscht werden, weil sie sehr erfahren ist. Würde es Ihnen passen, wenn sie so gegen acht Uhr vorbeikommt? Sie könnten mit ihr ein leichtes Abendessen einnehmen. Das würde Ihnen die Gelegenheit bieten, sich ein bißchen kennenzulernen, ehe Sie zu anderen Dingen übergehen. Ja, sehr gut. Jetzt müssen wir nur noch ein paar Einzelheiten klären.«

Als Babette zu der finanziellen Seite der Transaktion kam, wurde ihre Stimme metallischer und ihr Ton bestimmter. Sie legte den Hörer auf und schenkte Miles ein strahlendes Lächeln.

»Es wird nur noch eine Sekunde dauern, aber ich muß Nicole anrufen und ihr sagen, daß sie ihren Arsch ins Scribe bewegen soll.«

»Nicole?« erkundigte sich Miles. »Ist das nicht das Mädchen, das neulich hier war, als ich mit Sarah vorbeischaute?«

»Genau die!« grinste Babette. »Wie genau Sie alles beobachten. Fanden Sie sie interessant?«

»Sie sah gut aus«, gab er zu. »Aber wie können Sie behaupten, daß sie eine Blondine ist? Sie war eine Negerin aus Martinique, wenn ich mich nicht täusche?«

»Das ist richtig.« Babette wählte die Nummer. »Aber wenn sie im Hotel ankommt, wird sie diesem netten amerikanischen Gentleman erzählen, daß sich Marie-Pierre nicht wohl fühlte und Nicole für ihre Freundin eingesprungen sei. Glauben Sie, daß er so ungalant sein wird, sie wegzuschicken? Das heißt, wenn er überhaupt den Unterschied bemerkt. Er ist so aufgeregt von der Aussicht, eine unbekannte schöne Frau zu treffen, daß solch unwichtige Nebensächlichkeiten keine Rolle spielen. Wenn sie erst einmal ein paar Gläser Champagner getrunken und Kaviar in seinem Zimmer gegessen haben, wird er vergessen, daß es Marie-Pierre je gegeben hat.«

»Gibt es sie wirklich?«

»Weiß ich nicht. Ich habe lediglich das Mädchen beschrieben, das er sich vorgestellt hatte. Aber er wird mit Nicole sehr zufrieden sein, Sie werden schon sehen. Ich verstehe mich auf mein Geschäft.«

Miles sagte nichts, während Babette Nicole ihre Anweisungen gab bezüglich wann, wo und mit wem. Als sie damit fertig war, wandte sie sich Miles mit einem gewinnenden Lächeln zu.

»So, das hätte wir geschafft. Ich stehe Ihnen jetzt vollkommen zur Verfügung.«

Sie schlug die Beine übereinander und versichete sich, daß der Schlitz sich genau richtig öffnete; dann griff sie zur Zigarette. Sie bot Miles auch eine an, der ablehnte, sich aber zu ihr beugen mußte, um ihr Feuer zu geben. Er konnte es nicht verhindern, daß er einen tiefen Blick in Babettes prallen Busen tat, als sie sich in ihrem Stuhl herumdrehte und seine Hand beim Feuergeben festhielt. Miles war sich der Vertraulichkeit und unausgesprochenen Aufforderung sehr bewußt. Er lehnte sich schnell wieder zurück in seinen Sessel und schaute Babette an.

»Sie verstehen Ihr Geschäft wirklich«, bemerkte Miles anerkennend. »Ich war wirklich beeindruckt, wie Sie mit dem Kunden am Telefon umgegangen sind.« Miles beschloß, daß Schmeichelei wohl die aussichtsreichste Methode wäre, Babettes Verteidigung zu durchdringen.

»Das war noch gar nichts! Wir haben oft schwierige Kunden. Aber, Miles, Sie sind doch sicher nicht hergekommen, um mit mir über das Geschäft zu sprechen?«

»Doch, das ist es ganz genau, worüber ich mit Ihnen reden will.« Miles lächelte sie strahlend an.

»Wie schade!« Babette nahm ihr Bein herunter.

»Ich glaube kaum, daß Sie das, was ich Ihnen zu sagen habe, enttäuschend finden werden. Sagen Sie mir, Babette, gehe ich nicht recht in der Annahme, daß Sie, und nicht meine Schwester oder Sarah oder Jennifer, die Seele des Geschäfts sind?«

»Ich glaube kaum, daß Lucinda über Ihre Worte hocherfreut wäre.«

»Sie muß doch wissen, daß ich die Wahrheit sage. Ich bin ein paarmal hier gewesen, und immer waren Sie es, die das richtige Mädchen dem richtigen Mann zur richtigen Zeit an den richtigen Ort geschickt hat.«

Babette sah zwar keinen Grund, das Kompliment zurückzuweisen, war aber viel zu verschlagen, um sich durch Selbstbeweihräucherung auf ein Glatteis zu begeben, auf das Miles sie so offensichtlich führte. Wenn Leute Komplimente machen, wollen sie in der Regel etwas. Deshalb zuckte sie nur mit den Achseln und legte den Kopf etwas auf die Seite. Sie wartete, wie Miles nach dieser vielversprechenden Eröffnung weitermachen würde.

»Überlegen Sie einmal, wieviel Geld Sie verdienen könnten, wenn Sie mit Lucifer freie Hand hätten.« Miles versuchte, grenzenlose Bewunderung in seine Blicke zu legen, als er Babette ansah; es gelang ihm aber nicht.

»Die anderen leisten auch ihr Teil«, antwortete Babette zurückhaltend.

»Ja, ich bin überzeugt, daß sie das tun. Aber sie haben einfach nicht Ihren Instinkt. Sie sind die einzige, die den Laden schmeißt. Es ist doch nur aus Loyalität, daß Sie es nicht zugeben. Nein, Babette, es sind ganz liebe, süße Mädchen, aber für Sie doch nur Klötze am Bein.«

»Naja.« Babette schnurrte jetzt wie eine Katze auf seine planmäßige Schmeichelei hin. »Selbst wenn es stimmt, was Sie sagen, bleibt die Tatsache bestehen, daß die anderen drei die Eigentümer des Geschäfts sind, wie Sie genau wissen. Deshalb wird es auch in ihrem Sinne geführt. Und so wird es auch weiterhin laufen.«

»Nicht unbedingt.« Miles schlug jetzt einen verschwörerischen Ton an. »Hören Sie, unser Vater will, daß Lucinda nach Hause nach England zurückkehrt und das Geschäft aufgibt. Ich glaube kaum, daß Jennifer und Sarah ohne sie besonders gut miteinander auskommen werden. Ich habe Sie beobachtet, Babette, und mir wäre es am liebsten, wenn Sie das Geschäft übernehmen und Lucifer leiten würden. Ich glaube, ich könnte die anderen überreden, das Ganze zu verkaufen – einen klaren Schlußstrich zu ziehen.«

»Verkaufen?« Babette rang nach Luft.

Miles nickte. »Und warum nicht Ihnen? Das wäre doch viel vernünftiger, als jemand von außen hereinzuholen und Ihnen einen neuen Chef aufzuzwingen. Das würden Sie doch auch nicht wollen, oder, Babette? Vielleicht jemanden, der viel schwieriger als Lucinda und Co. sein würde. Vielleicht jemanden, der Ihnen absolut nicht gefällt. Da wäre es doch viel besser, wenn Sie Lucifer kaufen. Was sagen Sie zu meinem Vorschlag?«

Babette mußte erst einmal nachdenken. Als sie antwortete, war ihre Stimme so süß wie Honig, aber in ihren Augen lag ein Glanz wie Stahl.

»Miles, ich verstehe vollkommen, daß Lucinda sich um ihre Freundinnen Sorgen macht, wenn sie nach Hause fahren soll. Ich würde ihnen ja auch schrecklich gern helfen und Ihren Vorschlag annehmen. Aber wir müssen realistisch bleiben. Lucifer ist ein prima Geschäft, das sehr viel Geld einbringt. Es wird daher auch sehr teuer sein, und wie soll, Ihrer Meinung nach, ein Mädchen wie ich einen Weg finden, soviel Geld in die Hand zu bekommen, wie nötig ist?«

»Babette, Sie sind keineswegs ein armes, schwerarbeitendes Mädchen. Ich weiß, was Sie hier verdienen und daß Sie eine Menge reicher Freunde haben, die Ihnen nur allzu gern jede erforderliche Summe leihen würden. Besondere Freunde, zu denen Sie eine besondere Beziehung haben.«

»Aber Miles! Ich könnte diese Männer niemals um Geld bitten. Sie zahlen für das Vergnügen. Wenn ich mich an sie wenden würde, könnten einige von ihnen ja denken, daß ich versuche, sie zu erpressen.«

Miles schaute sie eindringlich an. Er hatte ganz klar den Eindruck, daß Babette nicht im mindesten Hemmungen hatte, trotz ihrer frommen Sprüche, einen ihrer Freunde in die Mangel zu nehmen; aber es erschien ihm unnötig, auf dieser Sache weiter herumzureiten.

»Ich finde, Sie sollten den Vorschlag nicht ablehnen, ehe Sie sich erkundigt haben, für welchen Preis Lucifer zu haben ist. Sie würden doch gern die Agentur besitzen, wie?«

»Natürlich würde ich das, Miles. Aber ich würde nicht wissen, wie ich einen Kauf zustande bringen sollte. Ich bin keine Geschäftsfrau wie Lucinda, und ich habe auch keinen so fabelhaften und gerissenen Bruder, der mir helfen könnte. Ich habe viel zuviel Angst vor den ganzen rechtlichen Abwicklungen, wenn ich Lucifer kaufen würde.«

»Aber das brauchen Sie doch nicht allein zu machen.« Miles strahlte sie wie ein wohlwollender Priester an, der gerade einem reuigen Sünder die Absolution erteilt. »Ich könnte Ihnen doch helfen. Das heißt, wenn Sie das wollen. Sehen Sie, es wäre doch kein normales geschäftliches Verfahren, wenn Sie die Agentur kaufen. Sie und die anderen drei sind doch Freundinnen. Ich bin sicher, daß sie von Ihnen nicht denselben Preis verlangen, den ein Fremder zahlen müßte. Was meinen Sie?«

»Würden Sie mir wirklich helfen?« Babette warf ihm einen tiefen Blick zu und schlug die Beine wieder übereinander.

»Natürlich würde ich das.«

»Kommen Sie, Miles, setzen Sie sich neben mich. Sie sind dort drüben so weit weg. Ich fände es viel gemütlicher, wenn Sie hier wären.« Babette stand von ihrem Stuhl hinter dem Schreibtisch auf und ließ sich auf einer Couch nieder. Sie schlug einladend auf den Platz neben ihr. Miles gesellte sich zu ihr auf die Couch und wußte, daß die Stunde der Wahrheit gekommen war.

»Sie glauben also, daß sie verkaufen würden?«

»Da bin ich ganz sicher.«

Vorsichtig näherte sich Miles dem eigentlichen Ziel.

»Wieviel?«

»Da müßten Sie sich mit den anderen absprechen.«

»Na hören Sie mal, Miles! Sie hätten mir das alles kaum erzählt, wenn Sie nicht wüßten, um welche Summe es bei der Sache geht. Wieviel also?«

Miles lächelte sie an. »Ich schätze, daß Sie es für fünfundzwanzigtausend bekommen könnten. Das gilt aber nur für Sie, für keinen anderen.«

»Fünfundzwanzigtausend? Francs?«

»Dollar.«

»Fünfundzwanzigtausend Dollar! Miles, das kann doch nicht Ihr Ernst sein. Sie wissen, daß das viel mehr ist, als ich je auftreiben kann.«

»Babette, Sie sind doch ein gescheites Mädchen. Sie sind nicht wie die anderen jungen Dinger, die man so trifft: ein hübsches Gesicht und nichts zwischen den Ohren. Sie sind ganz anders. Außerdem wissen Sie, was das Geschäft wert ist. Natürlich können Sie sich das Geld beschaffen. Sie sind nicht arm, nicht wahr? Sehen Sie sich doch nur einmal das Kleid an, das Sie tragen. Erzählen Sie mir nicht, daß Sie das bei der Heilsarmee oder auf dem Flohmarkt gekauft haben. Wieviel hat es gekostet?«

»Ach, von solchen Dingen verstehen Sie nichts, Miles, mein Lieber. Ich habe es nicht gekauft.« Babette strich sich aufreizend über ihre Hüften und ließ den Schlitz ein bißchen höher gleiten. »Das war ein Geschenk – von einem Verehrer. Sie haben wirklich einen guten Blick, Miles, daß Sie gleich gesehen haben, daß es sich um ein Exklusiv-Modell eines unserer besten Modehäuser handelt. Ich begegne nicht oft einem Mann, der dafür ein Auge hat.«

Babette strahlte Miles an; aber er blieb völlig unbeeindruckt.

»Wenn Sie einen Verehrer haben, der sich so ein Kleid leisten kann, bin ich sicher, daß er auch bereit ist, Ihnen ein paar Francs vorzustrecken, damit Sie sich ein kleines eigenes Geschäft kaufen können.«

»Nein, Miles, um so viel kann ich unmöglich bitten.« Babette sah gebührend traurig aus; wie ein bockiges Kind, das widerwillig an einem Schokoladengeschäft vorbeigeht und nicht genug Taschengeld hat, um sich etwas von diesen verlockenden Süßigkeiten zu kaufen. Dann hellte sich ihr Gesicht auf.

»Könnten Sie mir nicht helfen, Miles?« Ihr Lächeln war so süß wie Süßstoff. »Lucinda würde doch sicher auf Sie hören, wenn Sie sie bitten, den Preis etwas zu senken. Könnten Sie das nicht für mich tun?«

Babette war näher an ihn herangerutscht. Sie blickte flehend und kurzsichtig in Miles' Augen. Er atmete tief den Duft ihres warmen Atems ein. Es war zu schade, daß sie so viel Knoblauchsoße mit den Schnecken beim Lunch gegessen hatte. Wie unabsichtlich ließ sie ihre Hand auf sein Knie fallen. Miles rutschte unruhig hin und her.

»Ich kann gern mit ihr reden. Aber Sie kennen doch Lucinda. Nachdem sie sich einmal entschieden hat, das Geschäft aufzugeben, hat sie bestimmt keine Lust, lange herumzuhängen und zu feilschen. Wenn Sie nicht bereit sind, das Geschäft zu machen, wird sie sich nach jemand anderem umsehen, und es dürfte für sie nicht schwer sein, einen anderen Käufer zu finden. Es wäre daher am besten, wenn Sie mir jetzt sagen, wieviel Sie bezahlen könnten – mit der Hilfe Ihres Freundes, natürlich, damit ich mit Ihnen gleich den Abschluß tätigen kann, ehe Lucinda und die anderen die Möglichkeit haben, das Ganze über Ihren Kopf hinweg zu verkaufen.«

»Fünfundzwanzigtausend ist einfach zu viel«, jammerte sie. »Bitte, Miles.«

Babettes Hand bewegte sich zielbewußt und unerbittlich an seinem Schenkel nach oben. Miles wußte, daß Babette trotz ihres wenig anziehenden Äußeren über sagenhafte Fähigkeiten verfügte. Er hatte das unbestimmte Gefühl, es wäre vielleicht besser, die Verhandlungen zu einem Ende zu bringen, ehe Babette ihn geistig ganz weichgemacht hatte, während sie mit seinem Körper genau das Gegenteil schaffte.

»Ich könnte sie vielleicht auf etwa zwanzigtausend herunterdrücken, wenn wir gleich abschließen«, sprudelte Miles heraus, während er seine Hand auf die von Babette legte und dadurch ihre weitere Tätigkeit verhinderte, ohne deutliche Gegenwehr zu zeigen.

Aber nun brachte Babette ihre andere Hand ins Spiel. Sie verzog das Gesicht und versuchte vergeblich, ein paar Tränen herauszupressen.

»Sogar zwanzigtausend sind für ein armes, arbeitendes Mädchen zuviel.«

Miles schaute auf die Uhr. »Mein Gott, wie die Zeit vergeht! Ich muß los. Ich habe eine Verabredung zum Dinner und muß vorher noch eine Menge erledigen. Wieviel würden Sie also zahlen, Babette? Nennen Sie mir die Summe.«

Ihre Hand war schon gefährlich nahe. »Ich selbst könnte höchstens fünftausend aufbringen und mein Freund vielleicht weitere fünftausend.« Ihr Kleiderschlitz war so weit aufgegangen, wie es möglich war. Sie streckte Miles ihre Lippen entgegen.

»Zehntausend!« rief Miles. »O nein, das ist ganz ausgeschlossen.« Impulsiv sprang er auf und tat so, als wolle er weggehen.

»Nein, Miles! Miles, bitte kommen Sie zurück. Setzen Sie sich doch wieder. Laufen Sie doch nicht einfach davon.« Babettes Ton war kläglich; aber es war nicht ihr Flehen, das Miles, dazu brachte, seinen ungeschützten Platz neben ihr auf der Couch wieder einzunehmen, sondern der feste Druck ihrer Hände auf seinen Schenkeln.

»Ich kann nicht bleiben«, stieß Miles heraus, »und ich wage es nicht, Lucinda zu sagen, daß Sie nur zehntausend zahlen wollen! Sie würde mich auslachen.«

»Bitte, Liebling!« beschwor ihn Babette.

Miles schüttelte den Kopf, zitterte aber leicht, als Babettes Hand über den empfindlichsten Teil seines Körpers strich.

»Vielleicht könnte ich auch zwölftausend zusammenkratzen.«

»Ich glaube kaum, daß sie weniger als zwanzig akzeptieren würde.«

Babettes Hand hörte auf herumzuwandern. Sie hatte seinen Reißverschluß gefunden, der ihrem zarten, aber unerbittlichen Angriff nicht widerstand.

»Schön, vielleicht achtzehn«, stammelte Miles.

»Zwölf, Liebling. Bitte!«

Jetzt folgte ihr Kopf auf dem Weg, den ihre Hand genommen hatte, und Miles versuchte verzweifelt an das sexloseste Thema zu denken, das er sich vorstellen konnte. Er führte sich alle Verwicklungen und strittigen Punkte vor Augen, die im Fall von Regina von Snodgrass aufgetreten waren; aber als Babettes Lippen ihn umschlossen, verblaßten die Erinnerungen an diesen Prozeß.

»Sechzehn?« flehte er.

»Vierzehn«, stieß sie hervor.

»Nein!« rief Miles und wand seinen Körper wie eine arme Seele im Fegefeuer.

»Doch!« redete Babette ihm zu. »Komm, Miles, du würdest doch gerne kommen, wie? – Aber zu meinen Bedingungen!«

»Fünfzehn!« japste Miles, als er fühlte, daß seine Selbstbeherrschung ihn verließ.

»Gemacht«, rief Babette und hob vor Aufregung und Triumph den Kopf.

»Was?«

»Gemacht. Ich bin einverstanden. Fünfzehntausend. Ich werde es auftreiben.«

»Ich dachte, Sie haben mich gemeint, als Sie ›gemacht‹ sagten.«

»Aber nein, nein, nein! Es war doch nur eine geschäftliche Besprechung, oder? Ich möchte nicht, daß Sie mir einen Fleck auf den Teppich machen. Miles! So benimmt man sich doch nicht in Gegenwart einer Dame.«

Miles wurde klar, daß Babette die ganze Zeit die Vorstellung von fünfzehntausend gehabt hatte und daß jetzt die Verhandlungen abgeschlossen waren. Er sank zurück auf die Couch und atmete tief, während er versuchte, seine Haltung zurückzugewinnen.

»Ich dachte, Sie wären so in Eile«, spottete Babette. »Sie werden zu spät zu Ihrer Verabredung zum Dinner kommen.«

»Babette, Sie sind ein Miststück.«

»Abgemacht ist abgemacht, Miles. Fünfzehntausend, und Sie waren einverstanden.«

»Ja, ich drücke mich auch nicht. Ich werde heute abend mit Lucinda sprechen. Sie werden dann von ihr hören.«

Das Telefon läutete, und Babette nahm ab.

»Hier Lucifer«, sagte sie mit ihrer vornehmen, beruflichen Stimme. »Kann ich Ihnen behilflich sein?«

Miles riß sich zusammen, stand auf und stakste steif zur Tür. Er winkte seiner Gegnerin noch einen Abschiedsgruß zu, während sie ihn mit einem herrischen Nicken entließ.

Als Miles zurück zu Lucindas Apartment ging, mußte er über sich selbst lachen. Es war ein weiser Plan gewesen, die Verhandlungen mit einer ordentlich hohen Zahl zu eröffnen. Lucinda und ihre Partnerinnen hatten ihn ermächtigt, mit zehntausend abzuschließen. Letzten Endes kaufte Babette kaum mehr als die Kartei mit den Mädchen und die mit den Namen der Kunden, die ihr zur Verfügung standen, dazu noch den angesehenen Firmennamen ›Lucifer‹. Er war sicher, daß Babette die vereinbarte Summe bezahlen würde, da sie genau wußte, daß ein guter Abschluß mit Lucinda ihr einen weiteren Vorteil einbrachte, den keiner von beiden während der Feilscherei zu erwähnen brauchte – das Wohlwollen von Inspektor Leclair und seinen Kollegen.

Kapitel 3

»Fünfzehntausend! Miles, Bruderherz! Ich nehme alle gemeinen und boshaften Bemerkungen zurück, die ich je über dich während der vergangenen Jahre gemacht habe. Du bist eine Leuchte der Jurisprudenz, der beste aller Anwälte, eine Ehre für alle Haie, die dir auf der Universität all die schmutzigen Tricks beigebracht haben.«

Die Mädchen und Miles saßen in einem zauberhaften Restaurant außerhalb von Paris, das für seine hervorragende Cuisine, seine Aufmachung und die großartigen Gartenanlagen, in denen es lag, bekannt war. Seine Preise waren auch sehr bemerkenswert und konnten jeden dunkelhäutigen Ölscheich blaß werden lassen. Die Teilnehmer der Dinner-Party ließen sich davon jedoch nicht beeindrucken, sie feierten doppelt: einmal den Verkauf von Lucifer an Babette und zum zweiten die Verlobung von Sarah und Miles.

»Wie hast du sie bloß überreden können zu kaufen?« wollte Jennifer wissen. »Wenn wir weg müßten, könnte sie doch den Laden weiterführen, ohne daß wir an einen einzigen Dollar, geschweige fünfzehntausend, herankämen. Sie hat alle Verbindungen.«

»Ich habe ihr die Situation in einem etwas anderen Licht geschildert«, antwortete Miles mit einer Spur Selbstgefälligkeit, die nicht zuletzt vom Wein kam.

»Du hast doch nicht mit ihr geschlafen?« fragte Jennifer, als ob ihr plötzlich ein Licht aufgegangen war.

»Hat er natürlich nicht!« fuhr Sarah wütend dazwischen. »Oder hast du, Miles?« fügte sie hinzu, Zweifel, Angst und Unruhe in der Stimme.

»Ich bin nämlich ganz sicher, daß sie sich einen ziemlich üblen Tripper von einem ihrer weniger hygienischen Bekannten eingehandelt hat. Ich glaube kaum, daß sie ihn schon ganz losgeworden ist«, erklärte Jennifer vorsorglich, ehe Miles seine Unschuld beteuern konnte.

»Miles, wie konntest du nur!« warf Sarah ihm vor.

»So ein Blödsinn, ich habe doch nichts mit ihr gehabt«, protestierte Miles. »Ich würde mich von dem Weib nicht mit der Feuerzange anfassen lassen.« Mit grauenvoller Deutlichkeit spürte er wieder Babettes Lippen um seinen Schwanz und beschloß, daß es an der Zeit sei, das Thema zu wechseln. »Sagt mal, habt ihr schon beschlossen, was ihr jetzt machen werdet? Verlaßt ihr Paris?«

»Das ist keine schlechte Idee«, sagte Lucinda. »Wenn die Polizei solche Schwierigkeiten machen wird, wie du gesagt hast – das heißt wie Leclair gesagt hat –, wird das Leben hier längst nicht mehr so lustig wie früher sein.«

»Für dich und Sarah ist das gut und schön«, bemerkte Jennifer. »Ihr beide geht zurück nach England für die Hochzeit. Aber was soll aus mir werden?«

»Aber du kommst natürlich mit«, rief Sarah.

Jennifer schüttelte den Kopf. »Ich weiß nicht so recht. Es hängt davon ab, was wir hinterher machen wollen.«

»Also«, sagte Lucinda, »wir sollten uns darüber einig sein, daß wir, egal, was wir auch hinterher machen, es zusammen machen.«

»Auf Sarah kannst du aber nicht zählen«, erklärte Miles. »Ich werde meine frisch angetraute Ehefrau keinesfalls mit zwei wahnsinnigen Weibern wie euch durch die Welt rasen lassen. Da wäre die Politur verkratzt, ehe sie richtig getrocknet wäre.«

»Macho-Biest!« beklagte sich seine zukünftige Ehefrau.

»Bleiben du und ich übrig, Jennifer. Was meinst du?«

»Ja, wir beide, Lucinda. Wie in alten Zeiten.«

»Was wollt ihr nun anfangen?« fragte Miles.

Die Mädchen aßen schweigend und dachten über ihre Zukunft nach.

»Ich glaube kaum, daß wir zu der Sorte von Mädchen gehören, die sich mit einem stinknormalen Job zufrieden gibt, oder, Lucinda?«

»Niemals, Jennifer! Kannst du dir vorstellen, welche Wirkung ein Büro auf mich haben würde?«

»Ich will mir nicht einmal vorstellen, welchen Effekt du auf ein Büro haben würdest«, bemerkte ihr Bruder.

Die beiden jungen Damen schenkten ihm keinerlei Beachtung.

»Wie wäre es mit Schreiben?« schlug Jennifer vor.

Lucinda schüttelte den Kopf. »Nein, das wäre genausoviel Plagerei wie in einem verstaubten Büro. Ich erinnere mich noch an die Zeiten, als ich an der Universität war, an die vertrockneten Gestalten, die in den Salzminen der Literatur schufteten.«

»Vielleicht könnten wir etwas in Richtung Werbung machen. Käme natürlich darauf an, was für einen Mann oder was für eine Frau wir als Chef finden.« Jennifer klang sehr nachdenklich, beinahe schwermütig.

»Ich würde gern etwas machen, wo man reisen kann«, meinte Lucinda. »Ich möchte auf keinen Fall in unserem Familiensitz in England dahinvegetieren; und was Paris betrifft, wie wir schon sagten, es wird Zeit für einen Tapetenwechsel.«

»Reisen«, überlegte Miles. »Gar nicht schlecht.«

»Woran denkst du?« fragte Sarah.

»Lucinda«, sagte Miles zu seiner Schwester, »erinnerst du dich an Maggie Steerforth?«

»Ja, ein dralles, sportliches Mädchen. Hat irgendeinen Ausländer geheiratet.«

»Er war Schotte!«

»Na, ich sagte doch, er war Ausländer. Was ist mit ihr?«

»Sie und ihr exotischer Ehemann haben ein Boot gekauft. Eines dieser malerischen Segelboote mit einem starken Motor, falls man irgendwohin fahren will.«

»Na und?«

»Also, sie haben es gestrichen und hergerichtet. Ich habe es gesehen; es war wirklich bildschön. Dann haben sie einen Liegeplatz in Spanien gemietet und machen Charterfahrten.«

»Was denn, meinst du einen halbstündigen Ausflug um den Leuchtturm?«

»Sei nicht so vorlaut, Lucinda! Sie verdienen gar nicht schlecht. Sie bieten kleinen, ausgewählten Gruppen kürzere Segelturns. Du hast doch bald etwas Geld, warum machst du nicht etwas Ähnliches?«

»Babettes fünfzehntausend werden kaum für ein ordentliches Boot reichen, wenn wir einen dieser märchenhaften, schwimmenden Gin-Paläste aufmachen wollen«, wandte Jennifer ein.

»Natürlich nicht, aber Lucindas Kontostand ist nicht allzu mager, und ich nehme an, Jennifer, daß du auch etwas auf der hohen Kante hast? Keine von euch stammt aus einer armen Familie, und in der Zeit, in der ihr in Paris gearbeitet habt, habt ihr das Geld doch direkt gescheffelt.«

»Was hältst du von seinem Vorschlag?« fragte Jennifer Lucinda.

»Das könnte schon Spaß machen«, antwortete Lucinda nachdenklich. »Aber wir müßten noch ein paar gutgebaute Kerle als Mannschaft finden.«

»Das ist bestimmt nicht langweilig.« Jennifers Augen blitzten, als sie sich vorstellte, wie sie die Männer aussuchten.

»Du kennst dich doch mit Booten aus, Jennifer?« erkundigte sich Miles. »Wenn ich mich recht entsinne, hast du ziemlich fachmännisch über Schaluppen, Jollen und solche Sachen geredet.«

»Ja, mein Vater war fanatischer Segler und hat mich immer mitgenommen. Du hast einen richtigen abgebrühten, erfahrenen alten Seebären vor dir. Hm, je mehr ich über diese Idee nachdenke, desto besser gefällt sie mir.«

»Stimmt, man kann sich durchaus damit befreunden«, stimmte ihr Lucinda zu. »Wir müssen uns ja nicht genau an Maggie Steerforths Beispiel halten und nach Spanien gehen. Warum legen wir uns nicht ein Boot in Südfrankreich zu? Wir haben schließlich lange genug in diesem Lande gelebt, sprechen die Sprache und schätzen seine Küche.«

Bei dem anschließenden Kaffee und den Likören kam es zu zwei verschiedenen Unterhaltungen. Miles und Sarah sprachen über ihre Hochzeit und wie Miles' Eltern wohl ihre Schwiegertochter aus den Antipoden aufnehmen würden, wie Sarah sich den merkwürdigen Bräuchen der englischen Aristokratie und dem Leben in einem der größten Adelssitze des Landes anpassen würde. Auf der anderen Seite des Tisches unterhielten sich Jennifer und Lucinda über die Vorzüge eines Lebens auf dem Wasser und den Reizen der Côte d'Azur. Alle genossen die wohlige Wärme, die von gutem Essen und Trinken kommt; mit der Zeit schlug die Begeisterung bei beiden Gruppen höhere Wellen; ihre Stimmen wurden lebhafter.

Schließlich fanden sie, daß es nun doch an der Zeit sei, wieder zurück in die Stadt zu fahren. Als sie beim Weggehen waren, sagte Jennifer:

»Ich habe eine großartige Idee. Ihr wißt, daß ich keine übertriebene Lust habe, nach London zu gurken. So schön es wäre, bei deiner Hochzeit dabeizusein, Sarah, wirst du genug hungrige und durstige Gäste auch ohne mich haben. Du weißt ja auch, daß ich fest an dich denke. Bei Lucinda ist das anders; sie gehört zur Familie und muß als seelische Stütze ihres Bruders da sein. Was haltet ihr davon, daß ich nach Südfrankreich fahre und mich nach einem Boot umsehe, während ihr drei nach England geht? Ihr könnt euch auf mich verlassen. Ich werde mit meinem Daddy reden; und wenn er Zeit hat, wird er mitkommen und mir beim Aussuchen helfen. Mit etwas Glück müßte ich ein Boot und ein oder zwei von der Mannschaft aufgetrieben haben, wenn Lucinda euch eurem ehelichen Lager überlassen hat. Was meint ihr?«

»Klingt gut«, lächelte Lucinda. »Ich vertrete dich bei der Hochzeit und schicke dir ein Stück von der Hochzeitstorte. Wenn ich unterwegs bin, werde ich auch die Augen offen halten nach geeigneten weiblichen oder männlichen Wesen, die etwas Ahnung vom Segeln haben und auch sonst nicht unbrauchbar erscheinen.«

Eine Woche später war Babettes Scheck über fünfzehntausend Dollar eingelaufen. Sie war jetzt die stolze Besitzerin von ›Enterprises Lucifer‹. Miles war schon vorher zurück nach England geflogen und holte jetzt Lucinda und Sarah vom Flughafen ab. Sie fuhren durch die grünen Wiesen und Wälder in der Umgebung von Hamblewood, während Jennifer sich im Hotel Negresco in Nizza niedergelassen hatte. Ihr Vater war dazugekommen, und die beiden klapperten alle Büros der Jachtmakler und die Hafenanlagen nach einem Traumboot ab.

Kapitel 4

Hamblewood war einer der bedeutenden englischen Landsitze, die neben Blenheim, Woburn und Castle Howard in keinem Reiseführer fehlten. Als er die breite, eichenbestandene Auffahrtsallee heraufkam, betrachtete Miles die eindrucksvolle Steinfassade mit den prächtigen Barockgiebeln, der Kuppel und den zahllosen Türmchen, die sein Zuhause waren, und überlegte, wie es Sarah wohl gefallen würde, in einem öffentlichen Monument zu wohnen. Sie war ein nettes, gesundes Mädchen, das die Natur liebte, und müßte eigentlich, so dachte er, an den Stallungen, den Gärten und den Hügeln und Wäldern, in denen Hamblewood lag, ihre Freude haben.

Sarah hatte Miles' Eltern noch nie getroffen, und er mußte seinen Mut zusammennehmen, um ihnen seine Verlobung mitzuteilen. Er betrat die marmorne Eingangshalle, wo ihn der Butler Thistlethwaite begrüßte.

»Guten Tag, Mr. Miles. Ich darf hoffen, daß Sie eine angenehme Reise hatten?«

»Ja, danke, Thistlethwaite. Wo sind alle?«

»Seine Lordschaft ist in der Bibliothek, Sir. Ihre Ladyschaft ist gerade in den Musiksalon gegangen.«

Miles beschloß, zuerst seinen Vater zu sprechen. Obwohl der Viscount bei weitem nicht so furchteinflößend wie seine Frau war, kam sich Miles wie ein kleiner Junge vor, wie damals in der privaten Vorschule, wenn er zu seinem Direktor gerufen wurde, als er die Bibliothek betrat.

Viscount Hamblewood hatte es sich in einem tiefen, ledernen Clubsessel bequem gemacht und hielt ein friedliches Nickerchen; ein dickes Buch lag offen auf seinen Knien. Er machte die Augen auf und sah seinen Sohn leicht verwirrt an.

»Hallo, Miles. Habe dich noch nicht erwartet. Oder sollte ich?«

»Ich habe euch mitgeteilt, daß ich komme.«

»Hast du wirklich? Na ja, schön. Sehr gut, sehr gut.«

Seit seiner Hochzeit und seit er sich danach den Luxus leisten konnte, hatte Gerald Farrer, Viscount Hamblewood, die Lebensart eines adligen Exzentrikers angenommen. Er lief in abgerissenen Tweedjacken herum, kümmerte sich während der Woche um seinen Viehbestand, ging am Sonntag in die kleine Kirche, die zu seinem Besitz gehörte, und erkundigte sich nach dem Wohlergehen seiner Dorfleute, wie es Sache eines guten Großgrundbesitzers war. Er kultiverte seine Zerstreutheit und überließ das mühsame Geschäft der Verwaltung eines solchen Besitzes seiner Frau.

»Ich habe dir etwas zu sagen, Vater.«

Der Viscount betrachtete Miles aus wäßrigen Augen sehr besorgt. Er glaubte fest an den Grundsatz ›Keine Nachrichten sind gute Nachrichten‹. Hilflos wartete er auf die Bombe, die Miles nun loslassen würde.

»Ich werde heiraten.«

Der Viscount seufzte erleichtert auf. Es hätte doch auch etwas Ernstes sein können.

»Ach, das ist alles? Ist es jemand, den wir kennen?«

Miles schüttelte den Kopf.

»Nein, aber sie ist eine Freundin von Lucinda.«

»Eine Freundin von Lucinda!« Die Nasenflügel seines Vaters zitterten vor Panik. »Ach du meine Güte, klingt schrecklich. Ist sie eine – hm...«

»Sie ist durchaus präsentabel, ich versichere dir.« Miles ging sofort zur Verteidigung seiner Geliebten über. »Sie heißt Sarah Brown und ist Australierin.«

»Australierin, häh?« stieß der vornehme Lord hervor. »Spricht sie denn Englisch?«

»Sei nicht albern, Vater! Und überhaupt hat sie das Cheltenham Ladies' College besucht.«

»Cheltenham! Ja, dann ist alles in bester Ordnung. Ausgezeichnet, mein Junge, ausgezeichnet! Herzlichen Glückwunsch, ich hoffe, daß du sehr glücklich wirst.«

Mit diesen Worten wandte sich Viscount Hamblewood wieder dem Buch in seinem Schoß zu und war nach überraschend kurzer Zeit wieder sanft entschlummert, in vollkommenem Frieden mit sich und der Welt. In Wahrheit war Sarah niemals auch nur in der Nähe von Cheltenham gewesen; aber Miles hatte erwartet, daß der Name dieses hochgeschätzten Instituts die Unruhe seines Vaters beschwichtigen würde. Er wußte auch, daß der Viscount die ganze Unterhaltung vergessen haben würde, wenn Sarah später in Hamblewood eintraf.

Die Viscountess war ein sehr viel härterer Brocken. Sie hatte den Musiksalon verlassen, und Miles fand sie endlich im Rosengarten, wo sie offensichtlich sogar den Rosen ihre Befehle erteilte, welche heute zu blühen hatten. Miles holte tief Luft, schluckte und überbrachte seine Neuigkeit.

Bei seiner Mutter gab es keine Spur von Schläfrigkeit. Sie war die Erbin eines beträchtlichen Vermögens, als sie ihre Heimat in New England verlassen hatte, um die Pflichten einer großen Dame in Alt England zu übernehmen. Miles hielt es für besser, seine Mutter nicht davon zu unterrichten, daß seine Verlobte eine Freundin seiner Schwester war. Dieser Schock kam später auch noch früh genug.

»Miles, mein Lieber, wie nett, dich zu sehen. Und was führt dich nach Hamblewood? Es muß ja etwas ganz Besonderes sein, wenn es dich aus London weglockt.«

Miles wurde es unter dem forschenden Blick seiner Mutter etwas ungemütlich; aber er zwang sich zu einem Lächeln, nahm seinen ganzen Mut zusammen und sagte:

»Ja, das ist es. Ich habe gerade Vater mitgeteilt, daß ich mich verlobt habe. Ich hielt es für besser, euch von meiner Verlobung persönlich zu erzählen, statt zu telefonieren.«

»Das möchte ich auch hoffen!« erwiderte die Viscountess

Hamblewood unwirsch. »Du weißt genau, daß ich es nicht dulde, wichtige Angelegenheiten am Telefon zu diskutieren.«

Miles wußte allerdings, daß dies eine der vielen Sachen war, die seine Mutter nicht billigte; obwohl er nie ergründen konnte, warum sie aus Angst um die Vertraulichkeit von Familienangelegenheiten ablehnte, das öffentliche Telefonsystem dafür zu benutzen.

»Du bist alt genug. Eines Tages wirst du dich hier niederlassen und die Verantwortung für das Haus und den Besitz von den Schultern deines Vaters zu nehmen.« Seine Mutter schenkte Miles ein eisiges Lächeln und fuhr fort: »Jetzt mußt du mir aber mehr über das Mädchen erzählen.«

»Sie heißt Sarah Brown«, begann er.

»Brown? Ein ziemlich gewöhnlicher Name, nicht wahr? Es gibt natürlich die Leicestershire Browns. Sie besitzen ein reizendes Haus im Georgianischen Stil, ein guter Stall, Edelleute. Ist sie zufällig mit ihnen verwandt?«

»Nein, das glaube ich nicht. Sarah kommt aus Australien.«

»Ach du meine Güte!« Die Viscountess schaute erwartungsgemäß beunruhigt bei dieser Enthüllung drein. »Du weißt doch, welche Position wir auf Hamblewood einzunehmen haben. Sind die Australier nicht alle Sträflinge, die man für irgendwelche Vergehen dorthin verbannt hat?«

Nach einer zehnminütigen Unterhaltung war es Miles gelungen, seine Mutter davon zu überzeugen, daß es in Einzelfällen Australier gab, die gesellschaftlich annehmbar, hygienisch einwandfrei, keine Analphabeten mehr waren und den Geschlechtsverkehr mit Känguruhs schon seit längerem aufgegeben hatten. Miles wußte, daß ihre gespielte Unwissenheit nur ihrer Haltung als Lady entsprach, die aus snobistischen Motiven heraus wollte, daß sich ihr Sohn wenigstens mit der Tochter eines Herzogs verlobte, wenn kein Mitglied der königlichen Familie zur Verfügung stand.

»Aber, Mutter, siehst du denn nicht, daß es bei den Farrers Tradition ist, ein Mädchen aus überseeischen Gebieten zu heiraten? Wenn Vater eine Braut aus den Vereinigten Staaten von Amerika heimführen konnte, ist es doch für mich nicht so schlimm, eine Australierin zu nehmen?«

»Hat sie Geld?«

»Nein.«

»Das ist der Unterschied.«

Als Sarah schließlich nach Hamblewood kam, war Miles erstaunt, wie schnell sie seine Mutter mit einer Mischung von Charme und Takt für sich gewinnen konnte. Sogar sein Vater zeigte sich ausreichend interessiert, um zu bemerken, daß sie ein hübsches Mädchen sei und aus guter, gebärfreudiger Rasse zu stammen schiene. Als Sarah ihn auf seinen Rundgängen über das Gut und die Parks begleitete, war der Viscount von seiner zukünftigen Schwiegertochter angenehm beeindruckt. Die Hochzeitsvorbereitungen hatte die Viscountess ganz allein übernommen.

Lucinda kam aus Paris und fand den gesamten Haushalt in Aufruhr. Es würde die Hochzeit des Jahres, wenn nicht des Jahrzehnts werden. Auf Hamblewood ging alles drunter und drüber vor Hektik. Auf den Rasenflächen wurden reich geschmückte Festzelte aufgeschlagen; eine große Wiese wurde zum Parkplatz gemacht; der Royal Automobile Club errichtete neue Straßenzeichen, um die günstigsten Zufahrten nach Hamblewood anzuzeigen. Mehrere Suiten wurden neu gestrichen; kostbare antike Möbelstücke wurden herumgeschoben; das Küchenpersonal wurde durch einen großen Partyservice verstärkt und dem Regiment eines französischen Küchenchefs unterstellt, bei dessen Namen selbst die verwöhntesten Gourmets in die Knie gingen. Kurzum, Lucinda mußte feststellen, daß sich ihr Heim in ein Irrenhaus verwandelt hatte.

Zwei Tage vor der Zeremonie stöberte Lucindas Mutter sie in einer der wenigen ruhigen Ecken auf.

»Ah, Lucinda, du mußt mir einen Gefallen tun.«

»Solange ich nicht die Kuppel abstauben soll.«

»Sei nicht albern!« Die Anstrengung, diese fast militärische Operation durchzuführen, hatte der Viscountess jeden Sinn für Humor geraubt. »Ich möchte, daß du einen Wagen nimmst und deine Cousine am Bahnhof abholst.«

»Welche Cousine?« Lucinda konnte sich für kein Mitglied ihrer Sippe besonders erwärmen.

»Sie heißt Scarlett.«

»Wie?«

Lucinda war völlig überrascht. Sie hatte von dieser Cousine noch nie etwas gehört.

Mit einem schweren Seufzer erklärte ihre Mutter das Ganze. »Sie ist die Tochter des armen Elmer.«

»Onkel Elmer – dein Bruder? Ich wußte gar nicht, daß er eine Tochter hat.«

»Sie war noch ein Baby, als Elmer starb. Mein anderer Bruder, Ulysses, hat sie aufgezogen.«

»Also deshalb habe ich nie etwas von ihr gehört.«

Lucinda wußte, daß ihr Onkel Ulysses seit vielen Jahren keinen Kontakt mit der Familie gehabt hatte. Er war ein Einsiedler geworden. Man erzählte sich, daß er so merkwürdige Ansichten vertrete, die von solchen Säulen der Gesellschaft wie der Viscountess Hamblewood nie im Leben geduldet würden.

»Kommt Onkel Ulysses auch?«

»Nein, Liebling. Ich habe ihm zwar eine Einladung geschickt, war aber sicher, daß er sie nicht annehmen würde. Trotzdem, er ist immer noch das Oberhaupt der Familie, und ich hatte gehofft, daß auch meine Seite vertreten sein würde. Ich war ziemlich überrascht, als meine Nichte Scarlett auf die Einladung antwortete und vorschlug, daß sie herüberkäme. Ulysses stimmte offensichtlich ihrem Plan zu. Aber beeil dich, Lucinda! Ich habe keine Zeit, mit dir zu klatschen. Das arme Kind sitzt sonst gestrandet auf dem Bahnhof, ohne zu wissen, wohin sie gehen soll.«

Lucinda war neugierig geworden. Wie würde diese gerade gefundene Verwandte sein? Wenn man von dem ausging, was sie über ihren Onkel Ulysses alles gehört hatte, könnte diese amerikanische Verwandte ein höchst merkwürdiges Wesen sein. Sie zog sich einen Pullover über und holte den Range Rover aus der Garage. Jede Menge Platz für das Gepäck, dachte sie sich. Sie erinnerte sich an die Angewohnheit vieler Amerikanerinnen, mit Dutzenden von Koffern, Kisten, Taschen und Paketen zu reisen.

Der Zug aus London war schon vor zehn Minuten eingelaufen, als Lucinda zum Bahnhof des kleinen Marktfleckens gelangte. Vor dem Bahnhof drängten sich die Fahrgäste. Sie standen in Schlange für den Bus, suchten nach Taxis oder stiegen in ihre eigenen Autos. Die meisten von ihnen waren offensichtlich Einheimische. Lucinda suchte die Gesichter ab nach jemand, der hier nicht ›zu Hause‹ zu sein schien.

Ein hochgewachsenes, gertenschlankes Mädchen, noch nicht zwanzig, erweckte ihre Aufmerksamkeit. Ihre Garderobe schien mehr auf Fifth Avenue als auf Bond Street hinzudeuten, und sie schaute sich mit der Neugier eines Fremden alles an. Lucinda lief zu ihr hinüber.

»Heißen Sie Scarlett?«

»Stimmt. Kommen Sie aus Hamblewood?«

Lucinda stellte sich vor und führte sie zum Range Rover. Ihr erster Eindruck von dieser unvermuteten Verwandten war der eines außergewöhnlich hübschen Mädchens. Scarlett hatte eine strahlende, frische Haut und sprühende, graue Augen. Was sie aber auf Anhieb aus allen anderen heraushob, war die Flut glänzender, roter Haare, die ihr bis über die Schultern fielen. Sie trug eine bunte Seidenbluse, mit türkischem Muster und einen zauberhaft geschnittenen, dunkelgrünen Rock. Ihre Kleidung zeugte von gutem Geschmack und Eleganz. Ihr Gang verriet eine gewisse Selbstsicherheit. Zu Lucindas großem Erstaunen mußte sie auf dem Rückweg feststellen, daß ihre Cousine im Gespräch äußerst scheu war. Lucinda gab sich größte Mühe, daß sie sich ungezwungen fühlen sollte, und beschloß, Scarlett unter ihre Fittiche zu nehmen, damit sie nicht von der Hektik und dem wohlgeordneten Chaos überwältigt würde, das zur Zeit auf Hamblewood herrschte.

Am Abend speiste Scarlett mit ihrer Tante, ihrem Onkel, Miles und Lucinda. Viscount Hamblewood sah sie etwas mißtrauisch an und fragte:

»Sie kommen also aus Amerika?«

»Das stimmt, Sir.«

Ihre Bestätigung wurde mit einem traurigen Grunzen aufgenommen, womit sich auch schon der Versuch Seiner Lordschaft zu einer Unterhaltung erschöpfte. Seine Frau war etwas ausdauernder.

»Wir freuen uns ja sehr, daß du uns besuchen kommst. Es sind schon so viele Jahre her, seit ich Kontakt mit Ulysses hatte. Sage mir, wie geht es meinem Bruder?«

»Er ist kerngesund.«

»Wie schade, daß er nicht den Wunsch verspürte, dich zu begleiten. Es wäre so schön gewesen, ihn bei Miles' Hochzeit dabeizuhaben.«

»Onkel Ulysses geht niemals aus. Er verbringt seine ganze Zeit in seinem Arbeitszimmer.«

»Und wie ist das mit dir? Bleibst du auch die ganze Zeit zu Hause?« wollte Lucinda wissen.

»Aber nein, ich fahre fast jedes Wochenende in die Stadt.«

»Stadt?«

»Ganz richtig. Wilmerston, Süddakota.«

»Klingt aufregend«, bemerkte Miles.

»Naja, ich nehme an, es ist nicht gerade eine Weltstadt. Aber ich habe nicht viel Zeit in Ithaca verbracht, ich wurde auf ein Internat geschickt.«

»Ithaca?«

»So heißt der Ort bei uns daheim.«

»Die sagenhafte Heimat von Ulysses – oder Odysseus, wie die alten Griechen ihn nannten«, sagte Miles.

»Das ist richtig. Vielleicht ist es wegen seines Namens, daß Onkel Ulysses von Griechenland und allen griechischen Sagen so fasziniert ist.«

»Da wir schon über Namen sprechen«, unterbrach Lucinda, »wie bist du zu dem Namen Scarlett gekommen?«

»Onkel Ulysses hat mir erzählt, daß sein Bruder, mein Vater also, immer behauptet hat, daß er mich zeugte, als er und Mutter gerade eine Wiederholung vom ›Winde verweht‹ im Fernsehen ansahen.«

»Elmer war immer schon das geschmackloseste Mitglied unserer Familie. Ich glaube kaum, daß wir dieses Thema ausführlicher besprechen sollten.«

Wenn die Viscountess ein Thema abschloß, wurde es auch nicht mehr besprochen. Es kam zu einer längeren Stockung in der Unterhaltung. Endlich brach Miles das Schweigen.

»Dann werden Sie also nach der Hochzeit zurück nach Süddakota gehen? Es ist doch zu schade, daß Sie nicht die Gelegenheit benutzen, eine Weile zu bleiben und sich Europa etwas anzusehen.«

»Aber nein! Das ist ja gerade das Wahnsinnige«, entgegnete ihm Scarlett. »Nach all diesen Jahren ziehen wir um. Wir werden uns tatsächlich in Europa niederlassen.«

»Wirklich? Mein Bruder kommt also doch noch nach England?«

»Nein, Tante, nicht nach England. Wir werden auf einer griechischen Insel leben. Sie heißt Xanthos.«

»Xanthos? Ich habe den Namen nie gehört«, bemerkte Miles.

»Sie ist sehr winzig und sehr abgelegen. Onkel Ulysses hat aber alle Vorbereitungen für uns getroffen, und ich werde ihn auf dem Wege dorthin treffen. Der Grund für sein Fernbleiben bei Ihrer Hochzeit, Miles, ist eben, daß er mit den Vorbereitungen für unseren Umzug so viel zu tun hat. Ich glaube, daß es ein herrliches Abenteuer werden wird.«

»Und die Idee dazu ist ihm ganz plötzlich eingefallen?«

»Stimmt, Lucinda. Wie ich schon sagte, war Onkel Ulysses immer zu Hause und steckte seine Nase fast niemals aus dem Arbeitszimmer heraus. Ich habe keine Ahnung, wie er auf dieses Xanthos verfallen ist, aber ich freue mich jedenfalls riesig darauf, die Insel kennenzulernen.«

»Äußerst merkwürdig«, murmelte die Viscountess.

»Xanthos – klingt irgendwie romantisch.«

»Tut es auch, Lucinda. ›Xanthos‹ heißt griechisch ›gelb‹. Der Name soll von den goldfarbenen Stränden herkommen.«

»Scarlett – scharlachrot und gold – was für eine farbenprächtige Familie!« bemerkte Miles.

»Und was wissen Sie sonst noch über Xanthos, abgesehen von den goldenen Stränden?«

»Gar nichts, Tante Melanie. Das ist es ja, was ich meinte – es ist ein Abenteuer.«

»Es klingt völlig unverantwortlich«, sagte ihre Tante mit der Autorität des Matriarchats. »Typisch Ulysses.«

»Da wir nun schon einmal über deine Familie sprechen, Mutter«, sagte Lucinda, »du hast uns nie erzählt, wie die Blakes zu ihrem Vermögen gekommen sind. Miles und ich sind inzwischen erwachsen – warum die Geheimniskrämerei?«

»Da ist überhaupt nichts Geheimnisvolles dabei«, erwiderte die Viscountess gereizt. »Es ist nur kein sehr erbauliches Thema.«

»Rieche ich da nicht einen Skandal?« fragte Lucinda hoffnungsvoll.

»Sei nicht albern! Mein Großvater, Joseph Blake, war der Begründer des Familienbesitzes. Er war ein durchaus respektabler Mann. Er verkaufte gewisse medizinische Apparate.«

»Willst du damit sagen, daß er Bruchbänder verkauft hat?« rief Lucinda begeistert.

»Bitte, du mußt nicht gleich ordinär werden«, wies sie ihre Mutter zurecht. »Aber, ja, genau das hat er getan. Es ist ja auch keineswegs etwas Unehrenhaftes.«

»Warte mal«, jetzt übernahm Miles das Kreuzverhör. »Du kannst doch nicht allen Ernstes behaupten, daß er so viel Geld mit Bruchbändern gemacht hat.«

»Er hat ihren Versandhandel begründet.«

»Aber trotzdem, Bruchbänder?«

»Nun gut, wenn du darauf bestehst, in Einzelheiten zu gehen, das große Geld hat er nicht mit Bruchbändern verdient. Dein Urgroßvater war der erste, der für ganz Amerika den Versandhandel mit der Post ins Leben gerufen hat für –« ihre Stimme gab nach, »– für Kondome.«

»Dann sind wir also durch Gummis reich geworden«, schrie Lucinda in das Gelächter, das dem Geständnis ihrer Mutter gefolgt war.

»Sachte!« mischte sich der Viscount ein. »Ich bin der Meinung, daß es von sehr viel Mut und Fantasie zeugt für einen Mann, der gerade als armer Einwanderer angekommen war und nicht einmal die Sprache richtig sprechen konnte.«

»Blake klingt doch wie ein vollkommen guter englischer Name.«

»Natürlich, Lucinda. Aber dein Urgroßvater hieß Igor Berisowitsch, als er in Amerika ankam.«

Melanie, die Viscountess Hamblewood, schien über die Einmischung ihres Gatten keineswegs begeistert zu sein.

»So, so, Berisowitsch«, Miles lächelte. »Wer sagte denn, daß Brown so gewöhnlich klingt?«

»Wenn alle mit dem Essen fertig sind, schlage ich vor, daß wir uns in den Salon begeben«, bemerkte die Viscountess mit eisigem Ton.

Kapitel 5

Viscountess Hamblewood hatte befohlen, daß am Hochzeitstag ihres Sohnes die Sonne zu scheinen hatte, und ihrem Befehl wurde selbstverständlich nachgekommen. Das große Herrenhaus und die Gartenanlagen waren überschwemmt von Damen in blumigen Roben und Abendkleidern, während die dazugehörigen Herren ihre grauen Zylinder und Cuts ausführten. Die weißen Nelken in den Knopflöchern streiften gegen die Gestecke von Orchideen, und die Fotografen der Gesellschaftsseiten der Illustrierten hatten ihren großen Tag.

Scarlett war von allem ganz überwältigt und war ihrer Cousine Lucinda sehr dankbar, daß sie sie unter ihre Fittiche nahm. Sarah sah zauberhaft aus und hatte es sehr zum Erstaunen von Miles' Eltern fertiggebracht, eine Anzahl durchaus beachtenswerter Verwandte aufzubieten, die aus Australien hergeflogen waren. Miles war sehr elegant. Der Bischof von Bath und Wells übte sein Amt mit Würde aus, der Chor sang mehr oder weniger richtig, und der Trauzeuge verlor auch nicht die Ringe. Alles in allem verlief die Zeremonie ohne ernsten Zwischenfall. Wie alle Hochzeiten dauerte sie nur zu lange. Endlich waren auch die letzten Gäste abgefahren. Die Fernsehleute hatten ihr Gerät abgebaut und waren zurück nach London gerast. Die Heerscharen der Diener machten sich an die Mammutarbeit, alle Reste der Feierlichkeiten zu beseitigen. Miles und Sarah hatten ihre Hochzeitsreise angetreten und sich standhaft geweigert, das Ziel ihrer Reise zu enthüllen. Der Viscount hatte sich voll Entsetzen in die Bibliothek zurückgezogen. Seine Frau war von ihren anstrengenden Aufgaben – sie hatte bei dem gesamten Ablauf der Feier Regie geführt – so erschöpft, daß sie sich zur Ruhe begeben hatte. Lucinda und Scarlett waren allein, und die beiden Mädchen machten es sich bequem.

»Also morgen nachmittag bist du auf dem Weg nach Griechenland.«

»Stimmt, Lucinda. Es war ziemlich anstrengend, meine englische Familie kennenzulernen.«

»Wir haben wirklich keine Gelegenheit gehabt, uns richtig kennenzulernen. Alle waren so beschäftigt. Du mußt wiederkommen und ein paar Wochen bei uns bleiben.«

»Das klingt gut; aber ich muß mich nach Onkel Ulysses' Plänen richten und weiß nicht, was er vorhat. Das ganze Xanthos-Unternehmen ist ein Buch mit sieben Siegeln für mich.«

Lucinda betrachtete das bildhübsche Mädchen neben sich und spürte, wie die Erregung in ihr aufstieg. Bisher hatte sie Scarlett noch nicht einmal mit der Fingerspitze berührt; aber heute war die letzte Nacht unter dem gleichen Dach für beide. Was für ein Verlust wäre es doch, wenn sie von ihrer zauberhaften Cousine Abschied nehmen müßte, ohne ihre Süße probiert zu haben. Sie legte einen Arm um Scarletts Schultern und kuschelte sich dichter heran. Das junge Mädchen schaute sie zwar leicht verwundert an, rutschte aber auch nicht weg oder reagierte in irgendeiner Art auf die Annäherung.

»Magst du mich eigentlich?« fragte Lucinda.

»Aber, natürlich! Du bist die ganze Zeit so freundlich zu mir gewesen. Ich bin dir wirklich von ganzem Herzen dankbar, Cousine Lucinda.«

»Um Himmels willen, so meine ich das doch nicht! Und nenne mich nicht Cousine Lucinda – das klingt, als ob ich aus der Zeit von Königin Victoria stammen würde. Du hast mir noch gar nichts von deinen Freunden erzählt – auch nichts von Freundinnen.«

»Ach was, Lucinda. Da ist eigentlich überhaupt nichts zu erzählen. Mein Internat war sehr streng, und wir wurden sehr behütet. Wenn sich ein Mädchen mit einem Jungen verabredet hätte, hätte es furchtbaren Ärger gegeben, sie wäre bestimmt geflogen.«

»Aber du mußt dort doch Freundinnen gehabt haben.«

»Nein, so etwas gab es nicht. Das Internat war streng religiös eingestellt, und wir wurden ständig beobachtet. War das bei dir nicht genauso?«

Lucinda dachte zurück an ihre Schulmädchengefühle für Jennifer und mußte lächeln.

»Na ja, wir wurden von den Erzieherinnen nicht direkt in romantische Beziehungen hineingetrieben; aber wir konnten uns doch von Zeit zu Zeit absondern. Ich bin sicher, daß es hinter den Kulissen ziemlich viel lesbische Liebe gegeben hat.«

»Nein, das ist ja schrecklich.«

Lucinda sah Scarlett aufmerksam an. Machte sich das Mädchen über sie lustig oder meinte sie es ernst? Konnte ein Mädchen, das so anziehend wie Scarlett war, in ihrem Alter und in einer freien Gesellschaft wie der amerikanischen wirklich jungfräulich geblieben sein?

»Wieso, Scarlett? Was soll denn daran so schrecklich sein?«

»Es gehört zu den Sachen, vor denen man uns im Internat immer gewarnt hat. Und Onkel Ulysses hat mir auch gesagt, daß ein solches Verhalten Sünde sei. Er hat mich ständig aufgefordert, rein zu bleiben.«

»Aber, Scarlett, was soll daran falsch sein, wenn man seinen Gefühlen Ausdruck verleiht? Wenn du liebst, dann zeige diese Liebe doch auch!«

Ihre Cousine schüttelte energisch den Kopf und sah bedrückt aus.

»Was du da sagst, würde zu wahllosen sexuellen Abenteuern führen, und das kann nicht richtig sein.«

Scarletts Prüderie ließ Lucindas Begierde nur noch stärker werden. Sie mußte diesen Widerstand brechen. Sie entschied sich, daß ein Generalangriff wohl die beste Taktik sein würde; deshalb beugte sie sich hinüber und preßte ihre Lippen auf die Scarletts.

Es war ein miserabler Kuß. Scarlett hielt ihren Mund fest geschlossen, und Lucinda fühlte, wie sich ihr Körper aus Protest verkrampfte.

»Laß dich doch gehen! Vertrau mir!«

Lucinda sah die Zeichen von ausbrechender Panik in den Augen ihrer Cousine.

»Was ist denn los?« fragte sie. »Man könnte ja glauben, daß du in einem Kloster aufgewachsen bist.«

»Bin ich auch«, antwortete Scarlett, bei der jetzt die Furcht in Wut überging. »Wenn du mich jetzt, bitte, entschuldigen würdest. Es war ein langer Tag. Ich bin müde und möchte ins Bett gehen. Allein!«

Verdammt noch mal, dachte Lucinda, das habe ich versaut! Warum muß sie bloß so verschlossen und blödsinnig unschuldig sein!

»Natürlich, ich verstehe, Scarlett!« Lucinda beeilte sich, den Schaden wiedergutzumachen, den sie durch ihren brutalen Angriff verursacht zu haben glaubte. »Es tut mir leid, daß ich dich verärgert habe. Das wollte ich nicht. Ganz im Gegenteil! Ich mag dich wirklich und hoffe, daß wir trotzdem Freunde bleiben.«

Ihre Ehrlichkeit schien auch bei Scarlett durchzukommen. Ihre Züge waren weicher geworden, als sie antwortete:

»Das hoffe ich auch. Ich muß dir gestehen, Lucinda, ich habe nicht viele Freunde – vielleicht weil ich so lange in der Klosterschule eingesperrt war. Die einzige Person, die ich auf der ganzen Welt habe, ist mein Onkel Ulysses, jedenfalls bis ich hierher nach Hamblewood kam.«

Lucinda drückte ihr herzlich, aber ohne jede sexuelle Andeutung die Hand. Ihre eigenen erotischen Gefühle legten sich; sie fühlte sich nur noch furchtbar verantwortlich für Scarlett. Lucinda war plötzlich klargeworden, wie verletzlich das Mädchen unter ihrer selbstsicheren Schale war. Dies Kind brauchte jemanden, der ihm helfen konnte, ihm gute Ratschläge erteilte und es tröstete, wenn es sich weh getan hatte. Während Lucinda diesen Gedanken freien Lauf ließ, überlegte sie auch, ob dieser geheimnisvolle

Onkel Ulysses auch fähig war, sein Mündel ausreichend zu beschützen.

»Komm mit, Cousinchen! Wir können zusammen nach oben gehen. Dann überlasse ich dich deinen Träumen über deine eigene Hochzeit oder worüber du sonst einzuschlafen pflegst.«

Scarlett lächelte. Die Spannung war gewichen, und die beiden Mädchen gingen zu Bett – jedes für sich.

Scarlett hatte sich darauf eingerichtet, den Morgenzug nach London zu nehmen. Als sie zum Frühstück herunterkam, saßen die Viscountess und Lucinda bereits am Tisch. Sie nahm sich eine Tasse Kaffee und einen Teller mit Müsli.

»Du mußt aber mehr essen«, bestand ihre Tante. »Du hast eine weite Fahrt vor dir, und ich kann das Essen im Zug wirklich nicht empfehlen.«

»Nein, danke! Das ist genug! Ich esse morgens nie viel. Außerdem kann ich in London essen, ehe ich das Flugzeug besteige.«

»Fliegst du heute noch bis auf die Insel, wie hieß sie gleich wieder?«

»Nein, Tante. Nur bis Athen. Onkel Ulysses hat mir dort ein Zimmer in einem Hotel reservieren lassen. Wir werden zusammen nach Xanthos weiterfahren, wenn er mit den Vorbereitungen fertig ist.«

»Vorbereitungen wofür?« fragte Lucinda.

»Das weiß ich auch nicht so genau. Ich nehme an, daß sehr viele offizielle Formalitäten nötig sind, um dort für längere Zeit zu wohnen.«

»Hmmm«, die Viscountess sah höchst unzufrieden aus. »Es ist doch wirklich zu schade, daß mein Bruder nicht die Zeit erübrigen konnte, zur Hochzeit seines Neffen zu kommen, und statt dessen sich in ganz Griechenland oder weiß Gott wo noch herumtreibt.«

»Aber, nein! Du darfst nicht glauben, daß er mit Absicht unhöflich ist. Onkel Ulysses ist wirklich kein Herumtreiber. Obwohl ihn von Zeit zu Zeit alle möglichen Leute besucht haben, hat er, solange ich zurückdenken kann, keinen Gegenbesuch gemacht.«

»Was für Leute waren das?« wollte Lucinda wissen.

»Alle möglichen, ziemlich viel Jungen und Mädchen so um die Zwanzig herum.«

»Und du hast niemals welche kennengelernt?«

Scarlett schüttelte den Kopf.

»Nein, das waren alles ernsthafte Studenten und kamen, um mit Onkel Ulysses zu studieren. Soviel weiß ich. Aber sie arbeiteten immer in der Bibliothek, die sie abschlossen. Als ich ihn einmal fragte, sagte mir Onkel Ulysses, daß ich dafür noch zu jung wäre und daß er mir alles eines Tages erklären würde. Vielleicht hält er mich nach unserer Ankunft auf Xanthos für reif genug, um mich in sein Vertrauen zu ziehen. Das hoffe ich wenigstens. Aber, wenn ihr mich jetzt bitte entschuldigt, ich will noch schnell hinauflaufen und meinen Koffer packen, sonst verpasse ich noch den Zug.«

Nachdem Scarlett das Zimmer verlassen hatte, betrachtete die Viscountess nachdenklich Lucinda.

»Weißt du«, fing sie an, »ich mache mir um das Mädchen ernsthafte Sorgen. So wie ich meinen Bruder Ulysses als Kind in Erinnerung habe, führt er etwas im Schilde. Keiner von uns traute Bruder Ulysses so recht.«

»Was könnte er vorhaben?« fragte Lucinda.

»Ich habe keine Ahnung, aber ich wette meinen letzten Penny, daß es bei dem Unternehmen um viel mehr geht, als dieses Kind annimmt. Irgend etwas ist sehr unheimlich bei dieser plötzlichen Leidenschaft von Ulysses für eine abgelegene Insel.«

Ehe Lucinda antworten konnte, kam Scarlett zurück. Das Wort ›unheimlich‹ drang aber tief in Lucindas Gehirn ein und spukte die folgenden Monate darin. Trotzdem war ihre nächstliegende Sorge, ihre Cousine zum Bahnhof zu fahren und sie sicher auf den Weg nach London zu bringen. Nach London kam Athen – und danach Xanthos mit all den Geheimnissen dieses unbekannten Ortes.

»Scarlett, Liebling«, sagte Lucinda, als sie auf den Bahnsteig in Hamblewood gingen, »vergiß nie, daß du jetzt eine Familie in England hast. Wenn du je in Schwierigkeiten stecken solltest, versprich mir, daß du uns sofort benachrichtigst. Falls ich nicht hier sein sollte, sind Miles und Sarah bald von ihrer Hochzeitsreise zurück, und die wissen immer, wo sie mich erreichen können. Wir machen uns große Sorgen um dich, bis wir wissen, daß alles in Ordnung ist.«

»Du bist so lieb – ihr alle.« Scarlett trug ihren Namen jetzt zu recht. Sie errötete bis in die Haarwurzeln. »Aber, wirklich, ihr braucht euch doch keine Sorgen zu machen. Ich bin schließlich kein Kind mehr und versichere dir, daß er zwar ein komischer Kerl ist, aber trotz seiner Eigenheiten zu mir immer ein freundlicher Onkel gewesen ist. Es wird alles prima, du wirst schon sehen.«

Bis der Zug einfuhr, wurde über das Thema nicht mehr geredet. Nachdem Scarlett in das Erste-Klasse-Abteil geklettert war, ergriff sie Lucindas Hand und sagte:

»Danke für alles, Lucinda! Und es tut mir leid, daß ich gestern abend so prüde und altmodisch gewesen bin. Vielleicht hast du recht mit dem, was du gesagt hast. Ich weiß es nicht. Ich werde darüber nachdenken. Vielleicht bin ich für diese Sache einfach noch nicht reif genug.«

Dann beugte sie sich unerwartet nach vorn und küßte Lucinda voll auf den Mund. Dieser Kuß unterschied sich von der flüchtigen Umarmung von vorhin beträchtlich. Er war voll langer, liebevoller, honigsüßer Hingabe.

Zu spät! fluchte Lucinda innerlich, als die Abteiltür zuschlug und sie getrennt wurden. Mit lautem Pfeifen verließ der Zug nach London den Bahnhof, und Lucinda fühlte, wie sie mit jeder Sekunde weiter auseinandergerissen wurden.

Sie machte sich immer noch große Sorgen, was wohl das Schicksal mit Scarlett vorhatte. Als sie nach Hause kam, fühlte sie sich einfach elend.

Diese Stimmung hielt aber nicht lange an. Auf sie wartete ein Brief, der während ihrer Abwesenheit angekommen war. Auf Anhieb erkannte sie die Handschrift auf dem Umschlag und riß ihn ungeduldig auf, um zu lesen, was Jennifer schrieb.

Hotel Negrecso
NIZZA

Liebste Lucinda,

Vermißt Du mich ebensosehr wie ich Dich? Ich hoffe, daß wir bald wieder zusammen sein werden. Aber zuerst einmal das Neueste von mir.

Daddy und ich sind die ganze Küste abgelaufen, um das Boot zu finden, mit dem wir wirklich zufrieden sein können. Monte Carlo war voll von häßlichen, plumpen Motorbooten, die unter der Flagge von Panama oder Liberia liefen. Auf keinen Fall etwas für junge Damen mit Geschmack. Cannes war ebenfalls ziemlich schäbig, auch in Villefranche gab es nichts Vernünftiges. Ich will Dich nicht auf die Folter spannen, aber glaube mir, Lucinda, Liebste, wir haben uns halb umgebracht mit unserem Herumrennen in der Hitze. Schließlich endeten wir in La Napoule. Mein Gott, was für ein Unterschied! Du kennst doch das Gefühl, wenn Du irgendwo ankommst und spürst, daß da alles in Ordnung ist – genauso war es. Super Leute und wunderschöne Jachten.

Um eine lange Geschichte abzukürzen – da lag diese traumhafte Ketsch. Sobald Daddy und ich einen Blick auf sie geworfen hatten, wußten wir: die oder keine! Warte, bis Du sie siehst, Lucinda. Statt Dir eine lange und umständliche Beschreibung zu liefern, lege ich das Foto bei, das wir von der ›Sonnenstrahl‹ gemacht haben. Sie ist einundzwanzig und einen halben Meter lang und wird für die spitzigste der Spitzen im Chartergeschäft einfach ideal sein. Natürlich ist sie bei Lloyds registriert und fährt unter der Flagge der britischen Handelsmarine.

Jetzt zum geschäftlichen Teil. Mach Dir einen kräftigen Drink, Liebling, und setz Dich ruhig hin. Ich schätze, daß das Geld, das wir von Babette bekommen haben, etwa die Bettwäsche und die Bestände der Hausbar decken wird. Robert Duhamel – er ist der Makler, der den Verkauf abwickelt – verlangte eine halbe Million Dollar. – Na ja, ich erinnerte mich, wie Miles den Verkauf mit Babette bewerkstelligte, und noch wichtiger, wie Babette mit Miles umgegangen war. Zu meinem großen Glück mußte Daddy wegen eines Presseinterviews nach Paris fahren und einige seiner Agenten aufsuchen. Da benutzte ich die Gelegenheit, um beim lieben Robert in Aktion zu treten.

Es kommt der Augenblick, wie Du weißt, meine Süße, in dem ein Mann aufhört zu streiten und ganz lieb und nachgiebig wird. Als Robert wieder Luft holen konnte, stellte er fest, daß er mir ›Sonnenstrahl‹ für vierhunderttausend Dollar angeboten hatte, das heißt, daß er mehr meinem Vorschlag zugestimmt hatte; wir haben das Angebot für zehn Tage.

Was sagst Du jetzt, Lucinda? Du wirst kein besseres Boot finden, das verspreche ich Dir. Ich habe mit Daddy alles besprochen. Wenn Du die andere Hälfte zulegst, bring' ich die eine auf.

Sag, daß Du es tust, Liebling! Wir werden herrliche Tage verleben. Du wirst ›Sonnenstrahl‹ ebensosehr wie ich lieben. Was hältst Du davon, ihren Namen in ›Lucifer‹ abzuwandeln?

Und jetzt kommt das Beste. Drei Leute können die Jacht ohne

Schwierigkeiten bedienen, wenn einer davon etwas versteht und den Kapitän macht. Nachdem ich Robert nach Hause geschickt hatte, damit er sich wieder erholte, lief mir ein reizender bretonischer Junge über den Weg, überall Muskelpakete und dunkle Lokken! Mir gefiel Alain auf Anhieb, und er scheint mich auch zu mögen. Er fährt seit dem Tag, als er von der Mutterbrust entwöhnt wurde, zur See und wäre genau der richtige Mann für die ›Sonnenstrahl‹ oder ›Lucifer‹. Er hat bis jetzt hier auf einem Boot gearbeitet, würde aber jederzeit zu uns kommen.

Laß mich also wissen, Lucinda, ob wir die ›Sonnenstrahl‹ kaufen. Bitte, sag ja, und sag es, ehe Robert versucht, sich aus der Abmachung herauszuwinden. Wenn Du mit dem Geschäft einverstanden bist, komm so bald Du kannst zu mir. Es wäre eine gute Idee, wenn wir noch einen Jungen als Mannschaft anheuern würden. Halt Deine Augen offen und schau, ob Du jemand auftreiben kannst. Aber, Hände weg von Alain, mit dem jungen Mann habe ich meine eigenen Pläne.

Schreib bald oder hinterlasse eine Nachricht für mich im Hotel. Daddy läßt Dich vielmals grüßen und hofft, daß Du bald kommst.

Küsse,

Jennifer.

P. S. Ich war zu aufgeregt, sonst hätte ich mich gleich nach Sarah und Miles erkundigt. Ich nehme aber an, daß der Knoten gut und fest geknüpft wurde und daß die beiden so irrsinnig glücklich als Ehepaar weiterleben, wie sie es vorher in Sünde getan haben. Gib beiden einen dicken Kuß von mir.

Reichtum ist eigentlich doch sehr angenehm, überlegte Lucinda, als sie Jennifer antwortete und einen Scheck über zweihunderttausend Dollar in den Brief legte. Sie wußte, daß sie sich auf Jennifer und Merton verlassen konnte, was die Wahl des Bootes betraf. Trotzdem hatte sie sich von ihren seetüchtigen Freunden, die sie bei Einladungen und Bällen bei Cowes getroffen hatte, beraten lassen. Alle befürworteten Jennifers Empfehlung, leider stand aber keiner von ihnen zur Verfügung, mit dem Traumboot mitzusegeln.

Lucinda beeilte sich mit ihren Vorbereitungen für ihre Reise nach Frankreich. Als sie ihren Vater von ihren Plänen unterrichtete, antwortete er mit einem Brummen; in seinen Augen sah sie aber deutliche Erleichterung glitzern. Das Leben auf Hamblewood würde ohne seine lebhafte Tochter viel ruhiger verlaufen. Seine Frau zeigte entschieden mehr Interesse, bemerkte aber boshaft, daß Lucinda sich überall, wo sie sich niederließ, in Schwierigkeiten verwickelte, es also keine Rolle spielte, wenn sie sich ein Boot als Behausung aussuchte. Lucinda wartete noch die Rückkehr von Miles und Sarah von ihrer Hochzeitsreise ab, ehe sie loszog, um Jennifer zu treffen und die Bekanntschaft von Alain zu machen.

Miles überschüttete sie mit guten Ratschlägen und Sarah mit guten Wünschen. Lucinda entschloß sich, mit dem Wagen nach La Napoule zu fahren. Es würde sicher nützlich sein, dort unten ein Auto zu haben. Sie fühlte sich herrlich, als sie auf die Hauptstraße einbog und die Richtung zur Küste einschlug. So kam es, daß sie Brian begegnete.

Sie hatte sich für den Ferrari entschieden; sie genoß es, wenn der Wind durch ihre Haare wehte, wenn sie mit dem offenen Sportwagen übers Land raste. Die Sonne schien, aus dem Radio erklang heiße Rockmusik, und der Verkehr war nicht dicht. Lucinda war in bester Stimmung und der ganzen Welt wohlgesonnen. Als sie den jungen Mann am Straßenrand stehen sah, der mitgenommen werden wollte, hielt sie an und winkte ihm, zum Auto zu kommen.

»Wohin wollen Sie denn?« fragte sie ihn.

Der Tramper betrachtete den schnittigen Rennwagen mit unverhohlener Bewunderung, die sich noch steigerte, als sein Blick auf die Fahrerin fiel.

»Irgendwohin«, antwortete er.

»Sie müssen doch ein Ziel haben.«

»Schön – fahren Sie nach London?«

»Nein, ich bin auf dem Weg nach Dover, querfeldein.«

»Das ist mir auch recht.«

Lucinda sah ihn etwas verwundert an. Er hatte lange, helle Haare und einen etwas spärlichen Bart. Sie schätzte ihn auf etwa zwei- oder dreiundzwanzig. Der offene, ehrliche Blick seiner großen braunen Augen gewann die Überhand.

»Ist gut, rein mit Ihnen. Schmeißen Sie das Ding einfach nach hinten.«

Sie deutete auf seinen Rucksack, den er mit offensichtlicher Erleichterung abnahm und hinten neben ihren Koffern verstaute. Er ließ sich auf dem Sitz neben ihr nieder. Sie ließ die Kupplung los und schoß vom Randstein weg.

Lucinda warf einen flüchtigen Blick zur Seite und schaltete das Radio aus, um sich mit ihrem Passagier unterhalten zu können.

»Ich heiße Lucinda, und Sie?«

»Das ist ein hübscher Name. Ich habe noch nie jemand getroffen, der Lucinda hieß. Ich heiße Brian – Brian Miller.«

»Na schön, Brian, was machen Sie so? Es muß ja eine recht unwichtige Tätigkeit sein, wenn es Ihnen egal ist, wohin Sie fahren.«

Der junge Mann lächelte sie an. Hübsche Zähne, dachte sie. Beim ersten Blick hatte sie ihn für einen Schmutzfinken gehalten; aber jetzt erkannte sie, daß das lediglich ihre Reaktion auf Brians Anorak, den er halboffen trug, seine Cordhosen von unbestimmter Farbe, seine Stiefel und seinen formlosen Rucksack gewesen war. Offensichtlich lag ihm an seinem Aussehen nur wenig. Nach der Gala bei der Hochzeit und der vornehmen Gesellschaft in Hamblewood war der Gegensatz natürlich auffallend. Bei näherem Hinsehen entpuppte er sich trotz seiner Unordentlichkeit als durchaus attraktiv. Seine breiten Schultern und sein athletischer Körperbau fanden durchaus Lucindas Billigung. Ihrer Meinung nach würde er bei längerer Bekanntschaft sehr gewinnen.

»Ich weiß nicht so recht«, antwortete er auf ihre Frage. »Ich nehme an, daß ich von zu Hause weglaufe.«

»Wieso wissen Sie das nicht genau?«

»Das ist schwierig zu erklären. Ich habe zwar dies Verlangen wegzugehen, wahrscheinlich suche ich nach irgend etwas – und ich weiß nicht was. Jedenfalls, bis jetzt noch nicht.«

»Nach etwas oder nach jemand?«

»Darauf weiß ich auch noch keine Antwort. Halten Sie mich jetzt für blöde?«

Lucinda schüttelte den Kopf.

»Nein. Vielleicht ein bißchen durcheinander. Wo ist denn Ihr Zuhause, und warum war es so schrecklich dort?«

»Es ist nicht schrecklich, es ist schlimmer: langweilig. Nichts passiert dort und wird auch nicht passieren. Der ganze verdammte Laden bleibt immer im alten Geleise. Wissen Sie, was ich damit sagen will?«

»O ja. Sehr gut sogar.«

»Ich habe mit meinem Vater zusammengelebt – meine Mutter

starb, als ich noch ein Kind war, und meine ältere Schwester, Jean, führte den Haushalt und hat mich wohl auch erzogen.«

»Wo war das?«

»Newcastle.«

Als er den Namen nannte, fiel Lucinda auch die leicht schleifende Art seines Sprechens auf, kein starker Akzent, aber hörbar, und er gefiel ihr eigentlich sehr gut.

»Arbeitet Ihr Vater im Kohlenbergwerk?«

»Nein, zum Teufel!« Brian war wütend. »Ihr aus dem Süden denkt, daß jeder Mann in Durham oder Northumberland in der Grube arbeiten muß.«

»Tut mir leid. Ich wollte Sie nicht beleidigen.«

»Mein Vater war Zimmermann in einer Werft. Das ist keine Arbeit für einen Ungelernten. Mein Vater ist kein Idiot, wirklich nicht. Er sah voraus, daß die Werft in Schwierigkeiten geraten würde und viele Arbeiter entlassen werden mußten, weil die Werften zumachen mußten. Als ihm also die Firma seine Abfindung anbot, nahm er sie und konnte damit und mit seinen Ersparnissen ein kleines Geschäft aufmachen.«

»Ich dachte, daß die kleineren Geschäfte von den Supermärkten verdrängt würden.«

»Ja, im Stadtzentrum; aber in den Vororten kaufen die Leute immer noch lieber bei ihrem Kaufmann um die Ecke, wo sie sich mit echten Menschen ein bißchen unterhalten können, nicht mit einem dämlichen Computer. Vater wird zwar nie reich werden, aber er hat sein Auskommen und hat es viel leichter als bei seiner Arbeit im Schiffsbau.«

»Aber Sie fanden den Laden langweilig.«

»Stimmt auch wieder. Und in dem Stadtteil, wo wir wohnen, gibt es nur ein verkommenes altes Kino mit uralten Filmen, und drei oder vier Kneipen. Darin besteht das gesamte Nachtleben. Sogar die ›Fish-und-Chips‹-Buden mußten schließen, weil sie die Konkurrenz der habgierigen Chinesen nicht aushalten konnten.«

»Haben Sie denn keine Freundin?«

»Ich hatte schon eine ganze Menge. Aber nichts Ernstes. Es gab jedenfalls niemand, der mir so am Herzen lag, daß ich in diesem gottverlassenen Elendsloch geblieben wäre.«

»Jetzt sind Sie auch schon ein ganzes Stück entfernt. Wie sind Sie von Newcastle hierher gekommen?«

Brian lachte.

»Ich bin nicht gerade angekommen. Ich habe mich schon ziemlich lange herumgetrieben. Während der letzten paar Monate habe ich in Birmingham gearbeitet; aber dann gab es keine Arbeit mehr, und ich habe mich in Richtung Süden aufgemacht. Ich hatte die Hoffnung, daß ich in London etwas finden würde.«

»Das denkt jeder. Meist endet das mit einer Riesenenttäuschung«, bemerkte Lucinda.

»Ein Lastwagen hat mich bis Swindon mitgenommen, dann ein Auto bis dahin, wo Sie mich aufgelesen haben.«

»Und da haben Sie sich gedacht, daß Sie ebensogut mit einem hübschen Mädchen in einem Sportwagen fahren könnten, statt auf jemand zu warten, der nach London fuhr.«

»Na ja«, gab Brian zu, »als ich Sie sah, war es mir gar nicht mehr wichtig, nach London zu kommen.«

Zwischen Guildford und Dorking hielten sie an und aßen in einem Pub eine Kleinigkeit, ehe sie auf die Autobahn fuhren. Bei Schinken- und Käsesandwiches und Bier unterhielten sie sich. Lucinda erfuhr eine Menge über Brians Kinderzeit. Es war eine ganz neue Welt, die sich vor ihr auftat. Sie fand, daß Jesmond Dene wie ein herrlicher Platz klang und daß Gosforth Park auch nicht übel sein mußte; aber Brians Schilderungen zerstörten sehr schnell ihre romantischen Vorstellungen und holten sie zurück auf die Erde. Er hingegen war völlig überrascht, daß es jemand gab, der nicht wußte, daß Newcastle United in schwarzweiß gestreiften Dressen im St. Jame's Park spielte. Wo hatte sie denn ihre ersten Jahre verbracht, wenn ihre Bildung derart lückenhaft war?

Lucinda gefiel die direkte Ausdrucksweise Brians, und daß er so völlig ungekünstelt und ohne jeden Snobismus redete. ›Red keinen Scheiß‹ war doch einmal eine willkommene Abwechslung!

»Nachdem Sie von zu Hause weg sind, sind Sie also nach Birmingham gegangen?«

»So war es auch nicht. Ich habe noch mehrere Jobs angenommen, ehe ich nach Birmingham kam. Zuerst habe ich als Matrose auf einen Frachter gearbeitet. Sie wissen schon, alle Kinder wollen einmal zur See fahren.«

»Ach wirklich.« Lucindas Stimme klang nachdenklich. In ihrem Kopf bgann ein Plan sich einzunisten. »Wohin sind Sie gefahren?«

»Ich habe ein paar Touren nach Schweden rauf gemacht. Das war in Ordnung. Die Arbeit war schwer, aber die Bezahlung nicht schlecht.«

»Und warum haben Sie denn aufgehört? Sind Sie seekrank geworden?«

»Nein, ich bin ein guter Seemann. Ich hatte Ärger mit der Gewerkschaft.«

»Gewerkschaft?«

»Ja, die Seemanns-Gewerkschaft. Ich bin nicht Mitglied gewesen und habe mich deshalb mit einer der Ortsgruppen angelegt. Da war es besser, daß ich meine Sachen packte und abzog.«

»Nach Birmingham?«

»Am Ende ja.«

Sie verließen den Pub und gingen hinüber zum Wagen. Auf dem Wege dorthin faßte Lucinda einen Entschluß.

»Sagen Sie, Brian, haben Sie Ihren Paß bei sich?«

»Ja. Immer seit Stockholm habe ich ihn bei mir. Warum wollen Sie das wissen?«

»Hören Sie zu. Sie gefallen mir. Ich glaube, daß Sie ein guter und anstelliger Kerl sind, der keine Arbeit scheut. Ich bin auf dem Wege zu einer Freundin von mir. Wir haben ein Boot und brauchen eine Mannschaft. Hätten Sie Lust, es zu versuchen?«

»Klingt nicht schlecht. Könnte Spaß machen. Fahren Sie deshalb zur Küste?«

»Entscheiden Sie sich, Brian. Wenn Sie nach London wollen, wie Sie es vorgehabt haben, verlasse ich Sie jetzt. Von hier aus haben Sie keine Schwierigkeiten, in die Stadt mitgenommen zu werden. Wenn Sie aber Lust haben, etwas völlig Verrücktes zu versuchen, kommen Sie mit mir. Ich fahre nach Südfrankreich. Was meinen Sie?«

Brian blinzelte sie ungläubig an.

»Meinen Sie das im Ernst? Südfrankreich?«

»Genau! Wir würden an Bord einer Jacht wohnen. Wenn Sie mitkommen, sind wir zu viert. Also?«

Statt einer Antwort sprang Brian in den Wagen.

»Worauf warten wir noch!« rief er.

Am Nachmitttag erreichten sie Dover und erwischten eine Fähre, ohne lange warten zu müssen. Lucinda wechselte etwas Geld, ehe sie sich einschifften, und sagte zu Brian, daß er sich um die Reisekosten keine Sorgen zu machen brauchte. Trotzdem war ihm das offensichtlich nicht recht, und er bestand darauf, für sich selbst zu bezahlen.

»Wir wollen eine Sache gleich klarstellen«, sagte ihm Lucinda. »Ich bin sicher, daß Sie nicht soviel Geld bei sich haben, wie Sie für eine Fahrt durch ganz Frankreich brauchen. Aber ich habe soviel. Also lassen Sie mich bitte für alles aufkommen. Sie können es ja als Vorschuß auf Ihren Lohn ansehen. Schließlich werden Sie mit zur Mannschaft unseres Bootes gehören, wofür Sie auch bezahlt werden, oder nicht?«

Brian nahm das Angebot widerwillig an. Es war ihm so peinlich, als ob er von diesem reichen Mädchen ausgehalten würde. Er wechselte etwas eigenes Geld, um wenigstens den Schein einer Spur von Unabhängigkeit zu wahren.

Die Überfahrt verlief ruhig, und schon bald fuhren sie nach Süden und hatten Calais hinter sich gelassen.

»Wir können heute noch Paris erreichen und die Nacht dort verbringen«, meinte Lucinda.

»Haben Sie eine Ahnung, wo wir da übernachten können?«

»Ich habe zufällig eine kleine Wohnung in Paris.«

»Oh... Sie sind voll von Überraschungen.« Brian war deutlich erstaunt und beeindruckt.

»Warten Sie nur, bis Sie mich besser kennengelernt haben«, antwortete Lucinda verheißungsvoll.

Es war eine lange Fahrt gewesen. Als der Ferrari vor der Tür des Apartments in der Mozart Avenue zum Stehen kam, war es bereits dunkel. Brian nahm Lucindas Koffer und ging hinein. Neugierig betrachtete er die elegante Einrichtung, die dicken Teppiche und die teuren Gemälde an den Wänden.

»Sie haben wirklich eine hübsche Wohnung«, bemerkte er. »Sagen Sie mir, Lucinda, wer sind Sie eigentlich und auf was habe ich mich eingelassen?«

»Machen Sie sich keine Gedanken, Brian. Ich heiße Lucinda Farrer. Meine Eltern leben in England, aber ich habe ein paar Jahre in Paris gearbeitet; deshalb habe ich auch diese Wohnung hier. Und was das Boot betrifft, wir wollen Charterfahrten damit machen. Es ist alles vollkommen in Ordnung; wir wollen keine Drogen und Waffen oder irgend etwas Illegales schmuggeln. Sind Sie jetzt beruhigt?«

Brian zuckte mit den Achseln.

»Wenn Sie es sagen! Es ist nur alles ein bißchen wie ein Schock für mich gewesen.« Er zeigte mit einer unbestimmten Handbewegung auf die Umgebung.

»Sie werden sich an meine Art schon gewöhnen«, teilte Lucinda ihm mit schelmischem Lächeln mit. »Aber jetzt, Brian, werde ich uns erst einmal ein paar Drinks machen. Wir haben immer einen Alkoholvorrat im Haus; aber leider nichts zu essen, und es ist zu spät, jetzt noch einkaufen zu gehen. Deshalb lade ich Sie zu einem guten Abendessen in einem der kleinen Restaurants ein, nachdem wir uns etwas frisch gemacht haben. Das Essen ist gut, nichts Übertriebenes. Wie klingt das?«

»Sie sind der Boß«, stimmte ihr Brian bei.

»Ich bin froh, daß wir das geklärt haben«, meinte Lucinda. »Denken Sie immer daran, egal ob an Land oder auf See, wir werden mit Sicherheit nicht schlecht zusammen schaukeln.«

»Sie sind nicht nur der Boß, sondern auch ein Biest, nicht wahr?«

In Brians Stimme lag widerwillige Bewunderung. Lucinda mußte lachen, als sie ihm ein Handtuch zuwarf und ihm den Weg zum Badezimmer zeigte.

Im Restaurant war es an Lucinda, überrascht zu sein.

»Soll ich für Sie die Speisekarte übersetzen?« fragte sie.

Brian antwortete nicht, sondern vertiefte sich intensiv in das handgeschriebene Papier. Als der Kellner kam, bestellte er sein Essen in fließendem, wenn auch nicht ganz einwandfreiem Französisch.

»Wo, um alles auf der Welt, haben Sie so gut Französisch gelernt?« fragte sie ihn verblüfft.

Brian betrachtete sie abwägend und sagte: »Sie werden es mir kaum glauben, aber Newcastle hat eine der besten höheren Schulen des Landes. Ich habe zufällig eine Begabung für Sprachen; deshalb habe ich mir auf der Schule recht gute Kenntnisse in Französisch und Deutsch, sogar ein bißchen Russisch erworben. Als ich auf dem Frachter arbeitete, hatte ich auch Schwedisch schnell heraus, und mein bester Kumpel war ein Franzose, der Koch. Ich bin ein bißchen aus der Übung; aber ich sage Ihnen, Lucinda, wenn ich mich durch ganz Frankreich schlagen müßte, ich müßte nie hungern, weil mir die Wörter fehlen.«

Das Essen war ganz ausgezeichnet, aber Brian bestand darauf, daß kein französischer Koch an seine Schwester Jean herankäme, wenn es um Yorkshire-Pudding ginge.

»Machen Sie sich über mich lustig?« wollte Lucinda wissen; aber Brian lachte nur herzhaft.

Als sie wieder in das Apartment kamen, wurde Brian verlegen. Er stellte fest, daß es nur ein Schlafzimmer gab. Während Lucinda im Bad war, rief er schüchtern:

»Wo soll ich schlafen?«

Sie kam heraus, wischte sich das Gesicht ab und sah ihn an.

»Na, wo Sie wollen. Sie können sich auf das Sofa legen oder, wenn es Ihnen lieber ist, das Bett mit mir teilen.«

»Meinen Sie das im Ernst?«

»Warum nicht? Auf diese Weise wird nur eine Bettwäsche schmutzig.«

Brian starrte sie ungläubig an. Es war zwischen ihnen noch kein zärtliches Wort gefallen. Er hatte sie noch nicht einmal angefaßt, ganz zu schweigen geküßt, und jetzt, ganz plötzlich, lud ihn dieses unberechenbare Mädchen ein, in sein Bett zu kommen. Er wußte nicht, wie er sich verhalten sollte.

»Entscheiden Sie sich!« rief sie ihm zu. »Oder finden Sie mich so abstoßend?«

»Nein, nein. Sie sind sehr reizend, wirklich sexy. Sie haben mich nur überrascht.«

»Sie werden sich an meine Art schon noch gewöhnen. Aber beeilen Sie sich! Duschen Sie und kommen Sie ins Bett!«

In kurzer Zeit hatte er die Tricks der Pariser Wasserleitungen durchschaut und sich von dem Staub und Dreck seiner langen Fahrt befreit. Er fühlte sich prima und konnte es kaum erwarten, sich zu Lucinda zu legen. Er wickelte sich in ein dickes, flauschiges Handtuch und wagte sich ins Schlafzimmer.

Lucinda lag im Bett und blätterte in einer Illustrierten. Sie zog die Augenbrauen hoch und lachte bei seinem Anblick laut heraus.

»Warum haben Sie sich denn so eingewickelt? Sie sehen ja wie eine Mumie aus.«

»Na, ich mußte doch irgend etwas anziehen.«

»Was ist denn mit Ihnen los? Sie sind doch nicht verkrüppelt; oder hat man Sie kastriert?«

Als er sich neben sie ins Bett gleiten ließ, verstand Lucinda plötzlich. Der Junge war scheu. Er war es nicht gewohnt, unter Leuten zu leben, für die Nacktheit etwas ganz Normales war. Wahrscheinlich hatte man ihm als Kind eingehämmert, daß es unanständig sei, den Körper nicht zu bedecken; und die Kojen eines Frachters in der Nordsee waren wohl auch kaum die richtige Umgebung, um diese Hemmungen zu verlieren. Um ihm zu helfen, diese Schüchternheit zu verbergen, drehte sie ihm den Rücken zu und machte das Licht aus. Schweigend lagen sie nebeneinander, ohne sich zu bewegen. Es war eine heiße Nacht, und Lucinda streckte und reckte sich. Ihre Hand berührte Brian. Er trug immer noch das dicke Handtuch.

»Um Himmels willen, Mann, zieh doch dieses idiotische Ding aus. Du mußt ja ersticken.«

Sie merkte, wie er sich aus dem Handtuch wickelte, und als sie wieder ihre Hand ausstreckte, spürte sie seinen warmen, festen Körper.

»Das ist schon besser. Langsam entwickelst du dich zu einem menschlichen Wesen. Wir machen Fortschritte, Brian.«

Sie fühlte, wie er zitterte. Ihre Hand strich über seine Leisten. Er verhielt sich vollkommen still; aber Lucinda stellte fest, daß er eine gesunde Erektion hatte.

»Was ist denn los, Brian? Weißt du nicht, was du mit einem Mädchen anfangen sollst?«

»Ich verstehe das alles nicht«, stammelte er. »Sie lieben mich doch nicht, oder?«

»Lieben? Ich kenne dich kaum. Was hat das denn damit zu tun?«

»Ich meine, Lucinda, wie kannst du – äh, Geschlechtsverkehr mit jemand haben, den du kaum kennst?«

»Nun hör mal zu, Brian! Versuch das in deinen Schädel zu kriegen. Ich pflege mit Frauen oder Männern sexuelle Beziehungen zu haben, weil ich die Menschen anziehend finde und es gern tue. Ich gehe noch weiter: weil ich es brauche, ebenso wie ich essen und trinken und schlafen muß. Das hat nichts damit zu tun, daß man die Leute liebt; obwohl ich mich schon mehr als einmal sehr verliebt habe. Ich habe die letzten Wochen bei meinen todanständigen Eltern gewohnt, und es wird Zeit für mich, daß sich etwas tut. Ich habe dich für einen annehmbaren Typ gehalten, aber wenn das deine bürgerliche moralische Erziehung beleidigt, vergiß es und schlafe.«

Lucinda konnte nicht verhindern, daß ihre Worte etwas enttäucht klangen. Erst Scarlett und jetzt Brian! Sie war wirklich ein Opfer des Puritanismus geworden.

»Du bist wirklich ganz anders«, murmelte Brian. »Mein Gott, was würden die Leute zu Hause sagen, wenn sie dich so reden hörten.«

»Zum Teufel mit den Leuten zu Hause. Ich habe heute mehr als genug von ihnen gehört, danke!«

Als sie es schließlich am wenigsten erwartete, war Brian auf ihre Seite des Bettes gekrochen. Er griff nach ihr, und ehe sie wußte, wie ihr geschah, saß er auf ihr. Das gekräuselte Haar auf seiner Brust drückte auf ihre Brüste, und er zwang sie, ihre Schenkel zu öffnen.

»Vorsichtig«, stöhnte sie. »Du hältst nichts von einem Vorspiel, hm?«

»Wenn ich will, dann will ich. Keine von deinen Albernheiten.« Seine Stimme klang heiser, und er atmete bereits schwer.

Lucinda fühlte, wie er in sie eindrang. Es tat weh. Er hatte ihr keine Chance gegeben, feucht zu werden, aber er hatte etwas an sich, auf das sie reagierte. Nach einigen harten und brutalen Stößen begann sie sich im gleichen Rhythmus wie er zu bewegen. Brian sagte kein Wort. Nur seine Lippen suchten ihren Mund, doch seine Küsse waren nicht zärtlich, sondern eher grob. Lucinda wollte gegen sein Benehmen protestieren, aber dann fühlte sie ein so wildes Entzücken, daß sie es sich nicht eingestehen wollte.

Brian hielt sie nieder; seine Hände umschlossen ihre Handgelenke. Sie konnte sich nicht bewegen. Das Gewicht seines Körpers lag auf ihr, sein Atem war in ihrer Nase und ihrem Mund, er besaß sie.

Es dauerte nicht lange. Sein Atem wurde heftiger, dann fühlte sie, wie er mit einer großen Welle kam. Und wieder und wieder spürte sie das Zittern in sich, während er sie in die Lippen biß. Einige Minuten lang sprach keiner von ihnen ein Wort. Schließlich fragte er sie:

»Na, wie war es?«

Was für ein eingebildeter Dreckskerl, dachte sie. In seiner Stimme lag eine Selbstgefälligkeit, die sie wütend machte.

»Du mußt noch verdammt viel lernen, Brian, wenn du es je einer Frau recht machen willst.«

»Was soll das heißen?«

»Ist dir nie der Gedanke gekommen, daß es Dinge gibt, die mir gefallen könnten? Sag mal, mein toller Macho, bist du je bei einem Mädchen nach unten gegangen?«

»Was meinst du? Küssen – da unten?«

»Genau das meine ich. Also?«

»Nein. Das ist nicht das, was ein Mann machen sollte.«

»Schlaf jetzt, Brian. Du hast noch einen weiten Weg vor dir, ehe du ein richtiger Mann bist.«

Aber Lucinda gab sich selbst das Versprechen, Brians Erziehung in die Hand zu nehmen. Er war gut gebaut und würde prima aussehen, wenn sie ihn erst etwas aufpoliert hatte, und zweifellos war er intelligent. Er war zwar ein miserabler Liebhaber; aber das würde sie sicher ändern können; es würde ihr viel Spaß machen, ihm die Zärtlichkeit und Rücksicht beizubringen, die ihm jetzt noch so offensichtlich fehlten.

Am nächsten Tag frühstückten sie nur eine Kleinigkeit und waren schon unterwegs, ehe der Stoßverkehr die Straßen verstopfte. Falls Brian ihr ihren Tadel übelgenommen hatte, zeigte er es jedenfalls nicht. Die Erfahrung dieser Nacht schien endlich seine Scheu weggeblasen zu haben. Als das Wetter immer wärmer wurde, blühte er sichtlich auf. Bei ihrer Ankunft in Nizza saß ein fröhlicher, gutgelaunter Brian neben ihr, der munter drauflos plauderte und lachte. Auch Lucinda hatte ihre Verärgerung schon längst vergessen.

Sie parkten den Ferrari vor dem Hotel Negresco. Die Koffer ließen sie im Wagen und eilten in die Hotelhalle, Lucinda voraus. In diesem prächtigen, runden Foyer entdeckte Lucinda sofort Jennifer, und ihre Augen strahlten vor Freude. Neben ihr stand ein kräftiger, dunkler junger Mann. Die beiden Mädchen fielen sich in die Arme.

Die Mannschaft der ›Lucifer‹ war vollzählig.

TEIL 2

»Glaube mir, mein junger Freund, es gibt nichts – absolut gar nichts – was auch nur halb so schön ist wie das Herumschippern in einem Boot.«
KENNETH GRAHAME

Kapitel 6

Das Meer glitzerte in dem strahlenden Sonnenlicht. Die ›Lucifer‹ hinterließ eine weiße Schaumspur, als sie mit einer frischen Brise auf die französische Küste zusegelte, die allmählich aus den flammenden Hitzeschleiern auftauchte.

»Schatz, ich geh' nach unten und werfe noch ein paar Sachen in den Koffer. Wir können dann gleich von Bord gehen, sobald wir in Cannes angelegt haben.«

Die Sprecherin, Mary Anne Packer, lächelte ihrem frischgebackenen Ehemann liebevoll zu, der sich in seiner todschicken blau-orangen Badehose von der Sonne braten ließ.

»Ich hoffe, daß Ihnen die Fahrt auch gefallen hat«, sagte Lucinda.

»Oh, es war großartig! Wie im siebenten Himmel!« quietschte Mr. Packers dritte Frau. »Es war eine fantastische Idee von Chuck, die Flitterwochen auf See zu verbringen. So originell! Die Leute bei uns zu Hause werden es kaum glauben, daß wir die ganze Zeit auf einem Segelboot verbracht haben. Wie Piraten!«

»Das freut mich sehr!« Lucinda lächelte. »Sie brauchen sich nicht zu beeilen, wenn wir anlegen. Lassen Sie sich ruhig Zeit. Es sind ja noch ein oder zwei Stunden, bis wir dort sind.«

Mary Anne Packer kletterte die Niedergangstreppe zu den Kabinen mit der Sicherheit eines Seemannes hinunter, der schon länger als zwei Wochen auf See war. Sie ging nach hinten zur Kapitänskajüte, wo das große Bett stand, das fast die gesamte Breite der Jacht einnahm. Hier waren sie und ihr Mann während der ganzen Fahrt nach Ibiza und zurück zu Hause gewesen. Sie hatten für das Chartern der ›Lucifer‹ eine Menge bezahlen müssen, aber es war jeden Cent wert gewesen, so dachte jedenfalls Mary Anne, als sie die romantischen Erinnerungen an ihre Hochzeitsreise noch einmal an sich vorüberziehen ließ.

Chuck Packer auf Deck sah das Ganze etwas weniger romantisch. Für ihn war es schließlich seine dritte Ehe und auch seine dritte Hochzeitsreise. Er hatte jedesmal ein Boot an der Riviera gemietet und war nach Ibiza gesegelt. Nachdem er einmal eine zufriedenstellende Lösung gefunden hatte, war Chuck viel zu sehr Geschäftsmann, als daß er sie aufgegeben hätte.

Für die vier Besatzungsmitglieder war das Ende der Reise ein Grund für kaum zu bändigendes Selbstlob. Es war ihre erste Charterfahrt, und nichts war ernstlich schiefgegangen. Es hatte eine Menge Schwierigkeiten gegeben, bis sie sich als Mannschaft zusammengerauft hatten, aber sie hatten mit ihrer Jacht mehr als ein halbes Dutzend ziemlich lange Törns unternommen, ehe sie das Gefühl hatten, sie könnten es jetzt mit Passagieren wagen.

Die beide Mädchen hatten Alain zum Kapitän ernannt. Er hatte fast sein ganzes Leben damit verbracht, feste Fischerboote durch die stürmischen Fluten vor der heimtückischen britischen Felsküste zu lenken. Er fühlte sich auf der ›Lucifer‹ sofort wie zu Hause. Brian dagegen war ziemlich sauer.

»Was ist denn mit dir los?« wollte Lucinda wissen. »Meinst du, du solltest Kapitän sein?«

»Schließlich bin ich Engländer«, antwortete er. »Jeder weiß, daß wir die besten Seeleute der Welt sind. Denke nur an Drake, Nelson und die ganzen anderen.«

»Du eingebildetes Arschloch«, fuhr Lucinda ihn an. »Ja, wenn du Drake oder Nelson wärst, wäre das prima. Aber du weißt ja nicht einmal, wo bei einem Schiff hinten und vorne ist.«

»Es liegt uns einfach im Blut«, lautete seine mürrische Antwort. »Schließlich kann es nicht so schwierig sein, ein Boot zu segeln, wenn er es kann.« Brian machte eine verächtliche Kopfbewegung in Richtung Alain. »Ich kann ein Auto fahren. Meiner Meinung nach ist das hier auch nicht viel anders.«

»Hat dein Auto Segel?« fragte Jennifer.

Nachdem sie an Bord waren, mußte Brian feststellen, daß es doch sehr viel komplizierter war, mit der Ketsch umzugehen, als er gedacht hatte, und er mußte widerstrebend zugeben, daß Alain wußte, was er tat und auch viel Geschick bewies, die anderen zu einer sinnvollen Zusammenarbeit zu bringen. Kurzum, sie rauften sich zusammen und wurden eine Mannschaft. Am entscheidensten für Brians Verwandlung von einem mürrischen Meuterer zu einem geschickten Matrosen war das Beispiel der beiden Mädchen. Jennifer war schon ziemlich oft mit ihrem Vater segeln gewesen und auch schon zusammen mit anderen auf einer Schaluppe bei Cowes gefahren. Brian war wild entschlossen, ihnen zu beweisen, daß er alles tun konnte, was so ›ein verdammtes Mädchen‹ schaffte. Als er dann so sah, wie Lucinda, ›das reiche Miststück‹, von dem erfahreneren Paar bereitwillig Befehle entgegennahm, wehrte sich sein männlicher Stolz dagegen, daß sie das Seemannshandwerk vielleicht schneller und besser als er lernen würde. Männlicher Chauvinismus hat auch seine nützlichen Seiten.

Mit dem Boot umgehen zu lernen, war nur ein Teil ihres Zusammenlebens. Auch die persönlichen Beziehungen warfen Probleme auf. Jennifer und Alain machten kein Geheimnis daraus, daß sie nicht nur Seekameraden, sondern auch Bettgenossen waren. Brian nahm deshalb an, daß er ein gutes Recht hatte, Lucindas Bett mit ihr zu teilen und geriet völlig aus der Fassung, als er herausfand, daß er die Dame keineswegs als selbstverständlichen Besitz betrachten konnte.

Das fand er in ihrer ersten Nacht an Bord heraus. Die Jacht lag bei La Napoule vor Anker, und die vier hatten ihre Sachen auf ihr verstaut. Sie beschlossen, statt in einem Restaurant zu essen, sich an das Kochen in der winzigen Kombüse zu gewöhnen. Jennifer bereitete ein einfaches Mahl zu und nahm die Gelegenheit wahr, Lucinda und Brian zu zeigen, wie alles funktionierte.

Nach dem Essen sagte Lucinda zu den beiden Männern: »Morgen können wir uns darüber einigen, wer wo schläft. Aber heute nacht werden Jennifer und ich unser Recht als Eigentümer beanspruchen und die große Kabine hinten nehmen. Es ist genügend Platz da, so daß ihr beiden schlafen könnt, wo ihr Lust habt, solange ihr uns in Ruhe laßt. Wir haben uns seit einer Ewigkeit nicht mehr gesehen.«

Alain zuckte mit den Schultern, aber Brian brüllte los: »Was? Ihr Mädchen wollt zusammen schlafen, obwohl zwei Männer vorhanden sind?«

»Genau das«, gab Jennifer ihm zurück. »Und ich nehme an, du hältst das für sinnlose Verschwendung von zwei saftigen Pflaumen!«

Brian starrte sie an. »Was für ein Mädchen bist du eigentlich? Wie kannst du so ordinäre Ausdrücke gebrauchen? Und was das Zusammenschlafen von zwei Frauen betrifft – also, es ist einfach unnatürlich.«

»Laß doch, Brian. Reg dich nicht auf!« Alains Ton war der eines Erwachsenen einem widerspenstigen Kind gegenüber. »Was stört dich denn an Jennifers Sprache? Du benutzt das Wort doch die ganze Zeit, stimmt's?«

»Ja, aber bei Männern ist das etwas anderes«, protestierte Brian.

»Und was das Zusammenschlafen von Frauen angeht«, mischte sich Lucinda ein, »da mußt du noch eine Menge lernen. Vielleicht lassen wir dich eines Tages, wenn du richtig erwachsen bist, mal zusehen. Dann geht dir möglicherweise ein Licht auf, wie man eine Frau behandelt.«

»Trotzdem ist es nicht richtig«, murmelte Brian und schaute zu Alain hin. »Und ich werde mit Sicherheit nicht mit ihm pennen.«

»Hat dich auch keiner dazu eingeladen«, antwortete Alain. »Ich nehme die Kapitänskajüte, und du kannst dir irgendeine Koje aussuchen, die dir gefällt.«

Die beiden Mädchen zogen sich in die geräumige, halbkreisförmige Kabine im Heck zurück. An den geschwungenen Wänden zogen sich weiche, lederne Fensterbänke hin; darüber waren Wandschränke mit Schiebetüren angebracht. Die üppige Täfelung aus Vogelaugenahorn schimmerte in dem sanften Licht der Lampen, die hinter einer Leiste indirekt leuchteten. Am meisten beeindruckt war Lucinda von dem Bett. Sie war an große französische Betten gewöhnt, aber dieses hier war einfach majestätisch. Es war fast zweieinhalb Meter breit; in das reich verzierte Kopfteil waren Bücherregale, Spiegel und noch weitere indirekte Beleuchtung eingebaut. Die hellblauen Seidenlaken und die Satindaunendecke gaben das tiefe Blau des dicken Teppichs wieder, der von einer Wand zur anderen ging.

»Also dafür haben wir soviel Geld hingelegt«, stieß Lucinda hervor, als sie die Pracht dieser Kabine einsog.

»Ich habe für dich ein kleines Geschenk gekauft, um dich an Bord willkommen zu heißen«, sagte ihr Jennifer, als sie sich auszogen.

Lucinda öffnete das goldene Geschenkpapier und starrte auf ein elegantes Schächtelchen, in denen Cartier seine sagenhaften Schmuckstücke präsentiert.

»Jennifer, Liebste, du hättest doch nicht...«

»Mach die Schachtel auf«, unterbrach sie ihre Gefährtin.

Da lag ein Vibrator, ganz in den weichen Samt gekuschelt.

»Hast du vergessen, daß wir heiße Jungs an Bord haben?« fragte Lucinda lachend.

»Es ist aber schön, einen zu haben, den man einschalten kann, wenn einem gerade danach ist«, antwortete Jennifer.

»Es ist noch viel schöner, daß man ihn auch wieder ausschalten kann, wenn man will«, gab Lucinda zurück.

Sie kletterten in das riesige Prachtbett und genossen den süßen Duft der Brise, die den Geruch von Stechginster und Pinien in die Kabine wehte. Das Boot lag leise wiegend vor Anker, und die Wellen plätscherten leicht gegen den Rumpf der ›Lucifer‹. Alles war vollkommen friedlich.

Jennifer nahm Lucindas Gesicht in die Hände und küßte es. Lucinda schloß sie in die Arme und spürte, wie das vertraute, zärtliche Verlangen in ihr aufstieg.

»Wäre es nicht himmlisch, wenn es auf der Welt keine anderen Menschen gäbe, die uns belästigen und stören? Nur wir beide ganz allein, in dieser Kabine, auf diesem Boot.«

»Das würde dir langweilig werden, Lucinda Liebling. Früher oder später würdest du mich doch wegen irgendeines Mannes verlassen.« In Jennifers Stimme klang Wehmut an.

»Aber jetzt doch nicht mehr, wo ich dein Geschenk habe«, meinte Lucinda lächelnd.

Jennifers Hände glitten über Lucindas Gesicht und Schultern. Wenn sie sich liebten, war es immer gleich schön und geschah mit solcher Ruhe, weil sie einander ganz und gar, geistig und körperlich, kannten. Sie gingen ineinander völlig auf: Die Männer hätten ebensogut eine Million Meilen weg sein können.

Als ihre Leidenschaft stärker wurde, liebkoste Lucinda Jennifer, als ob sie jeden Zentimeter dieses herrlichen Körpers mit ihren Händen und ihren Lippen in Besitz nehmen wollte.

»Versprich mir, daß du immer da sein wirst, um mich so zu lieben, Lucinda«, flehte Jennifer. »Ich brauche dich – ich könnte es nicht ertragen, deine Liebe zu verlieren.«

Nicht viel später waren sie einen wundervollen Augenblick eins miteinander, und die Zeit hatte aufgehört zu existieren.

Dann lagen sie ruhig da, hörten den leisen Geräuschen des Bootes zu, dem merkwürdigen Ächzen und Stöhnen der Balken.

»Es klingt, als ob es lebendig wäre«, meinte Lucinda.

»Das Boot liegt an der Brust des Meeres wie ein Geliebter«, antwortete Jennifer. »Ein ruheloser Geliebter, dessen Zärtlichkeiten niemals aufhören.«

»Macht dich nur das Meer so poetisch?« neckte Lucinda.

»Nein, weil wir wieder zusammen sind, Liebste.«

In der Zwischenzeit hockten Alain und Brian schweigend im Salon und trösteten sich mit einer Flasche Bier. Brian erholte sich nur langsam von dem Schock, den Lucinda seinem männlichen Stolz versetzt hatte, als sie ihm beibrachte, daß sie Jennifers Gesellschaft seiner eigenen vorziehe. Mißtrauisch betrachtete er Alain.

»Woher kommt es, daß du so gut Englisch sprichst? Du bist doch eigentlich Franzose, oder?«

»Und du kapierst nicht, wieso ein Franzose je in der Lage ist, deine Sprache zu sprechen?« zog Alain ihn auf. »Da du nun schon mal gefragt hast – meine Mutter ist Engländerin, und auch mein Vater spricht ausgezeichnet Englisch.«

»Ich dachte, dein Vater war ein Fischer.«

»War er auch.«

»Ist aber doch komisch, daß ein französischer Fischer eine Engländerin heiratet. Ich würde meinen, er hätte auch jemand etwas näher bei sich zu Hause finden können.«

»Da muß ich dir ausnahmsweise recht geben, Brian. Heute ist es ja nicht mehr so ungewöhnlich, aber als mein Vater heiratete, sind Leute wie er nicht weit von ihrem Dorf weggekommen. Aber du vergißt, daß damals Krieg war. Mein Vater entwischte den Deutschen. Er klaute ein Boot und segelte nach England. Dort trat er in de Gaulles Widerstandsbewegung ein und fuhr auf einem nach außen hin harmlosen Fischkutter. Tatsächlich aber schmuggelte er Spione und Saboteure aus Fankreich heraus.«

Brian war deutlich beeindruckt. »Das war bestimmt keine Kleinigkeit.«

»Dann solltest du daran denken, daß nicht nur die Nachfahren von Drake und Nelson Salzwasser in ihren Adern haben.«

»Du hast recht. Ich hab' wohl den Mund etwas zu voll genommen«, gab Brian zu.

»Hervorragend!« quittierte Alain seine Antwort mit einem breiten Lächeln. »Du scheinst heute abend bedeutende Schritte in deiner Weiterbildung gemacht zu haben. Erstens hast du gelernt, daß auch Ausländer Menschen sind; zweitens«, er deutete mit dem Kopf in Richtung Heckkabine, »hast du entdeckt, daß Frauen ebensoviel sexuelles Verlangen haben wie Männer. Ich bin gespannt, was deine dritte Lektion sein wird.«

»Du redest mit mir, als ob ich ein regelrechtes Arschloch wäre«, beschwerte sich Brian.

»Blödsinn! Außerdem haben auch Arschlöcher einen Sinn. Möchtest du vielleicht ohne eins durchs Leben gehen?«

Brian wurde plötzlich unruhig. »He, bist du einer von der Sorte?«

»Nein, nein, keine Angst, mein Junge, ich bin nicht schwul. Aber eines Tages wirst du auch lernen, daß Homosexuelle ebenfalls das Recht haben zu lieben und geliebt zu werden. Das trifft auf Männer und auf Frauen zu. Vielleicht wird das deine dritte Lektion sein. Jetzt, gute Nacht! Ich hau' mich hin und rate dir, auch nicht allzulange aufzubleiben. Wir haben morgen alle Hände voll mit dem Boot zu tun. Es wird gar nicht so leicht sein, aus dir einen Seemann zu machen.«

Brian trank sein Bier aus und machte sich fertig, in eine der Kojen im Vorderteil des Schiffes zu kriechen. Es war ein enttäuschender Tag gewesen, fand er; die zwei Mädchen waren zusammen abgehauen und hatten ihn ganz allein gelassen wie einen Chelsea-Anhänger in der Newcastle United Fankurve.

Und da war dann noch dieser Kerl Alain. Wenn man sich einmal mit ihm unterhielt, war er eigentlich ein netter Typ. In plötzlicher Selbsterkenntnis mußte Brian zugeben, daß seine Feindseligkeit gegenüber Alain Eifersucht war. Der junge Bretone hatte zu Jennifer ein so ungezwungenes Verhältnis, während Brian sich seiner Sache bei Lucinda immer noch nicht sicher war.

Lucinda. Sie war wirklich eine Wucht. Als er an die Fluten ihrer goldenen Haare, an das tiefe Rot ihrer Lippen und die Verführung ihres lüsternen Körpers dachte, nahm er sich vor, sich bei ihr zu bessern. Offenbar hatte er sie nicht richtig behandelt; aber sie hatte ihn einfach überfahren. Er war an emanzipierte Frauen nicht gewöhnt. Vielleicht wäre ein zarterer, einfühlsamerer Ansatz besser gewesen.

Ja, gähnte er und streckte sich in seiner einsamen Koje aus, die Dinge werden sich ändern. Vielleicht wird diese Segeltour doch noch eine prima Sache.

Alain hatte keine leeren Versprechungen gemacht. Am nächsten Tag wurde hart gearbeitet. Sie mußten schließlich lernen, mit der Ketsch umzugehen – die folgenden Tage waren nicht viel leichter. Aber allmählich wurden sie zu einer guten Besatzung. Alle waren jung und kräftig, und nachdem Brian von einer schwingenden Spiere getroffen wurde, stellte er sich sehr geschickt an und lernte schnell. Sie wurden langsam perfekt in der Kunst des Hissens und Reffens, Aufrollens und Verstauens der Segel. Erst dann erlaubte Alain ihnen, den Anker zu lichten und mit der ›Lucifer‹ hinauszufahren. Sie fuhren noch über ein Dutzend Mal hinaus, wobei jeder die Arbeiten der anderen übernehmen mußte, vom Steuern bis zum Kochen und Deckschrubben. Danach erst machten sie Reklame, daß sie für Charterfahrten zur Verfügung standen.

Alain hatte sich in der Kapitänskajüte eingerichtet. Jennifer kam die meisten Nächte zu ihm, obwohl die Mädchen sich auch öfters in die große Kabine im Heck zurückzogen. Ehe ihre ersten Passagiere an Bord kamen, schlief Lucinda ganz allein in dem großen Bett. Sie hatte mit heimlicher Belustigung beobachtet, wie sich Brians Benehmen von Tag zu Tag änderte. Er hatte aufgehört, mit Alain zu streiten, und behandelte die Mädchen mit großem Verständnis und Rücksicht. Aber jeden Abend, wenn es Zeit wurde, ins Bett zu gehen, sah er hoffnungsvoll Lucinda an. Sie fand aber, daß er ruhig noch etwas länger leiden sollte. Er hatte zwar große Fortschritte gemacht, aber sie war nicht überzeugt, daß er sich bis auf den Grund geändert hatte. Außerdem hatte Lucinda eine sadistische Ader, so daß es ihr Spaß machte, den jungen Mann zu ärgern.

Dann aber kam eines Tages ganz unerwartet seine große Stunde. Sie waren auf dem Rückweg von Monte Carlo und hatten ziemlich hart gearbeitet. Es war heiß und stickig; alle waren ein bißchen gereizt. Alain hatte fast den ganzen Tag die komplizierten Navigationsinstrumente kontrolliert und die Seekarten eingeordnet. Er ging die Niedergangstreppe hinunter zu seiner Kabine.

»He, Jennifer«, brüllte er, »was für einen Schweinestall hast du hier hinterlassen! Warum hast du denn nicht aufgeräumt?«

»Weil du dran bist«, rief Jennifer aus der Kombüse zurück.

»Aber du weißt doch, daß ich auf der Brücke zu tun hatte. Jemand mußte doch die Instrumente kontrollieren.«

»Und ich habe hier unten zu tun gehabt.« Jennifer war wütend, und ihre Stimme klang grob. »Jemand mußte schließlich auch das Essen machen.«

»Das hätte auch Lucinda machen können.«

»Lucinda hat ihre Freistunde und schreibt gerade einen Brief an Miles.«

Plötzlich waren sie im heftigsten Streit. Ihr Krach wurde so heftig wie ein Sturm auf See.

»Du bist ein elender, herrschsüchtiger Saukerl. Bloß weil du weißt, wie man ein Boot segelt, glaubst du, dir das Recht herausnehmen zu können, alle zu schikanieren. Räum doch deine Kabine selbst auf! Ist ja sowieso alles dein Scheißdreck.«

Beim Abendessen waren Jennifer und Alain in dumpfes Schweigen versunken, aber die Atmosphäre war immer noch sehr gespannt, so daß weder Brian noch Lucinda sich einmischen wollten. Nach dem Essen stand Jennifer auf und verschwand wortlos in der Kombüse, um abzuwaschen. Alain schaute ihr finster hinterher. Dann verließ auch er den Salon.

»Ich gehe jetzt ins Bett«, verkündete er laut genug, daß man ihn in der Kombüse hören konnte. »Ich sehe euch alle morgen früh wieder.«

Er schob mit einem Knall die Schiebetür zu. Jennifer kam zurück zu den anderen.

»Schlaf gut«, rief sie ihm hinterher. »Und vergiß nicht, dein Bett morgen früh zu machen!«

»Ich schätze, wir sind alle ziemlich müde. Ich hätte tot umfallen können, als wir endlich im Hafen einliefen.« Lucinda versuchte, die Angelegenheit etwas herunterzuspielen. »Na komm schon, Jennifer, du kannst heute nacht bei mir schlafen.«

»Laß mich in Ruhe!« Jennifer war nahe am Heulen. »Du willst meine Freundin sein und hörst ruhig zu, wie der Kerl sich aufführt. Gegen unseren liebenswerten Kapitän sagst du kein einziges Wort! Warum nicht? Willst ihn wohl für dich selbst?«

»Sei nicht blöde. Ich will ihn nicht und habe wirklich nicht seine Partei gegen dich ergriffen. Du bist wirklich in einer ganz üblen Stimmung, Jennifer. Ich hoffe nur, daß die sich bis morgen gelegt hat.«

Lucinda wollte gerade in ihre Kabine gehen, als Brian den Mund aufmachte.

»Du solltest wirklich nicht so allein ins Bett gehen müssen, Jennifer, nicht nachdem du dich so aufgeregt hast. Warum kommst du nicht mit mir? Ich kann dir wenigstens Gesellschaft leisten?«

Lucinda wirbelte wütend herum. »O nein, das wirst du nicht! Du wagst es nicht, in ihr Bett zu kriechen! Ich werde dafür sorgen, daß du nicht noch mehr Schaden anrichten kannst.«

Ehe er eine Gelegenheit hatte, etwas zu erwidern, hatte sie ihn am Arm gepackt und in ihre Kabine gestoßen.

»Hier wirst du heute nacht schlafen.« Lucinda zeigte auf das majestätische Bett.

»Liebling! Ich dachte schon, du würdest diese Worte nie sagen«, brachte Brian mühsam heraus.

»Laß dieses blödsinnige Grinsen aus deinem Gesicht verschwinden. Ich tue das nur für Jennifer. Ich will nicht, daß sie sich noch mehr aufregt.«

»Teuerste, ich würde deine Motive nie in Frage stellen«, flüsterte Brian und legte den Arm um ihre Taille.

Sie sahen sich an und platzten bald vor Lachen.

»Sag die Wahrheit, Lucinda, und laß Jennifer auf dem Spiel. Du bist scharf, nicht wahr?«

»Ich habe mir nur gedacht, daß du dich in letzter Zeit so viel besser benommen hast, daß ich dir wirklich eine Chance geben sollte.«

Sie zogen sich schnell aus. Dann stand Lucinda vor ihm.

»Los, Brian...«, forderte sie ihn auf.

»Was? Du meinst, ich soll da unten...« Es klang verwirrt.

»Entschuldige, ich habe vergessen, daß du immer noch in dieser Beziehung in den Kindergarten gehörst. Na ja, wenigstens hast du diesmal den Mut gehabt, dich ganz auszuziehen und nicht hinter einem Handtuch zu verstecken. Das zeigt, daß wir doch Fortschritte machen. Also schön, wenn du es nicht bei mir machen willst, mach' ich es eben bei dir.«

Damit schubste sie ihn auf das Bett.

Armer Brian. Er wollte so verzweifelt gerne mit diesem faszinierenden, halsstarrigen, bildschönen Mädchen schlafen, das vor ihm kniete; aber es gab keine Möglichkeit dazu.

Jedesmal wenn er versuchte, sich zurückzuziehen, brachte sie ihn kunstvoll zurück in die alte Lage. Das alles bereitete ihm zwar namenloses Vergnügen, vor allem weil er so lange aus ihrem Schlafzimmer verbannt gewesen war, bedeutete aber auch grenzenlose Folter.

Er drehte und wendete sich, aber wie er sich auch bemühte, er blieb hilflos gefangen. Es war, als ob die letzte Männlichkeit aus ihm unwiderstehlich durch die herrischen Lippen der Zauberin, die ihn zum Sklaven gemacht hatte, herausgesogen würde. Ein Schauer heißen, sinnlichen Vergnügens durchrann seinen Körper.

Es war mehr, als er ertragen konnte. Mit einem heiseren Schrei kam er.

Als er wieder atmen konnte, fragte er sie ungläubig: »Dir gefällt das?«

»Warum nicht? Hat es dir keinen Spaß gemacht?« Lucinda spielte ganz neckisch die Unschuldige.

»Ich habe immer geglaubt, der richtige Platz für den Mann ist im Bauch einer Frau«, sagte Brian verlegen.

»Wer hat dir das erzählt? Deine Großmutter? Nun hör mir mal zu, mein prüder Liebhaber, was wir gerade gemacht haben, nennt man oralen Sex, und falls dir das nicht aufgefallen ist, macht es sehr, sehr viel Spaß. Dir hat es gefallen, und mir hat es auch gefallen. Eines verspreche ich dir, ehe ich mit dir fertig bin, wirst du mir mit deiner Zunge einen Orgasmus verschaffen. Du machst jetzt mit mir, was ich gerade bei dir gemacht habe.«

Brian schüttelte ungläubig den Kopf.

»Warte nur ab«, sagte Lucinda lachend. »Deine Zeit wird noch kommen!«

Am nächsten Tag war Ruhetag. Jennifer hatte allein in einer der Einzelkojen geschlafen. Sie und Alain sprachen immer noch nicht miteinander. Nach dem Frühstück gingen alle vier an Deck. Es war ein ungewöhnlich heißer Vormittag, und die Mädchen sonnten sich oben-ohne. Alain trug nur eine weiße Badehose, hatte sich auf der gegenüberliegenden Seite ausgestreckt und las ein Buch. In dem warmen Sonnenschein verdunstete die Gereiztheit des Vortages allmählich, trotzdem wechselten Jennifer und Alain noch immer kein Wort. Ab und zu warfen sie sich einen kurzen Blick zu, als ob sie nachsehen wollten, wer den ersten Schritt tun würde.

Der Streß wurde Brian zu viel. »Warum hört ihr beiden Idioten nicht auf zu schmollen? Ihr benehmt euch wie kleine Kinder.«

»Laß sie in Ruhe!« fuhr Lucinda ihn an. »Sie werden die Sache schon unter sich ausmachen. Wenn du dich einmischst, machst du alles nur noch schlimmer.«

Jennifer warf Alain einen hoffnungsvollen Blick zu, aber er vergrub sein Gesicht in seinem Buch als ob er von allem, was um ihn herum vorging, nichts mitbekäme. Mit einem entschlossenen Lächeln schlich sie zu ihm hinüber und schubste ihn, ehe er aufsehen konnte, ins Meer.

»Hör auf, so anzugeben«, rief sie ihm hinterher. »Sag, daß es dir leidtut, dann werde ich mich auch entschuldigen und alles ist wieder wie vorher.«

Alains Kopf tauchte auf. Er spuckte Wasser und schnaufte wie ein Walroß. Lucinda und Brian schütteten sich bei seinem Anblick aus vor Lachen. Mit einigen kräftigen Zügen schwamm Alain zu der Schleppleine und kletterte an Bord. Die Spannung brach wie eine Eisplatte im Tauwetter. Naß wie ein Pudel riß Alain Jennifer in seine Arme und küßte sie mit einem Strom angestauter Leidenschaft.

»Bitte, entschuldigt mich«, sagte Alain zu Lucinda. »Ich gehe nur schnell nach unten und ziehe mir ein paar trockene Sachen an. Warum kommst du nicht mit, Jennifer, und hilfst mir?«

Nachdem die beiden verschwunden waren, fragte Lucinda:

»Wenn ich dich gestern abend nicht aufgenommen hätte, wärst du dann wirklich zu Jennifer gegangen?«

»Natürlich nicht«, lachte Brian. »Du bist und bleibst die einzige, nach der ich verrückt bin. Aber nachdem du dich so geziert hast, glaubte ich, daß ich versuchen sollte, dich eifersüchtig zu machen. Und es hat geklappt, nicht wahr? Nein, Lucinda, ich habe an Jennifer kein Interesse, ehrlich, sie ist wirklich nicht mein Typ.«

Vielleicht sagte er die Wahrheit; aber Lucinda war trotzdem nicht völlig überzeugt. Sie beschloß, daß er in Zukunft bei ihr schlafen sollte. Wenn Brian an ihr Bett gefesselt war, konnte sie ein Auge auf ihn haben. Und so ergab es sich, daß Jennifer und Alain wieder Bettgenossen wurden, und Brian Lucindas Füße wärmte.

Lucinda glaubte, daß es noch eine geraume Zeit dauern würde, bis Brian soweit war, daß er vor ihr kniete und ihr mit seinem Mund die nötige Ehrerbietung zollte. Sie mußte allerdings zugeben, daß sich sein sexueller Horizont erweiterte. Einige Worte und Zeichen seiner Zuneigung kamen immer natürlicher. Er wollte nicht mehr länger wie ein wildes Tier auf sie springen. Er hatte eine ganz besondere Art, an ihren Ohrläppchen zu kauen, die herrliche kleine Erregungswellen durch sie schickte; außerdem hatte er gelernt, ihre Füße und Schenkel zu liebkosen und ihr dadurch seine neue entdeckte Zärtlichkeit zu beweisen. Lucinda begann seinen starken Körper zu lieben – stark und herrlich gebaut, inzwischen von der Sonne gebräunt und mit einem Geruch, der nur ihm eigen war – ein Extrakt seiner Männlichkeit.

Das hieß aber nicht, daß sie auf oralen Sex verzichten mußte. Die beiden Mädchen verschwanden öfters am Nachmittag, und die unterdrückten Schreie und Stöhnen, Liebesgestammel und Gelächter, die an die Ohren der Männer heraufdrangen, ließen diese nicht im Zweifel über die Vorgänge unter Deck.

Es war eine glückliche Zeit. Sie gewöhnten sich an die gegenseitigen Eigenarten. Ab und zu stritten sie zwar noch, aber auch das kam seltener vor und wurde von Mal zu Mal weniger heftig. Um die Wahrheit zu sagen, das einzige Paar, das als wirklich echt ineinander verliebt gelten konnte, waren Lucinda und Jennifer; aber Alain und Brian waren doch zu überdurchschnittlich guten Liebhabern geworden. Kurzum, sie waren nicht mehr vier Fremde, sondern bildeten ein Team.

Nach der ersten Charterfahrt mit den Packers hatten sie noch mehrere Paare oder kleine Gruppen gehabt, die das Boot für Fahrten an der Küste entlang oder gelegentlich für größere Unternehmungen bis Korsika oder Nordafrika gemietet hatten. Die Saison neigte sich langsam dem Ende zu, und sie begannen bereits Pläne zu schmieden, wie sie den Winter verbringen würden, als sie auf eine Goldmine stießen.

Merton Maxwell, Jennifers Vater, hatte mit ihnen einige Tage verbracht, und seine Beziehung zu Lucinda hatte Brian einfach verblüfft. Als Merton wieder in England war, hatte er einige seiner Freunde aus der Filmbranche an die Mannschaft der ›Lucifer‹ verwiesen. Ein Film sollte gedreht werden. Es war ein Liebesfilm auf hoher See – eine dieser Sex- und Salzwassergeschichten –, und der Produzent kam nach La Napoule, um die Jacht zu besichtigen. Ihm gefiel, was er sah, und er machte ihnen ein Angebot, das sie einfach nicht ablehnen konnten. So wurde die gute alte ›Lucifer‹ Schauplatz eines Films. Mehrere Monate hindurch war das ganze Boot von Kameras, Bogenlampen, Kabeln, Kameragalgen, Mikrofonen und einer unvorstellbaren Ansammlung von Requisiten überhäuft.

Es war die Hölle los. Die Besatzung mußte in einem Hotel wohnen und durfte nur an Bord ihres eigenen Bootes, wenn es notwendig war, die ›Lucifer‹ hinauszufahren. Anfangs hatte man noch gedacht, daß sie in dem Film als Mannschaft auftreten sollten, aber der Regisseur fand, daß Alain nicht wie ein richtiger Matrose aussah. Also wurde sein Platz am Ruder von einem hart aussehenden, sonnengebräunten Star eingenommen, der die Rolle des cleveren

Burschen auf der Leinwand verkörperte, ganz im Gegensatz zu seinem eigentlichen, mehr diskreten Sexverhalten.

Am Anfang machte es noch Spaß. Brian traf eine verstohlene Verabredung mit einer wasserstoffblonden Schönheit. Als er aber ihre extravaganten Essens- und Trinkgewohnheiten kennenlernte, verdrückte er sich aus ihrem Leben. Sie alle feierten ausgelassen Weihnachten zusammen. Nach der Neujahrsparty wachte Alain in einem fremden Bett auf. Er wußte nicht, wo er war. Er hatte eine ungefähre, aber doch recht lebendige Erinnerung daran, daß er mit einem Mädchen ins Bett gestiegen war, fand sich aber am nächsten Morgen neben einem Jungen.

Es wurde Mitte März, ehe der letzte Thespisjünger von Bord der ›Lucifer‹ ging und die letzte Filmrolle im Kasten war. Mit einem Seufzer der Erleichterung zog die Mannschaft wieder ein und machte sich ans Aufräumen des Saustalls.

Gerade dann kam eine Nachricht von der Hafenbehörde, daß Sarah angerufen hatte, um ihnen mitzuteilen, daß Miles nach Nizza fliegen würde und ob einer von ihnen ihn am Flughafen abholen könne. Bis sie aber den Zettel in der Hand hielten, war das Flugzeug längst gelandet und sie konnten nichts anderes tun, als zu warten, bis Miles zu einem improvisierten Mittagessen mit einem Taxi kam.

»Mein Gott, was habt ihr denn auf diesem Boot gemacht?« waren die ersten Worte, mit denen Lucindas Bruder sie begrüßte. »Du warst zwar immer ein unordentliches Gör, aber das hier sieht ja aus wie der Untergang des römischen Weltreiches.«

»Man könnte sagen, daß wir eine Party gefeiert haben«, antwortete Lucinda und deutete flüchtig auf all den Unrat. »Du kennst ja Jennifer. Komm und begrüße die männlichen Piraten.«

»Warum ist Sarah nicht mitgekommen?« fragte Jennifer. »Ihr habt euch doch nicht schon getrennt, oder?«

»Ganz im Gegenteil!« Miles war keineswegs gekränkt. »Ihr werdet euch freuen zu hören, daß wir uns so einig sind, daß wir bald zu dritt sein werden.«

»Was zum Teufel redet er da?« flüsterte Brian.

»Ich bin nicht sicher«, antwortete Alain, »aber er ist ein so ernster Mensch, daß ich annehme, er erklärt seiner Schwester gerade das Geheimnis der Heiligen Dreifaltigkeit.«

»Ruhig, ihr blöden Hunde«, lachte Lucinda. »Heißt das, daß ich bald Tante sein werde?«

Miles nickte. »Wir hatten das Ereignis zwar nicht ganz unter diesem Gesichtspunkt betrachtet; ich ziehe es vor, mir vorzustellen, daß der zukünftige Viscount Hamblewood unterwegs ist, mein Sohn und Erbe, dem ich eines Tages den Titel übergeben werde, den ich an dem Tag erben werde, an dem unser verehrter Vater den adligen Löffel weglegt und in der Familiengruft eingepackt wird.«

»Redet der immer so?« fragte Brian.

»Nur an Sonntagen und offiziellen Feiertagen, wenn er die Touristen durch unseren Herrschaftssitz führt«, antwortete Lucinda. Dann drehte sie sich zu Miles und fragte: »Wie geht es Sarah?«

»Morgens wird ihr leicht übel; deshalb wollte sie auch nicht mit mir kommen. Was eine verdammt gute Idee war«, fügte er hinzu und schaute sich um. »Der Anblick von diesem Müll hätte sie sicher tagelang zum Kotzen gebracht.«

»So, und was führt dich an die wilde und barbarische Küste der Gallier, wo du doch daheim sein und dein Weib in Watte packen solltest? Sag nur nicht, daß du die weite Reise unternommen hast, um gemein zu deiner Schwester zu sein«, fragte Lucinda.

»Jetzt fängt sie auch schon an, wie er zu reden«, murmelte Alain.

»Denk dir nichts, Liebling«, versicherte ihm Jennifer eifrig. »Die ganze Familie leidet unter diesen Anflügen von Wahnsinn.«

Miles wühlte in seiner Aktentasche und holte eine Ausgabe von ›Newsweek‹ heraus.

»Ich nehme an, ihr habt das hier noch nicht gelesen?«

Niemand hatte. Er blätterte, bis er gefunden hatte, was er suchte.

»Sieh dir das an!« sagte er und gab das Heft Lucinda.

»Also wirklich, Miles! Bist du aus London hierher geflogen, um mir einen blöden Zeitungsartikel zu zeigen?«

Miles war sehr ernst geworden. »Lies ihn zuerst! Wir können hinterher darüber sprechen.«

»Lies ihn laut vor!« bat Lucinda.

EIN NEUER KULT?

Die Insel Xanthos ist von einem Geheimnis umgeben. Vor langer Zeit verlassen, wurde Xanthos – von Homer ›Die Insel der goldenen Strände‹ genannt – vor kurzem von einer äußerst merkwürdigen Gruppe von Jugendlichen überfallen. Was machen sie dort? Niemand weiß es genau. Die Insel ist so abgelegen, daß niemals Besucher dort hinfahren, abgesehen von ein paar griechischen Fischern, die Frischwasser holen oder ihre Netze flicken.

Einer dieser Fischer ist Dimitrios Avropolos. Früher stand auf Xanthos auch ein Kloster, das der Vater von Dimitrios regelmäßig besuchte und den Mönchen Essen und Post brachte. Die Mönche sind nun aber schon seit längerer Zeit fortgezogen, und die Baulichkeiten des Klosters waren herrenlos und verfielen.

Eines Tages kam ein junger Amerikaner zu Dimitrios, der auf Kos lebt, und erzählte ihm, daß er und ein paar Freunde von jetzt ab auf Xanthos leben würden. Er bat Dimitrios, wieder Essen auf die Insel zu liefern. »Was ist mit der Post?« fragte der Fischer. Er erhielt die rätselhafte Antwort: »Ich glaube nicht, daß jemals Post kommen wird.«

Wer also sind diese Fremden auf dieser abgelegenen Insel? Warum sollte ihr Aufenthalt Anlaß zur Beunruhigung geben?

Ein Geschäftsmann aus Illinois macht sich Sorgen um seine Tochter. Cherry, neunzehn Jahre alt, hübsch, blond und mit ausgezeichneten Schulzeugnissen war immer ein verläßliches Mädchen, das keine Schwierigkeiten machte. Aber dann besuchte Cherry Verwandte in Wilmerston, Süddakota, wo sie sich mit einigen Jugendlichen ihres Alters anfreundete. Sie blieb in Wilmerston und schrieb ihren Eltern, daß sie dort studierte. Als diese Cherry fragten, was sie denn studiere, war ihr Antwort sehr unbestimmt und ausweichend. »Das versteht Ihr nicht«, teilte sie ihnen mit. »Es geht um ein Höheres Leben.«

Cherrys Eltern waren nicht beunruhigt; schließlich hatten sie ja Verwandte in Wilmerston, die ein Auge auf ihre Tochter werfen konnten. Als aber ihr Vater vor einigen Wochen seine Schwester fragte, wie es Cherry erginge, sagte sie ihm, daß Cherry nicht länger in Wilmerston sei. »Ich dachte, daß sie nach Hause gefahren ist«, meinte seine Schwester. Seit dieser Zeit hat man von Cherry nichts mehr gehört.

›Newsweek‹ schickte Reporter nach Wilmerston, um eine gründliche Untersuchung durchzuführen. Nach vielen Recherchen und Interviews können wir folgendes Ergebnis vorlegen:

1. Cherry ist kein Einzelfall.

2. Die Kleinstadt Wilmerston ist die Basis einer merkwürdigen ›Studiengruppe‹ von Jugendlichen wie Cherry.

3. Die ganze ›Studiengruppe‹ ist über Nacht verschwunden, ohne eine neue Anschrift zu hinterlassen.

4. Durch Befragen der örtlichen Reisebüros in der Stadt und in der Umgebung gelang es, einigen der verschwundenen Studenten auf die Spur zu kommen. In jedem der Fälle wurde ein Flugbillet gefunden, das als Ziel Athen hatte; aber nur einfach ohne Rückflug.

Kurz nach dem Verschwinden von Cherry aus Wilmerston wurde Dimitrios Avropolos auf der Insel Kos von einem Amerikaner gebeten, Vorräte nach Xanthos zu bringen. Die Jugendlichen, die plötzlich aus Wilmerston verschwanden, hinterließen keine Adresse; die Gruppe, die danach auf Xanthos auftauchte, erwartet keinerlei Post. Zufall? Oder handelt es sich um die ›Studiengruppe‹ aus Wilmerston, die sich auf Xanthos wiedergefunden hat, um ihr Höheres Leben zu verwirklichen?

Nachforschungen bei der griechischen Polizei blieben ergebnislos. »Wir haben keinerlei Hinweise erhalten, daß auf Xanthos oder einer der benachbarten Inseln etwas Ungewöhnliches vor sich geht«, teilte uns einer der Beamten mit. Er sagte weiterhin: »Wenn einige Amerikaner auf einer der Inseln einen längeren Urlaub machen wollen, sehen wir keine Veranlassung, uns einzumischen, solange sie sich ordentlich benehmen und die Gesetze und Gebräuche unseres Landes beachten. Bisher hat es keinerlei Klagen gegeben.«

Wir haben zu diesem Zeitpunkt auch noch keine Beschwerden vorzubringen; trotzdem würden wir gerne wissen, was auf dieser exotischen Insel geschieht. Wenn es sich wirklich um die Jugendlichen aus Wilmerston handeln sollte, würden wir uns gerne versichern, daß ihnen kein Leid geschehen ist, damit wir ihre verängstigten Familien und Freunde beruhigen können.

»Und was geht uns das alles an?« fragte Alain.

»Zufällig haben wir eine Cousine, die auf dieser Insel Xanthos wohnen wollte«, informierte ihn Lucinda.

»Und«, fügte Miles ernst hinzu, »die bei ihrem Onkel in Wilmerston, Süddakota, gewohnt hat, ehe sie nach Griechenland ging.«

»Miles, glaubst du, daß Scarlett etwas passiert ist?«

»Ich weiß es nicht, Lucinda, aber ich mache mir Sorgen.«

»Halt mal«, unterbrach Brian, »wenn eure Cousine bei ihrem Onkel gewohnt hat, warum fragt ihr den nicht nach der ganzen Sache?«

»Weil der Onkel ebenfalls nach Xanthos gegangen ist«, antwortete Miles.

»Und alles, was wir über Onkel Ulysses gehört haben, läßt uns vermuten, daß er selbst einige absonderliche Vorstellungen hat. Weißt du was, Miles«, wandte sich Lucinda an ihren Bruder, »einer von uns sollte dorthin fliegen. Wir sind die einzigen Verwandten, die Scarlett hat; ich finde, wir sind für sie verantwortlich.«

»Aber wenn die Insel so abgelegen ist, wie der Bericht sagt«, bemerkte Alain, »wird im Umkreis von mehreren hundert Kilometern kein Flugplatz sein. Das heißt, man muß nach Athen fliegen und dann nach Kos, wo man einen Fischer suchen muß, der einen nach der Insel fährt.«

»Das ist doch verrückt«, rief Jennifer. »Wir haben doch unser eigenes Boot. Warum segeln wir nicht die ›Lucifer‹ nach Xanthos? Das könnten wir doch, oder, Alain?«

»Das ist kein Problem«, antwortete er. »Wir haben die Seekarten der Britischen Admiralität über die Dodekanes, wo auch ein winziger Fleck wie Xanthos eingezeichnet sein muß, wenn auch vielleicht der Name fehlt. Wie dem auch sei, sobald wir herausgefunden haben, wo es genau liegt, kann ich ein Satellitenfoto anfordern und die genaue Position bestimmen.«

»Nein«, sagte Lucinda bestimmt. »Scarlett ist unsere Cousine. Ich kann euch unmöglich in unsere Familienprobleme hineinziehen. Ich werde alleine fahren.«

»Hast du dir schon überlegt, daß es gefährlich werden könnte?« fragte Miles.

»Gefährlich?«

»Na ja, wir haben doch keine Ahnung, was du vorfindest, wenn du dorthin kommst.«

»Ein Grund mehr, daß wir alle mitkommen«, sagte Jennifer entschlossen. »Was meint ihr beiden Seebären?«

»Natürlich kommen wir mit«, antwortete Alain. »Es kommt gar nicht in Frage, daß Lucinda so einen Blödsinn macht und allein nach Xanthos fährt.«

»Stimmt«, meinte auch Brian. »Wir sind doch jetzt eine Mannschaft, oder? Wir halten zusammen, und wenn einer von uns ein Problem hat, geht uns das Problem alle an. Richtig?«

Lucinda wollte protestieren; aber Jennifer stoppte sie.

»Diesmal wird es nicht nach deinem Kopf gehen. Wir haben uns entschlossen, daß wir alle gemeinsam nach Xanthos fahren, und das ist endgültig.«

»Vielleicht wäre es besser, wenn ihr erst das Boot saubermacht, ehe ihr euch auf die Suche nach dem Höheren Leben macht«, meinte Miles. »Ich muß zurück zu Sarah, aber wir müssen in Verbindung bleiben. Und wenn ihr mich braucht, werde ich da sein.«

Kapitel 7

Der ganze Nachmittag verging mit hektischer Tätigkeit. Während Lucinda ihren Bruder zum Flughafen fuhr, gingen die anderen daran, die restlichen Spuren der abgereisten Filmgesellschaft zu beseitigen. Als sie wiederkam, war von dem ganzen Hollywood-Flitter nichts mehr zu sehen. ›Lucifer‹ war nun keine Bühne mehr, sondern wieder zu einem klar erkennbaren Boot geworden.

Aber es gab immer noch viel Arbeit. Die Segelkästen waren in chaotischem Zustand. Jedes Stück Leinwand mußte herausgeholt und auf Deck ausgebreitet, ordentlich zusammengerollt und wieder verstaut werden. Während Jennifer die Kombüse saubermachte, kauften Brian und Lucinda die Vorräte für die lange Fahrt ein. Alain hatte den Kurs nach Kos berechnet und erledigte die Formalitäten für ihre Abreise; außerdem ließ er sich noch eine feste Zeit für das Funkgerät mitgeben. Jeden Abend um neun Uhr mitteleuropäischer Zeitrechnung würde sich die ›Lucifer‹ programmgemäß melden und alle Nachrichten empfangen, die tagsüber für sie eingegangen waren.

Am nächsten Morgen legten sie ab und segelten bis zur Mole, wo sie Treibstoff und Wasser aufnahmen. Sobald die Banken aufmachten, holte Lucinda die Reiseschecks ab, die sie am Vortag bestellt hatte, und traf die anderen an der Mole. Endlich war alles erledigt, und mit einem herrlichen Gefühl der Erleichterung liefen sie aus.

Bis zur Hafenausfahrt benutzten sie den Motor, dann kam eine steife westliche Brise auf, so daß sie Segel setzen konnten. Brian schaltete den Motor ab. Als der Wind in das schlackernde Vorsegel, die Fock, einfiel, schien das Boot nach vorne zu schießen und über seine Elemente, den Wind und das Wasser, zu triumphieren. Brian ließ seinen patriotischen Gefühlen freien Lauf und holte die Trikolore herunter; er grinste fröhlich, als nun die Flagge der britischen Handelsmarine über ihnen wehte.

Als alle Segel gesetzt waren, erreichten sie gute dreizehn Knoten, da sie fast unmittelbar vor dem Wind segeln konnten. Es war berauschend, wie das Boot durch die Wellen schnitt und die Brise durch die Takelage pfiff. Man hatte das Gefühl, auf dem Rücken eines riesigen Vogels zu sitzen, der in Wellenlinien durch die Lüfte schoß. Jennifer übernahm das Ruder und hielt sich auf dem Kurs, den Alain aufgrund ihres Satelliten-Navigators erhielt. Voll Stolz zeigte er Brian, wie dieses Instrument funktionierte. Er mußte nur die Koordinaten eingeben und die des Zielortes, dann erhielt er sofort den bereinigten Kurs vom Satelliten über ihnen.

»Damit ist es keine Kunst mehr zu segeln«, beschwerte sich der Franzose. »Mit diesem System könntest sogar du uns nach Kos bringen.«

Brian hielt die Gelegenheit nicht für günstig, Alain davon zu erzählen, wie er, nachdem ein Schneesturm ihr Funkgerät, ihr Radar und den Satelliten-Empfänger zerstört hatte, geholfen hatte, den angeschlagenen Frachter nach Hause zu bringen, obwohl größere Schiffe in der Nähe sanken. Damals hatte er es nur mit Hilfe der ältesten Instrumente der Seeleute geschafft – dem Sextanten und den Sternen.

Lucinda tauchte aus der Kombüse auf und brachte Sandwiches und heißen Kaffee.

»Da niemand richtig gefrühstückt hat, hielt ich einen kleinen Imbiß für angebracht.«

Nach vier Stunden auf See waren sie aus der Reichweite ihrer Radiotelefonverbindung mit dem Festland. Alain hinterließ deshalb kurz vorher eine Nachricht für Miles, daß sie gut gestartet seien und wie er sich mit ihnen über die Abendsendung in Verbindung setzen konnte.

Der Tag verlief ereignislos. Sie stellten die Segel ein paarmal und lösten einander am Ruder ab. In der Nachmittagshitze plünderten sie den Kühlschrank und holten sich kaltes Bier und Limonade. Gerade als die Sonne in das flammende Meer stürzte, brachten die Mädchen ein warmes Abendessen. Nach dem Essen räumten die

Männer auf und wuschen das Geschirr. Es kam zu keinen Streitereien über die Aufgabenverteilung. Jeder packte da an, wo es eben nötig war. Wie Brian gesagt hatte: sie waren jetzt eine Mannschaft und hielten zusammen.

Auch das Schlafen hatte sich zur Zufriedenheit aller eingependelt und bedurfte keiner Diskussion mehr. Alain und Jennifer teilten sich die Kapitänskajüte, während Lucinda und Brian die große Kabine im Heck hatten. Die beiden Männer übernahmen die ersten beiden Wachen, jeweils vier Stunden lang, die beiden Mädchen die beiden zweistündigen Hundewachen am frühen Morgen.

Gegen Abend wechselte Alain den Kurs und steuerte weiter von der Küste weg, damit sie sich nicht in den Netzen einer kleinen Fischereiflottille verhedderten. Die kleinen Boote fuhren meist hinaus, ohne sich die Mühe zu machen, Positionslaternen zu setzen. Sie blieben von den Hauptschiffahrtsstraßen weit weg, so daß die einzigen Lichter, die an mondlosen Nächten durch die samtige Schwärze drang, die Sterne oder ein gelegentliches Leuchtfeuer waren.

Das Wachensystem wirkte sich allerdings nachteilig auf ihr Sexualleben aus: sobald ein Partner ins Bett kam, mußte der andere aufstehen. In der ersten Nacht waren alle so müde, daß es niemand etwas ausmachte; aber am nächsten Tag regte sich in der Hitze der italienischen Sonne die Libido wieder. Die Segelbedingungen waren großartig, so daß die ›Lucifer‹ dahinflog, ohne große Aufmerksamkeit zu verlangen. Es war ein schweres Stück Arbeit gewesen, das Boot seeklar zu machen und abzulegen; jetzt konnten sie sich eine Weile ausruhen und die Fahrt genießen, wobei die Natur auch wieder ihr Recht verlangte. Lucinda trat zum Kapitän.

»Alain, würdest du mit Brian heute Wache tauschen?«

»Aber Lucinda, ich habe mir doch die unangenehmste Wache herausgesucht.«

In der vorigen Nacht hatte Brian von acht Uhr abends bis Mitternacht am Ruder gestanden. Er hatte anfangs noch etwas Tageslicht und war auch nicht zu müde geworden, Alain hatte dann von Mitternacht bis vier Uhr früh übernommen, sicherlich eine schlimmere Zeit.

»Ja, das war furchtbar nett von dir«, versicherte ihm Lucinda.

»Aber es wäre doch angenehmer, wenn du tauschen würdest. Weißt du, wenn Brian um Mitternacht ins Bett kommt, fällt er wie ein Kartoffelsack um und schläft bis zum Frühstück.«

»Das ist doch prima«, meinte Alain todernst. »Dann ist er morgens schön ausgeruht und kann frisch an die Arbeit gehen.«

»Die Arbeit am nächsten Morgen kümmert mich herzlich wenig. Ich bin mehr an einer Betätigung während der Nacht interessiert.«

»Ich werde unter keinen Umständen wegen persönlicher Interessen die Leistungsfähigkeit meiner Mannschaft gefährden lassen.«

»Und ich werde meutern«, erklärte Lucinda wütend.

Sie sah nicht das boshafte Glitzern ins Alains Augen, als sie losstürmte, um mit Jennifer zu reden, die am Ruder stand. Nach einigen Minuten ernsthafter Unterhaltung rief Jennifer Alain zu sich.

»Hör mal zu, Vater Noah!« sagte sie zu ihm. »Wir Tierchen sind paarweise an Bord dieser Arche gekommen, und so soll es auch bleiben. Entweder du tauschst mit Brian die Wache, damit Lucinda ihren Schönheitsfick vor ihrem Schönheitsschlaf bekommt, oder ich verlasse deine Schlafkuhle.«

»Du gebrauchst wirklich ordinäre Ausdrücke«, teilte ihr Alain mit. »So spricht man nicht mit seinem Kapitän. Darf ich dich daran erinnern, daß ich, solange wir auf See sind, Herr dieses Schiffes bin!«

»Und von heute an, blöder Hund, bist du auch Herr aller Bettler!«

»Ehe du eine voreilige Entscheidung fällst«, Alains Ton war freundlich und herablassend, »solltest du vielleicht mi der betroffenen Person selbst sprechen. Wo ist denn Brian?«

Er war nicht an Deck. Er war nicht im Salon oder in einer der Kabinen. Auch die Kombüse und die Badezimmer waren leer. Lucinda geriet in Panik.

»Alain!« schluchzte sie. »Er ist nirgendwo. Glaubst du – ich meine, könnte er möglicherweise über Bord gefallen sein?«

»Nein, das hätten wir doch gehört.«

»Ich weiß nicht. Bei dem Geräusch der Wellen und dem Wind...«

»Nein, Lucinda! Dreh nicht durch! Wie sollte er denn über Bord gefallen sein? Das Meer ist glatt und ruhig, und er hat ja auch nichts getrunken.«

»Aber wo, zum Teufel, soll er denn sein?«

Die drei riefen seinen Namen auf Deck und unten. Trotz seiner

Ruhe nach außen hin machte sich Alain jetzt doch ernsthaft Sorgen. Da wurde die Tür zum Segelkasten aufgestoßen, und Brian erschien blinzelnd.

»Was soll denn der ganze Krach? Kann man nicht ein kleines Nickerchen machen?«

»Was zum Teufel hast du da drinnen gemacht?« fuhr Alain ihn wütend an. »Du hast uns allen einen Mordsschrecken eingejagt.«

»Tut mir leid«, murmelte Brian. »Ich hatte so schreckliche Kopfschmerzen, daß ich einfach ein paar Minuten die Augen zumachen mußte. An Deck war es mir zu hell, und unten rumort ja dauernd jemand herum, so daß ich auch keine Ruhe hatte. Deshalb dachte ich, daß ich im Schrank niemand in die Quere kommen würde. Es war auch schon ruhig darin, bis ihr angefangen habt, euch die Seele aus dem Leib zu brüllen.«

»Ab jetzt ist der Segelschrank streng verboten.« Alain spielte seine ganze Autorität aus. »Ihr müßt verstehen, daß ich auf Disziplin achten muß; deshalb bestrafe ich dich, Brian: Von heute nacht an wirst du die Mitternachtswache übernehmen. Verstanden?«

Brian zuckte mit den Schultern. »Mir soll's recht sein, wenn du hier den großen Kapitän spielen willst.«

Verwundert schaute er Lucinda und Jennifer an, die laut herauslachten.

»Mach dir nichts draus, Brian«, meinte Lucinda und streichelte seinen Arm. »Aber wenn du jetzt die Wache ab Mitternacht hast, ist es vielleicht besser, wenn du jetzt nach unten gehst und noch etwas schläfst, damit du zu Kräften kommst.«

»Ich glaube kaum, daß ich mich völlig verausgabe, wenn ich vier Stunden lang das Ruder halte.«

»Auf See mußt du auf alles eingestellt sein«, sagte Lucinda und schob ihn zur Treppe. »England erwartet von jedem Mann, daß er seine Pflicht tut – und ich auch.«

»Spart euch das für heute nacht auf«, mischte sich Jennifer ein. »Da du unseren Stundenplan durcheinandergebracht hast, kannst du jetzt auch mal das Steuer übernehmen, Lucinda, während ich mit Alain nach unten gehe und das Nervenkostüm meines Kapitäns beruhige.«

Nur widerwillig nahm Lucinda das Steuer von Jennifer. Sie schaute sich nach Brian um, damit er ihr Gesellschaft leistete;

aber er hatte ihren Rat wörtlich genommen und hatte sich bereits in der Kabine hingelegt.

Alain war ein viel fantasievollerer Liebhaber als Brian, was sich Jennifer weitgehend als ihr Verdienst anrechnete. Sie waren in ihrer Kabine wie im Schoß des Bootes, als sie sich liebten. Unter sich konnten sie die Wellen gegen den Bug donnern hören, als die ›Lucifer‹ auf ihrem Kurs dahinglitt. Dieses Geräusch, wie ein urzeitlicher Herzschlag, steigerte noch mit seinem harten, zwingenden Rhythmus ihre wachsende Erregung.

An diesem Abend allerdings kochte Jennifer das Essen, und Alain mußte herausfinden, daß eine perfekte Geliebte nicht immer eine perfekte Frau ist.

»Was um Himmels willen soll das denn sein?« fragte er und schaute voll Entsetzen auf den Inhalt seines Tellers, als ob dieser geradewegs aus dem Weltall darauf herniedergegangen wäre.

»Es ist ein Allerlei – eine mexikanische Spezialität, die ich auf meinen Reisen entdeckt habe«, meinte Jennifer leichthin.

»Wann warst du in Mexiko?« fragte Lucinda.

»Ich habe nie behauptet, daß ich in Mexiko war.«

»Aber du hast doch das Rezept auf einer Reise entdeckt?«

»Das stimmt. Ich war in Süd Wales und habe dort das Büchlein über exotische Speisen gekauft.«

»Sobald wir wieder in zivilisierten Gegenden sind, werden wir dir ein ordentliches französisches Kochbuch kaufen«, teilte Alain ihr düster mit, während er mit einer Gabel in der verdächtig aussehenden Masse herumstocherte.

»Ertrage es wie ein Mann«, forderte Brian ihn auf, machte selbst die Augen zu und schluckte einen Löffel voll. »Es erinnert mich an etwas, das man als lokale Spezialität in einem der exklusiveren Restaurants bei uns daheim serviert hat. Das Zeug schmeckte genauso wie das hier, wenn man es ein paar Tage reifen ließ.«

»Ist dir davon nicht schlecht geworden?« erkundigte sich Alain.

»Ja, natürlich! Aber man kann nicht gleichzeitig gesund sein und gut essen, wie? Das wäre nun wirklich zuviel verlangt.«

»Beeil dich!« trieb Lucinda ihn an. »Alain muß gleich auf Wache gehen, und du mußt noch in der Kabine aufräumen.«

»Aufräumen? Was denn? Als ich hereingeschaut habe, war es doch ordentlich.«

»Stimmt, Liebling! Aber das wird sich bald ändern. Jetzt beeil dich und iß diesen köstlichen, potenzsteigernden Eintopf auf!«

»Die Jachtstation zu Hause erwartete, daß wir uns um neun Uhr melden. Kann mich einer von euch für zehn Minuten am Ruder ablösen, damit ich mich mit ihnen in Verbindung setzen kann?« bat Alain.

»Tut mir leid«, antwortete Lucinda. »Wir sind bestimmt viel zu beschäftigt. Du weißt, daß Brian seine Ruhe braucht, wenn er um Mitternacht die Wache übernehmen soll.«

»Kümmere dich gar nicht um die beiden«, sagte Jennifer. »Ich komme herauf. Vielleicht bleibe ich auch an Deck bei dir, wenn du zurückkommst. Wir können dann zusammen die Sterne betrachten.«

»Das wäre wirklich wunderbar«, sagte Alain, als er vom Tisch aufstand. »Aber bring auf keinen Fall etwas von diesem mexikanischen Mammutgulasch mit.«

»Unromantisches Aas!« rief ihm Jennifer nach.

»Ich liebe dich auch«, klang Alains Antwort von Deck.

»Soll ich dir beim Abwaschen helfen?« fragte Brian in ganz unschuldigem Ton Jennifer.

»Das ist nicht der Zeitpunkt für deine neugefundene Galanterie«, meinte Lucinda und ging zur Kabine voraus.

»Langsam! Ich muß dem Essen erst mal eine Gelegenheit geben, sich zu setzen. Weißt du nicht, daß übereilter Sex der Hauptgrund für Magenverstimmungen ist?«

»Und weißt du nicht, daß ein Streit mit einer ungeduldigen Frau der Hauptgrund für Kastration ist?«

»Jetzt verzieht euch mal, ihr Turteltauben! Ich kann das hier allein machen«, meinte Jennifer.

Sobald sie in ihrer Kabine waren, schien ein Schatten wie eine Wolke über Lucindas Stirn zu streichen.

»Sag mal, Brian, hast du auch manchmal das Gefühl, daß irgend etwas passieren wird?«

»Was meinst du? Eine Art drohender Katastrophe?«

»Ich weiß es nicht. Auf alle Fälle etwas Aufregendes. Ich habe dieses ungute Gefühl.«

»Vielleicht bist du empfindsamer als wir anderen«, meinte Brian. Er konnte es nicht ertragen, wenn Lucinda verstört war, und versuchte, sie aufzuheitern. »Vielleicht sind es auch nur die Nachwirkungen des einmaligen kulinarischen Abenteuers, das wir gerade hinter uns gebracht haben.«

Trotz seiner Bemühungen konnte Lucinda nicht lächeln. Die trübe und düstere Vorahnung wollte nicht von ihr weichen. Brian hatte sein Hemd ausgezogen und nahm Lucinda zärtlich in die Arme. Sie leistete keinen Widerstand, ging aber auch nicht auf ihn ein; sie war einfach zu beunruhigt.

»Was ist denn los, Liebes? Ich dachte, daß du mich wolltest, als wir im Salon waren?«

»Hab' ich auch, Brian. Aber dann ist dieses merkwürdige Gefühl über mich gekommen. Mach dir keine Sorgen, Liebling; es wird vorübergehen.«

Brian ergriff die Haarbürste und setzte sich zu ihr aufs Bett. Dann bürstete er ihre langen, goldfarbenen Haare. Die langsamen, regelmäßigen Bürstenstriche beruhigten sie. Er spürte, wie sie sich entspannte. Sie ließ sich vollkommen hinwegtragen von dem hypnotischen Rhythmus seiner Hände und den Liebkosungen der Bürste. Ganz leise, fast flüsternd, begann Brian zu singen. Seine Stimme war hell, wenn auch etwas heiser, sie paßte genau zu der Stimmung des Liedes, einer sehnsüchtigen Liebesballade, der Liebesgeschichte eines Lords und einer Lady aus langvergangenen Zeiten. Als Lucinda dieser zarten Melodie lauschte, vergaß sie ihre eigene Traurigkeit und Angst. Sie kuschelte sich an seine Brust und fühlte sich in seiner Nähe sehr geborgen.

»Wo hast du dieses Lied gelernt?« fragte sie. »Bestimmt nicht in Newcastle.«

»Ganz in der Nähe. Es kommt aus dem Grenzland, wo Engländer und Schotten sich gegenseitig das Vieh gestohlen und sich seit Jahrhunderten umgbracht haben. Ihre Taten verherrlichten sie dann in solchen Balladen. Ich habe viele dieser alten Lieder und Gedichte als Kind aufgeschnappt.«

In seinen Augen war ein abwesender Ausdruck, so als ob er die Gestalten und Ereignisse des Mittelalters sehen konnte. Dann legte er die Bürste weg und lächelte Lucinda an.

»Du bist ein ungewöhnlicher Mensch«, sagte sie. »Du hast etwas Besonderes an dir.«

Er nahm sie ganz fest in seine Arme und meinte: »Und du bist ein ganz besonderes Mädchen, Lucinda, gar nicht so, wie du mir auf den ersten Blick vorgekommen bist.«

Ihre Finger spielten mit den Haaren auf seiner Brust. Ihre Fingerspitzen berührten seinen Körper, da kam ihr vorheriges Verlangen zurück, jetzt noch stärker. Sie schlüpfte aus ihren Kleidern und legte sich aufs Bett. Mit einem flehenden Blick bat sie ihn: »Liebe mich, Brian! Liebe mich so, wie ich es brauche. Kannst du mich wirklich glücklich machen?«

Als Antwort umarmte er sie und küßte sie liebevoll. Ihre Augen beschworen ihn noch immer, da verschloß er sie mit einem Kuß. Er bewegte seinen Mund über ihr Gesicht; seine Berührungen waren so zart wie die Fäden in einem Altweibersommer, als er über ihre Nase und ihre Wangen dahinstrich. Dann tauchte seine Zunge in die empfindliche rosa Ohrmuschel.

»Das ist herrlich, hör nicht auf!« stöhnte sie.

Seine Hände schienen überall zu sein, kneteten ihren Körper und bereiteten ihn auf das Spiel der Leidenschaften vor, das jetzt kommen würde. Ihre Finger glitten über die Muskeln an seinen Armen und seinem Rücken. Sie konnte die Stärke des Mannes spüren, dessen Kraft sie bezwingen würde.

Sie zog seine Shorts herunter.

»So weich«, flüsterte sie, als sie ihn streichelte und küßte. Sie hörte seinen Freudenruf und spürte die Bewegung in ihrem Mund. Sie verlangte nach ihm mit solcher Intensität, daß sie ihre vorige düstere Stimmung völlig vergaß.

Dann tat Brian etwas, was sie am wenigsten erwartet hatte. Er entzog sich ihr und glitt langsam an ihrem Körper hinunter, preßte seine Lippen auf ihre gespannten Brüste und ihren Bauch. Sie fühlte, wie seine Zunge in dem winzigen Urwald ihrer Schamhaare spielte, und ihr ganzer Körper erbebte. Sie stöhnte, ächzte, schluchzte und fing an, sich zu drehen, als ob sie sich ihm entziehen wollte; in Wirklichkeit sehnte sie sich danach, daß es nie aufhören möge.

Ob es wegen ihrer leicht angegriffenen Nerven oder wegen dieses überraschenden liebevollen Angriffs war, wußte sie selbst nicht, aber sie erreichte schon nach ganz kurzer Zeit ihren Höhepunkt. Sie hatte die Augen fest geschlossen und preßte seinen Kopf mit aller Kraft gegen sich, als ihr Körper sich verkrampfte und dann die zitternden, wilden Zuckungen eines unkontrollierbaren Glücksgefühls über sie kamen. Ihr Körper wurde schlaff, und Brian richtete sich auf, um sie wieder in die Arme zu nehmen.

»Warte nicht, Liebling! Ich bin bereit, komm!«

Sie umklammerte seine kräftigen Schultern, sein Leib ragte vor ihr auf, tiefer und tiefer war er in ihr. Sie wußte, daß er sich nicht länger zurückhalten konnte. Er war vollkommen in Ekstase und mußte jetzt weitermachen, mit immer mehr Schnelligkeit und Kraft – bis er mit dem Schrei eines wilden Tieres in ihr explodierte. Es war eine Kraft, die durch nichts aufzuhalten war, eine Befreiung, eine Erfüllung, auf die vollkommener Frieden folgte.

Minutenlang konnte keiner der beiden etwas sagen. Bisher hatten sie miteinander geschlafen, jetzt hatten sie sich zum erstenmal ganz und gar kennengelernt und damit jenes einzigartige, intime Wissen erworben, das so viel mehr bedeutet als die Kenntnis der körperlichen Funktionen.

»Du hast dich sehr verändert, Brian«, bemerkte Lucinda.

Sie hatte sich auf die Kissen zurücksinken lassen und streichelte zart seine Schenkel. »Ist das noch derselbe schlampige Tramper, der oralen Sex völlig verurteilte?«

»Ich glaube, daß ich seit der Zeit viel erlebt habe«, gab er zu. »Aber, weißt du, als ich dich damals traf, fand ich dich einfach zu überwältigend.«

»Wie meinst du das?«

»Na ja, in gewisser Hinsicht war ich noch unberührt. Ich meine das nicht körperlich, obwohl ich zugeben mußte, daß ich nicht allzu viel Erfahrung hatte. Nein, Jungfräulichkeit ist ein Zustand des Bewußtseins. Es lag an der Art und Weise, wie ich aufgezogen wurde. Niemand in meiner Familie oder in der Schule hat je Sex erwähnt, es war ein schmutziges Thema, deshalb hatte ich auch ganz verdrehte Vorstellungen davon. Durch die Begegnung mit dir und den anderen beiden habe ich gelernt, die Dinge aus einem anderen Blickwinkel heraus zu betrachten.«

»Ich glaube, daß sehr viel in dir steckt«, sagte Lucinda lächelnd. »Ich habe ein häßliches Entlein aufgelesen, bin aber ziemlich sicher, daß es sich zu einem wunderschönen Schwan auswachsen wird.«

»Madame, ich habe ein Gefieder, das Sie noch nie gesehen haben«, lachte Brian. »Warten Sie es nur ab.«

Lucinda brauchte nicht sehr lange zu warten. Am nächsten Tag zeigte Brian ein bisher unentdecktes Talent. Es war die Reihe an ihn gekommen zu kochen. Nach Jennifers exotischem Experiment befürchteten alle das Schlimmste, als sie aber zu Tisch kamen, wartete ein köstliches Mahl auf sie. Der Lammbraten wurde durch eine raffinierte Sauce ergänzt, in der man Spuren von Thymian und Estragon schmecken konnte. Das Gemüse war knackig und lecker. Statt der üblichen Konservendosen mit eingemachten Früchten und Schlagsahne gab es ein federleichtes Gebäck, das sogar nach Alains Meinung der besten gallischen Tradition in nichts nachstand.

»Ich habe von dem französischen Koch auf dem Frachter nicht nur die Sprache gelernt«, erklärte Brian Lucinda.

Am späten Nachmittag, als das Boot die Küste ansteuerte, die plötzlich auf allen Seiten aufzutauchen begann, gingen alle an Deck. Um die Gipfel der Berge vor ihnen hingen purpurrote Wolken im Abendsonnenschein.

»Fahren wir nicht näher heran?« fragte Brian.

Alain schüttelte den Kopf. »Wenn wir näher kommen, wirst du sehen, daß die Meerenge ziemlich weit ist. Wir halten uns jetzt an das sizilianische Ufer. Erreichen wir den Kanal, will ich die Segel herunternehmen und mit dem Motor weiterfahren. Wahrscheinlich flaut der Wind sowieso ab, da er aus Westen kommt. Außerdem dürfte reger Küstenschiffahrtsbetrieb herrschen; ich möchte nicht das Risiko eingehen, von einem Fährschiff über den Haufen gefahren zu werden.«

So tuckerten sie denn bei Sonnenuntergang langsam durch die Straße von Messina. Sie konnten die Bäume und Häuser im Dämmerlicht erkennen. Sizilien blinzelte ihnen mit unzähligen Lichtern zu. Sie sahen die Scheinwerfer von Autos in der Entfernung über die Straßen streichen; die Straßenbeleuchtung zog sich wie eine lange Bernsteinkette dahin, ehe sie in die Lichter einer Stadt eintauchten. Über ihren Masten flog eine Schar Möwen, die auf ihrer Suche nach Nahrung in das Kielwasser der Jacht hinabtauchten.

Sie brachten Alain das Essen auf Deck, weil er am Steuer blieb, bis Brian ihn ablöste.

»Halt sie ruhig auf Kurs und paß auf!« ermahnte ihn Alain. »Wir sind zwar durch die Meerenge hindurch, aber in dieser Gegend ist ziemlich viel los. Wenn du ein großes Schiff ausmachst, ruf mich laut und rechtzeitig.«

Die Nacht verging aber ohne jeden Zwischenfall. Alain kam erst gegen sechs Uhr morgens, gegen Ende von Lucindas Wache, wieder an Deck. Inzwischen war auch der letzte Zipfel Italiens an Backbord untergegangen, und Alain ging auf neuen Kurs. Ein paar

Stunden später kamen auch Jennifer und Brian herauf. Sie stellten den Motor ab und setzten die Segel.

»Also, jetzt sind wir auf dem Weg nach Xanthos«, meinte Jennifer beim Frühstück.

»Nein«, antwortete Alain. »Zuerst legen wir auf Kos an.«

»Warum müssen wir zuerst dorthin?«

»Sehr einfach, Lucinda. Ich weiß nicht, wo Xanthos liegt. Es ist bestimmt auf den Karten eingezeichnet, aber ich habe nicht die blasseste Ahnung, welcher dieser namenlosen Punkte unsere Insel ist. Ich will euch das erklären.« Er wandte sich jetzt an die ganze Mannschaft. »Wir fahren in den Dodekanes. Der Name bedeutet ›Zwölf Inseln‹ – und es handelt sich auch um etwa ein Dutzend Inseln, von denen Rhodos die größte ist. Aber rundherum liegen nicht nur Hunderte, sondern buchstäblich Tausende winziger Inselchen, manche nicht größer als ein einziger Felsen, der aus dem Meer aufragt. Viele haben gar keinen Namen; die meisten sind aber unter einer Bezeichnung bekannt, die ihnen die Leute in der Nachbarschaft gegeben haben. Es ist völlig unmöglich, daß alle Namen, die auch Seeleute diesen winzigen Punkten gegeben haben, auf den Karten verzeichnet sein können. Ein Name wie Xanthos – du hast gesagt, er bedeutet ›gelb‹ – könnte von den Einheimischen einem Dutzend verschiedener Inseln gegeben worden sein. Nein, meiner Meinung nach müssen wir zuerst nach Kos und den Kerl finden, den ›Newsweek‹ damals befragt hat.«

»Und wenn wir ihn nicht finden?« fragte Brian.

»Dann müssen wir uns eben durchfragen, bis wir jemand finden, der weiß, welche Insel unser Xanthos ist.«

»Macht euch keine Sorgen«, meinte Lucinda. »Miles hat mir versprochen, daß er sich bei der Zeitschrift erkundigen wollte, um von dem Reporter die Adresse des Jungen herauszufinden.«

»Fahren wir durch den Isthmus von Korinth?« erkundigte sich Brian.

»Das wäre zwar die kürzeste Strecke, aber sicher nicht die schnellste«, antwortete Alain. »Nein, wir fahren an der griechischen Küste nach Süden und an Kreta nördlich vorbei. Der Kanal ist lang und eng mit steilen Ufern. Wir hätten keinen Wind und müßten mit Motorkraft durch. Danach wären wir in einer der dichtbefahrensten Strecken der Welt zwischen Piräus und Athen. Wir müßten dauernd einem Frachter oder Supertanker ausweichen.

Außerdem kommt der Wind um diese Jahreszeit vorwiegend aus Nordost; wenn wir Glück haben, erwischen wir ihn direkt im Rükken.«

»Klingt, als ob du alles schon genau ausgearbeitet hast«, bemerkte Brian bewundernd. »Hoffen wir, daß du recht hast und daß wir mit dem Wind Glück haben.«

Es ergab sich, daß der Wind steif nach Südwest blies und sie bessere Fahrt machten, als gedacht. Am nächsten Tag sahen sie in der Entfernung die Küstenlinie von Kreta, die in der Hitze wie ein Ungeheuer aus grauer Vorzeit aussah, das darauf lauert, sich auf seine Beute zu stürzen.

Als Alain an diesem Abend ihre Bodenstation anrief, lag eine Nachricht von Miles vor. »Telex wartet auf Sie im Jachthafen Kos«, brüllte der Sprecher durch all die atmosphärischen Störungen.

»Warum hat er die Nachricht nicht im Jachtclub von Frankreich hinterlassen?« wollte Jennifer wissen.

»Weil er weiß, daß die Funkverbindung schlecht sein kann, und weil er will, daß wir den genauen Wortlaut erhalten«, antwortete Alain. »Diese Übermittlung war zwischen uns abgesprochen.«

Es war Mitternacht. Sie waren nun fünf Tage auf See gewesen und machten immer noch gute Fahrt vor dem Wind. Als Brian an Deck kam, um Alain abzulösen, deutete der auf einen undeutlichen Schatten steuerbords vor ihnen.

»Siehst du das, Brian? Das ist Kos.«

»Na und?«

»Ich dachte, du hättest einen Blick auf die Karten auf der Brücke getan. Das ist die erste Insel des Dodekanes. Wir haben es geschafft. Irgendwo da drüben, hinter dem Horizont, nicht viele Kilometer weit weg, liegt Xanthos.«

»Es ist nur zu schade, daß du nicht weißt, welcher dieser gottverlassenen Felsbrocken es ist.«

»Morgen abend werden wir in Kos vor Anker gehen. Dann werden wir sehen, welche Informationen Miles bekommen konnte.«

»Damit werden dann wohl unsere Probleme anfangen«, meinte Brian. »Jetzt aber los, Alain, nach unten. Ich fahre.«

»Gut, halte aber bei Rot an der Ampel.«

Der letzte Tag der Reise stand unter dem Zeichen wachsender Erregung. Vor Morgengrauen waren sie an Kos vorbeigesegelt und fuhren jetzt an der Felsenküste von Karpathos entlang. Sie betrachteten die geschützten Buchten und ruhigen Dörfer. Auf dem Meer glitten einige Fischerboote, die sie aber schnell überrundeten, da die ›Lucifer‹ vor einer steifen Brise dahinschoß. Um die Mittagszeit kamen sie an Tilos und Syrina vorbei, hinter der sie den entfernten Gipfel des Berges Panaglas auf der Insel Astipalea ausmachen konnten. Am faszinierendsten war für sie, daß sie an mehr als einem halben Dutzend kleiner Inselchen vorbeigerauscht waren, die zwar alle verlassen aussahen, von denen aber jede Xanthos hätte sein können. Alain änderte nun den Kurs wieder nach Nordost, um sie an die Südküste von Kos zu bringen. Als sie an dem winzigen Inselchen Hyali vorbei waren, deutete Alain auf die nächste Landzunge.

»Das ist das Festland. Dort drüben liegt die Türkei. Wir müssen uns jetzt nur an die Küstenlinie halten. Brian, du solltest schon einmal an die Kiste gehen und eine griechische Flagge heraussuchen.«

Wie es die Höflichkeit verlangte, setzten sie die blauweiße Fahne, als sie sich dem Ufer näherten. Sie sahen ein paar Feriengäste an den Stränden, dann tauchte ein prächtiges, modernes Hotel auf, dessen weiße Wände und Glasscheiben in der Hitze flimmerten. Landspitze folgte Landspitze. Nachdem sie wieder ein Kap umrundet hatten, lag plötzlich die Stadt Kos vor ihnen. Direkt geradeaus befand sich der Jachthafen.

Strahlend legten sie an, und Alain ging zum Hafenamt, um sich das Telex von Miles abzuholen. Die anderen warteten inzwischen auf dem Schiff.

Es dauerte nicht lange, da kam Alain zu ihnen zurück. Die Nachricht von Miles war nicht sehr umfangreich. GESUCHTER FISCHER IN KAMARI – STOP – VIEL GLÜCK – MILES!

»Ich schlage vor, daß wir uns alle etwas frischmachen und dann nach Kos hineingehen, um uns zu erkundigen, wie wir am besten nach Kamari gelangen«, schlug Alain vor.

In dieser Nacht schliefen sie wie gewöhnlich an Bord ihres Schiffes. Aber vorher waren sie in einer Taverne gewesen, hatten köstlichen frischen Fisch und Salat mit Schafskäse gespeist und sich mit dem herben Rotwein gestärkt. In diesem Lokal hatten sie auch einen Taxifahrer kennengelernt, dessen Gesicht sich zu einem breiten Grinsen verzog, als sie ihm vorschlugen, daß er sie am nächsten Morgen abholen und nach Kamari fahren solle.

Kapitel 8

»Wie sieht eigentlich Regen aus? Das habe ich schon ganz vergessen.«

Die Morgensonne brannte erbarmungslos auf sie nieder, während sie in dem uralten, ehrwürdigen Taxi saßen, dessen Fenster fest geschlossen waren. Ihr Fahrer, ein untersetzter, dunkler, nicht mehr ganz junger Mann, dessen Erscheinungsbild durch die drei Tage alten Bartstoppeln und den nach unten hängenden Schnurrbart auch nicht sonderlich verbessert wurde, war ein Gründungsmitglied der Gesellschaft zur Abschaffung von Frischluft. Um das Ganze noch schlimmer zu machen, umwehte ihn ein zarter Duft von rohem Fisch, Knoblauchwurst und frischer Ziege.

»Regen?« Alain antwortete auf Brians wehleidige Frage. »Du mußt dich aber erinnern! Das ist das Zeug, das die Engländer in Tassen tun und Tee nennen.«

Der Fahrer kündigte ihre Ankunft in Kamari mit schrillem Hupen an, das bei den Gänsen, die mitten auf der Straße eine Konferenz abhielten, ziemliche Aufregung verursachte.

»Wohin gehen?« fragte er in seinem einfachen Englisch.

»Das Meer«, antwortete Lucinda.

Der Fahrer sah sie verständnislos an.

»La mer!« brüllte Alain.

Der Fahrer verharrte in eisiger Verständnislosigkeit.

»Thalassa!« versuchte es Jennifer, indem sie sich an einige Schulbrocken erinnerte.

Der Fahrer betrachtete sie nachdenklich. Dann schimpfte er leise aber unaufhörlich vor sich hin, in einem Dialekt, der mit der Sprache Homers und Euripides nur sehr wenig Ähnlichkeit aufwies. Dann entschloß er sich aber weiterzufahren und hielt wenige Minuten später am Hafen. Lucinda hatte in Kos einige Reiseschecks eingelöst und kümmerte sich nun um das komplizierte Geschäft der Bezahlung. Der Fahrer, der ihnen einen viel zu hohen Preis abverlangt hatte, beschwerte sich bei allen Göttern des Parthenon über das schäbige Trinkgeld und fuhr dann ab.

»Was nun, Kapitän?« fragte Brian.

Alain übernahm die Leitung. An der Kaimauer lagen fünf oder sechs Fischerboote. Die meisten waren verlassen; aber sie fanden eine Gruppe von Fischern, die ihre Netze flickten. Wie sich aber herausstellte, waren deren Kenntnisse der englischen oder französischen Sprache noch weit begrenzter als die des Taxifahrers. Auf alle ihre Fragen hin erhielten sie nur freundliches Lächeln und höfliches Kopfschütteln. Auf der anderen Straßenseite stand eine Taverne. Es war eine bescheidene Bude aus alten Brettern, abbrökkelnder Farbe und verrostetem Eisen. Ein verlockender Geruch von gegrillen Sardinen drang heraus. Das war offensichtlich der Ort für den nächsten Versuch.

Innen war ein halbes Dutzend Fischer und Bauern in ein Dominospiel vertieft. Auf Fragen hin blieben sie einfach stumm und spielten weiter, als ob es die Fremden gar nicht gäbe.

»Ich wette, nicht einmal die Gestapo hätte aus denen etwas herausbekommen«, bemerkte Brian wütend, als sie sich an einem Tisch niederließen.

»Halb so schlimm«, meinte Alain ruhig. »Das hier sieht genauso aus wie der Ort, wo alles früher oder später auftaucht. Wir werden schon jemand auftreiben, der Englisch versteht.«

Da es um die Mittagszeit war, bestellten sie mittels ihrer acht Hände und vierzig Finger mit ziemlicher Geläufigkeit etwas zu essen. Brian versuchte aus einer abenteuerlichen Laune heraus auch den Retsina; es war das erste- und letztemal in seinem Leben. Ein sommersprossiges Mädchen kam aus der Küche und stellte Brot und Oliven auf ihren Tisch.

Alain fragte sie verzweifelt: »Sprechen Sie Englisch?«

Statt einer Antwort deutete sie nur auf einen Mann, etwa Anfang Zwanzig, der gerade hereingekommen war und sich neben die schweigsamen Dominospieler gesetzt hatte. Brian ging zu ihm hinüber und fragte, jede Silbe wie ein Burgschauspieler besonders betonend::

»Spre – chen – Sie – Eng – lisch?«

Der junge Mann schaute ihn amüsiert an. Dann antwortete er mit der Spur eines amerikanischen Akzents:

»Wie kann ich Ihnen oder Ihren Freunden behilflich sein?«

Er war ziemlich groß mit feinen, markanten Zügen. Sein schwarzes Haar war kurzgeschnitten; seine olivfarbene Haut zeigte eine leichte Bräunung. Aus seinen tiefschwarzen Augen leuchtete Intelligenz. Trotz der Hitze trug er einen dicken grauen Pullover, den offensichtlich alle Fischer als Uniform betrachteten. Lächelnd folgte er dem verblüfften Brian zurück an den Tisch.

»Wir suchen einen Mann namens Dimitrios Avropolos«, sagte Lucinda. »Kennen Sie ihn vielleicht?«

Über das Gesicht des jungen Mannes huschte ein wachsamer Ausdruck.

»Ja, ich kenne ihn. Was wollen Sie von ihm?«

»Nur ein paar Fragen stellen.«

Langsam schüttelte er den Kopf. »Ich glaube kaum, daß der arme Dimitrios irgend etwas wissen könnte, das Sie interessiert. Machen Sie hier Ferien? Wie gefällt Ihnen Kos?«

»Wo wird denn hier guter Fußball gespielt?« fragte Alain sarkastisch.

»Ah, Sie interessieren sich für Fußball? Ja, wir haben tatsächlich einige ganz gute Mannschaften.«

»Vergessen Sie Ihre Fußballmannschaften«, schaltete Jennifer sich ein. »Was ich viel interessanter finde, ist, daß Sie sofort das Thema wechselten, als wir Dimitrios Avropolos erwähnten.«

»Das ist nicht verwunderlich«, versicherte er ihr. »Sehen Sie, ich kenne Dimitrios sehr gut und weiß, daß er wirklich keine Lust hat, mit Fremden zu sprechen.«

»Vor einigen Wochen hat er sich aber mit jemand unterhalten«, bemerkte Lucinda trocken.

»Das stimmt, ein Reporter war hier und hat einen Haufen Ärger gemacht.«

»Wollen Sie damit sagen, daß einige Leute auf ihn ziemlich wütend sind, weil er über Xanthos geredet hat?« fragte Alain.

»Genau!«

Die Unterhaltung wurde unterbrochen, als der Grieche sich bei der sommersprossigen Kellnerin ein Bier bestellte. Dann schaute Brian dem jungen Mann fest in die Augen und sagte: »Sie sind meiner Meinung nach nicht ganz ehrlich mit uns. Vielleicht halten Sie uns auch für Reporter?«

Der Grieche zuckte mit den Schultern.

»Wäre doch nicht unmöglich«, meinte er lächelnd.

»Na schön. Dann wollen wir Sie mal beruhigen. Wir sind keine Journalisten und haben mit der Presse überhaupt nichts zu tun«, versicherte ihm Lucinda.

»Ein guter Reporter, der einer sensationellen Geschichte nachspürt, gibt sich oft für jemanden anders aus.« Sein Ton war höflich, aber seine Augen wachsam und berechnend.

»Nein«, sagte Brian. »Wir sind bestimmt keine Reporter. Und«, fügte er abrupt hinzu, »Sie sind kein einfacher Fischer!«

»Warum sagen Sie das?«

»Wenn Sie nämlich ein Fischer wären, müßten Sie doch mit den anderen draußen beim Fischen sein.«

Der Grieche lachte. »Sogar Fischer haben mal einen Tag frei. Ich muß heute ein paar Einkäufe machen. Morgen fahre ich wieder aufs Meer hinaus.«

»Das glaube ich Ihnen sofort.« Brians Stimme war stahlhart. »Aber Sie werden nicht fischen, nicht wahr? Sie werden nach Xanthos segeln und die Vorräte hinbringen, die Sie heute eingekauft haben. Habe ich nicht recht, Mr. Avropolos?«

Es herrschte ein gespanntes Schweigen.

»Hat er recht? Sind Sie Dimitrios Avropolos?« Lucinda konnte die Aufregung in ihrer Stimme nicht unterdrücken.

»Natürlich habe ich recht. Das liegt doch klar auf der Hand. Erst kam dieser amerikanische Jugendliche, der wegen der Vorräte auftauchte, dann der Reporter, der sich mit einem Mann in diesem Dorf unterhalten hat. Und wer ist der einzige, der in dieser Gegend Englisch spricht – und zwar ausgezeichnet? Na, der einzige Fischer, der nicht fischen fährt, weil er Vorräte einkaufen muß.«

Der Grieche gab immer noch keine Antwort.

Lucinda ließ ihre Wut an ihm aus. »Hören Sie mal, wer Sie auch sind, wir werden auf diese Insel kommen, mit oder ohne Ihre Hilfe. Dort drüben ist ein junges Mädchen, meine Cousine, und die ganze Familie ist halb verrückt vor Angst um sie.«

»Sie haben eine Cousine auf Xanthos? Wie sieht sie aus?«

»Groß, schlank und rothaarig. Etwa ein oder zwei Jahre jünger als Sie und sehr, sehr hübsch.«

»Sie heißt nicht zufällig Scarlett?« Seine Stimme schien mehr Hoffnung als Neugier auszudrücken.

»Also sind Sie Dimitrios«, rief Lucinda triumphierend. »Ja, ich spreche von Scarlett. Haben Sie sie in letzter Zeit gesehen? Geht es ihr gut?«

»Also sind Sie Scarletts Cousine! Das ändert die Sache natürlich. Aber wer sind die anderen?« Dimitrios ließ seine Blicke über den Rest der Mannschaft der ›Lucifer‹ gleiten.

»Das sind meine Freunde, die mit mir nach Kos gesegelt sind. Keine Reporter; ich gebe Ihnen mein Wort darauf.«

Er schaute jeden einzelnen lange und genau an, als ob er sich zuerst vergewissern wollte, ehe er sich äußerte.

»Ich kann Sie beruhigen«, sagte er schließlich. »Ich habe Ihre Cousine vor ein paar Tagen gesehen, und es ging ihr gut. Eigentlich noch besser; sie strahlte nur so.« Sein Gesicht wurde nachdenklich, als ob er einer kostbaren Erinnerung nachhinge. »Ja, ich bin Dimitrios Avropolos; aber nennen Sie mich doch Steve! Das ist die englische Form meines Namens.«

»Und was soll die ganze Geheimniskrämerei?« fragte Jennifer.

»Nachdem ich mich mit dem jungen Reporter unterhalten hatte, waren die ›Freunde der Liebe‹ – wie sich die Gruppe auf Xanthos nennt – sehr wütend auf mich. Sie warnten mich, daß ich mein Lieferantentätigkeit sofort los wäre, wenn ich noch einmal mit Fremden darüber spreche. Und Sie müssen wissen, daß ich für meine Fahrten sehr gut bezahlt werde.«

»Und Sie kaufen wahrscheinlich die Vorräte von Ihren Freunden und Verwandten?« bemerkte Alain.

»Es ist ein gutes Geschäft«, bestätigte ihm Steve.

»Das ist ja alles gut und schön«, fing Lucinda wieder an, die etwas ungeduldig wurde. »Aber ich will meine Cousine sehen. Wir sind fast dreitausend Kilometer gesegelt, um uns zu versichern, daß ihr nichts zugestoßen ist. Ich möchte aber mehr als nur Ihr Wort dafür haben, daß es ihr gutgeht, ehe ich nach Hause zurückfahre.«

»Ich halte es aber für ausgeschlossen, daß ich Sie mit nach Xanthos nehmen kann.« Steve sah unglücklich aus, und seine Stimme klang berunruhigt. »Ich habe keine Ahnung, wie man das dort auffassen würde. Nein, das ist keine gute Idee.«

»Hören Sie, Steve, mein Lieber«, Lucindas Stimme klang wie Honig und doch bestimmt. »Ich werde meine Cousine sehen. Ich würde ihr dann ja gerne berichten, was für ein freundlicher, hilfreicher junger Mann Sie gewesen sind. Ich bin ganz sicher, wenn ich ihr sage, daß Sie uns dorthin gebracht haben, wäre sie furchtbar dankbar. Sie hat so ihre eigene Art, ihre Dankbarkeit auszudrükken. Da wir nicht von der Presse sind, dürfte man uns doch freundlich aufnehmen. Mein Onkel ist auch auf Xanthos, und es würde mich keineswegs überraschen, wenn sich herausstellen würde, daß er der Boß der ganzen Show ist. Also machen Sie sich mal keine Gedanken. Wir übernehmen die volle Verantwortung für unseren Besuch.«

Steve betrachtete sie fasziniert.

»Glauben Sie wirklich, daß Sie ein Treffen mit Scarlett für mich arrangieren könnten, wenn ich Sie hinüberfahre? Ich meine allein. Da ist immer eine ganze Gruppe von Leuten da, wenn ich die Vorräte auslade und ans Ufer bringe. Ich hatte noch nie eine Gelegenheit, mit ihr allein zu sprechen.«

»Abgemacht!« sagte Lucinda. »Fahren Sie morgen hinüber?«

Steve nickte.

»Wie weit ist es?« erkundigte sich Alain.

»Es ist etwa fünfzig Kilometer nordwestlich von hier, in Richtung Levitha.«

»Warum fahren wir nicht mit unserem Boot hinter Ihnen her?« schlug Jennifer vor. »Die Freunde der Liebe können Ihnen keinerlei Vorwurf machen, wenn Ihnen ein anderes Boot folgt, oder?«

Steve schien durch dieses Argument zwar noch nicht endgültig überzeugt zu sein, aber die Aussicht, Scarlett zu treffen, die von ihrer Cousine Lobeshymnen über ihn erfahren würde, beschwichtigte seine Zweifel ziemlich schnell.

»Ein weiterer Vorteil wäre«, meinte Alain, »daß wir mit der ›Lucifer‹ bleiben oder abfahren können, wann wir wollen. Außerdem haben wir auch noch die Radioverbindung mit unserer Station.«

Man beschloß also, daß sie nach Kos zurückkehren und am nächsten Morgen nach Kamari segeln würden, wo Steve sie erwartete. Er führte sie an den Kai und zeigte ihnen sein Boot. Es war ein plumper Kaik. Der einzige Mast dieses leichten Ruderschiffes lehnte nach vorn. Das Schiff war vor kurzem neu gestrichen worden, leuchtend blau und rot; es verlieh dem Hafen einen bunten Farbtupfer.

»Wie heißt das Schiff?« fragte Brian und versuchte, die griechischen Buchstaben am Bug zu entziffern.

»Aphrodite«, antwortete Steve.

»Das darf doch nicht wahr sein«, sagte Brian ganz erschüttert.

Sie trafen die letzten Vorbereitungen. Steve besorgte ihnen ein Taxi und gab dem Fahrer Anweisungen, wohin er fahren sollte, verhandelte über den Preis und winkte ihnen zum Abschied fröhlich zu.

»Ich hoffe bloß, daß Scarlett ihn auch ein bißchen mag«, murmelte Lucinda, als das Taxi spuckend und bockend den Berg hinauffuhr und sie wieder nach Kos zurückbrachte.

TEIL 3

»Kleine Inselchen sind große Gefängnisse.«
Sir Richard Burton

Kapitel 9

Am nächsten Morgen war die ›Lucifer‹ schon kurz vor elf Uhr vor Kamari. Sie mußten gegen den Wind mit dem Motor fahren. Als ob die Götter Brians Neugier stillen wollten, war während der Nacht ein leichter Regen niedergegangen. Jetzt hatte er aufgehört, über der Küste hing ein leichter Schleier, so daß sie das Fischerdorf nicht sehen konnten.

»Ob er uns auch finden wird?« fragte Lucinda besorgt.

»Ja, sicher.« Alain lächelte. »Der Nebel löst sich auf, sobald die Sonne richtig herauskommt. Dieser Dunst hält sich öfters an der Küste; aber draußen auf dem Meer ist alles klar, du wirst schon sehen. Bleib auf Deck und halt die Ohren offen.«

Und tatsächlich, nach einigen Minuten hörten sie das regelmäßige Tuckern der ›Aphrodite‹, die in etwa hundert Metern Entfernung ihre stumpfe Schnauze aus dem Wasser streckte. Das Boot war nicht schwer beladen, sondern tanzte auf den Wellen. Steve saß am Steuer und war offensichtlich guter Laune. Nachdem sie sich Begrüßungsrufe zugeschrien hatten, deutete er ihnen an, daß sie sich in seinem Kielwasser halten sollten.

Es war eine kurze Fahrt. Sie erkannten jetzt auch, warum Xanthos ein so versteckter Ort war. Die Insel war eigentlich nicht abgelegen, aber von Osten und Westen durch zwei andere kahle und unbewohnte Felsinseln so abgeschirmt, daß sie von einem vorbeifahrenden Schiff nicht gesehen werden konnte. Als sie um den östlichen der felsigen Vorposten bogen, erhob sich vor ihnen aus dem Dunst Xanthos. Sie strengten ihre Augen an, um mehr von dem Ort zu sehen, der die Jugendlichen aus Süddakota um die halbe Welt dorthin gelockt hatte.

Auf den ersten Blick sah Xanthos genauso wie die anderen Inseln aus, die sie bisher gesehen hatten. Das Ufer, auf das sie zuhielten, war eine große Bucht, etwa zwei bis drei Kilometer breit. Der Strand war ein weiter, schimmernder, goldener Sandstreifen, der der Insel ihren Namen gegeben hatte. An einem Ende stand ein winziger, schwankender, hölzerner Bootssteg. Hinter dem Küstenstreifen erhob sich das Land steil empor, durch die Bäume und spärlichen Büsche schauten die spitzen Kanten des Kalkgesteins hervor. Auf der Anlegestelle der gegenüberliegenden Seite war alles noch wilder und steiniger als auf der übrigen Insel. Hier reichten die Felsen bis ins Meer hinunter. Wo sich die beiden trafen, gähnte der Schlund einer riesigen Höhle. Über alles stand ein großer Gipfel, der alles beherrschte, und um den graue Nebelfetzen wehten.

Es war kein Zeichen einer menschlichen Behausung zu entdekken, bis sie zwischen den etwas weiter entfernt liegenden Pinien eine kleine Rauchwolke aufsteigen sahen. Jennifer deutete darauf und sagte zu Lucinda:

»Sieht so aus, als ob dein Onkel dich erwartet und schon das gemästete Kalb brät.«

»Eher ein Stamm verhungerter Kannibalen, die nur darauf warten, uns in den Kochtopf zu stopfen«, meinte Brian.

»Die Eingeborenen scheinen nicht alle vollkommene Barbaren zu sein«, bemerkte Alain und zeigte auf den Anlegesteg. Dort standen zwei Gestalten und erwarteten ihre Ankunft. Eine war ein junger Mann mit nacktem Oberkörper und fantastischer Sonnenbräune. Er trug Leinenshorts und Sandalen. Seine Begleiterin war ein Mädchen in einem fließenden weißen Gewand, das an die Kleidung einer Priesterin erinnerte, die vielleicht vor zweitausend Jahren an diesem Strand auf und ab gegangen war.

Steve hatte sein Boot mit dem für dieses Fahrzeug lächerlichen Namen an dem Steg festgemacht. Es lag da und tanzte auf und nieder, während er ans Ufer sprang. Alain ließ den Anker etwa vierzig Meter draußen im Meer fallen. Steve und Jennifer ließen das Schlauchboot zu Wasser. Die vier kletterten hinein und paddelten ans Ufer.

Die ganze Zeit über hatten die beiden Zuschauer schweigend und bewegungslos dagestanden. Jetzt trat der Mann auf sie zu.

»Diese Insel ist nicht für Touristen freigegeben«, sagte er ihnen.

Seine Augen waren kalt und feindlich. Lucinda glaubte aber, den leichten Akzent aus dem Mittelwesten Amerikas herauszuhören.

»Wir sind keine Touristen«, entgegnete sie. »Wir sind gekommen, um meinen Onkel zu besuchen.«

»Und wer ist Ihr Onkel?«

»Es heißt Blake – Ulysses Blake.«

Der junge Mann schaute sie weiterhin sehr von oben herab an, drehte sich aber zu seiner Begleiterin um und erteilte ihr in herrischem Ton einen Befehl.

»Nausikaa, geh und sage Pater Amorosus Bescheid, daß hier einige wichtigtuerische Außenweltler angekommen sind. Und du«, rief er Steve zu, der dabei war, sein Boot zu entladen, »was hast du dir dabei gedacht, diese Leute hierher zu führen?«

Lucinda mischte sich ein, ehe Steve antworten konnte.

»Es war nicht seine Schuld. Unsere Jacht ist zehnmal schneller als sein Boot. Wir brauchten nur ihm aufzulauern und hinterherzusegeln. Überhaupt«, fügte sie hinzu, um ihn friedlich zu stimmen, »wird sich alles zur Zufriedenheit aufklären, wenn Sie mit meinem Onkel gesprochen haben.«

»Ich glaube kaum. Wir legen hier auf Besucher keinen Wert.«

»Was für ein arrogantes, aufgeblasenes Schwein«, flüsterte Brian Alain zu. »Ich möchte ihn ins Meer tauchen und ihm ein paar Manieren beibringen.«

»Halt dich zurück!« entgegnete Alain. »Wir sind hergekommen, um Lucindas Cousine zu treffen, nicht um eine Schlägerei anzufangen.«

Sie standen da und warteten. Ein paarmal versuchten sie dem stolzen Wachtposten Fragen zu stellen, aber er blieb stumm und unnachgiebig.

Eine Viertelstunde verging. Dann kam Nausikaa durch die Bäume am anderen Ende des Strandes. Sie kam mit zwei anderen Personen, die ebenso wie sie in antike weiße Gewänder gehüllt waren.

Einer war ein Mann. Er war nicht sehr groß und hatte graue Haare und einen krausen Spitzbart. Er ging mit forschem Schritt, und aus seinen hellen, blauen Augen strahlte ein gutmütiges Lächeln. Lucinda rannte auf das Mädchen zu, das neben ihm ging.

»Scarlett!« rief sie. »Bin ich froh, dich zu sehen!«

Die beiden Mädchen umarmten sich, wärend die anderen zuschauten. Erleichterung sprach aus den Augen der Mannschaft der ›Luzifer‹, Bewunderung aus denen Steves und Belustigung aus denen des alten Mannes. Schließlich brach er das Schweigen.

»Du bist also meine Nichte, Melanies Tochter.« Er betrachtete lächelnd Lucinda von Kopf bis Fuß. »Also, dann heiße ich euch alle auf Xanthos herzlich willkommen.«

Lucinda hatte ihren Onkel Ulysses noch nie zuvor getroffen. Sie war sich nicht sicher, was sie von ihm halten sollte. Obwohl er freundlich war, hatte sie doch ein komisches Gefühl, als er sie so betrachtete, als ob sie noch ein kleines Kind wäre, das zum erstenmal von einem herablassenden Erwachsenen gemustert wurde. Es war noch etwas anderes, etwas Unerklärliches, Rätselhaftes unter der Oberfläche.

»Wir wollen jetzt alle hinauf zum Tempel gehen«, schlug er vor.

»Tempel?« erkundigte sich Alain.

»Das ist eine von mir gewählte Bezeichnung. Früher war es ein altes Kloster, aber ich glaube, daß Zeus auf dieser Insel heimischer ist als Jesus.«

Inzwischen hatte Steve seine ganze Ladung aus der ›Aphrodite‹ geholt. Ulysses winkte ihm zu und forderte ihn auf: »Du kommst auch mit uns, junger Mann.«

Die Gruppe kletterte einen steinigen Pfad hinauf. Er führte durch Kakteen, deren Blätter wie Schwerter aussahen, und durch eine dichte, grüne Bambuswand in einen dunklen Pinienhain. Unter den Kronen der hohen Bäume war es angenehm kühl; die Erde unter ihren Füßen roch nach herabgefallenen Pinienzapfen und Moos. Der Pfad zog sich in Windungen steil hinauf, ehe er nach etwa einem halben Kilometer auf eine Lichtung mündete. Vor ihnen stand, an die Felswand angelehnt, der Tempel.

Er sah enttäuschend aus. Die Bezeichnung ›Tempel‹ für ein Gebäude hatte in Jennifers Vorstellung ein würdiges Bauwerk mit weißen Marmorsäulen, Friesen und Ziergiebeln heraufbeschworen, das majestätisch auf das Meer hinausblickte. Alain hatte sich eine Art Feenschloß vorgestellt mit zahllosen Türmchen und Befestigungsanlagen, während Lucinda, die sich daran erinnerte, daß es früher ein Kloster gewesen war, ein gewaltiges Bauwerk im byzantinischen Stil erwartet hatte, ehrwürdig und erhaben, mit ein oder zwei Kuppeln, die seine Würde noch hervorhoben. Brian drückte aus, was sich tatsächlich ihren Augen bot.

»Das soll ein Tempel sein? Sieht mehr aus wie ein Gefängnis!«

»Da haben Sie gar nicht so unrecht«, stimmte ihm ihr Gastgeber zu »Xanthos war jahrhundertelang nicht bewohnt, aber während des Zweiten Weltkrieges kontrollierten die Italiener den Dodekanes und errichteten aus irgendeinem Grund hier eine Radarstation. Was Sie hier vor sich sehen, sind eigentlich die militärischen Unterkünfte. Nach dem Krieg wurde es aufgegeben, bis die Mönche vom Orden des heiligen Simeon die Anlage übernahmen. Ihr Stammkloster liegt in Griechenland, nicht weit von Korinth; aber eine

Gruppe mehr asketisch denkender Mönche wollte mehr Einsamkeit. So kamen sie also nach Xanthos. Sie haben aber in keinster Weise dazu beigetragen, den Ort lieblicher zu gestalten«, schloß er seine Rede, als sie bei dem schweren Holztor angelangt waren.

Der Tempel war ein einfacher viereckiger Block aus unbehauenen Steinen. Die oberen Fenster waren alle mit grüngestrichenen, hölzernen Fensterläden ausgestattet, die die einzige Zierde des Bauwerks darstellten. Innen schritten sie durch eine kahle, düstere Halle in einen großen, luftigen Raum, der gemütlich eingerichtet war und an den Wänden Regale mit Büchern aufwies.

»Setzen Sie sich doch!« forderte Lucindas Onkel sie auf. »Ich werde mal sehen, ob ich ein paar Sandwiches auftreiben kann und etwas zum Trinken.«

Er ging hinaus in die Halle; sie hörten, wie er einige Anweisungen gab. Brian schaute aus dem Fenster. Es war wirklich ein herrlicher Ausblick, die blaue Ägäis schimmerte durch den grünen Vorhang des Waldes. Steve allerdings hielt die Aussicht im Zimmer für bedeutend schöner. Er schaute hingerissen Scarlett an. Ulysses kam zurück und lächelte zufrieden.

»Es wird gleich etwas gebracht«, verkündete er. »Also, Lucinda, erzähl mir, wie es so in England läuft. Wie geht es meiner Schwester?«

»Erzähl uns du erst einmal ein paar Dinge«, gab Lucinda zurück. Sie hatte auf ihrem Gesicht den Ausdruck, den Jennifer den ›Karten-auf-den-Tisch-Blick‹ zu nennen pflegte. »Der mufflige Kerl, den wir bei unserer Landung trafen, sagte, daß er unsere Ankunft jemand melden müsse, den er Pater Amorosus nannte. Wenn das der große Häuptling hier ist, möchten wir ihn gerne kennenlernen.«

»Ihr habt ihn schon getroffen«, meinte ihr Onkel strahlend. »Ich bin Pater Amorosus.«

»Klingt wie ein perikleischer Pop-Star!« flüsterte Jennifer.

»Was für eine reizende Bezeichnung!« lachte ihr Gastgeber. »Nein, ich werde Pater Amorosus genannt, weil ich ganz einfacher einer bin – ein Vater, der alle liebt.«

Sie starrten ihn in verblüfftem Schweigen an.

Er fuhr fort mit einer sehr ernsthaften Stimme, die sehr missionarisch klang.

»Hört mal zu! Vergeßt den ganzen Mist, den ihr in dem amerikanischen Schundblatt gelesen habt. Wir sind eine kleine Gruppe von Leuten, die zusammen in einer Gemeinschaft der Liebe leben wollen. Das ist das ganze Geheimnis der Insel Xanthos.«

»Hättet ihr euch nicht auch in Wilmerston lieben können?«

»Nein, Lucinda! In den Vereinigten Staaten war es unmöglich geworden. Das Leben war zu kompliziert, zu gewalttätig. Man hat in uns Verrückte, Gestörte gesehen; niemand ließ uns in Ruhe. Deshalb mußten wir weggehen zu einem Ort, wo man uns in Frieden leben läßt.«

»Klingt gut«, bemerkte Alain. »Aber wie sind Sie gerade auf Xanthos gekommen?«

»Ach, ich habe diesen Ort schon lange gekannt. Eigentlich habe ich Xanthos schon seit Jahrhunderten vor meiner Geburt gekannt; aber das ist etwas, das Sie nie verstehen werden. Hier ist alles anders. Wir leben das gleiche Leben wie die alten Griechen, wie diese Schafhirten, Krieger und schönen Frauen, die Homer besungen hat. Wir haben sogar ihre Namen angenommen. Die Wachtposten, die Sie bei Ihrer Ankunft getroffen haben, heißen Aristippos und Nausikaa.«

»Und Scarlett?« fragte Lucinda.

»Ich habe noch keinen neuen Namen verliehen bekommen«, teilte sie ihnen ernst mit. »Das geschieht erst, wenn man eingeführt wird. Ich bin immer noch Novizin.«

»Ja, meine Liebe«, stimmte ihr Onkel ihr zu. »Aber ich glaube nicht, daß du noch lange warten mußt. Meiner Meinung nach bist du für deine Weihe schon bereit.«

Die weitere Unterhaltung wurde durch das Eintreffen von Erfrischungen unterbrochen.

»Eines kapiere ich nicht«, sagte Jennifer, nachdem vor ihnen Teller mit frischem knusprigen Brot, Ziegenkäse, grünen und schwarzen Oliven und ein Krug mit herbem Rotwein aufgetragen worden waren. »Wenn Sie so sehr nach einem erfüllten Leben streben, warum sind Sie dann so sehr darauf bedacht, es für sich zu behalten?«

»Ganz im Gegenteil! Wir hoffen, daß andere Menschen unserem Beispiel folgen werden und daß im Laufe der Zeit die ganze Welt eine Bruder- und Schwesternschaft der Liebe wird.«

»Aber warum jagen Sie dann alle Besucher und Reporter weg?« fragte Alain.

»Meine lieben jungen Freunde«, antwortete Pater Amorosus mit einem geduldigen Seufzer, »könnt ihr nicht sehen, daß wir noch nicht so weit sind? Unsere kleine Gruppe muß erst zu einer Familie werden, ehe meine Kinder genug Selbstvertrauen haben, sich einer zynischen, feindlichen Welt zu stellen. Wir hatten mehr als genug Spione und Leute, die nach Skandalen gesucht haben.«

»Wo sind denn Ihre Kinder?« erkundigte sich Brian. »Bis jetzt haben wir nur zwei gesehen.«

»Einige sind in ihren Zellen und studieren, andere sind draußen bei der Arbeit. Eine Gruppe hat inzwischen alle Vorräte vom Landesteg heraufgetragen. Sie sind vom Tempel herabgestiegen, während wir hinaufgingen.«

»Das ist doch unmöglich«, meinte Brian. »Dann hätten wir ihnen doch begegnen müssen.«

»Ach du liebe Güte«, lachte Pater Amorosus, »ihr seid wirklich ein mißtrauischer Verein. Junger Mann, es gibt mehr als einen Pfad auf der Insel Xanthos.«

Wie sich später erwies, hatten sie es bitter nötig, sich an diese Worte zu erinnern.

»Seht her!« Ihr Gastgeber streckte seine Arme in einer beredten Geste der Unterwürfigkeit aus. »Ihr seid hierher gekommen, um Scarlett zu sehen. Also, hier ist sie, bei guter Gesundheit und glücklich. Ihr konntet euch mit ihr unterhalten, sie hat sich nicht beklagt, obwohl sie völlig frei sprechen kann. Trotzdem«, er sah jetzt Lucinda forschend an, »seid ihr offensichtlich immer noch nicht ganz befriedigt. Ihr wißt nichts über das Leben auf dieser Insel und könnt eure Zweifel nicht ablegen. Um ehrlich zu sein, ich mache euch keinen Vorwurf. Wenn ich an eurer Stelle wäre und den ganzen Mist gelesen hätte, der über uns geschrieben wurde, würde ich genauso denken. Darf ich euch daher einen Vorschlag machen? Warum bleibt ihr nicht ein paar Tage als meine Gäste hier? Dann könnt ihr euch selbst davon überzeugen, wie es hier zugeht.«

Lucinda blickte ihre Freunde fragend an. Doch Scarlett ergriff das Wort. »Bitte, sag ja, Lucinda! Es wäre einfach herrlich. Wir könnten uns in Ruhe unterhalten; du kannst mir dann alles erzählen, wie es Sarah und Miles geht.«

»Warum nicht?« meinte ihr Onkel. »Erinnert euch, ihr habt ja immer euer hübsches Boot in der Bucht. Ihr könnt jederzeit ablegen, wenn ihr es wollt.«

»Und wir dürfen uns auf der ganzen Insel frei bewegen?«

»Aber natürlich, Lucinda. Wir haben nichts zu verbergen. Vielleicht gefällt es dir sogar so gut, daß du für ganz bleiben willst.«

Lucinda schaute ihre Freunde zweifelnd an, aber diese nickten zustimmend.

»Also gut«, sagte sie mit einem Lächeln. »Wir nehmen an und danken dir, Onkel Ulysses, für deine Gastfreundschaft.«

»Prima! Und nun, junger Mann«, der Alle-liebende-Vater wandte sich Steve zu, »mußt du dich auf den Heimweg nach Kamari machen.«

Steve nickte unglücklich; es lief nicht ganz so ab, wie er gehofft hatte.

»Soll ich nächsten Mittwoch wiederkommen, eine Woche von heute?«

»Ja. Wir geben dir eine Liste mit, auf der alles steht, was wir brauchen. Ach ja, ich muß dich noch um einen weiteren Gefallen bitten. Du weißt, ich habe den alten Generator von Rhodos mitgebracht, als wir angekommen sind. Das elende Ding ist kaputt und ich brauche sobald wie möglich Ersatzteile. Wenn ich dir das kaputte Teil mitgebe, könntest du uns morgen schon in Kos ein neues besorgen und Freitag herübersegeln? Du bekommst natürlich für die Extrafahrt und den Verdienstausfall beim Fischen Geld von mir.«

»Aber sicher!« Steve war begeistert.

»Wenn Sie nach Kos fahren, könnten Sie uns auch einen Gefallen erweisen«, sagte Alain. »Ich gebe Ihnen eine Nachricht mit, die Sie als Telex beim Jachtzentrum aufgeben könnten.«

Pater Amorosus' Gesicht zeigte Spuren von Unruhe. Alain bemerkte es und bemühte sich, ihm zu versichern, daß alles in Ordnung sei.

»Ich möchte nur Lucindas Bruder wissen lassen, daß wir sicher angekommen sind und hier alles in Ordnung zu sein scheint. Wenn er nichts von mir hört, wäre er imstande, einen Suchtrupp nach uns auszusenden. Hier, lesen Sie den Wortlaut meiner Nachricht an ihn.«

Er kritzelte etwas auf einen Zettel, den er dem Pater gab. Der schaute kurz darauf und reichte ihn an Steve weiter.

»Ehe Sie gehen, wollen wir Ihnen aber noch etwas dafür geben, daß Sie uns hierher gebracht haben«, sagte Lucinda.

»Ich möchte von Ihnen niemals Geld annehmen«, entgegnete Steve würdevoll.

»Wer redet denn von Geld?« mischte sich Alain taktvoll ein. »Bitte, gehen Sie an Bord der ›Lucifer‹ und nehmen Sie sich eine Kiste Scotch. Es soll gleichsam ein Geschenk von einem Fischer an einen anderen sein.«

»Ach ja, wenn Sie schon an Bord der ›Lucifer‹ gehen, könnten Sie Scarlett mitnehmen? Ich wollte ihr die Jacht eigentlich selbst zeigen; aber wenn es Ihnen nichts ausmacht, kann ich mir die Mühe sparen. Das ist dir doch recht, oder?« fragte Lucinda ihren Onkel.

»Scarlett kann hingehen, wohin sie will«, antwortete er mit einem gleichgültigen Achselzucken.

Er verließ den Raum und kam mit dem kaputten Teil des Generators zurück, das er Steve zusammen mit etwas Geld übergab. Der junge Grieche nahm Scarlett bei der Hand und beeilte sich wegzukommen, als ob er Angst habe, daß ihr Onkel seine Meinung ändern und ihm die lang erwartete Gelegenheit, mit seiner Liebe allein zu sein, wegnehmen könnte.

»Wir sehen uns dann am Freitag wieder, wenn wir nicht schon früher abfahren!« rief ihm Alain hinterher.

»Ich freue mich, daß ihr euch entschlossen habt zu bleiben«, sagte Pater Amorosus mit herzlichem Ton, als er sich wieder seinen Gästen zuwandte. »Heute abend feiern wir ein ganz besonderes Fest – ich glaube, daß es euch gefallen wird.«

»Aber ohne Generator werden Sie keinen Strom haben«, sagte Jennifer.

»O je! Wie verwöhnt seid ihr Stadtleute doch! Wir haben Kerzen und können auf Holzfeuer kochen.«

»Warum war dann die Reparatur des Generators so eilig?« fragte Brian.

»Wir üben hier auch noch andere Tätigkeiten aus, für die wir ständig Strom brauchen. Ich würde euch gerne auf der Insel herumführen, aber ihr seid sicher müde. Verschieben wir das also auf morgen. Kommt mit, ich zeige euch euer Zimmer. Hoffentlich macht es euch nichts aus, in einem Zimmer zu schlafen?«

»Wie viele Betten?« wollte Brian wissen.

»Werden zwei große euren Ansprüchen genügen?«

Sie nickten und folgten ihm nach oben.

»Sagen Sie mir«, fragte Pater Amorosus Alain, »warum schicken Sie Miles ein Telex? Sie haben doch sicher ein Funkgerät an Bord?«

»Ja, natürlich. Aber bei der Entfernung ist der Empfang sehr unterschiedlich. Bei einem Telex kann ich sicher sein, daß der Text richtig ankommt.«

»Aber Sie hätten auch Ihr Funkgerät benutzen können?«

»Ja, das ist richtig.«

Pater Amorosus mußte diese Information offensichtlich erst verdauen. Dann führte er sie in ein großes Zimmer, in dem zwei riesige Betten, ein Tisch und ein paar Stühle standen. An der einen Wand stand ein antiker Schrank.

»Fühlt euch wie zu Hause. Ich werde Nausikaa heraufschicken, um euch Handtücher zu bringen und euch zu zeigen, wo das Badezimmer ist – soweit man es so nennen kann.«

Mit einem liebenswürdigen Lächeln verließ er sie.

»Scheint eigentlich ganz nett zu sein«, verkündete Brian sein Urteil. »Eher etwas verrückt als hinterlistig.«

»Mir gefällt er auch ganz gut«, meinte Alain. »Die scheinen hier doch ziemlich harmlos zu sein.«

»Ich bin mir nicht sicher«, sagte Lucinda nachdenklich. »Ich habe das Gefühl, daß hier etwas nicht stimmt und daß wir bloß noch nicht dahinter gekommen sind.«

»Ich freue mich jedenfalls auf das Fest heute abend.« Jennifers Stimme klang träumerisch. »Wenn sie eine ganze Kolonie sind und sich alle lieben, meint ihr, sie lassen uns mitmachen?«

Kapitel 10

Steve ging den Pfad hinunter, der zum Strand führte. Scarlett hielt sich dicht hinter ihm. Die Natur war den beiden wohlgesonnen: die Bäume nickten bewundernd, und auch die Vögel und Insekten zwitscherten und summten zustimmend. In der Ferne lag das glatte, faltenlose Meer wie eine riesige Samtdecke auf einem Brautbett.

»Vorsicht!« warnte er Scarlett, als er über einen Stein auf dem Weg stolperte, und griff eifrig nach ihrer Hand. Dankbar lächelte sie ihn an. Er beschloß, ihre Hand nicht loszulassen, sondern sicherheitshalber noch fester zu packen.

Eine Weile lang sprach keiner der beiden ein Wort. Scarlett war immer schon scheu im Umgang mit Fremden. Obwohl sie Steve schon ein paarmal am Strand oder im Tempel gesehen hatte, war an diesem jungen Mann etwas, das sie gleichzeitig erregte und verängstigte. Steve nun hatte schon ziemlich vielen Mädchen ein Gespräch aufgedrängt, war aber bei dieser ganz andersartigen fremden Schönheit hilflos. Vor soviel Haltung und Anmut fühlte er sich ungeschickt und sprachlos wie ein trampeliger, ungeschliffener Bauer.

Scarlett brach schließlich das Eis. Sie wollte brennend gern mit ihm reden, wußte aber nicht, was sie sagen sollte. Über das Wetter zu reden war idiotisch. Ihre anfänglichen Bemerkungen waren aber auch nicht so originell, daß sie einen Preis dafür verdient hätte.

»Sie sprechen wirklich gut Englisch«, fing sie an.

»Das ist kein Kunststück. Ich habe drei Jahre in den Vereinigten Staaten zugebracht.«

»Wirklich? Wo denn? Haben Sie dort gearbeitet?«

»Nein. Ich war sehr krank.« Steve schaute in ihre klaren grauen Augen und fühlte, wie sich sein Magen umdrehte und die Erde unter ihm wegsank. »Als ich zwölf war«, erzählte er ihr, »hatte ich einen Hautausschlag. Nichts Ernstes, aber er verging einfach nicht. Ich war bei verschiedenen Fachärzten, die alle einen ungewöhnlichen Zustand feststellten und alle möglichen Behandlungen durchführten. Es half nichts. Dann kam ein hohes Tier aus Athen mit einem ganz neuen Medikament, das noch nicht für den allgemeinen Gebrauch freigegeben war, sondern erst getestet wurde. Er konnte aber eine ziemliche Menge beschaffen. Wie sich herausstellte, hatte das Zeug scheußliche Nebenwirkungen. Ich bin zusammengebrochen und wurde im Koma ins Krankenhaus eingeliefert. Als ich endlich wieder aufgewacht bin, war ich zum Teil gelähmt.«

»Ach du lieber Gott!« Scarlett seufzte, ihre Augen flossen vor Mitgefühl über.

»Sie können sich sicher denken, daß alle in ziemlicher Panik waren. Das Medikament wurde sofort eingezogen und vom Markt genommen. Die Hersteller haben die ganze Sache vertuscht. Die Firma saß in Amerika und flog mich sofort in eine der größten Kliniken, in die John Hopkins Universitätsklinik.«

»In Baltimore?«

»Stimmt. Kennen Sie sie?«

»Nein, aber sie hat einen guten Ruf.«

»Ja, sie haben dort wirklich gute Arbeit geleistet. Ich habe mich vollkommen erholt, aber drei Jahre lang war ich entweder im Krankenhaus oder in Nachbehandlung. Als ich gesund genug war, das Krankenhaus zu verlassen, habe ich bei einer Familie gewohnt, die zwischen Baltimore und Washington lebte. Die Pharmafabrik zahlte für alles unter der Bedingung, daß wir sie später nicht verklagten. Mein Vater hatte eingewilligt. Später sagten mir viele Freunde in Amerika, daß wir einen Haufen Geld hätten bekommen können, wenn wir der Firma mit einer Schadensersatzklage gedroht hätten. Aber mein Vater war so überglücklich, daß ich wieder ganz gesund war, daß er sich den Teufel darum scherte, aus unserem Unglück noch Geld zu schlagen. Na ja, so habe ich eben Englisch gelernt.«

»Wie schrecklich! Aber jetzt sind Sie wieder ganz gesund?«

»Ja, ich fühle mich prima.«

»Vielleicht sollten Sie sich doch etwas ausruhen?«

Die Besorgtheit in Scarletts Stimme rührte Steve. Er wollte ihr schon versichern, daß er sich so stark wie ein Pferd fühlte – schließlich kam er auch ganz allein mit seinem Boot zurecht –, als er sich eines Besseren besann.

»Sie könnten recht haben«, gab er zu. »Warum legen wir nicht eine kleine Pause ein.«

Sie gingen noch ein paar Schritte weiter bis zu einer riesigen Pinie, die umgestürzt war. Sie setzten sich und lehnten sich mit den Rücken an den Baumstamm.

»Aber das reicht jetzt über mich. Erzählen Sie mir doch etwas von sich«, forderte er sie auf.

»Da gibt es wirklich nicht viel zu erzählen«, antwortete sie. Dann berichtete sie ihm, wie sie nach dem Tod ihrer Eltern zu ihrem Onkel Ulysses gekommen war und bei ihm gelebt hatte. Steve erkundigte sich auch nach Lucinda; da schilderte ihm Scarlett Hamblewood und die Hochzeit. Der junge Mann war tief beeindruckt.

»Die müssen ja sehr reich sein.«

»Ja, das glaube ich auch; aber Lucinda macht sich um Geld nie große Gedanken.«

»Das kann man nur, wenn man reich ist«, meinte er.

Sie unterhielten sich ziemlich lange über ihre Heimat, Familie,

Freunde und alles mögliche außer über das Thema, was beiden am meisten am Herzen lag.

Schließlich sagte Scarlett: »Wir sollten weitergehen. Ich muß auch wieder zurück zum Tempel. Mein Onkel erwartet mich.«

»Aber nein, warten Sie noch ein bißchen!« rief Steve. Der Gedanke an eine baldige Trennung schmerzte ihn noch mehr als die Freude, jetzt mit ihr zusammenzusein. »Ich weiß nicht, wann ich wieder die Gelegenheit habe, Sie ganz für mich zu haben. Bitte, bitte, Scarlett.«

Ehe er sich richtig bewußt wurde, was er tat, hatte er seine Arme um sie gelegt und seinen Mund auf ihre Lippen gepreßt. Zu seinem Erstaunen und seiner Freude erwiderte sie seine Liebkosung und überschüttete ihn mit hundert kleinen Küssen. In diesem Augenblick wurde ihnen die Tiefe ihrer Liebe bewußt. Es war, als ob sich zwischen ihnen eine unglaublich hohe Spannung aufgeladen hatte, die sich jetzt mit einem Funkenschlag entlud.

Sie hielten einander fest umschlungen und ließen ihre Hände die Kurven und Konturen ihrer Körper entdecken. Jetzt wagten sie es auch, einander dort zu berühren, wohin sie vorher kaum geschaut hatten. Steve wußte, daß er zu ihr gehörte, mit Leib und Seele; er spürte auch das Verlangen, sie ebenso zu besitzen. Als er aber zart ihre Brust berührte, schreckte sie zurück.

»Nein«, flüsterte sie. »Noch nicht.«

»Warum nicht, Scarlett? Ich liebe dich doch.«

»Ich liebe dich auch, Steve. Jedenfalls glaube ich das.«

»Was ist denn dann dabei? Du mußt doch wissen, ob du mich liebst.«

»Wie soll ich dir das erklären?« Sie sprach aufgeregt und verstört. »Alles, was ich für dich empfinde, steht im Gegensatz zu dem, was man mir beigebracht hat.«

»Willst du damit sagen, daß du in einem Kloster aufgewachsen bist?«

»Nein, dort haben wir niemals über Sex oder Liebe gesprochen. Ich meine hier, auf Xanthos, bei meinem Onkel und den Freunden der Liebe.«

»Das verstehe ich nicht. Das ist doch Blödsinn. Euer Pater Amorosus hat sich doch immer nur für die Liebe ausgesprochen.«

»Ja, Steve. Aber das ist eine andere Art von Liebe. Sie wollen, daß alle Menschen auf der ganzen Welt einander lieben. Ich möchte aber die Liebe, die ich für dich empfinde, mit keinem Menschen teilen. Sie würden dieses Gefühl bei mir verurteilen; sie würden sagen, daß es nicht Liebe sondern Besitzgier ist.«

»Scarlett, Liebling!« Steve versuchte, sie zu überzeugen und drückte noch mehr süße Küsse auf ihren Mund. Sie schüttelte den Kopf.

»Ach, Steve. Ich bin so durcheinander. Was wir für einander fühlen, ist doch richtig, wie?«

»Aber natürlich, mein Liebstes. Vertrau mir!«

»Das will ich auch, Steve, ehrlich! Aber ich muß immer an all das denken, das mir Onkel Ulysses beigebracht hat. Er würde mich doch nicht belügen? Er ist ein guter und gescheiter Mensch, Steve. In Wilmerston hatte er eine riesige Bibliothek und studierte die ganze Zeit. Hier im Tempel führen alle ein wirklich glückliches Leben; das ist allein sein Verdienst. Ich fühle mich ihm und den anderen Freunden der Liebe verpflichtet.«

»Aber Pflichtgefühl ist nicht Liebe, Scarlett.«

»Ich weiß, Steve, Liebster; aber was soll ich machen?«

Sie schaute ihn an, und in ihrem Gesicht konnte er den inneren Zwiespalt und Kampf ablesen. Steve flehte sie inständig an; jede Faser seines Körpers verlangte nach ihr. Sie schüttelte den Kopf.

»Steve, bitte, laß mir etwas Zeit, mit mir ins Reine zu kommen. Können wir uns wirklich bei unserem ersten Treffen so sehr verlieben?«

»Sag ehrlich, Scarlett; wie sind deine Gefühle?«

»Mein Herz ist bei dir, aber mein Kopf ist bei meinem Onkel. Bitte, Steve, dränge mich nicht. Hab Geduld mit mir, mein Liebster.«

Er war zwar enttäuscht, konnte ihr aber nicht widersprechen. Unter seiner Enttäuschung wuchs aber die glückliche Gewißheit, daß sie ihn liebte. Das hatte er nie zu hoffen gewagt. Nur ungern erhob er sich.

»Sag, daß du mich wiedersehen willst, Scarlett.«

»Ja, natürlich!«

»Hör zu! Ich komme am Freitag wieder, wie du weißt, um deinem Onkel das Ersatzteil für den Generator zu bringen. Nachdem ich es ihm gegeben habe, könnten wir uns doch bei der großen Höhle am Strand treffen. Kennst du den Platz?«

»Sicher. Ich kenne die Höhle. Ich will versuchen dort zu sein.«

»Nein. Versprich mir, daß du bestimmt kommst.«

Diesmal konnte Scarlett ihrem Geliebten den Wunsch nicht abschlagen. Sie gingen den Pfad zum Anlegesteg hinunter. Steve schaute auf die Uhr.

»Es wird schon spät«, meinte er. »Warum lassen wir die Besichtigung der ›Lucifer‹ für heute nicht sausen und holen sie am Freitag nach? Ich kann auf meinen Scotch auch noch ein paar Tage länger warten, ohne vor Durst umzukommen. Es wäre mir lieber, wenn wir mehr Zeit hätten, damit ich dir alles in Ruhe zeigen kann.«

Er erinnerte sich an die Beschreibung des großen Doppelbetts in der hinteren Kabine, die er aufgeschnappt hatte, und machte sich Hoffnungen.

»Ach du lieber Gott! Es ist schon so spät! Ja, das ist eine prima Idee; das machen wir. Aber jetzt muß ich rennen, ehe sie die Bluthunde losschicken.«

»Dann bist du am Freitag da? Du versetzt mich bestimmt nicht?«

Sie lächelte über seine offensichtliche Besorgnis. »Ich habe es versprochen. Und ich halte immer mein Wort. Mach dir keine Sorgen, Liebling! Ich werde auf dich warten.«

Sie wollte gehen, aber Steve nahm sie noch einmal in seine Arme und küßte sie. Diesmal öffnete sie ihren Mund und ließ seine Zunge von ihr Besitz ergreifen. Es war ein langer, ausgedehnter Kuß, Beweis einer Liebe, die sich langsam in Leidenschaft verwandelte und sich so steigerte, daß sie nicht auf ewig mit einer keuschen Werbung zufrieden sein würde.

Kapitel 11

Außer Pater Amorosus' Arbeitszimmer und den Küchenräumen bestand der gesamte untere Tempel aus einem riesigen Raum, der als Speisezimmer diente. Heute war er Schauplatz des Festes. Schon lange ehe es anfangen sollte, brodelte der ganze Tempel mit den Vorbereitungen. Möbelstücke wurden umgestellt, Teller, irdenes Geschirr und Gläser wurden gewaschen; in den Küchen arbeitete ein ganzes Regiment der Freunde der Liebe.

Die Mannschaft der ›Lucifer‹ ruhte sich in ihrem Zimmer aus, als Pater Amorosus an die Tür klopfte.

»Störe ich?« fragte er beim Eintreten.

Er trug togaähnliche Gewänder über dem Arm, die er auf den Tisch legte.

»Ich freue mich, daß ihr euch ausruht. Ihr müßt ja auch in guter Verfassung für die Festlichkeiten heute abend sein. Ich hoffe nur, daß ihr Verständnis dafür habt, daß wir uns alle für solche Gelegenheiten besonders anziehen. Ihr braucht nicht zurück aufs Boot zu gehen. Ich habe ein paar Sachen mitgebracht, die sehr viel passender sind als alles, was ihr an Bord habt. Tut mir den Gefallen und zieht sie an.«

»Was ist eigentlich der Anlaß für dieses Fest? Es muß doch ein ganz besonderes sein«, erkundigte sich Jennifer.

»Ja, gewiß doch«, versicherte ihnen strahlend Pater Amorosus. »Um ein vollwertiges Mitglied bei den Freunden der Liebe zu werden, muß jeder Novize, so wie Scarlett, sich einem Initiationsritual unterziehen. Heute feiern wir die Einführung eines unserer Novizen. Jetzt heißt er noch Hank Johnson, aber heute abend werde ich ihm auf dem Fest einen neuen Namen verleihen und diesen seinen Gefährten verkünden.«

»Dann sind Sie also der, der die ganzen griechischen Namen aussucht?«

»Das ist richtig, Alain. Ich bemühe mich immer sehr, solche Namen herauszusuchen, die auf die eine oder andere Art passend oder beziehungsreich sind. Aber jetzt habe ich noch sehr viel zu tun; wenn ihr mich entschuldigen wollt, bin ich schon wieder weg.«

Ihr liebenswürdiger Gastgeber zog sich zurück, worauf sie sich die Kostüme anschauten.

»Es ist beinahe so, als ob man auf einen Maskenball geht«, bemerkte Lucinda, als sie die klassischen Kleidungsstücke betrachtete.

»Ich habe den Eindruck, daß sie die Kostümierung und den Rest dieses griechischen Theaters sehr ernst nehmen«, sagte Brian. »Wahrscheinlich würde man uns ziemlich übelnehmen, wenn wir die ganze Sache als Witz behandeln.«

»Also, dann wollen wir mal sehen, was uns erwartet«, meinte Jennifer lächelnd, als sie eine der weißen Roben anlegte.

Da es keinen elektrischen Strom gab, waren die Treppen und der Gang, der zu dem Speisezimmer führte, von Fackeln erleuchtet, die in eisernen Ringen an den Wänden steckten. Ihre Flammen wurden von einem leichten Wind zum Lodern gebracht und warfen lange Schatten, die zuerst vor ihnen flohen, dann aber hinter ihnen immer länger wurden.

Als die vier den Speiseraum betraten, blieb ihnen bei dem Anblick, der sich ihnen bot, einfach die Luft weg. Der große Saal wurde von hundert Kerzen erleuchtet, die in schweren bronzenen Leuchtern steckten, welche offensichtlich aus der Zeit stammten, als die Mönche hier gewohnt hatten. Zwei Tischreihen standen an den Längsseiten der großen Halle. Sie waren ebenso wie die Bänke davor aus einfachem Holz. Alles wirkte wie in einem Refektorium. Auf den Tischen standen Teller und schwere, braune Keramikkrüge; die Kargheit wurde durch die Blumenschalen auf den Tischen etwas aufgehoben: Alpenveilchen, süß duftender Jasmin und perlenweiße Narzissen. An den Tischen standen die Freunde der Liebe und warteten. Es waren ungefähr fünfzig, alle in weiße, antike Gewänder gekleidet. Nur Pater Amorosus trug eine prächtige, fließende Toga von kaiserlichem Purpur.

Sie gingen zwischen den Tischreihen hindurch und stiegen auf ein Podium am Ende des Raumes, wo ihr Gastgeber Platz genommen hatte. An einem Ende des Podiums stand ein kleiner Tisch mit fünf Gedecken; am anderen lag ein Berg Kissen; der Boden war mit Binsen bestreut.

»Sitzt Scarlett nicht auch bei uns?« fragte Lucinda, als sie sich setzten.

»Nein, sie ist bei den anderen Novizen am anderen Ende der Halle«, entgegnete Pater Amorosus. »Ist euch aufgefallen, daß die Männer und Frauen an dem oberen Teil der Tische alle die langen Gewänder, die klassischen griechischen Chitone tragen und die Mädchen Goldnetze um ihre Haare haben? Das sind die Eingeweihten. Die Novizen tragen nur kurze Tuniken.«

Brian spürte, daß er mit allen Mitteln versuchte, ihnen durch die Feierlichkeit der Versammlung ihr klares Einsichtsvermögen zu vernebeln, indem er die geheimnisvollen Wunder eines Goldenen Zeitalters heraufbeschwor. Seine Instinkte wehrten sich und veranlaßten ihn, sich mit seiner angeborenen Respektlosigkeit zu äußern.

»Bei den Winden hier oben frieren Ihre armen Novizen in ihren kurzen Kitteln ja an den edelsten Teilen«, bemerkte er.

»Es wird noch warm genug werden, ehe der Abend vorbei ist«,

entgegnete Pater Amorosus und tat so, als ob er den Zynismus der Bemerkung überhört hatte. »Jedenfalls«, fuhr er fort, »glaube ich nicht,daß Sie sich über etwas beschweren werden.« Er deutete mit dem Kopf hinter sich, wo an der Rückwand des Podiums in einem steinernen Kamin ein riesiges Feuer loderte, das den ganzen Raum mit dem Duft der Scheite und Pinienzapfen füllte.

»Lasset uns beginnen«, verkündete er. Stehend begrüßte er die Reihen der modernen Heroen und Jungfrauen. »Im Namen der Liebe heiße ich euch willkommen.«

Einer nach dem anderen stieg zu dem Tisch empor und wurde von dem Mentor mit einem Kuß auf den Mund begrüßt. Unwillkürlich war die Mannschaft der Jacht von dieser einfachen Zeremonie beeindruckt. Es war wie ein Schauspiel aus uralter Zeit; sie waren so in die Vergangenheit zurückgeführt worden, daß ihnen ihr eigenes Jahrhundert in weiter Ferne zu liegen schien.

Nachdem der letzte Novize Pater Amorosus umarmt und seinen Platz am Ende des langen Tisches eingenommen hatte, schaute der Pater die Gruppe zu seiner Seite an und verkündete.

»Wir haben Gäste in unserer Mitte. Laßt sie uns begrüßen! Seid willkommen an unserer Feier und unserer Freude teilzunehmen!« Dann blickte er wieder auf die Versammlung vor ihm und erhob die Stimme voll Jubel.

»Liebe ist stark wie der Tod, und ihr Eifer ist weit wie die Hölle. Ihre Glut ist feurig und eine Flamme des Herrn, daß auch viele Wasser nicht mögen die Liebe auslöschen noch die Ströme erträнken. Wenn einer alles Gut in seinem Hause um die Liebe geben würde, so gälte es alles nichts.«

Er setzte sich hin. Außer einigen Novizen, die in die Küche gingen und mit hochbeladenen Tabletts wiederkehrten, von denen sie das Essen austeilten, setzten sich auch die anderen Freunde der Liebe.

»Das war ein schönes Tischgebet«, sagte Jennifer. »Ich nehme an, daß es eine Übersetzung aus einer griechischen Tragödie ist.«

»Meine liebe junge Dame, das war aus der Bibel, aus dem Hohen Lied Salomos.«

Man reichte ihnen Schüsseln mit heißer Suppe, die dick war und verlockend nach Gemüse roch. Danach kamen frisch gegrillter Fisch mit Zitronenscheiben, mit Fenchel bestreut. Das Fleischgericht war gebratenes Zicklein, mit Koriander gewürzt, dazu ein Salat aus Kopfsalat, Zwiebeln, Tomaten und Oliven. Er war so frisch und knackig, daß er allein schon eine Köstlichkeit darstellte. Pater Amorosus schenkte ihnen eigenhändig aus einem Krug Wein ein, der so rot wie Blut war. Der Krug war merkwürdig; er hatte zwei Henkel. Brian erinnerte sich an sein unseliges Erlebnis mit dem geharzten Wein auf Kos und roch mißtrauisch an seinem Becher. Aber Pater Amorosus beruhigte ihn.

»Trinken Sie nur! Es ist Wein von Samos, der beste in ganz Griechenland und auf den Inseln. Dies ist die Sorte, die nach Athen gebracht wurde um die Gaumen von Plato und Epikur zu ergötzen. Trinkt, meine Freunde, und vereinigt euch mit den Unsterblichen!«

Der Wein war stark und stieg in den Kopf; von ihm gab es reichlich. Das Mahl wurde mit Körben voll frischen Obstes abgeschlossen – Äpfeln, Birnen, Orangen, Pfirsiche, Nektarinen, Wassermelonen, Feigen und Datteln.

Zweifellos hatten sie zuviel gegessen; die Hitze und der Wein, den sie getrunken hatten, machte sie zufrieden und schläfrig wie vollgefressene Katzen. Von den anderen Tischen hörte man das Gemurmel der Gespräche. Es war nicht erstaunlich, daß ihnen die ganze Welt und besonders die Freunde der Liebe in rosarotem Licht erschienen.

»Und jetzt«, sagte Pater Amorosus, »haben wir ein bescheidenes Unterhaltungsprogramm vorbereitet.«

Er klatschte in die Hände. Novizen entfernten schnell die Teller und Platten von den Tischen und stellten vor jeden ein kleines Trinkglas. Inzwischen waren drei junge Männer in den langen Chitonen der Eingeweihten auf das Podium heraufgestiegen und hatten auf den Kissen Platz genommen. Einer trug eine Zither, die anderen Hirtenflöten. Pater Amorosus betrachtete sie lächelnd. Mit seinem Spitzbart sah er wie der Gott Pan aus, der gekommen war, um ihr Gelage zu leiten.

Eines der Mädchen stellte sich zwischen ihrem Tisch und den Musikern auf und begann nach dem Rythmus der Musik zu tanzen. Es hatte die weiße Robe abgelegt und trug nur eine Art Büstenhalter aus lila Spitze, von dem lange Silberquasten herunterhingen, und einen Rock aus bunten Streifen, wie man ihn bei orientalischen Tänzerinnen sieht. Auf dem Kopf saß ein pyramidenartiges Diadem mit unzähligen Glöckchen.

Die Musik setzte langsam und getragen ein; die Bewegungen des

Mädchens waren steif und förmlich. Sie bewegte sich eckig und abrupt, wie eine Gestalt auf einem antiken ägyptischen Grabgemälde, das auf geheimnisvolle Weise lebendig geworden war. Jetzt schien das Gebäude wirklich zu einem Tempel geworden zu sein, und sie waren Zeugen eines alten Priesterinnenkults, der die Götter der Unterwelt heraufbeschwören sollte, Gottheiten, die schon lange für tot gehalten wurden, jetzt aber mit all ihrer dunklen, verborgenen Macht wiederauferstanden. Als die unirdische Totenklage der Flöten verklang und die Tänzerin vor ihnen in untertäniger Stellung erstarrt war, herrschte in der ganzen Halle tiefes Schweigen. Nur Brian brach den Zauber.

»Na ja, die ist aber kein Mick Jagger!«

Die Spannung verflog. Pater Amorosus warf seinem respektlosen Gast einen finsteren Blick zu. Dann klatschte er wieder in die Hände und befahl:

»Ganymed, bring Nektar und verteile die Ostraka!«

Gehorsam lief ein junger Mann zwischen den Tischen umher; er trug einen reich geschmückten schwarzen Keramikkrug mit zwei Henkeln. Diese Amphore war mit weißen Figuren bemalt; aus ihr goß er eine goldene Flüssigkeit in die Pokale der Gäste und der Eingeweihten. Vor die Eingeweihten stellte er auch eine flache Muschel. Als er sich über Pater Amorosus beugte, streichelte der Ältere ihm die Schenkel und den Hintern.

»Ganymed«, sagte er freundlich, »der Mundschenk und Lieblingsknabe der Götter.«

Der Junge war wirklich wunderschön mit dichten, goldblonden Locken und frischen Wangen. Er trug nur eine kurze Tunika; die langen Beine darunter waren glatt und unbehaart. Seine Haut schien zu leuchten und war so weich wie die eines reifen Pfirsichs. Bei der Berührung seines Meisters lächelte er mit seinen roten Lippen und aus den Tiefen seiner blaugrauen Augen.

Aber Brian setzte seinen Widerstand gegen die religiöse Feierlichkeit fort.

»Was ist das für ein Zeug? Johnny Walker der Hellenen?« wollte er wissen und inspizierte mißtrauisch den Inhalt seines Glases.

Pater Amorosus beglückte ihn mit einem grimmigen Lächeln. »Wir nennen es Nektar. Es ist zwar nicht der wahre Trank dieses Namens – den die Götter oben im Olymp zu trinken pflegten –, aber es ist eine Spezialität dieser Insel, und wir sind sehr stolz darauf.

Oh, nein, noch nicht trinken!« hielt er Alain zurück, der gerade den Pokal an die Lippen gesetzt hatte.

»Es hat aber nicht jeder einen Pokal«, meinte Jennifer.

»Das ist richtig. Nektar und Ostraka sind denen vorbehalten, die in die Geheimnisse vorgedrungen sind – den Eingeweihten. Die Novizen dürfen nicht daran teilhaben. Euch aber, als unseren Gästen, bieten wir diesen Nektar als Zeichen unserer Freundschaft und Zuneigung.«

»Und die Muscheln?« fragte Lucinda.

»Ach, die Ostraka, sie sind nicht für euch bestimmt. Das ist meine eigene Spielerei. In den Zeiten der Antike führten die Griechen Wahlen durch, indem sie den Namen eines herausragenden Bürgers auf eine Scherbe oder, auf abgelegenen Inseln wie dieser, auf Muscheln schrieben.«

»Eine Art Popularitätsumfrage«, bemerkte Alain.

»Man könnte es so ausdrücken. Diese Tonscherben und Muscheln wurden Ostraka genannt; ich habe hier ihren Gebrauch wieder eingeführt.«

»Na schön, und was passiert mit dem Kerl, der die Hitliste anführt?« fragte Brian. »Haben sie ihn zum Präsidenten oder Diktator gemacht?«

»Weit entfernt«, teilte Pater Amorosus ihnen mit. »Er wurde in die Verbannung geschickt, damit er nicht eine Bedrohung für die anderen Bürger werden konnte. Heute natürlich würden die Amerikaner zum Beispiel einen solchen Mann zum Präsidenten machen, aber ihr seht ja selbst, was dabei herauskommt. Vielleicht waren die alten Athener doch weiser.«

»Also werden die Eingeweihten mit den Ostraka wählen. Aber wozu? Willst du jemanden in die Verbannung schicken?«

»Nein, Lucinda, nichts dergleichen«, erwiderte ihr Onkel lachend. »Sie werden den Namen eines Novizen aufschreiben, den sie für die Initiation würdig erachten. Wenn ein Name ausreichend viele Stimmen auf sich vereinigt, wird der oder die bei unserem nächsten Fest aufgenommen werden. Aber jetzt ist Ganymed mit dem Einschenken fertig; wir können weitermachen.«

»Wollen Sie damit sagen, daß es hier auch demokratisch zugeht?« fragte Brian.

»Die Mitglieder wählen sich selbst; ich spiele aber auch noch eine Rolle dabei«, antwortete ihm Pater Amorosus. Dann stand er auf und schaute über die Versammlung in der Halle hinweg. »Meine Kinder«, rief er, »wir haben uns heute abend hier versammelt, um ein neues Mitglied in den Reihen der Eingeweihten zu begrüßen. Steh auf, Hank Johnson!«

Ein hochgewachsener, dunkelhaariger Junge erhob sich am anderen Ende der Halle.

»Von diesem Augenblick an wirst du den neuen Namen tragen, den ich dir jetzt verleihen werde. Empfange den Namen des großen Helden Orest.«

In der Halle war anerkennendes Gemurmel zu hören. Pater Amorosus erhob seinen Arm und bat um Ruhe.

»Elektra, bring diesen Chiton zu deinem Mann!«

Ein blondes Mädchen, das die lange Robe der Eingeweihten trug, brachte Orest den Chiton. Sie entfernte seine Novizentunika und legte ihm das lange Gewand um die Schultern. Dann folgte er ihr zur Stirnseite der Halle, wo sie gemeinsam unter dem Podium Platz nahmen.

Pater Amorosus erhob seinen Pokal.

«Orest, ich trinke auf dein Wohl. Die Freunde der Liebe trinken dir zu.«

Alle standen auf, hoben ihre Gläser und tranken dem jungen Mann zu. Brian wollte seinen Pokal auf einmal austrinken, wurde aber von Pater Amorosus gewarnt.

»Trinken Sie ihn langsam. Es ist ein sehr wirkungsvoller Trank.«

»Schmeckt aber gar nicht so kräftig«, meinte Alain.

»Ich sagte wirkungsvoll, nicht stark.«

»Was ist der Unterschied?«

»Das werdet ihr schon sehen.«

Die goldgelbe Flüssigkeit war süß und schmeckte so ähnlich wie Met, hatte aber noch ein besonderes Aroma, das an Zimt erinnerte. Das Bouquet und die Weichheit glich altem Cognac. Sie schien zuerst die Kehle zu liebkosen, ehe sie sich im Magen niederließ und ihn angenehm wärmte.

»Ich habe keine Ahnung, was alles in deinem Nektar hineinkommt«, bemerkte Lucinda. »Aber eines ist sicher, er schmeckt wirklich einmalig.«

»Das Rezept ist ein Betriebsgeheimnis«, neckte sie ihr Onkel. »Und jetzt noch etwas Musik, während die Wahl abgehalten wird.«

Auf ein Zeichen von Pater Amorosus hin begann der Junge mit

der Zither eine traurige Melodie zu spielen. Sie war nicht so feierlich wie der Tempeltanz, sondern besaß einen melancholischen Zauber, wie eine Klage um eine verlorene Liebe. Während die Musik spielte, ging Ganymed zwischen den Tischen auf und ab und sammelte die Ostraka in einer großen Schüssel.

Als er alle eingesammelt hatte, brachte er sie zu Pater Amorosus, der sie sorgfältig in mehrere Häuflein aussortierte. Inzwischen füllte Ganymed die Pokale wieder auf.

In der Halle herrschte eine erwartungsvolle Spannung, die auch die Besucher ergriff. Der Zitherspieler begleitete sein Spiel mit einem Lied ohne Worte; seine Stimme schien sich in den Deckenbalken zu fangen und die Halle zu verzaubern.

Dann erhob sich Pater Amorosus wieder. Der letzte Ton der Musik verklang, und Schweigen legte sich auf alle Anwesenden.

»Meine Kinder«, rief er, »in eurer Weisheit habt ihr entschieden, daß einer unserer Novizen für die Einweihung bereit ist. So soll es denn sein! Nächste Woche werden wir am gleichen Tag wieder ein Fest veranstalten, dann werden wir in den Reihen der Erwählten meine Nichte, Scarlett, willkommen heißen.«

Der große Saal füllte sich mit Jubelrufen und Applaus. Pater Amorosus hob den Arm und bat um Ruhe.

»Mein Kind, morgen wirst du zu mir kommen und in den Geheimnissen unseres Ordens Unterricht erhalten. Dann werde ich dir auch den Namen anvertrauen, den ich für dich ausgewählt habe und den ich deinen Genossen am nächsten Mittwoch verkünden werde. Und nun, Scarlett, trinke ich auf dein Wohl. Die Freunde der Liebe trinken dir zu!«

Wieder standen alle auf, um diesen Toast auszubringen.

Der Nektar war zweifellos von besonderer Güte. Lucinda fühlte, wie das zweite Glas durch sie hindurchrann und die Welt viel freundlicher und schöner werden ließ. Oder war es die Hitze aus dem riesigen offenen Kamin hinter ihr, der Anblick und die Unterhaltung der Menge um sie? Oder das wohlige Gefühl, das von einem guten Essen und gutem Wein kommt?

Die Musiker fingen wieder an zu spielen. Die Tänzerin hatte ihr prächtiges Diadem abgelegt und ließ ihr rabenschwarzes Haar bis zur Taille hinunterfallen. Die Musik war wieder langsam, aber ihr Charakter war jetzt ein ganz anderer. Statt eines rituellen, heiligen Tempeltanzes wurden sie jetzt von den sinnlichen, herausfordernden Bewegungen weltlicher Liebe in den Bann geschlagen. Das Mädchen stand vor ihnen, ließ ungemein erotisierend ihre Hüften kreisen und schüttelte ihre Brüste. Ihre Augen und Lippen forderten gleichzeitig auf und wiesen zurück. Die Darbietung war unglaublich sexy.

Sie näherte sich jetzt Alain. Ihre Arme wurden zu Schlangen, die sich vor seinen gebannten Augen schlängelten und wanden. Er fing den Geruch ihrer Achselhöhlen ein, salzig und sehr streng. In seinem Kopf drehte sich alles. Jeder sexuelle Instinkt in ihm war jetzt hellwach. Als die Tänzerin sich wegbewegte, warf er einen Blick auf seine Gefährten und sah, daß auch sie vor Erregung außer sich waren. Ihre Augen waren blutunterlaufen, ihre Wangen hochrot, und Brian hatte wie er eine steinharte, große Ausbuchtung vorn in seinem weißen Gewand, die wie ein Berg mit einer Schneekappe aussah.

Die Musik wurde jetzt immer schneller und die Bewegungen des Mädchens immer aufreizender. Die Freunde der Liebe wiegten sich im Rhythmus, klatschten mit den Händen oder trommelten auf die Tische. Jede Geste dieser hypnotisierenden Gestalt drückte die Verführung und die Gefahr ihrer strotzenden Sexualität aus. Die spröde Priesterin war zu einem rasenden Derwisch geworden.

Jennifer bemerkte jetzt die Farben. Während sie wie gebannt auf die sinnliche Darbietung starrte, verschwamm alles in glitzernden, wirbelnden, strahlend purpurroten, türkisen, smaragdenen und goldenen Schleiern. Die Halle hatte sich in ein gleißendes Kaleidoskop verwandelt. Ihre Sinne wurden von der Macht der Musik überwältigt.

Brian dagegen wurde sich plötzlich bewußt, daß er, während er mit offenem Mund zuschaute, keine Entfernung mehr wahrnehmen konnte. Einen Augenblick lang war die Figur der wundervollen Tänzerin so weit weg wie der Mond. Er konnte die winzige Gestalt zwar klar erkennen, aber er wußte, daß er eine Ewigkeit brauchen würde, um die Entfernung zu überwinden. Gleich darauf war sie so nahe, daß er jede Pore ihrer Haut erkennen konnte. Sein Kopf stürzte sich in ihren Nabel, da er so winzig und unbedeutend geworden war wie ein Sandkorn. Auch mit seinem Gehör war etwas Merkwürdiges geschehen. Seine Ohren schienen mit Watte verstopft zu sein, trotzdem nahm er ein Dröhnen und Pochen wahr, das nicht von den Musikern kam. Er rätselte herum, bis er endlich kapierte, daß er sein eigenes Blut hörte, das durch seinen Körper pulsierte.

Alle Augen hingen wie gebannt und ohne mit der Wimper zu zucken an dieser wirbelnden Frau, die sie aufpeitschte, indem sie ihren Körper zur Schau stellte und jeden vor Begierde verrückt werden ließ. Ihre Sinnlichkeit war wild und unwiderstehlich. Sie war ein schreckliches und siegreiches Raubtier, dem alle hilflos ausgeliefert waren.

Lucinda hatte schon einige Erfahrungen gemacht und erkannte, daß sie und alle anderen vollkommen high waren. Aber es war noch mehr als das; sie war sexuell erregt und brannte nach einer Berührung. Als sie an sich herunterschaute, sah sie, daß sie ohne es zu wissen sich selbst streichelte; auch Jennifer tat das.

Die Musik wurde noch schneller und lauter und steuerte auf einen wilden Höhepunkt zu. Als sie es am wenigsten erwarteten, hörte sie abrupt auf. Ehe die Spannung nachließ, sprang Pater Amorosus auf.

»Orest!« rief er. »Du bist ein Mann, nimm deine Elektra!«

Die Tänzerin und die Musiker stolperten vom Podium. Orest und Elektra kamen herauf und liefen zu den Kissen. Mit fiebrigen, hastigen Bewegungen rissen sie sich die Gewänder herunter und standen nackt da. Lucindas besonders geschärfte Sinne nahmen das Bild der gewaltigen Erektion des jungen Mannes auf und vergrößerten es, bis es die ganze Halle zu füllen schien.

Mit einem wilden Schrei griff Orest nach Elektra und riß sie in seine Arme. Sie umschlang ihn und ihre Lippen trafen sich. Ihre Umarmung schien aus den tiefsten Tiefen ihrer Seelen und aus denen aller halb wahnsinnigen Männer und Frauen in der Halle zu kommen. Hier war nichts von diesem pornofilmartigen Vorspiel der heutigen modernen Gesellschaft zu sehen; sie hielten einander, liebkosten und bewunderten ihre Körper mit dem viel intensiveren Liebesritual eines längst vergangenen Zeitalters.

Elektra sank auf die Knie, umfing ihre Brüste mit den Händen und bot ihrem Liebhaber die ganze Fülle und den Überfluß dar. Orest vergrub sein Gesicht in ihnen und gab sich ihrer Verführung hin. Auch er hatte sich auf die Kissen gekniet und nahm abwechselnd ihre Brustwarzen in den Mund. Ihre Brüste waren fest und vollkommen ausgebildet: Zwillingsberge der Begierde. Auf die von Drogen betäubten Sinne von Alain und Brian wirkten die Handlungen Orests unvorstellbar. Ein Feuer brannte in ihnen, das danach verlangte, gelöscht zu werden. Jennifer und Lucinda hatten das Gefühl, daß sie selbst an diesem einfachen und ursprünglichen Ritual geschlechtlicher Vereinigung teilnahmen.

Jetzt hatte Orest nämlich seine Partnerin bei den Schultern gepackt, und als sich der Höhepunkt jeder Liebeshandlung vor ihnen ereignete, hatten sie wieder das Gefühl, daran selbst teilzunehmen.

Jennifer fühlte einen Druck auf ihrem Arm. Lucinda hatte nach ihr gegriffen. Ihre Augen flackerten und Speichel lief aus ihrem Mund. Sie schaute aber nicht Jennifer an, sondern hatte ihren Blick immer noch auf das Paar geheftet, das seine Vereinigung vollzogen hatte.

Alle Anwesenden in der Halle schauten auf Pater Amorosus. Er wandte sich ihnen zu und verkündete:

»Lasset uns alle an der Freude der Eingeweihten teilhaben!«

Auf diese Worte hin standen die Novizen im Hintergrund auf, verbeugten sich ehrfürchtig vor ihrem Meister im Purpurmantel und zogen sich zurück. Wie aus einem Munde schrien die Eingeweihten vor Begeisterung auf und stürzten sich aufeinander.

Der Anblick war unbeschreiblich. Chitone flogen durch die Luft; innerhalb von Sekunden war jeder Mann und jede Frau, die sich in der Halle aufhielten, mitten drin in der einen oder anderen sexuellen Betätigung. Die einzigen Ausnahmen bildete die Mannschaft ›Lucifer‹, die nur mit großen Augen erstaunt umherschaute, und Pater Amorosus, der über allem thronte, mit dem wissenden Lächeln eines verschlagenen alten Zauberers, der sich die Tollheiten der Geschöpfe, auf die er einen Zauberspruch gelegt hat, anschaut.

Überall explodierte jetzt die Erregung, die sich den ganzen Abend hindurch aufgestaut hatte, mit einem gewaltigen Ausbruch. Ein halbes Dutzend prächtiger, athletisch gebauter Männer sprang auf das Podium und ließ sich dort nieder, wo sich eben noch Orest mit Elektra vereinigt hatte. Ihre Augen flackerten, ihre Gliedmaßen zitterten, als ob der Teufel selbst hinter ihnen her wäre. Ohne an ihre Bequemlichkeit zu denken, warfen sich andere auf die kahlen Holztische. Auf dem mit Binsen bestreuten Boden wälzte sich ein Berg Leiber. Es war eine Orgie von saturnalischen Ausmaßen, ein Anblick, der sich ihrer Erinnerung unauslöschlich einprägte.

Männer und Frauen nahmen einander mit der gleichen wilden

Bedenkenlosigkeit, die sie schon bei Orest und Elektra gesehen hatten. Sie selbst konnten auch nicht länger untätig bleiben. Durch ihre Körper und Köpfe raste die gleiche unkontrollierbare Lust. Wie Brian später bemerkte – »es war schlimmer als Zahnschmerzen im Unterleib«; während Jennifer ihre weiblichen Gefühle folgendermaßen zusammenfaßte: »Ich hatte diesen brennenden, unstillbaren Durst in meiner Muschi.« Sie hatten rasendes Verlangen mitzumachen. Alain sprang auf, aber Pater Amorosus ergriff seinen Arm, um ihn zurückzuhalten.

»Das ist nichts für euch!« sagte er. »Was ihr hier seht, ist die Bekräftigung der Bande, die die Freunde der Liebe verbinden. Es ist nur ihnen gestattet. Wenn sich ein Außenstehender zwischen sie wagen würde, während sie in dieser Ekstase sind, würden sie ihn zerreißen. Es ist ein guter Zeitpunkt, daß ihr euch auf euer Zimmer zurückzieht. Ich bin sicher, daß euch etwas einfallen wird, wie ihr den Rest der Nacht verbringen könnt.«

Sie wußten nur, daß sie Erleichterung finden und dem Dämon entkommen mußten, der ihre Körper auffraß; wenn nicht bei den Freunden der Liebe, dann unter sich. Pater Amorosus betrachtete sie mit eiskalter Belustigung, als sie vom Podium herunterstolperten und sich einen Weg durch den Dschungel von Leibern bahnten.

Beim Vorbeigehen erweckte eine Gruppe Lucindas besondere Aufmerksamkeit. Ein Mädchen, das zu den unmöglichsten Verrenkungen fähig war, schaffte es, drei Männer zur selben Zeit zu beschäftigen. In dem Schein der Kerzen und Fackeln leuchteten alle Körper verführerisch und aufreizend; geschmeidig wie Panther gaben sie sich der ältesten Form jeder Anbetung hin, sie taten es ganz und absolut, ohne irgendeine Zurückhaltung.

Als die Mannschaft der ›Lucifer‹ an einem Tisch vorbeikam, erreichte ein Mann darauf gerade seinen Höhepunkt; sein ganzer Körper erzitterte, ehe er völlig erschöpft zusammenbrach. Mit einem Schluchzen rollte er von seinem Mädchen weg. Lucinda erkannte in der besessenen, unersättlichen Tigerin Nausikaa wieder, das schüchterne Mädchen, dem sie bei ihrer Ankunft auf Xanthos begegnet waren. Sie starrte ihnen mit Augen entgegen, die nichts wahrnahmen.

Sie drängelten sich weiter vor. Jennifer stolperte über einen ausgestreckten Fuß. Lucinda faßte sie beim Handgelenk, um sie zu stützen. Ihre Haut fühlte sich wundervoll an, und Lucinda verstärkte ihren Griff. Sie stellte fest, daß sie selbst hysterisch kicherte.

Sie schoben sich weiter. An der Eingangstür drehte sich Alain noch einmal um, weil er einen letzten Blick auf das Treiben werfen wollte. Die sonnengebräunten Körper glänzten vor Schweiß; das Geschrei war ohrenbetäubend. Die Inbrunst der Freunde der Liebe war erschreckend; sie waren besessene Geschöpfe. Diejenigen, die gerade zum Orgasmus gekommen waren, fingen sofort wieder an, ohne sich einen Moment Erholung zu gönnen. Am anderen Ende der Halle saß Pater Amorosus wie auf einem Thron auf seinem Podest, die einzige bewegungslose Figur in dieser Menge zuckender Leiber, auf seinen Lippen ein zynisches Lächeln: Der Meister im Purpurmantel, der Herrscher über diese verzweifelten, nackten Tiere.

Beim schwachen Licht der Fackeln fanden sie ihren Weg nach oben. Ihr Gang war schwankend; Brian wäre fast gefallen, als er von der rauhen Steinmauer abprallte. Obwohl sie die Halle verlassen hatten, dröhnte es ihnen immer noch in den Ohren; ihr Gesichtssinn war gestört; manchmal sackte unter ihnen der Boden weg. Die beiden Mädchen gingen voran; Lucinda hielt Jennifer bei der Hand.

Zwei leuchtende Fackeln erhellten das Schlafzimmer. Lucinda und Jennifer rannten zu dem hinteren Bett, und ehe Alain und Brian durch die Tür waren, hatten sie schon ihre langen weißen Gewänder abgeworfen und waren sich in die Arme gesunken.

Alain zog sich ebenfalls aus und setzte sich auf das andere Bett. Dann beobachtete er die lange Umarmung der beiden Mädchen. Brian ging zu Lucinda hinüber, aber sie stieß ihn weg. Von dieser Zurückweisung ganz benommen setzte er sich neben Alain.

Es war einfach unerträglich. Alle Festlichkeiten dieses Abends hatten nur auf ein Ziel hingeführt und jetzt, im Augenblick des größten Bedürfnisses, waren ihre beiden Freundinnen vollkommen mit sich beschäftigt und schenkten der Anwesenheit zweier potenter, junger Männer keinerlei Aufmerksamkeit.

Zum Glück hatte ihnen der Zaubertrunk viel mehr zugesetzt als den beiden Mädchen; eine seltsame Erschöpfung überwältigte sie. Die Fackeln verlöschten, im Zimmer trat Ruhe ein. Die Mannschaft der ›Lucifer‹ schlief.

Kapitel 12

Ein Drachen versuchte Brian den Arm abzubeißen. Es tat merkwürdigerweise nicht weh, war aber lästig. Er konnte das Biest nicht sehen, weil er sich in einer vollkommen dunklen Höhle befand. Der Drache machte auch Lärm, der ihn furchtbar störte. Da es zuviel Mühe gewesen wäre, den Mund aufzumachen, schickte er den Drachen in Gedanken weg. Der gehorchte ihm aber nicht, sondern knabberte immer weiter an seinem Arm. Widerwillig stemmte Brian das erdrückende Gewicht eines Augenlides nach oben. Der Drache verwandelte sich in die Gestalt Jennifers, die kräftig seinen Arm schüttelte.

»Geh weg!« murmelte er und versuchte, wieder in Schlaf zu sinken.

»Wach auf!« forderte ihn Jennifer auf. »Es ist schon spät.«

Warum kann sie mich nicht in Ruhe lassen, dachte Brian und drehte sich auf die andere Seite, um sich an Lucindas warmen Körper zu kuscheln. Irgend etwas stimmte nicht! Lucinda trug eine schwarze Perücke und hatte auch ihren Körper verändert. Er war kräftiger, rauher, haariger und roch viel stärker. In Panik setzte sich Brian auf und betrachtete die feindliche Umwelt. Sein Kopf schien abgeschraubt zu sein und war im Begriff, jede Sekunde herunterzukippen. Seine Augen waren brennende Feuerstellen, die sich immer weiter in seinen Schädel hineinbohrten, auf seinen Zähnen und seiner Zunge war ein dicker Pelzbelag gewachsen.

Aber Brian verdrängte diese Symptome. Mit zittrigem Finger zeigte er auf die zusammengerollte Gestalt neben sich und brüllte: »Was, zum Teufel, machst du in meinem Bett?«

Das heißt, er wollte brüllen, aber aus seinem Mund kam nur ein heiseres Quaken – der Ton, den ein verletzter Frosch ausstoßen würde. Trotzdem war er laut genug, um Alain aufzuwecken, der undeutlich antwortete:

»Du bist in meinem Bett! Laß mich in Ruhe, ich will in Frieden sterben.«

Lucinda kam zu ihnen. Sie hatte ihr Gesicht mit Wasser in Berührung gebracht und war schon fast wieder soweit, daß man sie als Mitglied der menschlichen Gesellschaft akzeptieren konnte. Dennoch war sie überzeugt, daß ihr Haar über Nacht schneeweiß geworden und ihre Haut zu tausend Falten geschrumpft war; ihr blieb aber der Glauben, daß diese Mißbildungen vergehen würden, wenn sie nur lange genug überleben konnte, um eine Tasse starken Kaffee zu trinken. Bruchstückhafte Erinnerungsfetzen an die vergangene Nacht sickerten durch Brians Kopf. Er schüttelte vor Entsetzen den Kopf, zuckte aber vor Schmerz zusammen.

»Das kann doch nicht wahr sein!«

Alains einzige Antwort auf diesen Schrei hin war ein Schnarchen, das langsam in Rülpsen überging.

»Nun mal los ihr beiden!« rief Jennifer. »Es ist schon später Nachmittag. Steht auf!«

Brian erhob sich mühsam. Er war durcheinander und beschämt und wollte von seinem unangenehmen Schlafpartner wegkommen. Alain aufzuscheuchen war schwieriger, aber Lucinda schaffte es schließlich, indem sie ein Glas kaltes Wasser in sein Gesicht kippte.

Nach flüchtiger Morgentoilette gingen sie nach unten, wo sie eine der Novizinnen trafen, die sie mit ekelerregender guter Laune und gesunder Energie begrüßte. Sie teilte ihnen mit, daß sie zum Frühstück etwas spät kämen; daß sie ihnen aber sicher noch etwas Lunch besorgen könnte – kaltes Fleisch und saure Gurken. Der Gedanke an feste Nahrung ließ sie kreideweiß werden.

»Können wir uns nicht auf etwas Kaffee und Aspirin einigen?« erkundigte sich Lucinda.

Nach einer Stunde hatten sie sich soweit erholt, daß sie einen Spaziergang nach draußen in Erwägung zogen. Brian befand sich immer noch im Schockzustand.

»Jetzt reiß dich zusammen!« fuhr Lucinda ihn an.

»Hört auf, euch wie Idioten zu benehmen und denkt mal einen Augenblick nach. Uns ist gestern etwas sehr Merkwürdiges passiert…«

»Ich muß einfach sinnlos besoffen gewesen sein«, stöhnte Brian.

»Nein, mein Liebling«, klärte ihn Lucinda auf. »Was es auch gewesen ist, das uns erwischt hat, es war sehr viel stärker als Alkohol.«

»Und es hat ja nicht nur uns erwischt. Erinnert euch, wie sich alle anderen aufgeführt haben. Es muß eine bestimmte Droge sein.«

»Nicht jeder, Alain«, bemerkte Jennifer nachdenklich. »Die Novizen sind wie brave Kinderchen hinausgegangen. Es waren nur die Eingeweihten. – Und euch hat das Zeug völlig umgehauen!«

Ihre Vermutungen wurden durch die Ankunft Scarletts unterbrochen.

»Na Leute, geht's euch gut?« wollte sie wissen. »Ich habe euch den ganzen Vormittag über gesucht, aber nirgends gefunden.«

»Uns geht's prima. Die vergangene Nacht war nur ein bißchen hart«, klärte sie ihre Cousine auf. »Erzähl uns das Neueste.«

»Da gibt es nicht viel zu erzählen«, sagte Scarlett achselzuckend. »Ich war bei Pater Amorosus, der mir die komischsten Sachen erzählt hat. Da gibt es etwas, worüber ich gern mit dir reden würde, Lucinda, und mir einen Rat holen würde.«

»Gut, schieß los!«

»Na ja, es ist ziemlich privat«, sagte Scarlett zögernd.

Lucinda schaute ihre Freunde an.

»Wir wollten gerade nach draußen gehen, als Scarlett hereinkam. Warum macht ihr nicht einen kleinen Spaziergang? Seht euch auf der Insel um, hört zu, wie das Gras wächst, aber amüsiert euch auf andere Art; aber laßt uns ein Weilchen allein.«

Die drei wackligen Schiffsgefährten nahmen ihre Kraft zusammen und bekämpften die Reste ihres Katers. Dann gingen sie den Pfad, der von der Anlegestelle zum Tempel hinaufführte, in der anderen Richtung auf die nördliche Küste zu. Die frische Luft weckte in ihnen bald wieder die Lebensgeister.

An der Rückseite des Tempels stießen sie auf eine große Hütte, die von einer Baumgruppe so verdeckt wurde, daß man sie vom Weg aus kaum sah. Sie gingen hinüber, und Alain drückte die Tür auf.

Das Gebäude war verlassen, aber in gutem Zustand. Sie sahen im Innern eine Reihe von Bottichen und eine große Presse, wie man sie früher zum Auspressen der Oliven verwendet hatte, um Öl zu gewinnen. Merkwürdiger waren die schweren Metallöfen und die komplizierten Rohrleitunge, die zur hinteren Wand führten, wo eine Reihe riesiger Holzfässer standen.

»Also deshalb wollen sie ihren Generator so schnell reparieren«, sagte Alain.

»Was ist das?«

»Hast du noch nie so etwas gesehen, Jennifer?«

»Ich weiß es«, rief Brian. »Es ist eine Brennerei!«

»Stimmt!« nickte Alain. »Ich hatte einen verkommenen Onkel, der seinen eigenen Calvados brannte, was natürlich in Frankreich verboten ist; und wenn ich so nachdenke, hier wahrscheinlich auch.«

»So stellen sie also ihren kostbaren Nektar her«, bemerkte Brian. »Sie brennen ihren eigenen Fusel.«

»Aber aus was?« fragte Jennifer.

Alain zuckte ratlos die Schultern.

»Wer weiß? Du kannst Alkohol aus fast jeder Gemüse- oder Obstsorte machen, wenn man sie vergären läßt.«

»Ja, aber was hat eine solche Wirkung wie der Nektar? Schnaps ist gut und schön, aber ein Aphrodisiakum mit dieser Wirkung ist etwas anderes.«

»Vielleicht sehen wir, wenn wir weitergehen, ein exotisches Gewächs?« schlug Brian vor.

Sie gingen zum Weg zurück und darauf weiter, bis es etwa nach einigen hundert Metern von dem früheren Kloster steil bergab ging und sie sich in einer tiefen Senke befanden. Im Gegensatz zu der übrigen Insel, die sie bisher gesehen hatten, war der Boden hier fein und sandig. Er war von Bäumen und Sträuchern gerodet worden. Vor ihnen lag ein großer Küchengarten.

Zu ihrer Enttäuschung fanden sie aber keine Kräuter oder Gemüse, die sie nicht kannten. Da standen in ordentlichen Reihen Salat, Zwiebeln und Tomaten. Auf einer Seite war ein kleiner Obstgarten angelegt; die Bäume schienen aber kaum genug zu tragen, um die Bedürfnisse der Freunde der Liebe zu decken. Sie standen vor einem Rätsel.

Hinter den Gärten wurde die Vegetation wieder wild. Zwischen ihrem Standort und dem Buschland, das zu den Bäumen führte, lag ein breiter Heidestreifen, die rosa Blüten nickten im Wind. Merkwürdig war, daß einer der Freunde der Liebe dabei war, eifrig die Blüten zu pflücken. Der junge Mann winkte ihnen freundlich zu, als sie hinübergingen, um mit ihm ein paar Worte zu wechseln.

»Das muß einen herrlich duftenden Honig geben«, sagte Jennifer.

Der junge Mann lachte. »Honig? Ja, sicher, das ist möglich. Da drüben stehen ein paar Bienenstöcke.«

Er zeigte zurück in die Richtung der Gärten. »Aber es gibt da Sachen, die noch viel süßer als Honig sind«, kicherte er.

»Wo ist diese Heide hergekommen? Ich habe zwischen hier und der Anlegestelle keine Spur davon gesehen.«

Die Antwort auf Alains Frage kam sehr ausweichend. Sie erfuhren aber, daß die Heide bereits auf der Insel gewesen war, als die Freunde der Liebe ankamen. Soweit er wußte, war sie schon immer auf Xanthos heimisch gewesen. Auf weitere Fragen hin antwortete der Junge nur, daß er zwar der Gärtner sei, aber keine Ahnung habe, was mit der Ernte geschehe, nachdem er sie eingesammelt hatte.

Die Heide war unter ihren Füßen elastisch. Einige Bienen summten zwischen den rosa Blütenzweigen umher. Hinter der Lichtung wurde der Boden rauher und steiniger. Sie drehten bald um und gingen zum Tempel zurück.

Inzwischen hatte sich Lucinda mit Scarlett in dem großen Zimmer niedergelassen, das die Mannschaft der ›Lucifer‹ bewohnte.

»Dann hat also unser Onkel dir komische Sachen erzählt«, begann Lucinda.

»Na ja, nicht direkt. Aber er hat mir viel über das Leben im alten Griechenland berichtet. Ich darf nicht weitersagen, was er mir anvertraut hat. Es ist ein Geheimnis, mußt du wissen, und gehört zu dem Ritual. Aber was ich dir sagen darf, Lucinda, ist, daß er viele Sachen und Ereignisse so lebendig schildert, als ob er selbst dabei gewesen wäre.«

»Das kann ich mir vorstellen«, meinte Lucinda. »Und darüber machst du dir Sorgen?«

»Nein, das war richtig aufregend und überhaupt nicht zum Fürchten. Es ist etwas anderes.« Sie schien verlegen zu werden und zögerte.

Lucinda nahm ihre Hand. »Du kannst mir doch vertrauen«, sagte sie.

»Also gut«, fuhr ihre Cousine fort. »Ich bin völlig durcheinander. Du weißt ja, daß ich in dem Klosterinternat, wo ich war, immer gesagt bekam, was sich tun sollte und was nicht. Onkel Ulysses bringt mir jetzt aber ganz andere Sachen bei. Ich habe großen Respekt vor ihm. Was meinst du, Lucinda, hat er recht, wenn er behauptet, daß das Unglück dieser Welt allein darauf beruht, daß die Leute nicht lieben? Das einzige, was wir für ein gutes Leben benötigten, wäre die Liebe?«

»Soweit ist das schon in Ordnung.«

»Er sagt auch, daß wir hier auf Xanthos eine Gemeinde der Liebe darstellten. Ich glaube, das stimmt, aber ich habe vor der Einführung und allem, was damit zusammenhängt, ziemliche Angst.« Nachdem Scarlett ihre anfängliche Nervosität überwunden hatte, sprach sie ganz offen und wie ein Wasserfall. »Siehst du, ich soll nämlich mit einem Gefährten leben – du weißt schon, was ich meine.«

»Ich verstehe das ganz genau. Und Onkel Ulysses ist derjenige, der dir einen Partner heraussucht.«

»Das nehme ich an. Er entscheidet alles, was hier geschieht. Ich bin sicher, daß ich ihm gehorchen sollte. Schließlich war er immer gut und liebevoll zu mir, und schau, wie die anderen ihm alle gehorchen. Viele von ihnen sind viel gescheiter als ich je sein werde.«

»Aber, laß mich raten«, lächelte Lucinda, »du würdest dir lieber selbst deinen Partner aussuchen, stimmt's?«

»Das ist richtig. Da ist noch etwas anderes. Du hast doch gesehen, wie gestern dieser Orest über Elektra hergefallen ist. Also, ich möchte nicht so behandelt werden.«

Lucinda nickte. »Ich habe mir schon Gedanken gemacht, wie du dieses Schauspiel aufnimmst; du warst in Hamblewood so ein schüchternes, prüdes kleines Mädchen.«

»Vielleicht werde ich erwachsen. Ich sehe es jedenfalls so. Was gestern in der Halle passiert ist, ist das gleiche, was auch in einer Ehe geschieht, nur daß hier die Hochzeit öffentlich stattfindet. Das kann ich akzeptieren, aber wie dieser Orest sich aufgeführt hat...«

Lucinda dachte bei sich, daß es gut gewesen war, daß die Novizen die Halle verlassen hatten, ehe die Orgie für alle freigegeben worden war. Scarlett hatte sicher nicht sehr viel Ahnung, was ihr bevorstand.

»Hast du darüber mit Onkel Ulysses gesprochen?«

»Ja. Er sagt, daß es viele, verschiedene Arten gibt zu lieben – so viele wie es Menschen gibt, daß also meine Hochzeit nicht so wie die von Orest sein wird. Aber er sagt auch, daß in der Gewalt ebensoviel Liebe sein kann wie in der Sanftheit. Glaubst du, daß er recht hat?«

Lucinda dachte, daß Scarlett für einen Intersivkurs in Sado-Masochismus noch nicht reif wäre, und wechselte lieber das Thema.

»Sag mir: wenn du frei wählen könntest, wen der Freunde der Liebe würdest du dir als Partner aussuchen?«

»Ich glaube nicht, daß es bei ihnen einen gibt, den ich als Ehemann haben möchte«, antwortete Scarlett zögernd.

»Aber es gibt jemand – und der ist keiner von den Freunden der Liebe?«

»Ich weiß es, ehrlich gesagt, nicht, Lucinda. Vielleicht – ich glaube schon.«

»Doch nicht zufällig dieser Fischer aus Kos?«

Scarlett wurde tiefrot. »Steve ist nett, nicht wahr? Ich meine, nicht bloß gutaussehend in gewisser Weise, sondern einfach süß.«

»Dann hast du dich also in ihn verliebt?«

»Ich sag's dir doch, Lucinda, ich weiß es nicht genau. Ich bin durcheinander, ja, ich glaube, ich liebe ihn. Ist das falsch?«

»Warum sollte es falsch sein? Weil er ein armer Fischer ist und du aus einer reichen Familie kommst?«

»Das klingt, als ob ich ein Snob, ein verzogenes Gör wäre.«

»Nein, das meine ich doch nicht. Aber manchmal kann das zu ziemlichen Schwierigkeiten führen, wenn man sich nicht wirklich liebt. Du mußt dir zu allererst einmal klarwerden, wie sehr du diesen griechischen Romeo willst. Wann siehst du ihn wieder?«

»Ich habe es noch nicht gewagt, Onkel Ulysses zu gestehen, daß ich versprochen habe, ihn morgen, wenn es das Ersatzteil auf die Insel bringt, hinterher in der großen Höhle am Strand zu treffen.«

»Gut! Dann wollen wir uns nach deinem romantischen Rendezvous weiter unterhalten. Dann bist du dir sicher auch über deine Gefühle im klaren.«

»Dafür bin ich dir dankbar. Weißt du, ich will weder Onkel Ulysses nicht gehorchen, noch die Freunde der Liebe enttäuschen; aber ich habe das Gefühl, daß ich mit Steve zusammensein will.«

Lucinda nahm ihr Cousine in den Arm und küßte sie auf den Mund.

»Du kannst auf mich zählen. Wenn es das ist, was du willst, helfe ich dir gegen alle Freunde der Liebe und alle Götter Griechenlands, die Onkel Ulysses anrufen könnte. Dies gilt auch für die anderen vom Schiff.«

»Danke, Lucinda, Liebes! Du hast mir riesig geholfen.«

»Blödsinn! Ich habe doch nichts gemacht – bis jetzt jedenfalls.«

»Doch, es ist herrlich zu wissen, daß ich mich an jemand wenden kann. Ich bin jetzt nicht mehr allein auf mich gestellt. Mein Gott, Lucinda, sieh mal, wie spät es ist! Ich muß mich beeilen. Ich habe eine weitere Lektion bei Pater Amorosus.«

»Hat er dir heute morgen beim Unterricht nicht etwas sagen können, das dir geholfen hat?«

»Er hat überhaupt nichts Wichtiges gesagt. Er hat nur den Namen erwähnt, den er mir am Mittwoch geben will. Es soll bis dahin ein Geheimnis bleiben, aber ich glaube, dir kann ich ihn schon anvertrauen. Er wird mich Penelope nennen.«

»Zauberhaft«, bemerkte Lucinda geistesabwesend, als Scarlett fortlief.

Nicht sehr viel später kamen die anderen von ihrem Spaziergang zurück. Lucinda berichtete ihnen das Wichtigste ihres Gesprächs mit Scarlett.

»Armes kleines Häschen«, faßte sie zusammen. »Sie ist wirklich bis über den Kopf in Steve verliebt, ist sich dessen aber noch nicht bewußt.«

»Und dein Onkel will sie mit einem anderen verheiraten«, bemerkte Alain. »Wir müssen das verhindern. Wir werden sie mitnehmen, wenn wir wegsegeln.«

»Ich glaube, ich sollte zuerst mit Onkel Ulysses sprechen. Wir können ja nicht wissen, ob er nicht eine Verbindung mit Steve voll und ganz billigen würde und ihn zum Ehrenmitglied der Freunde der Liebe ernennt oder so etwas Ähnliches. Wir kennen ja auch die Person nicht, die er für sie als Partner ausgesucht hat von diesen Kindern der Insel.«

»Was?« schrie Brian. »Soll das heißen, daß sie mit jemand verheiratet werden soll, den sie gar nicht kennt?«

»Das einzige, was ihr bisher gesagt wurde, scheint ihr Name zu sein – daß sie nämlich Penelope heißen soll.«

»Gütiger Gott! Dein reizender Onkel ist vielleicht sehr schlau...«

»Was willst du damit sagen?« fragte Lucinda.

»Lucinda! Hast du in der Schule wirklich nichts anderes als bumsen gelernt? Denk doch mal nach! Dein Onkel wählt doch immer die passenden Namen für die, die er einführt. Das hat er uns selbst erzählt. Na und? Erinnerst du dich nicht, wer Penelope war? Die Frau von Ulysses.«

Alle waren minutenlang still. Dann bemerkte Brian: »Scarlett ist sich vielleicht noch nicht sicher, ob sie Steve liebt; aber ich bin mir sicher, daß sie ihn jederzeit ihrem Vormund, dem widerlichen Lüstling, vorzieht.«

»Ich glaube, es ist an der Zeit, sich mit Onkel Ulysses ein bißchen zu unterhalten«, sagte Lucinda.

Kapitel 13

Am Nachmittag stöberten sie Pater Amorosus in seinem Arbeitszimmer auf. Er begrüßte sie äußerst höflich.

»Kommt herein!« forderte er sie strahlend auf. »Ich hoffe, daß es euch allen gut geht. Keine unangenehmen Nachwirkungen von gestern abend?«

Die bloße Erwähnung des gestrigen Abends und der Nacht ließ Brian schon grün anlaufen.

»Nein, wir sind noch mal mit dem Leben davongekommen«, sagte er mit gespieltem Lächeln. »Ich habe wertvolle Unterlagen für mein zukünftiges Buch erhalten – ›Die Geschichte des Katers‹.«

»Freut mich, das zu hören. Gibt es irgend etwas, das ich für euch tun könnte?«

»Ich mache mir um Scarlett Sorgen.« Lucinda ging sofort zum Angriff über. Für höfliches Geplauder war keine Zeit. »Außer dir sind die Farrers die einzigen Verwandten, die sie hat. Mein Bruder Miles und ich fühlen uns verantwortlich für sie.«

»Aber natürlich«, stimmte ihr Onkel zu. »Was ist denn los? Ist sie krank?«

Hinter der liebenswürdigen Art des Mannes versteckte sich eine besondere Art von Vorsicht.

»Ich mache mir keine Sorgen um ihre Gesundheit«, entgegnete Lucinda scharf. »Ich habe etwas dagegen, daß sie gegen ihren Willen heiraten soll.«

»Wie kannst du das behaupten? Auf dieser Insel sind wir alle eine große Familie.«

»Hör auf mit deiner Botschaft der Liebe. Sie wird gezwungen, mit einem Mann zu leben, den sie sich nicht herausgesucht hat.«

»Hat sich meine Nichte etwa bei dir beklagt?«

»Sie hat kein Wort gegen dich gesprochen, Onkel. Aber sie hat sich verliebt – und nicht in einen der Freunde der Liebe.«

»Unmöglich!« Pater Amorosus schrie fast. »Sie empfindet vielleicht eine kindliche Schwärmerei, aber es ist nicht ihr Schicksal, einen Außenseiter zu lieben.«

»Na schön«, lenkte Jennifer ein. »Könnte der Mann, den sie mag, ein Mitglied ihrer Sekte werden?«

»Das würde nichts ändern. Der gewählte Partner erwartet seine Braut.«

»Aber wir können eine blutschänderische Heirat verhindern. Die Polizei nimmt so etwas nicht auf die leichte Schulter.« Jennifer wurde über seine Sturheit wütend.

»Drohen Sie mir ja nicht, junge Dame! Außerdem ist es keine blutschänderische Verbindung.«

Alain beschloß, die Verhandlung in die Hände zu nehmen. Vielleicht würde eine Attacke aus dem Hinterhalt mehr nützen.

»Wir sind heute nachmittag spazierengegangen und haben Ihre Nektarfabrik entdeckt.«

»So?« Er lächelte zwar mit seinem Mund, aber in seinen Augen funkelte es.

»Ja, Sir, ist das Brennen von Schnaps ohne Lizenz nicht gegen das Gesetz?«

»Auf dieser Insel, mein Freund, entscheide ich, was Gesetz ist. Ihr müßt wissen, daß hier seit den Anfängen der Geschichte Nektar produziert wird. Er ist eine Spezialität von Xanthos.«

»Wenn das stimmt, ist es aber komisch, daß wir nie davon gehört haben.«

»Hast du, meine liebe Lucinda! Ich bin sicher, daß du darüber schon in deiner Schulzeit gelesen hast.«

Lucinda schüttelte verneinend den Kopf.

»Aber ich bitte dich! Du mußt doch die ›Odyssee‹ gelesen haben, die Abenteuer des Helden Odysseus, die er auf seiner langen Reise nach dem Ende von Troja bis ins heimische Ithaka zu bestehen hatte.«

Er war jetzt aufgestanden und hatte sich vor ihnen stolz, herausfordernd, fast verächtlich aufgebaut. Er besaß jetzt ein Charisma, das sie vorher noch nie bemerkt hatten. Sie starrten ihn schweigend an.

»Das war bei meinem ersten Besuch auf der Insel Circe«, fuhr er fort. »Denn das, Lucinda, ist der wahre Name von Xanthos.«

»Aber ich habe die Odyssee gelesen«, unterbrach Jennifer. »Wenn ich mich recht entsinne, war Circe eine Zauberin, die die

Mannschaft von Odysseus mit einem Zaubertrank in Schweine verwandelte.«

»Ganz genau, Jennifer! Dieser Trank war Nektar. Ihr habt gesehen, wie dieser Trank auf Männer wirkt. Es macht sie vor Begierde wahnsinnig. Sie verlieren ihren Verstand, ihre Willenskraft und werden zu wilden, brünstigen Tieren. Die vernunftbegabten Griechen beschrieben sie in diesem Zustand als Schweine. Und das waren sie auch, meine Schiffsgenossen in alter Zeit.«

Einen Augenblick lang waren seine Augen leicht verschwommen, als er zurück durch die Jahrhunderte schaute. Sie betrachteten ihn wie gebannt.

»Das ist doch alles Einbildung«, widersprach Lucinda. »Du versuchst in einer mythischen Vorzeit zu leben. Hast du nicht dein Haus in Amerika ›Ithaka‹ genannt?«

»Selbstverständlich! Mein Heim hat immer so geheißen.«

»Und das alles, weil deine Eltern dir zufällig den Namen Ulysses gegeben haben?«

»Du verstehst mich immer noch nicht, Lucinda. Sie haben den Namen nicht ausgesucht. Der Name hat mich ausgesucht. Ich bin in der Tat der Ulysses, der auf diese Insel stieß, nachdem die Kämpfe um Troja beendet waren und wir siegreich heimkehren konnten.«

Alain mischte sich ein. »Ulysses oder Odysseus?«

»Zwei Namen – derselbe Kerl, wie man so sagt.« Pater Amorosus lächelte zurück.

»Sie wollen uns weismachen, daß Sie eine Reinkarnation von Ulysses oder Odysseus sind?« fragte Brian.

»So ist es. Und Scarlett ist in Wahrheit meine treue Frau – Penelope. Ihr seht also, daß unsere Hochzeit schon vor mehreren Jahrtausenden stattgefunden hat. Wie kann man dann von Inzest sprechen?«

In diesem Augenblick kam Lucinda zur Überzeugung, daß ihr lieber alter Onkel vollkommen verrückt war.

»Sie glauben doch selbst nicht, daß wir Ihnen diesen Bockmist abnehmen?« fragte Brian. »Es gibt Leute, die an Reinkarnation glauben, aber an die Wiedergeburt von wirklichen Menschen, Sie wissen, daß Odysseus niemals gelebt hat. Wie können Sie die Reinkarnation einer Sagengestalt sein?«

»Und können Sie, mein kenntnisreicher junger Weltenbummler,

mir genau erklären, wo die Sage aufhört und die Geschichte anfängt? Troja war eine wirkliche Stadt. Man hat sie ausgegraben und viele Zeugnisse für die Belagerung und Erstürmung durch die Griechen gefunden. Diese Dinge sind tatsächlich geschehen. Die Helden Ajax, Achilles und auch Odysseus waren echte Männer, die auf der Erde gewandelt sind; ebenso war es auch mit König Arthur und jeder anderen sogenannten Sagengestalt. Im Laufe der Jahrhunderte wurden ihre Taten übertrieben und von Dichtern ausgeschmückt, aber unter der Oberfläche einer jeden dieser Geschichten ist ein Körnchen Wahrheit verborgen, ein Stück historischer Begebenheit, wie diese Insel, die Heimat der Circe.«

Lucinda machte noch einen letzten verzweifelten Versuch, das Glück ihrer Cousine zu retten.

»Also gut«, räumte sie ein, »du weißt vielleicht, daß du Odysseus bist, aber Scarlett hat noch nie die Vorstellung gehabt, Penelope zu sein. Laß sie mit uns abfahren. Wenn sie wirklich deine Penelope ist, wird sie das erkennen und zu dir zurückkehren.«

Ihr Onkel machte eine ungeduldige Handbewegung.

»Ich habe dir gesagt, was bezüglich dieses Kindes beschlossen wurde. Du willst es einfach nicht verstehen. Sie bleibt hier und erfüllt ihr Schicksal. Sie hätte dir nie ihren neuen Namen mitteilen dürfen. Hört auf, euch einzumischen. Ich halte unsere Unterredung jetzt für beendet. Geht und schaut euch die Insel an, versetzt euch zurück in die Vergangenheit, dann werdet ihr bald diese albernen Ansichten eurer modernen Zivilisation ablegen.«

Sie erkannten, daß jedes weitere Wort sinnlos war. Verzweifelt verließen sie das Arbeitszimmer und überlegten dann, welchen Schritt sie als nächsten auf dieser verzauberten Insel tun konnten.

Kapitel 14

»Ich sage dir, daß Scarlett nicht der Typ Mädchen ist, der sich auf mehrere sexuelle Beziehungen einläßt. Sie ist ein Ein-Mann-Mädchen, und ihr Mann ist Steve, nicht ein dreitausend Jahre alter Krieger, der immer noch den Weg nach Hause sucht. Und was die Schaustellungen bei der Einführung betrifft – sie würde vor Scham ihr Gesicht abwenden, wenn sie zwei kopulierende Pudel auf der Straße sehen würde.«

Lucinda hatte sich in Rage geredet, und die anderen stimmten ihrer Zusammenfassung bedrückt zu. Es war Freitag morgen. Sie lagen in den Büschen in der Nähe von Pater Amorosus' Mini-Brennerei. Sie hatten beschlossen, ihre Beratung lieber unter freiem Himmel abzuhalten, da sie den Verdacht hatten, daß der Herrscher über Xanthos sie beobachten ließ; ihr Zimmer war von ein paar Freunden der Liebe gestürmt worden, die angeblich aufräumten.

»Sie ist vielleicht jetzt nicht der Typ Mädchen, aber wenn dein hinterlistiger Onkel sie mit seiner Patentmedizin vollpumpt, wird sie es bald sein. Der Urwaldsaft ist stark.«

»Ja, Brian, du mußt diesen Punkt nicht auswalzen. Wir müssen einen Weg finden, sie zu warnen.«

»Leichter gesagt als getan!« meinte Jennifer. »Wir haben gestern den ganzen Tempel und die Umgebung abgesucht, ohne eine Spur von ihr zu finden. Sie scheint sich in Luft aufgelöst zu haben.«

»Onkel Ulysses hält sie von uns fern.«

»Und wir können uns auch nicht zu auffällig nach ihr umsehen«, sagte Brian. »Als ich vor dem Tempel war, ist mir dieser Aristippos über den Weg gelaufen, der uns so stinksauer empfangen hat, als wir gelandet sind. Er schleppte das Ersatzteil für den Generator herauf und ließ mich nicht aus den Augen, wie die Schlange ein Kaninchen. Ich habe das Gefühl, daß der Führer seine stechenden Augen auf uns gerichtet hält.«

»Du sagst, er hat das Ersatzteil heraufgetragen? Was sind wir doch für Idioten! Ich weiß jetzt ganz genau, wo Scarlett sich in dieser Sekunde aufhält.« Lucinda berichtete den anderen von Scarletts Plan, Steve in der Höhle zu treffen.

»Warte mal eine Minute«. sagte Alain. »Ich habe nachgedacht. Was bringt es, das Mädchen einfach zu warnen? Sie ist auf dieser Insel vollkommen der Macht dieses Ungeheuers ausgeliefert, der sich Pater Amorosus nennt. Es liegt doch auf der Hand, daß wir vier gegen die ganze Meute nicht viel ausrichten können. Außerdem glaube ich ebenso wie Brian, daß wir beobachtet werden. Ich bezweifle, daß wir sie unbemerkt an Bord der ›Lucifer‹ bringen können.«

»Was schlägst du also vor?«

»Aber, Lucinda, das ist doch sonnenklar! Wir müssen Hilfe holen, und jetzt ist die Gelegenheit dazu. Am Mittwoch habe ich Steve eine Nachricht gegeben, die er von Kos aus mit Telex an deinen

Bruder weiterleiten sollte. Ich habe ihm mitgeteilt, daß hier alles in Ordnung ist. Jetzt werden wir ihm auf gleichem Weg eine Nachricht zukommen lassen, in der wir Miles darum bitten, die Marineinfanterie, oder was die Griechen eben entsprechend haben, zu schicken.«

»Sicher! Einer von uns rennt hinunter zur Höhle und gibt Steve die Nachricht.«

»Hat jemand ein Stück Papier?« fragte Alain. Er holte einen Bleistift heraus.

»Ich habe ein Notizbuch in meiner Handtasche auf dem Zimmer«, antwortete Lucinda.

»Dann gehen wir zurück und schreiben auf, was wir ihm mitteilen wollen.«

Sie schlenderten den Pfad zum Tempel hinunter und unterhielten sich dabei angeregt. Was sie nicht bemerkten, war, wie Nausikaa hinter einem Busch auftauchte und lautlos durch die Bäume dahinglitt.

»Es wäre wohl besser, wenn wir uns teilen würden«, schlug Jennifer vor. »Ein paar von uns könnten unserem großen Häuptling ein Gespräch aufdrängen, während einer hinunter zur Höhle rennt.«

»Ich werde die Nachricht hinbringen«, bot Brian an. »Ich kann schneller als ihr alle laufen und habe auch eine bessere Chance, falls ich einem dieser Schläger begegnen sollte.«

»Vielleicht sollte ich sie lieber bringen?« Alain schaute Brian forschend an, als ob er seine Körperkraft abschätzen wollte.

»Nein, du bist der Kapitän. Sie sind wahrscheinlich mehr hinter dir her, wenn du zur Küste hinunter willst. Außerdem – du kannst mich zwar jederzeit in Grund und Boden segeln, aber an Land, auf festem und trockenem Boden, bin ich dir überlegen. Ich habe im letzten Jahr die Nordenglischen Meisterschaften über fünftausend Meter gewonnen, müßt ihr wissen.«

»Ich habe nie gewußt, daß du ein Langstreckenläufer bist«, platzte Lucinda ungläubig heraus.

»Nur dadurch habe ich Ausdauer, mit dir mitzuhalten, meine Liebe«, teilte ihr Brian grinsend mit.

»Vielleicht kannst du einen Weg finden, der direkt zur Höhle führt. Erinnere dich, Pater Amorosus hat uns gesagt, daß es mehrere Pfade auf der Insel gibt.«

Brian schüttelte den Kopf. »Nein! Was passiert, wenn unser stürmischer Liebhaber mit seiner Angelegenheit in der Zaubergrotte fertig ist? Er setzt sich in sein Boot, und ich verpasse ihn. Nein, ich renne hinunter zur Anlegestelle, und wenn er dort nicht ist, kreuze ich auf dem Strand, bis ich ihn treffe.«

Alain brauchte kaum eine Minute, um den Text für das Telex aufzuschreiben. Brian machte sich nur mit Shorts bekleidet auf den Weg, während die anderen mit ihren verschiedenen Plänen beschäftigt waren.

Scarlett war schon lange in der Höhle, ehe Steves Boot zu sehen war. Sie setzte sich in den Sand, um in dem Dämmerlicht auf ihn zu warten. Es war ein unheimlicher Ort. Wenn man aus dem grellen Sonnenlicht hineinkam, schien man vor einer dunklen Wand zu stehen. Hatte man sich aber an das Dämmerlicht gewöhnt, erkannte man einen schmalen Spalt. Scarlett ging hindurch, und nach wenigen Schritten öffnete sich die Höhle wieder. Diese innere Kammer wurde von einem Sonnenstrahl erleuchtet, der durch die Öffnung in den Felsen wie durch einen natürlichen Kamin eindrang.

Sie war sehr nervös und verängstigt. Sie befürchtete, daß man sie beobachtet und verfolgt hatte. Als sie dort so stand, in Schweigen gehüllt, wurde ihr erst richtig klar, wie sehr sie sich nach Steve sehnte und ihn wiedersehen wollte. Wenn das nicht Liebe war, war es eine täuschend echte Nachahmung.

Plötzlich hörte sie in der äußeren Höhle ein Geräusch. Jemand war dort und tastete sich langsam zur inneren Kammer vor. Scarletts Muskeln waren angespannt, und sie hielt die Luft an. Dann hörte sie Steves Stimme, die leise nach ihr rief. Sie antwortete und lag einen Moment später in seinen Armen.

Die Scheuheit und Verlegenheit ihrer früheren Begegnung war von ihnen abgefallen. Sie gehörten zueinander und wußten das, ohne ein Wort zu sagen. Ihre Lippen trafen sich und verschmolzen zu einem Kuß von unaussprechlicher Zärtlichkeit. Steve hielt sie so fest, daß sie sein Herz schlagen hörte. Ihr Haar kitzelte in seiner Nase, und er genoß den klaren, sauberen Duft. Ihr Atem war süß, und seine Hände zitterten, als er ihre weiche Haut berührte. Sie war so frisch wie eine Rosenknospe und die anbetungswürdigste Frau der Welt.

Scarlett schloß die Augen und sog das Wunder seiner Anwesenheit tief ein. Alle die anderen Männer, die sie je getroffen hatte, waren nur blasse Schatten auf Beinen. Hier war der lebensprühende Mann, auf den sie ohne es zu wissen ihr Leben lang gewartet hatte. Er war stark, gutaussehend und liebevoll. Aber am wichtigsten war, daß er ihr gehörte. Es schien unmöglich zu sein, daß sie noch vor einigen Tagen irgendwelche Zweifel gehabt hatte.

Seine Haut hatte die Festigkeit der Jugend, und darunter konnte sie die Kraft seiner Muskeln fühlen, als ob er von einer wunderbaren und elementaren Gewalt erfüllt war, die ausbrechen und sie einhüllen würde. Obwohl Steve noch jung war, war er ein richtiger Mann, der danach strebte, seine ideale Gefährtin zu finden. Es war unvorstellbar, daß sie diese Gefährtin war.

»Scarlett, ich liebe dich so sehr.« Seine Stimme klang heiser.

»Mein Liebster«, flüsterte sie. »Ich bin dein – ganz dein.«

Behutsam, als ob sie eine zerbrechliche Blume wäre, legte er sie auf den moosigen Boden der Höhle und ließ sich neben ihr nieder. Er schob seine Hand unter Scarletts Gewand und zog die herrliche Linie ihres Halses nach. Liebevoll umfaßte er ihre festen kleinen Brüste, die reif waren, aber so unschuldig wie die eines Schulmädchens. Er spürte, wie sich ihre Brustwarzen aufrichteten und freudig seine Fingerspitzen begrüßten.

»Sei vorsichtig«, seufzte sie. Da erkannte er, daß sie noch Jungfrau war.

Sie lag da so still und ruhig, bereit, alles mit sich geschehen zu lassen, was ihr Liebhaber wollte. Für Steve war das, was nun folgte, nicht nur ein Liebesakt, er betete sie mit seinem ganzen Körper an.

Seine Hände bewegten sich über sie hinweg wie die eines Bildhauers oder Töpfers, der einen schönen Gegenstand herstellt. Liebevoll verharrte er bei der winzigen Schale ihres Nabels, bewunderte die Schlankheit ihrer Taille und die üppigen Rundungen ihrer Hüften, ein atemberaubendes Crescendo aus Fleisch und eine Verheißung des Honigs, der auf ihn wartete.

»Es fühlt sich so herrlich an. Berühre mich überall. Ich will, daß du jeden Zentimeter von mir in Besitz nimmst«, murmelte Scarlett.

Unter der zarten Führung von Steves Händen wuchs ihre Erregung, und ihr Körper begann sich zu drehen und zu winden. Sie verlangte nach engem Kontakt mit ihm; sie berührte seine Brust, seinen Bauch und wagte sich dann noch weiter nach unten, bis sie seine harte und doch weiche Männlichkeit fühlte. Sie hatte einerseits Angst davor, andererseits dürstete sie nach ihm. Sie streichelte ihn, als ob sie einen wütenden Gott besänftigen wollte, der ihr gedroht hatte, daß er sie besitzen würde. Ihr Körper war ein Schrein, in dem diese wunderbare, schreckliche Gottheit wohnen würde.

Ein Zittern durchlief sie, als Steves Finger ihre Schenkel berührten. Er war so stark und doch so vorsichtig und zärtlich. Sie genoß es, wie er ihre Schenkel öffnete; aber statt der Liebkosung, die sie erwartete, beugte sich Steve hinunter und küßte das blütenweiche Fleisch.

Ihr Körper spannte sich und rief wortlos ihren Liebhaber zu sich. Steve fühlte ihr Verlangen, und bald durchrann sie eine unsägliche Wärme. Es war, als ob Steves ganze Kraft und Männlichkeit aus diesem herrlichen Speer ausstrahlte, der immer weiter in sie eindrang.

Ihre Hände preßten gegen sein gewölbtes Hinterteil und forderten ihn auf, sie noch mehr zu nehmen. Sie wollte sich ihm ganz ergeben; ihre Finger beschworen ihn.

Jetzt war er tief in ihr, und die beiden bewegten sich in einem Rhythmus, der sie endgültig vereinte.

Für Scarlett war es die Erfüllung. Steves Hände waren überall und streichelten und liebkosten sie. Zum ersten Mal in ihrem Leben wurde sie sich der Sinnlichkeit ihres Körpers bewußt. Seine Lippen nahmen dankbar die gespannte Festigkeit ihrer Brüste auf, während sie ihre Hände über die bebenden Muskeln seiner Arme, seines Rückens und angespannten Hinterteils gleiten ließ. Sein drängender Phallus war sehr groß für sie, aber jeder Schmerz war bei der wundervollen Erfahrung gleich vergessen. Ihr Mann war in ihr. Sie hielt ihn und wurde von ihm besessen. Alle ihre Sinne jubelten vor Glück.

Steve gab leise, stöhnende Laute von sich; Scarlett merkte, daß auch sie vor Ekstase schrie. Er hielt sie und preßte sie an sich. Sie hielt die Luft an, als sie seinen Griff stärker werden spürte. Sein Körper zitterte, als wäre er von einem wilden, rasenden Fieber ergriffen. Sein Orgasmus war der letzte Ansporn, der auch sie zum Höhepunkt brachte. Ihr ganzer Körper erschauerte, sie hielt ihren Mann fest und doch zart, beinahe beschützend, bis er gekommen war und ruhig, überwältigt und ausgepumpt auf ihrer Brust lag.

»Steve«, fragte sie ihn leise, »es war doch gut – für dich, meine ich?«

»Es war wunderbar.«

»Wird es immer so sein?«

»Solange wir leben, Scarlett!«

»Ich liebe dich so, Steve«, flüsterte sie.

»Ich weiß es, und ich liebe dich, mein Liebling.«

Sie lagen schweigend da und staunten über das Wunder ihrer Liebe. Sie waren sicher, daß seit dem Anfang der Welt noch nie jemand solch tiefe Gefühle empfunden hatte. Dann brach Steve das Schweigen.

»Scarlett, ich will dich für immer haben. Willst du mit mir fortgehen?«

»Nicht gleich, Liebster. Du mußt etwas Geduld haben.«

»Warum nicht? Hast du vor deinem Onkel Angst?«

»Ja, Steve, Wir müssen vorsichtig sein. Am Mittwoch soll ich im Tempel an der Zeremonie teilnehmen, mit der man in die Gemeinschaft der Freunde der Liebe aufgenommen wird.«

»Was geschieht dort?«

»Ich will nicht ins Detail gehen, aber ich soll dort mit einem der Freunde der Liebe verheiratet werden. Ich weiß aber nicht mit wem.«

»Aber das ist unmöglich! Scarlett, das darf nie geschehen. Du kannst das nicht mitmachen.«

Der Schmerz in seiner Stimme durchdrang Scarlett wie ein Schwert. Sie klopfte ihm beruhigend auf den Arm.

»Nein, mein Lieber, das weiß ich jetzt. Aber du mußt an Lucinda und ihre Freunde denken. Sie haben die weite Fahrt gemacht, um sich zu überzeugen, daß ich gut aufgehoben bin. Wenn ich jetzt mit dir wegfahre, sind sie der Gewalt meines Onkels ausgeliefert, als hilflose Geiseln. Ich weiß nicht, was mit ihnen passieren würde. Aber du kommst doch nächsten Mittwoch wie immer wieder?«

»Ja.«

»Gut. Dann werde ich jetzt zurückgehen und auf irgendeine Art die anderen warnen. Wenn du am Mittwoch kommst, werden wir alle zusammen die Insel verlassen, und ich werde über alle Berge sein, ehe meine Einführung stattfinden soll. Was sagst du dazu?«

»Wir machen es so. Aber sei vorsichtig, Liebling. Bist du auch ganz sicher, daß dein Onkel nicht weiß, daß du hier mit mir zusammen bist?«

Scarlett beruhigte ihn. »Wenn er davon eine Ahnung hätte, hätte er schon längst jemand geschickt, um mich zu holen. Mach dir keine Sorgen, Liebster. Wir müssen ja nur ein paar Tage warten. Ich werde alles vermeiden, was sein Mißtrauen erregen könnte.«

Sie verweilten noch in der Höhle, solange sie es wagten. Schließlich gingen sie hinaus und liefen über den Strand zur Anlegestelle, wo die ›Aphrodite‹ festgemacht war. Scarlett küßte ihn zum Abschied, aber Steve sagte:

»Warte eine Minute! Wir sollten noch auf die ›Lucifer‹ gehen und die Kiste Scotch abholen.«

Wären sie etwas früher aus der Höhle gekommen, hätten sie Brian getroffen, der in ihre Richtung rannte und das lebenswichtige Stück Papier in der Hand hielt. Er war den Pfad vom Tempel zum Strand hinuntergelaufen. Seine langen und weiten Schritte verrieten den trainierten Sportler. Er vermutete, daß man sein Weggehen beobachtet hatte, war aber ziemlich sicher, daß er jeden Verfolger abschütteln konnte. Als er die Anlegestelle und die ›Aphrodite‹ verlassen fand, war er schnell zur Höhle gerannt. Vor ihm kamen zwei Freunde der Liebe auf einem anderen Pfad herunter und schnitten ihm den Weg vom Strand zur Höhle ab.

Brian drehte sich um und hoffte, die Nachricht auf Steves Boot verstecken zu können, ehe die beiden Freunde der Liebe, die ihn verfolgten, sie in die Hände bekamen. So lief er aber genau in die Arme von drei anderen Jüngern des Meisters, die ihm vom Tempel her gefolgt waren.

Inzwischen war Alain im Wald herumgeschlendert und hatte zu seinem großen Mißfallen bemerkt, daß ihm immer ein oder zwei der Freunde der Liebe auf den Fersen blieben oder um die Ecke schauten. Andere arbeiteten im Gemüsegarten und im Obstgarten, die schenkten ihm keine Aufmerksamkeit, als er vorbeiging. Es arbeitete auch noch eine Gruppe in der Heide. Der große purpurfarbene Fleck zog Alain an und gab ihm zugleich ein Rätsel auf. Das Zeug wuchs unheimlich; trotzdem paßte es nicht hierher. Es war, als hätte man ein Stück schottischer Heidelandschaft aus dem Hochland auf diesen Vorposten des antiken Griechenlands verpflanzt. Er schaute auf die Uhr. Brian müßte in der Zwischenzeit die Nachricht abgeliefert haben. Alain drehte um und ging zum

Tempel zu den Mädchen zurück, die sich mit Pater Amorosus unterhielten.

Der Herr der Insel behandelte sie überaus höflich. Geduldig hörte er den Mädchen zu, die über alles plauderten, was ihnen durch den Kopf schoß. Es umgab ihn wie immer eine Wolke stiller Vergnügtheit. Er sprach ausführlich über die Größe des griechischen Dramas bei Sophokles und Euripides, und wieviel sie Äschylos zu verdanken hätten, als einige kräftige Jugendliche Brian hereinstießen, der deutliche Spuren einer Schlägerei aufwies, die auch an den anderen nicht so ohne weiteres vorbeigegangen war. Einer seiner Häscher übergab Pater Amorosus die Nachricht, die sie ihrem Gefangenen abgenommen hatten. Er machte sich nicht die Mühe, sie zu lesen.

»Ah, ihr habt ihn noch rechtzeitig erwischt. Sehr gut! Es ist gut, ihr könnt gehen.«

Die bulligen Jünger der Liebe zogen sich zurück, und Pater Amorosus schüttelte lächelnd den Kopf.

»Nun, das war wohl nicht sehr intelligent, wie? Ich weiß deine Sorge über die Mesalliance, wie ihr es nennt, deiner Cousine durchaus zu schätzen, Lucinda. Du mußt aber lernen, nichts zu überstürzen. Es steht mehr auf dem Spiel als die Frage, wer mit einem hübschen Mädchen ins Bett geht. Wir müssen uns ernsthaft unterhalten. Ich habe einen wichtigen Vorschlag zu machen, kann aber im Augenblick nicht die Zeit dafür erübrigen. Ich habe bereits zuviel mit euch reizenden Damen vertan, während ihr gehofft hattet, die Küste für euren athletischen Botenjungen frei zu halten. Sagen wir, morgen um die gleiche Zeit?«

Sie schauten ihn bedrückt an.

»Gut! Ich nehme euer Schweigen als ein Zeichen der Zustimmung. Allerdings muß ich euch bitten, drei Bedingungen zu erfüllen, bis wir uns unterhalten können. Erstens: keine weiteren Versuche, eine Nachricht von der Insel zu schmuggeln; zweitens: ich bin sicher, daß ihr diese Maßnahme verstehen werdet, ist euch nicht erlaubt, Xanthos zu verlassen. Und drittens würde ich euch sehr verbunden sein, wenn ihr vor unserem Gespäch keinen Versuch macht, mit Scarlett Kontakt aufzunehmen. Ich bin über das Benehmen dieses Kindes, das ich für völlig unschuldig hielt, ziemlich verärgert. Mach dir keine Sorgen, Lucinda! Es wird ihr nichts geschehen. Jetzt müßt ihr mich entschuldigen. Ihr habt die Freiheit hinzugehen, wohin ihr wollt, und könnt alles tun, was euch Spaß macht, selbstverständlich im Rahmen dieser drei Bitten.«

»Bitten, Onkel?«

»Befehle, wenn du darauf bestehst, Schwierigkeiten zu machen. Ich sehe euch dann morgen. Bis dahin, wie man zu Hause sagt, wünsche ich euch einen schönen Tag.«

Der Rest des Tages war einfach scheußlich. Sie waren sich der Tatsache bewußt, ständig beobachtet zu werden. Es war fast eine Erlösung, als sie ins Bett gehen konnten.

»So ein mistiger Tag!« sagte Lucinda niedergeschlagen. »Jetzt wird es noch schwieriger werden, Scarlett zu helfen, wo wir ja wie Gefangene gehalten werden.«

»Stimmt«, gab Brian zu. »Aber ein Hoffnungsfünkchen bleibt uns. Wir haben etwas herausgefunden, was wichtig sein könnte.«

»Und was soll das sein?« fragte Jennifer.

»Das Geheimnis des Nektars! Wir wissen, daß er in der Brennerei hergestellt wird. Wißt ihr auch, woraus er gebrannt wird? Heidekraut!«

»Heidekraut? Du bist übergeschnappt. Wer hat je von Heidekrautschnaps gehört?«

»Trotzdem ist es so, Lucinda. Nach meiner Prügelei mit den Schlägern deines Onkels wurde ich zuerst in die Küche gebracht, wo einigen Erste Hilfe geleistet werden mußte. Dabei hörte ich, daß die leichter Blessierten sofort wieder zur Arbeit auf die Heidekrautfelder gehen sollten. Es müßten noch einige Felder abgeerntet und das Heidekraut dann gleich in die Brennerei gebracht werden. – Versteht ihr? Sie schneiden die Pflanzen ab, stellen in den großen Kesseln, die wir gesehen haben, eine Art Sud her, destillieren die Wirkstoffe dann heraus – sie sitzen entweder in den Blüten, den Blättern oder den Stengeln – und versetzen das Ganze mit Alkohol und einigen Geschmacksingredienzien.«

»Natürlich!« rief Alain. »Ich habe mal gelesen, wie aus Enzianwurzeln Schnaps gebraut wird. Die verwenden eben Heidekraut!«

»Richtig. Nur daß ich gegen ein Gläschen Enzianschnaps im Moment nichts einzuwenden hätte.« Brian schlug sich auf den Magen. »Dieser verdammte Heidekraut-Liebescocktail aber...«

»Der wird uns noch alle umbringen«, flüsterte Lucinda.

Kapitel 15

Es war ein herrlicher Morgen, die Sonne schien hell auf ihr Unglück. Kurz vor Mittag wurden sie von dem finster dreinblickenden Aristippos in das Arbeitszimmer geführt und von Pater Amorosus mit einem freundlichen Lächeln begrüßt.

»Wie gefällt euch das Leben auf Xanthos?« fragte er.

»Wenn es Sie interessiert«, antwortete Brian, der sich entschlossen hatte, seine Stärke auszuspielen, »die Fauna ist ziemlich übel; aber wir sind auf bemerkenswerte Flora gestoßen.«

»Sie meinen das Heidekraut?«

»Genau.«

»Junger Mann, Sie sind nicht dumm. Ich hoffe, daß Ihr Geschäftssinn ebenso scharf ist wie Ihre Beobachtungsgabe. Setzt euch, alle. Wie ich schon gesagt habe, will ich euch einen Vorschlag unterbreiten. – Sagt mal ehrlich, wäret ihr gerne reich? Darunter verstehe ich wirklich reich, das kann ich euch versichern; nicht nur wohlhabend, sondern unglaublich reich.«

Jennifer drückte die Zweifel der Mannschaft klar aus.

»Wenn ich mich recht entsinne, war Odysseus nicht nur wegen seiner Reisen berühmt, sondern er war auch der verschlagenste aller Griechen?«

»Kümmert euch doch nicht um den alten Mist!« rief ihr Gastgeber lachend. »Ich spreche jetzt nur von heute.«

Er hatte jeden Anschein antiker Würde fallengelassen. Sein Ton war der eines ausgekochten Roßhändlers, der ein ungemein günstiges Angebot anpreist. Der träumerische Schimmer in seinen Augen war einem stahlharten Verstand gewichen.

»Verstehen Sie denn nicht, daß wir hier auf Xanthos eine Einrichtung haben, für die die Welt jeden Preis bezahlen würde?«

»Du meinst den kostbaren Nektar?«

»Natürlich meine ich den Nektar, Lucinda. Was zum Teufel gibt's denn sonst in diesem gottverlassenen Loch Interessantes?«

»Na schön! Sie haben also die Insel und den Nektar. Was hat das alles mit uns zu tun?« fragte Brian.

»Endlich eine vernünftige Frage! Erst muß ich aber noch erzählen, wie ich auf den Nektar gestoßen bin.«

»Haben Sie uns nicht erzählt, daß Sie in einem früheren Leben auf die Insel der Circe kamen, als Sie der erste Odysseus waren?«

»Ach du lieber Gott! Jennifer, Sie sind doch nicht etwa auf diese plumpen Taschenspielertricks hereingefallen?« Pater Amorosus gab ein absolut unklassischesGelächter von sich. »Dieses Märchen habe ich für die Kinder gebraucht«, stieß er hervor.

»Und warum hast du dein Haus in Amerika Ithaka genannt?« wollte Lucinda wissen.

»Wie würdest du denn dein Haus nennen, Schätzchen, wenn dein Vater so idiotisch war, dich mit einem Namen wie Ulysses in die Welt zu schicken?«

In diesem Moment kam Lucinda zu dem Schluß, daß sie leider ihren Onkel völlig falsch eingeschätzt hatte und daß er offensichtlich bei klarem, ganz klarem Verstand war!

»Ich werde euch erzählen, wie alles so kam. Übrigens – möchte jemand einen Drink?«

»Nektar?« erkundigte sich Jennifer sarkastisch.

»Tut mir leid, Sie enttäuschen zu müssen, Teuerste, aber im Moment ist keiner da. Wir müssen erst die Brennerei in Gang setzen; das kann noch ein oder zwei Tage dauern. Scotch, Martini, Cola?«

Sie lehnten ab, und er fuhr mit seinem Bericht fort.

»Da ich das schwarze Schaf der Familie war, habe ich mich erst einmal in der Welt umgesehen. Das war, ehe mein Bruder Elmer starb und mir seine kleine Tochter Scarlett auflud. Na ja, ich hatte mal ein blühendes Geschäft laufen; ich schmuggelte amerikanische Zigaretten nach Italien. Statt ihre lausigen Lire zu nehmen, ließ ich mich mit Medikamenten bezahlen – keine Opiate, sondern das Zeug aus Krankenhäusern, das in Jugoslawien nicht zu haben war, Penicillin usw. Ich möchte nicht ausführen, wie die Jugoslawen mich bezahlten; es würde euch zu sehr schockieren. – Mein Hauptquartier war Triest. Kennt einer von euch dieses Drecknest?«

Sie schüttelten die Köpfe.

»Na, macht bloß keinen Umweg, um es euch anzusehen! Es ist eine schmutzige Stadt, und ich hockte in einer schmutzigen Bar. Alles war schmutzig, die Kneipe, die Gläser und vor allem die Gäste. Einer der Typen, der letzte Säufer, quatschte mich an. Er hatte mich sofort als Ami erkannt und dachte wohl, ich wäre gespickt mit Dollars und würde nur auf so einen Schwindler wie ihn warten. Wir haben ziemlich gesoffen und über alles und nichts geredet, bis er mit seinem Vorschlag herausrückte.

Er wollte, daß ich ihn und zwei Leute, die ich mir selbst aussuchen könnte, in mein Apartment einladen sollte. Sie konnten männlich oder weiblich sein und so prüde, wie es nur ging. Die einzige Bedingung war, daß sie sich in einem Alter befanden, in dem eine sexuelle Betätigung theoretisch möglich war. Er wettete mit mir tausend Dollar, daß er sie dazu bringen würde, sich schlimmer als in jedem harten Pornofilm aufzuführen.

Ich hielt das Ganze für einen schlechten Scherz. Der Mann war ungepflegt, abgerissen und ganz und gar widerlich. Außerdem gab es keine Möglichkeit, daß er zehn, geschweige denn tausend Dollar auftreiben konnte. Ich nahm an, daß er mich dazu bringen wollte, meinen Einsatz auf den Tisch zu legen, um dann für immer aus meinem Leben zu verschwinden. Darum lehnte ich seine Wette auch mit aller Entschiedenheit ab. Trotzdem versprach er, mich anzurufen und einen Termin für einen Besuch auszumachen. Damit verabschiedete er sich.«

»Das haben Sie alles mit einer Zufallsbekanntschaft in einer Bar besprochen?« fragte Alain.

»In der Bar hätte einer mit einem Elefanten hereinkommen und ihn in einer Ecke onanieren lassen können, ohne daß jemand mir auch nur einen Blick geschenkt hätte. Ich hatte Ambrosio, so hieß der Kerl, schon längst vergessen, als er mich ein paar Tage später anrief. Verdammt noch mal, dachte ich, der meint es doch ernst. Ich warnte ihn, sich zu besaufen. Er meinte, daß er meinen Gästen lediglich eine Kanne Tee aufbrühen wollte. Ich hatte zwar schon von allen möglichen Aphrodisiaka gehört, die meisten auch schon selbst ausprobiert und festgestellt, daß keines die Wirkung zeigte, die die Werbung ihnen zuschrieb. Ich nahm also an, er würde mit pulverisiertem Nashorn oder ähnlichem Hokus-Pokus ankommen. Trotzdem wollte ich nichts riskieren und wählte meine Gäste sorgfältig aus.

Als Ambrosio ankam, stellte ich ihn Pater Paolo vor. Normalerweise traute ich keinem dieser Priester, die ein Keuschheitsgelübde abgelegt hatten, Pater Paolo war aber eine Ausnahme. Selbst wenn er das Verlangen je verspüren sollte, was meiner Meinung nach nie vorkam, hätte es ihm kaum etwas genützt. Als sie den Film ›Moby Dick‹ drehten, hätte Pater Paolo jederzeit die Rolle des weißen Walfisches übernehmen können. Er hatte so viele Schichten schützenden Fettes um sich, daß es mir unmöglich erschien, daß er je körperlichen Kontakt herstellen konnte. Während Paolo lediglich grotesk aussah, war seine Partnerin Immaculata einfach abstoßend häßlich. Sie war neunundvierzig und Lehrerin. Ich behauptete, daß man in ihrer Schule die Prügelstrafe abgeschafft hatte und statt dessen die Schüler dadurch bestrafte, daß sie fünf Minuten lang Immaculata anschauen mußten. Ihre Haut schien mit einem Sandstrahlgebläse bearbeitet worden zu sein. Im deutlichen Gegensatz zu Pater Paolo hätte sie jederzeit als Poster für die Welthungerhilfe dienen können. Ihren Reiz erhöhte auch nicht die Tatsache, daß sie nur ein Bein hatte.

Ich hatte diese beiden ehrbaren Leutchen zu einem Besuch bei mir überreden können, indem ich durchblicken ließ, daß ich vielleicht eine größere Summe für bestimmte wohltätige Zwecke springen lassen würde, die sie beide nach Kräften unterstützten. Als Ambrosio eintraf, waren sie augenscheinlich geschockt. Er hatte eine Plastiktüte dabei, in der er Heidekraut verstaut hatte. Ambrosio war so abstoßend wie immer. Ich erklärte ihnen aber, daß er ein Naturapostel wäre, der uns einen Spezialkräutertee brauen wollte. Ambrosio machte sich in der Küche an die Arbeit, während wir drei uns über die Probleme unterhielten, wie die Bibel den unwissenden Eingeborenen in Tansania zu verkünden sei.

Nun ist ein Aufguß von Erica Erotica – diesen Namen habe ich dem Heidekraut später aus naheliegenden Gründen gegeben – keineswegs so wirksam, als wenn man das Kraut destilliert; aber ich kann euch versichern, die Wirkung ist immer noch ganz schön vernichtend. Ich hatte vorsichtshalber den Inhalt meiner Tasse in einen Blumentopf gegossen – ich glaube, es war ein ›Flammendes Herz‹ –, falls das Zeug doch giftig war. Ich nehme an, daß sich Ambrosio ebenfalls auf diese Weise geschützt hatte.

Die Unterhaltung ging jetzt nicht mehr über Ostafrika, sondern über Bangladesch, als das tierische Gebräu seine verheerende Wirkung begann. Die beiden Säulen der Kirche drehten vollkommen durch.«

»Du hast deine Wette verloren? Hoffentlich hast du wenigstens wie ein Gentleman bezahlt.«

»Nicht so schnell, Lucinda! Ich habe meine Wette gewonnen. Als der schreckliche Trieb Pater Paolo packte, rollte er wild mit den Augen und wurde so tiefrot wie gekochte Rote Rüben. Es gab für ihn keine Hoffnung; er war zur Sünde verdammt. Der alte Jesuit rechnete aber damit, daß er bei seinem Schöpfer weniger Minuspunkte sammeln würde, wenn er eine kleinere statt einer größeren Sünde begehen würde. Ohne ein Wort zu sagen stürmte er in mein Bad und holte sich dort einen runter.«

»Er hat onaniert? Woher willst du das wissen? Bist du mit ihm gegangen?«

»Jennifer, Sie haben eine schmutzige und mißtrauische Fantasie. Nein, er war so aufgelöst, daß es über seine schwarzen Hosen ging.«

»Und was war mit der Lehrerin?« wollte Brian wissen. Offensichtlich war er von der Geschichte und dem Erzähltalent ihres Gastgebers sehr beeindruckt.

»Immaculata stellte eine Bedrohung für Leib und Leben dar. Sie konnte unter keinen Umständen auf ihren Beichtvater warten, solange der sein Fleisch mißhandelte und in meiner Toilette eingeschlossen war. Vor ihr standen aber zwei fähige Männer, und sie ergriff die Initiative. Da ich das bessere Exemplar war, ignorierte sie Ambrosio und machte auf mich Jagd. Wir hetzten durch die Wohnung, bis ich endlich die Tür erreichte.«

»Ich dachte, sie hatte nur ein Bein?« sagte Jennifer.

»Teuerste, haben Sie eine Vorstellung, wie schnell eine einbeinige, sexbesessene Wahnsinnige hüpfen kann? Wenn wir nur im Parterre geblieben wären, hätte sie mich mit Sicherheit erwischt. Ihre Taktik war, mich mit der Krücke besinnungslos zu schlagen und mich dann zu vergewaltigen, ehe ich mein Bewußtsein wiedererlangt hätte. Ich hatte aber meinen Verstand noch beisammen und raste die Steintreppe nach oben. Beim Hinaufrennen war ich viel schneller. Oben flüchtete ich mich in die Wohnung von Freunden, bis die Gefahr vorüber war.

Am nächsten Tag traf ich Ambrosio wieder. Er sah noch schlimmer als sonst aus, da er aus kosmetischen Gründen einige Heftpflaster trug. Er teilte mir mit, daß ich ihm tausend Dollar schuldete. ›Da führt kein Weg hin‹, meinte ich, ›Sie schulden mir das Geld. Immaculata hat es nicht mit Pater Paolo getrieben, oder?‹ – ›Sie hat mich aber furchtbar zugerichtet‹, war Ambrosios Antwort. Ich wies ihn darauf hin, daß ihre Handlungen ihm gegenüber mit unserer Wette nichts zu tun hätten. Ambrosio hielt sich trotzdem für den moralischen Sieger; diesen Ausdruck hielt ich für vollkommen unpassend. ›Hör mal zu, Freund‹, teilte ich ihm mit, ›Sie haben noch nie gesehen, daß ein Buchmacher bezahlt hat, nur weil das Pferd, auf das Sie gesetzt hatten, als letztes als moralischer Sieger einlief. Zahlen!‹

Dieser Kerl Ambrosio war kein fairer Spieler. Er machte Einwände, aber ich war stärker als er, und er war ein ausgemachter Feigling. Da er aber kein Geld hatte, ließ ich nach einiger Zeit von ihm ab und nahm alle Exemplare seines Super-Heidekrauts in Zahlung. Er weinte mir vor, daß er davon lebe, mit reichen Amerikanern wie mir zu wetten und daß ich ihm die Grundlagen seines Geschäftes wegnähme. Er hatte aber keine Wahl. So kam ich in den Besitz von ›Erica Erotica‹.

Mein erster Gedanke war, daß man damit wunderbar die Mädchen auf die Matte bringen könnte, und ich experimentierte mit verschiedenen Verarbeitungsmethoden. Ich wurde mir über die fantastischen Anwendungsmöglichkeiten klar, aber ich mußte die Herkunft dieser Liebespflanze feststellen. Als ich Ambrosio danach ausforschte, wollte er natürlich nichts verraten.

Es konnte nicht in der Nähe wachsen, sonst wären alle diese üblen Typen, die an der italienisch-jugoslawischen Grenze herumhingen, damit versorgt gewesen. Andererseits war Ambrosio auch nicht das, was man einen Globetrotter nennen könnte. Er war in Triest geboren, hatte sein ganzes Leben in Triest verbracht und würde auch sicher in Triest sterben. Seine Urlaubsreisen machte er ebenfalls nach Triest. Das Ganze war mir ein Rätsel.

Ich hatte gerade Zeit übrig. Die jugoslawische Polizei interessierte sich völlig unnötig für meine Aktivitäten, deshalb liefen meine Geschäfte ziemlich flau. Ich hing in Triest herum und verbrachte meine Abende damit, guten Schnaps in Ambrosios ausgepichte Gurgel zu gießen, um seine Zunge zu lösen. Ich erfuhr jede Einzelheit über seine Brüder, Schwestern, Vettern, Onkel und Tanten, aber nichts über seine gartenbaulichen Tätigkeiten. Eines Abends unterhielten wir uns über den Krieg, und Ambrosio erzählte, daß er in der italienischen Armee gedient hatte. Kein Wunder, daß die den Krieg verloren hat! Ich fragte ihn, wo er gedient habe. Wie sich herausstellte, war er auf einer abgelegenen Insel bei einer Flugabwehr-Radaranlage stationiert gewesen. Er glaubte nicht, daß die Insel einen Namen hatte; sie lag irgendwo im Dodekanes.

Das mußte es sein. Da aus Ambrosio nichts weiter herauszuholen war, machte ich mich auf die Suche nach diesem wunderbaren Kraut. Ich habe genau die Karte dieser zwölf Inseln studiert. Rhodos war die größte und lag am weitesten im Süden. Ich hielt es für sicher, daß Rhodos während des Krieges seine eigenen Radarstationen hatte, weil dort auch Jagdflieger- und Bomberbasen gewesen waren. Ich suchte nach einem Inselchen neben einer der kleineren Inseln der Gruppe und beschloß, im Norden anzufangen und mich dann bis Rhodos nach Süden herunterzuarbeiten.

Ich begann mit Patmos, klapperte jeden winzigen Hafen ab und erzählte allen, daß ich ein amerikanischer Professor sei, der ein Buch über den Krieg in der Ägäis schriebe. Ich befragte die Leute, ob irgendwo in der Nähe italienische Truppen stationiert gewesen wären.«

»Konnten Sie nicht die Archive in Italien aufsuchen?« fragte Alain.

»Denk mal scharf nach, Kleiner! Die Italiener haben verloren. Es schreiben immer nur die Leute, die den Krieg gewinnen, Geschichten darüber. Auf alle Fälle war Patmos ein Reinfall! Ich habe Dutzende italienischer Stellungen gefunden und besichtigt, aber keine erfüllte meine Erwartungen. Dann kam ich nach Kos, wo mich der gute Mr. Avropolos mit seinem schrecklichen Boot nach Xanthos fuhr. Als ich dort die Heideflächen sah, wußte ich, daß ich auf Öl gestoßen war, und nahm ein paar Pflanzen mit, als ich wegging.

Jetzt war es Zeit für mich, wieder nach Amerika zurückzukehren. Um im Mittelwesten jemand zu werden, mußte man schon eine dieser überspannten Sekten gründen. Ich ließ mich also als Guru nieder und scharte mit der Hilfe von mikroskopisch kleinen Dosen des Heidesaftes ziemlich viele Jugendliche um mich. Als mein Bruder, der verdammte Idiot, nichs Besseres zu tun hatte, als sich umbringen zu lassen, mußte ich seine verwaiste Tochter bei mir aufnehmen. Ich wollte aber nicht, daß Scarlett von den Vorgängen im Haus zu viel mitbekam, deshalb habe ich sie in eine Klosterschule gesteckt. Alle paar Jahre kehrte ich nach Xanthos zurück und füllte meinen Vorrat wieder auf.

Eines Tages stellte ich fest, daß die alte Kaserne von ein paar verdammten Mönchen übernommen worden war. Ich wußte, daß Mönche für ihre Herstellung von kräftigen Kräuterlikören berühmt waren, wie zum Beispiel Benediktine oder Chartreuse. Vielleicht brachte mich das auf die Idee, das Heidekraut zu destillieren und

Nektar herzustellen. Auf keinen Fall wollte ich aber, daß mir die Mönche in die Quere kamen. Wozu sollte ich ein Risiko eingehen. Da erfand ich dann die Geschichte von Circe und daß Xanthos ihre Insel war, auf der die Männer in Schweine verwandelt wurden.«

»Und haben sie dir das geglaubt?« fragte Lucinda.

»Warum nicht? Ihr habt's doch auch geglaubt. Sie haben erst einmal jede Menge gebetet, aber dann hielten sie Xanthos doch für einen verwunschenen Ort, der vom Teufel besessen war. Sie packten also ihre Sachen und überließen mir Xanthos.«

»Das ist ja alles schön und gut, aber wie haben Sie denn mehr als fünfzig geistig gesunde junge Amerikaner dazu überredet, ihre Familien zu verlassen und Ihnen in die Wildnis zu folgen?«

»Jennifer, Sie haben keine Ahnung, wie überzeugend eine gemäßigte Nektar-Kur sein kann. Die Lust schwächt den Willen. Sie kennen doch den alten Spruch der Huren: ein steifer Schwanz fängt keinen Streit an. Es stimmt, daß nichts gehorsamer macht als sexueller Kitzel. Ich brauchte die Kinder hier, um das Produkt – wie man so sagt – zu testen.«

»Sie probieren es an ihnen aus?« fragte Alain.

»An jemand muß ich es schließlich ausprobieren, warum nicht an ihnen? Aber jetzt sind die Versuche vorbei. Der Nektar ist vervollkommnet, wir können jetzt losschlagen. Ich biete euch, meine Freunde, eine Beteiligung an.«

»Warum uns?« erkundigte sich Brian mißtrauisch.

»Es ist für mich allein zu groß. Ich brauche Hilfe, und ihr seid gerade zum richtigen Zeitpunkt aufgetaucht. Wenn das Zeug erst einmal auf dem Markt erscheint, wird die Nachfrage ins Unermeßliche steigen, mehr, als wir je auf Xanthos produzieren können. Wir müssen weitere Plantagen anlegen und Brennereien aufbauen. Überlegt mal, wer will denn noch Hasch oder Kokain, selbst Heroin haben, wenn er Nektar bekommen kann? Freunde, das ist die Revolution! Wir können der Welt helfen, von den Drogen loszukommen. Bedenkt, was das bedeutet!«

»Um von einem anderen Zeug abhängig zu werden«, bemerkte Alain trocken.

»Alles hat seinen Preis, auch die Errettung.«

»Aber ist es auch sicher, daß beim Nektar keine schädlichen Nebenwirkungen auftreten?« fragte Brian.

»Ich kann es nicht mit letzter Sicherheit ausschließen, aber bisher hat sich noch nichts gezeigt außer einem riesigen Kater, den ihr ja kennengelernt habt. Deshalb wollte ich, daß es Jugendliche erproben.«

»Aber später können doch Schäden auftreten?«

Pater Amorosus zuckte mit den Achseln. »Dann haben sie eben Pech gehabt!« lautete sein Kommentar zur Lage.

»Und wir sollen für dich die Pflanzen übersetzen, wenn ich das richtig sehe.«

»Genau, Lucinda. Euer Luxusdampfer ist ideal dafür, und keiner von euch sieht wie die üblichen Rauschgifttypen aus. Ich kann euch versichern, daß überhaupt kein Risiko dabei ist. Das Zeug steht auf keiner Liste von verbotenen Drogen. Sollte wirklich ein Beamter neugierig werden, ist es doch nichts Ungewöhnliches, wenn zwei englische Damen aus gutem Hause ein paar Pflanzen für ihre Freunde mitbringen, damit die sie im Garten einsetzen können. Wenn jemand so interessiert ist und sich das Zeug näher ansehen will, findet er nichts als Heidekraut! Gibt es etwas Harmloseres?«

»Nicht so schnell!« unterbrach ihn Brian. »Es ist doch sinnlos, wenn wir Ihre gartenbaulichen Erzeugnisse in der Weltgeschichte herumfahren, ehe Sie ein Verteilernetz aufgebaut haben, wo wir sie abliefern können.«

»Sie gefallen mir«, strahlte ihn Pater Amorosus an. »Sie haben eine praktische Ader; die können wir gebrauchen. Aber wie kommen Sie auf den Gedanken, daß ich ein solches Verteilernetz noch nicht organisiert habe?«

»Sie haben tatsächlich schon etwas davon verkauft?«

»Selbstverständlich, Jennifer, und zu einem ausgezeichneten Preis. Natürlich nur eine winzige Menge und nur an gute Freunde, denen ich trauen kann. Wovon könnte ich sonst das Leben auf Xanthos bezahlen? Dieser unbedeutende Punkt im Meer hat die beste Zahlungsbilanz der Welt, besser noch als Saudi-Arabien.«

»Wie haben Sie es weggeschafft?«

»Euer Freund, Steve, war so freundlich. Er hatte natürlich keine Ahnung, was er tat. Er dachte, er bringe einem meiner Freunde eine Flasche Whisky. Aber jetzt können wir mit der Produktion richtig anfangen; da reicht diese Verteilung nicht mehr aus. – Ihr werdet also jetzt verstehen«, beendete er seine Erklärung, »daß ich nicht zulassen konnte, daß ihr mich verpfeift. Nachdem ihr euch wegen Scarlett in derartige Empörung hineingesteigert hattet, mußte ich euch diese wichtigen Fakten mitteilen.«

»Was sollen wir denn nun wirklich machen?« fragte Lucinda.

»Anfangs nur ein paar Fahrten, etwa bis Rhodos. Später kann man sie weiter ausdehnen. Ihr braucht mir auch nicht sofort eine Antwort zu geben. Es reicht, wenn ich am Montag weiß, ob wir Partner sind oder nicht. Wir können uns dann auch über euren Anteil unterhalten, nachdem ihr euch entschlossen habt mitzumachen.«

»Und wenn wir uns gegen eine Beteiligung entscheiden?«

»Dann, mein lieber Alain, werden Sie trotzdem mitspielen müssen. Aber in erster Linie als Verbraucher. Ein gutes, stärkendes Glas Nektar zu jeder Mahlzeit wird euch meinen Vorschlägen gegenüber sehr viel milder stimmen. Dann nämlich werdet ihr so beschäftigt sein, euch in den Betten zu wälzen, daß es euch egal sein wird, wohin ihr segelt. Erinnert euch daran, was ich über den Gehorsam gesagt habe, den die sexuelle Begierde hervorbringt.«

»Sie würden aus uns Süchtige machen?«

»Ich würde es nicht so hart ausdrücken, aber im Prinzip stimmt's. Überlegt es euch.«

»Was mich betrifft«, entgegnete Lucinda, »brauchst du den geschäftlichen Erfolg nicht groß zu erklären. Der leuchtet mir ein. Ich habe aber das Gefühl, daß wir von dem faszinierenden Ausschnitt deiner Lebensbeschreibung so mitgerissen wurden, daß wir ganz und gar unseren ursprünglichen Streitpunkt aus den Augen verloren haben. Du willst unser Boot und unsere Hilfe. Kein schlechtes Angebot, wenn der Preis stimmt. Aber wir wollen, daß Scarlett den Mann heiraten darf, den sie liebt. Was hältst du davon, wenn das eine Bedingung ist, daß wir annehmen?«

»Du bist ein zäher kleiner Brocken, Lucinda. Du ähnelst Melanie und nicht ihrem hohlköpfigen Ehemann. Also gut, es war zwar nicht das, was ich mit dem Mädchen vorhatte; aber wir alle müssen dem Glück der Menschheit Opfer bringen. Die kleine Scarlett kann ihren tapferen, sonnengebräunten Fischer haben. Ich nehme doch an, daß er der flammende Liebhaber ist?«

Ehe Lucinda antworten konnte, schaltete Brian sich ein und sagte mit einem scharfen Blick auf seine Gefährten: »Da diese Entscheidung uns alle betrifft, müssen wir sie erst unter uns besprechen. Wir werden Ihnen am Montag unsere Antwort geben.«

»Ausgezeichnet«, antwortete ihr Gastgeber, »aber benehmt euch bis dahin, bitte. Ich dulde keine weiteren Dummheiten.«

»Du hast eine herrliche Art, deinen Standpunkt klar auszudrükken«, lächelte Lucinda ihn an. »Auf Wiedersehen, Onkel, bis Montag.«

Kapitel 16

»Warum warst du so ablehnend?« Lucinda war auf Brian wütend, man konnte es aus ihrer Stimme heraushören. »Wir hätten auf der Stelle zum Abschluß kommen können, aber du mußtest ja alles hinauszögern und die Dinge bis Montag in der Schwebe halten.«

Ihnen war klargeworden, daß Brians Plan, zur Höhle zu rennen, von einem Lauscher verraten worden sein mußte. Deshalb hielten sie ihre Besprechung am Strand ab, wo sich niemand unbeobachtet heranschleichen konnte.

»Du meinst also, wir sollten mit deinem Onkel ins Geschäft kommen?« fragte Alain. Seine Stirn war angestrengt in Falten gelegt; offensichtlich hatte auch er seine Zweifel.

»Warum nicht? Ich bin sicher, daß wir mit dem Nektar ein Vermögen verdienen können. Was habt ihr gegen den alten Jungen? Nur weil er den bösen Onkel gespielt und gedroht hat, Scarlett unglücklich zu machen? Jetzt ist er doch bereit, ihr das zu geben, was sie will – sie kann mit Steve weggehen oder mit einem anderen, wenn sie den lieber will. Wir hatten das Geschäft schon klipp und klar in der Hand, als Freund Brian hier plötzlich den harten Burschen herauskehrte und den gewiegten Diplomten spielte. Was sagst du dazu, Jennifer?«

»Ich habe überlegt«, antwortete Jennifer, »wenn wir den Nektar mit etwas pulverisiertem Aspirin mischen, ob wir dann nicht den Kater verringern könnten.«

»Kapiert ihr denn nicht«, fuhr Brian dazwischen, »daß das Geschäft einfach zu leicht läuft. Der alte Ulysses ist verschlagen und hart wie Stahl. Nehmt nur mal die Sache, daß er uns eiskalt gedroht hat, uns mit dem Nektar zu vergiften, wenn wir nicht mitspielen. Er ist dazu auch fähig. Trotz all seiner Vorträge über die Größe und den Ruhm des antiken Griechenlands besitzt er keinen Funken Gefühl.«

»Und was nun?«

»Überlege, Lucinda – warum ist er bereit, in alles einzuwilligen, was du forderst? Er hat schließlich genaue Pläne, Scarlett zu seiner Frau zu machen, ob es ihr paßt oder nicht. Und dann läßt er sie so einfach gehen, wie man einen Penny in den Hut eines blinden Bettlers fallen läßt, als du darum batest, daß sie fortgehen kann, mit wem sie will. Warum?«

»Da hast du recht. Er hat überhaupt keine Sekunde gezögert. Es war als ob er auf Scarlett überhaupt keinen Wert legte«, stimmte Alain zu.

»Warum sollte er auch? Er hat nicht die geringste Absicht, sein Wort zu halten.« Brian gab sich die größte Mühe, die Doppelzüngigkeit von Ulysses Blake alias Pater Amorosus den anderen vor Augen zu führen. »Er will uns und die ›Lucifer‹ für seine Zwecke verwenden. Sobald wir ihm nicht mehr nützlich sind, wird er uns mit soviel Mitgefühl beseitigen, wir er zum Erschlagen von drei Moskitos aufbringen muß. Solange wir auf dieser Insel sind, können wir weder ihn noch seinen Haufen von gehirngewaschenen Schülern aufhalten.«

»Du willst also sagen, Brian, daß wir ihm nicht trauen können?«

»Trauen? Ihm? Jennifer, das meinst du doch nicht im Ernst! Seit wir hier gelandet sind, hat er uns ein Märchen nach dem anderen aufgetischt.«

»Brian hat recht«, sagte Alain. »Wir müssen Miles eine Nachricht schicken, daß wir Hilfe brauchen.«

»Und Onkel Ulysses Anforderungen einfach übergehen?« Lucinda war immer noch nicht überzeugt. »Das käme buchstäblich einer Kriegserklärung gleich. Und du hast gesagt, wir sind nicht stark genug, es mit der ganzen Bevölkerung von Xanthos aufzunehmen. Warum warten wir nicht ab und tun am Montag so, als ob wir bei seinem Geschäft mitmachen; wenn wir mit der ›Lucifer‹ auf eine Fahrt für ihn gehen, können wir immer noch Hilfe holen. Was sollte uns aufhalten, wenn wir auf Rhodos oder an einem anderen Platz sind, wo Onkel Ulysses nicht Herr und Meister ist – den Nektar nehmen wir dann natürlich mit?«

»Sehr einfach! Weil wir nie diese Gelegenheit bekommen werden«, entgegnete ihr Brian. »Wir würden mit Sicherheit von einer Abordnung seiner Schläger begleitet werden, die uns keine Sekunde auf See oder im Hafen aus den Augen lassen würden. Wir würden Gefangene sein und wahrscheinlich auch voll unter dem Einfluß von Drogen stehen.«

»Glaubst du, daß wir unter seinen liebenden Brüdern und Schwestern eine Revolte anzetteln können, wenn wir ihnen die Augen öffnen, daß ihre hohe Religion der Liebe nichts weiter ist als ein Aushängeschild für eine Rauschgiftzentrale?«

»Keine Chance!« sagte Alain zu Lucinda. »Er hat sie völlig unter Kontrolle. Sie würden uns kein Wort glauben, was wir ihnen auch sagen würden, nicht einmal wenn sie den Beweis mit eigenen Augen sehen könnten, solange sie ihr Essen mit Nektar angereichert bekommen.«

»Trotzdem glaube ich, daß wir am Montag irgendein Abkommen mit ihm treffen sollten«, meinte Lucinda.

»Richtig, wir haben keine andere Wahl. Wir sollten aber versuchen, so schnell wie möglich Hilfe zu rufen. Ich schlage vor, daß wir warten, bis es dunkel ist, und dann probiere ich mich wegzuschleichen und zur ›Lucifer‹ hinauszuschwimmen. Wenn ich an Bord gelangen kann, ohne daß mich jemand sieht, kann ich über das Funkgerät einen Notruf senden. Wir können zwar nicht sicher sein, daß er durchkommt, aber die Chancen stehen nicht schlecht. Was meint ihr?«

»Von mir aus geht das in Ordnung, Alain«, meinte Brian. »Ich würde deinen Plan nur in einem Punkt ändern. Wir wissen, daß wir sehr genau bewacht werden; ich bin sicher, daß die Freunde der Liebe während der Nacht am meisten Patrouillen aufstellen. Die beste Zeit ist während des Abendessens, wenn fast alle in der Halle sind. Laß mich an deiner Stelle hinausschwimmen, Alain. Ihr drei geht zum Essen und sagt, daß ich mich nicht wohl fühle. Ihr könnt ihnen ja erzählen, daß ich gestern zusammengeschlagen wurde und ziemliche Schmerzen habe, wahrscheinlich auch eine kleine Gehirnerschütterung. Vielleicht glauben sie euch lange genug, daß ich hinaus und wieder zurück in mein Bett kommen kann, wo ich zitternd liege, sollten sie nach dem Essen nach mir sehen.«

Alain hatte seine Bedenken über Brians Fähigkeiten als Funker. Brian konnte diese aber zerstreuen, als er ihnen berichtete, daß er während der Fahrten auf dem Frachter öfter die Stelle des eigentlichen Funkers eingenommen hatte und ausreichend gut im Morsealphabet Bescheid wußte. Er hatte zwar als Schwimmer nicht den Vorzug des bretonischen Fischers, der schon fast mit Schwimmflossen geboren worden war, hatte sich aber später sehr hervorgetan, sogar England in einem Schülerwettkampf gegen Schottland vertreten. Widerstrebend willigte Alain ein; auch die beiden Mädchen stimmten dem Plan zu.

»Zieh du nur deine Supermann-Sache durch«, meinte Lucinda, »und überlaß die geschäftlichen Verhandlungen mit Ulysses mir.«

Eigentlich war Lucinda von der überraschenden Entdeckung solcher Talente ihres Geliebten ziemlich beeindruckt. Als sie zum Tempel zurückgingen, schaute sie ihn bewundernd an und meinte:

»Du bist wirklich ein Typ voll Überraschungen. Jeden Tag verblüffst du mich mit etwas Neuem – Marathonläufer, Schwimmer, Funkexperte. Was kommt als nächstes?«

»Erinnerst du dich daran, daß du mich ein häßliches Entlein genannt hast?«

»Ich hatte recht. Als ich dich aufgelesen habe, warst du der reinste Penner. Dabei bist du wirklich intelligent und gebildet.«

»Kannst du nicht verstehen«, antwortete ihr Brian, »das ich einfach nicht der Typ bin, der sich mit einem langweiligen Job in einem Büro zufrieden gibt, der ein langweiliges, aber ehrbares Mädchen heiratet, in einem Häuschen am Stadtrand wohnt und bis zu dem Tag, an dem er stirbt, ein Sklave der Routine ist? Du bist sehr reich, Lucinda, das verschafft dir viel Unabhängigkeit. Ich sehne mich nicht nach Reichtum, werde aber mein Leben auf meine eigene Art leben. Das ist meine Art der Freiheit.«

Sie küßte ihn. »Weißt du, daß du wirklich ein prima Kerl bist?«

»Ich verdanke dir viel. Du hast mich von vielen Vorurteilen befreit.«

Beim Abendessen waren Alain und die Mädchen ziemlich nervös. Die Minuten zogen sich dahin. Sie hatten dauernd Angst, daß jeden Augenblick die Wachen Brian in die Halle schieben könnten. Sie hatten seine Entschuldigung Pater Amorosus überbracht, der sie mitfühlend, aber ziemlich uninteressiert aufgenommen hatte.

»Er müßte es jetzt eigentlich geschafft haben«, flüsterte Lucinda Jennifer ins Ohr. »Komm, laß uns nach oben gehen.«

Sie beeilten sich mit dem Essen und verließen, sobald es nicht auffiel, die Halle.

Als sie auf ihr Zimmer kamen, war Brian schon da. Von seinem prächtigen Körper perlten noch die Wassertropfen.

»Du hast es geschafft!« rief Lucinda begeistert.

»Was ist passiert? Du siehst nicht besonders glücklich aus«, bemerkte Jennifer.

»Ich bin ohne Schwierigkeiten aufs Boot gekommen«, schnaufte er. »Ich bin nicht auf dem Weg nach unten gegangen, sondern habe mich durch die Büsche geschlagen, falls doch irgendwelche Freunde der Liebe herumstrolchten. Ich bin auch noch von der Anlegestelle und unserem Schlauchboot gut weggekommen. Solange ich konnte, bin ich getaucht. Ich bin auf der anderen Seite der ›Lucifer‹ heraufgekommen, so daß ich an Bord klettern konnte, ohne vom Ufer aus gesehen zu werden.«

»Hast du den Notruf senden können?« wollte Alain wissen. Brian schüttelte den Kopf.

»Ich bin nach unten gegangen und mußte feststellen, daß das Funkgerät entfernt worden war.«

»Dein Onkel läßt auch keine Schweinerei aus«, sagte Alain zu Lucinda.

»Jetzt ist also klar, daß wir mit ihm am Montag ins Geschäft kommen müssen. Wir wissen nun, daß uns keine andere Wahl bleibt.«

»Stimmt, Lucinda! Ich glaube aber, daß wir trotzdem noch einen Trumpf im Ärmel haben, den du vergißt«, meinte Alain. »Wenn wir keine Funkmeldung durchgeben können, wird doch sicher dein Bruder nach uns suchen und sich erkundigen, ob die ›Lucifer‹ als vermißt gilt oder ob man über unser Schicksal etwas weiß.«

»Wie lange müßten wir deiner Meinung nach aushalten, bis ein Suchtrupp ankommt?«

»Nachdem er unser Telex bekommen hat, daß alles in Ordnung ist, glaube ich kaum, daß sich Miles vor Ablauf einiger Wochen ernsthafte Sorgen macht, Jennifer. Danach braucht er auch noch eine gewisse Zeit, um alles zu organisieren.«

»Wenn er einmal Wind bekommen hat, daß etwas schiefläuft, ist mein Bruder Miles schneller als der Blitz«, bemerkte Lucinda. »Bis dahin müssen wir versuchen, es mit unserem Großen Liebenden Vater aufzunehmen.«

Als sie jedoch zur ausgemachten Zeit in Pater Amorosus' Arbeitszimmer erschienen, erwartete sie dort eine höchst unangenehme Überraschung. Von der freundlichen Stimmung bei der letzten Unterredung war keine Spur festzustellen.

»Unsere Vereinbarung könnt ihr vergessen!« fuhr er sie wütend an. »Und Sie«, sprach er mit einem zornigen Blick auf Brian weiter,

»haben wohl Ihren Tauchausflug im Mondenschein sehr genossen. Ihr seid wirklich ein selten blöder Haufen! Ihr hättet diesen Versuch besser unterlassen sollen. Ihr habt damit eindeutig bewiesen, daß man euch nicht trauen kann. Ich bin sehr enttäuscht.« Pater Amorosus schüttelte seinen Kopf wie ein Hirtenhund, den man hinters Licht geführt hatte, und schaute sie betrübt an. »Ich nehme an, ihr habt euch Gedanken darüber gemacht, was jetzt mit euch geschehen wird?«

»Stimmt! Wir haben Ihre Drohung, uns Ihren Giftbecher zu verabreichen und dann die ›Lucifer‹ zu übernehmen, nicht vergessen.« Alain sprach mit Selbstvertrauen und Entschiedenheit, mit der er seinen Gegner mehr als seine Freunde zu beeindrucken beabsichtigte. »Wir haben die Sache durchgedacht und sind sicher, daß Sie sich nicht die Konsequenzen überlegt haben, die die Ausführung einer solchen Drohung nach sich ziehen würde.«

»Darf ich euch versichern, daß ich jedes Wort so gemeint habe, wie ich es gesagt habe. Ihr könnt doch nicht so dumm sein zu glauben, daß ich euch jemals gehen lassen würde, wo ich genau weiß, was ihr tun würdet? Es war die reine Dummheit, euch nicht meiner Großzügigkeit anzuvertrauen.«

»Woher sollten wir wissen, ob wir nicht von dir übers Ohr gehauen würden, wenn wir mit dir ein Abkommen getroffen hätten?«

»Das, meine liebe Nichte, war eines der Risiken, die ihr eben auf euch nehmen mußtet. Es gibt kein Geschäft, bei dem nicht auch ein Risiko ist«, fügte er mit einer Spur seines früheren Humors hinzu.

»Wir sehen das anders«, mischte sich Alain wieder ein. »Sie haben keine andere Wahl, als uns und Scarlett gehen zu lassen. Haben Sie überlegt, was passieren würde, wenn wir spurlos verschwinden und keine Nachricht hinterlassen? Wie lange würde es wohl dauern, ehe Ihre Scheinwelt des antiken Griechenlands hier auf Xanthos ganz empfindlich gestört wird? Sie wissen, daß Lucindas Bruder erwartet, von uns zu hören. Sie haben das Telex vorigen Mittwoch selbst gelesen. Er wartet auf weitere Meldungen – und zwar bald.«

Pater Amorosus nickte und schenkte ihnen ein wohlwollendes Lächeln.

»Ich schätze es immer, wenn jemand eine schwierige Situation bis zum Ende durchdenkt. Aber ihr müßt sie dann auch wirklich ganz zu Ende denken. Mir gefällt eure Vorstellung einer bravourösen Befreiungsaktion. Klingt entzückend, ist aber keinen Schuß Pulver wert! Ich brauche lediglich ein paar Fahrten mit eurer Jacht, um die Verteilung richtig aufzuziehen und meine Organisation aufzubauen. Später kann ich die Verteilerkanäle in Ruhe ausbauen. Meiner Rechnung nach wird Bruder Miles mehrere Wochen gar nichts unternehmen, zumal wenn er noch ein zweites beruhigendes Telex erhält.«

»Und wer sollte ihm dieses Telex schicken?«

»Aber du natürlich, Lucinda. Darf ich dich daran erinnern, daß dein spezieller Freund, Mr. Avropolos, am nächsten Mittwoch hier fällig ist mit seiner wöchentlichen Lieferung an Nachschub. Er war schon einmal so liebenswürdig, ein Telex nach Kos mitzunehmen und von dort senden zu lassen; ich bin ganz sicher, daß er dir den Gefallen noch einmal erweisen wird.«

»Und wieso bist du so sicher, daß wir es abfassen werden?«

»Benutze deinen Verstand, Lucinda. Ich kann es jederzeit selbst schreiben. Alain war so freundlich, mir den Text vorige Woche zu zeigen. Ich könnte leicht etwas Ähnliches aufsetzen. Aber ich halte es für besser, wenn einer von euch Steve eine Nachricht aushändigt, die ich vorher gebilligt habe. Während einer von euch mit eurem hilfsbereiten Fischer verhandelt, werde ich die anderen drei als Geiseln haben. Eigentlich sind es ja vier Geiseln, wir dürfen Scarlett nicht vergessen!«

»Und was wollen Sie mit den Geiseln anfangen, wenn wir nicht gehorchen?«

»Ich werde mir schon etwas ganz besonderes Scheußliches ausdenken für euch; aber das soll bis Mittwoch noch mein kleines Geheimnis bleiben.«

»Mich führen Sie nicht hinters Licht«, entgegnete ihm Alain. »Selbst wenn Sie in dieser Woche ein Telex losschicken, können Sie die gleiche Tour nicht ewig durchhalten. Miles wird mißtrauisch werden, wenn wir auf Dauer hier bleiben. Er ist schließlich kein Idiot.«

»Ganz richtig«, stimmte ihm Pater Amorosus zu, »aber wie ich schon sagte, ich brauche nicht viel Zeit. In der Zwischenzeit wird eure hübsche und sehr auffällige Jacht ein paar Fahrten nach Rhodos und einigen anderen Inseln gemacht haben. Viele Leute werden sich an die junge Mannschaft erinnern, an die vier Leute, die immer entweder total betrunken oder high waren. Ich werde sichergehen, daß ihr diesen Eindruck erweckt. Danach wird es kaum jemand erschüttern zu hören, daß nach einer anderen Fahrt nur noch ein paar Wrackteile der ›Lucifer‹ auf dem Meer schwimmen.«

»Du würdest die ›Lucifer‹ versenken?« schrie Lucinda.

»Warum nicht? Wenn sie ihre Aufgabe erfüllt hat? Ich stimmte dir zu, es wäre sehr schade, sie ist ein sehr hübsches Boot; aber es erscheint mir als die einzig sinnvolle Lösung.«

»Das ist doch absurd!« rief Alain. »Ein modernes Fahrzeug mit Radar an Bord geht doch heutzutage nicht auf dem ruhigen Mittelmeer unter.«

»Natürlich nicht unter normalen Bedingungen. Deshalb werde ich auch dafür sorgen, daß eine Menge Leute bezeugen können, daß ihr euch in einem fortwährenden Zustand von – sollen wir sagen – Trunkenheit befunden habt. Sie sind ein erfahrener Seemann, Alain, und wissen doch, daß es viele ungelöste Rätsel auf dem Meer gibt. Vielleicht ist die ›Lucifer‹ mit einem nicht gemeldeten Wrack auf einer Fahrrinne weit weg von der normalen Route zusammengestoßen? Es liegen auch noch ziemlich viele italienische Minen aus dem Krieg herum.«

»Und wir werden mit dem Boot untergehen?« fragte Brian.

»Das ist eine ausgezeichnete Frage.« Pater Amorosus' Bart wakkelte vor Vergnügen, »Ich kann darauf noch nicht antworten. Das hängt davon ab, wie ihr auf die Bestellung ansprecht.«

»Behandlung?«

»Ja, das ist eure einzige Hoffnung, Lucinda. Vom heutigen Abend an wird das Essen von euch vier mit einer guten Prise des außerordentlich bekömmlichen Nektars gewürzt werden. Solltet ihr auf diese Medizin gut ansprechen, werdet ihr alle in einer sehr viel besseren Gemütsverfassung sein als jetzt, wenn dein Bruder Miles uns besuchen sollte. Er wird euch vielleicht für etwas durcheinander halten, das wäre ja auch nicht so erstaunlich, wenn man bedenkt, was ihr alles nach dem Schiffsunglück mitgemacht habt, als ihr hilflos auf dem Meer getrieben seid. Eigentlich muß er zugeben, daß ihr unwahrscheinliches Glück hattet, daß euer Rettungsboot auf Xanthos an Land getrieben ist. Was könnte selbstverständlicher sein, als daß ihr eine Weile hierbleiben wollt, um die Gesellschaft deines lange nicht gesehenen Onkels und deiner reizenden Cousine zu genießen? Ich glaube kaum, daß wir uns über die Konsequenzen unterhalten müssen, falls eure Reaktion auf den Nektar nicht meinen Erwartungen entspricht?«

»Alles klar!« Wir haben Sie verstanden. Was ist aber mit den Hunderten von Freunden und Verwandten, die die Jugendlichen hier haben? Werden die sich nicht umsehen wollen, besonders nach dem Bericht in ›Newsweek‹? Jennifer konnte es nicht vermeiden, daß ein bißchen Verzweiflung in ihrer Stimme mitklang.

»»Sicherlich. Aber was werden sie vorfinden? Eine nette, harmlose Gemeinschaft. Vielleicht werden sie denken, daß wir über die Liebe in der Welt einige merkwürdige Ansichten haben, aber ihr wißt doch selbst, daß kein amerikanischer Jugendlicher ganz normal ist. Sie fallen auf jeden Guru und jede ausgeflippte Sekte herein. Spielt da ein weiteres Utopia eine Rolle? Vor allem dürft ihr nicht vergessen, daß kein Mensch hier eine Spur von Drogen findet, keinen Joint, kein Gramm Koks. Wer sollte sich über einen Flecken mit Heidekraut aufregen, das wild wächst? Jeder weiß, daß Erika harmlos ist. Habt ihr je eine Biene gesehen, die high davon war? Die jungen Leute sind einfach von zu Hause abgehauen wie die meisten ihres Alters.«

Sie wußten nicht mehr, was sie sagen sollten, und Ulysses nahm das zur Kenntnis.

»Ich glaube, daß wir unsere Unterhaltung beenden können«, verkündete er. »Ich verabschiede euch bis heute abend. Nebenbei bemerkt – ich hoffe, daß ihr euren Nektar wie liebe Kinder nehmen werdet. Es ist ziemlich unschön, Leute zwangszuernähren; wir sind aber durchaus auf diesen Fall vorbereitet, wenn es nötig sein sollte. Ich schlage vor, daß ihr euch nach eurer Mahlzeit auf euer Zimmer zurückzieht. Ich werde euch einige Spielgefährten hinaufschicken, damit euch die Zeit nicht zu langweilig wird. Bei der Partnersuche werde ich sehr sorgfältig vorgehen. Ich bin sicher, daß ihr sie unter den gegebenen Umständen sogar recht liebgewinnen werdet. Wenn ihr euch mit einem der Freunde der Liebe anfreundet, werdet ihr die ganze Gemeinschaft mehr zu schätzen wissen – und mich auch.«

»Eine feine Hochschätzung!« meinte Brian.

»Sie werden erstaunt sein, wie stark ein Band sein kann, das durch Sex verstärkt wurde. Na, und du, Lucinda? Als emanzipierte Frau müßtest du doch sehr viel von freier Liebe halten?«

»Nicht, wenn sie unter Zwang ausgeführt wird.«

Kapitel 17

»Na, das war wirklich einsame Spitze, wie du mit ihm umgesprungen bist«, sagte Lucinda zu Alain. »Das einzige, was wir erreicht haben, ist der offene Kriegszustand mit dem alten Teufel!«

»Wenn das Krieg bedeutet, fühle ich mich versucht, Pazifist zu werden.« Brian nickte durchaus zustimmend in die Richtung, wo ein gut gebautes dunkelhaariges Mädchen sie aus einer gewissen Entfernung beobachtete.

»Das würde dich nicht zu einem Pazifisten, sondern zu einem Überläufer machen«, informierte Jennifer ihn. »Und Überläufer werden gewöhnlich erschossen.«

»War doch bloß ein Scherz«, antwortete Brian mit einem letzten, hungrigen Blick auf den Feind.

»Wir haben wirklich keine Zeit für blöde Scherze. Wir müssen uns sehr schnell etwas einfallen lassen, sonst sind wir total im Eimer«, wandte Alain ein.

»Wenn unser Eimer nicht sowieso schon längst angebohrt ist.« Lucindas schnippische Bemerkung wurde mit eisigem Schweigen aufgenommen.

Sie hatte sich wieder auf ihren Treffplatz am Strand zurückgezogen. Wenn sie sich wirklich mit den Freunden der Liebe im Kriegszustand befanden, ließen die feindlichen Angriffe noch auf sich warten. Bis jetzt beschränkte sich der Gegner darauf, sie durch Außenposten beobachten zu lassen wie das dunkelhaarige Mädchen, das Brians Aufmerksamkeit erregt hatte.

»Warum wartet er bis heute abend, um uns seinen Lustschnaps in die Kehle zu kippen? Er hätte doch auch gleich damit anfangen können?«

»Das kann ich dir sagen, Brian«, antwortete ihm Lucinda. »Erinnerst du dich an unser freundliches Gespäch, indem er uns einen Drink anbot? Er erwähnte, daß er im Augenblick keinen Nektar mehr habe. Heute habe ich auch diesen grauenvollen Aristippos gehört, wie er sich mit seiner Freundin unterhielt.«

»Was, die widerliche Nausikaa?«

»Genau die! Als der Generator seinen Geist aufgab, mußten sie die Produktion unterbrechen. Das Fest vorige Woche hat die letzten Vorräte aufgezehrt. Jetzt arbeitet die Brennerei wieder, dank Steve, der das Ersatzteil gebracht hat; es wird aber bis zum späten

Nachmittag dauern, ehe sie von dem Saft genügend gebraut haben.«

»Das ist interessant«, überlegte Alain. »Vielleicht können wir am Mittwoch Steve eine Nachricht zuspielen. Auf alle Fälle müssen wir Zeit schinden. Pater Amorosus will uns mit seinem Nektar vollpumpen. Er hat aber keine Vorräte; seine einzige Quelle ist die Brennerei. Was können wir also machen?«

»Wir sabotieren die Brennerei«, rief Lucinda begeistert. »Da war so viel Zeug, das man zerschlagen kann. Worauf warten wir noch?«

»Es ist vielleicht doch nicht so leicht«, warnte Brian.

»Verräter, wende deine lüsternen Augen von dieser verführerischen Sirene!« befahl ihm Lucinda.

Aber Brians Verdacht stellte sich als berechtigt heraus. Der Angriff auf die Brennerei kam nie zustande. Sie mußten feststellen, daß das Gebäude von über einem Dutzend Leute bewacht wurde, die ihrem Namen als Freunde der Liebe keine Ehre erwiesen. Sie waren mit Knüppeln und Keulen bewaffnet. Offensichtlich war der Napoleon von Xanthos ein ebenso guter Stratege wie seine Widersacher.

Aber auch der genialste General kann besiegt werden, wenn seine Soldaten sehr viel dümmer als die seines Gegners sind. Den Rest des Nachmittags blieb die Mannschaft der ›Lucifer‹ auf Beobachtungsposten. Gegen sechs Uhr wurde das Gebäude zugeschlossen. Leider wurden Wachtposten aufgestellt. Sie konnten sich auch im Schutze der Dunkelheit nicht hineinstehlen. Sie sahen aber, daß eine Gruppe mit einer großen Flasche abzog, die sie zum Tempel mitnahmen.

»Das kann aber nicht alles für uns bestimmt sein«, sagte Jennifer erschrocken.

»Das ist wahrscheinlich alles, was sie seit der Wiederinbetriebnahme herstellen konnten«, meinte Brian.

Im Tempel roch es ausgesprochen lecker aus der Küche, als die Köche die Abendmahlzeit vorbereiteten. Alain schlenderte ganz unbefangen in die Küchenräume. Zuerst kam ein großer Raum, in dem viele Wandschränke, Anrichten und eine Spüle waren. In der Mitte stand ein langer Tisch, auf dem viele Platten und Schüsseln aufgetürmt waren – und die Flasche mit dem Nektar. Mehrere der Freunde der Liebe, Novizen und Eingeweihte, hielten sich in dem Küchenraum daneben auf, wo die Herde, Grills und offenen Feuerstellen waren. Im äußeren Küchenraum war nur ein etwas plumpes Mädchen, das Alain neugierig anschaute, als er hereinkam.

»Was wollen Sie?« fragte es.

»Ein Glas Wasser.«

Sie schaute ihn mißtrauisch an. »Na gut! Ich hole Ihnen eines. Bleiben Sie vom Tisch weg! Kommen Sie lieber mit mir zur Spüle herüber.«

Ergeben folgte Alain ihr. Sie gingen zusammen zur Spüle auf die andere Seite, wobei das Mädchen ihn keine Sekunde aus den Augen ließ. Es war so auf Alain fixiert, daß sie Brian nicht bemerkte, der auf Zehenspitzen hereingekommen war, sobald es ihm den Rücken zudrehte. Das Rauschen des Wassers aus dem Hahn übertönte das Geräusch, mit dem der Nektar auf den Boden floß, als Brian die Flasche ausleerte. Erst als das Mädchen Alain das Glas reichte, sah sie, was geschah.

»Aufhören!« schrie sie.

Sie wollte auf Brian zulaufen, aber Alain hielt sie fest. Einige kamen aus der Nebenküche, die ihren Schrei gehört hatten. Es war in der großen Flasche immer noch viel Nektar übrig. Ehe sie sie aber in die Hände bringen konnten, hatte Brian die Flasche auf den Boden geworfen, wo sie zersprang.

»Das war wirklich eine sehr dumme Handlung«, wies Pater Amorosus sie zurecht, nachdem man sie vor ihn geführt hatte. »Was wollten Sie denn damit erreichen? Morgen habe ich viele, viele Liter davon. Ich habe wirklich nicht geglaubt, daß Sie sich auf so sinnlose Zerstörung einlassen. Haben Sie noch nie von dem heiligen Recht auf Eigentum gehört? Einfach abstoßend! Ich kann nur warnen; jeder erneute Versuch, die heutige Wahnsinnstat zu wiederholen, wird einen Gegenschlag herausfordern – einen gewaltigen Gegenschlag. Macht, daß ihr mir aus den Augen kommt und bleibt auf eurem Zimmer, bis man euch holt.«

Mehr noch als die Vernichtung des Nektars freute es sie, daß ihr nach außen hin so gelassener Gefängniswärter die Fassung verloren hatte. Leider hatten sie aber nur ein belangloses Gefecht gewonnen; am Dienstag wurde ihnen keine Gelegenheit zu einem Sieg geboten. Nach dem Essen trat Pater Amorosus mit grimmigem Gesicht auf sie zu. Hinter ihm stand eine Abteilung kräftiger junger Männer. Die drückten ihnen die Krüge in die Hand, in denen eine ordentliche Portion Nektar enthalten war.

»Entweder ihr trinkt das wie zivilisierte Menschen, oder wir müssen euch die Nasen zuhalten und es in eure Kehlen schütten.«

»Da du uns so herzlich und verlockend einlädst, werden wir es wohl ruhig schlucken müssen«, meinte Lucinda.

Sie hatten während des Tages genug Zeit gehabt, ihre Taktik auszuarbeiten. Sie stürzten den Nektar so schnell wie möglich hinunter und rannten dann auf ihr Zimmer. Niemand versuchte sie aufzuhalten.

Sie wußten, daß sie nur wenige Minuten hatten, ehe die ›Erica Erotica‹ zu wirken begann und Pater Amorosus' ausgewählte Leute hinaufkommen würden, um sie zu verführen.

»Was auch passiert, wir müssen zusammenhalten. Vergeßt das nicht, egal was euer verwirrter Verstand euch auch eingibt«, faßte Alain die Situation zusammen. »Wenn wir diesen falschen Liebesvögeln des Paters eine Chance geben, sich zwischen uns zu drängen, haben wir jede Möglichkeit des Widerstandes verspielt.«

»Und des Überlebens«, fügte Brian hinzu.

Sofort nachdem sie ihr Zimmer betreten hatten, verbarrikadierten sie die Tür. Sie schoben den schweren Schrank und ein Bett hochkant dagegen. Das andere Bett schoben sie vor diese Gegenstände. Sie arbeiteten mit affenartiger Geschwindigkeit wie Menschen auf einem sinkenden Schiff, die mit letzter Kraft ein Rettungsfloß flottmachen. Ehe sie mit dieser Arbeit fertig waren, huschten bereits die bunten Schatten vor ihren Augen. Sie mußten schwer atmen, und es bedurfte ihrer letzten Willensanstrengung, die Möbel hinzuschieben. Danach fielen die vier auf das eine Bett, das noch auf seinen vier Beinen stand.

Die Droge ließ sich nicht länger verleugnen. Sie rissen sich die Kleider vom Leib und stürzten sich wie hungrige Löwen aufeinander. Alle vier bildeten einen riesigen, verschlungenen Liebesknoten. Sie mußten mit einem anderen menschlichen Wesen körperlichen Kontakt haben, wobei der jeweilige Partner keine Rolle spielte. Sie befanden sich in einem solchen Zustand, daß auch ein vollgefressener Priester oder eine einbeinige Lehrerin unwiderstehlich auf sie gewirkt hätte.

Sie waren so vollkommen ihrer Begierde hingegeben, daß sie nur schwach mitbekamen, daß von außen jemand an ihrer Türklinke rüttelte. Man hörte von draußen ein unterdrücktes Gemurmel von Stimmen; der Schrank knirschte widerstrebend, als mehrere der Freunde der Liebe sich vergeblich gegen die Türe warfen.

»Bitte, laßt uns herein«, bat eine sehr sinnliche weibliche Stimme. »Wir sind hier, um euch zu lieben. Ihr wißt, daß ihr Verlangen nach uns habt. Stellt euch vor, wie herrlich es sein wird.«

Alain bewegte sich unsicher. Warum sollte er eigentlich einem so verlockenden Vorschlag widerstehen? Da schlug Jennifer ihn kräftig ins Gesicht und rief der unsichtbaren Liebesdienerin zu:

»Verpiß dich, wir sind beschäftigt!«

Die Truppe vor der Tür hielt eine Flüsterbesprechung ab, die von den Belagerten nicht zur Kenntnis genommen wurde, da diese nach dem ersten Orgasmus ihren Sex-Marathon fortsetzten. Alain lutschte hingebungsvoll an Lucindas Zehen, die er allerdings für die von Jennifer hielt; Brian liebte wie verrückt Jennifer. Das Ausmaß ihrer Geilheit war unerträglich. Es war ein quälender Durst, der sich nicht stillen ließ.

Einer der Freunde der Liebe versuchte mit ihnen durch die fest geschlossene Türe zu reden.

»Was ihr darin macht, ist nicht richtig. Ihr kultiviert die Rolle der exklusiven Schicht.« Offensichtlich hatte er sich mit Psychologie befaßt, auf einem der weniger bekannten amerikanischen Colleges. »Macht sofort die Tür auf!«

»Tut mir leid«, brüllte Brian. »Menschenmengen gehen mir auf den Wecker!«

Die Unterhaltung im Korridor wurde lebhafter. Man debattierte lautstark, ob die englischen Gäste Opfer von Agoraphobie oder von Xenophobie seien. Aristoppos beendete die Diskussion mit der groben Bemerkung, daß sie ein Haufen sturer Sauköpfe seien und daß er jetzt hereinkomme, um ihnen die Schädel einzuschlagen.

Die vier ließen sich aber bei keiner ihrer Aktivitäten stören. Die Erde schien unter ihnen zu wackeln, aber ein solch banales Schauspiel wie ein Erdbeben konnte sie nicht erschüttern. Die provisorische Barrikade wurde inzwischen von den Freunden der Liebe schweren Angriffen ausgesetzt. Mit lautem Krachen löste sich der massive Schrank in seine Einzelteile auf, als die Tür zerbrach. Das Bett schlitterte über den Boden durch das Zimmer, wobei sie herunterfielen.

Als Pater Amorosus behauptet hatte, daß die Begierde die Menschen gehorsam mache, hatte er die Wahrheit gesagt. Unter diesen außergewöhnlichen Umständen war jedoch ihr Verhalten alles andere als gehorsam. Sex und Gewalt wohnen nahe beisammen, wie jeder weiß, der schon einmal versucht hat, zwei sich paarende Tiere auseinanderzubringen. Dies mußten die Jünger von Pater Amorosus auch feststellen.

Die Angreifer versuchten Jennifer und Lucinda von den Körpern der Männer wegzureißen, um damit Brian und Alain den Verführungskünsten ihrer weiblichen Genossinnen zur Verfügung zu stellen. Die beiden Mädchen wehrten sich verbissen. Eine schmächtige Blondine, die man offensichtlich mehr wegen ihres Charmes als ihrer Fähigkeiten im Ringkampf ausgewählt hatte, wurde von Lucinda blitzschnell und auf Dauer lahmgelegt. Ein anderes puppengesichtiges Geschöpf war so tollkühn gewesen, sich in die Reichweite von Jennifers Armen zu begeben; sie mußte sich mit einem beginnenden bildschönen Veilchen zurückziehen und eine etwas bescheidenere Rolle bei dem Geschehen einnehmen.

Trotz ihrer heldenhaften Verteidigung hätte die Mannschaft der ›Lucifer‹ unweigerlich den kürzeren gezogen, weil die anderen in der Übermacht waren, wenn die Ereignisse nicht eine überraschende Wendung genommen hätten. Der ursprüngliche Angriff war auf die beiden Mädchen gerichtet. Aristippos, der die Erstürmung des Zimmers organisiert hatte, war von dem Ansturm mitten ins Zimmer gerissen worden. Er versuchte seinen Lauf noch abzubremsen, zögerte eine Sekunde lang, um zu sehen, wo er sich am besten abstützen könnte. Diese Verzögerung war sein Untergang. Als ob sie dieses Manöver jahrelang geprobt hätten, sprangen Alain und Brian auf ihn, wobei jeder einen Arm und ein Bein ergriff. Er hatte keine Chance, das Gleichgewicht zu behalten. Im Nu hatten sie ihn von den Füßen gerissen, und er baumelte zwischen ihnen wie ein Sack Kartoffeln. Dreimal schwangen sie ihn nach vorn und hinten, um ihn mit großem Schwung durch das Fenster zu werfen. Aristippos' Körper beschrieb einen großen Bogen, als er hindurchsauste. Holz- und Glasstücke fielen auf den Boden; mit einem dumpfen Knall beendete Aristippos seinen unfreiwilligen Flug und lag still, mit gespreizten Gliedmaßen, auf dem steinigen Boden.

Die Wirkung von Aristippos' Abgang auf den übrigen Teil seiner Bande war verheerend. Wie erstarrt blickten sie eine Sekunde lang ihrem Führer nach, ehe ein Mann aus dem Zimmer rannte, um ihm zu Hilfe zu kommen.

Dann liefen alle hinterher. Sie kamen nicht zurück. Sie hatten offensichtlich jede Lust verloren, ihren Feldzug weiterzuführen und die Mannschaft der ›Lucifer‹ gehorsam zu machen. Einige von ihnen waren auch nicht mehr in der Lage, irgendeine körperliche Tätigkeit auszuüben.

Die siegreichen Verteidiger waren durch die kurze, aber heftige Unterbrechung von der sexuellen Spannung, die der Genuß des Nektars herbeigeführt hatte, befreit. Die künstlich herbeigeführte Erregtheit ging vorbei und wechselte zu einer Zärtlichkeit und erneuter Wertschätzung ihrer Körper. Da es jetzt klar war, daß sie nicht wieder gestört würden, konnten sie sich entspannen und einander ganz genießen.

»Mein Held, mein Herkules«, keuchte Lucinda, als sie sich an Brians Brust schmiegte und seine Stärke und Männlichkeit bewunderte. Sie roch seinen Schweiß und seinen Atem, fühlte das Gewicht seines Körpers und seine Gespanntheit.

»Meine Amazone!« lächelte er sie an, schloß sie in seine Arme und vergrub sein Gesicht in der goldenen Flut ihrer Haare. Jennifer und Alain wechselten bei ihrem Liebesspiel daneben zwischen Necken und Kosen ab.

Nach diesen doch recht anstrengenden Übungen dauerte es allerdings nicht lange, bis alle in einen erschöpften Schlaf verfielen. Wie man es auch betrachtete, es war ein ereignisreicher Tag gewesen.

Kapitel 18

Am Mittwochmorgen erhoben sie sich übelgelaunt und völlig verkatert. Die Köpfe schmerzten, die Augen wogen über eine Tonne, während ihre Arme nur ganz lose an den klapprigen Körpern hingen. Eine feindliche Abteilung der Freunde der Liebe schleppte sie zu Pater Amorosus.

Ihr Empfang war deutlich kühl. Der Pater schickte ihre Begleitung fort, ließ sie aber vor der Tür warten, falls sie gebraucht würde. Der Guru von Xanthos strich sich nachdenklich den Bart und betrachtete sie mit offensichtlichem Widerwillen.

»Prügeln und raufen«, fuhr er sie an. »Benimmt man sich so Leuten gegenüber, die mit rein liebevollen Absichten zu einem kommen?«

»Na ja, Aristippos ist nicht sehr lange geblieben; er war eher ein ›flüchtiger‹ Besuch.«

»Ich schäme mich für Sie, Jennifer. Ihr hättet ihn umbringen können. Glücklicherweise hat er wie alle dummen Menschen einen dicken Schädel und fiel auf einen Baum und einige Büsche, die seinen Sturz aufhielten. Trotzdem ist er übel zugerichtet.«

»Ich fühle mich auch nicht überragend«, meinte Brian fröhlich. »Es zieht schrecklich. Mr. Stippers nahm unser Fenster mit, was nicht sehr nett von ihm war. Ich glaube, ich habe mich erkältet.«

»Das reicht! Ich will mir nicht mehr Blödsinn von euch anhören«, schrie Pater Amorosus. »Ich habe euch rufen lassen, weil euer freundlicher Fischer angekommen ist. Er ist jetzt unten an der Anlegestelle und lädt seine Sachen aus.«

Er machte eine Pause, als ob er ihre Reaktion abwarten wollte. Die vier blieben aber stumm und sahen ihn nur mißtrauisch an. Dann sprach er in ruhigerem, beinahe honigsüßem Ton weiter.

»Würdet ihr das hier lesen? Es ist der Text für das Telex, das du, Lucinda, deinem Bruder Miles schicken wirst. Steve wird es aus Kos aufgeben. Nichts Weltbewegendes, nur ein paar Worte, damit er weiß, daß es Scarlett gut geht und daß ihr noch eine oder zwei Wochen bei ihr bleiben wollt.«

»Wo ist Scarlett?« wollte Lucinda wissen.

»Reg dich nicht auf! Ich habe nur dafür gesorgt, daß sie euch nicht über den Weg läuft. Es ist ihr nichts passiert, und das wird auch so bleiben, wenn du und deine Freunde mitmachen.«

»Vielleicht waren wir vorschnell.« Sie schenkte ihrem Onkel ein freundliches, besänftigendes Lächeln. »Warum fangen wir nicht noch einmal von vorne an und sprechen über das Abkommen, daß wir deinen kostbaren Nektar ausliefern und du dafür Scarlett wegfahren läßt? Ich kann es nicht glauben, daß du selbst so schrecklich hinter ihr her bist.«

»Die Zeit der Verhandlungen ist vorbei. Du wirst das tun, was ich verlange!« entgegnete ihr Onkel schroff.

Alain hielt das Stück Papier hoch, das Pater Amorosus ihm gegeben hatte.

»Wollen Sie Steve bitten, das zu senden?«

»Nein. Das werden Sie tun. Als Kapitän der Jacht sind Sie die zuständige Person, es ihm zu geben.«

»Und vermutlich werden Sie mich dazu überreden, indem Sie wieder etwas von Ihrem Feuerwasser in meine Kehle gießen?« bemerkte Alain kurz. »Glauben Sie nicht, daß Steve Verdacht schöpft, wenn ich bei ihm eintreffe und kaum gerade gehen oder zusammenhängend sprechen kann?«

»Beruhigen Sie sich!« beschwichtigte ihn Pater Amorosus. »Keiner verlangt von Ihnen, daß Sie noch mehr Nektar trinken. Warum sollte ich diesen edlen Stoff an einen Barbaren verfüttern, der ihn nicht zu schätzen weiß? Auf alle Fälle wäre es auch zu gefährlich. Vielleicht würden Sie plötzlich den Jungen vergewaltigen wollen, und ich will mit ihm keinen Ärger, jedenfalls nicht in den nächsten Wochen. Danach...«

Das Achselzucken und das verächtliche Herunterziehen der Lippen zeigten deutlicher als alle Worte, daß Pater Amorosus Steve für durchaus entbehrlich hielt.

»Wenn es so ist, warum sollte ich dann Steve diesen Unsinn überhaupt geben?«

»Weil ich Ihre drei Freunde hier als Geiseln festhalte«, meinte ihr Gastgeber freundlich. »Selbstverständlich werden Sie nicht allein ans Ufer gehen. Ein halbes Dutzend meiner kräftigen Jünger werden Sie begleiten. Steve erwartet Sie sowieso, weil Sie jede Woche hinuntergegangen sind, um die Sachen zum Tempel heraufzutragen.«

»Geh lieber!« meinte Lucinda.

»Ganz recht!« stimmte ihr Onkel ihr bei. »Weißt du, meine Liebe, ich kann dein winziges Gehirn direkt arbeiten sehen. Du denkst, daß Alain, wenn er erst einmal am Strand ist, Steve eine Warnung zuspielen kann. Mich hältst du für einen lieben, gütigen alten Gentleman, der dir nichts tun würde. Mach dir nichts vor! Ich meine es tödlich ernst!«

»Und was wollen Sie nun mit uns anfangen?« erkundigte sich Jennifer.

»Das ist keine dumme Frage. Ich werde sie mit Freude beantworten, ehe Alain sich auf den Weg macht. Sie glauben es vielleicht nicht, aber ich bin auch eine Art Wissenschaftler. Ich habe diese Neugier, die mich immer zu neuen Experimenten treibt. Nehmt diese Substanz, die ich Nektar genannt habe; ich habe sie als Aufguß wie ein Tee verwendet, ich habe sie destilliert, getrocknet und geraucht, pulverisiert und geschnupft, was alles nicht sehr viel bewirkt hat. Bis jetzt habe ich sie noch nie direkt in den Körper gebracht. Was für eine Wirkung würde das wohl haben?«

»Was?! Das Gift direkt in die Venen spritzen?« Lucinda war entsetzt. »Das könnte tödlich sein!«

Pater Amorosus nickte. »Vielleicht. Das kann man erst sagen, nachdem man es ausprobiert hat. Da die Substanz sehr stark ist, würde sie sicher sofort ins Gehirn gehen. Ich würde mich nicht wundern, wenn man danach auf Dauer verrückt bliebe, falls die Versuchsperson überlebt. Ihr hättet aber den Verdienst, daß ihr das menschliche Wissen um einen Schritt weitergebracht habt. Ehrlich gesagt, kann ich mir nicht vorstellen, welch andere Genugtuung ihr je erringen könntet.«

»Nicht einmal du würdest so etwas machen.« Lucindas Stimme war kaum lauter als ein Flüstern.

»Aber ganz im Gegenteil, meine Liebe! Der Einsatz in diesem Spiel ist viel zu hoch, als daß ich mir Gefühle leisten könnte. Jetzt hören Sie mir mal zu, junger Mann!« wandte er sich wieder an Alain. »Ich gebe Ihnen mein Wort, daß ich mit diesem Experiment die nagende Neugier in mir befriedigen werde, wenn Sie nicht innerhalb einer Stunde wieder hier sind und wenn ich nicht von Ihrer Begleitung gehört habe, daß Sie keinen Schritt getan haben, den ich Ihnen nicht aufgetragen habe. Jennifer ist Ihre Freundin, nicht wahr? Also, ich werde mit ihr anfangen. Vielleicht ist die Nektarlösung harmlos in ihrer Blutbahn, was ich aber sehr bezweifle. Sie müssen selbst wissen, ob Sie das riskieren. Falls Sie denken, daß ich nur bluffe, sehen Sie sich das an.«

Aus einer Schublade seines Schreibtisches zog er eine Spritze, die mit einer Flüssigkeit angefüllt war, die wie der Nektar aussah.

»Ich brauche auch nicht darauf hinzuweisen, daß ich genügend treue Anhänger bei mir haben werde, um Ihre drei Freunde festzuhalten, sollten Sie an Flucht denken, oder sie ruhig genug zu stellen, um ihnen die Spritzen zu geben.«

Lucinda war blaß geworden. Während ihres Aufenthaltes auf Xanthos war sie schon mehrmals beunruhigt gewesen; jetzt hatte sie grauenvolle Angst. Pater Amorosus betrachtete sie mit eiskalter Genugtuung. Nur Brian zeigte sich noch aufsässig.

»Ich glaube, daß ich auf Ihre Patentmedizin allergisch reagiere. Mir wäre eine Tasse Tee lieber.«

»Das ist genug Heldentum«, meinte Pater Amorosus. »Es wird Zeit, daß sich euer tapferer Kapitän in Bewegung setzt. Wir wollen Steve doch nicht warten lassen. Keine Angst«, lachte er, »er wartet, bis Sie kommen. Er muß doch für die Vorräte sein Geld bekommen.«

Er ging zur Tür, rief einen aus der Gruppe der Freunde der Liebe und gab ihm Geld. Während er sich umgedreht hatte, konnte sich die Mannschaft der ›Lucifer‹ nicht verständigen, weil die Zeit zu kurz war. Sie hatten auch keinen Trumpf mehr auszuspielen. Das wußten sie.

»Also, Seemann, Leinen los! Ihr anderen könnt euch setzen und gemütlich warten. Ach ja, Alain«, fügte der Pater noch hinzu, »es ist jetzt genau ein Viertel vor zwölf. Seien Sie nicht später als ein Viertel vor eins zurück; Ihre Freunde werden die Uhr genau im Auge behalten.«

»Kaltblütiges Schwein!« zischte Alain, als man ihn durch die Tür schob.

Draußen erwartete ihn eine Gruppe der Freunde der Liebe und nahm ihn schweigend in die Mitte. Dann gingen alle den Weg zum Strand hinunter.

In Alains Kopf war immer noch ein blasser Hoffnungsschimmer. Wenn er während der zehn Minuten, die sie bis zum Strand brauchten, seine Begleiter davon überzeugen konnte, daß sie von Pater Amorosus getäuscht und ausgenützt wurden, könnte er sie vielleicht auf seine Seite bringen. Mit ihrer Hilfe konnte er dann den falschen Text durch einen echten Hilferuf ersetzen, ohne daß Pater Amorosus davon erfahren würde. Er nahm den Arm seiner nächsten Begleiterin. Zufällig war es Nausikaa.

»Du mußt mir helfen.« Seine Stimme klang so beschwörend, daß man ihr Aufmerksamkeit schenken mußte. »Ich muß eine Nachricht an Lucindas Bruder schicken. Der Wahnsinnige da oben im Tempel muß aufgehalten werden.«

»Was reden Sie denn da?« wies Nausikaa ihn zurück.

»Es stimmt! Ich schwöre dir, daß er gedroht hat, uns umzubringen. Und wenn er erst einmal seine Wunderdroge auf dem Markt hat, wird er mit euch anderen auch kurzen Prozeß machen.«

»Sie nennen den Nektar eine Droge? Sie haben doch selbst gesehen, daß er nur Liebe in unser Leben gebracht hat. Sie sind verrückt!«

»Nausikaa, du kapierst einfach nicht, was los ist. Dieses ganze Gerede über Liebe ist reines Gewäsch. Und was diese altgriechische Inszenierung betrifft – Hollywood, nicht Homer!«

»Halten Sie doch die Klappe! Sie kommen hierher und machen nur Ärger.«

Der Sprecher war ein junger Mann, der auf der anderen Seite von Nausikaa ging und Alain böse anschaute.

Alain konnte einfach nicht ruhig bleiben; er war verzweifelt. Sie hatten schon fast die Hälfte des Weges zurückgelegt. Er sprudelte seine Geschichte heraus, daß seine Freunde als Geiseln gehalten würden und daß man ihnen den Nektar injizieren würde.

»Erwarten Sie wirklich, daß wir einen solchen Haufen Lügen über unseren Pater Amorosus schlucken?« fragte ihn Nausikaa wütend. »Sie sind kaum eine Woche hier und tun so, als ob Sie unseren Führer und Lehrer besser als wir kennen. Wir sind schon jahrelang seine Anhänger.«

»Um Himmels willen, glaubt mir! Es ist die Wahrheit.«

»Das Stärkste ist ja, daß Sie ihn anklagen, daß er mit Gewalt drohe!« Nausikaas Stimme erhob sich zu einem Gekreisch voll Wut und Zorn. »Und was haben Sie gestern nacht mit meinem armen Aristippos gemacht – Sie Heuchler!«

Sie holte aus und schlug Alain mitten ins Gesicht.

»Wie ich schon sagte, Freundchen, besser Klappe halten«, warnte ihn der Junge.

Alain erkannte, daß es hoffnungslos war. Alle verhielten sich tatsächlich wie Roboter, vollkommen in der Gewalt des verschlagenen Pater Amorosus; sie gehorchten ihm ganz allein. Er fiel in ein kochendes, frustriertes Schweigen zurück.

Sie kamen jetzt an das Ende des Pinienwaldes. Alains Verstand machte Überstunden. Würde er mit einem plötzlichen Spurt Steve erreichen? Aber wie konnte er seine Freunde vor der Rache des Ulysses bewahren, wenn es ihm tatsächlich gelingen würde, seine Begleitung abzuhängen? Alain zweifelte keinen Augenblick, daß der Apostel der Liebe seinen Racheakt ausführen würde.

Unerbittlich stapfte die Gruppe weiter. Sie kamen jetzt bei den letzten Bäumen und Büschen vorbei. Vor ihnen erstreckte sich der goldene Strand von Xanthos, und dahinter lag das blaue, glatte

Meer. Auf dem Landesteg stand eine einsame Gestalt. Steve winkte ihnen zu. Alain fühlte, wie sich der Griff an seinem Arm verstärkte; eine stumme Warnung gegen Ungehorsam.

Steve hatte seine Vorräte ausgeladen. Sie lagen aufstapelt auf den hölzernen Planken des Stegs und warteten darauf, abgeholt zu werden. Am meisten Aufmerksamkeit erregte aber das fremde Fahrzeug, das dort lag. Steve war nicht mit der ›Aphrodite‹ herübergesegelt. An ihrer Stelle schwamm ein kleiner Dreimaster, dessen Rumpf schwarz gestrichen war.

»Das freut mich für Steve«, rief eines der Mädchen. »er muß bei diesen Vergnügungsfahrten für uns so viel verdient haben, daß er sich ein neues Boot leisten konnte.«

Den Freunden der Liebe, geboren und aufgewachsen im Herzen von Amerika, tausend Meilen von dem nächsten Meer entfernt, erschien es die natürlichste Sache der Welt zu sein, daß der junge Grieche seinen Kaik ›in Zahlung gegeben‹ hatte für ein größeres Boot, einen Xebec, eines dieser vielseitigen Segelboote, die das östliche Mittelmeer durchkreuzten. Schließlich hätte ihr Daddy zu Hause das gleiche getan, wenn er zu Geld gekommen wäre: er hätte den Chevvy gegen einen Cadillac eingetauscht.

Aber Alain war ein Sohn des Meeres, mit Salzwasser in den Adern. Die felsigen Küsten Englands, die mächtigen Fluten des Atlantiks und die gefährlichen Strömungen waren zwar ganz verschieden von den idyllischen Gewässern um die griechischen Inseln, aber Seeleute haben ihre eigenen Anschauungen, und Alain legte die Zeichen anders aus als seine Begleiter.

Pater Amorosus schaute auf die Uhr und lächelte seinen drei Gefangenen auf der anderen Seite des Schreibtisches freundlich zu.

»Noch zehn Minuten. Hoffentlich ist er nicht aufgehalten worden.«

Sie überlegten, ob sie sich auf ihn stürzen sollten, aber mit der großen Tischfläche dazwischen hatten sie keine Chance, ihn oder die Spritze zu erwischen, ohne daß er Zeit gehabt hätte, die Wachen zu rufen, die draußen vor der Tür standen. Sie hatten auch keine Hoffnung, daß Alain allein etwas ausrichten konnte. Ohne die Aufsicht, Steve zu warnen, konnten sie nichts anderes tun, als auf Alains Rückkehr zu warten und jeden Gedanken an später weit wegzuschieben.

Sie hatten bis zuletzt noch Hoffnung gehabt. Als die Gruppe zum Strand aufbrach, hatte sich Lucinda an ihren Onkel gewandt und gesagt:

»Jetzt, wo Alain weg ist, kannst du uns doch die Wahrheit sagen. Du hast uns mit der Spritze nur Angst einjagen wollen, wie? Du hast erreicht, was du wolltest. Er wird deine Nachricht Steve überbringen.«

»Tja, tja! Du bist wirklich die Tochter deiner Mutter«, zog er sie auf. »Melanie war auch immer so hartnäckig. Sie konnte nie zugeben, daß sie unrecht hatte, und du bist genauso, Lucinda. Nein, meine liebe Nichte! Ich habe jedes Wort so gemeint, wie ich es gesagt habe; vergeßt das nicht und macht keine Dummheiten!«

Ein paar Minuten später stand Brian auf.

»Wohin wollen Sie gehen?«

»Muß mal pissen, Gouverneur!« Brian verströmte seltene Offenheit.

»Setzen Sie sich! Seien Sie nicht albern!«

Sie fanden niemals heraus, welch haarsträubenden Plan er eigentlich gehabt hatte.

Im Korridor vor der Tür hörte man Stimmen. Sie saßen stocksteif auf ihren Stühlen. Nur Pater Amorosus war entspannt, sein Spitzbart stand fröhlich nach vorn, und seine Augen glänzten triumphierend. Die Stimmen wurden lauter; man hörte jetzt auch Schritte. Gerade wollte Pater Amorosus aufstehen, als die Tür aufflog und einer der Freunde der Liebe hereinstürmte und seinen Meister warnen wollte. Ehe er aber auch nur ein Wort herausbringen konnte, war das ganze Zimmer voll mit Leuten. Jennifer sah Alain und rannte zu ihm. Zwei bullige Fremde packten Pater Amorosus und hielten ihn fest. Einige seiner Jünger wollten ihm zu Hilfe kommen, wurden aber schnell überwältigt. Die neuen Besucher waren starke, wenig zimperliche Kämpfer. Das Ganze dauerte nicht länger als ein paar Sekunden.

Steve war mitten im Gedränge.

»Wo ist Scarlett? Geht es ihr gut?« rief er.

»Es geht ihr gut; aber Pater Amorosus hat sie irgendwo versteckt«, antwortete ihm Lucinda. »Wer sind deine Freunde?«

»Woher hast du gewußt, daß wir in Schwierigkeiten stecken?« wollte Brian wissen.

»Das erkläre ich euch später. Sobald ich erkannt hatte, daß Scarlett und ihr in irgendeiner Gefahr wart, habe ich ein paar Dutzend Freunde aus meinem Dorf zusammengetrommelt.«

»Du bist gerade rechtzeitig gekommen. Die Fischer von Kos waren niemals willkommener«, jubelte Jennifer.

»Laß das jetzt«, unterbrach sie Steve ungeduldig. »Wir müssen Scarlett finden, ehe ihr etwas zustößt.«

»Du hast recht. Darf ich euch noch auf einige wenige Tatsachen hinweisen, ehe euch die Wogen der Begeisterung hinwegtragen?« fragte Pater Amorosus mit ätzendem Zynismus. »Erstens ist Scarlett meine Geisel und wird streng bewacht. Zweitens habt ihr zwar im Augenblick die Oberhand, aber ihr seid meinen Leuten gegenüber in der Minderzahl: etwa eins zu zwei. Inzwischen ist die Nachricht nach draußen gedrungen, und meine Freunde der Liebe werden bald alle hier sein und alles wieder in Ordnung bringen.«

»In diesem Punkt irren Sie sich gewaltig«, antwortete ihm Steve. »In etwa einer Stunde wird die ganze Insel von der Polizei besetzt werden. Miles ist mit einer Abteilung des Rauschgiftdezernats schon auf dem Weg. Sie sind alle bewaffnet. Ich bin nur vorausgefahren, weil ich mir um Scarlett Sorgen gemacht habe.«

Ehe Pater Amorosus etwas entgegnen konnte, sagte Brian:

»Ich hab's! Ist doch ganz klar, wo der alte Lüstling Scarlett versteckt hat. Denkt mal nach! Wir haben sie seit Tagen nicht gesehen und wissen, daß sie nicht im Tempel ist. Das ist aber das einzige feste Gebäude auf Xanthos. Das einzig mögliche Versteck kann nur die Höhle sein, in der du dich mit ihr getroffen hast, Steve.«

»Da hast du recht!« rief Steve. »Das ist auch ein Platz, den man mit einem halben Dutzend entschlossener Leute gegen eine ganze Armee verteidigen kann.«

»Aber nicht, wenn sie bewaffnet ist«, meinte Brian.

»Wir müssen sie herausholen, ehe es zum Kampf kommt«, drängte Steve.

Pater Amorosus sagte nichts. Er sah seine Vision einer Welt, die vom Nektar regiert wurde, verschwinden; statt dessen erschien ihm das Bild eines trübseligen Gefängnisses, in dem er den Rest seiner Tage verbringen würde.

Lucinda beschloß, die Sache in die Hand zu nehmen.

»Zeit für eine kleine Unterhaltung unter Familienmitgliedern, lieber Onkel Ulysses«, verkündete sie. »Nur du und ich, außer du ziehst es vor, auf Miles zu warten und diese nicht sehr teilnahmsvollen Polizisten. Steve und Brian sollten wohl so schnell wie möglich mit dem Rest zur Höhle laufen. Alain, könntest du zur Anlegestelle gehen und Miles in Empfang nehmen? Halte ihn und die Polizei wenigstens eine halbe Stunde vom Tempel fern. Jennifer, du bleibst bei mir; für dich gibt es hier genug zu tun. Tut alles, damit wir nicht gestört werden, ehe wir unsere Familienangelegenheiten beendet haben.«

»Bist du übergeschnappt, Lucinda? Ich laß dich doch nicht mit diesem gemeinen alten Dreckskerl allein.«

»Mach dir keine Sorgen, Brian, Liebling. Jennifer ist ja da. Außerdem wird unser charmanter Gastgeber sich bestens benehmen; er weiß ja, daß die Hüter des Gesetzes schon fast auf seiner Schwelle stehen. Stimmt's, Onkelchen?«

Pater Amorosus hatte für seine Nichte nur ein verächtliches Lächeln übrig.

»Ich hoffe, du weißt, was du machst«, sagte Brian unglücklich.

»Hört auf herumzustreiten! Kommt mit zur Höhle, damit wir Scarlett endlich finden.«

Steve wollte nicht mehr länger warten. Er nahm Brian fest am Arm und schob ihn hinaus. Seine Freunde und die gefangenen Liebesjünger folgten ihnen.

Kapitel 19

Steve ging mit ihnen den Weg hinunter, der direkt zur Höhle führte. Alain, Brian und etwa zehn Fischer aus Kos folgten ihm. Die übrigen bewachten die verstörten Freunde der Liebe, die ihnen im Tempel Widerstand geleistet hatten. Sie marschierten jetzt zum Strand hinunter, wo sie an Bord des Schiffes gebracht werden sollten. Durch eine Lücke im Gebüsch zeigte Alain auf zwei Motorboote, die mit hoher Geschwindigkeit auf Xanthos zuhielten.

»Ich weiß nicht, was die Mädchen mit dem alten Ulysses vorhaben; aber viel Zeit wird ihnen nicht bleiben, ehe sie die nächsten Gäste unterhalten müssen.«

»Beeil dich doch!« forderte Steve ihn auf und machte noch größere Schritte. »Wir wissen es noch nicht sicher, daß Scarlett in der Höhle ist. Vielleicht müssen wir noch die ganze Insel durchkämmen. Jede Minute wächst die Gefahr für sie.«

Seine Zweifel wurden bald behoben. Als sie auf den Strand liefen, traf sie beinahe ein Stein, der aus der Höhle geworfen war.

»Keinen Schritt weiter!«

Der Befehl kam von einem entschlossen aussehenden Jungen, der einen Knüppel in der Hand hielt.

»Den greifen wir uns«, flüsterte Alain, aber Steve hielt ihn zurück.

»Du weißt nicht, wie viele noch in der Höhle bei Scarlett sind. Warte!«

Auf ein Zeichen des Anführers hin erschienen noch mehrere Freunde der Liebe hinter den Felsbrocken am Eingang zur Höhle, wo sie sich versteckt hatten. Alle waren jung und kräftig; sie hatten sich mit Knüppeln, Ästen, mörderisch aussehenden Küchenmessern und Hackbeilen bewaffnet.

Die Fischer schauten auf Steve. Sie waren bereit, sofort die Höhle zu stürmen, aber er schüttelte den Kopf.

»Der Eingang ist so eng, daß sie uns leicht abwehren können. Und was würde dann mit Scarlett passieren? Ich werde mit ihnen reden.«

Er hielt beide Hände vor sich ausgestreckt, um ihnen zu zeigen, daß er unbewaffnet war. Dann machte er einige Schritte auf sie zu.

»Gebt auf!« rief er. »Wir haben euren Meister oben im Tempel. Wenn ihr ruhig herauskommt, wird niemand etwas geschehen.«

»Du vergißt, daß wir das Mädchen haben. Eine falsche Bewegung von dir, und sie bekommt, was sie verdient. Lauf zurück, tapferes Kerlchen, und bring uns Pater Amorosus. Dann – und erst dann – werden wir uns mit dir unterhalten.«

»Hört zu!« rief Steve wieder. »Es kommen Polizeischnellboote auf die Bucht zu. Diese Typen haben Gewehre und werden sie auch einsetzen, wenn es nötig ist. Kommt raus, solange ihr noch die Möglichkeit dazu habt.«

»Von mir aus kann die gesamte griechische Armee anrücken«, brüllte der Anführer zurück. »Das ist euer Problem! Wir haben das Mädchen, und wenn du es gesund wiedersehen willst, halte deine impulsiven Freunde lieber zurück.«

Der junge Amerikaner drehte sich um und zog sich in den Eingang der Höhle zurück. Er hatte es ganz klar gemacht, daß er nicht weiter verhandeln wollte und daß die Freunde der Liebe auf keine Bedingungen, außer ihren eigenen, eingehen würden.

»Wir können nicht länger warten«, sagte Steve zu seinen Freunden. »Die Polizisten werden die Höhle sofort stürmen. Und Scarlett...«

»Du kennst doch die Höhle«, unterbrach ihn Brian. »Als du mit Scarlett dort warst, sind dir noch andere Eingänge aufgefallen?«

»Nein«, antwortete Steve, »hier ist der einzige Weg hinein.«

»Aber wie können sie denn sehen, was sie tun? Glaubst du, daß sie Fackeln oder Lampen mitgenommen haben?«

»Das ist es! Brian, du bist ein Genie!« schrie Steve aufgeregt. »Jetzt erinnere ich mich! Es gibt eine innere Kammer, in die fällt durch eine Art Kamin Sonnenlicht. Da muß ein Loch in der Decke sein. Wenn wir das von oben finden, könnten...«

Sekunden später rannte Steve zu seinem Boot und holte ein Seil, Alain und die Fischer bezogen Position, von denen aus sie den Eingang zur Höhle bewachen konnten. Biran rannte den Weg zum Tempel zurück.

Der Weg wurde sehr steil. Als er wieder abfiel, verließ Brian den Pfad und schlug sich durch die Büsche auf die Klippe zu, die ins Meer ragte. Seine Arme und Beine waren von dem Ginster und den Dornen ziemlich verkratzt, aber schon bald wurde es kahler. Seine Aufmerksamkeit erregte ein einzelner, nackter Felsen, der von einer dichten Schlehdornhecke umgeben war. Nachdem er sich durch die dornigen Ranken gearbeitet hatte, fand er, was er erhofft hatte. Er stand jetzt direkt über der Höhle. Zu seinen Füßen war ein Felsspalt, der gerade einen Mann hindurchließ. Als er in die Dunkelheit des Loches schaute, wußte er noch nicht, ob die Öffnung durch die ganze Felsdecke ging oder nur eine Vertiefung war. Er konnte auch nicht erkennen, ob es gerade nach unten wie in einem Brunnenschacht weiterging oder ob es Windungen, Ecken und Kanten gab. Er nahm einen kleinen Stein und ließ ihn durch das Loch fallen. Angestrengt lauschte er, bis er ihn auf den Boden fallen hörte. Mit einem triumphierenden Lächeln lief er zurück auf den Weg.

Steve war mit dem Seil zurückgekommen, das er aber am Ende des Weges versteckt hatte, damit die Höhlenbesetzer es nicht entdeckten. Die drei Männer brauchten nur wenige Sekunden, um ihre Taktik festzulegen. Die Schnellboote kamen immer näher; sie würden nicht mehr als eine halbe Stunde haben, ehe die

Ordnungshüter übernehmen würden und die Konsequenzen für Scarlett danach nicht abzusehen wären.

Steve kletterte hinter Brian durch das Gebüsch zu dem Loch, von dem sie annahmen, daß es die obere Öffnung eines natürlichen Kamins war.

»Binde mir das Seil um die Mitte«, forderte Brian Steve auf. »Ich lasse mich nach unten.«

»Nein, das ist meine Aufgabe«, wies Steve ihn entschlossen zurück. Seine Stimme ließ keinen Widerspruch zu. »Wenn Lucinda unten wäre, würdest du auch keinen anderen hinunterlassen.«

Ohne ein weiteres Wort nahm Brian das Seil und wickelte es um Steve. Sie schauten sich nach einem Felsen um, um es zu sichern, fanden aber nichts Geeignetes. Die Kanten bröckelten verdächtig leicht ab.

»Kannst du mein Gewicht halten, Brian?«

Brian nickte. »Warte nur auf Alain.«

Sie hatten ausgemacht, daß Alain etwa zehn Minuten, nachdem sie auf dem Weg verschwunden waren, mit den Fischern durch einen Angriff auf den Eingang der Höhle die Freunde der Liebe ablenken sollte. Keine große Aktion, aber mit viel Lärm verbunden, damit möglichst viele Verteidiger nach vorn liefen. Die wenigen Minuten bis zum Beginn des Scheinangriffs wurden zur Ewigkeit. Plötzlich hörten sie blutrünstige Schreie und kräftiges Gebrüll.

»Klingt wie eine Werbesendung für die Atombombe«, bemerkte Brian.

Steve näherte sich dem Felsspalt. Brian nahm die Schlinge des Seils, legte sie sich um die Taille und hielt das Ende mit beiden Händen fest. Dann nickte er Steve zu, der sich ins Leere hinunterließ.

Als Brian ganz langsam mit dem Seil nachgab, konnte sich Steve mit Händen und Füßen an der Felswand abstützen. In dem Kamin war es furchtbar kalt und so düster wie im Grab. Schweigend kroch er wie eine Riesenspinne nach unten in die Ungewißheit. Oben brannte das Seil in Brians Händen, die schon vorher von den Dornen ziemlich verletzt gewesen waren. Seine Muskeln schmerzten unter dem Gewicht von Steve, aber vorsichtig und gleichmäßig ließ er das Seil weitergleiten. In der Ferne machte Alains Abteilung immer noch einen Höllenlärm.

Jemand oder etwas bewegte sich unter Steve. Seine Augen hatten sich an das Dämmerlicht schon etwas gewöhnt. Er konnte sehen, daß er sich dem Boden der Höhle näherte. Als er festen Boden unter den Füßen spürte, lag Scarlett schon in seinen Armen.

Steve legte seine Finger vor ihren Mund, damit sie keinen Lärm machte. Die Höhle hallte von dem Gebrüll und Geschrei Alains und der tapferen Fischer aus Kos wider. Steve zog am Seil, um Brian das verabredete Signal zu geben. Eine Minute später hatte er das Seil gelöst und um Scarlett gebunden. Er drückte noch schnell einen Kuß auf ihre Lippen, ehe er zweimal anzog und Brian sie nach oben in Sicherheit zog.

Steve hielt unten in der Höhle Ausschau, ob irgendwelche Freunde der Liebe auftauchten. Sie alle waren aber mit ihren Steinschleudern am Eingang beschäftigt, da sie ja sicher waren, daß ihre Gefangene hinter ihnen nicht entkommen konnte.

Blitzschnell hatte Brian das Leichtgewicht des Mädchens heraufgezogen. Sofort band er sie los und ließ das Seil wieder nach unten fallen, wo Steve wartete. Er knotete es fest um die Mitte und zog einmal kräftig an.

Steve heraufzuziehen erforderte sehr viel größere Anstrengungen, als es bei Scarlett der Fall gewesen war. Brian biß die Zähne zusammen und zog, trotz der Schmerzen in seinen offenen Händen, tapfer weiter. Scarlett sah, wie sich die Muskeln in seinen Armen und auf seinem Rücken wölbten, als er ihren Geliebten heraufholte. Als sein Kopf aus der Dunkelheit auftauchte, lief Scarlett sofort hin und legte ihre Arme um ihn, um Brian zu helfen.

Steve schloß die Augen vor Freude, Scarlett gesund und sicher in seinen Armen halten zu dürfen. Ihre Lippen waren kühl; ihre Haare wehten im Wind und strichen gegen seine Haut, als ob sie mit ihren Lippen wetteifern wollten, ihn zärtlich zu küssen.

Es war aber nicht der Zeitpunkt für lange Liebesbezeugungen. Steve ließ sie widerstrebend los und drehte sich zu Brian um.

»Nimm Scarlett mit nach oben zu den Mädchen und laß dir deine Hände verbinden. Hier unten kannst du nichts mehr tun. Ich werde Alain und den Jungs Bescheid sagen.«

Als die beiden den steilen Weg zum Tempel hinaufgingen, sah Steve, daß die Schnellboote bereits im Hafen waren und anlegten. Er rannte so schnell er konnte zu Alain.

Am Strand war es zu einem regelrechten Steinschleuderwettbewerb gekommen. Alain hatte aber aufgepaßt, daß bei den Kämpfen lediglich der Schein gewahrt wurde, um überzeugend zu wirken.

Als er jetzt Steve herbeirennen sah, gab er sofort das Signal, das Feuer einzustellen.

»Die Schnellboote sind im Hafen. Du mußt sofort zum Steg und versuchen, Lucinda den Rücken zu decken. Ich werde versuchen, diese Irren hier zu Verstand zu bringen«, keuchte Steve.

Wieder ging er mit erhobenen Armen vor. Er konnte sich trotzdem gerade noch vor einem Stein in Sicherheit bringen, der ihm entgegengeschleudert wurde.

»Die Polizei ist da«, rief er. »Sie werden euch umbringen, wenn ihr nicht herauskommt!«

Die Antwort bestand in einem dichten Steinhagel.

»Ihr habt keine Geisel mehr«, rief er wieder. »Seht doch nach.«

Diese Worte schienen wenigstens etwas Eindruck zu machen. Es kam zu verblüfften Rufen bei den Freunden der Liebe, als einige, die nach hinten gegangen waren, seine Worte bestätigten. Mit Haß und Feindseligkeit auf den Gesichtern verließen sie im Gänsemarsch langsam ihre Festung, und das keine Minute zu früh.

Als Alain zum Steg kam, waren die ersten Polizisten bereits gelandet und machten sich bereit, zum Tempel hinaufzustürmen. Zwei griffen nach ihm und durchsuchten ihn auf Waffen.

»Lassen Sie ihn los!« rief Miles. »Er gehört zu uns.«

»Nicht diesen Weg hinauf!« rief Alain den Polizisten zu. »Den Strand entlang! Dahinten bei der Höhle haben wir Ärger.«

»Wo ist meine Schwester? Ist sie in Sicherheit?« wollte Miles wissen.

»Es geht ihr ausgezeichnet. Ich bringe dich gleich zu ihr«, beruhigte ihn Alain.

Der Strand wimmelte von uniformierten Polizisten und diensteifrigen Herren in Zivil. Alains Aufmerksamkeit wurde aber am meisten von der Gestalt eines hochgewachsenen, blonden, bildhübschen Mädchens angezogen, das neben Miles stand.

»Ich habe ganz vergessen, daß ihr euch gar nicht kennt. Das ist meine Frau Sarah. Liebling, darf ich dir Alain, den Kapitän der ›Lucifer‹, vorstellen?« Miles brachte die Vorstellung schnell und ohne große Feierlichkeit hinter sich. »Los jetzt!«

»Hier entlang«, sagte Alain und führte sie am Strand entlang zur Höhle.

Dort trafen sie Steve mit seinen Gefangenen. Er erklärte, daß es zwar ein paar Zwischenfälle gegeben hätte, die Störenfriede aber sofort aufgegeben hätten, als sie von dem Eintreffen der Polizei erfuhren. Die Gruppe der Freunde der Liebe wurde in Verwahrung genommen, während der Rest des Suchtrupps mit Miles und Sarah zurück zu den Booten ging und dann zum Tempel hinaufstieg, wobei Alain sie führte.

Alain hatte keine Ahnung, was Lucinda und Jennifer in Pater Amorosus' Festung vorhatten. Er hoffte nur, daß er ihnen genügend Zeit verschafft hatte. Darüber machte er sich Gedanken, als er die Gruppe den steilen und felsigen Pfad nach oben durch den Wald geleitete.

Kapitel 20

»Miles!«

Lucinda warf sich in die Arme ihres Bruders und fiel ihm um den Hals. Dann erblickte sie Sarah, und ihre Freude war so groß wie ihre Verwunderung.

»Sarah – das ist fantastisch! Ich dachte, daß du krank zu Hause liegst.«

»Nein, Liebes! Ich habe mich anfangs zwar scheußlich gefühlt, das ist aber nach ein paar Wochen vorbei gewesen. Jetzt geht es mir prima. Als ich hörte, daß du in irgendwelcher Gefahr bist, hätte ich doch nie im Traum Miles allein fahren lassen.«

Die beiden Frauen küßten sich liebevoll.

»Wo ist Jennifer?« erkundigte sich Sarah.

»Sie wird in einer Minute da sein. Sie mußte nur noch etwas draußen erledigen.«

Miles und seine Freunde hatten Lucinda in der Halle des Tempels getroffen. Neben ihr stand ein etwas komisch gekleideter, würdevoller älterer Herr. Mit der Selbstbeherrschung einer Herzogin, die eine Einladung zum Tee gibt, stellte sie ihren Onkel Miles vor. Inzwischen hatte die Polizei die Macht übernommen. Ein Offizier, der noch prächtigere Goldborten als die übrigen trug, stieß eine Reihe von Befehlen aus, worauf seine Leute eine intensive Durchsuchung des Hauses und der ganzen Insel begannen. Der Polizeichef selbst blieb zurück. Er warf Pater Amorosus einen unheilvollen Blick zu, der aber schaute mit dem sanften Lächeln eines Heiligen zurück.

»Sind Sie Ulysses Blake?«

»Ja, gewiß.«

»Wir haben Grund zu der Annahme, daß Sie auf dieser Insel illegale Handlungen vorgenommen haben.«

Pater Amorosus zog entsetzt die Augenbrauen hoch. »Aber wie können Sie denn zu solch einer Annahme kommen?«

»Um es genau zu sagen: Herstellung und Verteilung von Rauschgift.«

»Aber das ist ganz unmöglich, Sie müssen sich irren.«

Alain und Brian trauten ihren Ohren kaum, denn die letzten Worte kamen aus Lucindas Mund, der jetzt den alten Schurken verteidigte, der noch vor einer Stunde alle aufs Schlimmste bedroht hatte. Alain wollte gerade protestieren, wurde aber durch den warnenden Druck von Brians Fingern am Handgelenk daran gehindert. Das Kreuzverhör des Philosophen von Xanthos wurde durch die Ankunft Jennifers unterbrochen. Sie war offensichtlich gerannt und begrüßte atemlos Miles und Sarah. als sie Lucinda sah, nickte sie ihr zu.

»Was war eigentlich los, Lucinda?« fragte Miles. »Ich habe schreckliche Nachrichten über die Zustände hier gehört.«

»Es hat ein bißchen Ärger gegeben«, gab sie zu. »Aber jetzt ist alles geklärt.«

»Was für Ärger?«

»Nun ja, Mr. Blake und seine Freunde waren von unserer Anwesenheit auf Xanthos nicht begeistert.«

»Das ist milde ausgedrückt«, murmelte Steve, aber Lucinda warf ihm einen warnenden Blick zu

»Und was haben Sie nun wirklich mit Ihren Freunden auf der Insel gemacht?« wandte sich der Polizeichef wieder an Ulysses.

»Gepredigt und die Verwirklichung der Liebe unter den Menschen gesucht«, kam die prompte Antwort.

»Und das mit Hilfe von Drogen?«

»Niemals! Ich versichere Ihnen, daß ich ein entschiedener Gegner von Rauschgift bin. Ich halte den Gebrauch für eine abstoßende und verwerfliche Sache.« Pater Amorosus leugnete nachdrücklich und scheinheilig.

In diesem Augenblick kam ein Polizist aus dem Arbeitszimmer, der die Spritze hereinbrachte, die er im Schreibtisch gefunden hatte.

»Und was ist das hier?« fragte der Polizeichef.

»Das ist ein Vitaminpräparat mit Traubenzucker, das mir schon zu Hause verschrieben wurde.« Ehrlichkeit und Offenheit leuchteten aus den Augen von Pater Amorosus. »In meinem Alter wird man leichter erschöpft. Wenn Sie wollen, geben Sie mir die Spritze gleich selbst.«

»Das ist nicht nötig«, bemerkte der Beamte. »Wir werden die Spritze mitnehmen und den Inhalt analysieren lassen. Haben Sie sonst noch etwas gefunden?« fragte er den jungen Polizisten.

»Noch nicht. Die Zimmer sind sauber. Wir suchen aber draußen weiter.«

Der Polizeichef war noch nicht zufrieden. Er wandte sich wieder an Pater Amorosus.

»Mit welchem Recht sind Sie auf Xanthos?«

»Mit gar keinem«, antwortete ihm der Weise eifrig. »Wenn Sie die ordnungsgemäßen Besitzer befragen, würden sie uns sicher ausweisen. Wir sind Eindringlinge.«

Der Polizeichef schaute Miles fragend an.

»Schmeißen Sie ihn raus«, sagte Miles nur.

»Vielen herzlichen Dank!« beeilte sich sein Onkel zu erwidern. »Du wirst deine Großzügigkeit nie bereuen.«

»Was redet der eigentlich?« fragte Steve Brian. »Er wird rausgeworfen und bedankt sich dafür?«

»Überleg mal, was man ihm in Wirklichkeit hätte vorwerfen können. Da ist unerlaubtes Eindringen nichts dagegen«, flüsterte Brian.

Es kamen noch weitere Polizisten herein, die mit ihrem Chef verhandelten. Pater Amorosus betrachtete sie hoffnungsvoll.

»Wir sind da auf etwas gestoßen, was verdächtig nach einer Schwarzbrennerei aussieht«, informierte ihn der Polizeichef. »Was haben Sie dazu zu sagen?«

»Welche Strafe steht denn auf Schwarzbrennerei?« erkundigte sich Ulysses.

»Das Gericht würde dieses Vergehen nicht auf die leichte Schulter nehmen«, antwortete ihm der Beamte in offiziellem Tonfall. »Es würde mit Sicherheit eine ziemlich hohe Geldbuße verhängen.«

»Wieviel?«

»Ich weiß es nicht genau. Meiner Schätzung nach dürften es etwa tausend Dollar sein.«

»In dem Fall gebe ich es zu«, meinte Pater Amorosus fröhlich. »Ich habe mich ein bißchen mit der Herstellung von Schnaps beschäftigt.«

Der letzte Polizist kam von der Suche zurück und berichtete, daß man nichts Verdächtiges gefunden hatte.

Die Freunde der Liebe wurden alle auf die Polizeiboote verladen, auch ihr Meister ging an Bord. Die Fischer kehrten nach Kos zurück und ließen Steve mit seiner geliebten Scarlett hier. Vor der Abfahrt hatte sich der Polizeichef noch lautstark über den Unfug einer solch aufwendigen Aktion wegen derartig läppischer Vergehen aufgeregt. Miles hatte ihn beiseite genommen. Einige Worte wurden gewechselt, und etwas, das große Ähnlichkeit mit einem Packen Banknoten hatte, fand seinen Weg in die Taschen des Beamten, worauf ein breites Lächeln auf dem Gesicht des Hüters von Gesetz und Ordnung erschien. Die ganze Bevölkerung von Xanthos hatte sich unten am Anlegesteg versammelt. Miles, Sarah, Steve und Scarlett gingen alle zusammen an Bord der ›Lucifer‹.

Neben ihnen lag eines der Polizeiboote. Auf Deck stand Pater Amorosus und winkte ihnen mit der Würde eines byzantinischen Kaisers zu, der von seinem Hofstaat umgeben ist. Dann warf er zur Überraschung von allen Lucinda eine Kußhand zu.

»Was wohl jetzt aus diesen Jugendlichen wird, wo die Freunde der Liebe doch enteignet worden sind?« fragte Jennifer.

»Ihr All-liebender Vater hat eine Botschaft für sie vorbereitet«, informierte sie Lucinda. »Er wird ihnen mitteilen, daß die Zeit ihrer Bewährung vorüber ist. Sie sollen jetzt nach Hause zurückkehren und die Lehre der allumfassenden Liebe verbreiten.«

»Was? Ohne die Hilfe von ein bißchen Nektar?« fragte Alain.

»Das kommt später.«

»Woher?«

»Ich werde euch das alles erklären, wenn wir von den Polizeibooten weit genug entfernt sind«, antwortete Lucinda. »Wir haben viel zu besprechen. Gehen wir nach unten.«

Brian warf noch einen letzten Blick auf den gütigen, bärtigen Propheten im Polizeiboot.

»Ich hoffe nur, daß sie mit deinem kostbaren Onkel nicht so leicht umspringen«, stieß er voll Haß hervor. »Mir wird schon schlecht, wenn ich daran denke, daß sie ihn womöglich nur mit Lebenslänglich bestrafen.«

»Die griechischen Behörden sind nicht für Nachsichtigkeit bekannt«, bemerkte Miles. »Aber gesetzwidriges Eindringen?« Er sah fragend zu seiner Schwester hin.

»Wir sollten mit dem alten, lieben Schurken nicht so hart ins Gericht gehen«, meinte Lucinda. »Aber ehe wir die Einzelheiten unseres Abenteuers mit Onkel Ulysses besprechen, möchte ich wissen, Miles, woher wußtest du, daß wir in Schwierigkeiten stecken.«

»Ich habe doch euer Telex bekommen.«

»Aber da stand doch drin, daß alles in Ordnung sei.«

»Nicht das erste Telex. Das zweite, das ihr mir am Freitag geschickt habt.«

Sie starrten ihn verwundert an.

Alain schüttelte den Kopf. »Welches zweite Telex? Wir wollten dir eine Nachricht schicken, konnten aber mit Steve keine Verbindung aufnehmen.«

»Das habe ich gemacht«, erklärte Steve. »Erinnert ihr euch, daß Alain mir angeboten hat, daß ich mir eine Kiste Scotch abholen soll, als ich euch vorigen Mittwoch herbrachte? Na ja, ich bin mit Scarlett an den Strand gegangen. Wir haben über alle mögliche geredet. Schließlich war es schon spät, daß ich beschloß, den Schnaps erst bei meiner nächsten Fahrt, am Freitag, zu holen. Als ich da an Bord ging, habe ich mich etwas umgesehen. Augenscheinlich hattet ihr ungebetene Gäste gehabt. Als ich sah, daß das Funkgerät weg war, erkannte ich, daß etwas wirklich faul war. Warum sollten die Leute auf der Insel euch daran hindern wollen, mit der Außenwelt Kontakt aufzunehmen? Dann erinnerte ich mich auch, wie besorgt Lucinda um ihre Cousine war, als wir uns das erste Mal auf Kos trafen. Da beschloß ich, auf eigene Faust deinem Bruder ein Telex zu schikken, Lucinda.«

»Ist er nicht ein Prachtstück?« gurrte Scarlett und küßte ihn zärtlich.

»Das war sehr geschickt von ihm«, stimmte ihr Lucinda zu. »Aber wie hast du das geschafft, Miles, alles so schnell in die Wege zu leiten? Als an dem Freitag das Telex ankam, warst du doch schon längst zum Wochenende nach Hause gefahren.«

»Keineswegs. Du vergißt, daß London zwei Stunden Zeitunterschied zu Griechenland hat. Ich habe die Nachricht noch so rechtzeitig empfangen, daß ich gleich einige Telefonate führen und ein Flugzeug für den nächsten Morgen chartern konnte.«

»Mietest du immer einen Flieger, wenn du deine Schwester besuchen willst?« fragte Alain.

»Aber selbstverständlich! Wenn es wichtig ist«, antwortete ihm Miles ganz sachlich.

Alain und Brian betrachteten ihn schweigend. Keiner von beiden hatte sich bisher in Jet-Set-Kreisen bewegt.

»Ich bin also schon am Samstag in Athen angekommen.«

»In ein paar Tagen hast du verdammt viel auf die Beine gestellt«, bemerkte Brian.

»Nun, ich hatte schon einige Vorbereitungen getroffen«, sagte Miles. »Als ich euch in La Napoule verließ, überlegte ich, daß ihr, wenn auf Xanthos etwas nicht mit richtigen Dingen zuging, Hilfe brauchen würdet, und zwar schnell. Ich stellte also noch am gleichen Tag, an dem ich wieder in London war, Nachforschungen an. Ich erkundigte mich bei einer griechischen Anwaltskanzlei – ausgezeichnete Leute, mit denen ich schon beruflich zu tun gehabt hatte. Der einzige Anhaltspunkt, den ich hatte, war das ehemalige Kloster auf der Insel. Sie gingen der Sache nach und stießen auf den Orden von St. Simeon. Innerhalb weniger Tage ließen sie mich wissen, daß die Mönche ganz in Ordnung gewesen wären – keine schmutzigen Sitten im Kloster, ihr wißt schon, was ich meine.«

Er machte eine Pause und schaute die anderen nach Beifall für seinen Witz heischend an. Keiner kam. Mit einem enttäuschten Seufzer fuhr er fort. »Meine Freunde berichteten mir weiterhin, daß der Orden immer noch der legale Besitzer der Insel sei, obwohl die Mönche sie nicht mehr bewohnten. Ich überlegte nun, daß wir Onkel Ulysses und seine fröhliche Kinderschar jederzeit für gesetzwidriges Eindringen vor Gericht bringen könnten, wenn nicht noch mehr.«

»Dann warst du also am vorigen Samstag in Athen. Was hast du dort erreicht?«

»Als erstes bin ich zu meinem Anwaltfreund gegangen, Jennifer. Wir kennen uns lange genug, daß ich ihn auch privat aufsuchen konnte. Ich habe ihm alles, was ich wußte, gesagt. Obwohl das nicht viel war, nahm er die Angelegenheit sofort sehr ernst. Er schlug vor, einen der höheren Polizeihäuptlinge anzurufen.«

»Was? An einem Samstag?« fragte Brian ungläubig.

»Mein lieber Junge, die Polizei ist auch nichts anderes als eine große Firma. Immer sind es die leitenden Angestellten, die Überstunden machen und Arbeit nach Hause mitnehmen müssen. Als wir ihn bei sich zu Hause aufsuchten, erwähnte er seine Befürchtungen wegen einer merkwürdigen Droge, die vor ein paar Tagen auf Rhodos aufgetaucht wäre. Er hatte nicht viel in der Hand, nur soviel, daß diese Droge etwas ganz Außergewöhnliches sein mußte. Sie haben immer noch nicht die leiseste Ahnung, worum es sich dabei handeln könnte. Kannst du auf irgendeine Weise Licht in diese geheimnisvolle Sache bringen, Lucinda?«

»Wie kommst du darauf, daß gerade ich etwas darüber wissen könnte?«

Ihr Bruder sah sie fragend an, ging aber dann auf diesen Punkt nicht näher ein, sondern fuhr mit seinem Bericht fort.

»Rhodos ist nicht weit von Kos entfernt, und damit auch nicht von Xanthos, wie ich vermutete. Meiner Meinung nach konnte jedes ungewöhnliche Vorkommnis auf einer der Inseln wichtig sein. Ich habe deshalb dem Polizeipräsidenten versprochen, ihn sofort zu benachrichtigen, wenn ich irgendeine Information bekäme.«

»Und was war dann?«

»Dann bin ich zurück in mein Hotel gegangen und habe mir den Rest des Tages freigenommen, Lucinda. Am Sonntagmorgen sind wir dann früh nach Kos geflogen, um diesen jungen Mann zu finden«, Miles nickte Steve zu. »Ich wußte, daß er Fischer war, also an diesem Tag wohl kaum auf See sein würde. Was er uns dann berichtete, hat meine Beunruhigung sehr verstärkt.«

»Ich konnte leider kaum etwas Näheres sagen«, entgegnete Steve.

»Das war es! Wie konnte jemand, der regelmäßig zu dieser Insel segelte, so wenig darüber wissen, wenn man die Zustände dort nicht planmäßig vor ihm verborgen hielt. Ich war nun ziemlich sicher, daß es auf Xanthos ein Geheimnis gab; meiner Vorahnung nach mußte es sich auch um ein finsteres handeln. Die nützlichste Information, die Steve mir geben konnte, war die Anzahl der Leute hier. Dadurch wußte ich, daß ich im Falle eines Zusammenstoßes mit etwa fünfzig kräftigen Männern und Frauen zu rechnen hatte. Wenn ich euch befreien mußte, brauchte ich also zu meiner Verfügung eine zumindest ebenso starke Mini-Armee.«

»Sage bloß, daß du den Montag damit verbracht hast, Lederjakken und Schläger einzustellen«, lachte Jennifer.

»Natürlich nicht! Obwohl Steve offensichtlich das in seinem Dorf gemacht hat. Als angesehener Anwalt habe ich mich am Montag den legalen Seiten zugewandt. Ich war am Sonntagabend nach Athen zurückgeflogen. Montag flog ich schon früh nach Korinth zum Stammkloster der Mönche aus dem Orden von St. Simeon. Ich muß sagen, daß sie äußerst freundlich waren, wenn auch ihre Gastfreundlichkeit mehr mit Wasser und Brot als mit gemästeten Kälbern zu tun hatte. Mein Freund, der griechische Anwalt, begleitete mich und hatte den Abt schon von dem Zweck unseres Besuchs verständigt.

Die wenigen Mönche, die als Einsiedler auf Xanthos gelebt hatten, waren in ziemlicher Panik von dort geflohen, da sie glaubten, ein böser Geist wohne dort.«

»Das war eher ein schmutziger Trick von Onkel Ulysses«, meinte Lucinda.

»Ich hatte einen Verdacht in dieser Richtung. Da die Mönche keinerlei Einkommen von dieser Insel mehr bezogen, waren sie natürlich begeistert, als ein verrückter englischer Lord sie kaufen wollte. Als es dazu kam, einen Preis für die Veräußerung von Xanthos zu benennen, zeigten sie sich auch weltlichen Dingen gegenüber aufgeschlossen. Sie gerieten ganz außer sich, als ich ihrer ziemlich hohen Forderung sofort zustimmte, ohne erst die Rituale des Feilschens auszunützen. Der griechische Anwalt setzte gleich einen vorläufigen Vertrag auf; ich zahlte eine gewisse Summe an, und das Unternehmen war abgeschlossen.«

»Und jetzt gehört Xanthos tatsächlich dir?«

»Nicht ganz, Lucinda. Kirchenbesitz kann nicht verkauft, nur verpachtet werden. Für eine gewisse Pacht kann ich die nächsten vierzig Jahre lang auf Xanthos tun und lassen, was ich will.«

»Was hast du danach unternommen?«

»Den Rest der Geschichte kennt ihr eigentlich, Alain. Ehe ich nach Korinth geflogen war, hatte ich noch einmal mit unserem Polizeichef eine kleine Unterredung. Er hatte sofort eine kleine Einsatztruppe zusammengestellt, die zusammen mit Leuten vom Rauschgiftderzernat ausgebildet worden war, falls Xanthos doch der Schlüssel zu diesen merkwürdigen Drogenzwischenfällen auf Rhodos sein sollte. Ich nehme an, daß sie ziemlich enttäuscht sind, weil sie nichts gefunden haben.«

Miles machte wieder eine Pause und sah Lucinda scharf an, die ganz unschuldig zurücklächelte.

»So ist das Leben!« bemerkte sie philosophisch. »Manchmal gewinnt man, manchmal verliert man!«

»Und das waren die Herren, die uns einen Hausbesuch machten, was unsere gehässigen Freunde der Liebe ganz und gar nicht schätzten.«

»Das stimmt, Jennifer. Nur Steve konnte nicht warten. Er wollte aus irgendeinem Grund sofort herfahren.«

Der Grund küßte Steve heftig.

»Damit ist wohl alles Wichtige gesagt«, faßte Jennifer zusammen, »außer einer Danksagung von allen an Miles, unserem Helden!«

»Nicht so schnell«, antwortete Miles. »Darf ich euch noch darauf hinweisen, daß ich jetzt ein ziemlich großes Stück Land habe. Was sollen wir mit Xanthos anfangen?«

»Ich wünschte, das Meer würde es verschlingen«, sagte Scarlett schaudernd.

»Sei nicht so voreilig!« warnte sie Lucinda. »Du haßt den Ort, weil er dein Gefängnis war. Die Insel ist aber mit ihren Pinienwäldern, dem Berg, den Stränden und Höhlen sehr reizvoll. Ich glaube, daß man damit etwas anfangen könnte.«

»Zum Beispiel?«

»Man könnte ein Urlaubszentrum für junge Leute daraus machen, die sich an einem wirklich abgelegenen Platz erholen wollen.«

»Ähnlich wie der Club Mediterranée?«

»Nein, Alain. Die preisen zwar exotische Plätze an, haben aber ihre Feriendörfer in bekannten und dicht besiedelten Gegenden. Wir können eine ganz unbekannte, abgelegene, romantische Insel anbieten.«

»Das erscheint mir gar keine so schlechte Idee zu sein«, meinte Miles nachdenklich. »Wir können etwas Geld hineinstecken, diesen Kasernenbau modernisieren und ein paar kleine Chalêts hinzubauen. Hältst du den Ort wirklich für romantisch, Lucinda?«

»Das überlasse nur mir«, antwortete sie ihm mit einem bedeutungsvollen Lächeln.

»Aber wir bräuchten jemand, der hier wohnt und den Laden in Schwung hält.«

»Aber sicher, Jennifer. Vorzugsweise jemand, der Grieche ist und gut segeln kann. Jemand, der sich in Kos auskennt, weil er dort ja die Vorräte holen muß. Was meinst du, Steve?«

»Ihr bietet mir die Stelle an?« fragte er mit offenem Mund.

»Stimmt!« Lucinda unterstützte den Vorschlag ihres Bruders. »Nur für eine Person ist es zuviel Arbeit. Du brauchst Hilfe. Es sollte auch eine Frau auf der Insel sein, die nach dem Rechten sieht. Ein hübsches Mädchen als Hosteß würde sicher die angenehmen Seiten noch betonen. Wie denkst du darüber, Scarlett?«

»Lucinda, deiner Beschreibung nach klingt das Angebot unwiderstehlich. Das heißt«, fügte sie scheu hinzu, »falls Steve mich als Hilfskraft einstellen würde.«

Steve nahm sie in seine Arme und küßte sie.

»Betrachte dich als eingestellt«, grinste er, »und nicht nur als Hilfskraft.«

»Glaubst du wirklich, daß wir mit dem Plan Erfolg haben werden, Lucinda?« In Scarletts Stimme war doch eine Spur Ängstlichkeit.

»Da bin ich vollkommen sicher. Vergeßt nicht, daß ihr auch eine Nektarquelle habt. Ihr braucht es ja nicht zu übertreiben wie Ulysses; aber überlegt einmal, welche Wirkung ein kleines Tröpfchen von dem Saft in dem Gute-Nacht-Drink auf eure Gäste haben wird. Sie werden sicherlich herrlich träumen.«

»Eher etwas feuchte Träume«, bemerkte Brian.

»Das goldene Xanthos, wo jeder Urlaub zu Flitterwochen wird!« verkündete Lucinda.

»Es klingt großartig.« Brian klang weniger enthusiastisch. »Können wir jetzt endlich von hier abhauen? Mir läuft es hier immer noch kalt über den Rücken.«

Als die beiden Männer an Deck gingen, um die Abreise vorzubereiten, hielt Miles Lucinda zurück.

»Einen Augenblick, Schwesterherz! Was ist das für ein Nektar?«

»Na ja, Miles«, Lucinda setzte ihr liebenswürdigstes Lächeln auf. »Ich muß zugeben, daß ich nicht ganz ehrlich gewesen bin.«

Als die weiße Jacht in die Dämmerung hinausglitt, erzählten Lucinda und Jennifer auch Miles und Sarah ihre Abenteuer auf Xanthos.

Kapitel 21

Als Lucinda gerade bei ihrer Erzählung dort angekommen war, wo es zum Kampf in der Höhle und die Befreiung von Scarlett ging, hatte sich auch Brian zu ihnen in den Salon gesetzt und Alain allein am Ruder gelassen. Steve und Scarlett schauten sich glücklich in die Augen und hatten die übrige Menschheit vergessen. Auf Lucindas Vorschlag hin zeigte Jennifer ihre Fähigkeiten als Barmixer.

»Mir bitte einen Whisky mit Soda«, bat Miles.

»Nein, diesmal nicht«, lehnte Jennifer ab. »Heute mußt du einen Cocktail versuchen, den ich eigens für diese Gelegenheit zusammengebraut habe. Ich will ihn ›Xanthropologie‹ nennen, weil er ganz neue Einsichten in die Menschen vermittelt.«

»Was ist denn da drinnen?« fragte Miles und schnüffelte mißtrauisch am Inhalt seines Glases.

»Hauptsächlich Fruchtsaft«, lautete Jennifers ehrliche Antwort.

»Ich nehme auch davon«, sagte Sarah.

»Schwangere Damen sollten keine starken Sachen zu sich nehmen«, verkündete Lucinda. »Gib ihr lieber einen Gin Tonic, Jennifer.«

Miles wollte gerade eine Bemerkung über die Logik in Lucindas Aussage machen, ließ es aber dann sein und wechselte das Thema.

»Lucinda, du hast schon den ganzen Tag sorgfältig vermieden, über den Kern der Sache zu sprechen. Jetzt will ich dem großen Geheimnis von Xanthos auf den Grund gehen. Was für eine Schurkerei hast du zusammen mit Onkel Ulysses ausgeheckt? Ihr seid doch nicht umsonst von Todfeinden zu Busenfreunden geworden. Was ist es?«

»Habe ich dir das noch nicht gesagt? Muß mir einfach entfallen sein. Als Steve uns mitteilte, daß du bald kommen würdest und daß die vielen Polizisten mit ihren schweren Stiefeln in ein oder zwei Stunden unsere liebliche Heide niedertrampeln könnten, wollten Onkel Ulysses und ich wenigstens etwas vor völliger Zerstörung bewahren. Erica erotica ist eine gefährdete Pflanzenart. Als gute Umweltschützer entschlossen wir uns, sie zu schützen.«

Miles nahm einen Schluck und verzog das Gesicht.

»Ich glaube nicht, daß mir diese Geschichte besonders gefallen wird. Worin besteht das eigentliche Geschäft?«

»Ich habe doch von einem Geschäft überhaupt nichts erwähnt.

Wie gescheit du aber bist, Miles! Du hast es gleich erraten. Der arme, alte Ulysses! Er kannte die Möglichkeiten des Nektars! Vor einer Minute saß er noch auf einer Goldmine und in der nächsten würde er schon auf dem Weg zur griechischen ›Teufelsinsel‹ sein. Da konnte er nicht lange verhandeln, sondern mußte nehmen, was ich ihm anbot.«

»Und das war?«

»Jennifer und ich übernehmen als die Besitzer der ›Lucifer‹ das Nektarunternehmen. Wir würden die Polizei schon losbekommen und dann mit der Herstellung und dem Vertrieb des Safts so weitermachen, wie Ulysses es geplant hatte. Nur daß wir jetzt an seiner Stelle die Besitzer der Firma waren. Wir wußten damals noch nicht, daß du die Insel erworben hattest. Das macht die Sache natürlich sehr viel leichter.«

»Als Gegenleistung hast du für den alten Gauner gelogen und ihn entdeckt?«

»Das stimmt. Ich muß auch zugeben, daß ich eine heimliche Bewunderung für das schwarze Schaf unserer Familie habe. Er konnte die haarsträubendsten Geschichten erfinden und einen davon überzeugen, daß sie die reine Wahrheit sind.«

»Und die Spritze?«

»Wie er der Polizei sagte, sie war harmlos; jedenfalls nehme ich das an.«

Lucindas Zweifel gingen schnell vorbei.

»Wo ist der Nektar, den er gebrannt hat? Warum hat die Polizei nichts davon gefunden?«

»Das war mein Werk, Miles«, mischte sich Jennifer ein. »Als du zum Tempel kamst, haben dich Lucinda und Ulysses begrüßt. Ich war unten bei der Brennerei und habe all das schöne Zeug weggegossen. Die Fabrik hatte ja erst einen Tag lang gearbeitet; da hat es nicht lange gedauert, die Beweise zu vernichten.«

»Ich kann es einfach nicht glauben«, sagte Miles und nahm einen tiefen Schluck aus seinem Glas. »Du hast wirklich mit dem alten Teufel das Geschäft gemacht?«

»Wer könnte besser mit dem Teufel Geschäfte machen als die Mannschaft der ›Lucifer‹?« meinte Lucinda. »Es war da noch eine Kleinigkeit mehr bei dem Geschäft dabei. Da Ulysses ja schon die Anfänge des Verteilungssystems aufgezogen hatte; macht er mit dieser Seite des Geschäfts weiter, nachdem er seine kleinen Probleme mit der Polizei geklärt hat; dafür bekommt er zehn Prozent vom Gewinn.«

»Kein Wunder, daß er sofort das widerrechtliche Eindringen und das bißchen Schwarzbrennen zugegeben hat«, bemerkte Sarah.

»Lucinda, du bist ein Idiot!« faßte Miles sein Urteil zusammen. »Ulysses ist das gewissenloseste Geschöpf, das sich je auf zwei Beinen aufrecht bewegt hat. Er wird dich um jeden Penny betrügen, nachdem du ihm auch noch die Polizei vom Halse geschafft hast.«

»Du hast vollkommen recht«, meinte Lucinda ungerührt. »Dazu brauche ich dich.«

»Mich?«

»Natürlich, Miles. Du hast doch nicht gedacht, daß wir dich an einer so guten Sache nicht beteiligen würden? Schließlich bist du der Hausherr auf Xanthos, und das für die nächsten vierzig Jahre! Ich habe mir schon alles zurechtgelegt. Du bist als Partner für alle finanziellen Angelegenheiten zuständig, während Jennifer und ich uns um die Herstellung kümmern. Wenn du also am Gewinn beteiligt sein willst, mußt du Onkel Ulysses auf die Finger sehen, daß der keine krummen Dinger dreht.«

»Das ist doch albern! Ich bin schließlich Rechtsanwalt und muß an meinen guten Ruf denken.«

»Deshalb bist du auch der geeignete Mann, aus deinem vom rechten Weg abgekommenen Onkel einen ehrlichen Mann zu machen.«

»Lucinda, was würde passieren, wenn bekannt würde, daß ich Mitglied einer Rauschgiftschieberbande bin?«

»Ich glaube nicht, daß man den Nektar Rauschgift nennen kann«, gab Lucinda zu bedenken. »Aber ich sehe, worauf du hinauswillst. Das ist doch kein Problem. Ich werde deine Anteile dem Namen nach verwalten, wie bei dem hübschen kleinen Geschäft, das wir in Paris mit dem freundlichen Polizisten laufen hatten.«

Sarah platzte laut lachend heraus: »Miles, Liebster, wie kannst du den flehentlichen Bitten deines eigenen Fleisches und Blutes widerstehen?«

»Ganz leicht«, antwortete ihr etwas verärgerter Mann. »Selbst wenn ich mich über die offensichtliche Illegalität des Projektes hinwegsetzen könnte, würde ich mich niemals mit einem Erzeugnis befassen, das ich niemals gesehen und noch weniger am eigenen Leibe ausprobiert habe.«

Das Bollwerk der Justiz verkörperte die gerechte Empörung.

»Ach, mein Lieber«, seufzte Jennifer. »Ich glaube, ich muß dir ein Geständnis machen. Als ich sagte, daß ich den ganzen Nektar in der Brennerei weggeschüttet habe, hat das nicht ganz gestimmt. Das meiste Zeug ist im Ausguß verschwunden, wie ich sagte, aber ein kleines Fläschchen habe ich doch retten können.«

»Und was hat das mit mir zu tun?« fragte Miles, der langsam unruhig wurde.

»Na ja, ich habe mir erlaubt, ein bißchen davon in den Cocktail zu tun, den du gerade hinter die Binde gekippt hast, Miles, mein Lieber. Reg dich nicht auf, es war ja kaum eine Spur. Ich weiß nicht einmal, ob du davon je etwas spüren wirst.«

»Willst du mir damit sagen, daß du mir absichtlich dieses, dieses...« Dem wortgewandten Anwalt verschlug es die Rede.

»Du wolltest doch zuerst den Nektar selbst ausprobieren, ehe du auf unser großzügiges Angebot eingehst«, hielt ihm Lucinda entgegen. »Wie fühlst du dich, Miles?«

Ihr Bruder schluckte seine Wut hinunter. Dann wechselte sein Ausdruck. Er gab leise, wimmernde Laute von sich, sprang auf und stolperte auf Lucinda zu. Sie erkannte aber die Symptome und brachte sich gerade noch rechtzeitig in Sicherheit.

»Ich glaube, daß wir alle unnötigen Schwierigkeiten vermeiden, wenn du deine Aufmerksamkeit deinem rechtmäßig angetrauten Weib widmest«, sagte sie und schob Miles in die Arme der erstaunten Sarah.

Hinterher rechnete sich Jennifer die Ereignisse danach als ihren Erfolg an. Vielleicht hatte sie Miles weniger Nektar gegeben als die kräftigen Dosen, die Ulysses ihnen verabreicht hatte. Es konnte aber auch an dem Fruchtsaft liegen, den ihr Spezialcocktail enthielt, der die typischen Verhaltensformen nach dem Genuß von Erica erotica etwas veränderte. Auf alle Fälle hatte sie Miles die Höllenqualen des Katers am nächsten Tag erspart, der ihnen so zugesetzt hatte. Noch wichtiger war, daß er zwar die sexuelle Anregung durch das Heidekraut genossen, nicht aber die Wildheit mitgemacht hatte, die über die Freunde der Liebe während ihrer Einweihungsorgie und über die Mannschaft der ›Lucifer‹ nach ihrer Zwangsbehandlung gekommen war. – Miles hatte Sarah mit der ganzen wunderbaren Leidenschaft ihrer ersten gemeinsamen Begegnung geliebt.

»Wir sind schon lange über das Stadium hinaus, in dem wir Nektar oder ein anderes Anreizmittel brauchen, nicht wahr, Liebste?« sagte Brian wenige Stunden später; Sarah und Miles waren längst schlafen gegangen.

Lucinda drehte bei diesen Worten den Kopf und betrachtete ihren Geliebten. Er hatte auf der langen Fahrt der ›Lucifer‹ viel erlebt, was ihn sehr verändert hatte. Der heimatlose Junge, den sie am Straßenrand aufgelesen hatte, war erwachsen geworden. Sie schaute in sein markantes hübsches Gesicht, auf seinen gebräunten, kräftigen Körper und wunderte sich über die Verwandlung dieses linkischen, ungehobelten Jungen in einen Adonis, der ihr die größten Freuden der Leidenschaft bereitete. Ohne ein Wort zu sagen stand sie auf und folgte ihm in die gemeinsame Kabine.

Alain stand auf Deck und starrte in die Abenddämmerung, in der die ›Lucifer‹ vor dem Wind dahinglitt. Der Abend war warm und die Luft voll von Düften. Er war entspannt und zufrieden. Er konnte sich ziemlich gut vorstellen, was sich unter Deck abspielte und mußte lächeln. Dann schaute er auf die Uhr. Nicht mehr lange, dann würde Brian heraufkommen, um ihn abzulösen.

Alain wußte, was ihn in dem Augenblick erwartete, in dem er in seine Kabine käme; dort wartete Jennifer auf ihn, süß, sexy und voll Verlangen lag sie in seinem Bett.

Lucinda außer Rand und Band

Vorwort der Autorin

Allzulange mußte England auf Lucinda, die Tochter von Gerald Farrer, dem Viscount Hamblewood, einem liebenswürdig kauzigen Aristokraten und seiner geistvollen amerikanischen Frau Melanie verzichten. Ohne Lucinda welkte das Liebesleben des Landes dahin, und die erotische Aktivität seiner Bewohner reduzierte sich besorgniserregend.

In ›Lucinda‹ erzählte ich, wie Lucinda ein College in Cambridge sexuell sabotiert hatte und nach der Ermordung eines Zuhälters mit einem französischen Gefängnis Bekanntschaft machte. Danach leitete sie, zusammen mit ihrer Schulfreundin und Geliebten, Jennifer Maxwell, die Firma ›Enterprises Lucifer‹ und eine Call-Girl-Agentur in Paris. Doch darüber wurde nie ausführlich berichtet, da einige ihre Kunden für Verschwiegenheit plädierten. Dann begaben sich Lucinda und Co. auf eine Reise, die sie zu einer entlegenen griechischen Insel führte, wo sie in den Besitz eines seltenen und ungeheuer wirksamen Aphodisiakums gelangten, allerdings erst, nachdem sie Lucindas Onkel Ulysses überlistet hatten.

Doch diese Geschichte habe ich in ›Xanthos‹ erzählt.

Im vorliegenden Band erleben wir Lucinda und ihre Freunde, wie sie von Xanthos zurücksegeln. Können sie der Verlockung neuer Liebesabenteuer widerstehen? Wahrscheinlich genausowenig wie die Katze der Sahneschüssel und die Maus dem verführerischen Duft des Käse.

Kapitel 1

Die untergehende Sonne verwandelte die Spitzen der Seealpen in fantastische, pinkfarbene Zuckerwatte, als die Ketsch ›Luzifer‹ auf ihren Anlegeplatz im Hafen von La Napoule zuglitt. Am Steuer stand Alain, ein Bretone und ehemaliger Fischer. Er war ein kräftiger, stämmiger junger Mann mit schwarzen Naturlocken. Neben ihm lehnte Jennifer Maxwell. Sie war dunkel und sehr hübsch und die Tochter eines weltberühmten Schauspielers. Ihr und Lucinda Farrer gehörte die Yacht, und Jennifer war die Geliebte von Alain und Lucinda.

Vom Hafen aus beobachteten zwei Personen, wie sie sich dem malerischen kleinen Hafen näherten – Lucindas Bruder Miles und seine schwangere Frau Sarah.

Miles Farrer war ein aufstrebender Anwalt, der, bis er seiner Frau Sarah begegnet war, Lucindas frivole Abenteuer mit tiefster Mißbilligung verfolgt hatte.

Seine aschblonde australische Frau hatte ihn jedoch mit ihrer Vitalität angesteckt, und immer seltener hielt er seiner Schwester Strafpredigten über ihr Verhalten.

Es herrschte das übliche Hin und Her, als die Yacht anlegte. »Wo zum Teufel sind denn nur Brian und Lucinda?« fragte Alain ziemlich ärgerlich. »Sie sollten doch eigentlich hier oben sein, um uns zu helfen.«

»Wo glaubst du wohl, daß sie sind?« lachte Jennifer. »Wohin gehen sie denn jeden Tag um diese Zeit?«

Es war ein offenes Geheimnis. Miles hatte seine Schwester als Nymphomanin bezeichnet und Brian, ihr Liebhaber, gab zu, daß sie sehr sexy sei und Lucinda selbst erklärte schlicht und einfach, sie habe halt einen gesunden Appetit. Diese Stunde hatte sie für die Dauer der Reise als ihr Schäferstündchen erklärt. Während die beiden anderen oben in der Takelung die Segel einrollten, vergnügte sie sich in der Kajüte mit Brian.

Als Lucinda Brian kennengelernt hatte, war er ein ziemlich verwahrloster, aufsässiger Typ gewesen. Doch in den darauffolgenden Monaten hatte er sich zu seinem Vorteil verändert und ungeahnte Talente enthüllt. Nach Lucindas Worten war er ein Potenzbolzen.

Lucinda lag zufrieden in seinen Armen, auf dem breiten Bett, das den Großteil der Kabine ausmachte. Sie genoß die Erregung, die sich vor dem Sex einstellt.

Lucinda war ein ungewöhnlich hübsches Mädchen mit goldenen Haaren und hellem Teint. Die Sonne auf den griechischen Inseln hatte ihre Haare gebleicht.

Zärtlich streichelte Brian ihren zarten Hals, die weiche Rundung ihrer Schultern und ihre vollen Brüste. Sie schnurrte vor Lust, fühlte das vertraute Beben ihrer Sinne, ihr süßes Verlangen. Sie drückte ihren Mund auf seinen, drängte ihre Zunge zwischen seine Lippen, forderte ihn heraus, sie zu lieben. Brian umklammerte sie, atmete den sinnlichen Duft ihres Körpers ein.

»Sollten wir nicht an Deck sein und Alain helfen, ›Luzifer‹ an Land zu bringen?« fragte Brian boshaft, mit einer Stimme, die erkennen ließ, daß er nicht die geringste Absicht hatte, aufzustehen.

»Dein Platz ist hier«, erwiderte Lucinda, indem sie ihre Beine öffnete und ihn zu sich herunterzog. »Laß uns die Reise stilvoll beenden.«

Brian küßte sie und Lucinda knetete sein festes Fleisch. Sie bewegten sich zusammen in einem geschmeidigen erotischen Rhythmus, ließen sich von ihren schönen Körpern hinreißen.

»Gib es mir«, befahl Lucinda.

Als die Yacht anlegte, erreichten sie ihren Höhepunkt.

Lucinda hatte genußvoll die Augen geschlossen und fühlte, wie ihr ganzes Wesen von der Woge des Orgasmus' erfaßt wurde. Wie immer gelangte Brian gleichzeitig mit ihr zum Höhepunkt – stark, sanft und befriedigend.

»Das war wunderbar und viel amüsanter, als die Arbeit oben an Deck, nicht wahr?« fragte Lucinda, als sie sich an ihn schmiegte.

Statt einer Antwort küßte Brian sie.

»Ich frage mich, was aus Onkel Ulysses geworden ist«, überlegte Lucinda.

»Der alte Gauner wird sich wohl in irgendwelchen Bars herumtreiben«, bemerkte Brian. »Doch du scheinst das schwarze Schaf eurer Familie insgeheim zu bewundern.«

»Nun, der alte Knabe besaß immerhin Format.«

»Format!« brummte Brian. »Er drohte, uns umzubringen.«

»Ich glaube, er bluffte«, behauptete Lucinda.

»Er war der überzeugendste Lügner, dem ich je begegnet bin. Denk nur an die fantastischen Lügengeschichten, die er uns auftischte und von denen wir jedes Wort glaubten. Ich habe so ein Gefühl, daß wir noch von ihm hören werden und eines Tages wird der alte Scharlatan wieder auf der Bildfläche erscheinen.«

»Wenn ja, tätest du gut daran, dich in acht zu nehmen«, sagte Brian. »Ich glaube nicht, daß er dir verzeihen wird, daß du ihm das Heidekraut unter der Nase weggeschnappt hast.«

Brian spielte auf die Erica Erotica an, eine Pflanze, die es nur auf der Insel Xanthos gab, und die, wenn sie zerkleinert und ihr Saft destilliert wurde, ein Aphrodisiakum hervorbrachte, das erstaunliche Wirkung besaß. Die Crew der ›Luzifer‹ hatte Ulysses' Pläne durchkreuzt, und die Wurzel dieser Wunderpflanze war nun in ihrer Hand.

Kurze Zeit später waren sie alle an Land und genossen in einem Strandcafé frischen Kaffee und Croissants.

»Ich vermute, daß du heim nach Hamblewood möchtest«, sagte Jennifer zu Sarah.

»Natürlich«, warf Miles ein. »Wir sind genug herumvagabundiert, Sarah sollte sich schonen.«

»Unsinn«, widersprach seine Frau. »Es kann noch Monate dauern.«

Miles war offensichtlich nicht davon überzeugt und bestand darauf, den besorgten werdenden Vater zu spielen.

»Warum kommt ihr nicht einfach alle mit zu uns?« fragte Sarah. »Hamblewood ist so groß, daß eine ganze Armee dort campieren könnte, und eine Ruhepause würde euch nichts schaden.«

Alain schüttelte den Kopf. »Es gibt auf der ›Luzifer‹ so viel zu tun. Ich muß bleiben.«

»Und ich bleibe bei dir«, lächelte Jennifer. »Du würdest dich einsam fühlen, wenn wir dich hier zurückließen.«

»Du möchtest ihn einfach im Auge behalten, damit er nicht mit den Einheimischen anbändelt«, neckte Lucinda sie.

»Wie gut du mich kennst«, gab Jennifer zu. »Aber hast du keine Lust, deine lieben Eltern zu besuchen, Lucinda?«

»Keine schlechte Idee. Mama ist gar nicht da und Papa kommt vielleicht nur auf dumme Gedanken. Brian, hast du Lust mitzukommen?«

Brian zögerte. Bis jetzt hatte er Lucinda nur auf See erlebt, wußte nicht, wie sie sich auf dem vornehmen Stammsitz, ihrem Zuhause, verhalten würde.

»Bitte komm mit«, drängte ihn Sarah. »Du hast einen guten Einfluß auf Lucinda und ich bin voll damit beschäftigt, mich um ihren Bruder zu kümmern. Allein werde ich mit den beiden nicht fertig.«

»Und mach dir keine Sorgen um unsere ehrwürdigen Eltern«, fügte Miles hinzu. »Lucinda hat ihnen schon die skurrilsten Exemplare der menschlichen Rasse angeschleppt, so daß sie ungeheuer erleichtert sein werden, wenn sie sehen, daß sie mit einem Mann liiert ist, der so angenehm und wenig exzentrisch ist wie du.«

Brian war sich nicht im klaren, ob er Miles' Kompliment als Schmeichelei auffassen sollte oder nicht. Doch bevor er etwas sagen konnte, antwortete Lucinda an seiner Stelle. »Prima. So ist alles gebongt. Wir vier brechen also morgen in aller Herrgottsfrühe auf, und Alain und Jennifer kümmern sich um ›Luzifer‹«.

Brian lächelte und nickte zustimmend. Es war nicht das erste und bestimmt nicht das letzte Mal, daß Lucinda über ihn bestimmt hatte.

Kapitel 2

Ein paar Wochen vor der Ankunft der ›Luzifer‹ in La Napoule schien die Sonne hell über Hamblewood, und der Frühling erfüllte Gerald Farrers Herz mit Jubel. Seine Frau verließ ihn. Nicht für immer, überlegte er melancholisch, doch lange genug, um ihm einen Hauch von Freiheit zu vermitteln. »Gib auf dich acht, solange ich fort bin«, ermahnte ihn die Viscountess, »und mach keine Dummheiten.«

Der Viscount protestierte schwach, als ob allein der Gedanke, er könne je vom Pfad der Tugend abweichen, schon eine Zumutung wäre.

Melanie wollte eine sechsmonatige Vortragsreise durch ihre Heimat, die Vereinigten Staaten, machen. In Begleitung der Frauen eines Missionars, der in den Wäldern Neu Guineas weilte und eines Bergbauingenieurs, der zur Zeit in Zaire arbeitete, wollte die Viscountess über die Probleme referieren, mit denen die amerikanischen Frauen, die dazu verurteilt sind, einen Teil ihres Lebens in der Wildnis, d. h. außerhalb der USA zu verbringen, konfrontiert sind.

»Und um Himmels willen zieh dich ordentlich an«, lautete ihr letzter Befehl an ihren Mann. »Zieh nicht diese abscheuliche alte Jacke an. Sie dient dem Personal als schlechtes Beispiel und schreckt die Besucher ab. Schließlich zahlen die Leute für den Besuch eines herrschaftlichen Stammsitzes und nicht eines heruntergekommenen Anwesens. Und sie wollen auch nicht einen Peer sehen, der aussieht, als habe er seine Kleidung bei einem Wohltätigkeitsbazar erstanden.«

Sobald die Tyrannin, die sein Leben unter Kontrolle hatte, abgereist war, pfiff Gerald Farrer einen Evergreen der zwanziger Jahre vor sich hin und zog eine Flanellhose an, die schon bessere Tage gesehen hatte und die geschmähte, formlose Tweedjacke mit ihren abgetragenen Lederflicken an den Ellbogen. Er war bereit, es mit der Welt aufzunehmen.

Und obwohl er es noch nicht wußte, bereitete sich die Welt auf die Begegnung mit ihm vor. Jede Minute entfernte sich seine Frau weiter von ihm und der Viscount wanderte ziellos, doch glücklich, an den Reit- und Schweineställen vorbei und betrachtete seine Domäne wohlwollend. Er plauderte mit dem Obergärtner und ging sogar so weit, daß er dem Butler einen Witz über einen Engländer, einen Schotten und einen Iren erzählte. Dieser lächelte milde, war aber sichtlich nicht amüsiert. Dann ließ er den Koch kommen und machte alle Anweisungen, die Melanie gegeben hatte, zunichte. Wie schön das Leben war!

Dann nahm das Schicksal seinen Lauf. Eine Gruppe von Besuchern strich durch das Anwesen und Gerald fungierte wie üblich als Führer und fütterte sie mit Fakten über das große Haus, die sich halbwegs an die Geschichte hielten. Als die Führung beendet war und die Besucher dem Ausgang zustrebten, blieben zwei Besucher zurück.

Der Mann war in mittleren Jahren und gedrungen. Obwohl er sorgfältig rasiert war, hatte sein Kinn einen schwarzblauen Schimmer, den auch der Talkumpuder nicht völlig übertünchen konnte. Er trug eine schwere Hornbrille, die ihn sehr seriös aussehen ließ. Seine Begleiterin war eine wohlgeformte Blondine, die versucht hatte, ihren überschäumenden Charme noch durch übermäßigen Gebrauch von Make-up und betäubendem Parfüm zu erhöhen. Der Mann ging auf Gerald Farrer zu und streckte ihm die Hand hin.

»Sir, es war für meine Freundin und mich eine Ehre, auf Ihrem wunderschönen Landsitz von Ihnen empfangen zu werden, und ich möchte Ihnen meine Dankbarkeit aussprechen.«

Gerald war überrascht. Er blinzelte kurzsichtig und schüttelte die Hand des Besuchers.

»Erlauben Sie mir, mich vorzustellen. Ich bin Hiram T. Watergate aus Rhode Island.«

»Watergate?« sinnierte der Viscount. »Der Name kommt mir bekannt vor, doch ich weiß nicht, wo ich ihn einordnen soll.«

Hiram warf der Frau einen bedeutungsvollen Blick zu.

»Die Watergates«, erwiderte er, »gehören zu den wenigen überlebenden Familien der ursprünglichen Siedler von Rhode Island. Diese Tatsache ist allgemein wenig bekannt. Doch entschuldigen Sie, ich habe vergessen, Ihnen meine Begleiterin, die Contessa de Scarpio, vorzustellen.«

Die dralle Blondine nickte Gerald von oben herab zu und sagte: »Freut mich, Sie kennenzulernen, Viscount.«

Gerald hatte aufgrund des ausländischen Namens auch einen ausländischen Akzent mit melodiösem, italienischen Anklang erwartet. Doch ihre Stimme wies den unverkennbaren New-Jersey-Slang auf.

Gerald Farrer hatte eigentlich nie so recht begriffen, wie es dazu gekommen war, doch als er sich in die Bibliothek begab, waren seine zwei neuen Bekannten immer noch an seiner Seite und redeten auf ihn ein. Und es wäre ausgesprochen unhöflich gewesen, sie nicht zum Lunch einzuladen.

Beim Essen enthüllte Hiram, daß er ein reicher Geschäftsmann sei, der gerade Kurzurlaub machte.

»Alles, was ich anfasse, wird zu Gold«, berichtete er seinem Gastgeber. »Sie können sich nicht vorstellen, was das für ein Gefühl ist.«

Er hatte ganz recht. Gerald hatte keine Vorstellung. Ein paarmal hatte er sich in die Finanzwelt vorgewagt und jedesmal Schiffbruch erlitten. Er überlegte, daß Hiram T. Watergate wie ein ernstzunehmender Mann wirkte und daß eine nähere Beziehung zu ihm durchaus Vorteile bringen konnte.

Doch noch größeren Eindruck machte die exotische Contessa auf Gerald. Während des Essens verschlang sie ihn mit Blicken. Sie sagte:

»Wissen Sie, Viscount, Sie besitzen die typisch britischen aristokratischen Züge. Wenn ich Sie betrachte, denke ich an ein Porträt von Oliver Cromwell, das bei uns hängt.«

Einer von Geralds Vorfahren hatte für König Karl gekämpft und war mit seinem Sohn ins Exil gegangen, doch als er in die schmelzenden blauen Augen der Lady blickte, brachte es Gerald nicht übers Herz, dem zweifelhaften Kompliment zu widersprechen.

»Wirklich, meine liebe Contessa«, flötete er.

»Bitte, nennen Sie mich Semiramide«, gurrte sie.

»Was für ein ungewöhnlicher Name«, schmeichelte er. »Und Sie, meine Liebe, nennen mich bitte Gerald.«

Als der Lunch beendet war, waren die drei dicke Freunde. Hiram lud Gerald nach London ein – zum Dinner, zu einer Show und in einen Nachtclub, doch der edle Lord lehnte ab. Er spürte, daß seine Emanzipation noch nicht soweit gediehen war. Doch am nächsten Tag erhielt er von Hiram ein Paket, das amerikanische Zigaretten, ein paar Flaschen Bourbon und einen Pornofilm enthielt, der alles übertraf, was Gerald je gesehen hatte. Die Zigaretten schienen noch etwas anderes als reinen Tabak zu enthalten.

Hiram und Semiramide kamen oft nach Hamblewood und es war unvermeidbar, daß Gerald sie zum Dinner einlud.

Zur verabredeten Zeit erwartete Gerald seine Gäste im Smoking und schwarzer Fliege. Thistlethwaite, der Butler, verkündete:

»Milord, die Contessa de Scarpio.«

Semiramide schwebte in den Raum. Sie trug ein Kleid aus Silberlamé, das ihren Busen hervorragend zur Geltung brachte. Ihre Haare umspielten ihre Schultern, und ihre Lippen leuchteten blutrot.

»Es tut mir leid, Sie enttäuschen zu müssen, mein lieber Gerald, doch Hirem mußte ganz plötzlich nach London fahren. Irgend so eine lästige Angelegenheit mit einem seiner Bohrtürme. Es war dringend, und er konnte es nicht auf morgen verschieben. Er bittet Sie, ihn zu entschuldigen. Halten Sie es allein mit mir aus? Leider besitze ich nicht Hirams Gabe, Konversation zu machen. Sie müssen mich entsetzlich langweilig finden.«

»Nein, wirklich nicht. Ich bin sicher, wir unterhalten uns glänzend«, erwiderte Gerald galant. »Doch es tut mir leid, daß Hiram nicht kommen konnte.«

Noch während Gerald dies sagte, wurde er sich bewußt, daß er nicht die Wahrheit sagte. Natürlich hätte er sich gerne mit dem smarten Mr. Watergate unterhalten und etwas übers Öl erfahren, aber irgendwie war es ihm keineswegs unangenehm, Semiramides ungeteilte Aufmerksamkeit zu genießen.

Das Dinner war ein ungetrübter Genuß. Die Contessa war begeistert von dem Essen und es wurde reichlich Wein konsumiert, was nicht möglich gewesen wäre, wenn Melanie an dem Mahl teilgenommen hätte. Nach dem Dinner hatte es Gerald nicht eilig, seinen Gast zu verabschieden, und Semiramide hielt die plätschernde Unterhaltung aufrecht, was Gerald in dem Glauben bestärkte, daß sie den Abend genoß.

Später saßen sie im blauen Salon, bei Kaffee und Likör. Semiramide lehnte an dem hohen französischen Fenster. »Der Garten sieht im Mondschein märchenhaft aus«, sagte sie. »Aber von oben muß der Anblick noch reizvoller sein.«

»Das kann schon sein, ich habe mir noch nie Gedanken darüber gemacht«, gab Gerald zu. »Möchten Sie nach oben gehen?«

»Gern.«

So führte Gerald Farrer seinen Gast auf der breiten Marmortreppe nach oben, in ein geräumiges Schlafzimmer.

»Das ist ein Gästezimmer«, verkündete er. »Es hat eine Terrasse, von der aus man das ganze Anwesen überblicken, ja sogar den See sehen kann.«

Semiramide genoß den Anblick recht oberflächlich.

»Und wie ist der Blick von Ihrem Zimmer aus?« fragte sie.

»Oh, ich schlafe in einem viel kleineren Zimmer«, lächelte Gerald. »Von dort genießt man die Aussicht auf die Ställe und den Gemüsegarten. Ich befürchte, es gibt dort nichts zu sehen, was Sie interessieren könnte.«

»Ich bin sicher, es ist wirklich sehr hübsch«, beharrte Semiramide. »Wollen Sie es mir nicht zeigen?«

»Es gibt da nichts, was Sie entzücken könnte«, erwiderte der verwirrte Peer, »doch wenn Sie unbedingt wollen...«

Gerald schüttelte den Kopf, wie ein verwundeter Schäferhund, und geleitete seinen Gast über mehrere Korridore zu seinem Zimmer.

Semiramide schaute aus dem Fenster. Dann schien sie zu taumeln und faßte sich an die Stirn.

»Verzeihen Sie«, stammelte sie. »Doch ich fühle mich plötzlich elend. Darf ich mich einen Augenblick hinlegen?«

Ohne eine Antwort abzuwarten, legte sie sich auf Geralds Bett.

»Soll ich Ihnen ein Glas Wasser bringen?« fragte Gerald ängstlich. »Oder vielleicht etwas Riechsalz? Bestimmt hat meine Frau welches in ihrem Zimmer.«

»Nein, nein, bitte machen Sie sich keine Umstände. Seien Sie so nett und setzen Sie sich neben mich, bis es vorbei ist.« Sie streifte ihre Schuhe ab und Gerald setzte sich auf die äußerste Kante des Bettes.

»Wenn das Kleid mich nicht so einschnüren würde, ginge es mir besser. Bitte, seien Sie ein Engel und helfen Sie mir.«

Es wäre unhöflich gewesen, ihre Bitte abzuschlagen und Gerald fummelte an ihren Knöpfen, Haken und Reißverschlüssen herum. Er hatte das unbestimmte Gefühl, daß Semiramides Körper unter seinen nervösen Fingern nachgab.

Vielleicht spielte ihm seine Fantasie einen Streich, doch ohne es zu wollen, fühlten seine Hände warmes, nachgiebiges Fleisch unter sich.

Schließlich schlüpfte Semiramide mit einer Bereitwilligkeit aus ihrem engen Schlauchkleid, daß sich der Gedanke aufdrängte, ihre Schwäche sei einem dringenderen Bedürfnis gewichen.

»Oh«, rief der Viscount aus, »Sie tragen ja keinen Büstenhalter.«

»Ich finde ihn zu einengend«, erklärte sie. »Der Körper sollte frei sein. Finden Sie nicht auch?«

»Hm, ja«, erwiderte Gerald unsicher.

»Nun gut. Warum legen Sie nicht Ihre Jacke und Krawatte ab? Wie können Sie sich entspannen, wenn Sie so zugeknöpft sind?«

»Das macht mir nichts«, versicherte ihr Gerald hastig. »Ich fühle mich keineswegs unbequem.«

»Aber ich«, erwiderte sie und rutschte näher zu ihm hin. »Ich fühle mich ganz scheußlich, wenn ich quasi nackt hier vor Ihnen liege und Sie so förmlich sind. Sie wollen doch nicht, daß ich in Verlegenheit gerate, oder?«

»Himmel, nein«, gab Gerald schuldbewußt zu und legte Jacke und Krawatte ab. »So habe ich es nicht gesehen.«

Er saß neben ihr auf dem Bett und aus irgendwelchen unerfindlichen Gründen machten sich Semiramides Finger an seinem Hemd und seiner Hose zu schaffen und wie durch Zauberkraft öffneten sich alle Knöpfe, und sein Körper war ihren Händen zugänglich.

Ein wilder unglaublicher Gedanke schoß durch Geralds Kopf.

Vorsichtig berührte er Semiramides Schulter. Sie wies ihn nicht zurück, wie er befürchtet hatte, sondern wandte sich ihm zu, so daß seine Hände ganz unversehens ihre vollen, schweren Brüste umfaßten.

»Oh, Gerald«, keuchte sie. »Du bist so männlich.«

»Wirklich?« fragte der erschreckte Verführer.

»Darf ich dich etwas Persönliches fragen, etwas sehr Persönliches?«

»Frag nur«, erwiderte er und ließ jede Vorsicht außer acht.

»In meiner Familie geht das Gerücht«, sagte Semiramide verschämt, »daß sich alle englischen Aristokraten beschneiden lassen. Stimmt das?«

»Nein, nein. Vielleicht verwechselt ihr uns mit Rabbis?«

»Und wie ist es bei dir, Gerald?«

»Nein, ich versichere dir, ich bin nicht beschnitten.«

»Darf ich sehen? Nur einen kurzen Blick?«

»Glaubst du, das wäre richtig?«

»Gerald, mein Lieber, da ist nichts Böses dran«, sagte sie. »Schließlich sind wir alte Freunde, oder? Und ich bin so neugierig.«

Gerald hatte keine Gelegenheit, weitere Zweifel zu äußern, denn Semiramide hatte ihm seine Hose und seinen Slip mit einer Fingerfertigkeit heruntergezogen, die auf lange Übung schließen ließ. Sie betrachtete seinen Penis, als ob er zu den Weltwundern gehörte.

»O Gerald«, murmelte sie entzückt. »Ist er nicht süß? Und schau, er wird so groß.«

Das stimmte. Melanie war das nie gelungen. Semiramides Finger stimulierten seinen Penis in einer Art, die Melanie als höchst undamenhaft bezeichnet hätte.

»Glaubst du, wir sollten...«

Geralds Einwände wurden erstickt, als Semiramide ihren Mund auf seinen preßte und ihre Zunge in seinen Mund gleiten ließ. Er sagte nichts mehr, da ihm beigebracht worden war, nicht mit vollem Mund zu reden.

Danach wurde alles etwas chaotisch. Gerald wußte auch nicht genau, wie es kam, daß er plötzlich mit Semiramide im Bett lag und seine restlichen Kleidungsstücke zu Boden glitten. Eines war gewiß. Der Schwächeanfall seines Gastes war vorüber. Gerald lag auf dem Rücken und ihre Hände schienen überall gleichzeitig zu sein. Er betastete ihr einladendes Fleisch, ohne Sinn und Ziel.

Um die Wahrheit zu sagen, Gerald war von den Ereignissen überrannt worden. Er konnte sich nicht erinnern, wann er unter Melanies Fuchtel zum letzten Mal Gelegenheit zu einem Liebesabenteuer gehabt hatte. Sein ehelicher Beischlaf wurde von einem ungeschriebenen Gesetz regiert, das strenger als jegliches diplomatisches Protokoll war und jegliche fleischliche Leidenschaft oder erotische Fantasie als unbedeutend ausklammerte. Der Viscount und die Viscountess waren es ihrer Familie und ihrem Land schuldig, ein oder zwei Kinder zu zeugen, um den Fortbestand des Titels zu sichern. Als das vollbracht war, war es aus mit der Leidenschaft, und Geralds Sexualleben bestand nur noch aus blasser Erinnerung.

Nun, da er mit einer aufregenden Frau zusammen war, wußte er nicht, wie er sich benehmen sollte. Doch das spielte keine Rolle. Semiramide besaß genügend Begeisterung und Erfahrung für zwei. Sie knabberte an seinem Ohr. Er fand, es kitzelte, aber es wirkte auch anregend. Gerald hatte das vage Gefühl, daß er etwas mit seinem Mund machen müßte. Als sich eine pralle Brustwarze zwischen seine Lippen drängte, reagierte er instinktiv.

Als seine sexuelle Erregung stärker wurde, fühlte er eine neu erwachte Energie. Fast ohne sich dessen bewußt zu sein, streichelte er die aufreizenden Kurven des weiblichen Wesens, das so unerwartet in sein Leben getreten war. Doch es war Semiramide zu verdanken, daß sich das leidenschaftliche Petting steigerte. Ihre Hände umklammerten seine Schultern, und er drang in sie ein.

Es war ein kurzes Vergnügen. Gerald schnappte nach Luft und er wand sich, als Semiramides heiße Vagina seinen Phallus auszusaugen schien. Wie Lucinda später bemerkte, war das nicht gerade ein sensationeller Koitus gewesen. Doch für Gerald bedeutete er ein faszinierendes neues Erlebnis. Semiramide hielt ihn fest an sich gedrückt, bis sein Körper sich wieder entspannte. Dann kuschelte sie sich mit einem zufriedenen Seufzer an ihn.

»O Gerald«, schnurrte sie mit einem Hauch von Vorwurf in der Stimme. »Du hast mich verführt.«

»Ich?« fragte Gerald voller Unglauben, gab es aber auf, darüber zu streiten. »Beim Jupiter, ja, ich verführte dich.« Er wollte gerade zu einer Entschuldigung ansetzen, als sich Semiramide zu ihm beugte und ihn küßte.

»Wir müssen es wieder machen«, kicherte sie.

Das taten sie auch, mehrere Male. Und seltsam: Je inniger Geralds Affäre mit Semiramide wurde, desto herzlicher wurde seine Beziehung zu Hiram T. Watergate.

Hirams Sympathie ging so weit, daß er eines Abends nach einem der zur Gewohnheit gewordenen Dinners in Hamblewood, Gerald vorschlug, er solle von Hirams fantastischem Talent, Geld zu machen, profitieren.

»Natürlich hätte ich vollstes Verständnis, wenn du solche Geschäfte für jemanden deines Standes zu vulgär fändest.«

»Nein, keineswegs, mein lieber Junge«, beeilte sich Gerald, Hiram zu versichern. »Ich glaube, ich kann behaupten, ich bin genauso demokratisch wie jeder andere auch. Ich bin überhaupt kein Snob, zumindest, was Geld anbetrifft.«

Als die Crew der ›Luzifer‹ ein paar Tage später in Hamblewood eintraf, fand sie den Viscount in Hochstimmung. Lucinda war an die Begeisterungsausbrüche ihres Vaters gewöhnt, doch sie wunderte sich, daß ihn ihre Abenteuer auf Xanthos so wenig berührten.

»Verstehst du denn nicht«, wiederholte sie ihre Worte langsam und deutlich, als ob sie es mit einem zurückgebliebenen Kind zu tun hätte, »wir hätten umkommen können.«

»Verdammt unangenehm«, murmelte ihr Vater zerstreut.

Miles betrachtete seinen Vater gedankenvoll. Er fühlte, daß der Viscount ein Geheimnis hatte und beinahe platzte vor Ungeduld, es ihnen zu enthüllen und sich in ihrer Bewunderung zu sonnen.

»Du bist in guter Stimmung«, sprach Miles ihn an.

»Natürlich ist er das. Mutter ist ja nicht da«, bemerkte Lucinda.

»Nein, es ist etwas anderes. Gib doch zu, du hast etwas erlebt, oder?«

»Das könnte man sagen«, lächelte Gerald. »Während meine Familie durch die Welt segelte, habe ich meine Zeit genutzt. Ich habe gerade ein Geschäft gemacht, da gehen euch die Augen über.«

»O Gott«, sorgte sich Lucinda. »Ich hoffe, du hast keine Dummheiten begangen.«

»Keineswegs.« Geralds Wangen färbten sich rot vor Entrüstung. »Es gelang mir, mit einem der cleversten Männer, denen ich je begegnet bin, in Geschäftsverbindung zu treten.«

»Clever. Heißt das unehrlich?« fragte Sarah naiv.

»Himmel, nein. Hiram T. Watergate ist ein alter Freund, der mein uneingeschränktes Vertrauen besitzt.«

»Hiram T. Watergate? Du hast seinen Namen noch nie erwähnt. Wie alt ist diese Freundschaft?«

»Miles, du mußt akzeptieren«, erwiderte Gerald abwehrend, »daß sie nicht Jahre zurückgeht, sondern in Kürze reifte. Ich habe das Gefühl, als kenne ich Hiram schon eine Ewigkeit.«

»Ich glaube, du solltest uns die Geschichte von Anfang an erzählen«, sagte Miles streng, aber geduldig.

»Das mache ich, wenn ihr nicht immer solch blödsinnige Einwände vorbringt. Wißt ihr eigentlich, daß wir ungenutztes Vermögen haben, das uns eine Menge Geld einbringen könnte?«

Der Viscount blickte alle an, als ob er sie herausfordern wollte, ihm zu widersprechen.

»Welches Vermögen?« fragte Miles.

»Zum Beispiel Hamblewood.«

»Du verlangst ja von den Leuten Eintritt«, erinnerte ihn Lucinda.

»Das bezeichnet Hiram als ein Almosen.«

»Was willst du also mit unserem Haus machen? Möchtest du ein Bordell daraus machen?«

»Also ehrlich, Lucinda, wie kannst du so vulgär sein!«

Ihr Vater war entrüstet, doch mit Mühe hielt er seine Erregung unter Kontrolle und erklärte ihnen triumphierend:

»Ich war damit einverstanden, daß ein paar Freunde von Hiram hier wohnen. Natürlich zahlen sie für dieses Vorrecht.«

»Und wie groß ist Hirams Anteil an dem Geld, das du von deinen zahlenden Gästen erhältst?«

»Er will keinen Cent. Verstehst du jetzt, Miles, was ich mit einem großen Geschäft meinte? Er schickt die Leute und ich kassiere.«

»Und dein neuer, alter Freund Hiram nimmt all diese Mühen um Gotteslohn auf sich?« Lucindas Stimme klang skeptisch.

»Genau. Er bekommt sein Geld von dem Anteil, den meine Freunde zahlen, wenn ich sie zur Contessa schicke.«

»Wer ist diese Contessa? Eine weitere alte Freundin?«

»Die Contessa de Scarpio ist eine sehr – hm – interessante und – hm – vollendete Lady«, antwortete Lucindas Vater etwas stockend.

Miles und Lucinda starrten ihn an, und Gerald senkte wie ein kleiner Junge, der beim Naschen ertappt worden war, den Blick.

»Und die Leute, die in Hamblewood wohnen, werden von Semiramide – ich meine die Contessa – persönlich ausgewählt«, fügte Gerald hinzu.

»Semiramide? Hört sich an wie ein köstlicher Pudding«, erklärte Miles.

»Mehr wie ein Kuchen«, wandte Lucinda ein.

»Unsinn. Sie ist eine charmante Frau und hat einen zauberhaften Wohnsitz an der Adria – einen echten Palast.«

»Wie willst du das wissen, Papa? Hast du ihn gesehen?«

»Nicht gerade gesehen, doch ich habe eine Aufnahme davon und hole sie schnell mal.«

Der Viscount verschwand und kehrte mit einer grellbunten Postkarte zurück, die er ihnen stolz präsentierte. Darauf war ein stattliches weißes Gebäude mit einem exotischen Park abgebildet. Der Name des Anwesens war auf der Rückseite aufgedruckt und auf der Vorderseite stand auch etwas – allerdings auf kyrillisch, wozu man erst mal einen Russischlehrer benötigte. Man betrachtete die Postkarte von allen Seiten. Brian, der die ganze Zeit geschwiegen hatte, wandte sich plötzlich an den Viscount.

»Entschuldigen Sie, Viscount Hamblewood, aber darf ich fragen, ob die Contessa tatsächlich behauptete, daß diese Abbildung ihren Palast zeige?«

»Nun, nicht so wörtlich. Sie entschuldigte sich, weil sie kein Foto ihres Anwesens habe und sagte, diese Karte gäbe mir eine Vorstellung davon.«

»Sonst hat sie nichts gesagt?«

»Was gibt es da noch zu sagen?« fragte Gerald ärgerlich, da die jungen Leute seine Geschäftstüchtigkeit überhaupt nicht zu würdigen wußten.

»In der Schule«, fuhr Brian fort, »hatten wir einen Direktor, dessen ganze Leidenschaft den modernen Sprachen galt. Ich lernte Deutsch und Russisch. Ich bin kein Experte, aber ich kann genug, um den Text auf der Karte übersetzen zu können.«

»Und?«

»Dieses imposante Gebäude«, sagte Brian bedächtig, »ist das Lenin-Institut für Geisteskranke und liegt nicht an der Adria, sondern in Tbilisi, in Georgien.«

Es herrschte einen Augenblick Stille.

»Und die Inschrift auf der Vorderseite der Karte beinhaltet brüderliche Grüße zum 65. Jahrestag der glorreichen Oktoberrevolution.«

»Vielleicht meinte sie, ihre Villa sehe so ähnlich aus, vom architektonischen Standpunkt«, meinte Gerald ohne große Überzeugung. »Mir fällt gerade ein, wo ihr Haus liegt.«

Er lächelte seine Inquisitoren hoffnungsvoll an. »Es befindet sich in Italien, in Spoleto.«

»Doch Spoleto liegt in Jugoslawien«, klärte ihn Sarah auf.

»Hört sich aber nicht jugoslawisch an«, widersprach Gerald.

»Es wurde vor einigen Jahren in Split umgetauft«, sagte Miles. »Und zudem halte ich es nicht für sehr wahrscheinlich, daß eine Gräfin im sozialistischen Jugoslawien Privatbesitz hat. Was meinst du?«

»Ich bin davon überzeugt, daß sich alles leicht aufklären läßt«, meckerte Gerald.

»Nur noch eine letzte Frage.« Miles' Tonfall war ruhig, aber bestimmt. »Hast du womöglich diese reizende kleine Abmachung, gegenseitig Gäste aufzunehmen, schriftlich niedergelegt?«

»Da du es erwähnst«, gab Gerald zu, »Hiram kritzelte etwas auf ein Papier, damit ich es unterschreibe.«

Lucinda stöhnte. Sarah rollte verzweifelt die Augen, während Brian den Viscount ungläubig anstarrte.

»Und du hast eine Kopie von dem, was du unterschrieben hast?« fragte Miles.

»Natürlich. Ihr glaubt doch wohl nicht, ich sei blöd, oder?«

Miles verzichtete darauf, seine Meinung kundzutun. »Darf ich sie bitte sehen?«

»Ich habe sie in meiner Schreibtischschublade. Kommt bitte mit in mein Büro und ich zeige sie euch.«

Schweigend trotteten sie hinter ihm her.

Kapitel 3

Erst am späten Nachmittag des darauffolgenden Tages entdeckte Viscount Hamblewood das fehlende Stück Papier, das er so lässig unterzeichnet hatte. Er zog es triumphierend unter einem Stapel unbezahlter Rechnungen, Blumenkatalogen, Einladungen zu Kirchenfesten und Bettelbriefen hervor.

»Das ist eine Art zwanglose Notiz, eine Gedächtnisstütze, nichts Offizielles«, erklärte er.

Miles betrachtete das Dokument und rang nach Luft.

»Habt ihr je ein putziges kleines Memorandum zwischen Kumpeln erlebt, das beginnt... ›Die erste Partei dieser Abmachung, Gerald Algernon St. John Boscastle Farrer, Viscount Hamblewood, und die zweite Partei Hiram Thomas Washington Watergate, vereinbaren das folgende‹?« fragte er.

»Ich wußte nicht, daß er Washington heißt«, brummelte sein Vater. »Und ich frage mich, woher er all meine Namen hat.«

»Es sieht ganz so aus, als ob dein Freund seine Hausaufgaben gemacht habe, bevor er dich mit seinem Charme einhüllte«, bemerkte Miles.

»Oder mit dem Charme seiner attraktiven Contessa«, fuhr Lucinda bitter fort.

Gerald war überrrascht. »Glaubt ihr wirklich, sie könnte eine Schwindlerin sein?« Er schüttelte den Kopf wie ein verstörtes Schaf.

»Miles, sag uns alles«, forderte ihn Lucinda auf. »In was hat uns unser lieber Vater hineingeritten?«

Miles schwieg. Er konzentrierte sich auf das Papier und antwortete erst nach zehn Minuten, nachdem er es intensiv studiert hatte. Sein Gesichtsausdruck war sehr ernst.

»Natürlich besitzt auch Hiram eine Kopie von dem, was du unterschrieben hast?« fragte er seinen Vater.

Gerald nickte.

»Du hast einen Vertrag geschlossen, der bemerkenswert genau und gut abgefaßt ist«, sagte er zu Gerald. »Er ist bindend, denn er wurde ja ganz formell von Zeugen unterschrieben.«

»Ja, ich erinnere mich«, äußerte Gerald erleichtert. »Hiram sagte, es wäre eine gute Idee, wenn zwei meiner Angestellten unterschreiben würden. Für den Fall, daß ich das Papier verlieren würde, könnten sie danach suchen, ohne daß ich mich darum kümmern müßte. Wenn ich es mir genau überlege, erschien mir das etwas seltsam, doch ich sah nichts Hinterhältiges darin und nach einigen Brandies – ich muß das zugeben – erschien mir diese Idee viel sympathischer als im grellen Morgenlicht.«

Miles schnaubte. »Du hast diesem Mann versprochen, daß er innerhalb eines halben Jahres eine unbegrenzte Zahl von Gästen seiner Wahl nach Hamblewood schicken kann und du sie unterbringen und verköstigen wirst. Die Bezahlung dafür soll sich in

Grenzen halten und der Betrag wird von Mr. Watergate festgelegt. Im Jahr darauf schickst du ihm Gäste zu ähnlichen Bedingungen.«

»Das soll also heißen, daß wir erst einmal jeden, den Hiram uns zuschanzt, aufnehmen müssen, bevor wir zurückschlagen können?«

»Genauso ist es, Lucinda.«

»Und was passiert, wenn uns Hirams Freunde nicht passen?«

»Das ist ganz klar festgelegt«, teilte ihnen Miles mit. »Im Falle der Nichterfüllung des Vertrages von einer der beiden Parteien, kann er außer Kraft gesetzt werden, wenn eine Strafe bezahlt wird, um die andere Partei zu entschädigen.«

»Wie hoch ist die Summe?« fragte Sarah.

»Eine Million Dollar«, erwiderte Miles.

Vier Augenpaare richteten sich bestürzt auf Gerald. Er trat von einem Bein aufs andere.

»Wahrscheinlich ist alles in Ordnung«, behauptete der Peer. »Ich finde, wir sollten keine voreiligen Schlüsse ziehen, bevor wir nicht wissen, was Hiram vorhat. Er war doch so freundlich und die Contessa...«

»Ah ja, die zauberhafte Contessa«, stieß Lucinda giftig hervor. »Jede gute Mausefalle hat ihr verlockendes Stück Käse. Hat sie es sogar geschafft, bis in dein Bett vorzudringen?«

Die Frage kam für den Viscount überraschend.

»Mein Gott! Du hast wirklich nicht das Recht, deinem Vater so etwas zu unterstellen!« protestierte er.

Lucinda blickte ihn unerschrocken an. Er war verunsichert. »Ich weiß nicht, was deine Mutter sagen würde, wenn sie hier wäre. Wir sind lediglich gute Freunde, sehr gute Freunde«, fügte er hinzu.

Lucinda machte ihn mit ihren eiskalten blauen Augen noch schuldbewußter.

»Du siehst das ganz falsch«, murmelte Gerald.

»Hat sie dich verführt?« zischte Lucinda.

»Mein Gott, nein. Sie sagte, ich habe sie verführt«, gab der edle Lord kleinlaut zu. Sein schamhaftes Geständnis verriet einen Hauch von Stolz.

»So ist das also«, sagte Lucinda entmutigt. »Du bist also voll in die Falle getappt.«

Der letzte Hoffnungsschimmer erlosch beim Eintreffen der Nachmittagspost. Es war ein Brief von Hiram T. Watergate dabei, in dem er Gerald bat, alle Vorkehrungen für die Ankunft von 240 ›Patienten‹ zu treffen. Doch es war nicht ersichtlich, an welcher Krankheit sie litten.

»Und was denkst du, wird Mutter sagen, wenn sie aus den USA zurückkehrt und das Haus gerammelt voll ist von lebenden Leichen?« fragte Miles.

Sein Vater zuckte bei dem Gedanken zusammen. Allein die Vorstellung war furchterregend.

»Es bleibt dir nichts anderes übrig als zu zahlen«, sagte Lucinda. »Wenn der Vertrag so hieb- und stichfest ist, wie Miles sagt, hast du keine andere Wahl.«

»Ich bin davon überzeugt, daß er das ist«, sagte ihr Bruder.

»Doch ich kann nicht zahlen«, jammerte der unglückliche Viscount.

»Das Geld muß doch da sein«, sagte Lucinda. »Das alles hier muß doch was wert sein.« Sie beschrieb mit der Hand das stattliche Landhaus und seine Schätze. »Wir sind doch bestimmt sehr reich?«

»Natürlich sind wir reich«, erwiderte Gerald. »Doch wir haben keine Million Dollar auf unserem Bankkonto.«

»Gut, dann mußt du halt ein paar Aktien oder dergleichen verkaufen«, bemerkte Lucinda.

»Das kann ich nicht. Alles läuft auf Melanies Namen. Ohne deine Mutter komme ich an kein Geld ran. Und wie könnte ich sie um eine Million Dollar bitten, ohne ihr den Grund dafür zu nennen? Es gibt keinen Weg, wie ich Hiram auszahlen könnte. Die Sache ist hoffnungslos.«

»Sag das nicht«, versuchte Sarah ihn zu trösten. »Es muß einen Ausweg geben.«

»Natürlich«, sagte Lucinda. »Ich habe eine Idee, doch sie bedarf sorgfältiger Planung. Und du«, wandte sie sich anklagend an ihren Vater, »mußt tun, was man dir sagt.«

Das Schweigen des Viscount wurde als Zustimmung gewertet.

Kapitel 4

Viscount Hamblewood legte seinen Sicherheitsgurt an, als das Flugzeug zur Landung in Nizza ansetzte. Er fand es seltsam, daß er in einer Krise, bei der er die Hauptrolle spielte, einfach weggeschickt worden war. Doch Lucinda und die drei anderen hatten beschlossen, daß er auf dem schnellsten Wege Jennifer auf der ›Luzifer‹ aufsuchen und sich von ihr ein außerordentliches Kräutermittel, das sie an Bord der Yacht hatte, geben lassen sollte. Lucinda hatte behauptet, das wäre das einzige Heilmittel. Erst sehr viel später kam dem Viscount der Gedanke, daß er gar nicht gewußt hatte, daß seine Tochter oder einer von den anderen drei krank wäre. Er vermutete, daß sie irgendetwas im Schilde führten und ihn, nach der Eile mit der sie ihn buchstäblich aus seinem eigenen Haus bugsierten, aus dem Weg haben wollten. Als er vorgeschlagen hatte, daß einer der anderen den Auftrag erledige, hatte sich Miles darauf berufen, daß er in London vor Gericht erscheinen müsse und Sarah meinte, ihre Schwangerschaft sei zu weit fortgeschritten. Lucinda fühlte sich nicht wohl und Brian war nicht auftreibbar. Ein weniger vertrauensseliger Mann als Gerald Farrer, Viscount Hamblewood, hätte wohl eine Verschwörung vermutet, aber wie Hiram T. Watergate und Semiramide, die Contessa de Scarpio, gerne bestätigen würden, besaß Gerald ein sehr vertrauensvolles Gemüt.

In den Tagen, die seiner Reise vorausgingen, hatte sich Gerald den Kopf darüber zerbrochen, wie er eine Million Dollar auftreiben könne, ohne eine Hypothek auf Hamblewood aufzunehmen. Widerstrebend war er zu der Schlußfolgerung gelangt, daß es viel zu riskant wäre, einen großen Betrag auf ein Pferd zu setzen und woher sollte er das Bargeld nehmen, das er als Einsatz brauchte? Das gleiche galt für den Aktienmarkt. Viscount Hamblewood stand vor einem Rätsel.

Doch nicht so seine Tochter. Sie hatte beschlossen, die Dinge selbst in die Hand zu nehmen, nachdem Miles einen Brief erhalten hatte. Er hatte in New York einige Untersuchungen über die Aktivitäten von Mr. Watergate angestellt und die Antwort war nicht gerade ermutigend. Es schien so, als ob der Geschäftspartner des Viscount von einem Job zum anderen flatterte und im Augenblick ein gewisses Deare Center betrieb. Miles' Informant schrieb, daß dies eine Art Klinik sei, die reichen Hypochondern unmäßig teure psychiatrische Betreuung bot. Früher oder später würde diese Klinik von der Behörde geschlossen werden, aber inzwischen wurde kräftig abgesahnt. Es ging auch ein Gerücht, daß das Deare Center mit einer ähnlichen Einrichtung in England fusioniert habe. Jetzt wußten sie, warum Hiram die Bereitstellung von 240 Betten verlangt hatte.

Die vier jungen Haushaltsmitglieder hielten in aller Eile Kriegsrat, solange Gerald durch die Gärten streifte. Bei dieser Gelegenheit breitete Lucinda ihren Schlachtplan aus.

»Wir müssen diese Million Dollar auftreiben, da Vater es allein nicht schaffen wird. Und wir haben weniger als sechs Monate Zeit. Was verkauft sich schneller und sicherer als alles andere?«

Die anderen betrachteten sie neugierig.

»Es liegt doch klar auf der Hand«, sagte Lucinda, »Sex.«

»Sex?« wiederholte Miles ungläubig. »Mein Gott, Lucinda, nicht einmal du könntest so viele Männer in so kurzer Zeit schaffen.«

Lucinda betrachtete ihren Bruder mit der Art von Verachtung, die Schwestern für ihre Brüder übrig haben.

»Hiram hatte bei seinen Verkaufsgesprächen etwas Wahres von sich gegeben«, sagte sie. »Dieses Haus ist eine Goldgrube, mit der man viel Geld verdienen kann. Natürlich haben wir Besucher, die dafür bezahlen, daß sie herumgeführt werden, und unsere Möbel und Bilder bewundern dürfen. Doch andere Häuser leben besser. Warum? Da sie etwas Besonders aufweisen können – einen Safaripark oder ein Museum von Oldtimern. Warum nutzen wir nicht das Beste von allem – Sex? Wir könnten den Paaren zehn Minuten in dem Bett, in dem Königin Elizabeth I schlief, zur Verfügung stellen. Stellt euch vor, wie stolz die Kinder sein würden, wenn sie behaupten könnten, daß sie in einem königlichen Bett gezeugt wurden! Wir könnten statt der langweiligen Souvenirs alle möglichen interessanten Vorrichtungen verkaufen und den Umsatz der Postkarten steigern.«

»Glaubst du wirklich, daß die Leute kommen würden?« fragte Brian.

»Ich bin überzeugt davon. Wir müssen nur die richtige Werbung machen. Ich würde inserieren: Hamblewood – das Herz Englands. Kommen Sie zum Love-in der Lords.«

»Wie vulgär«, protestierte Miles.

»Lucinda hat recht«, konterte Sarah. »Wir brauchen 'ne Menge ganz ordinäres Geld.«

»Es kann nicht schiefgehen«, fuhr Linda fort. »Wir müsen nur unser Wundermittel aus Xanthos einschmuggeln. Eine geringe Dosis davon in den Erfrischungsgetränken, die in der Cafeteria serviert werden, wirkt Wunder. Jeder, der nach Hamblewood kommt und eine Tasse Tee trinkt, wird den aufregendsten und erregendsten Sex seines Lebens erfahren. Sobald sich die Neuigkeit verbreitet, werden wir mehr Kunden haben als uns lieb ist.«

»Ja«, überlegte Brian, »und dieser Nektar, den wir destillieren, ist nicht einmal eine Droge, so daß wir keine Probleme mit dem Drogendezernat bekommen. Wenn Hamblewood erst einmal einen Ruf als das Sexzentrum des Landes hat, könnten wir sogar in unserem Land den Nektar vertreiben.«

»Daran habe ich auch schon gedacht«, setzte Lucinda hinzu. »Wir könnten die erste Kette von Sex-Supermärkten ins Leben rufen.«

»Und was ist mit eurem Vater?« fragte Sarah.

»Wir müssen ihn aus dem Verkehr ziehen, solange wir alles ankurbeln. Wenn wir einmal voll am Werk sind und die Münzen klingen, wird er einverstanden sein. Schließlich ist er ja daran schuld, oder?«

»Ich glaube, die Idee mit den Supermärkten gefällt ihm besser als die Vorstellung, sein Haus in ein Bordell zu verwandeln«, bemerkte Miles. »Denn das erwartet man von einem Viscount eigentlich nicht.«

»Sein Name bürgt für die Waren, die wir in den Supermärkten verkaufen«, schwärmte Lucinda. »Stellt euch die Anzeige vor: Direkt aus Hamblewood – Sonderangebot – der Viscount-Vibrator. Und wir könnten eine Krone als Gütezeichen verwenden.«

»Steck dir 'ne Krone an den Hut«, kicherte Brian.

»Ich bin nicht gerade begeistert von dieser Idee«, sagte Miles. »Aber es scheint keinen anderen Weg zu geben, um das nötige Geld aufzutreiben.«

»Gut, das wäre dann geklärt«, sagte Lucinda. »Nun müssen wir Vater schnellstens aus dem Verkehr ziehen, solange wir unsere Vorbereitungen treffen.«

»Könntest du ihn nicht dazu bringen, nach Frankreich zu fliegen und das Mittel zu holen, das wir benötigen?« schlug Brian vor.

Und so kam es, daß Gerald ein paar Tage später im Flugzeug nach Nizza saß.

Kapitel 5

Es ist gut, wieder in England zu sein, überlegte Viscount Hamblewood, als er sich in dem Rolls-Royce, der ihn am Flughafen abgeholt hatte, zurücklehnte. Nicht, daß er keine angenehme Zeit in Frankreich erlebt hätte! Er hatte gut gegessen, der Wein war ausgezeichnet, die Sonne schien immer noch über der Riviera und Jennifer hatte ihm einen mehr als herzlichen Empfang bereitet. Doch er fühlte sich nie ganz wohl, wenn er im Ausland war. Die anderen Länder hatten etwas, das er als fremdartig empfand. Jetzt war er wieder zu Hause, fuhr durch eine vertraute Landschaft, war bei seinem eigenen Volk und fühlte sich wohl. Er kam zu der Schlußfolgerung, daß das Schöne an England war, daß es sich nie veränderte: man konnte sich darauf verlassen, daß bei der Rückkehr noch alles so wie vorher war.

Doch in diesem Punkt irrte sich Viscount Hamblewood. Als der Rolls durch das große Eingangsportal fuhr, herrschte hier eine ungewohnte und höchst unliebsame Aktivität.

»Was machen all die verdammten Wagen hier?« fragte Viscount Hamblewood.

»Ich weiß auch nicht, Mylord«, erwiderte der Chauffeur.

Es wimmelte bereits von Menschen, obwohl das Haus noch nicht für das Publikum geöffnet war. Viele von ihnen waren mit Kameras bewaffnet – es war verboten, im Innern zu fotografieren – und einige hatten sogar Kassettenrecorder dabei.

»Was sind das für Leute?« fragte Viscount Hamblewood Sarah, die ihn willkommen hieß.

»Oh, das sind die Presseleute«, bemerkte Sarah beiläufig. »Hast du die Pflanzen mitgebracht?«

»Ja, natürlich. Ich gebe sie Lucinda, wenn ich ausgepackt habe.«

»Nein, jetzt bitte gleich«, bat Sarah.

Gerald sah keinen Anlaß für diese unverständliche Eile, doch er wollte Sarah nicht verärgern. Er wußte, daß schwangere Frauen oft sehr unsinnige Wünsche hatten, die man unbedingt erfüllen mußte, sonst bekamen sie einen hysterischen Anfall oder erlitten eine Fehlgeburt. So wühlte er in seinem Gepäck, bis er die große Hutschachtel von Dior fand und sie Sarah überreichte, die wortlos ins Haus rannte.

Sehr seltsam, überlegte Gerald, als er ihr in gemächlicherem

Tempo hinterherging. Er begab sich in die oberen Stockwerke, ging unter die Dusche und zog sich etwas Bequemeres an. Ungefähr eine Stunde nach seiner Ankunft ging er hinunter und näherte sich dem Speisesaal. Thistlethwaite, der Butler, stellte sich ihm in den Weg.

»Willkommen zu Hause, Mylord. Miß Lucinda trug mir auf, Sie in die Bibliothek zu geleiten.«

»Was zum Teufel geht hier vor? Kann ich denn nicht hingehen, wo ich will?« prustete Gerald entrüstet los.

»Vielleicht wäre das nicht ratsam, Mylord. Miß Lucinda hält da gerade eine Pressekonferenz ab.«

»Oh, mein Gott!« Gerald flüchtete sich in die Bibliothek. In der Zwischenzeit bemühte sich Lucinda nach Kräften, die Damen und Herren der Presse für Hamblewood, das Sexcenter Englands, den stattlichen Landsitz mit Herz (und anderen wichtigen Organen) einzunehmen.

Es war nicht leicht. Sie sprach von der permissiven Gesellschaft, doch ihre Zuhörer zeigten Zeichen der Unruhe. Das hatten sie alles schon einmal gehört. Nur ein paar Reporter zeigten sich interessiert.

Der Reporter von der ›Newsweek‹, ein quirliger, nervöser Mann mit Brille, fragte: »Wollen Sie behaupten, Hamblewood werde für den Sex da sein, was Las Vegas fürs Spiel ist?«

»Noch besser. Wie Sie in Kürze sehen werden, gibt es hier keine Verlierer.«

»Unter Franco hätte es so etwas nicht gegeben«, murmelte der Reporter von ›El Pais‹.

Eine gutaussehende Frau in einem schlichten Tweedkostüm stand auf. Sie durchbohrte Lucinda mit Blicken.

»Mein Fräulein, ich bin von der ›Lords Day Oberservance Society‹ und finde das ganze Projekt abstoßend. Doch ich nehme an, Sie haben sich noch einen Hauch von Anstand bewahrt und achten darauf, daß dieses Haus des Teufels am Sabbat geschlossen bleibt.«

»Keineswegs«, erwiderte Lucinda. »Wir erwarten am Samstag noch mehr Leute als am Sonntag, wenn wir den Leuten alle Möglichkeiten bieten, um dem biblischen Gebot ›Liebe deinen Nächsten wie dich selbst‹ Folge zu leisten. Hier können sie in die Praxis umsetzen, was ihnen in der Kirche gelehrt wird.«

Aus dem Hintergrund ertönte ganz schwacher Applaus, doch

Lucinda merkte sehr wohl, daß die meisten Reporter mißtrauisch blieben. Einer benahm sich sogar ausgesprochen feindselig.

»Glaubt ihr frigiden Engländerinnen etwa, ihr könnte aus diesem alten Landhaus ein Konkurrenzunternehmen zu Paris machen?« Der Mann vom ›Figaro‹ ärgerte sich über die Unverfrorenheit der sexlosen Angelsachsen. Miles beschloß, daß diese Situation das Feingefühl eines Anwalts erforderte.

»Ich möchte Sie gern daran erinnern«, bemerkte er in autoritärem Ton, »daß das Ziel des Gemeinsamen Marktes lauterer Wettbewerb innerhalb der Europäischen Gemeinschaft ist.«

»Lächerlich!« höhnte der Figaro-Reporter. »Wer hat schon Lust, Ihr Haus Pigalle vorzuziehen?«

»Oder der Reeperbahn in Hamburg«, fügte der Spiegel-Reporter hinzu.

»Oder den Amsterdamer Kanälen«, sagte der Telegraaf-Reporter. Die Atmosphäre war geladen, als Sarah hereinschlüpfte und Lucinda zunickte.

»Gott sei Dank«, atmete Lucinda auf. »Gerade rechtzeitig.«

Alle verstummten, als Thistlethwaite einen eleganten Teewagen hereinschob, auf dem Teetassen und eine große Teekanne standen. Lucinda nutzte die Atempause, um ihre Autorität wiederherzustellen.

»Wir laden Sie ein, die Räume, die in Kürze der Öffentlichkeit zugänglich gemacht werden, zu besichtigen. Doch zuerst bitten wir Sie, eine Tasse Tee zu sich zu nehmen.«

»Tee«, schnaubte der ›Figaro‹ verächtlich. »Wenn ein Franzose sich dem leidenschaftlichen Liebesspiel hingibt, trinkt der Engländer Tee.«

»Das ist ein ganz besonderer Tee«, sagte Lucinda. »Versuchen Sie ihn und sagen Sie mir, wie er Ihnen schmeckt.«

»Haben Sie nicht etwas Stärkeres?« fragte der ›Christian Science Monitor‹.

»Versuchen Sie erst einmal eine Tasse Tee. Dann verraten Sie uns, ob Sie ihn zu schwach finden«, riet Miles.

Während die Presseleute ziemlich unlustig an ihrem Tee nippten, wandte sich der Reporter von der Times an Lucinda.

»Es ging das Gerücht, daß Sie zur offiziellen Eröffnung des Centers ein Mitglied der königlichen Familie eingeladen haben sollen, Miß Farrer. Ist da etwas Wahres dran?«

»Wir zogen in Betracht, Prinz Andrew einzuladen, doch man teilte uns mit, daß er einen Staatsbesuch auf irgendeiner karibischen Insel machen müsse«, erwiderte Lucinda.

»Doch es gelang uns, Xaviera Hollander in Vertretung für ihn zu gewinnen. Sie sollte heute nachmittag hier eintreffen. Wenn Sie noch etwas bleiben, können Sie sie kennenlernen.«

Diese Ankündigung wurde mit wesentlich größerer Begeisterung aufgenommen, als die, die dem Tee gezollt worden war. Doch allmählich war eine merkliche Veränderung der Atmosphäre spürbar. Der Penthouse-Reporter grinste die Playboy-Reporterin anzüglich an und ›Church Times‹ kicherte, als ob er zum ersten Mal in seinem Leben einen schmutzigen Witz gehört hätte. Der ›New Statesman‹ machte sich an ›La Prensas‹ Bluse zu schaffen und der Reporter des ›Journal de Genève‹ war mit sich selbst beschäftigt.

»Vielleicht haben Sie jetzt Lust, sich umzusehen«, schlug Lucinda vor.

Alle stürzten auf die Schlafzimmer zu.

Gerald, der sich in die Bibliothek geflüchtet hatte, hörte den Lärm und beschloß, unsichtbar zu bleiben.

Inzwischen spielte sich in den verschiedenen Schlafräumen des großen Hauses, in denen sich die Damen und Herren von der Presse umsahen, allerhand ab. In einem riesigen Bett schien ›Figaro‹ sein geliebtes Pigalle vergessen zu haben und seine Zunge war mit besserem als Reden beschäftigt. Unter dem Baldachin des Himmelbetts hatten ›Spiegel‹, ›News of the Word‹ und die ›Times of India‹ eine bunte Gänseblümchen-Kette gebildet. Im anliegenden Raum fand unter dem großen Rubens-Bild ›Raub der Sabinerinnen‹ eine sensationelle Fusion zwischen ›Playboy‹ und ›Penthouse‹ statt.

Eine zarte Begegnung ereignete sich in einem kleinen Raum in einem Eckturm. Das war genau so ein Turm, wie er im Märchen vorkam und in dem eine schöne Prinzessin gefangengehalten wurde, bis der Prinz sie befreite.

Einige Monate vor dem großen Ereignis auf Hamblewood hatte ein junger Reporter der ›New Society‹ dem hübschen Mädchen, das für die Klatschspalte im ›Guardian‹ zuständig war, sehnsuchtsvolle Blicke zugeworfen. Doch er war viel zu schüchtern, um sich ihr zu nähern. Schließlich war er noch ein blutiger Anfänger in seinem Beruf und sie war schon fest etabliert, mit eigenem Schreibtisch und eigener Tippse. Einmal hatte er sich ein Herz gefaßt und sie zu einer Tasse Kaffee eingeladen, doch bevor er den Mund aufmachen konnte, wurde sie bereits wieder von dem großen Adonis des ›Daily Express‹ entführt.

Als Thistlethwaite seinen Zaubertee verteilte, gelang es ›New Society‹, sich neben der Götting vom ›Guardian‹ einen Platz zu ergattern. Er hatte sie angelächelt und wollte ihr sagen, was für ein schöner Tag es sei, doch die Worte kamen ihm nicht über die Lippen. Sie war unglaublich schön und er unglaublich schüchtern. Doch sie hatte ihm auch zugelächelt, bevor sie der ›Daily Express‹ völlig mit Beschlag belegte. Der Tee schmeckte etwas seltsam, doch ganz angenehm und ›New Society‹ fühlte einen heißen Strom, nicht nur in der Magengegend, sondern in anderen Teilen seiner Anatomie. Er schaute die ›Guardian‹ an und etwas in ihrem Blick war eindeutiger als alle Worte. Wie auf Verabredung standen sie auf und gingen zusammen hinaus. Ohne sich dessen bewußt zu sein, nahm er ihre Hand. Sie war warm und weich, und er drückte sie leicht. Zu seinem Erstaunen erwiderte sie den Druck und rückte näher an ihn ran, als sie die Treppe hinaufgingen. Sie kannten sich in dem Haus nur sehr oberflächlich aus und wanderten von einem Stockwerk zum nächsten. Als sie in dem Eckturm angelangt waren, wußten sie, das war der richtige Ort für sie.

›New Society‹ schloß die Tür hinter sich und nahm die Prinzessin in den Arm. Sie blickte zu ihm auf, und ihre Lippen vereinigten sich. Bei diesem ersten Kuß genoß ›New Society‹ all die Süße, von der er sein Leben lang geträumt hatte. Er wollte sprechen, doch sie legte ihm den Finger auf den Mund. Es war, als ob sie seine geheimsten Gedanken lesen könnte. Sie knöpfte sein Hemd auf und berührte das seidige Haar auf seiner Brust. Plötzlich gehörte seine Schüchternheit der Vergangenheit an. Er hielt sie so sicher und souverän in den Armen, als ob er der Mann vom ›Express‹ wäre.

Er ließ seine Hand in ihre Bluse gleiten, umkreiste die zarte Linie ihrer Schultern, ihre weichen, warmen Brüste, deren Knospen sich unter seinen zärtlichen Händen verhärteten. Wie im Stummfilm schritten sie auf das Bett zu. Er legte sie sacht auf die weiche himbeerfarbene Decke und befreite sie von ihren Kleidern. Sie hatte die Schuhe abgestreift und ihre Strumpfhose heruntergerollt. Ihre Bluse und ihr Rock landeten auf dem Boden und sie war nur mit noch einem winzigen Nylonhöschen bekleidet.

Er wollte sich mit ihr auf dem Bett vereinen, doch sie bremste seine Ungeduld. Mit unendlicher Zartheit nahm sie seinen erigierten Penis in die Hand, streichelte ihn und führte ihn an die Lippen. Die zärtliche Berührung ihres Mundes ließ ihn vor Lust erbeben, so daß er das unbändige Verlangen fühlte, in sie einzudringen.

Auch hier funktionierte, wie durch ein Wunder, die Telepathie. Sie entledigte sich ihres Slips, des letzten Hindernisses, und voller Dankbarkeit vergrub er seinen Kopf in ihrem seidigen Gelock, küßte ihren Venushügel und die schwellenden Lippen ihrer süßen Vagina. Sie strich ihm übers Haar und bewog ihn aufzustehen. Als er sich über sie beugte, küßte er zuerst ihren glatten Bauch, ihren winzigen Bauchnabel und ihre üppigen Brüste. Dann führte sie sanft seinen Penis zu ihrer Höhle und er versank in der weichen Tiefe. Noch nie hatte sich jemand so geliebt wie die beiden. Die Erde stand still, die Zeit hörte auf zu existieren. Er ließ seine Hände über ihren Leib gleiten, während sie ihn an sich preßte, als ob sie ihn nie wieder loslassen wollte. Sie bewegten sich rhythmisch, langsam, genußvoll, waren völlig ineinander versunken. Jedes neue Gefühlserlebnis war ein Wunder.

»Oh, mein Liebling, du kannst dir gar nicht vorstellen, wie sehr ich dich begehrt habe«, erzählte er ihr mit einer Stimme, die heiser vor Bewegung war.

Sie küßte ihn gierig, versenkte ihre Zunge in seinem Mund. Ihr Atem war betörend. Wenn doch dieser Augenblick nie enden würde!

Doch er mußte enden. Ihre Leidenschaft wurde immer stärker und ihre Bewegungen heftiger. Er röchelte und sie gab kleine, stammelnde Laute von sich. Mit ihren Beinen hielt sie sein Gesäß umklammert und zwang ihn immer tiefer in sich hinein. Vorbei war die Zartheit; sie benahmen sich wie zwei Raubtiere. Sie fühlte, daß er sich dem Höhepunkt näherte. Auch sie merkte, daß sich ihre Muskeln selbständig machten. Sie verloren beide die Kontrolle über ihren Körper, waren nur noch ihrem sexuellen Verlangen ausgeliefert. Sie wurden von einer riesigen Welle hochgetragen und versanken in einem rasenden Orgasmus.

Lange Zeit lagen sie wie tot nebeneinander. ›New Society‹ wagte es als erster ›Guardian‹ anzublicken, voller Hoffnung und doch Zweifel. War jetzt alles vorbei, war das eine einmalige Episode, die morgen schon wieder vergessen sein würde? Sie verstand die unausgesprochene Frage. Sie nahm seine Hand und küßte ihn sanft, aber beruhigend. Erst jetzt wagte er zu fragen:

»Mein Herz, wie heißt du?«

Viscount Hamblewood verspürte keine Lust, weiter in der Bibliothek zu verweilen. Er hatte das vage Gefühl, als ob Tee serviert worden wäre, doch er beschloß, sich ihn zu schenken, da man ihn ja auch nicht beachtet hatte. Er begab sich zu dem Platz, an dem gewöhnlich die Portweinkaraffe aufbewahrt wurde, doch sie war nicht da. Wahrscheinlich hatte sich Thistlethwaite ihrer bemächtigt, entweder um sie aufzufüllen oder sich selbst einen Schluck zu genehmigen, brummelte Gerald. Er vermutete, daß sich der Butler von Zeit zu Zeit dem Alkohol hingab und Seine Lordschaft beschloß, der Sache auf den Grund zu gehen und den Weinkeller zu inspizieren.

Als er die Kellertreppe hinunterstieg, hörte er ein seltsames Geräusch, dem nachgegangen werden mußte. Er öffnete die Tür, aus der das Geräusch gedrungen war und konnte seinen Augen nicht trauen. Ein nackter, behaarter Mann ließ sich von einer ebenso nackten Frau Bauch und Oberschenkel massieren!

»Um Himmels willen, Madam, haben Sie den Verstand verloren?« fragte der fassungslose Viscount.

»Wer hat Sie gebeten, sich hier einzumischen? Gehen Sie!« brüllte ›Pravda‹.

Konsterniert zog sich Gerald zurück.

Kapitel 6

»Wenn du diesen Samstag zum Fußball gehst, möchte ich den Sonntag frei haben.«

»Du kannst machen, was du willst. Es ist mein freier Tag und ich möchte ihn genießen.«

Mary Reynolds war nicht überrascht über die Antwort ihres Mannes. Sie war eine attraktive Frau, mit hellen Haaren und einem frischen Gesicht, klein und feingliedrig. Sie sah aus wie eine große Puppe. Mary war 25 und seit drei Jahren verheiratet, doch sie und Tommy hatten noch keine Kinder. Tommy arbeitete in einer Werkstatt und Mary war Kassiererin in einem Supermarkt. Solange sie miteinander gingen und auch noch die ersten Ehejahre hatten sie eine lustige Zeit miteinander, doch nun wurde schon alles zur Routine. Jeden Morgen brachte Tommy Mary eine Tasse Tee ans Bett. Dann, bis er gewaschen und rasiert war, hatte sie das Frühstück bereitet. Tommy fuhr dann zur Arbeit und Mary ging zu Fuß zu ihrem Supermarkt, da er ganz in der Nähe lag. Als Mittagessen nahmen sie einen kleinen Imbiß zu sich und Mary kochte abends. Immer, wenn Tommy heimkam, stand das Essen schon auf dem Tisch. Zusammen wuschen sie ab und räumten das Geschirr auf, bevor sie sich vor den Fernseher setzten. Sie plauderten noch etwas miteinander und gingen dann zu Bett. Dieser starre Ablauf wurde nur am Wochenende unterbrochen. Tommy war ein Fußballfan, Mary das pure Gegenteil. Wenn United ein Heimspiel hatte, war Tommy immer dabei. Selbst, wenn Mary mit dem Tode gerungen hätte, wäre er zum Fußballplatz gegangen. Am Samstag ging Mary immer zum Einkaufen, räumte irgendwas im Haus auf, oder ging zu ihrer Mutter oder zu Freundinnen. Aber an manchen Tagen ging ihr Tommys Fußballfanatismus auf die Nerven. Das Schlimme war, daß Tommy nachdem er am Samstag auf den Fußballplatz gewesen war, wenig Lust verspürte, am Sonntag auszugehen. Dabei freute sich Mary immer darauf, einmal etwas anderes zu sehen als die eigenen vier Wände.

Sie sehnte sich nach Abwechslung. Als sie die Zeitung durchblätterte, fiel ihr eine Anzeige über Hamblewood in die Augen. »Hör zu, Tommy. Dieses Hamblewood hört sich so romantisch an. Laß uns am Sonntag früh essen und uns die Sache ansehen.«

Doch Tommy war desinteressiert. »Das ist doch alles Unfug, das darfst du mir glauben«, keifte er. »Wenn das Wetter schön ist, muß einiges im Garten getan werden.«

Im allgemeinen gab Mary nach, doch dieses Mal war sie fest entschlossen, sich durchzusetzen. Am Sonntag stand sie früh auf, bereitete das Fleisch, das Gemüse und den Pudding vor. Zusammen mit ihrem Bruder Alex nahmen sie den Lunch ein. Als die Männer den Tisch abräumten, ging sie in ihr Zimmer, zog ein Sommerkleid an und schlüpfte in ihren Mantel.

»Wohin gehst du?« rief Tommy, als sie herunterkam.

»Ich habe es dir doch gestern erzählt. Ich gehe nach Hamblewood. Wenn du mitkommen willst...«

»Nein«, wies Tommy ihre Aufforderung mit einem Kopfschütteln zurück. »Ich bleibe zu Hause. Vielleicht hilft mir Alex im Garten.«

»Mir könnt ihr nichts vormachen. Sobald ihr bequem im Sessel sitzt, kann euch nicht einmal mehr eine Atombombe aufschrecken. Ich nehme den Wagen.«

»Viel Vergnügen! Wann bist du zurück?«

»Weiß ich nicht. Das hängt davon ab, wie es mir dort gefällt.« Mit diesen Worten machte Mary die Tür hinter sich zu und ging auf Abenteuer aus.

Es war bereits Nachmittag, als sie durch das imposante Tor fuhr und zum Parkplatz für Besucher einbog.

»Ich hoffe, ich bin nicht zu spät dran«, sagte sie zu dem netten jungen Mann, der das Eintrittsgeld kassierte.

»Nein, Sie werden sehen, in Hamblewood ist immer etwas los«, lächelte Brian. »Vielleicht möchten Sie sich einer Führung anschließen, wenn Sie allein sind. Die Gruppe trifft sich vor dem Speisesaal.«

Mary beschloß, Brians Rat zu folgen. Sie wurde mit den anderen in den Nell Gwynn-Saal geleitet. Sie erfuhr, daß Karl II. der ›lustige Monarch‹, in diesem Raum mit Mistress Gwynn, der Orangenverkäuferin, glücklich gewesen war und sie mit dem König. Um alle Zweifel zu beseitigen, wurde ein Film gezeigt, der Mary vieles aus der Restauration zeigte, was sie in der Schule nie gehört hatte. Doch am meisten beeindruckte sie die Lange Galerie, wo die Liveshow ›Die Leidenschaft des Paschas‹ gegeben wurde.

Die Galerie wurde in einen Teil des Serail verwandelt, in dem sich wohlgeformte junge Frauen bewegten, die Haremshosen und winzige Oberteile trugen, die die Sinnlichkeit der Odalisken erhöhten. Ein schwerer würziger Duft hing im Raum, und im Hintergrund ertönte orientalische Musik. Auf einem Diwan ruhte ein prächtig gebauter ›Pascha‹, der von den zauberhaftesten Frauen umgeben war, die Mary je gesehen hatte. Mit offenem Mund betrachtete sie die dekadente Tändelei, die hier stattfand. Das war mit Sicherheit faszinierender als ein Fußballspiel und sie mußte zugeben, daß der Pascha wesentlich ansprechender als ihr Tommy war.

Es gab noch weitere erotische Ausstellungsstücke. Als sie andächtig vor dem riesigen Bett standen, in dem Königin Bess Essex ihre Gunst gewährt hatte, wandte sich der Führer an die Gruppe.

»Hier endet die sogenannte historische Führung durch das

Haus. Wir kommen jetzt zu etwas ganz anderem. Doch bevor wir weitergehen, sind Sie alle mit den besten Empfehlungen der Familie Farrer, ihren Gastgebern, zu einer kleinen Erfrischung eingeladen.«

Niemand lehnte den kostenlosen Drink und die Kekse, die jetzt serviert wurden, ab. Es gab Kaffee, Tee und alkoholische Getränke. Mary, die ja noch heimfahren mußte, wählte eine Tasse Tee. Das konnte bestimmt nichts schaden, dachte sie.

Danach schien sich alles verändert zu haben – das Haus, die Führer und die Männer und Frauen, die durch das Haus wanderten. Mary hatte das Gefühl, als suchte sie jemanden, einen Mann oder eine Frau, die auf sie warteten.

Und dann sah sie Helena. Sie war eine großgewachsene Frau mit einer zarten kaffeebraunen Haut. Wahrscheinlich kam sie aus der Karibik. Sie trug hautfarbene Strumpfhosen, die die Schönheit ihrer schlanken Beine unterstrichen. Sie warf ihr einen Blick zu, der Mary durch und durch ging. Sie fühlte, wie ihr Blut pochte, wurde sich ihres Körpers bewußt, fühlte sich lebendiger als je zuvor, fühlte sich unwiderstehlich zu dieser Unbekannten hingezogen. Sie wünschte sich nichts so sehr, als sie zu lieben.

Hamblewood hatte sich in ein Zauberschloß der Sinnlichkeit verwandelt. Diskrete Schilder wiesen den Weg. Helena ergriff ihre Hand und sie gingen den Korridor entlang und schauten in mehrere Zimmer. Viele waren nur karg möbliert, mit einem Bett oder einer Matratze auf dem Boden, die oft bereits von anderen Besuchern besetzt war. Mary sah, wie auf einigen Matratzen eine wilde Orgie stattfand, doch ihre Begleiterin führte sie in einen kleineren, noch unbesetzten Raum.

»Hast du schon mal eine Frau geliebt?« fragte sie.

Mary schüttelte den Kopf. Sie fühlte sich schwach vor Begierde. Sie wollte, daß diese Frau sie voller Zärtlichkeit und Liebe nähme.

»Ich heiße Helena. Und du?«

»Mary.«

»Nun, Mary, ich glaube, diesen Nachmittag, werden wir beide nie vergessen.«

Helena zog Mary an sich und küßte sie. Mary war erregt von dem ungewohnten Duft, der Liebkosung von Helenas Händen und der Zärtlichkeit, die von dieser Frau auszugehen schien. Behutsam entkleidete Helena Mary und betrachtete dann sehnsuchtsvoll ihren

Körper, der so ausgeliefert und verletzbar schien. Sie zog sich selbst aus und Mary empfand eine nie gekannte Begierde nach dieser dunkelhäutigen, geschmeidigen Frau, die sie zu einem prunkvollen Regency-Bett zog.

Sie umarmten sich und ihre glühenden Körper verschmolzen miteinander. Helenas sinnliche Finger erkundeten jede Stelle ihres Körpers und Marys Haut erglühte unter der Berührung ihrer Geliebten. Zum ersten Mal in ihrem Leben erfuhr sie die Sinnlichkeit ihrer Zehen, ihrer Ohren, ihres Nackens, ihrer Hüften.

»Das ist etwas, was die Männer nicht verstehen«, flüsterte Helena, als sie ihre zarte Nase in Marys Achselhöhle bettete und die goldenen Haare küßte. »Eine Frau wünscht sich, daß ihr ganzer Körper geliebt wird, nicht nur ihre Möse.«

Mary streichelte die schwarzen Locken ihrer Partnerin und umfaßte ihre glänzenden Schultern. Dann umkreisten ihre Lippen Helenas feste Brüste und die dunkelvioletten Röschen. Ihre Hand glitt zwischen ihre geschmeidigen Beine und in Anbetracht der kommenden Freuden lief ihr das Wasser im Mund zusammen.

Sie drehten und wendeten sich. Manchmal drängten sie sich wie wild aneinander und bebten vor Erregung. Sie eilten von Höhepunkt zu Höhepunkt. Danach waren sie so zärtlich und behutsam zueinander, daß Mary Tränen der Freude kamen. Helena flüsterte ihr zärtliche Worte ins Ohr und Mary küßte sie dankbar, weil sie ihr ein neues Leben geschenkt hatte.

Doch alles hat ein Ende und widerstrebend schlüpften die beiden wieder in ihre Kleider und wanderten Hand in Hand zur Halle zurück.

»Werde ich dich wiedersehen?« fragte Mary.

Helena schüttelte traurig den Kopf. »Nein, was wir erlebten, war so vollkommen, daß wir es nicht verderben wollen. Wenn wir uns verabreden, möchtest du mehr über mich wissen und die Vertrautheit tötet die Romantik. Doch, wenn du eine andere Frau oder vielleicht einen Mann liebst, wirst du an mich und an unseren Nachmittag denken und das wird deine Liebe verzaubern. Und das, meine liebe Mary, ist Helenas Geschenk an dich, ein Geschenk, das so lange bestehen wird, wie du lieben wirst.«

Sie drückte Mary einen letzten Kuß auf, wandte sich ab und schritt durch die Menge, aus Marys Leben. Bis zuletzt war sie von einer Aura des Mysteriums umgeben.

Gerne wäre Mary ihr nachgegangen, doch instinktiv wußte sie, daß es falsch gewesen wäre und daß Helena das Richtige getan hatte. Mit einem Seufzer wandte sie sich dem Souvenir-Stand zu und überlegte, ob es etwas gäbe, das Tommy inspirieren konnte.

Als sie wieder zu Hause war, traf sie Alex und Tommy bei harter Arbeit im Sessel vor.

»Liebes, bring uns eine Tasse Tee, ich bin geschafft«, sagte der Mann ihres Lebens, als sie ins Zimmer trat.

»Hast du dich gut amüsiert?« fragte ihr Bruder.

»Ja, bestens«, antwortete Mary verträumt. »Es gibt dort so viel zu sehen. Ich glaube, ich muß noch einmal hingehen. Aber das ist nicht der richtige Ort für dich, mein Lieber«, sagte sie zu Tommy. »Wahrscheinlich gehe ich an einem Samstag, wenn du beim Fußball bist.«

»Gute Idee«, stimmte Tommy zu. »So hast du auch etwas, worauf du dich freuen kannst.«

»Genau«, sagte sie.

Mary ging in die Küche. So entging Tommy ihr zufriedenes Lächeln und das Glitzern ihrer Augen.

Kapitel 7

Den ganzen Sommer über konnte man sich auf Hamblewood nicht über mangelnden Zustrom beklagen, zumindest nicht an den Schönwettertagen. Zur gleichen Zeit setzten Lucinda und Miles ihre ganze Kraft dafür ein, den ersten Sex-Supermarkt zu eröffnen. Ihr Projekt erforderte viel Publicity, um Kunden anzulocken. Auch wenn sie von der Presse negative Kritiken erhielten, förderte das den Umsatz.

Doch sie vergaßen keinen Augenblick, daß sie das Wettrennen mit der Zeit gewinnen mußten. Wenn sie ihr Ziel nicht erreichten, waren ihre Anstrengungen umsonst. Sarah wurde ganz formlos zum Kassenwart ernannt und sie setzten sich häufig zusammen, um ihre Lage zu überdenken.

Eines dieser Treffen fand an einem regnerischen Montag, einem der Tage, an denen sogar der Fröhlichste eine Depression bekam, statt. Das Haus war noch geschlossen.

Die Stimmung der Versammelten entsprach dem Wetter. Obwohl Lucinda einen optimistischen Bericht über die jüngste Entwicklung abgab, herrschte eine gedrückte Atmosphäre.

»Wir haben damit angefangen, ein paar sexuell stimulierende Getränke in den Supermärkten zu verkaufen«, verkündete sie. »Natürlich basieren sie auf dem gleichen destillierten Heidekraut, das wir in Hamblewood verabreichen, und da sie keine Droge enthalten, sind sie von der Gesundheitsbehörde akzeptiert worden.«

Sie hielt inne und betrachtete die Gesichter ihrer Zuhörer. Keiner lächelte. So fuhr sie mit einem Seufzer fort:

»Den Tee führen wir unter der Bezeichnung ›Ero-Tee‹. Dem anderen Getränk wurden Rum und Fruchtsäfte beigemischt und es hat eine sensationelle Wirkung. Wir verkaufen es als ›Stimu-Cocktail‹. Wir stießen auf ein kleineres unerwartetes Problem. Ihr erinnert euch, daß wir mit dem Verkauf der ›Vibratoren‹ begonnen haben. Eine obskure, radikale Feministinnen-Gruppe protestierte dagegen. Sie behauptete, der Name sei sexistisch, und sie verlangten, daß wir ihn in ›Viscountess‹ umwandelten.«

»Was hast du gemacht?« fragten ihre verwirrten Verwandten.

»Ich habe den ursprünglichen Namen beibehalten«, erwiderte Lucinda.

Bevor der Viscount Gelegenheit hatte, sein Mißfallen zu äußern, wandte sich Lucinda an Brian und fragte:

»Was hast du auf Hamblewood gemacht, während ich mich um die Supermärkte kümmerte?«

»Nun, du wirst wohl festgestellt haben, daß wir im Eibengang einige Veränderungen vorgenommen haben.«

»Der Eibengang«, keuchte Gerald. »Junger Mann, sind Sie sich eigentlich bewußt, daß diese Eiben hier schon seit drei Jahrhunderten wachsen? Dieser Platz stellt einen der Schätze Englands dar.« Es fehlten ihm die Worte. Er saß da und öffnete und schloß den Mund, wie ein Goldfisch, der durch eine Katze die rauhe Wirklichkeit kennengelernt hatte.

»Oh, keine Sorge, wir haben nichts Böses mit dem Platz angestellt«, beruhigte Brian ihn. »Wir nennen ihn den ›Meat Rack‹ und verlangen von Personen, die sich ohne Begleitung einfinden, Eintritt.«

»Und was machen sie dort?« fragte Gerald.

»Sie gehen einfach auf und ab und sehen sich an«, belehrte Brian ihn.

»Weshalb um Himmels willen?«

»Kannst du dich nicht erinnern«, schaltete sich Lucinda ein, »daß du dir im Kaufhaus das Fleisch auf dem Regal aussuchen kannst?«

»Soll das heißen, daß der Eibengang für zweifelhafte Rendezvous benutzt wird?« Geralds Stimme bebte vor Erregung.

»Genau«, sagte Sarah, »doch zerbrich dir nicht den Kopf darüber.«

»Ich befürchte, daß uns das nicht viel bringt«, sagte Miles mit Nachdruck. »Wir müssen den Tatsachen ins Auge sehen. Weißt du, daß wir nur noch zwei Monate haben, bis wir deinem Hiram T. Watergate ausbezahlen oder die Konsequenzen ziehen müssen? Wir haben alle unser möglichstes getan, um den Betrieb hier in Gang zu bringen. Doch seht euch die Zahlen an. Wir haben wohl Einnahmen, aber bei weitem nicht genug, um unser Ziel zu erreichen. Die Wahrheit ist, daß weder Hamblewood noch die Supermärkte genug Geld einbringen, um Hiram auszuzahlen.«

Sie wußten alle, daß Miles recht hatte, doch keiner wollte es zugeben.

Sie wurden durch Thistlethwaites Erscheinen in ihren Überlegungen gestört.

Der Butler hüstelte nervös. »Verzeihen Sie, Miß Lucinda, doch ein Herr wünscht Sie zu sprechen.«

»Führ ihn in die Bibliothek. Ich komme nach, wenn wir hier fertig sind. Wahrscheinlich möchte uns jemand ein neues Gerät andrehen oder es ist irgendein verdammter Journalist«, bemerkte Lucinda verärgert.

»Ich fürchte, das ist nicht der Fall.« Thistlethwaite war sehr verlegen. »Der Herr behauptet, er sei ein Mitglied der Familie und sein Besuch hier sei von äußerster Wichtigkeit.«

»Wer zum Teufel kann das sein?« fragte Miles.

»Er muß auf alle Fälle warten.«

»Das würde ich kaum als herzlichen Empfang bezeichnen, was du hier deinem Lieblingsonkel bereitest, der die halbe Welt durchquert hat, um dich zu besuchen.«

Der Sprecher war ein Mann Mitte Fünfzig und tauchte jetzt hinter dem Butler auf. Seine grauen Haare und sein Bart waren sorgfältig gepflegt und in seinen Augen blitzte es lustig, als er sie mit seinen wachen, blauen Augen betrachtete. Alle vier blickten voller

Überraschung auf Ulysses Blake, Lord of Xanthos und ihr erbitterter Feind.

»Wie kommst du hierher?«

»Ehrlich, Lucinda, was für eine Begrüßung! Kein zärtlicher Kuß? Wenn ich nicht wüßte, was für ein süßes, liebes Mädchen du bist, würde es mir fast so scheinen, als ob du nicht froh wärest, mich zu sehen.«

»Warum sind Sie nicht in einer schönen, gemütlichen Zelle?« fragte Brian.

»Ihr alle enttäuscht mich. Ich bin hierhergekommen, weil ihr meine Hilfe braucht und ich bin bereit, sie euch zu gewähren.«

Miles schnaubte ungläubig und verächtlich, doch bevor er antworten konnte, ergriff Ulysses das Wort.

»Nein, sagt nicht etwas, das ihr hinterher bedauert.«

Sein Ton war gemessen, enthielt aber einen amüsierten Unterton, den er nicht völlig unterdrücken konnte.

»Als wir das letzte Mal zusammen waren, hatten wir unsere Schwierigkeiten und ich gestehe gerne zu, daß ich ganz schön sauer auf euch war, weil ihr mir einen Pfundsjob verpatzt habt. Doch das ist vorbei und vergessen. Ich versichere euch, daß ich euch nichts nachtrage und mein Angebot ist vollkommen aufrichtig.«

»Warum glaubst du, sollen wir dir trauen?«

»Meine liebe Lucinda, ich könnte dich in keine größeren Schwierigkeiten bringen, als du sowieso schon steckst. Fassen wir es zusammen. Ihr schuldet einen großen Riesen und habt ihn nicht.«

»Einen großen Riesen?«

»Vielleicht ist dieser Begriff am britischen Gerichtshof nicht üblich, aber eine Million Dollar ist eine Million Dollar, man mag es nennen, wie man will.«

»Wie kommt es, daß du so gut informiert bist?« fragte Brian.

»Es gibt da gewisse Kreise, in denen ich verkehre«, erwiderte Ulysses sanft, »da weiß man halt so etwas, und ich sage euch, euer Dilemma ist in allen einschlägigen Bars in der Bronx und in Brooklyn bekannt.«

»Steckst du dahinter?« stieß Lucinda giftig hervor.

»O Gott, bist du mißtrauisch!« lachte Ulysses. »Könnt ihr nicht verstehen, daß ich bei dieser kleinen Schlacht auf eurer Seite stehe? Euer kopfloser Vater ist auf einen der gerissensten und skrupellosesten Männer der Branche hereingefallen. Ich bewundere die Art und Weise, wie ihr versucht habt, ein Sexgeschäft aufzubauen, um euch aus den Klauen von Herbie Weißbein zu befreien.«

»Unser Mann heißt Hiram T. Watergate«, protestierte Gerald.

»Herbie Weißbein, Hiram Watergate, Horace T. Washington und noch eine Menge mehr Namen für den gleichen Mann.«

»Und was sollen wir dir als Gegenleistung geben? Die Insel Xanthos und ihr Heidekraut?«

Ulysses schüttelte den Kopf. »Ich möchte nichts von euch. Es bereitet mir großes Vergnügen, mich um Herbie zu kümmern. Vor langer Zeit hatte ich geschäftlich mit ihm zu tun – ich möchte euch nicht mit Details langweilen. Wir waren Partner und Herbie-Hiram haute mich übers Ohr. Seit Jahren trachte ich danach, es ihm heimzuzahlen und aufgrund eurer gegenwärtigen Schwierigkeiten habe ich gleich ein Team hinter mir. Glaubt mir, dieser Kerl ist ein Profi und ohne mich habt ihr keine Chance gegen ihn. Sagt man nicht, man kann den Teufel nur durch einen anderen Teufel austreiben? Nun, betrachtet mich als euren eigenen Familiendämon. Natürlich, wenn ihr mir nach der Lösung eures Problems als Zeichen eurer Dankbarkeit etwas von dem Heidekrautsaft geben wolltet, würden es meine guten Manieren gebieten, es anzunehmen. Aber das liegt ganz an euch. Mein Hauptziel ist es, mit dem gräßlichen Herbie abzurechnen.«

»Und kennst du diese Contessa, die mit ihm zusammen ist?«

»Contessa.« Ulysses kicherte. »Die Contessa aus Jersey City. Ja sicher, ich kenne dieses Früchtchen und ich weiß, wie ich es zu nehmen habe. Also, wie steht's? Seid ihr bereit, die Dinge auf meine Art anzupacken?«

Er lächelte sie so zutraulich an, wie der einzige Wasserverkäufer in der Sahara.

Miles zuckte mit den Schultern. »Ich glaube, wir haben keine andere Wahl«, sagte er, wobei er die anderen anblickte, die zustimmend nickten. »Was schlägst du vor?«

»So ist's recht, Junge«, lächelte sein Onkel. »Wir müssen einen Feldzug gegen Herbie in seinem Stützpunkt antreten – eine Art Kampftruppe der Schläue bilden. Ich möchte, daß Lucinda und Brian mit mir nach New York kommen. Und nehmt ein paar Flaschen von dem Heidekrauttrank mit. Miles und Sarah können hierblieben und ihren Sex-Jahrmarkt weiterbetreiben. Und gebt acht, daß dieser Dummkopf von Viscount keine neuen Dummheiten anstellt.«

»Okay«, sagte Lucinda, »wann fliegen wir?«

»Sobald du gepackt hast und den Trunk der Leidenschaft im Gepäck verstaut hast. Wir haben eine Menge zu tun und nicht viel Zeit.«

»Also, los!« kommandierte Brian.

Ulysses Blake, das schwarze Schaf der Familie, war in den Schoß derselben zurückgekehrt.

Kapitel 8

Eine ganze Zahl altehrwürdiger Häuser in Westchester County bietet eine willkommene Erholung von der lärmverseuchten Hysterie New York Citys. Eines dieser Häuser, ein altes, wildwucherndes Herrenhaus, beherbergte das Deare Center. Es stand am Ende einer kurzen Auffahrt, zwischen ziemlich ungepflegten Rhododendronbüschen. Ein scharfer Beobachter hätte an einem trüben Morgen einen Blick auf einen rüstigen Gentleman in Tweedanzug und Schlägermütze werfen können. Dieser besagte Herr kauerte in einem der Büsche und beobachtete durch ein Fernglas das Deare Center. Ulysses Blake wollte zuerst einmal das feindliche Gelände sondieren, bevor er zum Angriff überging.

Von einem Rhododendronbusch aus kann nicht viel über den Zufluchtsort von psychisch Kranken ermittelt werden, doch Ulysses hatte darauf beharrt, daß es unerläßlich sei, sich hier umzusehen. Doch er war sich seiner Grenzen bewußt und hatte auf ein anderes Pferd gesetzt. Sogar dem kurzsichtigsten Beobachter wäre Brian nicht entgangen, der in etwas förmlicherem Aufzug und einem Diplomatenkoffer auf die Haustür zuging und klingelte. Brian sollte sich in der Klinik über die Aufteilung und die Insassen informieren. Zu diesem Zweck spielte er einen Vertreter, der Bettücher verkaufen wollte. Ein junges Mädchen hatte die Tür geöffnet und wollte Brian gerade hineinführen, als eine gutgebaute, doch auffallend gekleidete Blondine auftauchte. Da Brian sie noch nie gesehen hatte, erkannte er in ihr nicht die berühmte Contessa de Scarpio. Doch Ulysses sah durch sein Fernglas auf den ersten Blick, daß es die schöne Semiramide war.

»Was möchte dieser Kerl?« fragte sie das Mädchen.

»Ich habe einen sehr nützlichen Artikel, den ich der für die Bestellung zuständigen Stelle zeigen möchte«, stellte sich Brian mit einem gewinnenden Lächeln vor. »Es ist ein Wegwerflaken für Patienten, die unter Inkontinenz leiden«, fügte er vertraulich hinzu.

»Vergessen Sie's«, herrschte ihn Semiramide an. »Unsere Patienten leiden nicht darunter, was immer es auch sein mag.«

»Sie brauchen es ja nicht zu nässen«, fuhr Brian fort. »Auch ganz normale Leute können die Laken benutzen. Man kann sie einfach wegwerfen, nachdem man auf ihnen geschlafen oder sonst was getan hat.«

Wenn Brian gehofft hatte, dieses Argument könne Semiramide überzeugen, wurde er bitter enttäuscht. In diesem Augenblick gesellte sich Hiram T. Watergate persönlich zu ihnen. Er wollte gerade die Klinik verlassen. Als Semiramide ihm Brians Anliegen vortrug, war er noch weniger interessiert. Er verabschiedete Brian ohne Förmlichkeiten. Dann wandte er sich an Semiramide. »Hör zu«, sagte er zu ihr, »ich glaube, ich kann unsere Verabredung heute abend nicht einhalten, denn ich muß mit der alten Mrs. Beckmesser essen. Mit etwas Taktgefühl und Überredungskunst könnte man sie als Mäzenin gewinnen.«

»Uff, das ist aber sehr schade«, beklagte sich Semiramide. »Ich wollte heute abend in den ›Schwarzen Kakadu‹ gehen. Dort tritt doch zur Zeit der schwarze Jazzpianist Paul Lincoln auf. Er ist umwerfend.«

»Nun, warum gehst du nicht trotzdem?« erwiderte Hiram.

»Wenn ich mit Frau Beckmesser fertig bin, komme ich nach.«

»Ja, ich glaube, das mache ich«, sagte Semiramide.

»Sind Sie denn immer noch hier?« bellte Hiram Brian an, der stehengeblieben war, um der Unterhaltung lauschen zu können.

»Ich habe Ihnen doch gesagt, Sie sollen sich zum Teufel scheren.«

Brian schluckte. »Ich wollte Ihnen nur noch sagen, daß wir auch ganz besondere Papierhandtücher haben, da Sie ja kein Interesse an den Laken zu haben scheinen...«

»Ich zähle bis drei. Wenn Sie bis dahin nicht verschwunden sind«, unterbrach ihn Hiram, »hole ich die Polizei.«

»Gut, gut.« Brian zuckte die Schultern und trollte sich. »Sie wissen ja nicht, was Ihnen entgeht«, rief er Hiram hinterher.

Lucinda wartete im Manhattan Hotel, das die drei als Stützpunkt gewählt hatten. Brian kehrte dorthin zurück und genehmigte sich einen Drink. Dann flegelte er sich in einen Sessel, um auf Ulysses zu warten.

Lucindas Onkel hatte sich in die Büsche zurückgezogen, als Brian an der Tür läutete und verblieb in seinem Versteck, bis Hiram und Semiramide verschwunden waren. Dann kehrte er zum Hotel zurück, um sich mit einem steifen Whisky zu trösten.

»Wie erging's euch? fragte Lucinda.

»Ich kann nicht gerade behaupten, daß wir sehr erfolgreich waren«, gab Ulysses zu. »Abgesehen davon, daß ich erfuhr, welche Tapete sie dort haben, als Brian die Tür geöffnet wurde, erhielt ich keine großartigen Informationen über Fort Deare. Gerade als Brian eindringen wollte, um seine Aufgabe zu erledigen, tauchten Hiram und Semiramide auf und setzten ihn vor die Tür. Wir sind keinen Schritt weiter. Wir müssen herausfinden, was sie tun und wohin sie gehen. Ich habe eine Idee, aber dafür müssen wir Semiramide allein haben.«

»Nun, heute abend wird sie allein sein«, erzählte ihm Brian und er berichtete von der Unterhaltung zwischen den beiden.

»Der ›schwarze Kakadu‹«, murmelte Ilysses. »Vielleicht wird das doch noch ein glücklicher Tag.«

Der ›Schwarze Kakadu‹ war in Greenwich Village der Musentempel des Jazz, d. h. eine freundliche Bar, die mit ausgestopften Papageien aller Farben, außer schwarz, dekoriert war. An der Theke drängten sich die Besucher. Der Rauch, der in der Luft hing, schien nicht ausschließlich von Tabak zu kommen. Brian und Lucinda waren zeitig hierhergekommen. Sie hatten einen Ecktisch gefunden, wo sie einen Hamburger verschlangen. Bei einem Bier warteten sie auf die Ankunft von Semiramide. Hinter der Bar stand ein Plattenspieler, von dem Musik plärrte. Doch kurz nach halb zehn wurde er abgedreht und ein muskulöser Mann mit schwarzem Haar und einem reserviertem Ausdruck nahm seinen Platz hinter dem Klavier ein. Im gleichen Augenblick erblickte Brian Semiramide, die sich ihren Weg zur Bar bahnte.

»Da ist sie«, flüsterte er Lucinda zu. »Ich rufe Ulysses an.«

Als Brian hinausging, achtete er darauf, daß sie ihn nicht erblickte – für den Fall, daß sie ihn erkannte. Er fand ein Telefon und rief Ulysses im Hotel an.

Als er zum Tisch zurückkehrte, fing Paul Lincoln an zu spielen. Er hatte einen ganz eigenwilligen Stil, eine seltsame Mischung aus gutem New Orleans Jazz und den flüssigen Arabesken eines Oscar Peterson. Lucinda lauschte ihm hingerissen und als Brian etwas zu ihr sagen wollte, machte sie ihm ein Zeichen, zu warten, bis die Musik zu Ende sei.

»Ist er nicht himmlisch?« schwärmte sie.

»Recht passabel«, antwortete Brian zerstreut. »Doch es wäre wichtiger, daß du Semiramide nicht aus den Augen lassen würdest.«

»Ich kann sie sehen. Sie hat sich nicht von der Stelle gerührt«, erwiderte Lucinda verstimmt. »Sei jetzt still, er fängt wieder an zu spielen.«

Paul Lincoln spielte einen traurigen Blues. In der Bar herrschte Totenstille, alle waren gefangen von dem Zauber seiner Musik und Lucinda war so versunken, daß sie nicht einmal Ulysses' Ankunft registrierte. Sie bemerkte ihn erst, als er sich an Semiramides Tisch niedergelassen hatte.

Auch Semiramide ließ sich von der Musik gefangennehmen und war überrascht, als plötzlich neben ihr ein Gesicht aus ihrer unrühmlichen Vergangenheit auftauchte.

»Warum liegst du nicht unter irgendeinem Stein, weit von hier«, zischte sie ihm zu.

Ulysses schenkte ihr einen gütigen Blick. »Frankie, mein Liebling, mit Vergnügen stelle ich fest, daß du nichts von deinem Charme eingebüßt hast. Oder sollte ich dich jetzt Semiramide nennen?«

»Geh zum Teufel, du Bastard.«

»Mit Vergnügen. Aber erst müssen noch ein paar Dinge erledigt werden.« Ulysses tätschelte ihren Arm.

»Um es ehrlich zu gestehen, ich habe dich gesucht, denn ich möchte dir einen Vorschlag machen.«

»Du willst mich wohl auf den Arm nehmen?« keuchte Semiramide zornig.

»Ich meine es ernst. Ich habe da etwas – reines Kinderspiel. Eine Menge Geld wartet nur darauf, daß ein Paar wie du und ich danach greift. Um diesen Schatz zu heben, brauche ich eine Frau, doch sie muß wirklich gut sein. Du und Herbie, ihr habt mich vor langer Zeit übers Ohr gehauen. Doch was mich betrifft, ich trage euch nichts nach. Du warst großartig, unübertroffen – und genau das brauche ich.«

»Ich habe keine Zeit.«

»Keine Zeit, um für die Arbeit von ein paar Tagen ein paar hunderttausend Dollar einzukassieren?«

»Wieviel?«

»Du hast es gehört, Süße. Und zusätzlich kannst du noch das einstreichen, was Herbie für seinen kleinen Coup springen läßt.«

Ulysses helle blaue Augen strahlten sie arglos an.

Semiramide betrachtete ihn mit neu erwachtem Interesse. Sie war hin und her gerissen zwischen Mißtrauen und Habgier. Wie üblich erwies sich die Habgier als Siegerin.

»Kann ich dir vertrauen?« fragte sie.

»Du hast mein Wort.« Ulysses setzte eine ernste Miene auf, wie ein mittelalterlicher Papst, der gerade einem reuigen Sünder die Absolution gewährt. »Warum sonst sollte ich diese verdammte Stadt abgekämmt haben, um dich zu finden?«

»Also, erzähl mir von dem großen Coup?«

»Ich kann hier nicht darüber sprechen. Können wir zu dir gehen?«

»Ich kam hierher, um Musik zu hören.«

»Zweihunderttausend Dollar«, erinnerte sie Ulysses.

»Laß uns gehen.« Semiramide stand auf, griff nach ihrem Mantel und strebte dem Ausgang zu.

Ulysses folgte ihr, ohne Lucinda und Brian eines Blickes zu würdigen, doch hinter dem Rücken gab er ihnen heimlich ein Zeichen.

»Nun, das scheint zu laufen«, sagte Brian mit grimmigem Lächeln. »Sollen wir gehen?«

»Ich möchte noch bleiben und dem Klavierspieler zuhören«, erwiderte Lucinda.

»Ich hätte gerne etwas Kräftiges zwischen den Zähnen«, maulte Brian. »Die Hamburger sind ja tödlich.«

»Dann geh halt du zum Essen. Wir treffen uns wieder im Hotel.«

»Ich möchte dich nicht hier allein lassen.«

»Mach dich nicht lächerlich!« Lucinda war ärgerlich. »Was denkst du denn von mir? Ich kann ohne männliche Gouvernante auf mich aufpassen. Geh endlich und befriedige deinen knurrenden Magen.«

Brian sah sie zweifelnd an, stand aber auf und ging langsam dem

Ausgang zu. Als er gegangen war, stand Lucinda auf und setzte sich in die Nähe des Klavierspielers. Der junge Mann blickte auf und schenkte ihr ein freundliches Lächeln.

Inzwischen hatten Ulysses und Semiramide ein Taxi genommen und fuhren zu ihrer Wohnung in der Nähe des Parks.

»So, nun erzähl endlich«, forderte sie.

»Warte, bis wir bei dir sind«, sagte Ulysses.

Semiramide war keineswegs einverstanden, doch sie mußte sich Ulysses fügen.

Endlich hatten sie ihre Wohnung erreicht. Kaum waren sie eingetreten, als Semiramide, die jetzt äußerst schlecht gelaunt war, ihren Angriff erneuerte.

»Okay, du Schlaukopf. Hier wären wir also. Nun schieß endlich los.«

»Hier ist es wirklich hübsch«, lächelte Ulysses wohlgefällig. »Die Wohnung verrät deinen charakteristischen unfehlbaren schlechten Geschmack, doch die Aussicht ist überwältigend.«

Die Wohnung lag im 25. Stock und bot einen prächtigen Blick auf Manhattan. Semiramide rannte wütend ans Fenster, drückte einen Knopf, und die Vorhänge schlossen sich. Vorbei war es mit dem romantischen Blick.

»Laß uns endlich zur Sache kommen«, forderte ihn die Lady auf.

Seufzend wandte sich Ulysses vom Fenster ab und setzte sich auf ein pinkfarbenes Regency-Sofa aus Plastik.

»Warum so eilig? Wir haben die ganze Nacht vor uns. Schenk uns erst mal ein paar Drinks ein und setz dich dann zu mir. Du wirst dich wundern, was ich dir zu bieten habe.«

»Erst das Geschäft, dann die Drinks«, keifte Semiramide.

»Okay«, erwiderte Ulysses in aller Seelenruhe, »ohne Drinks keine Geschäfte«, verschränkte seine Arme und wartete.

»Verdammter Mist«, rief seine anmutige Gastgeberin aus, doch sie ging zu einer kleinen Bar und stellte ein paar Flaschen und Gläser auf ein Tablett.

»Du kannst wählen«, sagte sie zu ihm. »Scotch und Cola oder Cola und Scotch.«

»Nur eine Cola. Ich habe hier etwas, was du unbedingt versuchen solltest.«

»Ich habe keinen Durst.«

»Versuch es trotzdem. Ich möchte gerne wissen, was du davon

hältst. Es ist ein Likör, den ich von einer meiner Reisen mitgebracht habe und ich versichere dir, er hat's in sich. Nun laß uns auf unsere Partnerschaft trinken. Sie möge fruchtbar sein und uns unermeßlich reich machen!«

Nachdem Semiramide die Cola ausgetrunken hatte, griff sie nach dem Glas, in das Ulysses einen Fingerhut voll von einer Flüssigkeit aus einem kleinen Flachmann eingegossen hatte. Ulysses beobachtete die große, üppige Blondine voller Ekel. Mit einem Seufzer, der jedem Märtyrer Ehre gemacht hätte, goß er auch einen Schuß von der Flüssigkeit in sein Glas.

»Glückliche Tage«, wünschte ihm Semiramide, als sie ihren Drink hinunterkippte.

»Eher qualvolle Nächte«, murmelte ihr Gast und nippte an seinem Glas.

»So, jetzt können wir endlich zu deinem Plan kommen«, beharrte Semiramide.

»Wie findest du den Drink?« fragte Ulysses, um bis zur Wirkung des Heidekrauttranks Zeit zu schinden.

»Lenk nicht immer ab. Wenn du etwas anzubieten hast, Kumpel, spuck es endlich aus. Andernfalls – nichts wie raus!«

»Ich fragte dich deshalb danach, wie du den Drink findest, da hier die Lösung liegt«, informierte Ulysses sie milde.

»Wovon redest du überhaupt?«

»Die Antwort auf all unsere Probleme ist das Zeug, das ich in dein Glas schüttete.«

Semiramide starrte ihn erst verwundert, dann mit schreckgeweiteten Augen an. »Hast du mich vergiftet?«

»Sei doch nicht töricht. Du hast doch gesehen, daß ich auch davon getrunken habe, und ich hätte mir wohl kaum die ganze Mühe gemacht, um mit dir zusammen Selbstmord zu begehen. Sag, fühlst du nicht etwas?«

»Was denn?«

»Wart noch einen Augenblick. Du wirst es dann schon merken.«

»Sag, Ulysses, wenn das ein Scherz sein soll, werde ich...«

Semiramide äußerte sich nie, welch schreckliche Rache sie plante. Sie hielt plötzlich inne und sah Ulysses mit offenem Mund an. Ein neuer Glanz funkelte in ihren Augen, und sie gab einen lauten Seufzer von sich.

»Sollen wir in dein Schlafzimmer gehen?« schlug Ulysses vor. Er hatte wohlweislich nur eine ganz geringe Menge des Elixiers genommen, doch er fühlte bereits Verlangen in sich aufsteigen.

Inzwischen hatte Brian den ›schwarzen Kakadu‹ verlassen und überlegte, ob er sich eine italienische Pasta oder ein T-Bone-Steak gönnen sollte. Bei diesen Überlegungen stellte er fest, daß er eigentlich gar keinen großen Appetit mehr hatte. Er war verärgert, da Lucinda offensichtlich die Gesellschaft eines unbekannten Pianisten in einer schummerigen Bar der seinen vorgezogen hatte. Sein Stolz bäumte sich auf, doch noch schlimmer: Brian stellte fest, daß er an einer der unseligsten Krankheiten, die es gab, litt: der Eifersucht. Und wegen nichts und wieder nichts, sagte er sich. Lucinda hatte mit dem Musiker kein einziges Wort gewechselt. Aber irgendwie war er nicht beruhigt. Er aß unterwegs einen Bissen und begab sich dann in sehr schlechter Gemütsverfassung zum Hotel.

Tatsächlich waren seine Zweifel berechtigt. Paul Lincoln war von dem hübschen Mädchen, das sich neben das Klavier gesetzt hatte, sehr angetan. Sie hatte etwas Besonderes an sich. Er beendete den Blues mit einer verträumten Melodie und wandte sich dann lächelnd an sie:

»Hat es Ihnen gefallen?« fragte er.

»Es war großartig«, antwortete Lucinda. »Sie sind wirklich gut. Spielen Sie jeden Abend hier?«

»Zwei- bis dreimal in der Woche. Ich studiere Musik und verdiene mir hier das Geld für mein Studium.«

Paul wurde von anderen jungen Leuten umringt und Lucinda stand auf, um ihnen Platz zu machen.

Paul drehte sich nach ihr um und sagte: »Gehen Sie nicht weg. Ich muß noch drei oder vier Stücke spielen, dann bin ich für heute fertig. Wir könnten einen Happen zusammen essen und uns unterhalten. Haben Sie Lust dazu?«

»Ja, einverstanden«, antwortete Lucinda und nahm erneut Platz.

Ungefähr zur gleichen Zeit war Ulysses voll und ganz mit seiner alten Freundin beschäftigt. Mit Hilfe des Heidekrautelixiers wollte er sie gegen Hiram aufbringen und ihre Verbindung zerstören. Offensichtlich zeigte der Trank seine Wirkung.

»Schlaf mit mir«, befahl sie und schubste ihn zu ihrem Schlafzimmer.

»Ich dachte, du wolltest mit mir übers Geschäft reden«, erinnerte sie Ulysses.

»Zur Hölle mit den Geschäften. Besorg's mir!« schrie sie.

»Nun wollen wir festhalten«, sprach Ulysses in dem gesetzten Ton eine begriffsstutzigen Anwalts aus Hicksville, »daß du dich nicht mehr für die zweihunderttausend Dollar interessierst?«

Semiramide schäumte vor Ungeduld und riß sich die Kleider vom Leib.

»Halt den Mund und besorg's mir jetzt«, keuchte sie.

Ulysses schüttelte bedauernd den Kopf, fing aber an, seine Hose auszuziehen.

»Das Vorspiel war noch nie deine Stärke«, bemerkte er trokken.

Semiramide konnte es nicht abwarten, bis er endlich entkleidet war. Sie war bereits nackt, bugsierte ihn energisch zum Bett und zerrte an seinen verbliebenen Kleidungsstücken.

»Immer langsam«, mahnte er. »Dieses Hemd stammt von Brookes Brothers.«

Ulysses bot eine prächtige Erektion. Semiramide griff nach seinem Penis und wollte ihn in ihre hungrige Vagina einführen, doch er entzog sich ihrem Griff.

»Du hast mich soeben nicht gerade freundlich behandelt.«

»Das tut mir leid«, sagte sie hastig und griff erneut nach seinem Glied. Doch Ulysses war schneller.

»Es reicht nicht, wenn du sagst, daß es dir leid tut«, ermahnte er sie. »Du mußt sehr nett zu mir sein, bevor ich dir verzeihe.«

»Was möchtest du?« Ihre Stimme war heiser.

»Nun, erst mal sollst du meine Organe mit dem entsprechenden Respekt behandeln.«

Ulysses versetzte seinem Penis einen leichten Schlag, richtete ihn auf sie und befahl:

»Küß ihn.«

Semiramide kniete nieder und folgte gehorsam seinem Befehl. Nachdem sie ihr Bestes gegeben hatte, blickte sie hoffnungsvoll zu Ulysses auf, doch er schüttelte den Kopf.

»Ist noch nicht genug.«

Er lehnte sich bequem auf dem Bett zurück und ließ sie gewähren. Auch er spürte die Wirkung des Elixiers und wußte, er konnte nicht länger an sich halten. Doch zuerst mußte er noch etwas Geschäftliches erledigen und er nahm seinen ganzen Willen zusammen.

»Frankie«, sagte er ruhig, aber fest. »Ich bin keineswegs mit dir zufrieden.«

»Habe ich es dir nicht bestens besorgt? maulte sie.

Ulysses schüttelte den Kopf. »Ich meine, deine Verbindung mit diesem menschlichen Abfall namens Herbie.«

»Können wir Herbie nicht vergessen und hier etwas mehr Schwung reinbringen?« versuchte sie ihn abzulenken.

»Wenn du, nachdem die Wirkung nachgelassen hat, mehr von diesem Elixier möchtest, mußt du dich auf meine Seite schlagen – gegen Herbie. Bist du also bereit, mit mir zusammenzuarbeiten?«

»Alles, was du willst«, erwiderte Semiramide lammfromm. »Ich sage dir, Ulysses, Herbie bedeutet mir gar nichts. Unsere Beziehung war rein geschäftlicher Natur. Aber nun mußt du's mir wirklich geben, Ulysses, bitte, bitte.« Ihre Stimme erhob sich zu einem jämmerlichen Crescendo. »Ich tu alles, was du willst, doch erlöse mich endlich.«

»Vergiß es nicht«, sagte Ulysses, als er sich zur Seite rollte, um ihr Platz zu machen.

Im Nu war Semiramide aufs Bett geklettert und warf sich mit einem wilden Schrei über Ulysses, der auf dem Rücken lag und sich nicht wehren konnte. Nach einigen wilden Stößen hatte sie ihren Orgasmus und ließ sich erschöpft und wimmernd über ihn fallen. Doch ihr Hunger war immer noch nicht gestillt. Auch Ulysses befand sich jetzt im Zustand höchster Erregung, küßte sie leidenschaftlich und rollte sie auf den Rücken.

Semiramide besaß die Gabe, sich schnell zu erholen. Als sich Ulysses auf und ab bewegte, spürte er ihre Reaktion. Ihr Duft war betäubend, wie der einer Göttin. Seine Hände massierten ihre einladenden Brüste und er vereinte seinen Mund mit ihrem in einem langen, sinnlichen Kuß.

Als er sich dem Höhepunkt näherte, wollte er sich so lange wie möglich beherrschen, doch Semiramide war außer sich.

»Hör nicht auf«, schrie sie. »Gib alles, was du hast!«

Sie spannte alle Muskeln und preßte ihn an sich. Er war ein Gefangener im Verlies ihres Körpers. Beide explodierten zur gleichen Zeit.

Danach rangen sie beide nach Atem, lagen einander immer noch in den Armen. Dann fingen sie erneut an sich zu lieben, aber dieses Mal sanfter und kontrollierter. Ihre Liebkosungen wurden subtiler und sie erlebten einen wunderbaren Tanz des Verlangens und der Lust. Unermüdlich erforschten sie den Körper des anderen, streichelten und küßten jede Kurve, jede Schwellung. Ulysses hatte diese Frau nie geliebt, doch es gelang ihm, sie voll auszukosten. Semiramides Leidenschaft war weniger feinfühlig. Sie brauchte zu ihrer Befriedigung lediglich seinen Penis in ihrer Vagina.

Sie legten mehrere Pause ein, um etwas zu trinken und um Atem zu schöpfen, doch nach wenigen Minuten setzten sie ihr Liebesspiel mit erneuter Energie fort.

Ulysses brauchte Semiramide nicht an ihr Versprechen zu erinnern, sie war völlig in seiner Hand.

Schließlich übermannte sie die Müdigkeit und sie fielen in einen tiefen, erholsamen Schlaf. Ulysses erwachte als erster, machte sich einen Kaffee, verließ die Wohnung und ging zurück zum Hotel. Semiramide lag noch in tiefem Schlaf und schnarchte befriedigt vor sich hin.

Brians Abend verlief keineswegs so aufregend wie der von Ulysses. Als er wieder im Hotel war, wartete er auf Lucindas Rückkehr. Er schaltete den Fernseher ein, langweilte sich aber schnell dabei, versuchte dann zu lesen und Radio zu hören. Die Zeit verging, aber weit und breit keine Lucinda. Brian überlegte verbittert, daß Paul Lincoln schon lange sein Klavierspiel beendet haben mußte. Er fühlte sich zu elend, um zu Bett zu gehen, bettete sich aufs Sofa, nahm ein paar Drinks zu sich und schlief gegen Morgen ein.

Paul Lincoln konnte sich erst spät aus dem ›Schwarzen Kakadu‹ schleichen.

»Es tut mir leid, daß Sie so lange warten mußten«, sagte er, als sie auf der Straße standen.

»Ist schon in Ordnung. Ich hatte ja heute abend nichts Besonderes vor.«

»Ich dachte, Sie seien in Begleitung eines jungen Mannes in die Bar gekommen?«

»Ach ja, ein Bekannter«, lächelte Lucinda. »Wohin gehen wir?«

»Ich kenne da ein Lokal, das die ganze Nacht offen hat. Ist nichts Besonderes, aber wenn Ihnen ein Steak mit Salat recht ist?«

»Ja, das ist mir recht.«

Das Restaurant war nur ein paar Minuten vom ›Schwarzen Kakadu‹ entfernt. Es waren noch weitere späte Gäste anwesend, ein paar Taxifahrer und ein paar Studenten, die, wie Paul, nachts arbeiteten.

»Reißen Sie immer fremde Mädchen, die Ihrem Spiel lauschen, auf?« fragte Lucinda.

»Nur, wenn sie hübsch sind. Und das kommt selten vor. Und gehen Sie mit jedem hergelaufenen Studenten, der Sie dazu auffordert, aus?«

»Nur wenn er attraktiv ist«, lachte Lucinda. »Und das kommt auch nicht gerade häufig vor.«

»Nun sind die Fronten geklärt. Erzählen Sie mir von sich. Was machen Sie in New York?«

Lucinda fühlte sich zu dem jungen schwarzen Pianisten hingezogen. Sie hatte so ein Gefühl, daß man ihm vertrauen konnte, doch sie widerstand der Versuchung, über die Kampagne gegen Hiram T. Watergate zu sprechen.

»Ich bin mit meinem Onkel hier, der geschäftlich in New York zu tun hat«, antwortete sie.

Sie unterhielten sich blendend und als sie das Lokal verließen, nahm Paul ihre Hand und sagte zu ihr:

»Wissen Sie, ich werde das Gefühl nicht los, daß Sie sich mit einem ernsten Problem herumquälen. Ich kann es auch nicht erklären, aber ich fühle so etwas. Sie wirken irgendwie verkrampft. Lucinda, Sie sind mir sympathisch und wenn ich Ihnen irgendwie helfen kann, können Sie mit mir rechnen.«

Lucinda war überrascht. Paul sah sie durchdringend an. Das Gefühl, daß sie jemanden gefunden hatte, auf den sie sich verlassen konnte, war überwältigend.

»Sie sind ein sensibler junger Mann«, sagte sie mit einem Lächeln. »Vielleicht weihe ich Sie eines Tages in mein dunkles Geheimnis ein und komme auf Ihr Angebot zurück.«

»Ich gebe Ihnen eine Nummer, unter der Sie mich immer erreichen können.« Paul schrieb sie auf einen Zettel und reichte sie Lucinda. »Auf jeden Fall hoffe ich, daß wir uns wiedersehen.«

»Darauf können Sie sich verlassen«, verabschiedete sich Lucinda.

Er hatte sie zum Hotel begleitet, doch sie fühlte intuitiv, daß er nicht erwartete, daß sie ihn mit auf ihr Zimmer nähme. Sie küßte ihn sanft auf die Wange und eilte in die Halle. Paul blickte ihr nach und ging langsam weiter. Irgend etwas an diesem Mädchen war ihm unter die Haut gegangen. Es war zwischen ihnen eine Art Einverständnis. Er war davon überzeugt, daß sie ihn anrufen würde. Als Lucinda ihre Suite betrat, fand sie Brian auf dem Sofa vor. Sie beschloß, ihn nicht zu wecken. Sie hatte das Bedürfnis, allein zu sein. Also ging sie auf Zehenspitzen in ihr Schlafzimmer, zog sich im Dunkeln aus und ging zu Bett.

Am nächsten Morgen erwachte sie durch das Geräusch von Stimmen. Sie zog sich den Morgenmantel über und eilte ins Wohnzimmer, wo Brian, steif von seiner unbequemen Schlaflage, ihren Onkel Ulysses oder das, was von ihm übriggeblieben war, begrüßte.

»Ich habe meine Männlichkeit für die gute Sache geopfert«, krächzte er und ließ sich in einen Sessel fallen. »Starrt mich nicht an, als ob ich bereits ein Geist wäre. Lucinda, bring mir lieber eine Tasse heißen, schwarzen Kaffee.«

Brian richtete seinen Blick auf Lucinda. Seine Augen waren kalt und seine Stimme klang bitter.

»Ich nehme an, du hast dich gestern abend gut amüsiert. Nett, daß du zum Frühstück zurückgekommen bist.«

»Sei nicht albern. Ich bin schon seit Stunden hier. Oder glaubst du etwa, ich sei im Nachthemd durch New Yorks Straßen gewandelt?«

»Ich habe dich aber nicht kommen hören«, beharrte Brian.

»Natürlich nicht. Du hast ja die Nacht auf dem Sofa verbracht, mit einem leeren Glas und einer Flasche Whisky. Wenn du nicht so fortgeeilt wärst, um deinen Magen zu füllen, hättest du den restlichen Abend mit uns verbracht und dich amüsiert.«

»Uns? Soll das heißen, daß du mit dem Greenwich-Village-Gigolo nach Hause gegangen bist?«

»Ich bin es nicht, aber vielleicht nächstes Mal. Ich bin ja nicht dein Besitz, Brian.«

Er konnte seine Wut kaum verbergen. Auch Lucinda war ärgerlich.

»Als nächstes wirst du wohl mit dem Kerl in die Heia gehen«, brummte Brian.

»Warum nicht? Wahrscheinlich ist er ein viel besserer Liebhaber als du«, schlug sie zurück.

»Bitte, sprecht nicht in meiner Gegenwart von solchen Dingen«, jammerte Ulysses. »Den Rest meines jämmerlichen verkürzten Lebens möchte ich nichts mehr von derlei Geschichten hören.«

Die beiden fühlten sich in ihrer Streiterei gestört und betrachteten ihn wie ein lästiges Reptil, das in ihr Leben gekrochen war.

»Verdammt«, explodierte Ulysses. »Das einzige, was ich verlange, ist eine Tasse Kaffee. Und hört endlich auf, wie kleine Kinder herumzustreiten. Ich bin derjenige, der den Kopf oder vielmehr seine Männlichkeit hingehalten hat, und ich habe Ergebnisse erzielt. Ihr sollt mir helfen, Herbie-Hiram hochgehen zu lassen und euch nicht wegen eines Klavierspielers in den Haaren liegen.«

Lucinda bestellte telefonisch Frühstück für sich und einen Kaffee für Ulysses.

»Du kannst bestellen, was du willst«, sagte sie zu Brian. Dann wandte sie sich Ulysses zu und fragte:

»Dürfen wir aus deiner erbärmlichen Verfassung schließen, daß du es mit der ehrenwerten Contessa getrieben hast?«

»Kein Wort darüber«, jammerte Ulysses. »Ich glaube, ich sollte meine Genitalien einem medizinischen Museum vermachen – als die meiststrapazierten Organe in den Annalen der Menschheitsgeschichte.«

Dann endlich bequemte sich Ulysses zu berichten. Seine Erzählung wurde durch das Frühstück unterbrochen. Der Kaffee weckte seine Lebensgeister.

»Glaubt mir«, brüstete er sich. »Ich habe die Sache geritzt, Frankie oder Semiramide, wie ihr sie immer nennt, wurde besiegt und wird jetzt mit uns zusammen gegen Herbie arbeiten. Mit einer Verräterin in seinem Lager haben wir ihn kaltgestellt.«

»Wie können Sie so sicher sein?« fragte Brian.

»Junge, du hättest die Dame sehen sollen, als ich sie verlassen habe. Sie ist mir völlig verfallen. Ich gab ihr einen kräftigen Schluck von dem Nektar und sie ist süchtig danach.«

Er betrachtete seine Zuhörer voller Triumph.

»Wenn ihr beide eure Streiterei beendet habt«, sagte er zu ihnen, »können wir unsere Strategie besprechen.«

»Du hast recht«, sagte Lucinda. »Du hast gute Arbeit geleistet, wir sollten dankbar sein.« Und sie küßte ihn auf die Wange.

Ulysses war jetzt wieder so kräftig, daß er den Kuß gelassen ertragen konnte.

»Es tut mir leid, daß ich aus der Haut gefahren bin«, entschuldigte sich Brian verschämt. »Ich glaube, ich habe keinen Grund, auf einen Kerl, den wir wahrscheinlich nie mehr wiedersehen, so eifersüchtig zu sein.«

»Es sei dir verziehen«, erwiderte Lucinda.

Doch sie war davon überzeugt, daß sie über kurz oder lang Paul Lincoln wiedertreffen würde.

Kapitel 9

Die Leser, die bereits Lucindas Abenteuer auf der Insel Xanthos kennen, erinnern sich, daß eine starke Dosis des Elixiers, wenn sie nicht mit Fruchtsaft verdünnt wird, eine höchst unerfreuliche Nachwirkung hat, nämlich einen Kater, der den stärksten Ochsen umwerfen würde.

Brian, der mit dem Nektar experimentiert hatte, fand heraus, daß fast jede Zitrusfrucht den Kater verhindern konnte. Irgendwann gegen Mittag machte Semiramide die unerfreuliche Entdeckung, daß auf jede Nacht ein Morgen folgte. Sie hatte den Eindruck, ihr Kopf habe sich gelöst und sei in der vergangenen Nacht als Fußball benutzt worden.

Die Sonne schien, konnte sie aber nicht erfreuen, Sie stand mühsam auf und wartete darauf, daß der Raum aufhörte, ein Karussell zu sein. Erinnerungsfetzen schwirrten ihr durch den Kopf. Sie bedachte Ulysses mit Schimpfworten, die jedem Feldwebel Ehre gemacht und sogar Rabelais zum Erröten gebracht hätten.

Sie wurde durch das Klingeln des Telefons darin gestört. Sie hatte nicht gewußt, daß es so ohrenbetäubend sein konnte. Sie griff nach dem Hörer und empfing den unbekannten Anrufer mit den Worten:

»Wer immer Sie sind, der Teufel soll Sie holen.« Sie wollte gerade auflegen, als sie Hirams Stimme hörte:

»Um Himmels willen, was ist denn in dich gefahren? Ich wollte dir nur sagen, daß es mir leid tut, daß ich gestern abend nicht nachkommen konnte. Vielleicht hatte ich Glück, wenn dich der Abend in solche Stimmung versetzt hat.«

»Ich habe Kopfschmerzen«, murmelte sie.

»Du hast einen Katzenjammer«, korrigierte er sie. »Ruf zurück, wenn du gesprächiger bist.«

Er hing ein und Semiramide starrte das Telefon an, bevor sie sich in die Küche bewegte und ein paar Aspirin zu sich nahm.

Langsam nahm ihr Gehirn seine halbwegs normale Funktion auf, und ihr Haß auf Ulysses wurde immer stärker. Sie erinnerte sich, daß er irgend etwas gesagt hatte, von wegen mit Hiram abzurechnen und sie als Komplizin zu gewinnen. Im nüchternen Tageslicht schien das keine gute Idee zu sein.

Dann erinnerte sie sich an das Elixier, das Ulysses in seinem Flachmann aufbewahrt hatte. Wenn es ihr und Hiram gelänge, diesen Saft in ihren Besitz zu bekommen, hätten sie eine ungeheuere Macht und würden unsagbar reich werden. Sie überlegte, daß Hiram jetzt im Deare Center sein würde und rief ihn dort an.

»Sag, was ist los mit dir?« fragte er vorsichtig. »Ich dachte, du reißt mir den Kopf ab.«

»Ja, ich glaube, ich war recht ekelhaft, doch ich befand mich in einer fürchterlichen Verfassung. Ich verbrachte die Nacht mit Ulysses Blake.«

»Ulysses? Ich dachte, er hätte uns etwas Gutes getan und das Zeitliche gesegnet. Und du erzählst mir, du habest die Nacht mit ihm verbracht. Das ist ja morbid.«

»Ich hatte nicht die Absicht, doch Ulysses gab mir einen Trunk, der mich um den Verstand brachte. Ich kann dir nur sagen, ich war nicht mehr zu bremsen.«

Hiram lachte zynisch. »Ach komm, du hast doch noch nie nach Ausreden gesucht. Du warst einfach scharf, basta.«

»Ich war nicht scharf«, erklärte Semiramide entrüstet. »Zumindest nicht, bis mir dieser Kerl das Zeug einträufelte. Glaub mir, Hiram, es ist sensationell. Wir müssen es Ulysses wegnehmen, um Kapital daraus zu schlagen.«

»Du bist ja nicht bei Sinnen«, sagte Hiram. »Haben wir denn mit dem Center und in ein paar Monaten mit Hamblewood nicht genug? Ich bin froh, wenn mir Ulysses nicht in die Quere kommt.«

»Nun, das steht auf einem anderen Blatt«, sagte Semiramide langsam. »Ulysses hat dir nicht verziehen, daß du ihn übers Ohr gehauen hast. Er sucht nach dir.«

»Wirklich? Dann sieht die Sache natürlich anders aus. Nun, er ist im Besitz dieser Wunderdroge. Was schlägst du vor?«

»Ich dachte, wenn wir ihn allein erwischen, könnten wir ihn doch davon überzeugen, sich von dem Stoff oder was das ist, zu trennen. Vielleicht könnten die starken Kerls, die hier herumlungern, dem Ganzen etwas Nachdruck verleihen.«

»Ich werde für heute nachmittag ein Empfangkomitee für Ulysses organisieren. Ich muß ja auch hier sein, da ich immer noch Frau Beckmesser bearbeite. Sie möchte sich das Deare Center ansehen. Laß dir etwas einfallen, um Ulysses hierherzulocken, nachdem sie gegangen ist.«

Semiramide überlegte gerade, wie sie das anstellen sollte, als das Telefon läutete.

»Und wie geht es meiner Sexbombe heute morgen?« erkundigte er sich. »Bist du bereit, mit mir gegen Herbie zu arbeiten, wie wir gestern abend verabredet hatten?«

»Alles, was du willst?« versicherte sie ihm.

»Wo ist Herbie?«

»Im Augenblick ist er in der Stadt.«

Ulysses furchte die Stirn. Er war noch nie übermäßig von Semiramides Wahrheitsliebe überzeugt gewesen, und die Gewandtheit ihrer Lüge machte ihn stutzig.

»Weißt du, wann er zurückkommt?«

»In ein paar Tagen. Sag, Ulysses«, flötete Semiramide, »warum setzen wir uns nicht zusammen und hecken einen Plan aus, bevor er zurückkommt?«

»Hm. Hast du einen Vorschlag?«

»Sicher. Heute nachmittag muß ich in dem sogenannten Deare Center sein. Kannst du nicht gegen fünf dorthin kommen?«

»Das Deare Center«, brummte Ulysses. »Was ist das für ein Ort?«

»Das ist eine Klinik.«

»Bist du krank?«

»Nein, Ulysses. Ich verrichte dort eine soziale Aufgabe.«

»Du und eine soziale Aufgabe, Frankie. Das ist doch nicht dein Stil.«

»Du brauchst gar nicht auf dumme Gedanken zu kommen. Das ist eine Menagerie reicher Damen mit gezückten Scheckheften.«

»Das leuchtet ein. Der Gedanke, daß meine Frankie mir gegenüber nicht aufrichtig sein könnte, würde mich doch sehr quälen.«

»Ach, Ulysses. Wie kommst du nur auf solch eine absurde Idee! Ich meine, nach der gestrigen Nacht...«

Ulysses schrieb sich sorgfältig die Adresse des Deare Center auf und versprach, zur angegebenen Zeit dort zu sein. Semiramide versicherte ihn ihrer Ergebenheit und hing dann auf.

»Diese doppelzüngige Giftnatter«, kommentierte Ulysses.

»Sollen wir daraus schließen, daß deine ergebene Sklavin aufmüpfig ist?« fragte Lucinda ernst.

»Das zeigt mal wieder, daß man nie einer Frau trauen kann«, sagte ihr Onkel. »Wie gut, daß sie mich gestern im Center nicht gesehen haben.«

»Sie werden doch wohl nicht zu der Verabredung gehen?« fragte Brian. »Es ist doch eindeutig eine Falle.«

»Doch, ich werde dorthin gehen«, stellte Ulysses fest. Er wurde durch das Telefon unterbrochen.

Es war Semiramide. »Ulysses, ich habe ganz vergessen, bring doch bitte etwas von dem Zaubertrank mit. Ich könnte einen Schluck brauchen.«

»So, jetzt ist alles klar«, sagte Ulysses zu Brian. »Sie und Herbie wollen mir das Elixier wegschnappen. Ich werde dem Deare Center meine Aufwartung machen und während ich mich drinnen aufhalte, werdet ihr das Elixier an die Patienten verabreichen.«

»Ich habe das unbestimmte Gefühl, wir brauchen Verstärkung«, sagte Lucinda. Sie nahm einen Zettel aus ihrer Tasche und wählte die Nummer, die daraufstand.

Paul freute sich, daß er so bald schon von Lucinda hörte und eilte zu ihrem Hotel, um zu erfahren, welche Aufgabe die Lady ihm zugedacht hatte. Ulysses begrüßte ihn mit der Begeisterung eines professionellen Verschwörers, dem ein Verbündeter vom Himmel gesandt wurde. Brian war zugeknöpfter, doch er mußte zugeben, daß sie auf jegliche Hilfe angewiesen waren und Paul sah ganz danach aus, als ob er nützlich sein könnte, wenn es hart auf hart ging. Sie erklärten ihm die Situation, und ein breites Grinsen breitete sich auf seinem Gesicht aus.

»Ihr wollt meine Hilfe? Ihr habt sie«, versprach er.

Als Ulysses kurz vor fünf vor der Eingangstür des Centers stand, waren Lucinda, Brian und Paul nicht weit entfernt. Ulysses wurde in ein großes Büro gebeten. Semiramide saß in einem Sessel und begrüßte ihn mit finsterem Blick. Hinter einem riesigen Schreibtisch saß Hiram mit einer dicken Zigarre zwischen den Lippen und lächelte sardonisch.

»Hallo, Ulysses. Ich freue mich, dich zu sehen. Du siehst gut aus, hoffen wir, daß es so bleibt.«

»Ich dachte, du seist nicht hier«, sagte Ulysses mit gespielter Überraschung.

»Dringende Geschäfte riefen mich zurück.«

»Was hat dir die süße kleine Frankie von mir erzählt?«

Hiram sah Ulysses abschätzend an, wie ein Wolf das Lamm.

»Ich habe seltsame Dinge gehört«, erwiderte er nachdenklich. »Du sollst im Besitz einer Wunderdroge sein, die die Frauen verrückt nach dir macht.«

»Ach, Herbie, du weißt doch, wie leicht Frankie zu beeindrucken ist und ich habe immer über großen Charme verfügt. Das liegt in der Familie.«

Semiramides Geduld war erschöpft.

»Hast du das Elixier bei dir?« schrie sie.

Ulysses lächelte über ihren Ausbruch, doch er schwieg.

»Die Dame möchte, daß du ihr das Elixier gibst«, erklärte Hiram. »Sie möchte mir zeigen, wie wirksam es ist. Ich möchte nicht eine so wertvolle Freundschaft wie die unsere aufs Spiel setzen, indem ich Gewalt anwende. So hoffe ich, daß du dich bereitwillig und friedlich von dem Zeug trennst.«

»Und wenn nicht, rufst du deine Gorillas herein, die als männliche Krankenschwestern fungieren.«

»So ungefähr«, erwiderte Hiram.

»Keine Angst, Herbie«, grinste Ulysses. »Ich bin nur allzu bereit, dir eine Kostprobe von diesem Kräutertrunk zu geben, der Frankies Sinne verwirrt hat.«

»Halt die Klappe, Bastard«, befahl die Lady. »Wo hast du den Saft?«

»Wie ich bereits sagte, habe ich für Herbie eine Demonstration organisiert.« Ulysses sah auf seine Uhr. »Sie sollte jeden Augenblick beginnen.«

Einen Augenblick lang herrschte Stille. Dann verzog Hiram das Gesicht.

»Du bist sehr dumm und halsstarrig«, tadelte er Ulysses. »Du mußt wohl davon überzeugt werden, daß du so tust, wie man dir sagt.«

Er drückte auf einen Knopf unter seinem Schreibtisch. Sie warteten. Nichts geschah. Stirnrunzelnd drückte Hiram nochmals auf den Knopf, dieses Mal länger. Doch er erhielt keine Reaktion. Von draußen drang ein Stimmengewirr zu ihnen durch. Einige Männer brüllten und stießen schrille Schreie aus. Dann hörte man den Lärm eines umgekippten Möbelstücks.

»Was zum Donnerwetter ist hier los?« schrie Hiram und eilte zur Tür.

»Das klingt so, als ob die Demonstration in vollem Gange wäre«, säuselte Ulysses. »Sollen wir schauen?«

Alle drei eilten sie aus dem Büro.

Nachdem Ulysses im Haus verschwunden war, klingelten Brian und Lucinda an der Eingangstür. Es öffnete das gleiche Mädchen, das am Tag zuvor schon geöffnet hatte.

»Wir kommen von der Weltgesundheitsbehörde«, verkündete Brian. »das ist eine routenemäßige Inspektion.«

Das Mädchen betrachtete ihn mißtrauisch.

»Waren Sie nicht gestern schon hier und wollten Bettlaken verkaufen?« sagte sie.

»Ich habe die Stelle gewechselt«, erklärte Brian. »Bitte zeigen Sie uns die Zimmer Ihrer Patienten.«

»Ich glaube nicht, daß ich das tun sollte«, erklärte das Mädchen nervös. »Die Ärzte sind außer Dienst und die Patienten halten sich im Damensalon und die Herren in der Bücherei auf.«

»Bücherei?«

»Ja, wo sie sitzen und Bücher durchschmökern können oder Briefe schreiben und ihre Rechnungen bezahlen.«

»Ausgezeichnet. Wir können unsere Inspektion durchführen, ohne irgendwelche Ärzte oder Schwestern zu stören.«

»Glauben Sie wirklich, daß das in Ordnung ist? Ich darf keine unerlaubten Besucher hereinlassen, ich könnte Schwierigkeiten bekommen.«

»Was denken Sie, welche Schwierigkeiten Sie erst bekommen werden, wenn Sie den Vertretern der Weltgesundheitsorganisation den Zutritt verwehren? Dann würde das Center geschlossen werden.« Lucinda war in Höchstform.

Das unglückliche Mädchen resignierte vor solchen Aussichten und führte sie durch den Korridor.

»Die Tür links führt zum Damensalon und gegenüber ist die Bücherei«, informierte sie die beiden.

»Danke. Wir wollen Sie nicht weiter in Anspruch nehmen.«

Lucinda entließ sie mit der Kurzangebundenheit eines mächtigen Bürokraten, der sich mit so unwichtigen Dingen wie der Beulenpest oder dem Ausbruch des Weltkriegs beschäftigt.

Sie hatten beschlossen, daß Lucinda sich mit den Männern und Brian mit den Frauen abgeben sollte. Die unerwartete Trennung der beiden Komplexe erleichterte ihre Aufgabe. Brians Kundschaft war in der Überzahl. Er vermutete, daß die Ehemänner gern bereit waren, die unmäßigen Kosten einer Einrichtung wie das Deare Center zu bezahlen, nur um ihre Frauen für eine Zeitlang loszusein. Als er den Damensalon betrat, sah er sich von lauter amerikanischen Matronen umringt. Er mußte all seine Energie aufraffen, um nicht zu fliehen. Er beförderte eine große Medizinflasche und mehrere Plastikbecher aus seiner Aktenmappe.

»Meine Damen«, verkündete er, »ich wurde dazu beauftragt, ein ganz neues Präparat an Sie zu verteilen, das vom hervorragendsten Medikamentenforscher speziell für Ihr Leiden entwickelt wurde.«

Die versammelten Frauen betrachteten ihn voller Interesse. Seit Stunden hatte man ihnen kein Medikament angeboten und sie fingen bereits an, sich vernachlässigt zu fühlen. Brian goß eine farblose Flüssigkeit in die Becher und verteilte sie.

»Nicht so schnell«, widersprach eine große Frau in den Fünfzigern. Sie hatte eine scharfe Hakennase und den gestrengen Blick von jemandem, der es gewohnt ist zu befehlen und dem gehorcht wird. »Sind Sie sicher, daß Dr. Holzhammer damit einverstanden wäre, daß ich das da trinke? Er ist ganz eigen, was meine Behandlung anbetrifft.«

»Dr. Holzhammer bat mich, mich zu vergewissern, daß Sie es nehmen«, antwortete Brian liebenswürdig.

»Wie wollen Sie das wissen?« fragte die Gebieterische streng. »Sie kennen ja nicht einmal meinen Namen.«

»Dr. Holzhammer hat Sie mir beschrieben. Er sagte, die distinguierte, gutaussehende Dame.«

»In diesem Fall kann kein Zweifel bestehen«, sagte die mollige Matriarchin und leerte ihren Becher in einem Zug.

Die anderen taten es ihr widerstandslos nach.

»Ich hoffe nur, ich bekomme keine Verstopfung davon«, brachte eine besorgt aussehende Dame vor. »Sie können sich nicht vorstellen, wie ich leide.«

»O nein, es wirkt wie ein Abführmittel.«

»Sagten Sie, es sei ein Abführmittel?« fragte eine puppenhafte siebzigjährige Wasserstoffblonde. »Dann hätte ich es lieber nicht nehmen sollen, denn bei mir wirkt alles durchschlagend«, informierte sie Brian voller Stolz.

»Das ist nicht die bekannte Art von Abführmittel«, improvisierte er, »es wirkt nur so auf die Personen, die unter Verstopfung leiden. Bei den anderen wirkt es umgekehrt. Es wurde sogar bei Dysenterie angewandt.«

Während Brian die Patientinnen mit dem Trank versorgte, tat Lucinda das gleiche mit den Männern. Als erstes wandte sie sich an ein Paar, das Schach spielte. Sie waren so vertieft, daß sie das Elixier hinunterschluckten, ohne aufzusehen. Auf größere Schwierigkeiten stieß sie bei einem Mann, der las und nicht gestört werden wollte: »Seien Sie ein braves Kind, mir zuliebe.«

Sie setzte ihr gewinnendstes Lächeln auf und flatterte flehend mit ihren Lidern. Ihr Opfer schmolz dahin. Sie versorgte noch sechs andere Männer, als sie durch ein Geräusch auf dem Korridor darauf aufmerksam gemacht wurde, daß im Damensalon die Wirkung des Mittels eingesetzt hatte. Sie eilte hinaus und prallte mit Brian zusammen.

»Wie viele hast du geschafft?« rief sie.

»Zwölf. Dann zeigte sich bei der ersten bereits die Wirkung!«

»Es sollte für einen turbulenten Nachmittag ausreichen.«

»Hoffen wir, daß dein angebeteter Paul zur rechten Zeit zur Stelle ist.«

Als Brian den Zeitpunkt für gekommen hielt, sich auf den Weg zu machen, wandte sich Dr. Holzhammers Starpatientin an ihre chronisch verstopfte Gefährtin und wirkte völlig verwirrt:

»Weißt du, Abigail«, jubilierte sie, »ich habe Gefühle, die ich seit Jahren nicht mehr hatte.«

»Das ist ein Gefühl, das ich noch nie zuvor erlebt hatte«, vertraute ihr ihre Freundin an. »Sollen wir uns zu den Herren begeben, Hermione?«

»Aber sicher. Wenn uns vorher nicht irgendwelche Pfleger in die Hand fallen.«

Das war das Zeichen für einen allgemeinen Galopp zur Tür. Brian und Lucinda traten zur Seite, um nicht niedergetrampelt zu werden.

Mit einem Triumphschrei fegte Hermione das Schachbrett beiseite und stürzte sich auf den Mann, der mit den weißen Figuren gespielt hatte.

»Los, Basil«, schrie sie, »laß es uns machen.«

Bevor der verdutzte Mann reagieren konnte, hatte sich Abigail auf den Mann mit den schwarzen Figuren gestürzt.

»Nimm mich, eine spröde, junge Jungfrau«, flötete sie. »Ich habe mich für dich – oder jemanden ähnlichen wie dich – aufbewahrt.«

Zum Glück fühlten auch die Männer die Wirkung des Nektars und reagierten positiv auf die unerwarteten Übergriffe der Nymphen. Doch, da Brian mehr Frauen mit dem Getränk versorgt hatte, artete in wenigen Augenblicken die Verführung in Notzucht aus. Ein Chaos brach aus und das Pflegepersonal eilte herbei. Vor der Bücherei stießen sie auf Brian und Lucinda, denen Ulysses aufgetragen hatte, solange wie möglich auszuharren, bis die verkleideten Gorillas auftauchten.

»Geht da nicht hinein«, befahl Brian. »Es ist nichts passiert, nur eine neue Art der Therapie.«

»Das hört sich mehr wie eine Orgie an«, erwiderte ein bulliger Betreuer mit einem Boxerohr.

»Das liegt nur daran, daß sie sich noch in der Versuchsphase befindet«, erklärte Brian. »Die Patienten sind sehr erregbar. Es wäre gefährlich, sie während dieser Behandlung anzusprechen.«

»Gefährlich für wen?« fragte ein Fels von Mann.

Brian und Lucinda gelang es, eine Zeitlang die Unterhaltung aufrecht zu erhalten, doch der Krawall im Zimmer ließ nicht nach und die Männer in den weißen Kitteln waren beunruhigt.

»Sagen Sie«, wandte sich eine wandelnde Eiche an Brian. »Wer hat diese Therapie, oder was immer es sein mag, angeordnet?«

Brian nannte den ersten Namen, der ihm in den Sinn kam. »Dr. Holzhammer«, erwiderte er mit Würde.

»Sie nehmen mich wohl auf den Arm«, brüllte die Eiche. »Ich bin Dr. Holzhammer.«

»Natürlich sind Sie das«, schaltete sich Lucinda ein. »Erinnern Sie sich nicht an Ihre eigenen Anordnungen?«

Ein Disput zwischen der Eiche namens Holzhammer und den anderen entbrannte. Schließlich überzeugte Holzhammer seine Kollegen, daß er nicht für die außerordentliche medizinische Revolution, die hier stattfand, verantwortlich sei. Er wandte sich Brian und Lucinda zu, doch sie waren verschwunden. Die anderen eilten in die Bücherei, was sie kurz danach bitter bereuten.

Es bot sich ihnen eine Szene unbeschreiblicher Verwirrung. Sie waren daran gewöhnt, die ihnen Befohlenen als Pfeiler der amerikanischen Gesellschaft, Vorbilder der Moral, wandelnde Tugend zu betrachten. Doch, was sich ihren Augen bot, war eine Orgie, die den zügellosesten römischen Kaiser zum Erröten gebracht hätte. Noch bevor sie begriffen, was hier vor sich ging, schrie Hermione ihren Freundinnen zu:

»Mädchen, schaut. Noch mehr Männer. Worauf warten wir noch!« Mit einem freudigen Kriegsruf führte sie ihre Schwestern in den Kampf gegen die Weißgekleideten.

Folglich, als Hiram seine Gorillas gegen Ulysses zu Hilfe rufen wollte, waren sie viel zu beschäftigt, um zu reagieren. So war seine Laune auf dem Tiefpunkt, als er Semiramide und Ulysses zur Bücherei führte, vor deren Tür sie auf Brian und Lucinda stießen.

»Wer zum Teufel sind Sie?« bellte Hiram.

»Sie sind meine Gäste«, beruhigte Ulysses seinen Gastgeber.

»Haben Sie nicht etwas mit Bettlaken zu tun?« fragte Semiramide Brian.

»Das war das Sonderangebot von gestern«, sagte er entschuldigend. »Ich befürchte, wir können Ihnen keine mehr anbieten. Aber überzeugen Sie sich, was wir heute auf Lager haben.«

Aus der Bücherei ertönte ein schriller Schrei.

»Mabel Eberstadt, nimm deine sündigen Hände von dem netten Dr. Holzhammer. Er gehört mir. Ich sah ihn zuerst.«

»Sei nicht so kleinlich. Er reicht für uns beide.«

Es war eine volltönende Altstimme, die sprach. Wahrscheinlich gehörte sie zu Mabel Eberhadt.

Mit einem Wutschrei riß Hiram die Tür auf und schritt hinein. Im Mittelpunkt des Bildes standen zweifellos Hermione und der frühere Schachspieler mit den weißen Figuren. Nebendran kauerte Abigail und wurde von dem Schachspieler mit den schwarzen Figuren bedient. Dr. Holzhammer wehrte drei ausgehungerte Hyänen ab, die über unglaubliche Kraftreserven verfügten. Im Zimmer waren Korsetts, Büstenhalter, Hosen und sonstige Unterwäsche verstreut.

»Das kann doch nicht wahr sein«, rief der entsetzte Besitzer des Centers.

»Sie haben bestimmt von dem Zeug bekommen«, sagte Semiramide. »Mein Gott, was für eine Verschwendung.«

Mabel Eberhadt erblickte die Neuankömmlinge.

»Kommt und macht mit«, forderte sie sie auf.

»Ich nehme doch an, daß du meine Demonstration überzeugend findest«, wandte sich Ulysses an Hiram.

»Sind Sie verantwortlich für diese Orgie?« fragte Brian Hiram.

»Wir dachten, daß die braven Bürger etwas Unterhaltung benötigten, kombiniert mit flotten Übungen. Was ist wirkungsvoller als eine Live-Show?«

»Oder eine Love-Show«, ergänzte Lucinda.

Ihre Unterhaltung wurde durch ein befriedigtes Röcheln von Hermione unterbrochen, die gerade von dem Schachspieler abließ.

»Uff, das habe ich gebraucht«, grunzte sie.

Hiram riß sich zusammen und wandte sich an Holzhammer und seine bedrängten Kollegen.

»Schaut, daß ihr diese Tiere in ihre Käfige zurückführt«, befahl er, »und bringt dieses Chaos in Ordnung.«

»Möchte irgend jemand noch ein Schlückchen?« fragte Lucinda und zeigte den Anwesenden ihre Flasche.

Sie rannten auf sie zu, doch Hiram schlug ihr die Flasche aus der Hand, und der Rest floß auf den Boden.

»Was für eine Verschwendung«, rief Semiramide.

»Du wirst das bedauern«, zischte Hiram Ulysses erbost zu. Doch er erhielt keine Reaktion. Ulysses hatte die allgemeine Verwirrung ausgenutzt und sich aus dem Staub gemacht.

»Er ist weggegangen«, erklärte Holzhammer.

»Das sehe ich auch, Sie Schlauberger«, bellte Hiram. »Und es wäre besser, Sie würden diese beiden rausschmeißen, bevor sie noch weiteres Unheil anrichten.« Er deutete unübersehbar auf Brian und Lucinda.

»Bemühen Sie sich nicht. Wir finden selber hinaus«, versicherte ihm Brian.

»Es wird mir ein Vergnügen sein«, feixte Holzhammer und spannte seine Muskeln.

Er setzte einen drohenden Ausdruck auf und ging auf das Paar zu, das zur Tür eilte. Doch er wurde in seinem Vorhaben unterbrochen.

»Mein Held«, kreischte Hermione und warf sich ihm mit aller

Wucht an den Hals. »Sie sind der Mann, auf den ich mein Leben lang gewartet habe.«

Bis sich Holzhammer aus der leidenschaftlichen Umarmung befreit hatte, waren Brian und Lucinda längst über alle Berge.

Kurz danach schlüpfte eine weitere Person aus dem Center. Hiram und Semiramide waren viel zu sehr mit dem Chaos vor ihren Augen beschäftigt, um den unauffälligen jungen Mann wahrzunehmen, der die Orgie geknipst hatte. Er war von einer Gruppe zur anderen gewechselt und hatte darauf geachtet, unbeachtet zu bleiben. Als auch Brian und Lucinda das Weite gesucht hatten, beschloß Paul Lincoln, daß er genügend Material gesammelt hatte und verließ diese Stätte des Chaos.

Lucinda, Brian und Ulysses warteten im Wagen auf ihn. Er sprang hinein und sie fuhren in die Stadt, bevor die Schlacht im Deare Center durch Holzhammer und seinen Trupp entschieden wurde.

Kapitel 10

»Konnten Sie gute Bilder machen?« fragte Ulysses ängstlich.

»Mehr als genug«, lachte Paul. »Man kann wirklich nicht behaupten, daß unsere Modelle mangelnd entblößt waren.«

Als die vier nach New York zurückfuhren, waren sie in übermütiger Stimmung.

»Wie ist es mit dem Entwickeln der Bilder?« fragte Brian. »Ich kann mir nicht vorstellen, daß du sie in irgendeinem biederen Laden entwickelt haben möchtest.«

»Unter keinen Umständen. Das könnte nur Ärger geben«, erwiderte Paul. »Ich habe mir darüber schon den Kopf zerbrochen. Ich lebe in einem Studentenheim und habe einen Zimmernachbarn, der ein leidenschaftlicher Fotograf ist. Er ist ein guter Kumpel von mir und wird es für mich erledigen.«

»Und Sie können ihm voll vertrauen?« wollte Ulysses wissen.

»Absolut. Ihm würde ich alles anvertrauen – Geld, heiße Ware, ja sogar meine Freundin.«

Brian war mit Pauls Worten einverstanden, doch es gefiel ihm gar nicht, wie dieser Lucinda anlächelte. Doch Ulysses war mehr mit praktischen Dingen beschäftigt.

»Wann glauben Sie, können Sie die Abzüge bekommen?«

»Tagsüber hat er Vorlesungen. Ich schätze morgen abend gegen neun kann ich Sie Ihnen bringen.«

»Sie brauchen sie nicht zu bringen, wir holen sie ab. Hiram wird verrückt spielen und hätte uns in kurzer Zeit im Hotel aufgespürt. Wir ziehen aus und tauchen unter. Sind Sie sicher, daß niemand Sie bemerkt hat, als Sie die Kamera zückten?«

»Ich bin ganz sicher«, antwortete Paul. »Wenn irgend jemand auf mich aufmerksam geworden wäre, hätte man mich doch bestimmt am Fotografieren gehindert, nicht wahr?«

»Das ist wahr«, stimmte Ulysses zu. »Da sie gar nichts von Ihrer Existenz wissen, braucht Ihr Kumpel nichts zu befürchten. Wir werden Sie dort absetzen und einer von uns schaut morgen abend bei Ihnen vorbei, um die Pornobilder abzuholen.«

»Wenn Sie ausziehen, wie kann ich Sie dann erreichen?« fragte Paul.

»Gar nicht«, erklärte ihm Ulysses. »Sie warten, bis wir Kontakt mit Ihnen aufnehmen. Je weniger Leute unsere Adresse kennen, um so besser.«

»Trauen Sie mir nicht?« fragte Paul. Es klang gekränkt.

»Ich traue nicht einmal mir selbst«, erwiderte Ulysses. »Sagen Sie mir bitte, wo Ihr Studentenheim liegt.«

Paul leitete sie zu einem alten roten Sandsteinhaus, das renoviert und in ein Studentenwohnheim umfunktioniert worden war. Es befand sich in der Nähe des Washington Square.

»Ich wohne im zweiten Stock, Zimmer 6«, informierte er sie. »Ihr könnt direkt zu mir hochkommen. Ruft mich an, wenn ihr unterwegs seid, Lucinda hat ja meine Nummer.«

Sie ließen Paul in der Nähe des Studentenheims aussteigen und fuhren zum Hotel zurück. Ulysses bezahlte die Rechnung, und die beiden anderen beeilten sich mit dem Packen. An der Rezeption wurde Ulysses gebeten, seine Adresse zu hinterlassen.

»Pennsylvania Avenue, 16, Washington, D. C.«, antwortete er ohne zu zögern. Der Angestellte schien überrascht.

»Diese Adresse kommt mir bekannt vor«, brummte er. »Wohnt sonst noch jemand dort?«

»Schon möglich«, versicherte ihm Ulysses.

Nachdem die Rechnung bezahlt war, verstauten sie ihr Gepäck im Wagen.

»So fahren wir also nach Washington«, sagte Brian. »Sind wir da nicht etwas zu weit vom Schuß, um mit den Kerlen des Deare Center fertig zu werden?«

Ulysses sah ihn spöttisch an. »Glaubst du, ich würde im Ernst meine Adresse angeben, damit uns Herbie einen seiner Gorillas auf den Hals hetzen kann?«

»Was ist dann mit der Pennsylvania Avenue 1600?«

»Dort wohnt der Präsident der Vereinigten Staaten. Wir fahren zu einem Unterschlupf, den ich nicht weit von der Stadt entfernt habe. Ein Mann, der in solche Geschäfte verwickelt ist, wie ich es war, braucht mehrere solcher Wohnungen«, bemerkte Ulysses.

»Und du bist der einzige, der dieses nette Heim für pensionierte Gesetzesflüchtlinge kennt?« fragte Lucinda.

»Noch eine Person weiß davon, doch sie ist nicht dort und geht nie dorthin. Da schon lange niemand mehr dort war, müssen wir unterwegs ein paar Einkäufe tätigen.«

Sie hielten vor einem Supermarkt und kauften kräftig ein. Dann setzte sich Ulysses ans Steuer und sie fuhren durch Long Island, ein Punkt im Verkehrsstrom. Sie ließen die Häuser hinter sich und gelangten zu einem Sandstrand. Sayville war eine kleine Stadt, die an der Stelle entstanden war, wo eine Fähre Long Island mit Fire Island verband. Dort war eine ganze Reihe von Ferienhäusern gebaut worden. In der Nähe des Fährenanlegeplatzes befanden sich elegante Bungalows in hübschen Gärten. Dahinter lagen ein paar Läden und eine Werkstatt mit einer Tankstelle. Dahinter verbarg sich ein unauffälliges Holzhaus.

»Ist nicht gerade das Weiße Haus«, deutete Ulysses auf das Haus, »doch wir sind hier ungestört. Den Wagen können wir bei der Werkstatt parken. Da stehen immer so viele Autos, daß niemand davon Notiz nehmen wird. Das gleiche gilt für diesen Teil von Sayville. Jedes Wochenende drängen sich so viele Leute nach Fire Island, daß ein chinesisches Heer vorbeimarschieren könnte, ohne daß die Anwohner auch nur einen Blick verschwenden würden.«

Sie kletterten aus dem Wagen und nahmen das Gepäck heraus. Ulysses öffnete das Haus, und sie schlüpften hinein. Die Dunkelheit war bereits hereingebrochen. Als Ulysses das Licht anmachte, befanden sie sich in einer einfach, aber gemütlich eingerichteten Wohnung.

»Etwas Staubwischen könnte hier auch nicht schaden«, bemerkte Ulysses und fuhr mit dem Finger über ein Regal. »Es ist kein Palast«, fuhr er fort, »und es gibt nur ein Gästezimmer, aber ich nehme doch an, daß ihr nichts dagegen habt, es miteinander zu teilen.«

»Wie lange hast du das Haus schon?« fragte Lucinda.

»Es ist in der Familie, seit dein Großvater seine erste Million machte. Damals war Sayville noch ein ruhiges Dorf. Wir dachten nie daran, das Haus zu verkaufen, auch als sich die Familie in der Welt verstreute. Wir haben es immer als eine Art Refugium betrachtet, wohin wir uns zurückziehen könnten, wenn wir eine Ruhepause brauchten oder irgendwelchen Ärger hatten.«

»Wir?« erkundigte sich Lucinda.

»Nun«, lachte ihr Onkel, »obwohl das Haus der Familie gehört, bin ich derjenige, der meistens Ärger hat. Alle in unserer Familie sind ehrenhaft, außer dem schurkischen, alten Ulysses. So bin ich also der einzige, der es benutzt.«

Es war ein schöner, lauer Abend und als sie ihre Sachen verstaut, geduscht und sich umgezogen hatten, schlug Lucinda vor, einen Spaziergang zu machen.

»Geh du mit Brian«, sagte Ulysses. »Warum geht ihr nicht auf die Insel? Es verkehren um diese Zeit immer noch Fähren und ihr könnt einen Strandspaziergang machen.«

Eines der großen, unansehnlichen Schiffe wollte gerade ablegen, als Lucinda und Brian die Gangway hinaufeilten. Die Überfahrt dauerte nur zehn Minuten. In der Ferne sah man bereits deutlich die Silhouette von Fire Island. Am Horizont erblickte man dichte Wälder, die der Landschaft etwas Geheimnisvolles verliehen. Die Fähre umfuhr eine Landzunge und bog plötzlich in eine Bucht, die von Chalets, Bootshäusern und kleinen Läden eingesäumt war. Das war The Pines, der bekannteste und eleganteste Platz auf Fire Island. Solide gebaute Strandhäuser aus Holz waren zwischen Bäume gebettet und mit einer Strandpromenade verbunden.

Als sie an Land waren, gingen sie einen Pfad entlang, der zwischen den Häusern verlief und zu den Dünen führte. Der Sand glänzte in der untergehenden Sonne wie Gold. Die Luft war rein und salzig und sie gingen schweigend dahin und genossen den Anblick der Brandung. Brian nahm Lucindas Hand und zog sie an sich.

Doch sie waren nicht allein. Ein paar späte Schwimmer kamen fröstelnd aus dem Wasser. Die meisten waren nackt, braungebrannt und einige von ihnen lagen auf Badetüchern und liebten sich ungeniert.

Sie gelangten zu einer kleinen Landspitze. Hier waren nicht so viele Leute. Hinter einigen niedrigen Düne stieg Rauch auf. Ihre Neugier war geweckt und sie gingen auf die Stelle zu, um zu erforschen, was hier vor sich ging.

Sie stießen auf eine Gruppe gutgelaunter junger Leute, die grillten. Sie hatten nicht bemerkt, daß Brian und Lucinda sich genähert hatten und sahen überrascht auf.

»Hallo ihr«, begrüßte sie ein rothaariges Mädchen.

»Wir wollten Sie nicht stören«, entschuldigte sich Lucinda.

»Wie süß! Das ist ja echter, altmodischer englischer Akzent«, grinste die Rothaarige.

»Ich vermute, das kommt daher, daß ich ein richtiges altmodisches englisches Mädchen bin«, erwiderte Lucinda.

Die übrige Gruppe hieß sie auch willkommen und bevor sie es sich versahen, waren sie zu dem Grillfest eingeladen. Sie aßen, tranken und redeten. Es war amüsant und die Zeit verging wie im Flug. Es war tiefe Nacht, als die Picknickteilnehmer zusammenräumten und zum Strandhaus, wo sie wohnten, zurückgingen. Sie forderten Brian und Lucinda auf, sie auf einen Gute-Nacht-Schluck zu begleiten, doch sie lehnten ab. Sie wollten jetzt für sich sein und verabschiedeten sich von ihren neuen Freunden.

Der Mond stand am Himmel und das Wasser glitzerte silbern. Sterne funkelten vom schwarzen Samthimmel und um sie herum herrschte Stille, die nur von dem Plätschern der Wellen unterbrochen wurde. Die Nacht war voller Zauber und sie ließen sich davon gefangennehmen.

Brian blieb stehen und zog Lucinda an sich. Sie küßten sich ausgiebig und zärtlich. Lucinda betrachtete Brians feingezeichnetes Gesicht im Mondschein und fühlte ihr Verlangen. Er war anziehend und nett, die Nacht war schön und der Ort ideal. Die Luft war mit Liebe erfüllt. Augenblicke solch völliger Verzauberung sind selten.

Lucinda strich mit der Hand über das feste Fleisch seiner Brust, die unter ihrer Berührung zu erglühen schien. Er streichelte ihr Haar. In seinen Gesten fühlte sie seine Zuneigung zu ihr.

Sie fanden eine Kuhle zwischen den Dünen, in denen sie das alte Ritual zwischen Mann und Frau vollführten.

Lucindas Finger schienen ein Eigenleben zu besitzen. Sie erforschte alle geheimen Stellen seines Körpers, öffneten behutsam den Reißverschluß seiner Hose und legten sein Glied bloß. Sie sog seinen männlichen Duft ein, der sie verwirrte. Sie wollte ihn, sie wollte es. Ihr ganzer Körper bebte vor Verlangen. Sie entledigte sich ihrer Kleider und war bereit für ihn.

Sonst liebten sie ein langes Vorspiel. Doch heute nacht war ihr Verlangen so groß, daß es dessen nicht bedurfte. Lucinda drängte ihre Zunge zwischen Brians Lippen und er saugte sie ein. Sie fühlte sein Gewicht und stöhnte vor Lust, als er in sie eindrang. Ihre Muskeln spannten sich und sie hielt ihn umklammert. Sie lagen unter dem Sternenhimmel. Die Zeit stand still und die Erde paßte sich dem Rhythmus ihrer Körper an. Sie waren nicht mehr zwei Menschen, sondern waren eins geworden. Ihre Lippen waren vereinigt, ihre Finger miteinander verknüpft, ihre Schenkel verkettet, bis sie beide in einem Orgasmus explodierten. Lucinda sank zurück in Brians Arme. Ihr Puls hämmerte immer noch.

Nach einer Ewigkeit löste sich Brian von ihr.

»Ich frage mich, ob wir die Nacht hier verbringen müssen, oder ob noch eine Fähre zurückfährt?« sagte er.

»Ist das wichtig?« fragte sie. Ihr Körper war schwer vor Befriedigung und alles andere erschien ihr unwichtig. Schließlich fing Lucinda an zu frösteln und sagte: »Laß uns gehen«, mit der Resignation eines Kindes, das weiß, daß es die kindliche Wunderwelt verlassen muß, um in die Erwachsenenwelt zurückzukehren.

Die letzte Fähre war schon längst abgefahren, doch sie hatten Glück. Am Landesteg machte ein Paar sein Motorboot startklar und war bereit, sie mitzunehmen. Als sie wieder in Sayville waren, lud Lucinda sie in das Haus ihres Onkels ein. Von Ulysses war weit und breit keine Spur. Er hatte es aufgegeben, auf sie zu warten, bereitete sich etwas zu essen und begab sich dann zu Bett. Als sie an seinem Zimmer vorbeigingen, hörten sie ihn schnarchen. Sie verzogen sich in ihr Zimmer, zogen sich schweigend aus und krochen in das altmodische Bett.

Es war fast zwölf Uhr mittags, als Ulysses Paul anrief.

»Ich habe jetzt keine Zeit«, sagte Paul, »ich muß in die Vorlesung. Doch ich habe mit meinem Freund gesprochen und er hat mir die

Abzüge bis heute nachmittag um vier Uhr versprochen. Könnten Sie ungefähr um diese Zeit hier sein?«

»Einer von uns kommt vorbei«, versicherte ihm Ulysses. »Ich hoffe, Sie haben wirklich sensationelle Fotos.«

»Das werden wir ja bald sehen«, erwiderte Paul. »Ich glaube, ich habe nicht nur sensationelle Fotos von meinem Daumen.«

Ulysses hing mißmutig auf. »Es bleibt nichts anderes übrig, als geduldig zu warten«, teilte er Brian und Lucinda mit und lief wie ein gereizter Tiger auf und ab.

»Warum fahren wir nicht in die Stadt und warten dort?« fragte Brian.

»Je länger wir jeglichen Platz, an dem uns Herbie ausfindig machen könnte, vermeiden, um so besser«, stellte Ulysses fest. »Ich glaube nicht, daß er etwas von dem Studentenheim herausgekriegt hat, aber der Kerl ist gefährlich und es ist nicht ratsam, unnötige Risiken einzugehen.«

»Was schlägst du also vor? Sollen wir uns mit Masken nach New York schleichen?«

»Im Augenblick besteht kein Grund zum Scherzen«, erwiderte Lucindas Onkel. »Ich halte es für keine gute Idee, daß wir drei durch die Stadt promenieren, denn es kann mit Sicherheit angenommen werden, daß Herbie nach mir suchen wird. Ich schlage also vor, daß wir hierbleiben und einer von euch die Bilder abholt.«

»Ich gehe«, bot sich Brian an.

Ulysses schüttelte den Kopf. »Es ist besser, wenn Lucinda fährt. Sie war schon vorher in New York, nicht wahr?«

»Ja. Ich habe Mummy schon oft dort besucht.«

»Sie kennt sich dort besser aus und findet auch wieder zurück.«

Lucinda nickte zustimmend. Brian bot an, Lucinda zu begleiten, doch das ärgerte Lucinda.

»Verdammt noch mal. Glaubst du denn, ich sei ein schwaches kleines Mädchen, das eine Eskorte braucht? Ulysses hat recht. Nur einer von uns braucht zu fahren und das bin ich.«

Nach einer leichten Mahlzeit fuhr Lucinda mit dem Wagen weg und ließ die beiden Männer zurück, die die Minuten bis zu ihrer Rückkehr zählten.

Ulysses starrte auf seine Uhr, als ob er sie hypnotisieren könnte, damit die Zeit schneller verstreiche. Brian war nicht froh bei dem

Gedanken, daß Lucinda Paul wiedersehen würde, doch er verbarg sein Unbehagen und machte es sich mit einem Buch gemütlich.

»Vier Uhr«, murmelte Ulysses. »Sie sollte jetzt dort sein.« Sie hörten das Geräusch von Schritten, die sich dem Haus näherten. Brian schaute Ulysses entrüstet an.

»Sie sagten doch, nie käme jemand hierher.«

»Wahrscheinlich ist es jemand, der sich in der Hausnummer geirrt hat. Das wird sich gleich aufklären.«

Doch die Schritte kamen näher. Dann wurde ein Schlüssel ins Schloß gesteckt.

»Kann das Lucinda sein? Vielleicht hat sie etwas vergessen?«

»Nein, Brian. Dann hätten wir den Wagen gehört.«

Sie saßen wie erstarrt da und lauschten dem Geräusch des Schlüssels, der hin- und hergedreht wurde, bis sich die Tür mit einem Klick öffnete.

Brian starrte den Eindringling an. Es war eine große Frau mittleren Alters. Sie war gut gekleidet und wirkte selbstbewußt. Sie gehörte zu den Frauen, deren Auftreten ihnen sofort einen Platz im Restaurant verschafft, wenn die anderen Schlange stehen müssen, die vor einem Theater das einzige Taxi ergattern und vor denen die Portiers die Türen aufreißen. Sie war zweifellos eine Frau, die es gewohnt war zu befehlen. Brian fand den Ausdruck auf ihrem strengen Patriziergesicht alles andere als ermutigend. Ulysses' Reaktion war ganz anders. Er bog den Kopf zurück und lachte aus vollem Herzen.

»Mein Gott, Melanie«, begrüßte er seine Schwester, »du hast mir aber einen Schrecken eingejagt!«

»Das ist wahrscheinlich das schlechte Gewissen«, bemerkte die Viscountess Hamblewood eisig.

»Keineswegs. Doch was tust du hier?«

»Die gleiche Frage wollte ich dir stellen. Und wer ist dieser junge Mann?«

»Es ist ein Freund von Lucinda. Sie ist in der Stadt und sollte bald zurückkommen.«

Ulysses sprach gemessen und strahlte seine Schwester an, als ob ihn ihre Anwesenheit mit unbeschreiblicher Freude erfüllte.

»Da du nun schon mal hier bist: Setz dich bitte und mach's dir bequem.« Ulysses zeigte auf einen bequemen Stuhl. »Soll ich dir einen Drink bringen oder ziehst du nach all den langen Jahren in England einen Tee vor?«

Melanie ließ sich zu dem Stuhl geleiten. Ulysses eilte in die Küche und kehrte mit einem köstlich duftenden Jasmintee und kleinen süßen Kuchen zurück. Nachdem sie sich daran gütlich getan hatte, geruhte sie, zu erklären, wieso sie hierhergekommen war.

»Du hast vielleicht gehört, daß ich zu einer Vortragsreise durch die USA eingeladen worden bin«, erklärte sie majestätisch.

»Das war eine geniale Idee, dich einzuladen«, unterbrach Ulysses sie.

Melanie nickte und fuhr fort: »Von Zeit zu Zeit rief ich Gerald an, um mich davon zu überzeugen, daß er zurechtkäme. Du kennst ja Gerald und verstehst deshalb, warum das nötig ist. Doch es war mir nicht immer möglich, wegen des Zeitunterschieds zwischen hier und England und wegen meiner Vorlesungen, die viel Zeit beanspruchten, in so engem Kontakt mit ihm zu bleiben, wie ich es gewünscht hätte.«

Sie sah sich um, als ob sie ihn zum Widerspruch auffordern wollte, doch Ulysses schenkte ihr ein gewinnendes Lächeln.

»Vor ein paar Tagen, nachdem ich in Idaho völlig isoliert war, gelangte ich nach Chicago und las in der Klatschspalte einer Lokalzeitung eine Notiz.«

»Gibt es denn in Idaho keine Menschen?« fragte Brian unschuldig.

Melanie betrachtete ihn mit unverhüllter Verachtung. »Junger Mann«, erklärte sie mit der Autorität eines erfahrenen Dozenten, der die Massen aufklärt, »wenn Sie den Eindruck haben sollten, der homo sapiens sei bis nach Idaho vorgedrungen, waren Sie noch nie dort. Die kultiviertesten Bewohner dieses Staates sind die Rinder.«

Dann fuhr Melanie fort: »Nach diesem Zeitungsartikel scheinen in Hamblewood seltsame Dinge vorzugehen. Alle möglichen unerwünschten Personen scheinen dort ein- und auszugehen, doch der Kolumnist äußerte sich nicht genau darüber, was sie dort taten.«

»Wahrscheinlich hatte er ein paar Gläser ›Ero-Tee‹ getrunken«, flüsterte Brian Ulysses zu.

»Ich war nicht wirklich in Sorge, da ich weiß, daß die Zeitungen aus nichts eine Sensation machen, besonders wenn es um britische Aristokraten geht, doch ich rief Gerald an und verlangte eine Erklärung.« Melanies Züge verhärteten sich. »Aus dem Unsinn, den er mir servierte, konnte ich mir keinen Reim machen.«

»Was hatte er gesagt?« fragte Ulysses.

»Irgend etwas von wegen ich solle mich nicht beunruhigen, daß man mit Sex 'ne Menge Geld machen könnte und das Wetter ausgezeichnet sei. Ich hatte das Gefühl, er verberge etwas. Dann erzählte er mir, daß du in Hamblewood gewesen wärest. In diesem Augenblick wurde mir klar, daß da etwas nicht stimmte.«

»Das ist sehr unfair von dir«, bemerkte Ulysses gekränkt. »Ich befand mich gerade auf der Durchreise.«

»Hat irgend jemand Scotland Yard benachrichtigt?« erkundigte sich Melanie. »Bruder, solange ich mich erinnern kann, gab es Ärger mit dir. Wurdest du nicht seinerzeit von Princeton verjagt, weil du allen Dozenten Aktien einer nicht existierenden Goldmine in Brasilien verkauft hast?«

»Ich verkaufte ihnen die Aktien mit Rabatt«, protestierte Ulysses. »Immerhin gab es die Mine in Uruguay. Aber ich kann dir versichern, meine Geschäfte in England waren ganz legal.«

»Tatsächlich? Dann kannst du mir doch bestimmt Geralds Gestammel erklären? Was soll das bedeuten, von wegen Sex verkaufen und was hast du damit zu tun?«

»Natürlich erkläre ich dir das«, sagte Ulysses mit treuherzigem Blick und ließ sich in Blitzesschnelle eine Geschichte einfallen, die seine ehrenhafte Schwester überzeugen könnte. »Du weißt doch, daß dein Mann sich mit Kühen, Schweinen und dergleichen Dingen auskennt.«

»Gerald kennt sich in nichts aus«, korrigierte Melanie Ulysses. »Aber es stimmt, daß das Wohlergehen des Viehs ungefähr das einzige ist, was ihn in Hamblewood interessiert.«

»Genau«, stimmte Ulysses zu. »Siehst du, er hat diesen Amerikaner aufgetrieben und ihm einige Herford-Schweine verkauft.«

»Herfords sind Kühe«, korrigierte ihn Melanie. »Und was hat das mit Sex zu tun?«

»Natürlich, Kühe«, verbesserte sich Ulysses hastig. »Sagte ich Schweine? Ein bloßer Versprecher. Und was den Sex anbetrifft, darum ging's.«

»Du sprichst genausoviel Unsinn wie Gerald«, sagte Melanie.

»Keineswegs. Das Ganze war eine Sex-Angelegenheit. Weißt du, der Amerikaner wollte Bullen und Gerald hatte ihm Kühe geschickt. Da ich sowieso in die Staaten fliegen wollte, bot ich mich an, die Angelegenheit zu klären, d. h. den Transport und die entsprechenden Papiere zu organisieren.«

Ulysses lächelte Melanie glücklich an.

»Trink noch 'ne Tasse«, forderte er sie auf, als ob dies seiner Geschichte Nachdruck verleihen würde.

»Dummes Zeug«, donnerte Melanie los. »Niemand könnte so dumm sein.«

»Wir sprechen über Gerald«, erinnerte Ulysses sie schüchtern.

Melanies Gesichtsausdruck wurde gedankenvoll. Sie nickte langsam und ihr Gesicht verdüsterte sich. »Du hast recht. Er ist der einzige Mann auf der Welt, der ohne sich anzustrengen so dumm sein kann. Das ist also alles?«

»Würde ich dich anlügen?« fragte Ulysses.

»Was ich nicht verstehe«, mischte sich Brian ein, »wie wußten Sie, Lady Hamblewood, daß Sie Ihren Bruder hier finden würden?«

»Oh, das ist kein Geheimnis. Nach dem Tod meines Vaters waren er und ich die einzigen Personen, die von diesem Haus hier wußten. Immer wenn Ulysses in irgendwelchen Schwierigkeiten steckte, verkroch er sich hier. Und das macht mich stutzig, Ulysses. Wenn du ganz legal hier bist, warum versteckst du dich dann hier, als ob du irgendwelche Querelen mit einem Mafia-Boß hättest? Warum hast du nicht ein solides Hotel gewählt?«

»Mein Gott, bist du mißtrauisch. Bis gestern haben wir in einem der protzigsten Hotels gewohnt. Die Kinder wollten mal ausspannen, so nahm ich sie mit hierher. Hier haben sie das Meer, können schwimmen und sich sonnen.«

»Ja, das kann ich mir vorstellen«, unterbrach ihn Melanie. »Werd nicht zu weitschweifig, Bruder, je kürzer du dich faßt, desto besser.«

»Möchtest du noch eine Tasse Tee?« fragte Ulysses.

Melanie bejahte. Sie sprachen über alte Zeiten und vergessene Freunde. Nach einer halben Stunde war die ursprüngliche Spannung verschwunden. Ulysses war charmant und Melanie amüsiert. Brian bemerkte diese Verwandlung und sein Respekt gegenüber Ulysses' Schlauheit wuchs ins Unermeßliche. Alles war in bester Harmonie. Schließlich erhob sich Melanie.

»Ich muß wieder gehen«, verkündete sie.

»Oh, wie schade. Kannst du nicht so lange bleiben, bis Lucinda zurück ist? Sie wird traurig sein, wenn sie dich nicht antrifft.«

»Ulysses, ich bin in guter Stimmung. Warum soll ich sie mir durch meine Tochter verderben lassen? Nein, allen Ernstes, ich habe heute abend einen Vortrag«, erklärte sie ihnen mit Stolz.

Nach einem langen Abschied begab sich Melanie auf den Weg. Sie sagte zu Ulysses:

»Ulysses, ich verlasse mich auf dich. Bitte kümmere dich um Gerald und Lucinda. Sie beide haben das Talent, in Schwierigkeiten zu geraten und ich kann sie nicht herausholen. Du hast den Verstand und genug Erfahrung, um aus den heikelsten Situationen einen Ausweg zu finden.«

»Ich verspreche dir fest, daß ich Tag und Nacht über die beiden wachen werde«, sagte Ulysses feierlich.

»Und besuch uns in Hamblewood, wenn ich wieder dort bin. Die Blakes sollten zusammenhalten.«

An Brian gewandt, sagte sie: »Junger Mann, es war mir ein Vergnügen.«

Und dann verschwand sie.

Brian starrte Ulysses mit unverhohlener Bewunderung an.

»Wie haben Sie das nur gemacht?«

»Mein lieber Junge, ich vertraue dir ein Geheimnis an. Die geringste Doses dieses Elixiers, nur ein oder zwei Tropfen, hat einen wunderbaren beruhigenden Einfluß.«

»Der Tee?«

»Der Tee.«

»Gott sei Dank haben Sie ihr keine Überdosis verabreicht.«

Ungefähr zur selben Zeit, als Vincsountes Hamblewood ihren Bruder aufgesucht hatte, klopfte Lucinda an Pauls Tür. Er öffnete die Tür einen Spalt und zog sie, nachdem er sie erkannt hatte, ins Zimmer.

»Gerade eben bin ich mit den Fotos zurückgekommen«, sagte er. »Vielleicht wirfst du einen Blick darauf und sagst mir deine Meinung.«

Lucinda setzte sich auf Pauls Bett, und er gesellte sich zu ihr. Er reichte ihr einen Umschlag, dem sie ungefähr zwanzig Fotos entnahm. Sie betrachtete sie aufmerksam und pfiff durch die Zähne.

»Uff«, stieß sie aus, »das ist ja 'n Ding!«

»Ich dachte, wir sollten sie unter dem Titel ›Sex für ältere Bürger‹ veröffentlichen«, schlug Paul vor.

»Bringen sie dich in Stimmung?« fragte Paul Lucinda, als sich diese auf die Bilder konzentrierte.

»Nein, wahrlich nicht«, antwortete sie. »Sie sind zu abstoßend. Ich habe wohl auch mal meine ›heißen‹ Augenblicke, doch im Grunde meines Herzens bin ich eine hoffnungslose Romantikerin«, klärte sie ihn lächelnd auf.

»Hier habe ich etwas, das dir besser liegt.«

Paul ging zu dem Klavier, das an der Wand stand. Es war nicht neu, eher schäbig und leicht angeschlagen, aber mit einem guten Klang. Paul setzte sich ans Klavier und fing an zu spielen.

Lucinda war bereits im ›Schwarzen Kakadu‹ begeistert von seinem Spiel und war jetzt ganz überrascht, da sie ihn von einer ganz anderen Seite kennenlernte. Er spielte eine der wenigen bekannten Nocturnes von Chopin. Nie zuvor war sie von dieser Musik so angesprochen wie jetzt. Die Musik drückte soviel Sehnsucht aus, daß sich ihre Augen mit Tränen füllten. Pauls lange, sensible Finger entlockten den Tasten so viel Leidenschaft, daß ihr der Atem stockte.

Als der letzte Ton verklungen war, war der Raum wie verzaubert. Ohne ein Wort zu sagen, ging Lucinda zu Paul und küßte ihn sanft und zärtlich. Er wandte sich ihr zu und griff nach ihrer Hand und streichelte sie.

»Spiel noch etwas«, flüsterte sie. Ihre Stimme war heiser vor Bewegung.

»Später«, flüsterte er.

Es bedurfte keiner weiteren Worte. Die Musik hatte vollkommene Harmonie zwischen ihnen hergestellt und ihr Verlangen auf den Höhepunkt getrieben. Paul nahm sie in die Arme und sie ließ sich fallen.

Sie liebten sich auf seinem engen Studentenbett und vergaßen die Unbequemlichkeit. Ihre Vereinigung war ganz natürlich, als ob sie zwei Hälften wären, die ihr Leben darauf gewartet hatten, diese unvermeidliche Vereinigung zu vollziehen. Paul liebkoste ihre Brüste und sie fühlte sich unsagbar wohl.

Lucinda war fasziniert von dem Kontrast seiner dunklen Haut gegen ihre helle. Sie nahm seine Hand und führte sie langsam von ihrer Brust zu ihrem Leib.

Er küßte ihren Nabel, wanderte mit seinen Lippen weiter nach unten und erfüllte sie mit Begierde. Er küßte ihre Nase, ihren Mund. Seine Hände umspielten ihre Hüften, ihre Schenkel...

Sie konnte sich nicht erinnern, einen Mann je so begehrt zu haben. Beinahe zwang sie ihn, sein Spiel zu beenden und sie endlich zu erlösen. Sie wünschte sich nichts mehr auf der Welt, als von diesem schönen schwarzen Mann mit seiner Seidenhaut und seinen Samtaugen geliebt zu werden.

Er drang in sie ein, als ob das die selbstverständlichste Sache der Welt wäre.

Lucinda ließ ihre Finger durch Pauls krause Haare gleiten; es war wie ein kleiner elektrischer Schlag. Er hatte etwas an sich, das ihn von allen Männern, die sie je gekannt hatte, unterschied. Er verfügte über eine seltsame Mischung aus Stärke und Sanftheit. Als er in sie eindrang, erlebte sie seine Kraft, aber auch gleichzeitig seine Zärtlichkeit, die sie bezauberte.

Das Spiel ihrer Körper war voller Freude. Chopins Musik, die ihnen immer noch in den Ohren klang, fand physische Erfüllung.

Paul huldigte ihr mit seinem ganzen Körper. Er liebte sie, ohne sexuelle Kunststücke zu vollbringen. Er war einfach und direkt. Lucinda war sich seiner Aufrichtigkeit bewußt. Ihr Orgasmus war voller Süße, vollkommen.

Wenn sie nur hätte immer so neben ihm liegen können, frei von allen Sorgen. Doch sie erinnerte sich an Ulysses, der in dem Haus in Sayville auf sie wartete und begierig war, zu erfahren, ob es ihm gelungen war, Hiram und Semiramide zu überlisten. Widerstrebend stützte sie sich auf, betrachtete ihren Liebhaber und gab ihm einen Abschiedskuß.

»Mußt du schon gehen?«

»Du weißt, daß sie auf mich warten. Ich sollte schon längst unterwegs sein.«

»Aber du kommst wieder? Wir lieben uns erneut? Es war nicht nur ein Strohfeuer?«

»Du weißt genau, das war es nicht.« Lucinda betrachtete ihn. »Ich könnte es nicht ertragen, dich so zu verlassen. Wir kennen uns kaum, aber zwischen uns ist etwas ganz Besonderes, nicht wahr?

Statt einer Antwort küßte er sie.

»Dann geh halt. Zurück zu den anderen Männern, die dich

brauchen.« Sein Ton war scherzhaft, enthielt aber einen Unterton des Bedauerns, ja der Eifersucht.

Lucinda machte ihr Gesicht zurecht, griff nach dem Umschlag und eilte hinaus. Als sie ging, fing Paul wieder an zu spielen. Sie erkannte den Liebestraum von Liszt.

Ohne Schwierigkeiten fand sie aus der Stadt heraus. Während des Fahrens dachte sie über sich nach. Es stimmte nicht, daß sie Schuldgefühle hatte, weil sie mit Paul geschlafen hatte, wenige Stunden nach der idyllischen Nacht mit Brian. Sie gehörte keinem der Männer und hatte niemandem Treue gelobt. Doch, sie war erstaunt, daß sie für beide so viel empfand und so schnell vom einen zum anderen überwechseln konnte. Es mußte an der Musik gelegen haben, versuchte sie sich einzureden, glaubte aber selber nicht daran. Nein, sie hatte keine Schuldgefühle, aber so etwas Ähnliches. Als sie sich Sayville näherte, riß sie sich zusammen. In wenigen Augenblicken würde sie Brian gegenübertreten und sie wollte auf keinen Fall, daß er wieder eifersüchtig würde. Sie stellte den Wagen vor der Werkstatt ab und eilte ins Haus.

»Schmutzige Bilder«, schrie sie, »Nackfotos. Wer will sie kaufen? Hier im braunen Umschlag sind sie. Garantiert shocking.«

Sie schwenkte ihre Trophäe.

Die Reaktion ihres Onkels entsprach nicht ihren Erwartungen. Er sandte Brian einen bedeutungsvollen Blick zu und sagte mit einem tiefen Seufzer der Erleichterung:

»Gott sei Dank ist sie nicht ein paar Minuten früher hier hereingeplatzt. Stell dir vor, wie ihre Mutter reagiert hätte.«

Er schauderte. Erst jetzt griff er nach dem Umschlag und studierte seinen Inhalt.

Kapitel 11

Brian erzählte Lucinda von der Begegnung ihres Onkels, dem schlauesten der Blakes, mit ihrer Mutter, der stärksten der Familie. Die Neuigkeit war ein Schock für Lucinda, den sie allerdings überlebte. Sie gratulierte sich insgeheim dazu, daß sie der Situation entkommen war.

Inzwischen hatte Ulysses die Fotos sorgfältig studiert und seine Genugtuung geäußert.

»So, was machen wir als nächstes?« fragte Lucinda.

»Den nächsten Schritt mache ich«, erwiderte Ulysses. »Für den verabscheuenswerten Herbie ist die Zeit gekommen, mit seinen Untertanen konfrontiert zu werden.«

»Soll das heißen, daß du ihn mit diesen Fotos erpressen möchtest?«

»Wie unfein du dich ausdrückst«, bemerkte ihr Onkel. »Du hast ja gesehen, wie viele reiche Patienten er in seinem Center untergebracht hatte. Ich glaube nicht, daß er diese Einnahmen verlieren möchte.«

»Genau das sagte ich ja«, kicherte Lucinda. »Erpressung.«

Ulysses seufzte und gab den Versuch auf, seiner Nichte Diplomatie beizubringen.

»Entschuldigt mich«, sagte er, »ich muß einen dringenden Anruf erledigen.«

Es folgte eine informative Unterhaltung zwischen Ulysses und dem Telefonvermittler. Ulysses zählte Hirams sämtliche Namen auf, bis der Vermittler endlich eine Nummer durchgab, unter der der Mann mit den vielen Identitäten erreicht werden könnte. Brian und Lucinda hörten aufmerksam zu, als Ulysses den Anschluß bekam.

»Hallo, Herbie, ich weiß, du weißt, wer ich bin.«

Es folgte eine Pause. Ulysses krauste die Nase und schüttelte traurig den Kopf.

»Tut, tut, das sind nicht die Worte, die ich von einem Mann deines Talents erwarte. Du solltest dir den Mund mit Wasser und Seife auswaschen.«

Durch das Telefon hörte man ein leichtes Zischen. Ulysses fuhr fort:

»Ich glaube, es könnte für uns beide von Vorteil sein, wenn wir uns träfen und unsere Unterhaltung, die gestern so ungewöhnlich unterbrochen wurde, fortsetzen würden.«

Ulysses hörte sich Hirams Antwort an und sagte dann finster: »Natürlich meine ich es ernst. Warum sonst hätte ich Himmel und Hölle in Bewegung gesetzt, dich zu finden? Ich möchte dir etwas zeigen, das dich ganz bestimmt interessieren wird. Hör zu. Wir treffen uns morgen, aber allein, verstanden? Kein Gorilla, bitte. Wo ich mich aufhalte? Ich befürchte, dieses Geheimnis kann ich nicht preisgeben. Erinnerst du dich an jene Bar, die wir auf der Second Avenue zwischen der 44. und 45. immer aufzusuchen pflegten? Was hast du gesagt? Ja, genau, diese Bar, wo sich immer die fiesen Typen herumtreiben. Ich hätte es nicht feiner ausdrücken können. Du bist also morgen um sechs dort und zwar allein. Okay?«

Er legte auf, obwohl Hiram immer noch redete, und strahlte die anderen wohlwollend an.

»Wir gehen mit Ihnen«, sagte Brian.

»Ganz bestimmt nicht. Ihr hörtet ja, wie ich darauf bestand, daß Herbie allein komme, das gleiche gilt natürlich auch für mich.«

»Aber traust du ihm?«

»Gerade weil ich ihm nicht traue, Lucinda, möchte ich mich mit ihm in einer Bar treffen, wo immer eine Menge Leute herumlungern.«

»Selbst dann«, bemerkte Lucinda niedergeschlagen.

»Ich versichere euch, daß ich ohne euch sicherer bin. Überleg mal, Mädel. Ich zeige Herbie die Fotos und erkläre ihm, daß die Negative in deinem Besitz sind und daß du für den Fall, daß mir etwas zustoßen sollte, deine Instruktionen hast, was mit ihnen zu geschehen hat. Vielleicht erinnerst du dich an das Bild, auf dem Herbie inmitten der Orgie abgebildet ist. Während ich verhandle, bleibst du im Verborgenen und hütest die Negative.«

»Und ich?« fragte Brian.

»Du bleibst hier und kümmerst dich um Lucinda. So, bis morgen können wir nichts mehr tun, also genießen wir den Rest des Tages.«

Sie gingen zum Essen. Ulysses war in bester Stimmung, doch Lucinda war bedrückt und Brian betrachtete sie gedankenvoll. Die Unterhaltung wurde immer schleppender und Ulysses war erleichtert, als sie beschlossen, früh zu Bett zu gehen und er seine unlustigen Begleiter los hatte.

Als sie in ihrem Zimmer waren, zog sich Lucinda schnell aus und schlüpfte unter die Decke. Brian beobachtete sie schweigend und spürte die Spannung, die zwischen ihnen herrschte.

Lucinda gähnte. »Los, beeil dich, Liebling. Ich bin völlig geschafft. Ist es dir recht, wenn wir gleich schlafen?«

Brian stapfte ins Bad und als er zurückkam, hatte Lucinda die Augen fest geschlossen und atmete regelmäßig. Brian ließ sich nicht täuschen.

»Du hast es mit ihm getrieben.« Sein Ton war nicht fragend, sondern anklagend.

»Was?« murmelte Lucinda schläfrig.

»Du bist eine miese Schauspielerin. Bestimmt hattest du einen anstrengenden Tag, aber du bist noch hellwach.«

Lucindas Gedanken wirbelten. Sie wollte Brian nicht verletzen, aber gefühlsmäßig zog es sie zu Paul. Sie stand noch ganz unter dem Eindruck dieses Nachmittags und war noch nicht bereit, sich wieder Brian zuzuwenden. Sie wußte, er würde sie nicht verstehen, sie wollte ihn aber auch nicht anlügen. Also blieb sie stumm.

»Wie konntest du nur, Lucinda«, sagte Brian verbittert. »War denn die letzte Nacht gar nichts oder kannst du nicht einmal einen Tag treu sein?«

Plötzlich verwandelten sich ihr Mitleid für ihn und ihre Schuldgefühl in Ärger.

»Wovon sprichst du eigentlich?« brauste sie auf. »Treu? Habe ich dir je ein Versprechen gegeben, das dir das Recht gibt, Ansprüche auf mich geltend zu machen?

»Versprechen müssen nicht immer in Worten ausgedrückt werden.«

»Hör auf, romantisches Zeug zu faseln.«

»War etwa die letzte Nacht, als wir uns am Strand liebten, romantisches Zeug?«

»Nein, es war wunderbar«, klang Lucindas Stimme schon sanfter. »Ich bin gern mit dir zusammen und wenn wir uns lieben, ist es göttlich. Aber kannst du denn nicht verstehen, daß mein Körper mir gehört, und wenn ich mit jemandem anderen schlafe, bedeutet das nicht, daß ich dich verlasse.«

»Du bist eine Nymphomanin«, zischte er.

»Gut, wenn du meinst«, sagte sie resigniert.

»Was soll ich denn sonst meinen? Liebst du diesen Paul?«

Lucinda überlegte. »Ehrlich, ich weiß es nicht. Vielleicht, aber ich glaube nicht. Aber wie kann ich dich davon überzeugen, daß es nichts mit dir zu tun hat?«

Brian lag ruhig da. Lucinda fühlte, wie unglücklich er war und berührte ihn. Doch er wandte sich von ihr ab. »Das letzte, was ich mir wünsche, ist Mitleid.«

»Geh zum Teufel, Brian. Ich wollte dich nur umarmen. Ich kann nicht schlafen, wenn diese Wand zwischen uns steht.«

Er lachte sarkastisch. »Eine schwesterliche Umarmung?«

Lucinda fühlte, daß er in seinem Ärger und verletzten Stolz getröstet werden mußte und sie wollte ihm den Trost geben. Sie legte den Arm um ihn und fühlte, wie er sich erst gegen sie sträubte und dann entspannte. Sein warmer Körper war verführerisch, aber ihr war bewußt, daß dies nicht der richtige Augenblick war, Verlangen zu spüren.

»Laß uns nicht streiten«, flüsterte sie. »Wir haben das doch schon mal diskutiert. Du weißt, wie ich darüber denke. Können wir denn nicht unsere Beziehung genießen, ohne uns darum zu kümmern, was mit anderen Personen passiert?«

»Ich möchte keine andere Frau«, gestand Brian.

»Auch du wirst mal 'ne andere haben, und ich verspreche dir, daß ich Verständnis dafür haben und dich deswegen nicht weniger lieben werde. Bitte, Brian, sei nicht eifersüchtig.«

Er war nicht glücklich, aber etwas versöhnter. Er umarmte sie und drückte sie zärtlich.

»Wir sollten jetzt lieber schlafen«, sagte er. »Wenn dein Onkel morgen Hiram gegenübertritt, bedeutet das für uns Arbeit.«

Lucinda küßte ihn. »Gute Nacht, mein Liebling.«

Sie waren eng aneinandergeschmiegt und Brian fühlte ihren aufreizenden Körper. Er brauchte lange, bis er sich so weit gefangen hatte, daß er einschlafen konnte. Lucinda fühlte sich hin und her gerissen zwischen ihrer Zuneigung zu Brian und ihrer Leidenschaft für Paul. Trotz ihrer Worte befürchtete sie, daß ihr schwierige Zeiten bevorstanden.

Der nächste Tag zog sich dahin, bis es für Ulysses Zeit war, zu seinem Treffen aufzubrechen. Brian versuchte, ihn zu überreden, nochmals alles zu überdenken und wenigstens einen von ihnen mitzunehmen, doch Ulysses war unerbittlich.

Daley's Bar war kein architektonisches Wunderwerk und zog bestimmt keine Touristen an, die nähere Bekanntschaft mit New Yorks kulturellem Erbe machen wollten.

Doch, wie Ulysses richtig vermutet hatte, war zu der Zeit, als er dort eintraf, die Bar voll mit Männern und Frauen, die in der Nähe arbeiteten oder wohnten: Taxifahrer, Geschäftsleute, Alkoholiker und zu seiner Beruhigung sogar ein paar Polizisten, die nach dem Rechten sahen. Denn in dieser Bar gab es schon einige Schlägereien und Ulysses wußte, daß sie seither unter ständiger Kontrolle der Gesetzeshüter stand.

An der Bar herrschte großes Getümmel und Daley selbst bediente seine Gäste. Die Beleuchtung war schummerig, aber ausreichend, um zu erkennen, daß die Einrichtung mit einer Schicht von Ruß und Staub bedeckt war. Natürlich gab es eine Musikbox und Spielautomaten. An der Bar hofften ein paar stark geschminkte Damen, ein paar Männer weglocken zu können, um ihnen durch eine bestimmte Art der körperlichen Betätigung ein paar Dollar zu entlocken. Doch sie schienen keinen großen Erfolg zu haben.

Ulysses bahnte sich seinen Weg durch die Menge und erblickte sogleich Hiram an einem der Tische. Er war nicht allein. Semiramide saß neben ihm und hielt sich an einem Gin-Tonic fest. Ulysses näherte sich vorsichtig und nahm den beiden gegenüber Platz.

»Ich habe gesagt, du sollst allein kommen«, sagte er.

Hiram sah amüsiert aus und zuckte die Schultern.

»Ich dachte nicht, daß du etwas gegen deine alte Flamme einzuwenden hättest. Wie du siehst, habe ich meine Gorillas zu Hause gelassen, und Frankie ist ja kein richtiger Mensch, sondern nur mein Schatten.«

Ulysses brummte und die besagte Dame strahlte ihn an.

»Okay, sie kann bleiben.«

»Kommen wir zur Sache.« Hirams Augen waren so wachsam wie die einer Eule, doch Ulysses lächelte ihn freundlich an.

»Entspann dich, Herbie. Wir beide machen ein Geschäft miteinander.«

»Wenn du doch nicht immer Herbie zu mir sagen würdest! Ich bin Hiram.«

»Nun Herbie-Hiram, jetzt wird es ernst.«

»Was besitze ich, das du haben willst?« fragte Hiram.

»Geld.«

»Das leuchtet ein«, gab Hiram zu. »Doch was hast du, was für mich von Interesse sein könnte?«

Ulysses lächelte grimmig. »Ich würde sagen, dein Deare Center ist ein ganz schön einträgliches Unternehmen. Nun, wenn du im Geld schwimmst, weil ein paar Idioten dir die Dollars nachwerfen, um ihre nicht vorhandenen Krankheiten von deinen Weißkitteln behandeln zu lassen, soll mir das recht sein. Aber, wie denkst du, reagieren deine Patienten, wenn sie diese Bilder in der Zeitung abgebildet sehen?«

Ulysses legte das Kuvert mit den Fotos auf den Tisch. Hiram griff danach und studierte zusammen mit Semiramide den Inhalt.

Semiramide äußerte sofort ihre Meinung über Ulysses.

»Du ausgekochter, hinterhältiger Bastard!«

»Du kennst mich so gut«, erwiderte Ulysses bescheiden.

»Doch was meinst du, Hiram? Natürlich interessiert mich, was du von der Werbewirksamkeit der Fotos und nicht was du von deren Qualität hältst.«

Hiram konzentrierte sich auf die Fotos und langsam breitete sich ein Lächeln auf seinem Gesicht aus.

»Nun, ich gratuliere dir«, strahlte er Ulysses an. »Sie haben wirklich das Wesentliche erfaßt. Und das ist deine Ware, die du mir verkaufen möchtest?«

»Ja. Die Negative habe ich in Sicherheit gebracht und gebe sie dir erst, wenn wir handelseinig geworden sind.«

Hiram fing an zu lachen. »Was, du Dummkopf, hat dich auf die Idee gebracht, daß ich für diese Fotos zahlen würde?«

Ulysses sah enttäuscht aus. »Es trifft mich nicht unerwartet, daß mich Frankie beschimpft, aber von dir, Herbie, hatte ich bessere Manieren erwartet.«

»Hiram«, korrigierte ihn sein Gegner. Dann wurde seine Stimme ernst. »Überleg mal, Mann. Du hast doch die Leute gesehen, die im Center untergebracht sind. Die meisten davon sind alte Fregatten, deren Ehemänner jeden Preis zahlen, um sie für eine Weile los zu sein. Was denkst du, ist passiert, als du mit deinem Komplizen die Klinik verlassen hast? Glaubst du, die alten Mädchen waren, nachdem die Droge nachgelassen hatte, empört? Keineswegs. Im Gegenteil: Sie erkundigten sich, wann die nächste Sex-Sitzung stattfände. Wenn es sich herumspricht, daß im Deare Center regelmäßig Orgien stattfinden, werden wir Zuschriften von allen sexuell vernachlässigten Frauen des Landes bekommen und kannst du dir vorstellen, wie viele das sein werden? Nein, Ulysses, wenn du mir einen Gefallen tun willst, laß diese Bilder in allen Zeitungen abdrucken.«

Ulysses starrte ihn ungläubig an.

»Weißt du«, sagte er bedächtig, »mit dieser Reaktion habe ich eigentlich nicht gerechnet. Und wieviel würdest du mir zahlen, wenn ich sie verbreiten würde?«

Hiram kicherte. »Die gleiche Summe, die ich dir für ihre Vernichten gegeben hätte.«

Die beiden Männer betrachteten sich schweigend. Ulysses versuchte abzuwägen, ob Hiram bluffte. Als ob er Ulysses' Probleme lösen wollte, fuhr Hiram fort:

»Du sagtest, ich habe Geld. Das stimmt. Nun solltest du überlegen, wie das Leben in New York ist. Hör zu, du Schlauberger. Ich kann in dieser Stadt kaufen, was und wen ich will. Zeitungsverleger, Polizeichefs, sogar die Leichenbestatter. Was erhoffst du dir also?«

Ulysses stand auf. »Ich muß versuchen, eine Ware zu finden, die mehr nach deinem Geschmack ist.«

Er wollte sich zum Ausgang begeben, doch Hiram hielt ihn fest. »Warum hast du es so eilig? Deine Kunstwerke sind wertlos. Aber du hast etwas anderes, das mich interessiert.«

Ulysses betrachtete ihn gedankenvoll.

»Und was meinst du damit?«

»Das weißt du ganz genau. Dieses Zeug, das du im Center verteilt hast, ist reines Dynamit. Als Frankie mir erzählt hatte, welche Wirkung es auf sie ausübte, dachte ich zuerst, sie übertreibe oder versuche, sich für ihre Geilheit zu entschuldigen.«

Semiramide wollte protestieren, doch Hiram gab ihr ein Zeichen zu schweigen und fuhr fort.

»Nun habe ich selbst erlebt, wie es wirkt. Wie wär's damit, Ulysses? Wieviel verlangst du für die Formel?«

Ulysses schüttelte den Kopf. »Keine Chance. Die Formel ist unverkäuflich.«

»Sei doch vernünftig.« Hirams Stimme klang freundlich, doch der harte Glanz in seinen Augen stand im Gegensatz dazu. »Ich sagte dir, ich habe Freunde hier. Ich weiß nicht, wo du dich versteckt hältst, doch innerhalb von vierundzwanzig Stunden habe ich es herausgefunden und es könnte dir etwas Unangenehmes passieren – oder deinen Freunden. Verstehst du mich?«

»Wer von uns beiden hat es jetzt eilig?« konterte Ulysses. »Ich sagte, die Formel sei unverkäuflich. Ich kann nur über die Lieferung des Elixiers verhandeln.«

Hiram überlegte und fragte:

»Kannst du mir die Exklusivrechte für den Vertrieb deines Liebessaftes in New York City geben?

»Noch mehr als das. Sag mir, wie weit du den Handel ausdehen könntest.«

Hiram lachte. »Über das ganze Land.«

»In Ordnung, die USA gehören dir.«

Ulysses schnappte sich einen Stuhl und nahm erneut am Tisch Platz. Er betrachtete Hiram mit Interesse. Dessen Gesicht sprach Bände: Gier spiegelte sich in seinem Blick, doch Zweifel und Mißtrauen hielten ihn zurück. Wie immer war Semiramide mit praktischen Vorschlägen zur Stelle.

»Liebling, du möchtest doch nicht allen Ernstes mit diesem Bastard Geschäfte machen?« rief sie.

Hiram schüttelte unwillig den Kopf.

»Sei ruhig. Geschäfte sind nichts für Weiber – zumindest steht das in der Bibel oder sonstwo.«

»Du bist verrückt.«

Semiramides Einwände wurden von Hiram, der ihr eine Ohrfeige versetzte, beiseite geschoben. Ulysses amüsierte sich. Niemand in der Bar schenkte ihnen Aufmerksamkeit.

»Das ganze Land könnte mir gehören?« wiederholte Hiram. »Und wieviel soll ich zahlen? Ich weiß nicht einmal, wie du das Zeug lieferst: per Unzen oder Tonnen?«

»Oh, ich versichere dir, es ist sehr sparsam. Aber du weißt ja, dieser Artikel ist neu und es gibt keinen Vergleichspreis.«

Ulysses dachte einen Augenblick über das Problem nach und fuhr dann fort: »Ich schlage vor, ich schicke dir eine Probesendung und du gibst mir eine Anzahlung. Damit hast du eine Chance, auszuprobieren, wieviel du dafür bekommst und kannst dir ausrechnen, wieviel du brauchst. Dann können wir einen Preis aushandeln. Wie gefällt dir das?«

»Das hört sich gut an«, antwortete Hiram. »Wieviel möchtest du als Anzahlung?«

»Eine Million Dollar.«

»Eine Million Dollar, ohne einen Tropfen davon erhalten zu haben? Du mußt den Verstand verloren haben.«

»Ruhig Blut, Hiram. Ich bin bereit, erst die Ladung einzuschiffen und das Geld bei Übergabe zu kassieren.«

»Das hört sich schon besser an«, zeigte sich Hiram etwas besänftigt. »Doch eine Million Dollar ist verdammt viel Geld. Und wie groß ist die Ladung?«

»Wenn du bedenkst, wieviel ich deiner treuergebenen Gefährtin verabreichte«, nickte Ulysses Semiramide freundlich zu, die ihn wütend anfunkelte, »bekommst du so viel, daß du ungefähr zehntausend Personen damit versorgen kannst.«

»Doch das ist nicht genug«, jammerte Hiram.

»Das hängt davon ab, wie du es verkaufst«, erklärte ihm Ulysses bereitwillig. »Du weißt genauso gut wie ich, daß du jeden Preis dafür verlangen kannst. Ich habe gewisse Ausgaben zu bestreiten, und bin nicht bereit, einen Cent von meinem Angebot abzugehen. Und gewiß nicht, wenn dir die Qualität zusagt und der Verkauf eröffnet ist, kann ich dir liefern, soviel du willst. Und du hast den Exklusivvertrieb in den Staaten. Da ich gerade in Geberlaune bin, gebe ich dir Kanada kostenlos dazu.«

»Doch eine Million ist eine Million«, murrte Hiram.

»Eine Million, nicht mehr und nicht weniger, die in wunderbar sauberen Scheinen von deinem Schweizer Bankkonto auf mein Schweizer Bankkonto wandert. Verstanden?«

»Du bist ein knallharter Kunde«, bemerkte Hiram. »Und wie willst du wissen, ob ich ein Schweizer Bankkonto habe?«

Ulysses schnippte ungeduldig mit den Fingern.

»Laß den Blödsinn. Gilt der Handel?«

Hiram grinste. »Ja, mein guter alter Freund, das Geschäft gilt. Das heißt, wenn du so liefern kannst, wie du behauptest. Wie lange brauchst du dafür?«

Ulysses überlegte kurz.

»Gib mir zehn Tage. Ich rufe dich an. Und sieh zu, daß du das Geld bereit hast, ich gewähre dir keinen Kredit.«

Ulysses stand auf, bedachte Semiramide mit einem unverhüllt sarkastischen Blick und ging dem Ausgang zu.

Sobald er verschwunden war, wandte sich Semiramide an Hiram. »Wie kannst du so dumm sein, mit diesem Gauner Geschäfte zu machen?« fragte sie ärgerlich.

»Beruhige dich«, lächelte Hiram süffisant. »Glaubst du, nur Ulysses ist zu einer kleinen Erpressung fähig?«

»Oh, ich verstehe.« Semiramides Züge hellten sich auf. »Wenn er das Zeug bringt, killen wir ihn.«

»So ähnlich«, stimmte Hiram bei.

»Gut. Jetzt fühle ich mich wohler.« Semiramides Augen funkelten und sie bestellte sich noch einen Gin-Tonic.

Als Ulysses nach Sayville zurückkehrte, erzählte er den anderen, was sich abgespielt hatte.

»Gott sei Dank bist du wohlauf«, rief Lucinda aus. »Ich habe mir große Sorgen um dich gemacht, du allein mit diesen Gaunern.«

Brian hatte überlegt und kam fast zur gleichen Schlußfolgerung wie Semiramide.

»Ich fürchte, wenn Sie erst einmal das Elixier geliefert haben, wird Hiram Sie auf recht wenig charmante Art aus dem Weg räumen.«

»Auch ich habe daran gedacht«, gab Ulysses zu, »doch wenn ich richtig spiele, dürfte die Sache nicht riskant sein. Solange er nicht weiß, woher der Nektar kommt, wird er mich wohl nicht liquidieren wollen. Zudem weiß er, daß diese erste Ladung noch sehr bescheiden sein wird und er wird begierig danach sein, eine namhafte Lieferung zu erhalten.«

»Wird er dich nicht beobachten lassen, um herauszubringen, woher du den Saft hast?« fragte Lucinda.

»Du kannst sicher sein, daß ich von nun an keinen Atemzug mehr tue, ohne daß Hiram davon weiß. Wir müssen alles sorgfältig planen, damit er in seinem derzeitigen unschuldigen Wissensstand verbleibt.«

Kapitel 12

»Ein Gentleman zieht immer seine Socken aus, bevor er mit einer Dame ins Bett geht«, informierte Semiramide Hiram. »Das steht in allen einschlägigen Benimmbüchern.«

»Wie ist das, wenn ein Gentleman mit einer Lady ins Bett geht, die gar keine Lady ist?« gab er zurück.

»Ulysses zog seine Socken aus«, bemerkte Semiramide boshaft. Sie befanden sich in Semiramides überladenem Penthaus. Hiram hatte gerade mit seinem individuellen Vorspiel begonnen. Das bestand darin, daß er sich der nötigsten Kleidungsstücke entledigte und erklärte, daß er mit ihr schlafen wolle. Das war alles und Semiramide fand, daß dieser Vorschlag jeglicher Romantik entbehrte. Kurzum, sie spürte keinerlei Verlangen.

»Fällt dir denn nichts ein, mich aufzuwärmen?« beklagte sie sich.

»Deshalb die Socken«, erklärte Hiram triumphierend. »Ich würde nie mit kalten Füßen mit dir schlafen, nicht wie dieser Saftsack von Ulysses.«

»Warum gebe ich mich nur mit einem Kerl wie dir ab?« brummte Semiramide, als sie sich auszog.

»Weil ich dir den Lebensstandard bieten kann, an den du gewöhnt bist. Beeil dich. Wenn wir fertig sind, möchte ich duschen.«

»Du solltest dich duschen, bevor du in mein Bett steigst.«

»Im allgemeinen mache ich das auch, aber in deinem Fall mache ich eine Ausnahme.«

»Bastard.«

Das war ihr Vorspiel. Trotzdem fühlte sich Semiramide von Hirams Grobheit angezogen. Wenn er sich zivilisiert gab, hatte sie das Gefühl, daß er eine Rolle spielte. Seine Vulgarität kam von innen, war natürlich und sie fühlte, jetzt war er aufrichtig. Auch sie war nicht gerade eine raffinierte Frau und so paßten sie ganz gut zusammen. Sie kletterte ins Bett und wackelte verführerisch mit den Hüften. Hiram griff nach ihr und versetzte ihr einen aufmunternden Klapps.

»Du bist immer noch gut in Form«, sagte er. »Ich mag Frauen, an denen man sich festhalten kann.«

Als Reaktion darauf suchte sie den hervorragenden Teil seiner Anatomie, um sich daran festzuhalten.

»Gib doch acht«, polterte er, »das ist zerbrechlich.«

Doch Semiramide drückte nur noch stärker.

»Okay, Hiram Baby, bist du lieb und nett oder möchtest du, daß ich dich plage?«

Hiram hatte keine Wahl.

»So«, kommandierte sie, »knabbre an meinem Ohr.«

Hiram tat, wie sie geheißen. Semiramide schloß die Augen. Dafür war sie schon immer empfänglich gewesen. Ein köstliches Gefühl durchrieselte sie und sie stöhnte leise. Sie lockerte ihren Griff und Hiram widmete weiterhin seine Aufmerksamkeit ihrem Ohr, während er sich seinen Weg zwischen ihre Schenkel bahnte. Semiramide hatte die Augen immer noch geschlossen und hielt ihn im Arm.

»Gib mir deine Zunge«, befahl sie flüsternd.

Semiramide fühlte sich in ihre Jugend zurückversetzt. Sie stellte sich Roberto, den Sohn eines italienischen Einwanderers vor, einen Jungen mit langen, seidigen Haaren und Kohleaugen. Er war nicht ihr erster Liebhaber, da sie schon früh angefangen hatte. Doch Roberto war anders als die anderen Jungs. Sie fühlte seine Finger auf ihrer Haut. Ihre Brustwarzen verhärteten sich unter seiner Liebkosung. Sie war wieder jung, süß und begehrenswert. Ihre Haut war weich und fest und Roberto war verliebt in sie. Bereits bei seinem Anblick geriet ihr Blut in Wallung. Er war so jung und doch schon so reif und erfahren in der Liebe. Sie hörte sein Keuchen, als sein starker Penis in sie eindrang, schneller und schneller, und inzwischen spielte seine lange, flinke Zunge mit ihrem Ohr. Seine Hände hielten sie umfaßt und sie fühlte sich völlig in Besitz genommen. Roberto war ihr Leben. Sie fühlte, wie es ihm allmählich kam. Ihr Herz klopfte zum Zerspringen. Sie umklammerte ihn, als ob sie ihn nie mehr loslassen wollte, während er immer tiefer in sie hinabtauchte. Und dann hörte sie ihren Schrei, als sie diesen magischen Augenblick des Höhepunktes erreicht hatte. Sie verlor jegliche Kontrolle über ihren Körper. Zusammen erlebten sie den Orgasmus und lagen dann wie tot da. Widerstrebend öffnete Semiramide ihre Augen und betrachtete Hiram.

»Nun«, sagte er voller Stolz und Selbstzufriedenheit, »das war prächtig. Bin ich nicht der größte Liebhaber, den du je hattest?«

Sie schloß erneut die Augen und dachte an die Vergangenheit. »Geh duschen«, sagte sie.

Hiram ging unter die Dusche. Semiramide stellte bestürzt fest, daß Roberto jetzt ungefähr in Hirams Alter sein würde und vielleicht genauso unappetitlich.

»Ich würde gerne wissen, was Ulysses jetzt macht«, rief Hiram aus dem Badezimmer.

»Er sagte, er würde dich anrufen, wenn er das Elixier hätte«, erwiderte Semiramide.

»Das weiß ich ja. Doch ich würde mich wohler fühlen, wenn ich ihn unter Kontrolle hätte. Vielleicht könnten wir herausfinden, woher er das Zeug bekommt.«

Semiramide lachte mitleidig. »Ulysses ist clever. Er weiß genau, daß er dir nicht trauen kann und wird darauf achten, daß er unsichtbar bleibt.«

»Ich glaube, du hast recht, aber es kann ja nichts schaden, wenn die Jungs sich mal etwas umsehen. Vielleicht haben wir Glück.«

Semiramide hatte nicht recht. Ulysses war damit beschäftigt, seine Zelte in Sayville abzubrechen und ein Hotelzimmer mitten in der Stadt zu beziehen. Brian und Lucinda stiegen in einem anderen Hotel ab. Sie vermieden alles, um Aufmerksamkeit zu erregen. Das konnte man von Ulysses nicht behaupten. Er ging von Bar zu Bar, besuchte Discos, Sexclubs, Saunen und Restaurants. Er ließ nichts aus, was gerade ›in‹ war. All dies wurde Hiram in Kürze berichtet.

Hiram rechnete damit, daß Ulysses bald abreisen würde, um das Elixier zu besorgen, doch Tage vergingen und Ulysses rührte sich nicht von der Stelle. Eines Abends begegnete ihm Semiramide. Er war so großzügig, sie zu einem exklusiven Dinner einzuladen. Er redete über dies und jenes, bis sie endlich auf das Thema zu sprechen kam, das sie und Hiram am meisten bewegte.

»Sag Hiram, die Sache läuft«, sagte er zu ihr.

»So hat er also einen Komplizen, der das Zeug besorgt«, überlegte Hiram.

Am nächsten Abend genehmigte sich Ulysses an der Bar des ›Waldorf‹ einen Drink, als Hiram sich auf den Hocker neben ihm niederließ.

»Das ist ja eine freudige Überraschung. Was möchtest du trinken?«

»Einen Tomatensaft«, sagte Hiram. »Ich mache gerade eine Diät.«

»Gute Idee«, bemerkte Ulysses mit einem mißbilligenden Blick auf Hirams Rettungsringe über der Taille.

»Hattest du eine Verabredung?« fragte Ulysses und kippte seinen Scotch hinunter.

»Nein, ich kam zufällig hier vorbei«, erwiderte Hiram. Er leerte seinen Tomatensaft in einem Zug. »Uff, war ich durstig. Ich möchte noch einen.«

Hiram winkte einen Ober herbei und bestellte das gleiche und für Ulysses einen Scotch.

Das war sein dritter. Im geheimen dankte er seinem Schöpfer, daß er ihm nicht nur eine beredte Zunge, sondern auch einen eisernen Magen gegeben hatte.

Hiram wartete, bis Ulysses eine gute Menge von dem Scotch zu sich genommen hatte, bevor er die Unterhaltung auf das Wesentliche lenkte.

»Du hast doch unser Geschäft nicht vergessen, oder?«

Seine Stimme sollte beiläufig klingen, doch in seinen Augen glitzerte es gefährlich.

»Alles verläuft planmäßig«, sagte ihm Ulysses, wobei er vergnügt kicherte.

»Weißt du, Ulysses«, beugte sich Hiram besorgt zu ihm, »es ist nicht mehr so wie in alten Zeiten.«

»Isses nicht?« fragte er mit schwerer Zunge.

»Nehmen wir zum Beispiel einmal dein kleines Problem.«

»Problem? Habe ich ein Problem?«

»Natürlich hast du ein Problem.« Hiram lächelte seinen scotchgefüllten Kameraden freundlich an. »Doch mach dir keine Sorgen, ich kann dir helfen.«

»Das ist sehr nett von dir.« Ulysses Augen füllten sich mit Tränen der Dankbarkeit. »Weißt du, ich wußte nicht einmal, daß ich ein Problem habe, bis du es mir gesagt hast. Danke, Herbie.«

»Hiram«, verbesserte ihn sein Wohltäter. »Doch, wenn ich dir helfen soll, mußt du mir vertrauen. Du vertraust mir doch, oder?«

»Natürlich, ich vertraue dir. Hast du dich schon mit meinem Problem beschäftigt, alter Kumpel?«

»Noch nicht«, erklärte Hiram, »doch ich fange jetzt damit an. Ulysses, du mußt diese Droge, oder was immer es ist, ins Land bringen.«

»Natürlich. Du sagst es.«

So dürfte klar sein, überlegte Hiram, daß das Elixier nicht hier ist. Wir kommen allmählich voran.

»Wie ich dir bereits sagte, haben sich die Dinge verändert. Früher konnte man alles durch den Zoll bringen. Jetzt, mit den Spürhunden, den Röntgen- und Laserstrahlen kann man nicht einmal ein paar Pralinen einschmuggeln. Man wird sofort aufgehalten und es wird eine Leibesvisitation gemacht.«

»Das sollte verboten sein«, erklärte Ulysses entrüstet. »Das sollte man dem Präsidenten der USA melden.«

»Ist schon gut«, beruhigte ihn Hiram. »Ich habe meine Freunde. Wenn ich weiß, wie und wann du dieses Zeug ins Land bringst, sorge ich dafür, daß es durch den Zoll kommt. Verstehst du?«

»Du bist ein guter Kerl, Hiram«, tätschelte Ulysses seinen Kopf, wie einem braven Hund, der seinem Herrchen die Pantoffeln gebracht hat. »Doch du brauchst dich nicht zu bemühen.«

»Das macht mir keine Mühe.«

»Du weißt doch, daß meine Schwester einen Viscount geheiratet hat.« Ulysses setzte einen verschwörerischen Blick auf. »Wer würde es wagen, einen echten Lord zu durchsuchen?«

Hiram war erregt. Doch er schüttelte den Kopf und sah bekümmert aus.

»Glaub mir, Ulysses, er hat keine Chance. Sie schreckten nicht einmal vor dem Papst zurück.«

»Aber Hiram, das Zeug ist doch harmlos.«

Und Ulysses erklärte ihm, daß der Zaubertrank aus einem harmlosen Heidekraut gewonnen wurde und jeglicher Untersuchung standhalten konnte.

Nachdem Hiram diese Information erhalten hatte, erinnerte er sich plötzlich an eine dringende Verpflichtung und verabschiedete sich hastig.

»Mußt du wirklich schon gehen?« fragte Ulysses traurig. »Ich wollte dir gerade von einem alten Bekannten von mir erzählen. Er hieß Herbie und du erinnerst mich an ihn.«

Hiram eilte fort. Vor lauter Freude über die Information zahlte er die Drinks. Ulysses beendete in aller Ruhe seinen Scotch und rief dann Lucinda an und erzählte ihr und Brian, daß Hiram angebissen hatte.

»Das ist fein«, sagte Lucinda. »Ich bin davon überzeugt, daß Hirams Spürhunde Brian und mich im Visier haben.«

»Seid froh, daß wir es mit so zuverlässigen Leuten zu tun haben«, sagte Ulysses.

Als Hiram bei Semiramide auftauchte, war er in ausgelassener Stimmung.

»Was ist in dich gefahren?« fragte die Sirene.

»Ich habe mit Ulysses ein paar Drinks genommen«, sagte er. »Und das ist ein Grund zum Feiern?«

Hiram küßte sie, sie wich zurück.

»Du stinkst ja wie ein Penner.«

»Nun ja«, gab Hiram zu. »Als ich mit Ulysses zusammen war, trank ich nur Tomatensaft und mußte den Geschmack mit Alkohol runterspülen.«

»Und Ulysses trank auch Tomatensaft?«

»Ulysses? Aber nein. Ich füllte ihn mit Whisky, bis er voll wie eine Haubitze war. Und er redete.«

»So weißt du jetzt also alles über die Droge?« fragte Semiramide neugierig.

»Noch nicht. Doch ich besitze genügend Informationen, um ihm eine Falle zu stellen. Ich werde ihm beibringen, daß er mich nicht austricksen kann.«

»Sei vorsichtig«, warnte Semiramide ihn. »Du solltest Ulysses nicht unterschätzen, er ist mit allen Wassern gewaschen.«

»Ich habe ihn früher ausgeschmiert und werde es wieder tun«, brüstete sich Hiram.

»Was hast du herausgefunden?«

»Rate erst einmal, wer das Elixier einführen wird?«

Semiramide überlegte und zuckte die Schultern.

»Hilf mir«, forderte sie ihn auf.

»Niemand anderer als dein alter Freund, der Viscount«, lachte Hiram.

»Gerald?« Semiramide war ungläubig. »Das glaube ich nicht. Dieser Kerl war so ungeschickt, daß er ohne Führung nicht einmal zur Toilette fand. Ulysses würde ihm nie und nimmer eine Ein-Million-Lieferung anvertrauen.«

»Ich hörte es aus seinem eigenen Scotch-Mund. Im übrigen ist das Zeug harmlos.« Hiram wiederholte, was er über das Heidekraut erfahren hatte.

Semiramide war gedankenverloren. »Bist du sicher, daß Ulysses nicht bluffte? Aus Heidekraut macht man doch Honig, oder?«

»Anscheinend hat Ulysses eine bestimmte Sorte gefunden. Und der Viscount fliegt sie für uns ein.«

»Und du schnappst dir das Zeug am Flughafen, ohne die Million dafür springen zu lassen, wie?« rief Semiramide begeistert.

»Falsch«, lächelte Hiram. »Ich möchte die Wurzel der Pflanze. Was nützt mir eine Sendung? Das meiste davon muß ich an die Boys verteilen. Wer möchte schon ein neues Produkt kaufen, ohne zu wissen, wie es wirkt? Nein, meine Süße, wir müssen Ulysses Spiel mitspielen und vielleicht sogar zahlen, um sein Vertrauen zu gewinnen und eine große Ladung zu bestellen. Du mußt dich an Ulysses halten, um herauszufinden, woher er die Pflanze bekommt.«

»Ich? Wie kommst du darauf, daß er auf mich hereinfallen würde«, fragte Semiramide.

»Er mag dich doch sehr gern?«

»Du machst wohl Witze.«

»Stell dir vor, ich würde dir etwas von dem Zeug geben, damit du es Ulysses verabreichst. Glaubst du nicht, daß er dann für dich entbrennen würde?« fragte Hiram.

»Ich verstehe«, amüsierte sich Semiramide.

»Es wird mir ein Vergnügen sein, Ulysses an der Nase herumzuführen. Uff, wird er leiden.«

»Ich war davon überzeugt, daß du die richtige Einstellung zu der Sache haben würdest«, grinste Hiram. »Sobald du weißt, wie wir ohne Ulysses an das Zeug kommen, beseitigen wir ihn.«

»Und die große Ladung?«

»Wenn er sie bringt, sorge ich dafür, daß sie von den Drogenbeamten beschlagnahmt wird. Sie sind mir verpflichtet und für Geld würden sie ihre eigene Großmutter vergewaltigen.«

»Aber Hiram«, wendete Semiramide ein, »du sagtest doch, daß das Zeug harmlos sei.«

»Das stimmt, aber das weiß ja niemand. Bevor das Heidekraut analysiert werden kann, wird es gestohlen.«

»Und von wem?« fragte Semiramide.

»Von mir natürlich oder einem meiner Freunde«, verbesserte sich Hiram. »Und hier kommen die Drogenbeamten zum Zug.«

»Und wir brauchen Ulysses nicht auszahlen, da er ja nicht liefern kann!« schrie Semiramide.

»Du hast verstanden«, stimmte Hiram zu. »Natürlich können die Jungs Ulysses nicht festhalten, wenn die Ware verschwindet. Aber dann haben wir das Elixier umsonst und sind in der Lage, die Sache in die Hand zu nehmen. Er ist erledigt und alle Dealer in den Staaten – vielleicht sogar in der ganzen Welt – kommen zu uns. Stell dir vor, wie reich wir sein werden.«

Sie blickten sich an, benommen von ihrem zu erwartenden Reichtum.

Semiramide kehrte als erste in die Wirklichkeit zurück.

»Sag, was machst du mit Hamblewood?« fragte sie.

»Vielleicht behalten wir es für die Wochenenden, wenn Gerald mit dem Geld nicht zurechtkommt. Weißt du, dieser Coup hat mich in Stimmung gebracht.«

Er begann sich bedächtig auszuziehen.

»Okay«, seufzte Semiramide. »Doch tust du mir einen Gefallen?«

»Alles, was du willst, Baby«, sagte Hiram großzügig.

»Zieh endlich deine verdammten Socken aus.«

Kapitel 13

Niemand machte Viscount Hamblewood darauf aufmerksam, daß er beobachtet wurde und wenn, hätte er es nicht geglaubt. Das Sextreiben im Haus wurde von Sarah und Miles unter Kontrolle gehalten. Gerald hatte sich in seine Welt zurückgezogen, zu den Blumenbeeten, den Ställen. Die beiden Repräsentanten der New Yorker Unterwelt, die in dem Gasthof in der Nähe des einzigen Hotels, das Hamblewood besaß, abgestiegen waren, konnte man nicht eigentlich als unauffällig bezeichnen. Ihre grellen Anzüge, eingedrückte Hüte und dunklen Sonnenbrillen, die sie nie abnahmen, ließen vermuten, daß sie beim gleichen Schneider wie der verstorbene Al Capone arbeiten ließen. Die Dorfbewohner schauten ihnen nach, Hunde bellten, wenn sie vorübergingen und die Babys fingen an zu schreien. Doch Viscount Hamblewood bekam nichts davon mit, er beschäftigte sich mit wichtigeren Dingen, wie zum Beispiel Gartenkürbissen. Auch wenn die Mafia ihre eigenen Spiele hier abgehalten hätte, wäre ihm dies nicht aufgefallen.

Die beiden Männer waren erstaunt über den Viscount, da sie keine Veränderung seiner Gewohnheiten feststellen konnten. Sie gingen ihm auf Schritt und Tritt nach. Wenn er ins Dorf oder in eine der kleinen Städte fuhr, hefteten sie sich an seine Fersen und ihr auffallender Cadillac paßte in die Landschaft wie das Empire State Building nach Oxford oder Stratford-on-Avon passen würde. Sie ließen den Viscount keinen Augenblick aus den Augen, konnten aber nicht feststellen, daß er irgendwelche Anstalten machte, das Elixier zu besorgen, sich auf Reisen zu begeben.

Hiram nahm die Berichte über Geralds Untätigkeit mit wachsender Ungeduld auf. Der Termin für Ulysses Lieferung rückte immer näher und dieser hielt sich immer noch in New York auf. Semiramide machte alles nur noch schlimmer, da sie taktlos bemerkte, Ulysses habe ihn wohl an der Nase herumgeführt. Im stillen schwor sich Hiram, daß er sie, gemeinsam mit Ulysses, aus dem Weg räumen wolle, sobald sie nicht mehr gebraucht würde.

Als Brian und Lucinda wieder in ihrem Hotel waren, warteten sie auch voller Nervosität. Sie vermieden es, mit Ulysses gesehen zu werden, blieben aber telefonisch in Kontakt. Es war ein schöner Abend. Lucinda blickte auf die Uhr und rief Ulysses an.

»Er sollte in einer halben Stunde landen. Ich überlegte, ob ich ihn am Flughafen abholen sollte.«

»Das wäre keine gute Idee.«

»Aber warum? Seit dem Abend, an dem du dich mit Hiram getroffen hast, wurden weder Brian noch ich beobachtet.«

»Du meinst damit, du hast niemanden bemerkt, der euch beobachtet hat.«

»Ja«, gab Lucinda zu, »aber ich bin ziemlich sicher, daß uns niemand folgte.«

»Vielleicht hast du recht. Ich hoffe es wenigstens, denn du mußt das Paket abholen. Aber es ist immerhin möglich, daß Hiram den Flughafen beobachten läßt, besonders die Flüge aus London. Er ist ja groß und kann auch allein seinen Weg zu uns finden.«

»Aber wenn es irgendwelche Schwierigkeiten gibt?«

»Beruhige dich. Es wird keine Schwierigkeiten geben. Und wenn«, fügte ihr Onkel hinzu, »was könntest du dagegen tun?«

Widerstrebend mußte Lucinda zugeben, daß Ulysses recht hatte und richtete sich darauf ein, zu warten. Eine Stunde verging und sie lief wie eine gereizte Löwin auf und ab.

»Du solltest dich hinsetzen und etwas trinken«, forderte Brian sie auf. »Ich habe gerade den Flughafen angerufen, der Flug hat eine Stunde Verspätung.«

Brian fand im Radio entspannende Musik, doch sie hatte nicht den gewünschten beruhigenden Effekt, also schaltete Lucinda das Radio wieder ab.

Das Telefon läutete und sie hechtete hinüber. Es war Ulysses. »Ach, du bist's«, sagte sie enttäuscht.

»An deiner Stimme erkenne ich, daß ihr noch nichts erfahren habt.«

»Nein. Brian erzählte, der Flug habe Verspätung.«

»Wahrscheinlich hat er dir das erzählt, um dich zu beruhigen«, bemerkte Ulysses. »Mach dir keine Sorgen, er wird dich bestimmt bald anrufen. Bitte benachrichtige mich. Ich bin nicht im Hotel, da zu viele Leute ihr Auge und wahrscheinlich auch ihre Ohren auf mich gerichtet haben. Ich bin in einer gemütlichen Bar. Ich gebe dir die Nummer.«

Dann legte er auf.

Kaum hatte sie den Hörer aufgelegt, als es erneut klingelte. Lucinda griff zum Hörer und ihr Gesicht entspannte sich, als sie die Stimme hörte.

»Paul. Du bist gesund zurück. Ist alles okay? Hast du das Zeug? Hast du Schwierigkeiten gehabt?«

»Liebes, eins nach dem anderen«, lachte Paul. »Ja, ich bin okay und ich habe das Zeug. Nein, es gab keine Schwierigkeiten, alles verlief planmäßig.«

»Hat dich niemand gesehen?«

»Nein. Ein paar Kerls lungerten herum, aber die einzige Person, für die sie sich interessierten, war dein Vater. Wie verabredet übergab mir dein Bruder die Pflanzen. Ich habe sie verzollt. Einige Zollbeamte warfen einen Blick darauf und wollten wissen, warum ich gewöhnliches Heidekraut einführen wollte.«

»Was hast du ihnen gesagt?«

»Ich sagte ihnen, ich habe eine schottische Freundin, die Heimweh habe und ich bringe ihr deshalb etwas Heidekraut aus ihrer Heimat.«

»Und gaben sie sich damit zufrieden?«

»Ja, es kamen ihnen die Tränen. Einer von ihnen war mit einer Irin verheiratet und ich befürchtete schon, er könne mich bitten, eine Pflanze für sie mitzugeben. Gott sei Dank befand sie sich auf Reisen.«

»Onkel Ulysses besteht darauf, daß du sie nicht hierher bringst, für den Fall, daß das Hotel beobachtet wird. Ich hole sie in den nächsten Tagen bei dir ab. Weißt du einen guten Platz, wo wir uns treffen könnten?«

»Aber sicher«, erwiderte Paul prompt. »Seit Ulysses mich gebeten hatte, nach England zu fliegen, um die Pflanzen zu holen, hatte ich mir das überlegt. Das Studentenheim ist zu exponiert: Jeder sieht alles.«

»Wie wär's mit dem ›Schwarzen Kakadu‹?«

»Das halte ich für keine gute Idee. Semiramide pflegt regelmäßig dorthin zu gehen. Ich habe eine bessere Idee. Ist dir ›Juillard Room‹ ein Begriff?«

»Nein.«

»Das ist eine kleine Konzerthalle, die ein paar hundert Leute faßt, und dort geben gerne hoffnungsvolle junge Pianisten ihr Debüt, bevor sie in den großen Konzertsälen auftreten. Diesen Donnerstag spiele ich dort.«

»Du meinst übermorgen?«

»Genau. Es ist mein erstes öffentliches Konzert.«

»Ehrlich, Paul? Das ist ja wunderbar. Kann ich kommen?

»Das solltest du unbedingt, denn dort möchte ich dir unseren botanischen Schatz übergeben. Ich bin davon überzeugt, daß Semiramide hier nicht in Erscheinung treten wird. Was hältst du davon?«

»Das hört sich gut an.«

Paul erklärte ihr noch, wie sie dorthin gelangte.

»Sehe ich dich vorher noch einmal?« fragte Lucinda.

»Das wäre sehr schön, aber ich befürchte, ich benötige jede Minute, um für den Abend zu üben. Es ist mein erster Auftritt als seriöser Musiker und es werden einige wichtige Kritiker anwesend sein, die über meinen Aufstieg oder Fall entscheiden. Dieser Trip nach England hat mich ins Hintertreffen gebracht. Bist du mir böse?«

»Natürlich nicht. Es war gedankenlos und egoistisch von mir, nachdem du schon deine Zeit für eine Sache geopfert hast, die dich gar nicht betrifft.«

»O nein, Lucinda, ich habe es gern getan. Und nach dem Abend sieht es wieder anders aus. Ich könnte mir nichts Schöneres vorstellen, als mit dir zusammen zu sein.«

Brian hörte Lucinda zu, gab aber keinen Kommentar ab. Nachdem Paul aufgelegt hatte, rief Lucinda Ulysses an und verkündete ihm die gute Nachricht. Er billigte den Treffpunkt und warnte sie, nicht zu versuchen, Paul vorher zu sehen.

»Natürlich nicht«, antwortete Lucinda. »Glaubst du denn, ich würde so etwas Törichtes machen?«

Ulysses rief Hiram an und verabredete sich mit ihm auf Donnerstagabend, zur selben Zeit wie Lucinda mit Paul. Er vermutete, daß Hirem und seine Freunde ihre volle Aufmerksamkeit ihm schenken würden.

Sie trafen sich in einer ruhigen Kunstgalerie auf der Madison Avenue.

»Wie seltsam, dich in einem kulturellen Rahmen zu treffen«, bemerkte Ulysses Hiram gegenüber, der mit einem Ausdruck des Unverständnisses vor einem abstrakten Bild stand.

»Gib mir das Zeug«, sagte Hiram, »und laß uns von hier verschwinden. Diese Dinger verursachen mir Brechreiz.«

»Ich habe nichts dabei«, erwiderte Ulysses schlicht. »Hast du die Million Dollar vergessen?«

»O ja«, lächelte Hiram schwach, »aber du wirst ja wohl nicht erwarten, daß ich zahle, bevor ich die Ware habe, oder?«

»Und ich dachte, du vertraust mir«, Ulysses schüttelte mißbilligend den Kopf. »Ich sag dir, was wir machen. Morgen bringe ich dir ein paar Pflanzen und zeige dir, wie man das Elixier bereitet. Du kannst dich selbst davon überzeugen, daß das Heidekraut in Ordnung ist. Dann, während ich das mache, gibst du deiner Bank Anweisung. Sobald ich erfahren habe, daß das Geld auf meinem Konto ist, übergebe ich dir den Rest des Materials.«

Hiram überlegte einen Augenblick und gab sich dann geschlagen.

»Okay, ich bin einverstanden«, sagte er. »Schließlich warten wir beide auf die großen Ladungen, die folgen werden. Wann rechnest du mit der Ankunft deines Schwagers?«

»Gerald? Was hat er damit zu tun?« fragte Ulysses unschuldig.

»Du sagtest, er würde die Pflanzen bringen.«

»Da mußt du mich mißverstanden haben. Ich erinnere mich – ich sagte, es sei von Vorteil, eine aristokratische Verwandtschaft zu haben. Das stimmt, aber ich würde ihm nie etwas so Wichtiges anvertrauen. Du kennst ihn ja: Würdest du ihm etwas so Wertvolles mitgeben?«

Ärger, Frustration und Groll machten Hiram sprachlos und er gab einen röchelnden Laut von sich, den Ulysses als Einverständnis deutete.

»Dachte ich mir doch, daß du die Dinge genauso wie ich sehen würdest«, sagte Ulysses. »Wohin sollen die Pflanzen gebracht werden, ins Deare Center?«

Hiram nickte.

»Fein. Morgen früh um zehn bringe ich sie.«

»Geht es nicht später?« wandte Hiram ein. »Vor zwölf Uhr mittags bin ich nicht in Schwung.«

»Spätestens zehn Uhr. Ich möchte, daß wir uns treffen, wenn die

Schweizer Banken geöffnet haben, damit du deiner dortigen Bank die Instruktion erteilen kannst«, sagte Ulysses. »Heute abend mußt du halt zeitig zu Bett gehen. Und vorher mußt du noch ein paar Einkäufe erledigen.«

Hiram blickte ihn erstaunt an.

»Ist doch ganz einfach. Du mußt ein paar Dinge besorgen, damit wir den Saft aus den Pflanzen gewinnen können. Nichts Kompliziertes, Dinge, die sogar mein Schwager einkaufen könnte.«

Ulysses gab ihm eine Liste und verabschiedete sich von Hiram, bevor dieser wieder so gut in Form war, Fragen zu stellen.

Inzwischen befand sich Lucinda im ›Juillard Room‹. Obwohl die Halle nicht voll war (das war sie nie, wenn ein unbekannter Pianist auftrat), waren genügend Leute anwesend, um nicht aufzufallen. Sie sah sich sorgfältig um, konnte aber niemanden entdecken, der ihr Mißtrauen erweckt hätte. Der große Steinwayflügel beherrschte den kleinen, intimen Raum. Die Lichter waren gedämpft und Paul trat auf die Bühne.

Es war das erste Mal, daß Lucinda ihn im dunklen Anzug sah, und er sah besser aus denn je. Er nahm seinen Platz am Klavier ein und wartete, bis sich der schwache Applaus gelegt hatte. Dann spielte er Bach. Das war ein ganz anderer junger Mann als der, der im ›Schwarzen Kakadu‹ spielte. Als das Stück zu Ende war, erhielt er warmen Applaus.

Dann spielte er amerikanische Komponisten – Copland, Virgil, Thompson und Elliott Carter. Doch den Höhepunkt bildete eine Sonate von Beethoven, die ungeheure emotionale Konzentration und technische Virtuosität verlangte. Der junge Pianist brachte das Werk zum Schwingen, entlockte dem Klavier Pathos, Leid und Triumph. Es war eine beeindruckende Darbietung, aufrichtig und sensitiv und mit einer Beherrschung, die sogar einem erfahrenen Künstler Ehre gemacht hätte.

Zu Beginn von Pauls Spiel hatte Lucinda um Paul gebangt, doch kaum hatte er die ersten Töne angeschlagen, da ließ sie sich ganz von seinem Spiel gefangen nehmen. Die Zuhörer waren ehrlich begeistert und Paul mußte sich mehrmals verneigen. Dann kam die Pause und danach bot Paul einige leichtere Stücke, die seine technische Brillanz unter Beweis stellten. Er bekam erneut starken Applaus, gemischt mit Pfiffen und Rufen. Alle standen auf und er mußte noch eine Zugabe machen. Seine Augen suchten Lucinda und dann spielte er Chopin, nur für sie. Seine Gedanken und Gefühle erreichten sie. Sie konnte es nicht erwarten, bis sie wieder mit ihm zusammen war.

Als Paul endlich die Bühne verlassen konnte, eilte Lucinda zur Künstlergarderobe. Dort versammelte sich bereits die Menge. Doch er eilte auf sie zu und überreichte ihr eine Leinentasche.

»Ich bin so froh, daß du kommen konntest«, sagte er laut. »Ich wollte dich unbedingt sehen. Hier habe ich ein paar schöne Pflanzen für den Garten deiner Tante.«

Er drückte ihr die Tasche in die Hand und flüsterte: »Ich kann es nicht ändern, muß nett zu meinen Professoren und diesen Jungs von der Presse sein. Kannst du in ein paar Stunden zu mir kommen?«

Lucinda nickte, dankte ihm für die Pflanzen, über die sich ihre Tante bestimmt sehr freuen würde und zog sich zurück. Paul war eingekeilt zwischen Journalisten und Verehrern.

Lucinda ging in ihr Hotel zurück, wo Brian und Ulysses auf sie warteten. Ihr Onkel nahm die Tasche mit den kostbaren Pflanzen, tätschelte ihre Wange und eilte weg.

»Möchtest du zum Essen gehen?« fragte Brian.

»Nein, danke, ich habe eine Verabredung.«

»Mit Paul?«

»Fang nicht wieder an«, bat Lucinda. »Er ist zweimal über den Atlantik geflogen, hat die Pflanzen eingeschmuggelt und kostbare Zeit geopfert, um uns zu helfen. Ist es da verständlich, daß ich ein, zwei Stunden mit ihm verbringen möchte?«

Brian wandte sich ärgerlich ab.

»Bis morgen«, rief er ihr gleichgültig zu.

Es war fast Mitternacht, als Lucinda Paul in dem Studentenheim abholte. Er hatte sich umgezogen, doch sein Gesicht wirkte immer noch angespannt. Er küßte sie liebevoll, fast dankbar.

»Ich habe dich vermißt«, teilte er ihr mit. »Und ich bin froh, daß der heutige Abend vorüber ist.«

Lucinda war mit dem Wagen gekommen und sie fuhren zu einem ruhigen Café, das lange offen hatte. Nach einem leichten Essen kehrten sie ins Hotel zurück, wo Lucinda vorsorglich in ein eigenes Zimmer gezogen war. Als sich die Tür hinter ihnen schloß, hatte Lucinda das Gefühl, daß Paul wieder ganz bei ihr war. Sie schmiegte sich in seine Arme. Was kümmerten sie die Machenschaften von Ulysses, die Hinterhältigkeit von Hiram und Semiramide, die Dummheiten ihres Vaters und die Besitzgier von Brian. Es zählte allein ihr Verlangen nach Paul, und daß sie endlich wieder zusammen waren.

»Übrigens«, sagte sie fast nebenbei, »du hast heute abend wunderbar gespielt.«

»Ja«, überlegte Paul, »es war recht passabel.«

»Und hast du während des Spiels an mich gedacht?« Lucindas Ton klang halb ernst, halb neckisch.

»Nur bei Chopin«, sagte Paul wahrheitsgemäß. »Wenn man zum Beispiel Beethoven spielt, kann man an nichts anderes denken. Seine Gefühle und Kämpfe werden die eigenen: Irgendwie müssen deine Finger seine Persönlichkeit wiedergeben.«

Aus Pauls Worten klang tiefer Ernst und Lucinda war davon überzeugt, daß er ein begabter Künstler war. Auch wenn er sie über alles liebte, würde doch immer zuerst seine Musik kommen. Sie war stolz auf sein Talent und doch fühlte sie einen Hauch von Eifersucht auf seine Kunst.

»Nun bist du also der große Virtuose«, neckte sie ihn. »Du wirst auf Tournee gehen und auf der ganzen Welt werden dir die schönen Frauen zu Füßen liegen.«

»Ich befürchte, so weit ist es noch nicht«, lachte Paul. »Das war erst mal ein kleiner Anfang. Vielleicht, wenn ich gute Kritiken bekomme, werde ich zu weiteren Abenden aufgefordert, und erst dann habe ich die Chance, ein Konzert mit einem der großen Orchester zu geben. Es wird noch Jahre dauern, bis ich einen Namen habe – wenn alles gut geht. Bis dahin muß ich mich mit einem Ein-Frau-Fan-Club zufriedengeben.«

Er küßte sie.

Lucinda dämpfte das Licht und schaltete das Radio ein. Es erklang verträumte Musik.

»Stört dich das nach der ernsten Musik, die du gespielt hast?«

Paul schüttelte lächelnd den Kopf.

»Nein, das ist hübsch. Eine schöne Backgroundmusik, die dazu verhilft, zu entspannen.«

»Das ist fein. Soll ich dir einen Drink einschenken?«

»Danke, nein. Komm zu mir.«

Paul führte sie zum Sofa, doch Lucinda stieß ihn sanft zurück. »Das Bett ist bequemer«, murmelte sie, »und viel entspannender.«

Paul ging unter die Dusche und erschien wieder, in ein großes Badetuch gehüllt. So legte er sich zu Lucinda aufs Bett. Sie kuschelte ihren nackten Körper an ihn und streichelte ihn. Das Zusammensein mit ihm erfüllte sie mit tiefer Zufriedenheit. Sie hatte schon viele Männer gekannt, aber sie hatte sich noch nie so wohl gefühlt wie mit Paul.

Er streichelte ihre Schultern und Brüste. Sie konnten sich die Worte sparen. Eingehüllt von der verträumten Musik verschmolzen sie. Er küßte und streichelte jede Stelle ihrer rosigen Haut, vergrub seinen Kopf in ihrem seidigen Haar. Sie fühlte seine liebkosende Zunge.

»Bitte, nimm mich«, flüsterte sie im zu. »Ich begehre dich so sehr.«

Er blickte zu ihr auf und küßte ihre Lippen. Dann umklammerte sie ihn mit den Beinen und drückte ihn an sich. Sie sah den Glanz seiner Augen und die kleinen Schweißperlen über seiner Oberlippe.

»Oh, mein Liebling«, stöhnte Paul.

Sie kamen beide zusammen und erlebten einen wilden, wunderbaren Orgasmus. Dann lagen sie Seite an Seite, entspannt und befriedigt.

In dieser Nacht liebten sie sich noch zweimal. Jedesmal war es anders. Paul reagierte immer so, wie sie es wünschte. Sie waren müde, verspürten aber kein Verlangen nach Schlaf, weil beide fühlten, daß die Zeit kommen würde, da es Abschiednehmen hieß, und das konnte vielleicht schon bald sein. Die paar Stunden oder Tage, die sie noch hatten, waren zu kostbar, um sie zu vergeuden. Paul sprach ihre Gedanken aus.

»Ich nehme an, du wirst bald nach England zurückkehren?«

»Irgendwann. Das hängt davon ab, wie Ulysses mit den beiden Früchtchen vorankommt. Aber das bedeutet ja nicht das Ende für uns.«

Paul sagte nichts.

»Wir können uns ja wiedersehen«, meinte Lucinda. »Paul, du kommst nach England, oder ich fliege hierher. Es darf nicht zu Ende sein. Sag bitte, daß es so sein wird«, bettelte sie.

»Das sagen Liebende immer«, antwortete Paul sanft, »doch sie leben sich auseinander. Lucinda, du hast dein eigenes Leben. Ich kann mir dich nicht als Frau eines schwarzen Pianisten vorstellen, der von einem Ort zum anderen zieht.«

Sie wußte nicht, was sie ihm antworten sollte. Was er sagte, stimmte, doch dies war nicht der Augenblick, der Realität ins Auge zu blicken. Sie küßte ihn zärtlich.

»Sprich nicht so. Wir sind beide müde. Laß uns etwas schlafen, Liebes.«

Kapitel 14

Am nächsten Morgen um zehn Uhr bot das Deare Center einen weit friedlicheren Anblick als bei Ulysses vorherigem Besuch. Obwohl Ulysses behauptet hatte, er brauche keine Begleitung, war Brian mitgegangen.

Brian hatte argumentiert, daß Hiram wahrscheinlich seine Gorillas aufmarschieren lassen würde, um in den Besitz des Heidekrauts zu kommen. Brian ließ sich nicht abwimmeln und schließlich gab Ulysses nach. Brian war sich bewußt, daß der wahre Grund dafür, so schnell wie möglich aus dem Hotel zu kommen, der war, daß er keine Lust hatte, Lucinda zu begegnen. Er vermutete, daß sie die Nacht mit Paul verbracht hatte und der Gedanke, die beiden gemeinsam frühstücken zu sehen, konnte ihn keineswegs entzücken.

Als sie den Weg zum Center hinaufgingen, wurden sie von den Vögeln begrüßt. Dagegen war Hirams Begrüßung recht unterkühlt. Er hatte sich noch nicht rasiert. Das grelle Morgenlicht schmeichelte Semiramide noch weniger. Sie hatte wahrscheinlich die Nacht im Center verbracht, denn sie trug noch ein rüschenbesetztes Nachtgewand, über das sie einen Morgenmantel gezogen hatte. Ihr grimmiges Gesicht war dazu angetan, den Mutigsten in die Flucht zu schlagen, doch Ulysses schien unberührt und machte ihr Komplimente über ihr frisches Aussehen. Sie beachtete ihn nicht.

»Was tut denn der hier?« erkundigte sie sich und zeigte mit dem Finger auf Brian. »Ich dachte, er verkauft Bettlaken.«

»Wie ich sehe, hast du deinen Enkel mitgebracht«, erwiderte Ulysses herzlich.

Er schenkte einem Monster von einem Mann, der die Party vollständig machte, einen freundlichen Blick.

»Oh, das ist Boris«, erklärte Hiram. »Ich bat ihn, hereinzuschauen, für den Fall, daß wir ihn benötigen. Hast du die Pflanzen dabei?«

Statt einer Antwort entnahm Brian der Tasche, die er geschleppt hatte, die Erikapflanzen. Hiram untersuchte sie mißtrauisch. Dann wandte er sich Ulysses zu.

»Kumpel, du wirst doch nicht versuchen, mich reinzulegen, oder? Ich meine, diese Pflanzen sehen so harmlos aus.«

»Wenn du all das mitgebracht hast, was ich dir aufgetragen habe zu besorgen, können wir Saft produzieren. Dann kannst du selber urteilen, wie harmlos die Pflanze ist«, erwiderte Ulysses.

»In Ordnung, wenn du es sagst. Ich schicke Boris heim.« Hirams Stimme klang versöhnlich.

»Nein, behalte ihn lieber hier«, sagte Ulysses. »Er kann noch von Nutzen sein.«

Die Pflanzen sahen aus wie gewöhnliches Heidekraut, doch Ulysses zeigte auf kleine Knollen unter den harten Blättern. Er erklärte, daß diese eine milchige Flüssigkeit enthielten, die die Grundlage des fantastischen Aphrodisiakums bildete. Unter seiner Kontrolle streiften sie die Blätter ab und warfen die Stiele weg. Er legte die Blätter in ein Aluminiumgefäß und fügte etwas Wasser hinzu.

»Hast du etwas Alkohol?« fragte er Hiram.

»Natürlich, ich tat, wie du geheißen. Hier ist ein Brandy. Ist er richtig?«

»Natürlich. Es geht darum, die Reaktion zu beschleunigen. Wenn du mehr Nektar möchtest, brauchst du ein größeres Gefäß und mußt die Mischung mindestens einen Tag stehen lassen, damit sie gären kann. Jetzt wollen wir ja nur eine kleine Kostprobe. Einverstanden?«

Hiram nickte und beobachtete wachsam jede Bewegung von Ulysses, für den Fall, daß dieser etwas in die Mischung täte.

Nach einer halben Stunde trug Ulysses das Gefäß in die Küche, stellte es auf einen Elektroherd und erwärmte es.

»Nach einer Weile«, sagte er, »kommt es zum Kochen. Es entstehen leicht bräunliche Dämpfe, die in einem Trichter eingefangen werden müssen. Dann läßt man die destillierte Flüssigkeit durch die Glasröhrchen fließen, die du besorgt hast, und fängt sie in einem Glaskolben auf. So einfach ist das.«

Es herrschte Stille, als alle die klebrige Masse, die in dem Gefäß zu brodeln anfing, beobachteten. Hiram wollte sich nichts entgehen lassen. Wie Ulysses vorhergesagt hatte, fing sich öliger Dampf in dem Filter und die ersten Tropfen des destillierten Nektars sammelten sich in dem Glaskolben. Ulysses entfernte das Gemisch aus Blättern und Wasser und begab sich mit dem kostbaren Elixier in das kleine Büro. Er zeigte auf das Telefon.

»Hier kannst du telefonieren«, befahl er. »Jetzt bist du dran.«

»Einen Augenblick«, protestierte Hiram. »Ich habe ja noch gar nicht gesehen, ob das Zeug auch funktioniert.«

»Du wirst es sehen«, versicherte ihm Ulysses. »Wenn du nicht zufrieden bist, kannst du deine Bankanweisung rückgängig machen. Aber du bekommst den Rest der Ladung erst, wenn die Million auf meinem Konto ist – wie verabredet.«

Boris warf seinem Boß einen fragenden Blick zu, der besagen sollte, ob er jetzt in Aktion treten sollte, doch Hiram tat wohl oder übel, wie Ulysses ihn geheißen hatte.

»Ich hoffe, du bist jetzt zufrieden«, sagte er, als er mit der Bank telefoniert hatte. »Ich bin immer noch nicht überzeugt.«

»Sag, Hiram«, fragte Ulysses überströmend freundlich, »wie wäre es, wenn wir alle eine schöne Tasse Kaffee trinken würden?«

Hiram wunderte sich. »Kaffee? Warum?«

»Hiram, wir brauchen Kaffee«, sagte Ulysses in bestimmtem Ton. »Semiramide soll uns vier Tassen besorgen.«

»Das kann ja Boris machen«, giftete Semiramide.

Boris wollte aufstehen, doch Ulysses hielt ihn zurück. Er wandte sich an Hiram und sagte:

»Sag Semiramide, sie solle gehen. Wenn sie uns den Kaffee serviert, schmeckt er noch mal so gut.«

Etwas in seiner Stimme überzeugte Hiram.

»Geh und hol sie!« befahl er Semiramide. »Du weißt, wo du die Tassen findest und wo der Zucker ist. Geh!«

Semiramide war wütend. Sie fluchte, aber sie ging.

»So, jetzt sag mir, was das soll?« fragte Hiram, als sich die Tür hinter ihr schloß.

»Soll ich das Elixier an dir oder an ihr ausprobieren?« fragte Ulysses vorsichtig.

Hirams Gesicht hellte sich auf. Ulysses zog aus seiner Manteltasche eine Pipette, mit der er dem Glaskolben eine kleine Menge des

Nektars entnahm. Dann kehrte Semiramide mit vier dampfenden Tassen Kaffee zurück.

»Boris hätte das auch besorgen können«, sagte sie mürrisch, »der Kaffee kommt aus einem Automaten.«

»Sag, hast du auch ein paar Kekse?« fragte Ulysses.

»Verdammt, ich bin doch hier nicht das Dienstmädchen«, explodierte sie.

»Das ist richtig«, besänftigte sie Hiram und küßte sie.

Ulysses nützte die Gelegeneit und gab ein paar Tropfen des Elixiers in die Tasse, die vor ihr stand.

»Was ist jetzt mit dem Zaubertrank?« wollte Semiramide wissen.

»Ich warte darauf, daß der Glaskolben abkühlt. Wenn wir unseren Kaffee getrunken haben, sollte er fertig sein«, erklärte Ulysses.

Semiramide maulte.

»Los, trink«, befahl Hiram, »und schauen wir, daß wir hier rauskommen. Für mich ist das eine unchristliche Zeit, ich hätte es noch gut im Bett ausgehalten.«

Boris trank seinen Kaffee in einem Zug. Die beiden anderen Männer nahmen ihn etwas kultivierter zu sich und ließen Semiramide keinen Augenblick aus den Augen. Als sie ihren Kaffee trank, sagte sie anerkennend:

»Nicht schlecht, das ist der beste Automatenkaffee, der mir je untergekommen ist.«

»So, jetzt wird es Zeit, daß wir gehen«, wandte sich Ulysses an Hiram.

Das war das Stichwort für Hiram. Er ging sofort zur Tür.

»Ihr Jungs kommt mit. Wir suchen uns einen Freiwilligen, der das Zeug testet.«

»Ja, dieses Mal seid ihr dran«, sagte Semiramide. »Ich bin genug hin und her gerannt.«

»Du hast recht«, stimmte ihr Hiram zu. »In einer Minute sind wir zurück, Boris, du bleibst hier und leistest der Dame Gesellschaft.«

Er entfernte sich mit Brian und Ulysses im Schlepptau.

Sobald sie draußen waren, schloß Hiram die Tür fest ab.

»Gute Idee«, lobte Ulysses ihn.

Sie brauchten nicht lange zu warten, bis seltsame Geräusche hinter der Tür zu hören waren. Möbel wurden umgestürzt, man hörte es poltern, brüllen, schreien und das Klirren von Porzellan. Alles wurde von Semiramides Stimme übertönt.

»Zieh deine Hose aus und gib's mir«, bellte sie.

Boris undeutliche Grunzlaute konnten Zustimmung oder Ablehnung bedeuten und sie wußten nicht, wie er sich verhielt. Plötzlich hörten sie das Krachen von Holz.

»Ist dir eigentlich noch nie aufgefallen, daß unsere Frankie einen Hang zum Ordinären hat?« fragte Ulysses Hiram.

»Nimm mich endlich!« schrie besagte Dame auf der anderen Seite der Tür.

»Es klingt, als ob sie unter Juckreiz leide«, bemerkte Hiram.

Die Geräusche schwollen zu einem Crescendo an. Fäuste trommelten gegen die Tür.

»Laßt mich hier heraus«, schrie Boris. Aus seiner Stimme klang das blanke Entsetzen. »Diese Lady ist verrückt geworden. Holt die Polizei, tut doch irgendwas. Bitte, lassen Sie das, meine Dame. Ich versprach meiner Mutter, daß ich nicht mehr herumhuren würde. Bitte, bringen Sie mich nicht um...«

Diese letzte Bemerkung richtete sich an seine Zimmergefährtin. Man hörte das unmißverständliche Zerreißen von Kleidern.

»Um Himmels willen! Wie soll ich denn mit meiner zerrissenen Hose herumlaufen!«»

Doch Boris' Bitte war umsonst. Man hörte einen unterdrückten Laut, als ob sich ein Ungeheuer auf seine Beute gestürzt hätte. Dann trat Stille ein. Plötzlich hörte man den Fall eines schweren Körpers auf den Boden und Stöhnen und heftiges Atmen.

Ulysses schüttelte traurig den Kopf.

»Armer Kerl, er hatte keine Chance.«

Hiram wischte sich den Schweiß von der Stirn.

»Okay, das Zeug wirkt.« Er schauderte bei dem Gedanken an die Geschehnisse, die sich hinter der verschlossenen Tür abspielten. »Vielleicht sollten wir jetzt gehen. Ich weiß nicht, wie lange es diese Tür noch aushält. Ulysses, wieviel kannst du liefern und wann?«

»Das sage ich dir, wenn ich von meiner Bank die Bestätigung erhalten habe, daß das Geld überwiesen wurde. Brian, komm, ich glaube, wir werden hier nicht mehr gebraucht und ich möchte Boris nicht begegnen, wenn er herauskommt. Hiram, du hörst von mir. Oh, und sag bitte Semiramide, ich danke ihr für den Kaffee.«

Kapitel 15

An den Samstagen ging es in Hamblewood immer hoch her, mit Ausnahme der Tage, an denen es in Strömen regnete. Der göttlichen Vorsehung beliebte es immer dann regnen zu lassen, wenn in England ein Feiertag herrschte oder in Wimbledon ein Tennisturnier stattfand oder irgendwelche Pferderennen.

An diesem Samstag schien die Sonne und die Besucher strömten in Scharen durch das Portal. Als am späten Abend der letzte von ihnen gegangen war und das Haus geschlossen wurde, war Miles des ganzen Treibens müde. Er führte zwar keine Besucher herum, doch wo immer er sich aufhielt, stieß er auf fotografierende Japaner oder schwitzende Amerikaner, die mit ihrem Führer unterm Arm durch das Gelände stapften. Durch die Sex-Shows wurde alles noch schlimmer. Das Verhalten seines Vaters konnte seine Stimmung auch nicht gerade verbessern. Es blieben nur noch wenige Tage, bis Gerald entweder Hiram auszahlen konnte oder Hamblewood dem Deare Center angegliedert wurde. In zehn Tagen würde Melanie in den Schoß der Familie zurückkehren und ihre Reaktion, wenn sie entdecken würde, daß der altehrwürdige Herrensitz einem zweifelhaften Typen aus der New Yorker Unterwelt überschrieben werden solle und zur Zeit als Bordell benutzt wurde, ließ ihm das Blut in den Adern gefrieren. Eigentlich hätte sein Vater, der an der Katastrophe schuld war, in Panik geraten müssen, aber das war nicht der Fall. Als Miles ihm heute nachmittag begegnet war, bestand seine einzige Sorge darin, ob die Ställe neu gestrichen werden könnten. Als Miles auf das eigentliche Problem zu sprechen kam, nahm er die Angelegenheit auf die leichte Schulter.

»Du brauchst dir keine Sorgen zu machen«, sagte er leichthin. »Dein Onkel Ulysses hat die Sache in die Hand genommen. Ein toller Bursche! Ihm wird schon was einfallen.«

Das Personal sammelte das verstreute Papier und die leeren Flaschen ein, die die Horden zurückgelassen hatten, und Miles verkroch sich in die Bibliothek und grübelte vor sich hin. Sarah war in letzter Zeit sehr mürrisch und er überlegte, wie reizvoll es sein könnte, Heim und Hof zu verlassen und sich in ein Trappistenkloster zurückzuziehen.

Aus dem Haus drang das Klingeln eines Telefons. Kurz danach stand Thistlethwaite, der Butler, in der Tür der Bibliothek.

»Entschuldigen Sie, Mr. Miles, doch ein Herr möchte Sie sprechen.«

Miles knurrte. »Wenn es irgendein Idiot ist, der mit mir über Schweineställe verhandeln möchte, soll er sich an meinen Vater wenden. Sagen Sie ihm, ich sei verschollen.«

»Ich glaube nicht, daß der Anrufer über Ställe sprechen möchte«, erwiderte Thistlethwaite. »Der Herr sagte, er rufe aus New York an.«

»Das ist wahrscheinlich der widerliche Watergate, der mich erinnern möchte, daß der Jüngste Tag bevorsteht«, überlegte Miles verbittert. »Wartet er schon lange?«

»Ich fürchte, ja, Sir.«

»Fein. Ich hoffe, der Anruf kostet ihn ein Vermögen und er bekommt die Pest. Kann man durch das Telefon die Pest bekommen, Thistlethwaite?«

»Von einem solchen Fall habe ich noch nie gehört.«

»Schade. Ich befürchte, ich muß mit ihm reden. Gut, stell den Anruf durch.«

»In Ordnung, Sir.«

Der Butler zog sich zurück und Miles wartete, bis das Telefon klingelte.

Miles nahm den Hörer ab. »Ja«, meldete er sich.

»Ich verbinde Sie«, verkündete der Butler in gemessenem Ton.

»Er ist sehr aufgebracht, weil er warten mußte.«

Man hörte ein Klicken.

»Miles, bist du's?« Dreitausend Meilen milderten nicht den Zorn und die Ungeduld in Ulysses' Stimme. »Muß jeder, der dich sprechen möchte, stundenlang warten, oder ist das ein Privileg, das den nächsten Verwandten, die den Anruf von der anderen Seite des Globus bezahlen müssen, vorbehalten ist?«

»Ich dachte, es sei Hiram«, erklärte Miles erleichtert. »Seit Wochen habe ich nichts von dir gehört und ich vermutete, du seist untergegangen, zusammen mit meiner temperamentvollen Schwester und ihrem ergebenen Freund.«

»Was faselst du da zusammen, Junge«, sagte Ulysses. »Du bist bald so schlimm wie dein Vater. Es kostet mich ein Vermögen, mit deinem Butler zu reden und nun versuchst du, mir die Leviten zu lesen. Deiner kummervollen Stimme entnehme ich, daß dir nichts eingefallen ist, Hiram in den Griff zu bekommen. Du hast also nicht in der Lotterie gewonnen, nicht die Kronjuwelen gestohlen oder sonst eine Quelle aufgetan, um Hirams Geld aufzutreiben?«

»Nein. Lucindas Sexrummel hat wohl vielen Leuten höchste Lust verschafft, doch er hat die Kassen nicht gefüllt.«

»Wieviel fehlen dir noch zu der Million?«

»Nur noch vierhunderttausend Dollar und wir haben keine Zeit mehr.«

»Du brauchst dir keine Sorgen mehr zu machen.« Ulysses klang erfrischend sorglos. »Ich habe ein gutes Geschäft gemacht. Lucinda erzählt dir dann alle Einzelheiten. Gib mir deine Kontonummer und ich überweise dir die fehlenden sechshunderttausend Dollar. Dann liegt es an dir, von Hiram den Vertrag zurückzuverlangen, den dein hirnloser Vater unterzeichnet hat. Deine Rechtskenntnisse müßten dir dabei nützen. Doch paß auf, daß das Geld nicht in Geralds Finger gerät und halte ihn fern von wasserstoffgefärbten Blondinen, bis seine Frau zurück ist, um seinen unmäßigen sexuellen Appetit im Zaum zu halten.«

»Das sind wunderbare Neuigkeiten. Ich hatte die Hoffnung schon aufgegeben«, sagte Miles. Er gab Ulysses sein Bankkonto durch und fügte hinzu:

»Es ist ein eigenartiger Zufall, daß du gerade den Betrag zur Verfügung hast, den wir benötigen.«

»Es ist etwas mehr. Um einen Ausgleich zu schaffen, darfst du diesen Anruf zahlen.«

Und damit hing Ulysses auf.

Am nächsten Tag machte sich Miles daran, Hamblewood zurückzugewinnen. Ulysses Wort galt und Miles konnte Hiram eine Million Dollar anbieten, was ihm vor kurzem noch als unerreichbares Ziel erschienen war. Es war unerwartet einfach, den Vertrag zurückzubekommen. Hiram schien das Interesse an Hamblewood verloren zu haben und war bereit, auf Miles Bedingungen einzugehen. Hirams Gedanken kreisten um den unermeßlichen Reichtum, der ihm zufallen würde, sobald er den Nektar-Handel unter Kontrolle hatte, während der allzu vertrauensselige Viscount voll und ganz damit beschäftigt war, über die Instandsetzung der Pferde- und Schweineställe nachzudenken.

Das Verhältnis zwischen Brian und Lucinda war unterkühlt und das Frühstück am Montag war eine Qual. Ulysses bemerkte die gespannte Atmosphäre und machte sich so bald wie möglich aus dem Staub. Er rief ihnen noch zu:

»Bitte, seid beide um ein Uhr zum Lunch hier. Ich muß mich um ein kleines Geschäft kümmern, das euch betrifft.«

»Wie steht die Sache mit Hiram?« fragte Brian teilnahmslos.

»Sei rechtzeitig hier und du weißt es«, lautete Ulysses Antwort.

Brian erledigte einige Einkäufe. Lucinda blieb im Hotel, blätterte gelangweilt Zeitschriften durch und schlug die Zeit tot. Paul hatte den ganzen Morgen Unterricht und war also nicht zu sprechen.

Dann kehrte Brian und ihr Onkel zurück.

Ulysses betrachtete die beiden. »Hier«, sagte er, »und legte einen Umschlag auf den Tisch, »ich habe euch ein Geschenk mitgebracht.«

Lucinda öffnete den Umschlag. Er enthielt zwei Erste-Klasse-Tickets für einen Flug nach London, der für den kommenden Abend vorgesehen war.

»Was soll das?« fragte Brian.

»Diese Tickets ermöglichen euch die Rückkehr nach Hause«, brummte Ulysses. »Ich habe Miles genügend Geld geschickt, um Hiram auszuzahlen.«

»So ist also das Spiel beendet«, sagte Brian.

»Für euch beide ist es vorbei. Für mich hat es erst begonnen«, klärte Ulysses sie auf.

Lucinda studierte die Tickets.

»Ich glaube nicht, daß ich jetzt schon zurückfliegen kann«, sagte sie gedankenvoll.

»Du wirst tun, was man dir sagt«, erwiderte Ulysses ungnädig. »Bis jetzt konnte man unsere Geschäfte mit Hiram noch als Spaß bezeichnen. Doch von nun an weht ein anderer Wind, und ich möchte nicht, daß ihr beide als Zielscheibe oder eventuelle Geiseln dient.«

»Wenn Sie mit Schwierigkeiten rechnen, könnten wir helfen«, bot Brian an.

»Die einzige Hilfe, die ihr mir anbieten könnt, ist zu verschwinden.«

Lucinda wollte protestieren, doch Ulysses ließ sie nicht zu Wort kommen.

»Als ich euch angeboten habe, euch zu helfen, war die Bedingung, daß ihr tun würdet, was ich sage.« Er hatte den Ton eines

Feldmarschalls. »Ich habe geliefert und ihr zwei laßt New York hinter euch, bevor ihr mir das Spiel mit Hiram verderbt. Geht das denn nicht in euren Kopf?« rief er eindringlich. »Ihr seid im Weg.«

Brian sah beleidigt aus und Lucinda war nicht ganz überzeugt. Ihr Onkel konzentrierte sich auf sie.

»Ist dir eigentlich klar, daß deine Mutter in ein paar Tagen zurückkehrt? Wenn sie nach Hause kommt, wird sie feststellen, daß ihr prachtvoller Herrensitz in eine zweitklassige Imitation von Coney Island verwandelt wurde. Unterbrich mich nicht«, bellte er, als Lucinda den Mund öffnete. »Und die Idee, diesen Rummel zu veranstalten hattest doch du, Lucinda, nicht wahr? So ist es also angebracht, daß du deinem Bruder zu Hilfe eilst. Ihr beide müßt meine Schwester daran hindern, deinen Vater in tausend Stücke zu reißen. Also avanti.«

Lucinda sah Ulysses finster an.

Dann griff sie wortlos nach einem der Tickets, nickte in stummem Einverständnis und ging auf ihr Zimmer.

Ulysses wandte sich Brian zu.

»Ich weiß nicht, was mit euch beiden los ist, doch ich kann es erraten. Ich habe nicht die Zeit für romantisches Getue. Wie du mit Lucinda zurechtkommst, ist dein Problem. Doch du bist dafür verantwortlich, daß sie morgen abend im Flugzeug sitzt, selbst wenn du ihr eine Flasche über den Kopf hauen müßtest. Mit Hiram ist nicht zu spaßen. Ist das klar?«

»In Ordnung«, erwiderte Brian. »Lucinda ist eigensinnig, aber nicht dumm. Sie wird Ihnen nicht ins Gehege kommen.«

Als Paul am späten Nachmittag nach Hause kam, erwartete ihn eine Nachricht, unbedingt Lucinda anzurufen.

»Sag, was ist los?« fragte er. »Ich habe dich sofort angerufen.«

»Ich muß dich sehen«, sagte Lucinda.

»Natürlich, Liebling. Wie wär's mit einem Dinner heute abend? Sag mir, was los ist.«

Lucinda überhörte seine Frage.

»Hol mich um acht Uhr vom Hotel ab«, befahl sie.

»Ich werde dort sein.«

Den Rest des Tages ging Brian Lucinda aus dem Weg. Er fand, es war am besten, wenn er sich zurückhielte. Als Lucinda sagte, daß sie abends den Wagen brauche, erhob keiner der beiden Männer einen Einwand. Sie ging unter die Dusche und wählte ihre Garderobe sorgfältig aus. Paul kam eine Viertelstunde früher als verabredet. Lucinda wartete bereits seit zwanzig Minuten in der Hotelhalle. Brian beobachtete, wie der hochgewachsene junge Pianist das Hotel betrat und Lucinda mit einer Inbrunst küßte, die besagte, daß dies kein zufälliges Treffen war. Gemeinsam verließen sie das Hotel. Brian verharrte in seinem Stuhl und seine Stimmung war auf dem Nullpunkt.

Paul fragte Lucinda, wohin sie zum Dinner gehen möchte.

»Das ist mir egal«, erwiderte sie gereizt und warf ihm die Autoschlüssel zu. »Bitte fahr du. Es ist mir egal, wohin wir gehen, Hauptsache von hier weg.«

Sie fuhren schweigend. Paul wählte ein gemütliches kleines Lokal, das erst vor kurzem eröffnet wurde. Da es noch nicht sehr bekannt war, bekämen sie bestimmt eine ruhige Ecke und Lucinda konnte ihm erzählen, was los war.

Sie wartete, bis sie mit dem Essen fast fertig waren. Dann erzählte sie ihm, daß sie in weniger als vierundzwanzig Stunden die Staaten hinter sich lassen würde.

Er nahm die Neuigkeit in aller Ruhe auf.

»Ich habe damit gerechnet«, sagte er. »Früher oder später mußte das ja kommen. Nachdem ich den Palast in England, der deine Heimat ist, gesehen habe, wußte ich, daß du nicht hierbleiben würdest.«

»Du verstehst nicht.« Lucinda ärgerte sich, daß er in ihr die verwöhnte Aristokratin zu sehen schien, die sich in New York nicht zurechtfand. »Ulysses besteht darauf, daß wir abfliegen.«

»Wir? Du meinst, du und Brian?«

»Ja. Doch das muß ja nicht das Ende für uns sein, oder?« Ihre Augen sahen ihn bittend an und sie umklammerte seine Hand. »Es gibt keinen Grund, warum du nicht nach England kommen solltest.«

»Und ich würde meinen Unterricht an der ›Juillard School‹ sausen lassen. Bist du dir eigentlich bewußt, daß damit meine Karriere als Musiker zu Ende wäre, noch bevor sie begonnen hat? Möchtest du das wirklich, Lucinda?«

»Nein, natürlich nicht.« Lucinda kämpfte gegen die Tränen an. »Aber ich möchte dich nicht verlieren.«

»Überleg mal, Liebling, was du wirklich möchtest. Sei ehrlich, würde es dir wirklich gefallen, daß dein Mann nie zu Hause wäre, immer auf Tournee? Und du wärst nur noch für mich da?«

Sie begehrte ihn in diesem Augenblick mehr denn je, doch sie durfte ihn nicht enttäuschen. Sie schüttelte traurig den Kopf. »Nein, du kennst mich besser. Doch es darf doch so nicht enden.«

»Lucinda, ich lebe nicht in deiner Welt und du nicht in meiner. Wir sind uns begegnet und haben unsere Chance wahrgenommen. Es war wunderbar und ich möchte es nicht verderben, indem ich in Zukunft eine Rolle spiele, die mir nicht entspricht, und mit dir verhält es sich genauso.«

»Ich glaube, ich verlange zuviel vom Leben«, seufzte Lucinda.

Sie hätte ihn gerne umgestimmt, doch im Innern ihres Herzens wußte sie, daß er recht hatte. Paul würde sich in Hamblewood nie wohlfühlen und sie war nicht dazu geschaffen, die Begleiterin eines Konzertpianisten zu sein.

»Zumindest könntest du nach Abschluß deines Studiums eine Reise nach England machen«, flüsterte sie. »Versprich es, Paul, dann habe ich etwas, worauf ich mich freuen kann, wenn ich wieder in Hamblewood bin.«

»Sicher, warum nicht.«

Er wußte, daß er sie nie besuchen würde und sie wußte es auch. Aber das Versprechen, das nie gehalten würde, machte ihren Abschied erträglicher.

Paul brachte sie ins Hotel zurück. Sie gingen ins Bett und liebten sich zärtlich. Lucinda schloß die Augen und versuchte, sich jede Geste einzuprägen. Sie wollte sich immer an das Gefühl seiner Hände auf ihrem Körper erinnern, an den Glanz seiner Augen, den Duft seines Körpers. Er war der ideale Liebhaber, stark und zärtlich zugleich, jung und doch schon reif. Er nahm sie, gab sich aber dafür vorbehaltlos. In den Armen dieses Mannes vergaß sie die ganze Welt. Gemeinsam erlebten sie die Ekstase, waren miteinander vereinigt, ineinander versunken. Doch selbst in diesem Augenblick war ihnen bewußt, daß die Zeit verrann und der Abschied nahte. Noch im Halbschlaf fühlte sie seine Lippen auf den ihren, und als sie aufwachte, war er bereits gegangen. Es war besser so. Nach einer solchen Liebesnacht, in der alles wortlos gesagt wurde und in der sich das Wunder ihrer Liebe erfüllte, wäre der Abschied zu schmerzlich gewesen.

Nach dem Frühstück verabschiedete sich Ulysses wortreich. Er erklärte, den Rest des Tages wäre er mit Hiram und Semiramide beschäftigt und würde sie nicht mehr sehen. »Doch«, versprach er ihnen, »in ein paar Tagen fliege ich nach England und schaue in Hamblewood vorbei, um mich davon zu überzeugen, daß alles planmäßig gelaufen ist.«

»Ich freue mich auf dich«, sagte Lucinda und küßte ihn. »Wie seltsam, daß wir dich noch vor kurzem als Volksfeind Nr. 1 betrachteten. Jetzt mag ich dich.«

»Das solltest du auch. Ich bin dein Onkel. Vielleicht habe ich es in der Vergangenheit versäumt, mehr meine guten Seiten zu zeigen. Paßt auf euch auf und verpaßt nicht das Flugzeug. Die Neue Welt braucht euch nicht mehr.«

»Warte«, rief ihm Lucinda zu, als er sich zum Gehen wandte. »Wir müssen noch die Tickets bezahlen.«

»Vergeßt es«, winkte Ulysses ab. »Die Tickets und den Hotelaufenthalt schenke ich euch. Ich fühle mich gerade in Geberlaune, nutzt das aus, solange es anhält.«

»Dieses Abenteuer hat deinen Onkel 'ne ganz schöne Stange Geld gekostet«, sagte Brian, nachdem Ulysses gegangen war.

»Da bin ich mir nicht so sicher«, murmelte Lucinda, »er sah nicht gerade aus wie jemand, der große Opfer gebracht hat.«

Erst auf der Fahrt zum Flughafen erwähnte Brian Paul. Den ganzen Tag über wirkte Lucinda niedergeschlagen. Doch Brian hatte sich mit der Aussicht, nach England zurückzufliegen, von seiner schlechten Stimmung erholt.

»Kommt Paul zum Flughafen?« fragte er.

»Ich glaube nicht.«

Es herrschte Schweigen und dann fuhr Lucinda fort:

»Ich wollte nicht, daß er kommt. Keine Tränen zum Abschied!«

»Er war kein übler Kerl«, gab Brian zu, »doch er war nicht der Mann, mit dem du seßhaft werden könntest.«

»Seßhaft? Wovon redest du eigentlich?«

»Du weißt genau, was ich meine. Mit dem du länger als ein paar Wochen zusammenbleibst.«

»Brian, geht es denn gar nicht in deinen Kopf, daß ich kein häuslicher Typ bin? Ich schätze meine Freiheit und werde nie einem Mann gehören.«

»So denkst du jetzt.« Brian war verständnisvoll, doch mit einem

Unterton von Herablassung, als ob er älter und klüger als sie wäre, was Lucinda reizte. »Du mochtest den Jungen, doch das geht vorüber, und eines Tages wirst du mit dem Richtigen einen Hausstand gründen.«

»Damit meinst du wohl dich?« fragte Lucinda mit eisiger Miene.

»Warten wir's ab«, erwiderte Brian.

Kapitel 16

Nachdem Ulysses sich von Bryan und Lucinda verabschiedet hatte, kehrte er in seine Hotelsuite zurück. Er mußte noch einiges besorgen, bis auch er New York verlassen konnte, und erledigte einige Anrufe. Der erste galt Hiram, um zu fragen, wie er mit der Herstellung des Elixiers zurechtkomme. Hiram hatte einige Probleme mit seinem Destillierapparat. Ulysses sagte ihm, was er tun müsse und versprach ihm, im Hotel zu bleiben für den Fall, daß er ihn noch brauchte.

Ein paar Stunden vergingen, ohne daß Hiram anrief, und Ulysses vermutete, daß alles funktionierte. Er rief bei Brian an, und der Portier teilte ihm mit, daß er mit Lucinda bereits das Hotel verlassen habe. Ulysses beschloß, sich eine Tasse Tee aufs Zimmer kommen zu lassen.

Kurz nachdem er das köstliche Gebräu bestellt hatte, klopfte es sacht an seine Tür. Ulysses öffnete, da er dachte, es sei der Kellner mit dem Tee. Doch draußen stand Semiramide. Sie hatte sich größte Mühe mit ihrem Aussehen gegeben, trug einen elegant geschnittenen Zweiteiler in Taubengrau und verriet damit unerwartet guten Geschmack. Doch Ulysses Reaktion auf ihr Erscheinen entbehrte jeglicher Herzlichkeit.

»Was willst du?« fragte er.

»Möchtest du mich nicht hereinbitten?« konterte sie.

»Nein«, sagte Ulysses brüsk.

Sie lächelte ihn lieblich an und bahnte sich ihren Weg ins Zimmer. Sie nahm im bequemsten Sessel Platz, entnahm ihrer Handtasche eine Zigarette, zündete sie an und paffte ihren ungastlichen Gastgeber an.

»Und wie verbringst du deine Zeit?« fragte sie ihn.

»Vor dieser unwillkommenen Unterbrechung«, erwiderte Ulysses, »genoß ich meine eigene Gesellschaft.«

»Stumpfsinnig«, bemerkte Semiramide. »Fällt dir nichts Besseres ein?«

Ulysses fand keine Gelegenheit, etwas darauf zu sagen, da der Kellner mit dem Tee erschien.

»Bringen Sie noch eine Tasse«, befahl Semiramide.

Als der Kellner gegangen war, strahlte sie den finster dreinblikkenden Ulysses an. »Ich hätte von dir nicht erwartet, daß du Tee trinkst.«

»Ich übe für England«, knurrte er.

»Genau darüber wollte ich mit dir sprechen.« Hinter ihrer Freundlichkeit verbarg sich ein ernster Unterton, und Ulysses betrachtete sie aufmerksam. »Weißt du, ich dachte, es sei eine gute Idee, wenn wir die Reise zusammen machen würden.«

»Nett von dir, daß du mir deine Begleitung antragen möchtest«, erwiderte Ulysses barsch, »aber ich schaffe die Reise auch allein.«

Ihre Unterhaltung wurde durch den Kellner unterbrochen, der eine weitere Tasse brachte. Semiramide schenkte sich und Ulysses Tee ein.

»Ich nehme an, Hiram hat dich geschickt, damit du mich ausspionierst«, knurrte Ulysses.

»Ulysses, mein Lieber, du bist auf dem falschen Dampfer.« Semiramide sprach jetzt in einem ganz anderen Ton. »Du weißt genau, daß man Hiram nicht trauen kann; bei der erstbesten Gelegenheit legt er dich aufs Kreuz.«

»Und du etwa nicht?« fragte Ulysses sarkastisch.

»Warum sollte ich? Überleg mal. Du gibst Hiram die Chance, Millionen zu verdienen. Warum?«

»Das weißt du ganz genau. Er kümmert sich um den Verkauf hier in den USA, und ich besorge die Lieferung.«

»Sicher«, gab Semiramide voller Ungeduld zu, »du brauchst hier jemanden. Aber warum gerade Hiram, der dir jeden Augenblick in den Rücken fallen kann? Ich könnte das auch machen, und zwar zu wesentlich günstigeren Bedingungen.«

»Ja, sicher, warum nicht. Doch Hiram kennt die einschlägigen Leute und du nicht.«

»Das ist ja gar nicht so wichtig. Dieses Zeug ist ja nicht irgendeine Droge, es ist einmalig. Ich sage dir, wenn Hiram die Pflanzen, die du ihm gegeben hast, bearbeitet hat, wird er den größten Teil des Elixiers als Kostproben an die führenden Händler verteilen. Wenn diese das Zeug erst mal probiert haben und seine Wirkung erleben, werden sie es von jedem kaufen. Schalte Hiram aus, und wir müssen uns nicht um die Pusher kümmern. Sie kommen zu uns und zahlen jeden Preis. Glaub es mir!«

»So soll ich also Hiram übers Ohr hauen und mich mit dir zusammentun?« lächelte Ulysses sie säuerlich an.

»Genau. Nenn es Selbstschutz. Wenn du Hiram nicht zuvorkommst, trickst er dich aus.«

»Aber ich dachte, ihr seid Partner?« sagte Ulysses.

»Aber nein. Ich habe mit ihm zusammengearbeitet, doch er behandelt mich wie Dreck. Hier kannst du meine blauen Flecke sehen.«

Semiramide hob ihren Rock hoch und wollte gerade ihre Strumpfhose herunterrollen, doch Ulysses gebot ihr Einhalt.

»Bitte nicht. Ich habe von deinen wogenden Fleischmassen schon so viel gesehen, daß ich mein Leben lang damit bedient bin. Das auf nüchternen Magen würde mich glatt umhauen.«

»Soll das heißen, daß du mich zum Dinner einlädst?« fragte Semiramide gierig.

Ulysses ignorierte die Frage.

»Kannst du mir einen Grund sagen, warum ich dir, nachdem du schon bereit bist, Hiram zu verraten, trauen sollte?«

»Bei dir ist es nicht das gleiche«, protestierte Semiramide. »Hiram hat mich wirklich schlecht behandelt: Er ist widerlich, sadistisch. Nicht wie du, Ulysses. Sicher, wir hatten unsere Schwierigkeiten, aber du warst immer fair zu mir, und ich schwöre dir, daß ich nie versuchen werde, dich auszutricksen.«

Ulysses schnaubte ungläubig. »Trink deinen Tee, er wird kalt.«

Er stand auf und ging durchs Zimmer. Kaum hatte er Semiramide den Rücken gekehrt, da entnahm sie ihrer Tasche eine kleine Flasche. Sie öffnete den Korken und wollte gerade den Inhalt in Ulyssess Tasse schütten, als er sich unvermutet umdrehte und ihr Handgelenk packte.

»Nein, meine Liebe, du behältst deinen Liebessaft für dich.« Ulysses packte sie am Genick, zog sie hoch und beförderte sie vor die Tür. Semiramide versuchte, ihn in die Hand zu beißen, doch sie hatte kein Glück. Als sie ausgesperrt war, bedachte sie ihn mit allen

Liebenswürdigkeiten dieser Welt und klopfte und trampelte gegen die Tür, aber ansonsten war ihr Abgang würdevoll.

Doch wenn Ulysses geglaubt hatte, damit seien seine Beziehungen zu Semiramide endgültig beendet, dann sollte er sich täuschen. Er konnte keinen Schritt machen, ohne beschattet zu werden. Allerdings muß erwähnt werden, daß Ulysses keinen ernsthaften Versuch unternahm, seinem Verfolger zu entgehen.

Ein weiterer Anruf bei Hiram überzeugte ihn, daß dieser mit seinen Kolben beschäftigt war.

»Kümmere dich darum, daß regelmäßig geliefert wird«, befahl ihm Hiram.

»Bin schon unterwegs«, versicherte ihm Ulysses.

Ein paar Tage, nachdem Brian und Lucinda die Staaten verlassen hatten, saß Ulysses im Flugzeug nach London. Er wollte es sich gerade gemütlich machen, als er einen Blick nach rechts warf und Semiramide sah. Sie lächelte ihm entschuldigend zu.

»Da wären wir also wieder«, hauchte sie.

Sie verzehrten ihr Abendessen. Dann legte sich Ulysses eine Decke über die Knie und schloß die Augen. Doch er konnte nicht schlafen und bestellte bei der Stewardeß einen Cognac. »Für mich auch einen«, rief Semiramide der Stewardeß nach. Ulysses befand sich gerade auf der Toilette, als die Drinks gebracht wurden. Semiramide packte die Gelegenheit beim Schopf. Als Ulysses wieder Platz nahm, hatte sie die kleine Flasche längst wieder in ihrer Manteltasche verstaut.

Ulysses schnupperte an seinem Glas und sah Semiramide streng an. Sie zuckte die Schultern und tauschte mit ihm die Gläser. Ulysses überlegte einen Augenblick und vertauschte dann die Gläser erneut.

»Ich weiß nicht, bluffst du«, sagte er zu ihr, »oder ist es sogar ein doppelter Bluff.«

»Wir würden uns viel besser verstehen, wenn du etwas vertrauensvoller wärst«, sagte sie gekränkt.

Kurz nachdem Ulysses seinen Cognac zu sich genommen hatte merkte er, daß er einen Fehler begangen hatte. Das Verlangen, das ihn plötzlich erfüllte, war unerträglich.

»Ich glaube, jetzt bist du eher bereit, dir meinen Vorschlag zu überlegen«, säuselte sie.

Ulysses zog die Decke hoch und machte sich darunter zu schaffen.

Semiramide bot ihm an: »Laß mich das für dich erledigen.«

Sie fuhr mit der Hand unter seine Decke. »Himmel, ist das ein Ungetüm«, bemerkte sie.

Das Licht war gedämpft, und die meisten Passagiere schliefen. Ulysses ließ seinen Sitz herunterklappen, bis er sich in der Horizontalen befand und tastete sich zu Semiramides Schenkel vor. Doch sie versetzte ihm einen Klaps.

»Dieses Mal bestimme ich die Regeln«, erklärte sie ihm. »Du mußt brav und folgsam sein.«

Während sie sprach, war sie immer noch mit ihm beschäftigt. Er war unfähig, sich ihren Fingern zu entziehen, die ihn ganz in der Gewalt hatten.

»Laß uns zusammenarbeiten.« Ihre Stimme klang sanft und überzeugend. »Ich habe dir nur einen Tropfen von dem Zeug in den Cognac getan, nur, damit du mir endlich zuhören würdest.« Sie verstärkte ihren Griff, beschleunigte die rhythmische Bewegung ihrer Hand und lächelte zufrieden, als Ulysses reagierte und sich in seinem Sitz drehte und wand wie eine gemarterte Seele.

In diesem Augenblick kam die Stewardeß und lächelte Ulysses an.

»Kann ich noch irgend etwas für Sie tun, Sir?« erkundigte sie sich.

Semiramide warf ihr einen wütenden Blick zu.

»Verschwinden Sie«, zischte sie.

Ulysses betrachtete sie lüstern. Seine Stimme klang heiser.

»Kommen Sie doch zu uns«, lud er sie ein.

Das Flugzeug flog gerade durch ein paar Luftlöcher und die Decke, die Ulyssess Männlichkeit verborgen hatte, verschob sich. Die Stewardeß starrte voller Entsetzen, Staunen und Faszination auf das erigierte Glied ihres Passagiers, das sie zu bedrohen schien. Ulysses grapschte ungeschickt nach ihr, doch sie entzog sich seinen lüsternen Händen.

Semiramide drängte ihn in den Sitz zurück.

»Hör zu, Kumpel«, drohte sie ihm. »Ich werde dich voll in Atem halten, und wenn ich mit dir fertig bin, wirst du nicht einmal mehr in der Lage sein, nach einer anderen Beute Ausschau zu halten.«

Mit einem Seufzer ergab sich Ulysses in das Unvermeidliche.

Einen kurzen Augenblick lang war Semiramide still und ließ ihre Hände sprechen. Sie überlegte, daß sie alles im Griff hätte, als ein kahlköpfiger Mann mit einem rosigen Gesicht und einem grellen Hemd sich näherte. Er wollte gerade an ihnen vorbeigehen, als er auf Ulysses aufmerksam wurde, der sich unter seiner Decke wand wie eine Schlange.

»Entschuldigen Sie, Sir«, rief er, »aber ich bin Arzt, und es scheint Ihnen nicht gutzugehen. Kann ich Ihnen helfen?«

Ohne eine Antwort abzuwarten, schob er die Decke zur Seite, um seinen Patienten zu untersuchen. Der Zeitpunkt hätte nicht ungünstiger gewählt sein können, denn in diesem Augenblick stand Ulysses vor dem Höhepunkt. Der wohlmeinende Mediziner wurde mit einem heißen Geysir für seine Sorge belohnt. Semiramide betrachtete ihn amüsiert.

»Sie sehen aus wie ein Weihnachtspudding«, bemerkte sie.

Der erzürnte Jünger der Heilkunst eilte zur Toilette und versuchte, das Gröbste mit einem riesigen Taschentuch wegzuwischen. Er war so verwirrt, daß er sogar vergaß, seinen ärztlichen Rat in Rechnung zu stellen.

Auch wenn Semiramide Ulysses versichert hatte, sie habe ihm nur einen Tropfen von dem Elixier gegeben, fühlte er sich noch keineswegs erleichtert. Sein Penis hatte sich bereits schon wieder erholt, und Semiramide setzte ihre Arbeit fort.

»Kann man jetzt mit dir reden?« fragte sie.

Ulysses gab nur ein unbestimmtes Grunzen von sich. »Wie ich dir sagte, wird Hiram bestimmt alles versuchen, dich reinzulegen«, fuhr sie fort. »Doch das könnte unsere Chance sein. Ulysses, hast du nicht auch ab und zu den Wunsch, seßhaft zu werden? Ich habe die Nase voll, mit einem Bastard wie Hiram herumzuziehen. Ich werde auch nicht jünger, und sobald er dich und dein Heidekraut in der Hand hat, wird er sich irgendein junges Ding schnappen und mich zum Teufel schicken. Verstehst du denn nicht, Ulysses, wir brauchen einander.«

Statt einer Antwort gab Ulysses ein ungläubiges Schnauben von sich. Im Augenblick war er unfähig, seine Eloquenz unter Beweis zu stellen.

»Es stimmt«, versicherte Semiramide und unterstrich diese Meinung durch ihre Finger. »Überleg mal. Seit du in diese Affäre auf Xanthos verwickelt warst, ist dein Name in den Staaten keinen Pfifferling wert. Dagegen könnte ich mit den Kunden verhandeln. Zudem brauchst du jemanden, da du dich voll um die Lieferung kümmern mußt. Und mit dem Geld, das wir damit verdienen, können wir uns ein ruhiges Plätzchen suchen, zum Beispiel in Beverly Hills.«

»Und du glaubst, Hiram würde uns in Frieden leben lassen?« stammelte Ulysses.

»Natürlich müssen wir einige Vorkehrungen treffen, uns zum Beispiel mit Leibwächtern umgeben.«

»Und was ist, wenn wir unterwegs sind?«

»Dafür kaufen wir uns eine kugelsichere Limousine.«

Unmerklich hatte Semiramide den Rhythmus ihrer Finger verstärkt. Ulysses erreichte seinen Höhepunkt.

»Ich glaube, wenn du in London bist, mußt du erst mal deine Hose zur Reinigung bringen«, bemerkte Semiramide.

Ulysses brauchte noch ein paar Minuten, um ihre Unterhaltung fortsetzen zu können.

»Deine Vorstellung von einem ruhigen Leben besteht also darin, ein Haus zu haben, das ständig von Gorillas, die bis zu den Zähnen bewaffnet sind, bewacht wird, und in einem kugelsicheren Wagen zu fahren, um einkaufen zu können.«

»Wenn du willst, können wir Hiram auch ganz ausschalten«, versicherte ihm Semiramide. »Das käme billiger. Es liegt ganz an dir, Schatz, was du bevorzugst.«

»Die Details sind nicht wichtig«, erwiderte Ulysses gedankenvoll. »Ich habe beschlossen, deinen Vorschlag anzunehmen. Von jetzt an sind wir Partner. In Ordnung?«

»Und wie!« jubelte Semiramide.

»Ich kann mich auf dich verlassen, solange etwas für dich dabei herausspringt«, sagte Ulysses. »Und du hast recht, ich kann nicht alles allein machen.«

»Aber sicher, und wenn dir etwas passieren würde – wenn du krank würdest oder einen Unfall hättest...«

»Ja, ja«, unterbrach Ulysses sie. »Du begleitest mich also.«

Semiramide war in bester Stimmung, als sie in Heathrow landeten und mit dem obligatorischen Regen begrüßt wurdwen. Ulysses, der seine verwüstete Hose unter einem Regenmantel verbarg, war so milde gestimmt, daß er sogar ihre Hand hielt, als sie den Flughafen verließen und ein Taxi bestiegen.

Die nächsten Tage verliefen hektisch. Semiramide folgte ihm auf Schritt und Tritt. Ulysses versuchte nicht, seine Vorbereitungen vor ihr zu verbergen und zeigte sich von seiner besten Seite.

Sie war in Hochstimmung, als sie Hiram anrief. Er war nicht gerade erfreut, da es in New York fünf Uhr morgens war.

»Ist schon gut«, erwiderte sie, als Hiram maulte, weil er so früh aus dem Schlaf aufgescheucht wurde. »Du kannst deinen Schönheitsschlaf später halten. Ich habe nicht die Zeit zu warten, bis du auf bist, und ich muß dringend mit dir sprechen.

Wie verabredet habe ich mich an Ulysses' Fersen geheftet, und er macht keinen Schritt ohne mich. Der Dummkopf ist auf das Märchen, daß ich mit ihm zusammenarbeiten möchte, hereingefallen, und ich weiß alles.«

»Gut«, rief Hiram. »Woher hat er das Heidekraut?«

»Darauf komme ich gleich. Er bringt 'ne Menge von den Pflanzen mit. Wir haben ein paar riesige Holzkisten gekauft und sie mit Moos ausgekleidet, damit das Heidekraut frisch bleibt. Sie so einzufliegen, wäre zu verdächtig, denn wer würde die Fracht für ganz gewöhnliches Unkraut halten? Wir unternehmen also die Reise mit den Kisten auf der QE2.«

»Der was?« fragte Hiram schläfrig.

»Der Queen Elizabeth. Du kennst doch das Schiff. Paß auf, Hiram.«

»Ja, ja. Und wo sind diese Wunderpflanzen jetzt?«

»Wir holen sie morgen abend. Ulysses hat einen Kombiwagen gemietet, und wir haben Spaten und Laternen...«

»Laternen?«

»Sicher. Er sagt, wir müssen sie im Dunkeln ausgraben.«

Hiram war jetzt hellwach. »Einen Augenblick. Wo ist Ulysses jetzt? Wieso kannst du ohne sein Wissen telefonieren?«

»Heute habe ich ihn allein gelassen. Nur keine Panik, Hiram, ich weiß schon, was ich tue. Er stattet heute Hamblewood einen Besuch ab. Und wenn dem guten Gerald auch allerhand zuzutrauen ist, eine Drogenplantage besitzt er bestimmt nicht. Und zudem hat Ulysses die Kisten hier gelassen. Das ist heute sein Familientag. Morgen holen wir zusammen die Pflanzen.«

»Wann bist du wieder hier?«

»Genau in zehn Tagen. Ich hoffe doch, du wartest mit einem Empfangskomitee.«

»Kümmere dich erst einmal darum, daß er liefert und daß du herausbekommst, woher er die Pflanzen hat. Alles andere überlaß mir«, kicherte Hiram.

Im Laufe der nächsten Tage erledigte Hiram eine Menge Anrufe. Er hatte schon das ganze Elixier an die Dealer-Bosse verteilt. Ohne Ausnahme berichteten sie ihm, daß sie von diesem neuen Produkt begeistert seien und es unbedingt kaufen wollten.

Nicht weit von New York entfernt, an einer der großen Autobahnen, liegt das 007-Motel. Hiram hatte es des öfteren für intime Verabredungen benutzt, und er liebte die originellen Namen der Suiten, die alle etwas mit Spionage zu tun hatten. Er hatte bereits in KGB, CIA und M15 gewirkt. Diesesmal entschied er sich für das Deuxième Bureau. Hier versammelten sich also die finsteren Bosse der Unterwelt und Hiram jubelte. Er war am Zug, und sie tanzten nach seiner Pfeife. Bestellungen wurden aufgegeben und Liefer- und Zahlungsbedingungen ausgehandelt. Es ging um riesige Summen. Als alle gegangen waren, fühlte er sich erschöpft, aber großartig. Doch seine Arbeit war noch nicht beendet.

Die beiden Männer, die ihn jetzt aufsuchten, hatten darauf bestanden, anonym zu bleiben.

»In Ordnung«, hatte Hiram eingewilligt. »Wie soll ich Sie also anreden, Mr. Smith und Mr. Jones?«

»Sparen Sie sich Ihre Witze«, erwiderten sie kalt.

Mit Dr. Jeckyll und Mr. Hyde waren sie auch nicht einverstanden gewesen, und sie meldeten sich als Mr. Hedges und Mr. Benson an der Rezeption.

»Glaubst du, er hat Verdacht geschöpft?« fragte Mr. Benson Mr. Hedges. In diesem Augenblick eilte Hiram auf die beiden Männer zu und hieß sie willkommen.

»Wir riskieren Kopf und Kragen«, begrüßte ihn Mr. Hedges.

»Machen Sie sich keine Sorgen. Hier sind Sie sicher«, beruhigte Hiram die beiden. »Liege ich richtig mit meiner Vermutung, daß Sie in der Lage sind, Drogen einzuschmuggeln?«

»Wenn Sie etwas ins Land geschmuggelt haben wollen, können wir das arrangieren«, erwiderte Mr. Benson, »aber das kostet Sie 'ne ganz schöne Stange.«

»Sie verstehen mich falsch«, lächelte Hiram. »Ich möchte, daß das Drogendezernat eine Ladung beschlagnahmt. Ich verfüge über alle Einzelheiten, wann und wie sie hier eintrifft.«

Mr. Benson starrte Mr. Hedges an und zuckte die Schultern. »Ich vermute, Sie möchten irgend jemanden in Schwierigkeiten bringen. Gut, das kann man machen, aber das kommt auch nicht billig. Hängt ganz davon ab, was er schmuggelt. Wonach sollen wir suchen? Heroin? Kokain?«

»Heidekraut.«

»Was?«

»Wie ich sagte. Harmloses Heidekraut.«

»Wenn Sie glauben, Sie könnten hier Ihre Scherze mit uns treiben«, drohte ihm Mr. Hedges, doch Hiram unterbrach ihn.

»Ich bin bereit zu zahlen, als ob es Heroin wäre.«

»Sie sagen, dieses Heidekraut sei harmlos?«

»Genau.«

»Was passiert dann mit uns, wenn es im Labor untersucht wird?« fragte Mr. Benson. »Sie werden denken, wir seien verrückt.«

»Sie werden es nicht untersuchen«, sagte Hiram. »Nachdem Sie die Kisten beschlagnahmt haben, werden sie gestohlen.«

»Wie?« fragte Mr. Hedges.

»In diesem Augenblick verdienen Sie sich das Geld, das ich Ihnen zahlen werde. Bewerkstelligen Sie es, wie Sie wollen. Hauptsache, ich bin innerhalb von vierundzwanzig Stunden im Besitz der intakten Kisten.«

Mr. Benson fand, es sei etwas faul an der Sache und wollte nichts damit zu tun haben. Mr. Hedges schloß sich seiner Meinung an. Hiram bemerkte beiläufig, daß es schade sei, daß sie sich die Chance, reich zu werden, entgehen lassen wollten, da noch weitere Ladungen folgen würden, die durch den Zoll gebracht werden müßten.

Nach reiflicher Überlegung waren Mr. Benson und Mr. Hedges bereit, mit Hiram zusammenzuarbeiten, aber der Preis mußte angemessen sein.

Erst in den frühen Morgenstunden hatten sie alles besprochen.

Als alles klar war, zog sich Hiram in sein Zimmer zurück und schlief bald mit einem verzückten Lächeln auf dem Gesicht ein.

Kapitel 17

Ulysses' Besuch in Hamblewood war eine Enttäuschung. Das Haus wirkte düster. Er hatte sich vorgestellt, daß die Rettung des ehrwürdigen Herrenhauses Jubel hervorrufen würde. Das ganze Dorf würde auf den Beinen sein, eine Kapelle würde aufspielen, und überall würden Jubel und Trubel herrschen. Doch nichts dergleichen tat sich hier. Da niemand von seiner Ankunft wußte, holte ihn auch niemand vom Bahnhof ab. Ein finster dreinblikkender Thistlethwaite empfing ihn, doch der Butler hatte von jeher wie ein Leichenbestatter auf Ulysses gewirkt. Er begegnete seinem Schwager, der so lustig wirkte wie ein geschlachtetes Schaf. Es herrschte eine feierliche Atmosphäre, die durch den Aufzug des Viscount unterstrichen wurde. Statt seiner geliebten Tweedjacke trug er einen dunklen Anzug, eine graue Krawatte und ein weißes Hemd mit steifem Kragen, der schon längst aus der Mode war.

»Was ist passiert?« fragte Ulysses. »Ist eines deiner Lieblingsschweine eingegangen?«

»Schlimmer«, ächzte der vergrämte Adlige. »Melanie ist zurückgekehrt.«

»Soll das heißen, daß die häuslichen Verhältnisse hier nicht die volle Billigung meiner Schwester gefunden haben?« fragte Ulysses in spöttischem Ton.

»Es gibt nicht viele Dinge, die sie billigt«, klagte Gerald. »In irgendeiner Zeitung hat sie von dem Sexmarkt hier in Hamblewood gelesen«, erklärte er flüsternd.

»Ich kann mir vorstellen, daß sie kein Verständnis dafür hatte, da du ihr ja nicht erklären konntest, wieso du gezwungen warst, auf diese Art und Weise Geld aufzutreiben«, sagte Ulysses.

Gerald fröstelte. »Miles und Lucinda versuchen, ihr alles zu erklären. Bereits seit einer halben Stunde reden sie mit ihr. Es muß schrecklich für die beiden sein.«

»Und warum bist du nicht in der Folterkammer? Als Familienoberhaupt wärst du doch der erste, dem die Daumenschrauben angelegt werden sollten.«

»Nicht, daß ich Angst hätte«, erwiderte Gerald, wobei sein Gesichtsausdruck, der blankes Entsetzen zeigte, seine Worte Lügen strafte. »Ich wollte ihr alles erklären, wie wir es vor ihrer Ankunft geübt hatten, doch sie sagte, sie sei nicht in der Stimmung, dem Gesabber eines Idioten zuzuhören.«

»Unfreundlich, aber ich verstehe sie«, meinte Ulysses.

»So schnappte sie sich die Kinder und befahl mir, draußen zu warten.«

»Vielleicht war das am besten so. Du hast nicht das Zeug zu einem Märtyrer«, sagte Ulysses als Trost. »Doch ich habe nicht viel Zeit. Ich werde also das Vorrecht der Rückkehr des verlorenen Bruders wahrnehmen und in die Versammlung platzen. Vielleicht kann ich helfen.«

»Warum wartest du nicht bis nach dem Essen?« schlug Gerald vor. »Mit nüchternem Magen ist Melanie immer viel ungenießbarer.«

Ulysses erklärte ihm, er könne nur kurz bleiben, da ihn dringende Geschäfte nach London zurückriefen und er würde es riskieren, sich den Zorn seiner Schwester aufzuladen und eilte zum Musikzimmer, wo die Konferenz stattfand.

Melanie saß über ihre schuldbeladene Nachkommenschaft zu Gericht. Ihr Ärger, noch vor der Urteilsverkündigung unterbrochen zu werden, wurde durch ihre Freude, Ulysses wiederzusehen, gedämpft. Sie erinnerte sich, daß ihre Begegnung mit Ulysses, vor ein paar Wochen, unerwartet angenehm gewesen war, und Ulysses ließ seinen ganzen Charme spielen.

»Verzeih, daß ich hier so reinplatze«, säuselte er, »aber ich hatte keine Gelegenheit, dich vor meinem Besuch zu warnen. Da ich ein paar Tage in England zu tun habe, dachte ich, ich schaue mal auf die schnelle bei euch vorbei.«

»Das war richtig von dir«, erwiderte Melanie. »Auch wenn du einen ungünstigen Augenblick erwischt hast. Es hat den Anschein, daß diese Kinder während meiner Abwesenheit Gerald erlaubt haben, eine Dummheit zu begehen, der ich jetzt nachgehen muß.«

Sie betrachtete die beiden, als ob sie sie beim Hochverrat ertappt hätte. Obwohl Miles ein fähiger Rechtsanwalt war, schien er unter dem Kreuzverhör in sich zusammenzusinken, während Lucinda wie ein Schulmädchen wirkte, das vom Direktor getadelt worden war.

»Du spielst doch nicht auf das Geschäft an, das ich ihnen geraten habe?«

Melanie entlud ihren Zorn auf ihren Bruder.

»Möchtest du damit sagen, daß du vorgeschlagen hast, Hamblewood in ein übel beleumundetes Haus zu verwandeln?«

Ulysses lachte. »Nein, ich glaube, das ist etwas übertrieben. Aber vergiß nicht, verehrte Schwester, daß unser Familienvermögen durch den Versand von empfängnisverhütenden Mitteln entstand. Ich vermute, Melanie hat unser Talent geerbt und erweist sich als würdige Erbin ihres guten, alten Großpapas.«

Melanie wollte protestieren, doch Ulysses unterbrach sie. »Überleg mal«, warnte er, »sie hätte ja auch ihrem Vater nachschlagen können.«

Melanie schimpfte: »Wie dem auch sei, das ist keine Art, mit Hamblewood umzugehen.«

»Das stimmt«, pflichtete Ulysses ihr bei. »Da ist dieser riesige Landsitz mit seinen Feldern und Wäldern. Nachdem es ihnen jetzt gelungen ist, das Geschäft anzukurbeln, kann ja das ganze Sextreiben irgendwo auf dem Grundbesitz, in gebührendem Abstand zum Haus, stattfinden. Und die Sex-Supermärkte sind ja sowieso meilenweit entfernt. Und vergiß nicht, Melanie, diese Sachen zahlen sich aus.«

Das war ein ganz neuer Aspekt für Melanie. Seit dem Tag ihrer Hochzeit hatten Hamblewood und ihr Mann Geld verbraucht und nie einen Pfennig eingebracht. Die Möglichkeit, daß der aristokratische Name dazu beitragen konnte, die Rechnungen zu bezahlen, war eine Offenbarung.

»Miles erzählte irgend etwas von wegen, man habe gutes Geld verdient«, wandte sie sich an ihren Sohn. »Wie sieht's aus mit der Steuer? Hast du dir schon mal überlegt, daß wir enorme Steuern zahlen müssen?«

»Keineswegs«, mischte sich Ulysses ein. »Ich wollte euch vorschlagen, daß die Geschäfte von einer meiner Firmen, der ›Erotic Enterprises‹, geführt werden sollten, die ihren Sitz in einem steuerfreien Land hat.«

Die Aussicht auf gute Gewinne, Steuerfreiheit und den beruhigenden Einfluß ihres klugen Bruders, der einst ein Schlitzohr war, jetzt aber ein überlegener Geschäftsmann, war überwältigend. Nach kurzem Zögern willigte Melanie ein. Gerald konnte seinen Augen nicht trauen, als sie alle in bester Laune das Musikzimmer verließen. Ulysses blieb noch zum Lunch, aber kurz danach verabschiedete er sich.

Miles brachte ihn zum Bahnhof.

»Kannst du mir noch nähere Angaben über die ›Erotic Enterprises‹ machen?« bat er ihn.

»Selbstverständlich«, sagte sein Onkel. »Sobald sie existiert.«

»Heißt das, es gibt die Firma noch gar nicht?«

»Natürlich nicht, aber bald. Ich mußte doch etwas erfinden, um deine Mutter zu überzeugen, oder?«

Miles mußte zugeben, daß sein Onkel schnell denken konnte, und die Art, wie er ihnen bei ihrem Problem geholfen hatte, verdiente allen Respekt.

»Wo können wir dich erreichen?« fragte Miles, als Ulysses den Zug bestieg.

»Gar nicht. Zumindest vorerst nicht. Vergiß nicht, ich habe noch eine Rechnung mit Hiram zu begleichen, und das zieht mich für einige Zeit aus dem Verkehr. Doch mach dir keine Sorgen, Junge, du wirst bald von mir hören.«

Miles hatte keine Vorstellung, wie bald schon und in welch sensationeller Form er von seinem unkonventionellen Onkel hören würde.

Kapitel 18

Es war viel Arbeit, die Sexzimmer vom Haupthaus in ein Jagdhaus zu verlegen, das ungefähr eine Meile von Hamblewood entfernt war. Doch Lucinda war froh, daß sie Beschäftigung hatte. Seit ihrer Rückkehr aus New York wurde sie von dieser Ruhelosigkeit befallen, die sie von Zeit zu Zeit erlebte, wenn sie eine Phase ihres Lebens abgeschlossen hatte und auf eine neue Herausforderung wartete. Sie vermißte Paul. Sie schrieb ihm, erhielt aber keine Antwort und als sie ihn anrief, teilte man ihr mit, er sei verreist und habe keine Adresse hinterlassen.

Melanie hatte sich wieder völlig eingelebt. Es war, als wäre sie nie fortgewesen.

Brian bemerkte Lucindas innere Spannung und tat alles, um sie abzulenken. Aber sogar ihr Sexualleben war nicht mehr prickelnd. Nicht, daß Lucinda eine andere Affäre gehabt hätte, doch sie brauchte einfach den Hauch von Abenteuer. Der größte Teil des Umzugs war beendet, und Lucinda entspannte sich in ihrem Zimmer. Es war später Nachmittag, eine tote Zeit auf Hamblewood. Sie blätterte in einem Buch, als Brian hereinkam.

»Störe ich dich?« fragte er.

Lucinda klappte das Buch zu und schüttelte verneinend den Kopf.

»Ich habe vor, morgen abzufahren«, teilte er ihr mit.

Sie starrte ihn an.

»Hier gibt es nichts mehr für mich zu tun«, sagte er. »Ich sollte mich mal wieder zu Hause zeigen.«

Lucindas düstere Stimmung verstärkte sich noch. Wenn Brian weg war, würde das Haus völlig trostlos sein, zumal Miles und Sarah völlig mit der bevorstehenden Niederkunft Sarahs beschäftigt waren.

Brian schien ihre Gedanken zu erraten.

»Du brauchst mich ja nicht mehr«, sagte er kläglich, »also gehe ich lieber. Du hast dich verändert.«

»Du könntest dich ja um die Supermärkte kümmern«, schlug sie vor. Es war ein schwacher Versuch, und sie wußte es.

»Sie sind so gut organisiert, daß du es mit Miles allein schaffst. Es geht ja nicht nur darum, eine Beschäftigung zu finden. Einen Job finde ich immer. Aber es geht um uns. Unsere Beziehung hat einen Tiefpunkt erreicht, verstehst du mich?«

»Komm her zu mir«, murmelte sie und schmiegte sich in seine Arme.

Er preßte sie an sich. Sie erlebten die ganze Zeit, die sie miteinander verbracht hatten, in Gedanken noch einmal. Er streichelte ihr übers Haar, küßte ihre Augen, ihre Nase, ihren Hals, ihren Mund. Jeder Kuß bedeutete Abschied. Sie führte ihn zu ihrem Bett, wollte ein letztesmal seinen Körper fühlen, seine Muskeln. Er war Brian, ihr Mann, der einmalig war. Sie wollte sich alles an ihm einprägen, um ihn nie zu vergessen.

Brian begehrte sie mehr denn je. Er brauchte nicht Ulysses' Liebestrank: der Nektar ihrer Lippen wühlte seine Sinne auf. Er bedeckte sie von Kopf bis Fuß mit Küssen. Der Gedanke, sich von ihr trennen zu müssen, war ihm unerträglich, und doch wußte er genau, daß er nicht länger bleiben konnte, da sie sich von ihm abgewandt hatte. Doch er war entschlossen, sich diesen Abschied nicht verderben zu lassen. Er küßte zärtlich ihre aufgerichteten Brustwarzen, liebte ihre weichen Brüste, ihre langen Beine, die Rundung ihrer Hüften. Als sie sich vereinigten, versank die Welt um sie, und sie ließen sich von der Woge der Ekstase forttragen.

Noch nie hatten sie sich so geliebt. Es war mehr als Sex. Die Trauer über ihre bevorstehende Trennung intensivierte ihre Lust.

Sie sprachen kein Wort. Ihre Gefühle waren so stark, daß jedes Wort den Zauber zerstört hätte. Sie wußten, auch wenn sie sich für immer trennen würden, konnte ihnen niemand diese Erinnerung nehmen, die so kostbar war und nur ihnen allein gehörte.

Eine Ewigkeit verharrten sie so und genossen die Gegenwart des anderen. Brian konnte ihren Herzschlag hören, sie fühlte seinen warmen Atem auf ihrer Haut. Ihr Verlangen war so groß gewesen, daß sie ein Vorspiel als überflüssig empfanden, doch sie genossen ein köstliches Nachspiel ihrer Leidenschaft.

Lucinda brach als erste das Schweigen.

»Brian, mein Liebling, wir müssen uns anziehen. Es ist doch heute Mamas großer Abend.«

Heute abend sollte anläßlich der Rückkehr der Viscountess eine offizielle Dinnerparty stattfinden. Sie hatte damit gewartet, bis alle Sexrelikte aus dem Haus geschafft waren und es wieder seine alte Würde hatte. Während Lucinda und Brian sich liebevoll voneinander verabschiedeten, herrschte unten geschäftiges Treiben.

»Ich glaube nicht, daß ich in eine so vornehme Gesellschaft passe«, sagte Brian ironisch.

»Mach dir darüber keine Gedanken«, beruhigte ihn Lucinda. »Thistlethwaite legt den Abendanzug für dich zurecht. Ein Haus wie Hamblewood hat immer genügend schwarze Krawatten und weiße Hemden für alle Fälle bereit. Du solltest dich jetzt richten.«

Brian ging in sein Zimmer zurück. Auf dem Weg dahin wurde er von ein paar muskulösen Männern in grauen Anzügen aufgehalten, die ihn nach einer verborgenen Waffe filzten.

Melanie hatte den amerikanischen Botschafter eingeladen, und das waren seine Leibwächter.

Nachdem sich Brian in den Smoking, den ihm Thistlethwaite zurechtgelegt hatte, gezwängt hatte, ging er nach unten. Auf dem Weg dorthin wurde er erneut abgetastet, dieses Mal von Agenten des Secret Service.

Limousinen, meistens Rolls-Royce, aber auch Cadillacs und Mercedes fuhren vor. Vor dem Ballsaal wurde Londons High Society von der würdevollen Gastgeberin und ihrem unglücklichen Gemahl empfangen. Der Viscount zog die Gesellschaft seiner Schweine den Menschen vor. Doch auf Befehl seiner Frau mußte er den Platz an ihrer Seite einnehmen und Leuten die Hand schütteln, deren Namen er vergessen hatte und ihnen versichern, wie entzückt er sei, sie begrüßen zu dürfen.

Wie immer war Melanies Dinner ein voller Erfolg. Unter normalen Umständen wurden solch formelle Abende im Stadthaus der Familie, das sich in der Nähe der amerikanischen Botschaft befand, abgehalten. Doch auf besonderen Wunsch des Botschafters war dies dieses Mal nicht der Fall. Er wollte sich ungestört mit ein paar einflußreichen Leuten unterhalten, und es war angenehmer, sie in diesem Rahmen zu treffen, als in der Botschaft, wo vielleicht Presseleute oder sonstige unwillkommene Beobachter lauerten. Der Leiter des Secret Service hatte gefunden, daß seine Leute, die für die Sicherheit des Botschafters verantwortlich waren, Hamblewood besser unter Kontrolle halten konnten. Also hatte Melanie das Dinner hier ausgerichtet.

Ein weiterer Faktor sprach für Hamblewood. Da es ein Stück von London entfernt war, würden die Gäste bestimmt, sobald es schicklich wäre, aufbrechen. Also konnte sich der Botschafter mit nur wenigen Leibwächtern in die Bibliothek zurückziehen, wo er von den Personen, mit denen er sich unterhalten wollte, aufgesucht werden konnte, ohne befürchten zu müssen, gestört zu werden.

Als Melanie den letzten Gast verabschiedet hatte, kam der Botschafter aus der Bibliothek und gesellte sich zu ihr.

»Lady Hamblewood, nachdem ich Ihre großzügige Gastfreundschaft genossen habe und Ihnen durch das Verlegen der Dinnerparty nach Hamblewood viel Mühe gemacht habe, habe ich noch eine weitere Bitte an Sie.«

»Herr Botschafter, was kann ich für Sie tun?«

»Heute erfolgte eine wichtige Ankündigung durch unseren Staatsminister, und es würde mich sehr interessieren, wie die Medien darauf reagierten. Würden Sie mir bitte gestatten, fünf Minuten den Fernseher anzuschalten?«

»Aber natürlich«, stimmte Melanie zu. Sie wandte sich an ihre Tochter. »Lucinda, bitte führe Seine Exzellenz in den Fernsehraum.«

Lucinda tat, wie ihr geheißen, und schaltete den Fernseher ein.

Sie wartete, während der Botschafter interessiert auf die Mattscheibe starrte. Nachdem er erfahren hatte, was er wissen wollte, stand er auf, um zu gehen. Doch Lucinda lauschte mit offenem Mund voller Entsetzen dem folgenden Bericht. Auf der Mattscheibe erschien in voller Größe ihr Onkel Ulysses und trug Handschellen.

Kapitel 19

Bevor Ulysses sich von Miles hatte zum Bahnhof bringen lassen, bat er ihn, ihm zu zeigen, was noch von dem Heidekraut übrig war. Er betrachtete die wenigen Pflanzen nachdenklich, und Miles erklärte, daß demnächst Nachschub von der ›Luzifer‹ gebracht würde.

»Wenn der Vorrat, den wir noch auf der ›Luzifer‹ haben, aufgebraucht ist, müssen wir nach Xanthos segeln, um Nachschub zu besorgen«, bemerkte er.

»Das eilt noch nicht«, sagte Ulysses. »Ich bitte dich um folgendes: Bitte bring diese Pflanzen in den nächsten Tagen nach London und lege sie in ein Schließfach in der Waterloo Station. Dann bring bitte den Gepäckschein in deinen Club und leg ihn in ein an mich adressiertes Kuvert. Ich hole es dann später und hole mir die Erika. Sprich mit deiner Schwester, ob sie noch welche hat. Wenn ja, halte sie unter Verschluß. Unternimm nichts, bis ich dir ein Zeichen gebe.«

Ulysses weihte Miles nicht in seinen Plan ein, aber er nahm ihm das Versprechen ab, sich streng an seine Anweisungen zu halten.

Als er wieder in London war, wartete Semiramide auf ihn.

»Wie war's in Hamblewood?« flötete sie. »Hat der liebe Gerald keine Grüße an mich ausrichten lassen?«

Ulysses sagte nichts, doch die Art und Weise, wie er sie anblickte, sprach Bände. Doch er schluckte die Bemerkung, die ihm auf der Zunge lag, hinunter und küßte sie leicht auf die Wange.

»Hast du mich vermißt, Süße?« fragte er.

Semiramide betrachtete ihn mißtrauisch. So zärtliche Worte war sie von Ulysses nicht gewohnt.

»Hast du getrunken?« fragte sie.

»Aber nein, Frankie. Lassen wir das Semiramide-Gesäusel. Für mich bist du nach wie vor die gute alte Frankie.« Seine Augen blickten voller Zärtlichkeit, und sein Mund lächelte herzlich.

»Sag, was ist in dich gefahren?«

»Auf der Rückfahrt habe ich mir so meine Gedanken gemacht«, teilte er ihr mit. Sein Ton war ernst und erregte ihre Aufmerksamkeit. »Sicher, wir beschlossen Geschäftspartner zu werden. Aber ich habe das Gefühl, es ist mehr als das. Wir kennen uns seit Jahren in- und auswendig, und in meinem Alter sehnt sich ein Mann nach einem Heim. Habe ich dir je gesagt, daß du eine ungewöhnlich schöne Frau bist?«

»Ulysses, sag, was ist nur mit dir?« keuchte Semiramide. »Möchtest du mir etwa einen Heiratsantrag machen?«

»So ähnlich«, gab er zu. »Nachdem die Wirkung des Elixiers nachgelassen hatte und du mich vorher so liebevoll bedient hattest, wurde mir klar, daß ich dich wirklich mag, nicht nur im Bett... Ich mag es einfach, wenn du bei mir bist. Wie findest du die Idee?«

»Uff, das kommt so plötzlich.« Semiramide benahm sich wie ein Teenager, der sich zum erstenmal einem liebeskranken Freier gegenübersieht. Doch dann siegte die praktische Seite an ihr.

»Es hört sich gut an, Ulysses, aber glaubst du nicht, wir sollten uns erst um die Geschäfte kümmern, bevor wir uns unserem Privatleben zuwenden?«

»Okay. Aber darf ich das so verstehen, daß du mir damit auf taktvolle Weise einen Korb geben möchtest?«

»O nein, keineswegs. Ich meine, was ich sage. Wir sind zusammen und werden weitersehen.«

Ulysses küßte sie erneut, diesesmal mit mehr Leidenschaft.

»Fein«, rief er erfreut. »Heute abend feiern wir. Zieh dein schönstes Kleid an, und ich führe dich in das beste Restaurant der Stadt.«

»Ernsthaft?«

»Aber sicher. Morgen geht's wieder an die Arbeit. Also, laß uns den Abend genießen. Ach, und noch etwas, Frankie, mein Schatz. Wenn wir die Pflanzen holen, haben wir viel zu tun, also versprich mir, daß du mir nichts mehr von dem Nektar einflößen wirst.«

»Ich mag dich als natürlichen Liebhaber«, antwortete sie. »Doch ich werde das Mittel in Reserve halten, für den Fall, daß du dein Versprechen nicht hältst. Es verleiht einer Frau ein Gefühl der Sicherheit, immer ein Mittel bei der Hand zu haben, das ihren Mann lieb und gefügig macht.«

Ulysses nickte verständnisvoll. »Du solltest dich jetzt umziehen. Soll ich dir ein Bad einlassen?«

»Muß ich denn ein Bad nehmen?«

»Ich befürchte, der Ort, an den wir uns begeben, macht dies erforderlich.«

Semiramide hielt es im allgemeinen nicht so streng mit der Hygiene, doch sie ließ sich überzeugen und nahm ein heißes Bad. In der Badewanne betrachtete sie sich kritisch.

Ich bin immer noch gut in Form, dachte sie. Kein Wunder, daß sich Ulysses verliebt hat. Doch er ist nicht mehr so jung, wie er einmal war. Mit dem Elixier müßte ich mir ja einen Jüngeren leisten können, und dann könnte ich Ulysses, Hiram und die anderen alten Trottel wie den schwachsinnigen Viscount zur Hölle schicken. Und sie würde ja bald so reich sein! Das Leben war wirklich lebenswert!

Als Ulysses sie in der Badewanne plätschern hörte, lächelte er in sich hinein. Flittchen bleibt Flittchen. Er nahm die Flasche aus ihrer Handtasche und goß den Inhalt in einen Blumentopf. Für alle Fälle, kicherte er. Er füllte das Fläschchen mit kaltem Tee und Bourbon. Die Farbe dieser Mischung entsprach am ehesten dem Nektar. Als Semiramide wieder aus dem Bad auftauchte, rosig und glänzend, war die Flasche schon wieder in ihrer Tasche verstaut und Ulysses mit Rasieren beschäftigt.

Er hielt sein Wort. Das Restaurant war exklusiv, das Essen köstlich, der Wein eine Verheißung, und die Rechnung entsprach einem Lösegeld. Sie gingen noch in einen Night-Club. Semiramide rechnete als Abschluß des Abends mit einem Schäferstündchen, doch kaum war sie im Bett, da schlief sie schon ein. Ulysses war erleichtert und begab sich auch zu Bett. Das Erwachen am anderen Morgen war qualvoll. Doch Ulysses drängte sie, bis sie angezogen war.

»Sollte mir etwas passieren«, sagte er zu ihr, »mußt du dich selbst um die Lieferung des Heidekrauts kümmern. Es ist wichtig, daß du alles über die Pflanze weißt. Ich werde dich überallhin mitnehmen. Wir fangen bei dem großen botanischen Garten in Kew an. Du wirst alle Arten von Heidekraut kennenlernen, so daß du unser Heidekraut von den anderen Arten unterscheiden kannst und dich niemand reinlegen kann. Wie ich dir bereits sagte, haben wir viel zu tun.«

In den wenigen Tagen, die bis zur Einschiffung noch blieben, machte Semiramide einen Schnellkurs in Botanik. Ihr Praktikum mußte sie nachts draußen im Moor machen und alle möglichen Sorten von Heidekraut ausgraben, große, weiße, purpurfarbene und Stechginster, der ihre Hände und Fingernägel ruinierte. Ulysses nahm immer ein Exemplar der Pflanzen mit, damit sie bei Tageslicht studiert werden konnten.

»Warum müssen wir nachts ganz England umgraben?« beklagte sich Semiramide und blickte auf ihre zerschundenen Hände.

»Wir graben sie auf Privatbesitz aus, wozu wir ja kein Recht haben«, erklärte Ulysses geduldig. Seine Hände waren sehr gepflegt, da Semiramide das Graben besorgte und er die Überwachung.

»Welche sind unsere Pflanzen?« wollte sie wissen.

»Ich zeige sie dir, wenn wir fertig sind.«

Semiramide war erleichtert, daß die Abreise bald bevorstand. Sie hatte bereits die Koffer gepackt und die Souvenirs für ihre Freunde verstaut.

Ulysses betrachtete sie nachdenklich.

»Du weißt, heute abend findet an Bord ein großes Dinner statt. Das ist immer so am ersten Abend. Du solltest so gut wie möglich aussehen.«

»Was stimmt an mir nicht?« maulte sie.

»Es ist nichts, Liebling, nur...«

»Nur was?«

»Nun, wir werden mit sehr wichtigen Leuten zusammensitzen.«

Semiramide sah nicht beeindruckt aus.

»Aristokraten, vielleicht sogar königlichen Geblüts.«

Semiramide sah immer noch nicht beeindruckt aus.

»Sehr, sehr reiche Leute.«

Semiramide sah beeindruckt aus.

»Ich dachte, du solltest vielleicht zum Friseur gehen.«

Sie fuhr sich durch die Haare, fand, daß ihre Locken spröde waren und schämte sich.

»Ich nehme doch an, das Hotel hat einen Friseur«, sagte sie.

Ulysses schüttelte den Kopf. »Warum gehst du nicht zu Maurice? Er ist der beste. Jeder, der etwas auf sich hält, geht zu Maurice.«

»Sag, woher weißt du das?« fragte Semiramide, mißtrauisch geworden.

»Immerhin ist meine Schwester eine Viscountess«, erinnerte er sie.

»Nun, wenn dieser Maurice so berühmt ist, muß ich mich bestimmt Tage, ja Wochen im voraus anmelden.«

»Deshalb habe ich bereits bei unserer Ankunft für dich einen Termin ausgemacht.«

Semiramide war überrascht. »Möchtest du damit sagen, du hast das alles geplant?«

»Das war erforderlich, wenn du von Maurice bedient werden wolltest. Aber natürlich kann ich den Termin rückgängig machen, wenn du lieber zu einem anderen Friseur möchtest.«

»Nein, nein, wenn er so gut ist.«

»Du wirst es sehen, wirst die Sensation auf dem Schiff sein. Der Kapitän wird keinen Blick von dir wenden können.«

Ulysses rief ein Taxi und ließ seine Begleiterin einsteigen, damit sie ihr Rendezvous mit dem Figaro einhalten konnte. Dann nahm er sich ein Taxi und fuhr bei Miles' Club vorbei, um sich den Umschlag zu holen. Dann ließ er sich zu Waterloo Station bringen und holte sich den Koffer aus dem Gepäckfach. Er war lange vor Semiramide im Hotel. Sie kehrte strahlend und elegant zurück.

Ulysses stand vor den beiden Holzkisten, in denen das Heidekraut in Moos eingebettet war.

»Schön«, begrüßte Ulysses sie. »Ich wollte, daß du sie noch siehst, bevor ich die Nägel einschlage.« Er nahm eine Pflanze heraus.

»Sagst du denn gar nichts zu meiner Frisur?« fragte Semiramide beleidigt.

»Natürlich, göttlich«, erwiderte Ulysses knapp, »doch wir haben nicht mehr viel Zeit, bis unser Schiff ausläuft. Also sieh sie dir genau an.«

Er hielt ihr die Pflanze hin und zeigte ihr die kleinen Knollen unter den stachligen Blättern, die das Sekret enthielten, das diese Pflanze von allen anderen ihrer Art unterschied.

»Deshalb wollte ich dir zum Vergleich die anderen Pflanzen vorführen. Keine von ihnen hatte diese kleinen Knollen, oder?«

Ihre Augen funkelten. Sie war im Besitz des großen Geheimnisses. Ulysses hatte ihr auf einer Landkarte gezeigt, wo überall die verschiedenen Heidekraut-Arten zu finden waren. Er beschränkte sich dabei auf England. Sie schaute in die andere Kiste, nahm eine Pflanze heraus und untersuchte sie sorgfältig. Da waren ja die kleinen Knollen. Zufrieden beobachtete sie, wie Ulysses die Nägel in die Kisten schlug. Es war auch höchste Zeit, überlegte sie, daß er sich an die Arbeit machte.

Als sie auf dem Schiff waren, kümmerte sich Semiramide um die Koffer, die sie während der Reise benötigten, und richtete sich in der Kabine ein. Ulysses überwachte die Verladung des Gepäcks, einschließlich der beiden Kisten. Inzwischen griff Semiramide nach dem Telefonhörer.

»Können Sie mich mit einer Nummer in New York verbinden?« fragte sie.

»Natürlich, Madam«, erwiderte der Vermittler, und ein paar Sekunden später hatte sie Hiram am Apparat. In aller Eile schilderte sie ihm die Kennzeichen der Kisten und versicherte ihm, sie wisse alles über das Heidekraut. Als Hiram diese Neuigkeiten hörte, war er plötzlich hellwach und meinte, sie könne jetzt die Seereise genießen. Er würde sich um den Rest kümmern.

Kaum hatte sie den Hörer aufgelegt, da stand Ulysses schon in der Tür.

»Hast du telefoniert?« fragte er.

»Nein. Das heißt ja«, erwiderte Semiramide. »Es war einer der Stewards, der wissen wollte, ob wir Tee wünschten.«

Es klopfte an die Tür. Ulysses öffnete, und der Steward trat ein.

»Möchten Sie oder die Lady eine Tasse Tee?« fragte er liebenswürdig. »Wir fahren erst in einer Stunde ab.«

»Nein«, schnauzte ihn Semiramide an.

»Ja, gern«, erwiderte Ulysses.

Der Steward betrachtete sie. »Also einmal Tee.«

»Schenken Sie zwei Tassen ein«, bellte Semiramide.

Der Steward zog sich zurück.

»Seltsam, daß jemand einen Augenblick vorher wegen Tee angefragt haben soll, kurz bevor der Steward vorbeikam«, bemerkte Ulysses.

Semiramide wechselte schnell das Thema.

Die Reise verlief ereignislos. Semiramide war enttäuscht, daß sie am ersten Abend nicht an den Kapitänstisch gebeten wurden, da doch ihre Frisur so umwerfend war. Ulysses versicherte ihr, er habe darum gebeten, kein Aufsehen um sie zu machen, da sie inkognito reisten. Semiramide leuchtete die Logik nicht ein, doch sie erhob keinen Einwand.

In der letzten Nacht schien Ulysses sehr unruhig zu sein.

»Was bedrückt dich?« fragte ihn Semiramide.

»Ich überlege gerade«, erwiderte Ulysses nachdenklich, »wie wir unsere kostbare Fracht an Land bringen, ohne auf Hiram und seine Gorillas zu stoßen. Dann müssen wir untertauchen, bis du mit den Käufern Kontakt aufnehmen kannst.«

Semiramide lachte. »Mach dir keine Gedanken. Ich habe alles arrangiert, bevor wir abfuhren. Natürlich wird Hiram auf uns warten, doch einige meiner Freunde werden ihn abfangen. Sie werden ihm nichts Böses antun, aber wir haben Zeit gewonnen und können in Ruhe an Land gehen und uns dorthin begeben, wo einige Herren mit gezücktem Scheckheft auf uns warten.«

»Uff, du warst aber ein fleißiges kleines Mädchen«, sagte Ulysses anerkennend.

Sie gingen früh zu Bett. Semiramide unternahm keinen Versuch, ihm den Liebestrank einzuflößen. Sie hatte kein Verlangen, mit ihm zu schlafen. Wenn sie erst einmal an Land war, mit diesem köstlichen Elixier, hatte sie unter den jungen schönen Männern des Landes die Qual der Wahl. Ulysses seinerseits machte keinen Versuch, zärtlich zu werden. Das Leben meinte es gut mit Semiramide.

Wie junge Touristen, die von ihrer ersten Reise außerhalb der Staaten zurückkehrten, standen sie am folgenden Morgen an der Reling und betrachteten das surrealistische Märchenland Manhattan, das aus dem Nebel auftauchte. Um sie herum war das geschäftige Treiben der Passagiere, die sich um ihr Gepäck kümmerten. Die Schiffsoffiziere erledigten die erforderlichen Formalitäten.

Als sie an Land waren, sah sich Ulysses um. Wie Semiramide versprochen hatte, war von Hiram und seinen Jungs nichts zu sehen. Semiramide hielt sich dicht an ihn, während er sich um das Gepäck kümmerte. Dann begaben sie sich zum Zoll, mit dem Gepäck und den beiden Kisten.

»He, hierher mit dem ganzen Zeug.«

Ulysses folgte dem Befehl, der ihm von einem der beiden Zollbeamten erteilt wurde. Mr. Benson lächelte Mr. Hedges an. Alles verlief planmäßig. Als Ulysses sich nach Semiramide umwandte, war sie mit ihrem Gepäck verschwunden.

»Öffnen Sie«, befahl Mr. Hedges und deutete auf eine der beiden Kisten.

»Sie enthält nur Pflanzen«, protestierte Ulysses, als die Kiste aufgerissen wurde und Mr. Hedges auf das Heidekraut starrte.

»Wir haben Grund anzunehmen, daß es sich hierbei um Drogen handelt«, sagte Mr. Benson. »Wenn das so ist, wie wir vermuten, werden Sie in der Unterkunft, die für Kerls wie Sie vorgesehen sind, alt und grau werden.«

»Sie können sehen, daß es nur Heidekraut ist«, jammerte Ulysses, doch niemand achtete auf seine Worte.

Plötzlich war er von Reportern, Fernsehleuten, Zollbeamten, Beamten vom Drogendezernat und grimmig blickenden Polizisten umringt. Während einer der Polizisten Ulysses Handschellen anlegte, gab Mr. Benson eine kurze Erklärung ab. Sie hätten eine Ladung beschlagnahmt, die eine geheimnisvolle, gefährliche Droge enthielt, und Ulysses gehöre zur Unterwelt. Die Operation sei dank der Information eines verantwortungsvollen Bürgers angelaufen. Die Kameras surrten, und alles war in Licht getaucht.

Das war die Szene, die Lucinda im Fernsehen gesehen hatte. Nachdem Ulysses seinen unfreiwilligen Fernsehauftritt beendet hatte, wurde er in einen Polizeiwagen geschoben und in einer Zelle untergebracht.

Kapitel 20

Das Schauspiel, wie Ulysses in Handschellen abgeführt wurde, war das letzte, das die britischen Fernsehzuschauer von dem, was einige aufgeregte Reporter als die Drogensensation des Jahrhunderts zu bezeichnen pflegten, sahen. Folglich erlebte Lucinda nicht mehr, wie Hiram im Fernsehen auftrat. Er errötete bescheiden, als man ihm zu seinem Mut und seiner Unerschrockenheit angesichts der großen Gefahr gratulierte. Hiram hatte erklärt, daß er von Agenten des Drogendezernats in ein internationales Netz von Desperados eingeschleust worden sei, deren Chef jetzt sicher hinter Gittern wäre. Hiram erklärte, er habe nur das getan, was jeder pflichtbewußte amerikanische Staatsbürger auch getan hätte.

Lucinda reichte das, was sie gesehen hatte. Sie rannte aus dem Zimmer und stieß fast mit ihrer Mutter zusammen.

»Was ist denn los?« rief Melanie ihrer Tochter hinterher.

Doch Lucinda hatte keine Zeit, ihr zu antworten. Sie eilte auf Brian zu und zog ihn in eine Ecke, wo sie ungestört reden konnten. Sie berichtete ihm in Kürze, was mit Ulysses geschehen war.

»Unter diesen Umständen kannst du nicht einfach weggehen«, sagte sie sowohl anklagend als auch entrüstet.

»Beruhige dich«, antwortete Brian. »Natürlich bleibe ich, wenn du meinst, ich könne helfen. Aber ich weiß nicht, was wir für deinen Onkel tun können.«

»Wir müssen nach Amerika fliegen«, erwiderte Lucinda.

»Heute nacht können wir nichts mehr tun. Warum sprechen wir morgen nicht mit Miles? Als Anwalt kann er uns bestimmt sagen, was man tun kann«, vermutete Brian.

Miles war keine große Hilfe. Er warnte Lucinda, es dürfe kein Nektar mehr verkauft werden, solange Ulysses in Untersuchungshaft wäre. Sie könnten nichts unternehmen, bevor offiziell Anklage gegen ihren unglücklichen Onkel erhoben würde.

»Und komm mir nicht mit irgendwelchen romantischen Rettungsideen«, warnte er. »Ulysses aus einem ausbruchssicheren Gefängnis zu holen ist unmöglich. Wir können nur warten. Ich kann mir nicht vorstellen, daß das FBI einfach seine Zelle aufschließt und ihn auffordert zu gehen. So haben wir genug Zeit, uns Gedanken zu machen.«

Doch Miles hatte sich geirrt. Am nächsten Morgen war auf der Titelseite der New Yorker Zeitungen zu lesen, daß direkt unter den Augen der Beamten des Drogendezernats der mysteriöse Inhalt von Ulysses' Kisten gestohlen worden sei, bevor es möglich war, ihn zu analysieren. Wie so etwas möglich war, würde die Zeitungen noch lange beschäftigen, bis eine neue Sensation die Gemüter erregte.

Ulysses wurde von einem Polizeisergeant aus der Zelle geführt. Er mußte eine Empfangsbestätigung unterschreiben und erhielt seine persönlichen Sachen zurück.

»Soll das heißen, daß ich frei bin?« fragte er.

»Einigen Freunden von Ihnen gelang es, das Beweismaterial, das wir gegen Sie hatten, zu stehlen«, bellte der Polizist. »So können wir Sie nicht festhalten. Wenn ich es in der Hand hätte, dann...«

Ulysses unterbrach ihn, bevor der Hüter des Rechts ihm mitteilen konnte, welches Schicksal er ihm zugedacht hätte.

»Sie sagen, man habe meine Kisten gestohlen?« fragte Ulysses. »Dieses Heidekraut war sehr wertvoll. Ich werde die Polizei, den FBI, die New Yorker Hafenbehörde und den verdammten Präsidenten selbst verklagen.«

»Scheren Sie sich hier raus«, keifte der Polizist, »bevor ich vergesse, wie freundlich ich bin.«

Ulysses beschloß, daß er nicht zum Helden geboren war, und machte sich auf den Weg. Er benutzte einen Seitenausgang, um nicht eventuell der Presse in die Arme zu laufen. Er fand Manhattan so abstoßend, daß er nicht einen regulären Linienflug abwartete, sondern sich einen Jet mietete und auf dem schnellsten Wege dieses ungastliche Land verließ.

Wenn Ulysses befürchtet hatte, seine Entlassung aus dem Gefängnis könne Hiram auf den Plan rufen, täuschte er sich. Hiram und Semiramide waren viel zu beschäftigt, um sich mit jemandem so unbedeutendem wie ihm abzugeben. Am selben Morgen, als Ulysses New York verließ, wirkten sie bei einer höchst ungewöhnlichen Versammlung im Deare Center als Gastgeber.

Hirams Testproben der ersten kleinen Heidekraut-Lieferung waren ungemein erfolgreich gewesen. Nachdem er jetzt bekanntgab, daß das Elixier gekauft werden konnte, waren Dealer aus allen Teilen des Landes nach New York gekommen. Es waren ungefähr zwölf, da Hiram beschlossen hatte, sich auf die mächtigsten zu konzentrieren. Wie üblich war im Center ein Kommen und Gehen. Neue Patienten kamen, alte reisten ab, Besucher gingen ein und aus, so daß ein paar Cadillacs mehr kein Aufsehen erregten.

Die Unterwelt-Bosse versammelten sich in einem der Salons. Sie begrüßten sich wie Kunsthändler bei einer Auktion. Der bullige, finster dreinblickende Ire aus Boston hatte links und rechts einen Leibwächter, über die sich der quirlige Schwarze, der Denver beherrschte, amüsierte. Der Boß aus Chicago war ein nervöser kahlköpfiger Mann in den Vierzigern mit Pickeln und einer Stahlbrille. Mr. Dallas trug einen Cowboyhut, der Lord aus Los Angeles war braungebrannt und der Mann, der New York im Griff hatte, sah aus wie ein Börsenmakler aus der Wall Street.

Hiram begrüßte die Anwesenden. Hinter ihm standen die beiden Kisten, deren Inhalt sichtbar war.

»Ihr Jungs wißt, daß hier Dynamit liegt«, zeigte er auf die Kisten. »Laßt uns also übers Geschäft reden.«

»Einen Augenblick«, unterbrach ihn ein muskulöser Mann aus Washington. »Wir möchten eine Probe, daß diese Ladung genauso wirkungsvoll ist wie die Proben, die Sie uns gesandt haben.«

»Es wird mir ein Vergnügen sein, Sie davon zu überzeugen«, bekundete Hiram schmeichlerisch. Er schnappte sich eine der Pflanzen und forderte sie auf: »Folgen Sie mir.«

Er führte die Männer in eine Küche, wo er die Pflanze so behandelte, wie es ihm Ulysses beigebracht hatte. Während sie warteten, servierte Semiramide Getränke. Doch die Bosse waren unempfänglich für ihre Reize, da sie voller Ungeduld auf die Tropfen im Kolben starrten. Sie beobachteten, wie Hiram den Nektar in ein Glas goß, eine Flasche Cola öffnete und ein paar Tropfen mit der Flüssigkeit vermengte. Er bot das Glas Semiramide an, doch Mr. Washington erhob Einwand dagegen.

»Nein, nicht ihr. Sie ist schon von Haus aus so geil, daß wir keinen Unterschied sehen würden.«

Semiramide blickte ihn wütend an und wollte gerade ihre Ehre verteidigen, doch Hiram gebot ihr Schweigen.

»Okay, dann wählen Sie jemanden. Wer hat ein Mädchen mitgebracht?«

Mr. Boston stand auf und verschwand. Kurz darauf kehrte er in Begleitung einer ungefähr zwanzig Jahre alten Blondine zurück.

»Sie ist frigid«, verkündete Mr. Boston. Er nahm das Glas und reichte es dem Mädchen. »Trink«, befahl er.

»Ich bin nicht durstig«, maulte das Mädchen.

»Trink«, befahl ihr Freier in einem Ton, der besagte, daß darüber nicht zu debattieren wäre.

Das Mädchen leerte den Inhalt des Glases mit offensichtlichem Widerwillen. »Das Zeug ist so scharf, das schadet meinem Teint.«

Die Männer beobachteten sie erwartungsvoll. Sie blickte ärgerlich in die Runde. Hiram wandte sich an den Big Boß aus Boston.

»Ziehen Sie Ihre Hose aus, das beschleunigt die Demonstration.« Bevor Mr. Boston antworten konnte, hatte die Blonde die Sache selbst in die Hand genommen. Sie stürzte sich auf ihn und zog ihm die Hose runter.

»Dir werde ich zeigen, wer hier frigid ist!« schrie sie.

Ihr unerwarteter Angriff brachte Mr. Boston aus dem Gleichgewicht. Er stolperte, fiel über einen Stuhl und landete auf dem Boden. Die Furie stürzte sich über ihn, grapschte seinen Penis und massierte ihn wie wild, bis er eine Erektion hatte. Mit einem Triumphschrei vollzog sie den Liebesakt. Die Zuschauer verharrten in verblüfftem Schweigen, bis Mr. Denver begeistert Beifall klatschte. Die anderen taten es ihm nach, mit Ausnahme der Darsteller, die sich auf dem Boden wanden.

»Wenn sie mit ihm fertig ist, könnte sie noch zwei oder drei von Ihnen befriedigen«, erklärte Hiram.

Die sexbesessene Lady hatte ihren Herrn und Meister in ungefähr neunzig Sekunden zum Höhepunkt geführt. Wie Hiram vorausgesagt hatte, war sie immer noch unbefriedigt und schaute sich nach neuen Partnern um.

Sie wurde nicht enttäuscht. Der Anblick des wilden, animalischen Sex faszinierte und stimulierte die Männer. Der muskulöse Schwarze aus Denver hatte seine Hose heruntergelassen und enthüllte vor seinen Bewunderern einen Slip, auf dem nackte Frauen aufgemalt waren. Als er sich auch dieses Kunstwerks entledigt hatte, zeigte er seine lange, ebenholzfarbene Männlichkeit. Die Blonde kniete immer noch auf dem Boden. Ihr Blick wurde weich und mit einer Sanftheit, die in krassem Gegensatz zu ihrem vorigen Verhalten stand, streichelte sie sein Glied.

Das Ganze war so erotisierend, daß der Mann aus Los Angeles nicht mehr warten konnte und sie von hinten umfaßte.

»Stärker«, keuchte das ehemals frigide Mädchen. Ihre Augen waren glasig, ihre Stimme rauh. Die Männer hegten keinen Zweifel, daß sie völlig von der Lust beherrscht wurde, die durch das Elixier bewirkt worden war.

Mr. Denver und Mr. Boston verzogen sich in ein Badezimmer. Die anderen standen im Kreis um das Girl und den Mann aus Los Angeles herum, der es ihr tüchtig besorgte.

Das Mädchen war immer noch nicht befriedigt, und weitere Freiwillige waren bereit, doch Hiram gebot ihnen Einhalt.

»Okay, Männer, das war's. Sind alle von der Qualität des Elixiers überzeugt?«

Es herrschte beifälliges Gemurmel. Hiram betrachtete das Mädchen, das so gut assistiert hatte. »Schluß jetzt«, befahl er.

»Aber ich bin noch nicht fertig«, protestierte sie.

»O doch, du bist«, bekräftigte Semiramide, packte sie an den Haaren und beförderte sie vor die Tür. »Los, wasch dich«, befahl sie ihr.

Dann fuhr Hiram fort: »Ich verkaufe jetzt den Inhalt dieser beiden Kisten. Wer zuerst kommt, mahlt zuerst.«

Die Bosse umstanden die Kisten. Semiramide nahm die Pflanzen aus den Kisten und breitete sie vor ihnen aus.

Dann forderte Hiram sie auf, zu bieten. Jede Summe unter hunderttausend Dollar für jeden Erikastock war uninteressant.

Nach dem Schauspiel, das ihnen eben geboten worden war, wollten sie alle kaufen. Nach einer Stunde waren die ganzen Pflanzen verteilt und in Plastiktüten verstaut. Wenn Hiram an die Millionen Dollar dachte, die die Pflanzen einbrachten, wurde ihm ganz wirr im Kopf. Der Duft von Reichtum war für Semiramide betäubender als das Elixier oder sonstige Drogen.

»Nun, meine Herren, bitte ich Sie, mir in mein Büro zu folgen, mein Telefon steht Ihnen zur Verfügung«, sagte Hiram. Mit einem zufriedenen Lächeln verfolgte er, wie die Bosse ihre Banken in fernen Landen anriefen, wo sie ihr blütenweißes Geld angelegt hatten, und Anweisungen gaben, besagte Summe an Hiram zu überweisen. Erst dann durften sie ihre kostbaren Pflanzen in Besitz nehmen. Nachdem der letzte gegangen war, schenkte Semiramide ihrem Komplizen ein strahlendes Lächeln.

»All das viele Geld«, jubelte sie. »Und das alles gehört uns.«

»Nicht ganz, Süße«, verbesserte sie Hiram. »Wir müssen heute abend noch jemanden auszahlen.«

Abends feierten sie ihren Erfolg. Semiramide machte sich über Austern und Kaviar her. Der Champagner, den sie tranken, war nicht unbedingt der beste, aber der teuerste. Semiramide hob ihr Glas und sprach:

»Auf Ulysses, dem wir diesen Reichtum verdanken und der für all seine Mühe keinen Cent bekommen hat.«

»Möge er im Gefängnis verfaulen«, fügte Hiram großmütig hinzu.

Sie wußten noch nicht, daß ihr Wohltäter heute morgen entlassen worden war.

Als sie wieder in Hirams Wohnung anlangten, waren sie angenehm betrunken und mit sich und der Welt zufrieden.

»Laß uns ins Bett gehen«, drängte Semiramide.

»Wart noch ein bißchen. Ich erwarte noch Besuch«, erklärte er ihr.

Doch Semiramide wollte nicht warten. Sie wußte nicht, welche Besucher Hiram erwartete, und sie kümmerten sie keinen Deut. Hiram hatte sich einen Whisky eingeschenkt, und als er ihr den Rükken drehte, leerte sie eine großzügige Menge aus der kleinen Flasche, die sie immer bei sich trug, in sein Glas. Bereits die Hälfte davon hatte Ulysses ganz schön kirre gemacht, überlegte sie.

Hirams Besucher waren Mr. Benson und Mr. Hedges, und sie kamen, bevor er noch an seinem Whisky genippt hatte. Sie betrachteten Semiramide voller Mißtrauen und Ablehnung.

»Warum sind Sie nicht allein?« zischte Mr. Hedges mißbilligend. »Wir haben ausgemacht, daß wir uns allein treffen, ohne Zeugen. Niemand sollte uns sehen. Was also soll die Dame hier?«

»Sich entspannen«, grinste Hiram und leerte sein Glas auf einen Zug. »Sie ist in Ordnung, sie hat das Zeug importiert.« Dann blickte er stirnrunzelnd auf sein Glas: »Verdammt, was ist denn mit dem Whisky los, er schmeckt abscheulich.«

Semiramide hielt den Atem an. Sie hatte nicht damit gerechnet, eine öffentliche Vorstellung zu geben, und weder Mr. Hedges noch Mr. Benson schienen eine Live-Sex-Show zu schätzen.

»Wollen Sie etwas trinken?« fragte Hiram seine Gäste.

Selbst wenn sie vor Durst gestorben wären, hätte ein Blick in Hirams Gesicht genügt, sie zu Abstinenzlern zu machen.

»Kommen wir zur Sache«, erwiderte Mr. Benson.

Hiram legte ein paar Stapel von Hundertdollarnoten vor sie hin. Die beiden Hüter des Gesetzes blätterten sie flüchtig durch, stopften sie in ihre Brieftaschen und schickten sich an zu gehen.

»Gibt es noch weitere Geschäfte?« erkundigte sich Mr. Hedges.

»Sicher. Ich informiere Sie, wenn wir Sie brauchen.«

»Und Sie vergessen nicht, uns unseren bescheidenen Preis zu zahlen?« Mr. Benson brachte seine Bitte höflich, doch bestimmt vor, und Hiram entging der drohende Unterton nicht.

»Ich lasse euch doch nicht im Stich«, erklärte Hiram.

Die beiden Herren betrachteten ihn skeptisch und verließen den Raum wortlos.

»Diese Kerle möchte ich nicht als Feinde haben«, sagte Hiram. »Sag, Süße, was ist denn in dich gefahren?«

Semiramide starrte ihn mit weitaufgerissenen Augen an.

»Hiram, fühlst du denn nichts?«

»Wovon redest du denn überhaupt? Ich fühle mich reich, reicht das denn nicht?«

»Ich meine, hast du kein Verlangen nach mir?« sagte Semiramide. »Verdammt, du hast nicht einmal eine Erektion.«

»Alles zu seiner Zeit«, lächelte Hiram. »Ich glaube, ich trinke einen Kaffee, damit ich nicht mehr diesen Whiskygeschmack im Mund habe. Uff, war der scheußlich. Dann können wir ins Bett gehen. Dir zuliebe ziehe ich sogar meine Socken aus.«

Semiramide wurde von Furcht gepackt. »Hör zu, vielleicht wirkt dieser Nektar nicht bei jedem. Ich habe dir einen guten Schuß von dem Nektar in den Whisky getan, und er hat nicht gewirkt. Hiram, kann es sein, daß manche Leute immun dagegen sind?«

Hiram überdachte das Problem. »Sag mir«, sagte er nachdenklich, »hast du Ulysses auch davon gegeben?«

Semiramide nickte.

»Nun«, lachte Hiram, »ich vermute, er entdeckte, wo du den Saft aufbewahrtest und vertauschte ihn gegen eine andere Flüssigkeit, für den Fall, daß du ihm erneut eine Dosis verpassen würdest. Er ist ganz schön gerissen, unser Ulysses. Er hat dich bestimmt an der Nase herumgeführt.«

Semiramide fand die Sache nicht so amüsant. Vielleicht hatte Ulysses noch andere Tricks auf Lager. Doch Hirams gute Laune steckte auch sie an, so daß sich ihre Zweifel zerstreuten.

Nachdem Hiram einen Kaffee getrunken hatte, bereitete er sich für die Nacht vor. Als er seine Socken auszog, klingelte das Telefon.

»Laß es läuten«, rief ihm Semiramide zu, die sich bereits ins Bett gekuschelt hatte. Aber ein Telefon, das mitten in der Nacht klingelt, hat etwas Dringliches an sich. Der Anrufer war der Boß aus Washington. Er kam gleich zur Sache.

»Morgen komme ich nach New York, du Gauner«, bellte er, »und reiße dich in Stücke.«

»Sagen Sie, was ist in Sie gefahren?« fragte der erschreckte Hiram.

»Das weißt du verdammt gut«, brüllte der Anrufer. »Das Kraut, das du mir gegeben hast, ist reiner Bluff.«

»Bluff«, schrie Hiram zurück. »Sie haben doch selber gesehen, wie es gewirkt hat.«

»Ich erlebte die Wirkung eines anderen Heidekrautes«, widersprach Mr. Washington. »Warte, Junge, bis ich dich in die Finger kriege.«

Bevor Hiram noch etwas sagen konnte, hatte er aufgelegt.

Vielleicht hätte er besser erklären sollen, wie man mit Destillierkolben und dergleichen umgeht? Hiram ging betrübt zu Bett. Als er sich Semiramide zuwenden wollte, schrillte das Telefon erneut.

Dieses Mal riet ihm der nette, gutmütige Mann aus Chicago, sein Testament zu machen. Kurz darauf wurde er von Denver beschimpft und von Los Angeles bedroht. Hiram konnte nur noch nervös stammeln.

»Was willst du machen?« fragte Semiramide. »Hast du vor, den Jungs ihr Geld zurückzugeben?«

Hiram schüttelte den Kopf. »Sie wollen die Ware. Kannst du dir vorstellen, daß die beiden Kerle vom Drogendezernat bereit wären, das schöne Geld zurückzugeben? Sag, weißt du genau, wo Ulysses die Pflanzen ausgegraben hat? Das Zeug in den Kisten war bestimmt in Ordnung. Wenn wir mehr davon bekommen könnten, um die schlechten Pflanzen zu ersetzen, wären die Kunden bestimmt besänftigt.«

»Mach dir keine Sorgen«, lächelte Semiramide grimmig. »Ulysses jagte mich kreuz und quer durch England. Ich habe alle Heidekrautpflanzen, die es gibt, kennengelernt.«

»Doch wofür ist das gut«, rief Hiram ungeduldig, »wenn du nicht genau weißt, wo die einzelnen waren?«

»Das weiß ich doch«, erklärte ihm Semiramide triumphierend. »Als wir durchs Land zogen, markierte Ulysses auf einer Landkarte jede Stelle, zusammen mit einer Beschreibung der Pflanzen, die wir dort antrafen. Da ich fand, daß mir diese Karte dienlicher als ihm sein könnte, nahm ich sie an mich. Ich werde sie dir zeigen.«

Sie kletterte aus dem Bett, ging zum Schreibtisch und beförderte eine große, sorgfältig markierte Landkarte von Großbritannien zutage.

Hiram seufzte vor Erleichterung. »Du bist ein kluges Mädchen. Morgen früh fliegen wir nach England.«

Erneut klingelte das Telefon. Widerstrebend griff Hiram nach dem Hörer. Diesmal sagte er nichts, hörte nur zu, wurde blaß und legte auf.

»Schnell«, sagte er zu Semiramide. »Zieh dich an und pack alles zusammen. Ich schätze, wir haben keine Viertelstunde, um uns aus dem Staub zu machen.«

»Aber du hast doch gesagt, wir würden morgen früh weggehen«, protestierte sie.

»Wir haben keine Zeit. Das war der Boß aus New York. Er ist unterwegs zu uns.«

Zehn Minuten später schlossen sie die Tür hinter sich. Sie hatten das Notwendigste in einem Koffer verstaut, Geld, Pässe und die Heidekraut-Karte geschnappt und waren jetzt auf dem Weg zum Flughafen. Sie wagten es nicht, auf einen regulären Flug zu warten. So charterten sie, wie Ulysses es vor noch nicht allzu langer Zeit getan hatte, einen Jet, um außer Sichtweite zu sein, bevor ihre Verfolger sie aufspürten.

In verschiedenen Städten der USA schauten Gangster, die sich in Amateurchemiker verwandelt hatten, voller Abscheu auf die brodelnde Masse aus braunem Heidekrautrückstand, die ihre Destilliergeräte verstopfte. Der Rauch verpestete die Luft. Das Ergebnis war eine bittere, brackige Flüssigkeit, deren Wirkung die gleiche war wie die des kalten Tees, den Semiramide Hiram serviert hatte. Doch als sich die beiden Flüchtlinge in ihrem Sitz zurücklehnten, kümmerten sie sich wenig um die Ökologie Amerikas. Sie waren voll und ganz damit beschäftigt, ihre Haut zu retten.

Inzwischen war ihnen Ulysses nach London vorausgeeilt. Er war in einem kleinen, unauffälligen Hotel abgestiegen und rief von hier aus Lucinda an. Er entschuldigte sich, daß er nicht die Zeit hatte, sie in Hamblewood zu besuchen, doch er bat seine Nichte, unverzüglich zu ihm ins Hotel zu kommen. Während Hiram und Semiramide über den Ozean flogen, saßen Brian und Lucinda in der Hotelhalle und ließen sich von Ulysses das Neueste berichten.

»Aber wird Hiram Sie nicht verfolgen?« fragte Brian.

»Das glaube ich schon, doch ich glaube nicht, daß er mich findet«, erwiderte Ulysses.

Brian war hartnäckig. »Ein Typ wie er hat bestimmt seine Kontaktmänner in England, die Sie sogar in diesem Hotel aufspüren werden.«

»Ich habe nicht vor, lange hier zu bleiben«, versicherte ihm Ulysses, »und ich hoffe, mein bulgarischer Paß bringt sie eine Zeitlang aus der Fassung.«

»Sie haben einen bulgarischen Paß?«

»Ja, so ist es, Brian. Es war eine kluge Vorsichtsmaßnahme.«

»Aber du sprichst ja nicht Bulgarisch«, brachte Lucinda vor.

»Und glaubst du denn allen Ernstes, daß sonst jemand in einem verschlafenen Hotel Bulgarisch kann?« erwiderte ihr Onkel. »Es wäre unklug gewesen, einen französischen oder deutschen Paß zu kaufen – doch bulgarisch? Wer schon wird mich in meiner angeblichen bulgarischen Muttersprache ansprechen?«

»Hat sich der Mann am Empfang nicht gewundert, wie du auf dieses Hotel gekommen bist?« erkundigte sich Lucinda.

»Natürlich. Ich erzählte ihm, Krassov in der Botschaft habe es mir empfohlen.«

»Und gibt es tatsächlich einen Krassov in der bulgarischen Botschaft?« wollte Brian wissen.

»Das glaube ich nicht«, erwiderte Ulysses, »aber sie werden das auch nicht wissen wollen. Sie werden wohl vermuten, daß ich den Namen des Hotels nicht richtig verstanden habe, und da ich schon bezahlt habe, sind sie zufrieden.«

»Du hast aber auch an alles gedacht«, bemerkte Lucinda voller Bewunderung. »Als wir dich im Fernsehen sahen, haben wir uns große Sorgen gemacht. Ich überredete Brian, in Hamblewood zu bleiben, damit wir zusammen in die Staaten fliegen könnten, um dir zu helfen. Aber ich wußte wirklich nicht, was wir hätten tun können.«

»Ich freue mich, daß ihr euch um mich sorgt«, sagte Ulysses, »aber jetzt könnt ihr etwas für mich tun. Das ist vielleicht nicht ganz ungefährlich für euch, doch ich kann euch gut bezahlen.«

»Erzähl, was du meinst«, forderte Lucinda ihn auf.

»Nun, der bulgarische Paß hilft, ins Land zu gelangen oder wieder auszureisen, aber es könnte meiner Gesundheit nicht schaden, wenn ich eine Weile weg wäre. In einer Stadt wie London besteht immer die Möglichkeit, früher oder später entdeckt zu werden. Ich brauche einen Platz, wo niemand hinkommt. Was haltet ihr davon, wenn ich euer Boot miete, mich an Bord schmuggle und ihr mich zurück nach Xanthos bringt? Hirams Gorillas wissen nicht einmal, daß es diese Insel gibt. Ich wäre dort völlig in Sicherheit.«

»Großartig«, rief Lucinda. »Das wollte ich dir auch vorschlagen. Wir hatten sowieso vor, mit der ›Luzifer‹ nach Xanthos zu segeln, nicht wahr, Brian?«

»Tatsächlich?« fragte Brian. Er hörte jetzt zum erstenmal von diesem Plan.

»Wir haben kein Heidekraut mehr. Miles gab dir das letzte.«

Ulysses nickte zustimmend.

»Wir, vielmehr ich«, korrigierte sich Lucinda, »dachten, daß wir für Nachschub sorgen sollten. Vielleicht könnten wir es in den Staaten vermarkten.«

»Das würde ich im Augenblick nicht raten«, warnte ihr Onkel. »Aber wenn ihr sowieso nach Xanthos segelt, würde ich mich freuen, euch als blinder Passagier zu begleiten. Wann können wir abreisen?«

»Was meinst du, Brian?« fragte Lucinda. »Du möchtest doch jetzt, da du gebraucht wirst, nicht mehr nach Hause, oder?«

Brian zögerte nicht. In den letzten Tagen war ihr Verhältnis nicht gerade glänzend gewesen. Aber das war in Hamblewood, wo es noch sehr formell zuging. An Bord der ›Luzifer‹ herrschte eine andere Atmosphäre. Er erinnerte sich, wie schön die Tage und Nächte dort waren. Außerdem überlegte er, daß ihre kurze leidenschaftliche Beziehung zu Paul dort schneller der Vergangenheit angehören würde.

»Wir wissen, daß Alain die ›Luzifer‹ startklar gemacht hat. Um hier alles zu erledigen, brauchen wir noch ein paar Tage.«

»Fein«, sagte Ulysses. »Wenn es euch recht ist, gehe ich schon früher an Bord, um außer Sichtweite zu sein.«

Sie verabschiedeten sich von ihrem ›bulgarischen‹ Freund, der forteilte, um alle Vorbereitungen für seine Reise nach La Napoule zu treffen. Lucinda küßte Brian voller Zärtlichkeit.

»Es war nett von dir, deine Reisepläne nach Hause fallenzulassen und uns aus der Patsche zu helfen«, sagte sie.

Brian lächelte. »Wäre es nicht gut, wenn du Alain und Jennifer mitteilen würdest, daß wir in See stechen?«

Die Neuigkeit, daß Lucinda erneut auf Reisen gehen wolle, wurde von ihrer Mutter mit kühler Gleichgültigkeit und ihrem Vater mit Genugtuung aufgenommen. Er hatte bereits schon wieder vergessen, daß das jüngste Dilemma seiner Leichtgläubigkeit und nicht einem Ausrutscher seiner Tochter zu verdanken war. Das Leben ohne sie würde wesentlich ruhiger sein, überlegte er.

Ein paar Tage später stach die ›Luzifer‹ in See. Alain hielt das Steuer, und Jennifer stand neben ihm. Ulysses, der sich während der Reisevorkehrungen unten aufgehalten hatte, war aufgetaucht und genoß die frische Brise. Er sah aus wie ein Pirat, mit seinem grauen Bart und seinen wachen blauen Augen.

Als sie den Hafen hinter sich hatten, stellte Alain den Motor ab, und er und Jennifer setzten die Segel.

»Wo, zum Teufel, sind Brian und Lucinda?« fragte Alain ärgerlich. »Sie könnten ruhig mithelfen.«

»Du solltest inzwischen wissen, daß Lucinda es liebt, gewisse Überfahrtsriten zu feiern«, klärte ihn Jennifer auf. »Stör sie nicht, wir kommen ganz gut ohne sie zurecht.«

»Es ist, als ob man wieder zu Hause wäre«, murmelte Lucinda glücklich, als sie sich neben Brian aufs Bett legte.

»Sollten wir nicht den anderen zur Hand gehen?« schlug er vorsichtig vor.

»Küß mich und hör auf, mir dumme Fragen zu stellen«, befahl Lucinda.

Brian gehorchte gerne. Immerhin konnten sich die beiden anderen später gütlich tun, und zur Not konnte Ulysses ja auch helfen.

Er nahm Lucinda in die Arme und hielt sie fest. Es war ein beruhigendes Gefühl, in der vertrauten Umgebung der ›Luzifer‹ mit ihr zu schlafen. In dieser Kabine hatten sie schon schöne Stunden erlebt, bevor Lucinda Paul kennengelernt hatte.

Der Gedanke an seinen Rivalen quälte Brian. Konnte er sicher sein, daß Lucinda, wenn sie in seinen Armen lag, nicht an Paul dachte und ihn vermißte? Brian überlegte, wie unkompliziert sie sich vor der Zeit mit Paul geliebt hatten. Wie würde es dieses Mal sein? Wie würde es ihm gelingen, mit Lucinda zu schlafen, mit Pauls Schatten neben sich?

»Was ist los?« fragte Lucinda. »Hast du keine Lust?«

Brian lächelte schwach. Er begehrte sie über alles, aber er wollte nicht nur Ersatz für Paul sein. Er überlegte: Ich möchte sie so wunderbar und leidenschaftlich lieben, daß das Bild des Nebenbuhlers verdrängt wird.

Doch würde es ihm gelingen? Er war von Angst erfüllt, und Angst ist nie eine gute Grundlage für Sex.

Lucinda spreizte auffordernd ihre langen, schlanken Beine, die er so liebte. Brian schwankte zwischen Lust und Zweifel.

»Ich möchte, daß du meine Brust küßt«, forderte sie ihn auf. Dann explodierte sie. »Verdammt, was ist los mit dir? Du bist noch zu jung für die Wechseljahre, oder bist du in eine andere verliebt? Es wird doch nicht Jennifer sein, oder?«

»Nein, nichts dergleichen«, versicherte ihr Brian.

Weniger aus erotischem Verlangen als aus dem Impuls heraus, ihr zu gefallen, ließ er seine Zunge um ihre Brustwarzen kreisen. Ihre verführerischen Brüste verdrängten seine Angst. Sie stärkten seinen Willen und noch einen wichtigen Teil seines Körpers. Er streichelte und liebkoste sie, als ob er ihre Schönheit heute zum ersten Mal entdeckte. Doch in seinem Unterbewußtsein blieb der nagende Zweifel, und Lucinda fühlte, daß etwas nicht stimmte. Er wußte, er konnte weder Lucinda befriedigen noch selbst Befriedigung finden, wenn er die Sache nicht aus dem Weg räumte.

Wie beiläufig fragte er: »Glaubst du, du wirst mal etwas von Paul hören?«

»Ist es das, was dich plagt?« fragte Lucinda. »Warum sollte ich? Er führt sein Leben und ich das meine. Wir hatten eine gute Zeit miteinander, doch er braucht mich nicht, und ich brauche ihn nicht.«

Es war ausgestanden. Die Spannung hatte sich gelöst. Brian hatte ein Gefühl, als ob er seine Männlichkeit wiederbekommen hätte.

»Es ist ein gutes Gefühl, wieder hier zu sein«, sagte er und war glücklich, als er fühlte, daß Lucinda seine Zärtlichkeiten genauso wie früher erwiderte.

Lucinda stellte voller Freude fest, wie sehr sie harmonierten. Zusammen genossen sie das Liebesspiel. Seine Zunge ergriff Besitz von ihrem Mund, und die leichten Bartstoppeln an seinem Kinn und seinen Wangen kitzelten ihr Gesicht. Alles an ihm war begehrenswert und vertraut. Er wußte genau, welche Berührungen sie liebte, wann sie es wünschte, daß er ihr Liebesworte zuflüsterte, wann es besser war, still zu sein. Sie konnte nicht genug bekommen von seiner potenten Männlichkeit. Bei ihm fühlte sie sich ganz als Frau, und diese Begegnung heute wie jene in der Vergangenheit und andere, die noch kommen würden, waren eine köstliche Erfahrung und einmalig.

Ihr Orgasmus erfüllte sie mit der Ruhe völliger Befriedigung. Als sie sich zurücklegte und Brian ihr Gesicht, ihre Schultern und ihre Brüste streichelte, fühlte sie sich wunschlos glücklich. Konnte sich eine Frau mehr wünschen?«

»Du gehörst hierher«, sagte Brian voller Zuversicht, »für immer.«

Sie küßte ihn inbrünstig, doch sie antwortete nicht. Vielleicht stimmte es, daß sie so aufeinander abgestimmt waren, so gut zueinander paßten, daß sie keinen anderen Mann mehr begehrte. Doch tief in ihrem Inneren sagte ihr eine Stimme, daß das Märchen nicht so enden würde. Die Stimme sagte ihr, daß sie nach immer neuen Abenteuern Ausschau halten würde, andere Liebhaber sie faszinieren würden.

Sie wußte, sie liebte Brian, doch sie wußte auch, daß es andere geben würde und daß das Schicksal sie nicht nur für einen Mann vorgesehen hatte, damit sie auf alle anderen verzichtete. Schließlich, sagte sie zu sich selbst, liebe ich Erdbeeren, was mich aber nicht davon abhält, auch andere Früchte zu kosten.

Doch im Augenblick war Brian der Mann ihres Lebens. Wie lange würde das so sein? Das stand auf einem anderen Blatt, überlegte sie lächelnd.

Epilog

Viscountess Hamblewood war verstimmt. Sie legte die Morgenzeitung mit der Geschichte, die ihr Mißfallen erregt hatte, zur Seite.

»Man sollte meinen, daß sich Ausländer, die nach England kommen, zu benehmen wissen«, sagte sie stirnrunzelnd. Viscount Hamblewood dachte, daß das etwas seltsam klänge, da seine Frau in den Vereinigten Staaten geboren und aufgewachsen war, aber er überlegte, daß es taktlos wäre, dies zu äußern.

»Nicht nur, daß dieses Paar mangelnden Respekt zeigte«, fuhr Melanie fort, »es scheint zudem total verdreht zu sein.«

»Wenn du meinst, meine Liebe«, bemerkte Gerald, der keine Ahnung hatte, wovon sie eigentlich sprach.

Er griff nach der Zeitung und stieß einen entsetzten Schrei aus. Hiram und Semiramide starrten ihm wie die Ankläger seiner schuldbeladenen Vergangenheit entgegen. Die Bildunterschriften nannten sie anders, doch Gerald wußte genau, um wen es sich handelte.

»Was ist los?« fragte Melanie. »Kennst du diese Leute?«

»Nein, wirklich nicht«, versicherte er eilfertig. »Ich hatte gerade ein Stechen – Rheumatismus oder Gicht oder etwas Ähnliches.«

Melanie betrachtete ihn mit ihrem üblichen kalten, mißtrauischen Blick, doch ihr Mann lächelte sie voller Unschuld an. Sie erhob sich mit einem Seufzer und verließ das Frühstückszimmer, um das Küchenpersonal zu traktieren. Kaum war Melanie aus dem Zimmer, da stürzte sich Gerald erneut auf die Zeitung und las begierig den Artikel über seine ehemaligen Gefährten.

Es wurde ihm heiß und kalt bei dem Gedanken, daß die beiden wieder in England waren. Doch es war unwahrscheinlich, daß sie erneut in sein geordnetes Leben in Hamblewood einbrechen würden, da sie in polizeilichem Gewahrsam gehalten wurden. Die Umstände, die zur Festnahme von Hiram und Semiramide geführt hatten, waren ungewöhnlich. Der Reporter schrieb, daß zwar Verbrecher die seltsamsten Motive haben könnten, aber er fragte sich doch, was dieses Paar, das erst vor kurzem aus den USA gekommen war, wohl bewogen haben mochte, in den Garten des Landsitzes der Königin in Sandringham einzubrechen. Es sah nicht so aus, als ob sie einen Diebstahl hatten begehen wollen, da sie als einziges Werkzeug zwei nagelneue Spaten bei sich trugen.

Es war auch nicht anzunehmen, daß sie einen Schatz ausgraben wollten, denn als sie um ein Uhr morgens gefaßt wurden, arbeiteten sie wie die Wilden, das heißt, sie gruben Heidekrautstöcke aus und verstauten sie in Säcke. Sie hatten eine Landkarte bei sich, auf der verschiedene Plätze markiert waren, einschließlich Sandringham, aber es gelang der Polizei nicht, die Bedeutung dieser Orte, die meistens in einer wilden, unzugänglichen Gegend lagen, herauszubekommen.

Es wurde auch berichtet, daß die beiden Eindringlinge psychiatrisch untersucht werden würden. Als der Mann von der Polizei befragt wurde, bekannte er sich sofort schuldig. Er gestand nicht nur den Einbruch, sondern auch noch alle möglichen anderen Verbrechen und er bat darum, ihn zu verurteilen und ihm die höchste Gefängnisstrafe aufzubrummen. Wörtlich sagte er: »Man würde mir einen Gefallen erweisen, wenn man mich zu einer lebenslänglichen Gefängnisstrafe in einem britischen Gefängnis, das ein Höchstmaß an Sicherheit bietet, verurteilen könnte.«

Sollte sich herausstellen, daß das Pärchen geistig voll zurechnungsfähig ist, wird es wahrscheinlich von der Einwanderungsbehörde als in England unerwünscht betrachtet und in die Staaten abgeschoben.

Damit endete der Artikel.

Schriftstellers Robin Moore, der ihr schließlich den Vorschlag machte, ein Buch über ihr Leben zu schreiben, über ihre Arbeit und ihre Kunden, zu denen Regierungsbeamte, Industrielle und Filmstars gehörten.
So entstand »Happy Hooker« (»Die fröhliche Nutte«), ihr Erstlingswerk, das 1971 veröffentlicht und bisher weltweit mehr als 16 Millionen mal verkauft wurde. Inzwischen hat Xaviera Hollander über zwanzig Bücher verfaßt, die in zahlreiche Sprachen übersetzt wurden. Sie schreibt regelmäßig für das Magazin »Penthouse«, ist beliebter Gast bei internationalen Fernseh-Talkshows, hält Vorträge im Rahmen von sexualwissenschaftlichen und psychologischen Seminaren und Kongressen und hat vor einigen Jahren als neuen Geschäftszweig den Telefonsex für sich entdeckt – denn eine der wichtigsten »erogenen Zonen« des Menschen sei die Stimme, meint Hollander.
Seit 1971 lebt Xaviera Hollander in Amsterdam und in Marbella, wo sie mit John Drummond zusammen eine Villa bewohnt. Dort findet sie Zeit und Ruhe zum Schreiben.

Xaviera Hollander
Verzeichnis lieferbarer Titel

(Stand Februar 1992)

Die besten erotischen Erzählungen der Welt (01/6077)
Let's get moving (01/7814)
Osiris (01/7732)
Schlangenküsse (01/7947)
Stunden mit Felix (01/6131)
Xaveras Reisen in die Sinnlichkeit (01/5892)

Die Bandnummern der Heyne-Taschenbücher sind jeweils in Klammern angegeben.